Spoorloos

Van dezelfde auteur

All-inclusive
De vlucht
Zomertijd
Cruise
Après-ski
De suite
Zwarte piste
Bella Italia
Noorderlicht
Bon Bini Beach
Het chalet
Route du soleil
Winterberg
Goudkust
Mont Blanc
Costa del Sol
Sneeuwengelen
Hittegolf
Lawinegevaar
Het paradijs
Winternacht
Super de luxe
IJskoud
Het strandhuis
Zuidenwind
De eilanden
Sneeuwexpress
Lentevuur
Souvenir
Waterland
Midwinter
Zomeravond
Dwaalspoor
Nachtvorst
Roadtrip
Koraalrif
Gletsjer
Strandfeest
De vallei
Mayday
Sneeuwstorm
Bloemeneiland

Lees je graag de vakantiethrillers van Suzanne Vermeer?
Schrijf je dan in voor de nieuwsbrief op suzannevermeer.nl
of volg Suzanne Vermeer op:

SuzanneVermeerFanpage
SuzanneVermeerFanpage

Suzanne Vermeer

Spoorloos

A.W. Bruna Uitgevers

Omslagbeeld
© Adobe Stock
Omslagontwerp
Margo Togni

ISBN 978 94 005 1752 3
NUR 332

Proloog

Met trillende vingers probeert Bo de microfoon aan te sluiten op haar iPhone. Haar hart gaat tekeer alsof ze de marathon rent, terwijl ze gewoon op de grond zit. Ze kijkt de smalle gang van het hotel in. Halverwege knippert een lamp. Vanuit het niets klinkt er een zachte plof en dan dooft het licht. Van schrik laat ze het microfoonsnoertje uit haar hand vallen. Zoekend glijdt ze met haar vingers over het hoogpolige donkerrode tapijt, dan heeft ze beet. Aan het eind van de gang klinkt een geluid. Van iets. Of iemand. Heel even bekruipt haar het gevoel dat het geen hotelgast is die de bar zoekt, en ook niet het meisje van de schoonmaak. Ze duwt die gedachte weg; niemand heeft haar dit hotel binnen zien gaan. Er springen tranen in haar ogen, van angst én van verdriet. Hoe heeft ze zich hier onvoorbereid in kunnen storten? Het leek een geweldig plan; een podcast maken over de nooit opgeloste vermissing van een jonge journalist. Op geen enkel moment heeft ze er rekening mee gehouden dat zij en Inès in deze situatie terecht zouden komen. Maar hier zit ze dan, zonder Inès, op dezelfde donkerrode vloerbedekking als waar Julia van der Molen tweeëntwintig jaar geleden overheen liep, vlak voor ze van de aardbodem verdween.

Tastend met de vingers van haar linkerhand zoekt ze naar de plek waar ze de microfoon in de interface kan pluggen. Voorzichtig duwt ze het stekkertje erin en opent de dictafoonapp op haar iPhone. Ergens piepen de scharnieren van een deur. Geschrokken kijkt ze om zich heen, maar er komt niemand de gang in. Ze moet zichzelf onder controle zien te krijgen, want op deze manier gaat het niet lukken om iets in te spreken en dan is alles voor niets geweest. Bo haalt diep adem. Al die angst slaat nergens op, hier is ze veilig.

Nog wel…

Ineens trekt haar buik strak en versnelt haar ademhaling. Desondanks tikt ze op de opnameknop. 'Dat het zo zou lopen,' begint ze zachtjes te praten. 'Inès en ik kennen elkaar al vanaf ons achttiende en nu…' Het is net of iemand twee duimen in het holletje van haar keel zet en langzaam, heel langzaam, haar luchtpijp dichtknijpt. Ze slikt een paar keer in de hoop dat het nare gevoel verdwijnt, maar tevergeefs. In een van de kamers wordt een televisie hard aangezet. Het Franse gekakel kalmeert haar gek genoeg en ze krijgt meer lucht. 'In deze situatie had ik nóóit terecht willen komen,' gaat ze zo rustig mogelijk verder. De woorden zijn meer voor haarzelf bedoeld dan voor de podcast. Ze laat de microfoon zakken en drukt op pauze. Moet ze het eigenlijk wel doorzetten, die podcast maken? Heeft dat gewroet in een cold case haar inmiddels niet bang en paranoïde genoeg gemaakt? Kán ze nog wel stoppen? Of is het daarvoor te laat?

Een poosje staart ze naar het behang met oudroze bloemen en lentegroene blaadjes, dan drukt ze de opnameknop weer in.

1

'Bo, wil jij contact opnemen met Eloise van Oranje en haar uitnodigen in de uitzending? Ik wil een item maken over haar boek *Learning by doing*. Zeg maar dat de datum in overleg bepaald kan worden. Dit is het nummer van haar agent.'

Er belandt een post-it op Bo's bureau. Gek genoeg kan ze zich niet herinneren dat dit idee gepitcht is tijdens de laatste redactievergadering.

'Nog één ding!' roept ze Marije, de hoofdredacteur van *Koffie en koek*, achterna. Dit is hét moment om haar eigen idee op tafel te leggen, hoewel het ongebruikelijk is zoiets buiten de vergadering te doen.

Marije draait zich om, haar gezicht staat op onweer. 'Ik heb het druk, Bo.'

Vertel haar wat. *Koffie en koek* komt doordeweeks dagelijks op televisie. Het is elke keer weer hard werken om een interessant programma te maken en boeiende mensen aan de studiotafel te laten aanschuiven. Het vaste clubje experts en BN'ers is daar altijd wel toe bereid, maar het is niet goed voor de kijkcijfers om steeds dezelfde hoofden in beeld te brengen.

'Eén minuutje maar,' smeekt ze. 'Een elevatorpitch. Stel je voor.' Ze gaat abrupt staan, er schuift een stapeltje papier van haar bureau op de grond. 'We sturen onze vaste kok het land in en laten hem bij een willekeurig huis aanbellen waar hij kookt met wat hij daar in de keuken aantreft.'

Marije fronst haar wenkbrauwen. 'Dan zul je net zien dat er alleen water of een vaatje zout in huis is.' Na die opmerking draait ze zich abrupt om en loopt de grote kantoorruimte uit.

Bo laat zich weer in haar bureaustoel vallen en zucht. Marije weet altijd wel de keerzijde van een voorstel te vinden, het is soms om moe van te worden.

'Ik vind het eigenlijk wel een grappig idee,' zegt een van haar collega's. 'Misschien moet je het een beetje verder aanscherpen?'

'Dank je.' Aanscherpen is zinloos, zonder Marijes goedkeuring gaat het hele feest toch niet door. Goed, 'gravinfluencer' Eloise bellen met de vraag of ze haar boek wil komen promoten bij *Koffie en koek*. Bo pakt de post-it van haar bureau en loopt ermee naar een rustige plek. De onderlinge sfeer op de redactie is goed en banen voor onderzoeksjournalisten liggen tegenwoordig niet voor het oprapen, anders had ze allang ergens anders gesolliciteerd.

Tegen kwart voor zes die middag loopt Bo het terras op van een eetcafé aan de Oudegracht. Zij en Inès kwamen hier al toen ze nog aan de School voor Journalistiek studeerden en nog steeds spreken ze er maandelijks af om bij te kletsen. Bo is in de stad blijven hangen nadat ze Joost ontmoette, een halfjaar geleden hebben ze een huis gekocht in de wijk Overvecht. Inès daarentegen is teruggegaan naar Den Haag. Het lukte haar niet om in Utrecht werk te vinden en uiteindelijk belandde ze als adviseur op de communicatieafdeling van het stadhuis in haar geboortestad.

Vanachter het raam wordt een hand opgestoken. Inès is er al, die pakt altijd de trein van halfvier en zit zoals gewoonlijk te wachten met twee wijntjes. Bo loopt het café binnen. Inès komt overeind en slingert twee armen om haar nek.

'Bootje!'

Inès is de enige die haar zo mag noemen.

'Ha, wijn!' roept Bo. Het klinkt bijna alsof ze het dagelijks op een zuipen zet, maar dat is niet waar. Joost en zij zijn juist heel terughoudend op dat gebied. Hij helemaal, sinds hij een artikel las over de gevolgen van alcohol op de vruchtbaarheid van een man. Daarnaast wordt zijn vrije tijd grotendeels opgeslokt door de zorg voor zijn moeder en vindt hij het belangrijk om zich fit te voelen. Als mantelzorger probeert hij er zo veel mogelijk voor haar te zijn, maar soms gaat dat alles ten koste van de lol die ze vroeger samen hadden.

Bo gaat zitten en neemt een slok uit het volle glas. 'Hier was ik aan toe,' verzucht ze.

'Leuke dag gehad?' informeert Inès op sarcastische toon.

Bo wuift met haar handen. 'Ander onderwerp. En jij?'

Inès haalt haar schouders op. 'Hetzelfde als altijd. Ik word er een beetje moe van dat ik telkens in het hokje "vertaal jij deze folder even voor de Marokkaanse gemeenschap" word geduwd. Mijn grootouders mogen dan uit Al Hoceima komen, ik ben gewoon in de Schilderswijk geboren.'

Die baalt dus ook van haar werk. 'Ik zou zo graag gewoon voor een krant schrijven. Het hoeft niet eens een landelijk dagblad te zijn, regionaal is ook prima,' zegt Bo peinzend. 'Ik ben al eenendertig. Straks ben ik op mijn veertigste nog steeds redactieassistent.' Bij dat idee overvalt haar een hopeloos gevoel.

Inès pakt haar glas wijn en tikt het tegen dat van Bo aan bij wijze van proost. 'Je mag blij zijn dat je een goedbetaalde baan hebt in deze tijd,' zegt ze met een overdreven Haags accent.

Bo schiet in de lach. Ergens heeft Inès wel gelijk, en toch, ze had zich het leven zo anders voorgesteld toen ze nog op het hbo zat.

'Heb je al een huis gevonden?' vraagt Bo in een poging het gesprek op een ander onderwerp te brengen.

'Een húís?' Nu is het Inès' beurt om in de lach te schieten. 'Zolang ik vrijgezel ben is een studio het maximaal haalbare. Dat, of ik moet de rest van mijn leven antikraak blijven wonen.' Inès' ogen worden ineens een beetje glazig. 'Ik kan natuurlijk ook mijn leven omgooien,' zegt ze ineens een stuk serieuzer. 'Naar het buitenland vertrekken en gaan freelancen als onderzoeksjournalist, of een true-crimeboek schrijven...'

Kennelijk heeft ze die optie al meerdere keren overwogen. 'Zou je dat durven, in je eentje?' vraagt Bo. Het is nogal een stap, alles opgeven en opnieuw beginnen.

'Ik wil gewoon weer die kick voelen, Bo. Zoals die keer dat we onderzoek deden naar de verdwijning van dat negenjarige meisje. Het idee dat je ouders antwoorden kunt geven, dat is toch fantastisch?'

'Daarvoor hoef je de grens niet over.' Ze moet er niet aan denken dat hun maandelijkse avondje uit haar agenda verdwijnt.

'Zou jij dat dan niet willen? Werk doen waarvoor je bent opgeleid?'

Bo's ogen dwalen af naar de bar. Natuurlijk zou zij dat ook willen, maar ze heeft verplichtingen, zoals een hypotheek, en Joost, niet te vergeten. Die ziet haar al aankomen: *Sorry schat, maar ik heb ontslag genomen om...* ja, om wat? Moorden op te lossen? In de voetsporen van Peter R. de Vries te treden, dagelijks naast John van den Heuvel bij RTL *Boulevard* aan te schuiven? Ze moet zichzelf niet gaan overschatten.

'Aarde aan Bootje,' zegt Inès. Dan buigt ze zich over het tafeltje. 'Weet je, laatst moest ik denken aan dat verhaal van Ruud Smithuijsen, over Julia.'

Nu is ze haar kwijt. 'Ik ken geen Julia.'

Inès fronst haar wenkbrauwen. 'Heb jij hét verhaal van de opleiding nooit gehoord?'

Bo schudt haar hoofd. 'Nee.'

Ineens lijkt Inès zich iets te realiseren, en ze schiet overeind. 'Eerst ga ik twee nieuwe glazen wijn bij de bar halen, dan zal ik het je vertellen.'

Terwijl Inès op haar beurt wacht in het inmiddels volgestroomde café, kijkt Bo naar buiten. Ruud Smithuijsen, die naam brengt oude herinneringen naar boven van stoffige klaslokalen en piepende bordkrijtjes. En van het digitale bord dat een van de jongens ooit hackte: Ruud kreeg de pop-up met een pornosite niet van het scherm. Ze heeft de naam Julia nooit horen vallen tijdens die lessen. Misschien omdat zij en Inès het altijd te druk hadden met kletsen over van alles en nog wat. Hoewel ze zich de verdwijning van de zevenjarige Jaïr Soares op het strand van Monster wel kan herinneren. Of de student Tanja Groen die voor het laatst gezien werd in Maastricht. Zo terugdenkend aan Ruuds lessen had de man een absolute voorkeur voor vermissingen. Slechts één keer kwam hij met iets anders op de proppen: een milieuproject. En ze hebben ook nog eens weken gewerkt aan een of ander fraudeschandaal bij ABN AMRO Bank, dat was ze al bijna vergeten.

Er belanden twee glazen op tafel en nog voor Inès weer zit, begint ze te praten. 'Ik weet al waarom het jou niets zegt, Ruud heeft het mij verteld op een feestje. Hoe zou het met hem zijn?'

'Onze docent Onderzoek en media-ethiek én borrelmaat.' Gek eigenlijk, sinds ze is afgestudeerd is hij uit Bo's geheugen verdwenen, tot nu.

'Die ja. Hij vertelde me over een oud-leerling, Julia van der nog wat, ik ben haar achternaam kwijt. De details weet ik niet, maar Julia was naar Bordeaux gereisd om een vermissing van een Italiaanse student te onderzoeken, en is toen zelf van de aardbodem verdwenen. Ik vond het zo'n vreemd verhaal, maar Ruud vond het met zijn obsessie voor vermissingszaken natuurlijk superinteressant.'

Bo pakt haar iPhone. 'Julia van der,' zegt ze. 'Bordeaux.' Ze toetst de woorden in op de Google-zoekbalk, maar er verschijnt geen enkel resultaat.

Nu pakt ook Inès haar toestel. 'Staat ze niet gewoon op de Gezocht & Vermist-site van de politie?' Haar vingers vliegen over het scherm. Even later toont ze een webpagina aan Bo. 'Hier.'

Een gezicht dat omlijst is met een grote bos blonde krullen onder een veelkleurige doek kijkt haar vanaf het scherm aan. De foto zegt haar helemaal niets. 'Wat staat erbij?'

'Julia van der Molen is voor het laatst gezien op 7 juli 2000 bij station Bordeaux Saint-Jean, Frankrijk, waar ze op de trein naar Parijs is gestapt. Sindsdien ontbreekt elk spoor. Mogelijk verblijft Julia in Frankrijk. Signalement: lang blond krullend haar, blauwe ogen, slank postuur, lengte één meter drieënzeventig. Hebt u Julia op of na 7 juli 2000 gezien, dan vragen we u contact op te nemen met de Nederlandse politie,' leest Inès voor. 'En dan staat er nog een telefoonnummer bij.'

'Cold case dus,' concludeert Bo. Ze tikt Julia's naam en achternaam in op Google, maar buiten de website van de politie en de socials van een beduidend jongere vrouw krijgt ze geen hits.

'Gek,' zegt ze hardop. Ze kijkt Inès aan. 'Tweeëntwintig jaar geleden en niemand lijkt haar nog te zoeken. Naar wie zocht ze zelf?'

Inès haalt haar schouders op. 'Een in Bordeaux verdwenen student, meer weet ik niet. Van de week luisterde ik een podcast, *Het geheim van Wijsman*, en toen moest ik ineens weer aan haar verhaal denken. Die podcast speelt zich af in 1921. Het gaat over een tweeëndertigjarige man die op de trein stapte in Amsterdam en onderweg werd doodgeschoten. Ze vonden hem in zijn coupé op Den Haag Hollands Spoor. De zaak is nooit opgelost. Net als deze zaak dus: Julia kwam helemaal nergens aan, terwijl er in die tijd al bewakingscamera's op stations hingen. Dat is toch raar?'

Het klinkt inderdaad vreemd, dat moet Bo toegeven.

'Misschien moeten we daar een podcast over maken: *In de voetsporen van*.' Inès tekent met haar handen een balk in de lucht, alsof ze de titel weergeeft.

Topkoks op pad sturen om bij willekeurige mensen te gaan koken is leuk, denkt Bo, maar een podcast maken over een verdwenen vrouw is veel interessanter. 'De kijkcijfers van *Koffie en koek* lopen terug,' denkt Bo hardop na. 'En er is een potje voor onderzoeksjournalistiek, weet ik. Ik zou het kunnen voorstellen.'

Inès geeft een klap op tafel. 'Ik zeg: doen.' Ze pakt haar glas. 'Proost. Wanneer beginnen we?'

Bo moet lachen. 'Je loopt veel te hard van stapel en bovendien: jij werkt bij de gemeente Den Haag, weet je nog?'

'Ik vraag gewoon verlof aan, dat kan prima,' zegt Inès stellig. 'Desnoods beloof ik ze al hun foldermateriaal in de avonduren te vertalen. Zeg, wat dacht je van *Spoorloos*? Kort, bondig en het zegt alles. Onder die naam kunnen we telkens weer een nieuwe serie maken. Wie weet welke zaken wij allemaal gaan oplossen!'

'*Spoorloos*,' herhaalt Bo langzaam. 'Dat klinkt lekker. Goed. Ik zal het pitchen tijdens de redactievergadering, maar je weet hoe Marije is – ik kan niet beloven dat het gaat lukken.'

2

Bo kijkt uit het raam van de trein. Het hele weekend hebben zij en Inès naar informatie gezocht over de vrouw voor wie Julia naar Bordeaux was afgereisd. Zondagmiddag noemde Inès ineens de naam van een Italiaanse student die in 1980 spoorloos verdween: Edda. Naar haar was Julia op zoek. Ook haar zaak lijkt nooit te zijn opgelost. Een dubbele vermissing, het klonk meteen al spannend. Als Edda nog leeft zou ze nu in de zestig moeten zijn. Inès vond haar achternaam op een forum, in een discussie van oud-studenten van de Universiteit van Bordeaux: Biancchi.

De pitch die Bo voor *Spoorloos* heeft gemaakt bevat erg weinig feiten of details over de vermissingen – die zijn online onvindbaar. En die essentiële ontbrekende feiten willen zij vinden. Bo knijpt haar lege koffiebeker in elkaar en gooit hem in de prullenbak. Toen Joost gistermiddag vroeg wat ze al die tijd aan het doen was, heeft ze een vaag verhaal opgehangen over tv-koks, en die leugen zit haar nu nog steeds dwars. Normaal liegt ze nooit tegen hem, of in elk geval zelden, maar een podcast maken over Julia betekent dat ze zonder hem naar Frankrijk zal moeten en dat gaat hij niet leuk vinden. Hij heeft zo'n kort lontje de laatste tijd. Sinds zijn moeder MS kreeg, is hij overbezorgd. Dus of hij haar plan gaat waarderen?

De trein mindert vaart, via de intercom wordt aangekondigd dat ze binnen enkele minuten zullen stoppen op station Hilversum Media Park. Over een halfuur begint de redactievergadering en mogen alle assistent-redacteuren hun ideeën voor de komende uitzendingen pitchen. Een lichte nervositeit overvalt haar. Stel dat *Koffie en koek* enthousiast is, hoe gaat ze dit dan aan Joost vertellen zonder dat het in ruzie uitmondt? Ze heeft geen idee. Misschien moet ze dit proces stap voor stap doorlopen en zich nu eerst op haar pitch focussen.

Bo komt overeind en loopt de trein uit naar het bordes. Even later staat ze tussen haar medereizigers op het perron. Terwijl ze de loopbrug op wandelt bindt ze haar halflange bruine haar bij elkaar tot een staart. Er komt een appje binnen. Al lopend bekijkt ze het bericht, het is van Inès: *Succes!*

'Ik ga Frank en Rogier niet naar de uitzending halen,' zegt Marije in antwoord op een voorstel van een van de assistenten. 'Die vechten hun relatie maar voor een andere camera dan de mijne uit. Iemand nog een idee?'

Marije heeft al zes pitches afgeschoten wegens saai, voorspelbaar of omdat ze de voorgestelde gasten niet leuk vond, zoals de twee mannen van het tv-programma *Paleis voor een prikkie.* Dit is Bo's moment. Ze heeft haar openingswoorden de hele ochtend geoefend en zonder er nog langer over na te denken zegt ze: 'Een podcast: "In de voetsporen van een verdwenen Nederlandse student", die leidt naar Bordeaux. Getiteld: *Spoorloos*. Onderzoeksjournalistiek, exclusief te beluisteren via de website, teasers, *shownotes* met linkjes, aanvullende gesprekken in de uitzending met experts en het format is *returnable*, want er zijn zoveel vrouwen vermist, daar kunnen we series lang mee door.' Het vloog er in één adem uit.

De hele tafel staart haar met open mond aan.

'Wauw.' Met die kreet doorbreekt een van haar collega's de stilte en ineens begint iedereen door elkaar te praten.

'Wat zijn shownotes?' hoort ze iemand vragen.

'Informatie over een aflevering van een podcast, je kunt er allerlei linkjes bij plaatsen, ook naar de uitzending van *Koffie en koek*,' antwoordt Bo.

'Nou, dat zal de kijkcijfers wel opkrikken,' zegt een ander.

'Maar wat als je niets vindt?' vraagt een collega met wie ze dagelijks kletst bij de koffiemachine.

'*Unsolved Mysteries* komt ook zelden met antwoorden en dat heeft tientallen jaren gedraaid,' antwoordt Bo. 'Het is de kunst iets zo op te nemen dat de uitkomst er feitelijk niet toe doet...'

'Als ik de aandacht weer even mag,' begint Marije met luide stem. Onmiddellijk wordt het stil aan tafel. 'Ik vind antwoorden er wél toe doen, al eindigen we alleen maar met iets waardoor de politie zo'n onderzoek kan heropenen. Kun je dat garanderen, Bo?'

Er valt een korte stilte aan tafel.

'Ja,' hoort ze zichzelf zeggen. *Nee, dat kun je niet!* Ze negeert het waarschuwende stemmetje in haar hoofd. 'Het is een win-winsituatie, wij genereren aandacht voor onze website én voor ons programma, en we doen iets goeds voor de nabestaanden. Sowieso al door een vergeten zaak voor het voetlicht te brengen,' zegt ze in een poging haar toezegging te nuanceren.

'Je bent redactieassistent, geen privédetective,' zegt Marije.

Voor deze reactie was Bo al een beetje bang geweest. 'Ik heb een opleiding journalistiek gevolgd.' Het klinkt bijna alsof ze zich verontschuldigt.

'Ik vind het echt een briljant idee,' valt een van de mannen haar bij. 'True-crimepodcasts zijn heel erg in.'

Marije pakt haar lege koffiebeker en schuift die zonder iets te zeggen naar het meisje dat naast haar zit. Die komt onmiddellijk overeind en loopt naar de gang waar de koffiemachine staat. 'Gaat dat *Spoorloos* van jou over een misdaad?' vraagt Marije.

'Eh, eerlijk gezegd, niemand weet wat er met Julia gebeurd is, dus...' Ze maakt haar zin niet af. In plaats daarvan haalt ze de pitch tevoorschijn die ze thuis heeft geprint en legt het vel papier in het midden van de vergadertafel. 'In 2000 ging ze op zoek naar Edda Biancchi, een Italiaanse student die in 1980 tijdens haar studie in Bordeaux van de aardbodem verdween. Er is nooit een spoor van Edda gevonden, of van Julia' – ze laat een korte stilte vallen – 'maar mensen gaan niet in rook op...'

Marije pakt de pitch van tafel en begint te lezen. Na tientallen seconden legt ze het vel weer neer en kijkt er peinzend naar. 'Dan wil ik wel spanning, cliffhangers, noem maar op.'

Dit gaat de goede kant op. 'Uiteraard!'

‘Dagelijkse updates, namen van experts, geregeld een aflevering,’ gaat Marije verder.

Bo slikt ongemerkt. Ze heeft nog nooit een podcast gemaakt en Inès ook niet. Gaan ze dat allemaal voor elkaar krijgen? Het klonk zo simpel toen ze er vrijdagavond over spraken, en ook het afgelopen weekend leek het een helder plan te zijn, maar nu...

‘Dat betekent een fatsoenlijk script: waar begin je, wie ga je spreken, wat is je verhaallijn?’

Ook daar hebben zij en Inès nog geen seconde bij stilgestaan. Ineens begint ze te twijfelen aan het hele plan.

‘Daarover kunnen we met z’n allen meedenken, toch?’ stelt iemand voor.

Bo’s iPhone, die voor haar op tafel ligt, trilt kort. Terwijl haar collega’s voor de zoveelste keer door elkaar kakelen en ideeën opwerpen, werpt ze er snel een blik op. Er is weer een bericht van Inès. *En?* leest ze. Daar reageert ze straks wel op, ze moet eerst hier iedereen aan boord krijgen.

‘Ik wil beginnen bij de Franse rechercheur die destijds op de zaak zat,’ zegt Bo. ‘Vanaf daar wil ik naar locaties gaan waar Julia geweest is, zoals de Universiteit van Bordeaux, het station waar ze voor het laatst gezien is, noem maar op. Ik ga proberen mensen te interviewen die haar destijds gekend hebben, of die haar gesproken hebben in de periode dat ze in Frankrijk was. In de voetsporen van, dus.’ Ze kan het prima aan de *Koffie en koek*-crew verkopen, getuige de enthousiaste reacties die ook nu weer komen; nu nog aan zichzelf. Gelukkig staat ze er niet in haar eentje voor.

‘Goed,’ hoort ze Marije ineens zeggen.

Bo kijkt verrast op.

‘Ik ga het aan hogerhand voorleggen, want iemand zal een klap moeten geven op de kosten van dit project.’

3

‘Wat dacht je van Santorini in mei?’ vraagt Joost die avond, terwijl hij naast Bo op de bank ploft. ‘Ik kan drie weken vakantie opnemen.’

Bo klapt haar laptop vliegensvlug dicht. Als Joost ziet dat ze een e-book leest over het maken van podcasts gaat hij vragen stellen die ze nu niet kan en wil beantwoorden. Als Marije geen budget krijgt voor dit project gaat het hele feest niet door. Dan lachen zij en Inès er over een paar maanden om tijdens een wijntje: *samen een podcast maken, hoe konden ze het verzinnen?*

‘Wat wil je op Santorini doen?’ vraagt Bo. Voor zover zij weet is het eiland hooguit geschikt voor berggeiten en toeristen die bereid zijn zich op een ezel te verplaatsen.

‘Uitrusten. Met een glas retsina in mijn hand uitkijken over de Egeïsche Zee,’ antwoordt Joost.

‘Ik vind het meer iets voor een paar dagen. Kunnen we niet eilandhoppen?’ Waarom zegt ze dit nou? Zo geeft ze hem hoop, terwijl er een kans is dat die podcast wél doorgaat.

‘Hé, dat is een leuk plan! Dan eindigen we met een weekje Kreta. De zuidkust moet spectaculair zijn en een stuk minder toeristisch,’ antwoordt Joost enthousiast.

Straks treint ze tegen die tijd naar Zuid-Frankrijk…

‘Zal ik twee tickets Athene boeken? Dan pakken we vanaf daar de boot,’ stelt hij voor.

Dit gaat haar allemaal veel te snel. ‘Misschien moet ik eerst even vrij vragen voor je gaat boeken, er is een kans dat *Koffie en koek* me niet kan missen.’

Joost zucht luid, een teken dat hij het er eigenlijk niet mee eens is. Toch stemt hij in. Dan komt hij overeind en rekt zich gapend uit.

'Ik moet nog even langs mijn moeder, ze heeft niet zo'n beste dag.' Als hij de deur uit is, voelt Bo zich schuldig. Hij heeft naast de mantelzorg een drukke baan, en de enige vakantie die ze dit jaar zouden hebben kan best weleens niet doorgaan.

Bo opent haar laptop weer en leest verder, maar ze kan de concentratie niet meer opbrengen. Stel je voor dat de podcast doorgaat, dan heeft ze hem echt iets uit te leggen.

'Check check, dubbelcheck,' schreeuwt Marije de volgende dag door het kantoor. 'Bo, ik wil de laatste versie van het draaiboek voor iedereen uitgeprint hebben. Nu! En jij,' ze wijst een collega aan, 'ga zenderen. Jongens, allemaal je oortjes in, we beginnen straks met de repetitie.'

Het is deze hectiek en de geoliede machine die het team vormt waar ze zo van houdt, beseft Bo.

'En wil iemand ervoor zorgen dat onze gasten op tijd bij de visagie zitten!' roept Marije voor ze de studio in loopt.

'Eloise van Oranje zit er al,' zegt een van haar collega's. 'Neem jij de vragen nog even met haar door of wil je dat ik het doe?'

'Doe jij maar,' zegt Bo. Het is niet haar item. Ze opent haar laptop en zoekt op de server naar het draaiboek; even later spuugt de printer blaadjes uit. Marije is nog niet teruggekomen op de podcast en zo langzamerhand heeft ze het idee dat *Spoorloos* een zachte dood zal sterven. Ergens zou ze dat jammer vinden. Na het lezen van *Hoe maak ik een podcast* is ze alleen maar enthousiaster geworden over het project. Ze pakt de stapel mappen waar de draaiboeken in moeten en begint gaten te prikken in het papier. Over anderhalf uur gaan ze live, tot die tijd zal de hectiek op de vloer alleen maar toenemen. Als de uitzending afgelopen is, kletsen ze met z'n allen na aan de grote tafel, om zich daarna voor te bereiden op de volgende dag.

Weer drukt ze gaatjes in een stapeltje papier en duwt die in een map. Het eerste draaiboek is klaar.

'Wil jij deze naar Marije brengen?' vraagt ze aan een collega die ogenschijnlijk niet veel omhanden heeft.

Hij neemt de map van haar over en verdwijnt in de richting van de studio.

Inès appt haar bijna elke dag met de vraag of er al iets bekend is. Die loopt helemaal hard van stapel; inmiddels heeft ze de inhoud van haar hele kledingkast aangevuld met Parijse outfits. Af en toe stuurt ze een foto van zichzelf in een jurkje dat haute couture zou moeten zijn, maar eruitziet als iets van de H&M.

Opnieuw pakt ze een stapel van de printer, perforeert het papier en vult een map. Nog drie te gaan, dan is dit klusje geklaard.

'Tien minuten voor de repetitie,' schreeuwt iemand die zijn hoofd om de hoek van de deur steekt.

'Hier!' Bo pakt de klaarliggende mappen en duwt ze in zijn handen. Zonder dat ze uitleg hoeft te geven vertrekt hij weer. Het is fijn als mensen precies weten wat er moet gebeuren. Ook de structuur bij *Koffie en koek*, die soms rommelig is, maar op cruciale momenten zo strak als een militair plan, ervaart ze als prettig. Eigenlijk moet ze stoppen met klagen over haar werk en gewoon geduld hebben, ooit komt er een dag dat ze niet langer de assistent zal zijn.

Ze pakt de laatste stapel papier van de printer en vult de lege mappen die nog klaarliggen. Daarna rent ze ermee naar de studio.

'Bo, kun jij over vijf minuten bij mij op kantoor komen,' vraagt Marije na afloop in het voorbijgaan.

Haar hart slaat een slag over.

Verderop praten collega's met gasten die vandaag in de uitzending waren. Zoals gebruikelijk wordt hun verzekerd dat het geweldig is gegaan. Niemand verlaat de studio met een vervelend gevoel, is hun motto. Bo trekt de snoertjes uit de zenderkastjes en rolt ze op. Morgen is er weer een show, dan moet alles klaarliggen. Ze haalt een paar keer diep adem, recht haar rug, en loopt dan naar Marijes kantoor en klopt aan. Hun hoofdredacteur werkt als enige achter een gesloten deur.

'Ja,' hoort ze roepen.

Ze duwt de klink naar beneden en gaat naar binnen. 'Ben ik te vroeg?' vraagt ze zachtjes, als ze ziet dat Marije aan het bellen is.

Die schudt met haar hoofd en draait zich van Bo af.

Ze gaat zitten, de zenuwen nemen nu de overhand. Als *Spoorloos* niet doorgaat is het ook goed, herhaalt ze in haar hoofd. Misschien zelfs nog wel beter, want dan hoeft Inès geen verlof te vragen en vliegt ze gewoon met Joost naar Athene.

Ergens op de gang begint iemand te joelen, het gebruikelijke geluid als een gast heeft toegezegd in de uitzending te willen komen terwijl niemand een 'ja' had verwacht. Onbewust glimlacht ze. Ze zal straks horen om wie het gaat.

'Goed.' Marije draait zich naar Bo toe en legt haar mobiel op het bureau. 'Een podcast over de verdwijning van een Nederlandse vrouw in Frankrijk. Hoewel ik zelf nog steeds mijn twijfels heb, is verder iedereen meer dan enthousiast over jouw idee.'

Bo moet moeite doen om haar blijdschap te temperen; nu in gejuich uitbarsten zal Marije niet op prijs stellen.

'Sowieso kan ik eigenlijk niemand missen op de werkvloer, ook niet voor een maand,' gaat Marije verder. 'Dus eerlijk gezegd weet ik niet wie ik met jou op pad moet sturen.'

Het is nu of nooit. 'Ik wel,' zegt Bo. 'Ik ken een onderzoeksjournalist, nog van mijn opleiding. Zij kan als freelancer meegaan.' Moet je haar horen, alsof Inès een vage kennis uit haar studiejaren is.

Marije lijkt erover na te denken. 'Jij bent eindverantwoordelijk,' zegt ze na een korte stilte. 'Dus jij moet zorgen dat het werk geleverd wordt. Vier weken, elke week een aflevering. Eventueel een bonusaflevering in juni. De afleveringen gaan elke zaterdag online, we starten met een korte introductie-aflevering. Ik wil op maandag en donderdag een teaser, op dinsdagen nodigen we experts uit in de uitzending.'

Bo gaat verzitten, het wordt nu wel heel echt.

'Daarnaast wil ik een geregelde update van de voortgang.' Marijes blik wordt ineens scherp. 'Vergeet dat niet, Bo.'

Nog voor ze kan antwoorden gaat Marije verder. 'Er is tienduizend euro beschikbaar, je krijgt een creditcard mee van *Koffie en koek*. Bewaar wel alle bonnetjes. Verder kun je in overleg met de regie apparatuur en aansluitmateriaal meenemen.'

In gedachten begint Bo razendsnel te rekenen. Reiskosten, hotelovernachtingen, eten, drinken. Ze kan moeilijk een inschatting maken van de kosten, maar als zij en Inès het een beetje zuinig aan doen, moeten ze het met dat bedrag kunnen redden.

'Geweldig.' Ze voelt opwinding door deze enorme kans.

'Ik heb straks een vergadering, dus ik wil het hierbij laten. Eind van de week verwacht ik een eerste versie van het draaiboek op mijn bureau,' zegt Marije.

Dat wordt hard doorwerken, ook in de avonden, maar het moet lukken.

Bo schuift haar stoel naar achteren. 'Het gaat een geweldige podcast worden, echt,' zegt ze. Het eerste wat ze nu wil doen is Inès bellen met het goede nieuws.

'Wacht even,' zegt Marije vlak voordat Bo de gang op loopt.

Bo draait zich om. Marijes leesbril staat op het puntje van haar neus terwijl ze haar computerscherm bestudeert.

'Ik mag dan niemand op de werkvloer kunnen missen, dat betekent niet dat we zonder meer contracten verlengen. Het jouwe loopt op 31 augustus af,' zegt ze. Dan zet ze haar bril af en maakt oogcontact. 'Als die podcast een succes wordt krijg je wat mij betreft een vaste aanstelling. Zo niet, dan eindigt jouw carrière bij *Koffie en koek*.'

Bo blijft als bevroren staan. Ze had meerdere scenario's bedacht, maar niet dit. Ze werkt al bijna drie jaar op deze redactie!

Geschokt loopt ze Marijes kantoor uit. Uiteraard wilde ze zelf meer dan redactieassistent bij een ochtendshow zijn, maar de ww in en gaan solliciteren, dat is geen optie. Niet voor zichzelf en ook zeker niet voor Joost, of voor hun hypotheek die toch echt maandelijks afgelost moet worden. Ineens heeft ze zo'n spijt van dit plan.

Ze haalt haar iPhone tevoorschijn en zoekt het nummer van Inès in haar contacten. Even later gaat de telefoon over.

'En? Hebben we groen licht?' vraagt Inès zonder zich te bekommeren om de gebruikelijke plichtplegingen.

'Eh, ja,' zegt Bo. 'Maar ik weet niet of ik het nog wel wil.'

'Hoezo? Wat is dat nou weer voor onzin!'

Met kleine stapjes begint Bo te ijsberen door de gang. 'Ik heb nog nooit een podcast gemaakt en nu heeft Marije laten weten dat mijn vaste aanstelling afhangt van het succes van *Spoorloos*.'

'Kom op, Bo, als je eenmaal een weg bent ingeslagen, moet je er honderd procent voor gaan.'

Bo blijft stilstaan en kijkt naar het plafond. Inès heeft makkelijk praten, die heeft al jaren een contract voor onbepaalde tijd.

'Dit wilden we, je kunt de toekomst niet van a tot z uitstippelen en verwachten dat het leven die lijn volgt,' gaat ze verder.

Inès wordt nu wel heel filosofisch, maar ze heeft gelijk. Bo haalt diep adem. 'Goed,' zegt ze. 'We gaan ervoor en ik zie wel hoe het afloopt.' Ze moet haar mobiel een halve meter van haar oor houden om niet tijdelijk doof te worden van het vrolijke geschreeuw dat volgt.

Als de verbinding is verbroken weet Bo niet of ze blij of bang is, want nu moet ze Joost nog gaan vertellen dat het geen vakantie in Griekenland wordt, maar werken in Frankrijk, nota bene een klus waarvoor haar baan op het spel staat.

4

'Je gaat wát doen?' Joost kijkt haar met grote ogen aan.

'Een podcast maken, in Frankrijk, samen met Inès,' herhaalt ze.

Hij laat zich met een klap op de bank vallen en kijkt een paar seconden voor zich uit.

'Inès, als in jouw vriendin die altijd doet wat haar het beste uitkomt en die niet om anderen geeft?'

Nu raakt Bo geïrriteerd. 'Je overdrijft. Omdat iemand zijn eigen weg gaat in het leven is het nog geen egoïst.'

'Nee, en jullie hebben ook nooit ruzie, hè Bo,' roept Joost nu. Het sarcasme druipt van zijn stem.

Natuurlijk hebben zij en Inès weleens gedoe, maar het komt altijd weer goed. 'Niemand is perfect, ik ook niet,' zegt ze kortaf.

'Dat blijkt maar weer.' Woest slingert Joost zijn benen op het salontafeltje, een klein potje met een pannenkoekenplantje valt om.

Bo pakt het op en veegt de aarde er weer in, dan zet ze het op de vensterbank. Plotseling springen er tranen in haar ogen. Al die tijd werd haar enthousiasme getemperd door de zekerheid dat Joost zou ontploffen als ze het hem vertelde. Ze kijkt naar buiten. 'Ik wil dit gewoon graag,' zegt ze zachtjes.

Er loopt een vrouw met een buggy voorbij waar een peuter in zit, ze heeft een iets ouder kind aan haar hand. Verderop staat hun buurman bij een dunne boom waar zijn hondje omheen scharrelt, snuffelend naar een plekje waar hij zijn behoefte kan doen. De zon verdwijnt achter de daken aan de overkant. Dit is haar uitzicht, nu, en de komende dertig jaar. Overgelukkig in Overvecht, noemt Joost het weleens. Kon zij dat maar zijn.

‘Het is maar voor vier weken, dan vliegen we toch gewoon in juni naar Griekenland?’ stelt ze verdrietig voor.

‘In juni, juli én augustus kan ik geen vakantie opnemen. Die maanden zijn voor de collega’s mét kinderen,’ antwoordt Joost nors.

Weer zo’n steek onder water. ‘September dan?’

‘En waarom moet je helemaal naar Frankrijk?’ vraagt hij zonder op haar voorstel te reageren. ‘Verdwijnen er geen mensen in Nederland? Ik ken er wel een paar, hoor, mocht je ideeën willen.’

Hier gaat ze maar niet op in. Het is eigenlijk te gek voor woorden dat ze met Joost over het onderwerp van hun podcast moet onderhandelen.

‘Wie heeft er ooit gehoord van Julia van der Molen?’ Hij lacht schamper. ‘Misschien is het wel een broodjeaapverhaal? Hebben jullie daar weleens bij stilgestaan? Waarom anders staat er niets over op internet?’

Dat zijn nou precies de vragen die zij in hun onderzoek willen beantwoorden, behalve dan de suggestie dat het een onzinverhaal zou zijn. Op dit moment kan ze beter zwijgen. Hoe meer ze zegt, hoe kwader Joost wordt. Ze weet dat hij veel aan zijn hoofd heeft, maar toch voelt ze teleurstelling. Waarom kan hij niet gewoon blij zijn voor haar? Toen hij promotie kreeg en daardoor vaker moest overwerken heeft zij ook niet staan schreeuwen en tieren. Of al die keren dat hij onverwachts naar zijn moeder moet, dan zorgt zij er altijd voor dat er thuis een lekker maaltje klaarstaat als hij terugkomt.

‘En hoe ga je dit trouwens combineren met je werk bij *Koffie en koek*?’ vraagt hij ineens. ‘Het is niet de bedoeling dat jij je baan kwijtraakt, we hebben net een huis gekocht!’

‘Ik doe dit juist voor het programma,’ antwoordt ze kortaf. Weer worden haar ogen vochtig. Gefrustreerd veegt ze een traan weg.

‘Is er niemand anders op de redactie die dit kan doen?’

Ze draait zich om. ‘Natuurlijk niet. Het is ons idee.’

‘Het is wel meer dan een idee, Bo. Hoe lang weet je dit eigenlijk al?’

Die vraag had ze kunnen verwachten. 'Vanmiddag kwam de financiering pas rond.'

'Weken dus,' concludeert Joost terecht. Hij haalt diep adem. 'Goed. Dan zal ik het heel simpel houden voor je. Óf je kiest voor die podcast, óf je kiest voor onze vakantie en dus voor mij.'

Zou hij dit werkelijk menen? 'De verlenging van mijn contract hangt hiervan af!' roept ze uit.

Ineens ziet ze hem ijzig kalm worden. 'In dat geval heb jij je keus gemaakt,' zegt hij zó rustig dat ze er bang van wordt. 'Of niet?'

Een paar seconden staart ze hem verward aan, dan rent ze de woonkamer uit en gaat naar boven. Met elke tree die ze neemt voelt ze de woede vanbinnen verder ontvlammen. Hij stelt haar voor een onmogelijke keus nu haar vaste baan van die podcast afhangt, maar als dit is hoe Joost het wil, dan kan hij het zo krijgen, en ze trekt een rolkoffer onder hun bed vandaan.

5

Inmiddels slaapt Bo al een week op Inès' bank, tussen de verhuisdozen, want Inès moet binnenkort het antikraakpand uit. Met Joost heeft ze alleen kort appcontact gehad, waarin hij aangaf dat ze deze tijd maar moest gebruiken om na te denken over wat ze echt wil. Eigenlijk vindt ze het wel even goed zo. Inès geeft haar energie, terwijl Joost haar batterij leegzoog, de laatste tijd in elk geval. Als ze dat beseft wordt ze overvallen door schuldgevoel, want ze weet dat Joost naast zijn werk veel tijd bij zijn moeder doorbrengt en dat dat veel van hem vraagt. Maar ze kan haar gevoel nu eenmaal niet veranderen.

Ze neemt een hap van haar kwark met fruit en staart al kauwend voor zich uit. Sinds zij en Joost verkering kregen is er geen dag voorbijgegaan waarop ze elkaar niet spraken, en nu hebben ze amper contact.

'Hé, ben je er nog?' Inès geeft haar een voorzichtig schopje. Ze zit op een verhuisdoos vol boeken met haar laptop voor zich op het tafeltje. 'Ik krijg net een mail binnen. De hele maand mei heb ik onbetaald verlof gekregen,' zegt Inès met een grote grijns. 'We kunnen van start!'

Wat een opluchting. Stel dat de baas van Inès niet akkoord was gegaan, dan had ze in haar eentje naar Frankrijk gemoeten. Dat had Marije niet geaccepteerd. Bo neemt een laatste hap van haar ontbijt. Daarna pakt ze de slaapzak van de bank en vouwt hem op. Ze legt hem boven op een stapel dozen, samen met haar hoofdkussen. Nog steeds heeft Inès geen idee waar ze naartoe moet verhuizen, maar daar lijkt ze zelf geen last van te hebben.

‘Zo gaat dat met antikraak,’ zei ze gisteravond. ‘Je hoort pas op het laatste moment waar er een plekje is.’

Zou het haar lukken om zo te leven? Het lijkt aantrekkelijk, de hippie uithangen. Maar Inès heeft weinig zekerheden in haar leven terwijl zij... Ja, wat heeft zij? Geen zekerheden, niet meer in elk geval. Het huis in Overvecht staat op naam van hen beiden. Nu verkopen betekent dat ze achterblijft met een restschuld. Ineens voelt ze zich intens verdrietig. Ze moet stoppen met op de dingen vooruitlopen. Joost was vorige week niet voor rede vatbaar, maar die kalmeert vast wel en dan gaat hij nadenken, zoals altijd. In de tussentijd gaat zij er samen met Inès voor zorgen dat *Spoorloos* een hit wordt.

Bo werpt een blik op de klok die aan een spijker boven de deur hangt. Over twintig minuten gaat haar trein. Ze laat haar laptop in haar tas glijden en schiet overeind.

‘Ik moet rennen,’ zegt ze. ‘Zie je vanavond!’

Als Bo drie kwartier later op haar werk komt, wordt ze in de gang aangehouden door een collega die de website bijhoudt.

‘Heb je het al gehoord?’ vraagt hij.

Ze zou niet weten wat ze gehoord moest hebben. ‘Ik kom net binnen.’

Hij duwt zijn omlaaggezakte bril terug op zijn neus en zegt: ‘Je hebt goud in handen, Bo!’ Na die woorden loopt hij verder.

‘Wat?’ roept ze hem na, maar hij is al om de hoek verdwenen. ‘Leuk is dat,’ mompelt ze hardop tegen zichzelf. Over een halfuur begint het dagelijkse ritueel van draaiboeken printen, zenderen en proefdraaien. Ze kan dus nog even haar mails bekijken met een beker thee voordat het rennen en vliegen begint.

Als ze de kantine binnenkomt, ziet ze Marije staan praten met Benny, de regisseur.

‘Bo, jou moet ik hebben,’ zegt ze. ‘Heb je één moment?’

Voor de verandering klinkt Marijes stem vriendelijk. Ze wisselt nog een paar woorden met de regisseur en komt dan Bo’s kant op gelopen.

‘Gisteren heeft de webmaster de vooraankondiging van *Spoor-*

loos online gezet en is er een persbericht uitgegaan. Vanmorgen werd het opgepikt door Nu.nl en AD Digitaal plus een handjevol andere sites.'

'Wauw!' Dit had ze helemaal niet verwacht.

Marije glimlacht. 'Maak er wat moois van, Bo,' zegt ze.

Voor het eerst sinds ze met het idee kwam, lijkt haar hoofdredacteur wel tevreden te zijn en dat doet haar goed.

'Morgenmiddag wil ik het schema en het draaiboek met je doornemen, dan weet jij ook wanneer je wat moet aanleveren. En nu gaan we aan de slag, er wachten kijkers op ons.' Marije loopt weg.

Snel pakt Bo een beker thee. Als ze even later de grote ruimte waarin ze met elkaar werken binnenkomt, beginnen haar collega's te klappen en te joelen.

'Dames en heren, *meet* detective Bo.' Benny trekt haar arm omhoog. 'De vrouw die alles, maar dan ook alles boven water krijgt. Wat zeg ik, boven de grond krijgt!'

Er klinkt een enthousiast geschreeuw.

'Ga jij vandaag maar zenderen,' zegt hij tegen haar.

Tegen vier uur 's middags ruimt Bo de set op. De meeste van haar collega's zijn alweer naar huis, maar zij wil de regie vragen welke apparatuur en snoeren ze nodig heeft voor het opnemen van een podcast.

'Benny? Heb je even?' vraagt ze als hij voorbijloopt.

'Voor jou altijd,' zegt hij.

'Marije zei dat ik spullen van hier mocht meenemen voor de opnames van *Spoorloos*.'

'Natuurlijk. Wat heb je, Apple, Android?'

'Een iPhone, hoezo?' vraagt Bo.

Benny loopt naar een kast en trekt een la open. Hij haalt er het een en ander uit. 'Dit,' zegt hij, 'is een recorder waar je met dit snoer deze microfoon op aansluit. Die microfoon kun je op een standaard zetten. Als je met een spreker zit, is dit de beste manier om geluid op te nemen. De recorder legt alles vast op een memorycard. De data kun je met een cardreader downloaden op je laptop.' Hij houdt een plat apparaatje en een snoertje omhoog. 'De microfoon kun je ook aansluiten op je iPhone en dat doe je via dit apparaatje, een interface, die je vervolgens met dit snoertje koppelt aan je iPhone. Nog meer vragen?'

'Moet ik een programma downloaden?' Het klinkt zo stom, alsof ze geen idee heeft waar ze aan begint.

Hij schudt zijn hoofd. 'Nee, er zit eventueel ook een dictafoon-app op je iPhone die je kunt gebruiken. Heb je ook een MacBook?'

Bo knikt.

'Daar staat GarageBand op, met dat programma kun je knippen en plakken en de rest laat je aan ons over.'

Het klinkt wel heel makkelijk, maar in de praktijk zal het vast ingewikkelder zijn.

Hij legt de spullen plus een handjevol snoeren op tafel. 'Hier,' zegt hij. 'En als je er niet uit komt, gewoon bellen.'

Bo graait alles bij elkaar. 'Dank je.'

Als ze de studio uit loopt begint het ineens te kriebelen vanbinnen, bijna alsof ze verliefd is. Het is zo mooi als een idee werkelijkheid wordt!

Om halfzes loopt ze de oude schoolmeesterswoning in waar Inès de benedenverdieping huurt. Ze ruikt geurkaarsen en pizza. Inès komt in haar grijs-witte onesie de gang op, ze ziet eruit als een enorm konijn.

'We staan op Nu.nl!' schreeuwt ze.

'Ik weet het,' antwoordt Bo lachend.

Inès gooit haar armen de lucht in en draait in het rond, het bolletje dat voor een konijnenstaartje moet doorgaan zwaait heen en weer. 'We zijn beroemd,' zingt ze. Ineens staat ze stil en pakt Bo's hand. 'Kom op, ik heb pizza en bubbels!'

Terwijl Inès aan haar arm trekt doet Bo een vergeefse poging om haar schoenen uit te schoppen. Even later staat ze met één gymp en één sok in de woonkamer, waar tientallen kaarsjes branden. Een felgekleurde slinger is over de dozen gedrapeerd.

'We gaan ons succes vieren,' zegt Inès.

Bo trekt haar andere schoen uit. Daarna gooit ze haar jas over een doos en ploft op de bank. 'Ik heb er zo'n zin in! Morgen bespreek ik het draaiboek en de agenda met Marije en dan kunnen we maandag aan de slag!'

Ze hoort haar telefoon in haar jaszak trillen.

Terwijl Bo het toestel eruit haalt, zegt ze: 'Marije kennende zal ze wel meteen een teaser voor de uitzending willen. Daar moeten we dit weekend dus over nadenken, en misschien al wat opnemen voor de introductieaflevering.' Het gaat ineens zo snel allemaal.

'Leuk,' zegt Inès terwijl ze de pizzadozen opent.

Bo veegt over het scherm. Ergens hoopt ze dat het een bericht van Joost is. Normaal deelt ze dit soort nieuws altijd met hem, het voelt zo vreemd dat hij geen idee heeft wat er in haar leven speelt.

Het is een mailtje van ene Dorien H. en heeft als onderwerp *Spoorloos*. Ze kent geen Dorien.

'Iemand mailt me vanwege de podcast,' zegt ze en ze opent het bericht.

'Vertel.' Inès snijdt punten met een pizzasnijder.

'Beste Bo,' leest ze hardop voor. 'Vandaag las ik dat jij een podcast wilt maken over de verdwijning van Julia van der Molen. Ik ben journalist, net als jij, en ik ken deze zaak. Alle sporen lopen dood. Je zult alleen maar oud zeer oprakelen bij de familie, meer niet. Dorien.'

Inès stopt met snijden. 'Wat is dat nou voor een rare mail,' zegt ze, eerder verbaasd dan geschrokken.

Ineens voelt Bo zich een beetje misselijk worden. 'Misschien weet ze meer dan wij?'

Inès schuift een pizzapunt op een bord en geeft het aan Bo. 'Onzin, waarschijnlijk is ze gewoon jaloers. Misschien wilde ze zelf iets met de zaak doen? Een artikel schrijven, of een boek, mogelijk zelfs een podcast opnemen, wie zal het zeggen.' Ze legt een punt op haar eigen bord en begint te eten. Al kauwend gaat Inès verder. 'Ik zou die mail sowieso niet beantwoorden.'

Dat was ze ook niet van plan.

'Maar waarom zou iemand zoiets schrijven?' vraagt Bo.

Inès haalt haar schouders op. ‘Last van een te groot ego?’ Daarna neemt ze weer een hap.

Bo begint voorzichtig te eten. Eigenlijk heeft ze helemaal geen zin meer in pizza of bubbels. Sinds ze met het idee van die podcast kwamen is haar leven er niet bepaald makkelijker op geworden, en dan zijn de opnames nog niet eens begonnen.

6

‘Eieren?’ vraagt Inès de volgende ochtend als Bo met een slaperig hoofd de smalle keuken in komt. Gisteravond zijn ze uit geweest en ze rolden pas tegen vier uur in bed.

Zonder Bo’s antwoord af te wachten tikt Inès een ei stuk op de rand van de koekenpan, en even later spettert het vet. ‘Na een avond bubbels en dansen heb ik een stevig ontbijt nodig. Trouwens, moeten wij vandaag niet een introductie opnemen?’

Bo knikt. ‘En met een teaser op de proppen komen plus de naam van een expert, ik weet niet of dat gaat lukken.’ Ze voelt zich ineens zo’n amateur.

Terwijl Inès een tweede ei stuk tikt werpt ze een korte blik op Bo. ‘Een beetje meer vertrouwen in jezelf, Bootje. We zouden het coldcaseteam kunnen vragen of een van hen een algemeen verhaal bij *Koffie en koek* kan houden over vermissingen en wanneer het punt is bereikt waarop een zaak het archief in gaat?’

‘Dat is geen slecht idee,’ zegt Bo. Ineens is ze klaarwakker.

‘Nee, het is een fantastisch idee!’ verbetert Inès haar.

Bo schiet in de lach. Ze gaat op de houten stoel zitten die bij de achterdeur staat. Terwijl Inès het ontbijt maakt, denkt ze na. ‘De eerste teaser moet natuurlijk de introductie van Julia van der Molen zijn: wie was zij en wanneer verdween ze,’ zegt ze na een poosje. ‘Daarin kunnen we nog niet weggeven waarom ze naar Frankrijk ging.’

‘De informatie binnen laten druppelen bij de luisteraar,’ vat Inès haar woorden samen. Ze pakt twee borden uit de kast en zet die op het aanrecht, dan schept ze de eieren op. ‘Misschien kunnen we die teaser in de introductieaflevering uitbreiden door te vertellen wanneer we voor het eerst over Julia's verdwijning hoorden.'

'Het kampvuurverhaal van de School voor Journalistiek.' Inès haalt een zak donkerbruin brood uit de kast. 'Eén of twee boterhammen?' vraagt ze.

'Eén,' antwoordt Bo. 'Dat sluit mooi aan op de eerste aflevering waarin we bij de bron beginnen: Ruud Smithuijsen. Zou hij eigenlijk nog steeds voor de klas staan?'

Terwijl Inès brood op de borden legt en het zoutvaatje en bestek pakt, googelt Bo zijn naam. 'Hij heeft een LinkedIn-account. Tenzij dat niet is bijgewerkt, oreert Ruud nog dagelijks over ethiek in de media.'

'Oreren is het juiste woord, die man kon zo hoogdravend zijn als hij lesgaf. Neem jij je eigen bord mee?' vraagt Inès, die klaarstaat met het hare en het zout.

Bo komt overeind en rekt zich uit. Dan pakt ze haar bord en loopt achter Inès aan de woonkamer in. 'Zal ik proberen een afspraak met hem te maken?' Ze laat zich op de bank vallen en begint te eten.

'Terug naar school. Ik ben er nooit meer geweest, jij?'

Bo schudt haar hoofd terwijl ze kauwt. 'Dat gebouw was ook een afschuwelijke blokkendoos,' zegt ze. 'Ik zal Ruud zo mailen. Ik heb zijn mailadres nog wel ergens. Het lijkt me eigenlijk wel leuk om hem weer eens te zien, inmiddels moet hij in de zestig zijn. Zou hij nog steeds zo'n gezellige borrelaar zijn?'

'Heb je nog iets van Joost gehoord?' vraagt Inès vanuit het niets.

'Ander onderwerp.' Bo zet haar half leeggegeten bord op de salontafel. Ze kan het Joost niet kwalijk nemen dat hij zich na zijn korte appjes in stilzwijgen hult, zelf heeft ze ook geen toenadering meer gezocht. De komende maand moet ze zich op de podcast richten, daar kan ze haar relatieproblemen even niet bij hebben. Straks, in juni, als dit project klaar is, gaat ze met hem praten over hun toekomst, als die er nog is.

'Hier, eet.' Inès duwt het bord terug in haar handen. 'Gisteravond heb je een halve pizzapunt gegeten, je hebt echt iets nodig.'

Bo pakt het aan en begint aarzelend te eten. Het smaakt haar helemaal niet, alsof ze gezouten rubber in haar mond heeft. Dan voelt ze Inès' warme hand op de hare.

'Het gaat helemaal goed komen, Bootje. Geniet nou gewoon van het feit dat wij samen eindelijk vier jaar buffelen op de hogeschool in de praktijk gaan brengen.'

Ze legt haar andere hand op die van Inès. Was het allemaal maar zo ontzettend simpel.

Die maandagochtend staren ze voor het eerst in tien jaar naar het grauwe schoolgebouw dat vier jaar lang de spil van hun leven was. Buiten hangen leerlingen rond, sommige staan te roken tegen de gevel, andere zitten op de rand van de lange plantenbak met elkaar te kletsen.

'Er is helemaal niets veranderd hier,' merkt Inès op.

Het is inderdaad alsof ze terug in de tijd zijn gestapt, alleen de studenten herkennen ze niet langer.

'Zullen we naar binnen gaan?' vraagt Bo. Ruud reageerde gisteren vrijwel onmiddellijk op haar mail. Uit zijn reactie maakte ze op dat hij verrast was door hun verzoek, maar hij wilde hen graag spreken. Blijkbaar volgt hij de online nieuwsberichten niet op de voet.

Alle opnameapparatuur zit in Bo's schoudertas, samen met haar laptop. Naast elkaar lopen ze door de gangen naar Ruuds kantoor; volgens zijn mail zit hij nog steeds op dezelfde plek als tien jaar terug. Even later klopt Inès op de deur, die onmiddellijk met een zwaai wordt geopend.

'Dames!' zegt Ruud. 'Jullie zijn geen spat veranderd.' Hij doet een stap naar achteren om hen binnen te laten.

'Jij ook niet,' antwoordt Inès en daar heeft ze gelijk in. Er zitten een paar extra lijntjes in zijn gezicht en zijn haar lijkt wat dunner te zijn dan vroeger, maar verder is het de oude Ruud.

Hij sluit de deur achter hen. 'Ga zitten.' Terwijl hij zelf naar de andere kant van zijn bureau loopt zegt hij: 'Hoe kennen jullie het verhaal van Julia van der Molen eigenlijk?' Zijn stem klinkt een beetje verbaasd. 'Ik heb even gegoogeld, maar er is niet zoveel te vinden over haar.'

Bo haalt de opnameapparatuur uit haar tas en begint de boel aan te sluiten. 'Als jullie even willen wachten met praten?' vraagt ze. Even later staat de microfoon in de standaard klaar en zet ze de recorder aan.

'Je hebt me over Julia verteld op een feestje,' zegt Inès. 'Volgens jou is ze vermist geraakt tijdens een onderzoek naar een verdwenen student. Een treurig noodlot, noemde jij het toen. Julia zou een reeks van verkeerde beslissingen hebben genomen.'

'Dronkenmanspraat.' Ruud lacht als een boer met kiespijn. 'Ik weet helemaal niet wat er gebeurd is en wij journalisten doen nooit aannames, dat weten jullie.' Hij zucht. 'Het is een pijnlijk verhaal, ook voor de school,' zegt hij. 'Julia vertrok naar Parijs om de rechercheur te spreken die destijds op de vermissing van een of andere student zat. Inmiddels moet die vermissingszaak al ouder dan veertig jaar zijn. We zullen wel nooit te weten komen wat er precies gebeurd is. Heel naar, maar dat soort dingen gebeuren. Alleen al in Amerika verdwijnen honderdduizenden mensen per jaar, wisten jullie dat? Een groot deel wordt teruggevonden, maar een deel ook niet. Dat is het leven.'

'Edda Biancchi,' zegt Inès vanuit het niets. 'Zo heette dat meisje naar wie Julia op zoek ging.'

Bo ziet Ruuds adamsappel snel op en neer gaan.

'Heb ik jou die naam verteld?' vraagt hij met samengeknepen ogen.

'Alleen haar voornaam,' antwoordt Inès. 'En dat ze uit een klein dorpje bij Napels kwam. De rest vond ik online.'

Ruud gaat verzitten en haalt diep adem. 'Nou ja, hoe het ook zij, nadat Julia die rechercheur had gesproken heeft ze een paar dagen in Parijs doorgebracht voor ze naar Bordeaux ging. Daar liep Edda's spoor dood. Uiteindelijk is Julia weer op de trein terug naar Parijs of Nederland gestapt en...' Hij lijkt even aangedaan. 'Er moet iets gebeurd zijn onderweg. Ik was haar studiebegeleider en heb me haar lot enorm aangetrokken. Nog nooit zijn we een student kwijtgeraakt tijdens een journalistiek onderzoek. Ik hoop het ook niet nog een keertje mee te maken. Wat een drama was dat voor die ouders.' Hij schudt zijn hoofd.

'Maar goed. Jullie willen op onderzoek gaan in Frankrijk?'

Bo en Inès kijken elkaar aan. 'Ja,' zegt Bo. 'Dat is wel de bedoeling. We willen letterlijk in haar voetsporen treden en haar reis maken. En kijken of we op die manier meer informatie kunnen vinden over Julia's verdwijning.'

Weer ziet ze Ruud een paar keer slikken. De zaak emotioneert hem kennelijk nog steeds, ondanks het feit dat het tweeëntwintig jaar geleden is.

'Goed,' zegt hij. 'Ik werk natuurlijk mee. Jullie mogen me altijd bellen, maar één ding wil ik jullie op het hart drukken: benader haar familie niet. Die hebben al genoeg doorgemaakt.'

'Uiteraard niet,' zegt Inès, nog voor Bo zelf iets kan zeggen.

Aan de ene kant begrijpt ze zijn verzoek, aan de andere kant: als ze een spoor vinden, zullen ze hen toch moeten benaderen. Of dat aan de politie overlaten.

Ruud krabt aan zijn kin en begint dan te praten. 'Destijds heb ik Julia een keer gebeld in Parijs om te kijken hoe het ermee stond. Als ik het me goed herinner logeerde ze in een goedkoop hotel met een typische naam...' Hij valt stil en lijkt even na te denken. 'Het was vernoemd naar een historisch figuur. Charles de Gaulle? Of nee, ik weet het alweer: Napoleon. Na ons gesprek heb ik haar nog iemand getipt die haar mogelijk kon helpen. Ik had in die tijd contact met een docent van de Universiteit van Bordeaux. Mijn ouders bezaten een vakantiehuisje in die regio, dus ik kende er wat mensen. Ik heb zijn naam aan Julia gegeven in de hoop dat hij haar verder kon helpen.'

'Heb je nog steeds contact met die docent?' vraagt Inès.

'Nee, al jaren niet meer. Hoe heette hij ook alweer?' zegt Ruud peinzend. 'Patrick? Pascal? Ik zou het eerlijk gezegd niet meer weten.' Hij tikt met zijn vinger tegen zijn hoofd. 'Ouderdom komt met gebreken, dames, ik ben al bijna zevenenzestig. Maar mocht ik me zijn naam herinneren, dan bel ik. Goed?'

Ruud komt overeind. 'En nu moet ik jullie helaas mijn kantoor uit sturen, er wacht een klas vol eerstejaars op me.'

Bo tikt op de opnameknop. Daarna trekt ze het snoertje uit haar telefoon en begint op te ruimen. 'In elk geval bedankt,' zegt ze. Hoe dan ook zijn ze een klein stapje verder in hun onderzoek.

'Geen dank, ik help oud-studenten graag,' antwoordt Ruud met een grijns.

Als ze even later weer buiten staan kijkt Inès haar aan. 'Zullen we een café zoeken om na te praten en onze vervolgstappen te overleggen?' stelt ze voor.

'Dat lijkt me een goed plan.' Ondanks alle problemen met Joost heeft ze ineens zo'n zin om op pad te gaan. Of nee, om in de voetsporen van Julia te treden.

7

'Hé, onze studentenkroeg bestaat nog!' zegt Bo verrast als ze het café ziet waar ze vroeger dagelijks na de les rondhingen. Er is niets veranderd, nog steeds staan er zwarte parasols op het terras met daaronder houten tafeltjes en rieten stoelen. Zelfs de witte letters op het raam herkent ze.

'For old times' sake!' zegt Inès en ze loopt het terras op naar de cafédeur.

Bo trekt haar afgezakte schoudertas verder omhoog. Even later zet ze een stap op de houten vloer waar ze zoveel jaren op heeft staan drinken en dansen. Ook binnen is er niets veranderd, alleen de verlichting achter de bar verspringt nu van kleur. Zelfs de geur van verschaald bier is zo herkenbaar.

Bo zet haar tas op een tafeltje bij het raam en trekt haar jas uit.

'Ik moet even naar de wc,' zegt Inès en weg is ze.

Bo haalt haar telefoon tevoorschijn en gaat zitten. Tot nu toe hebben ze zich nog niet echt verdiept in Edda Biancchi. Maar sinds het gesprek met Ruud vraagt ze zich af of het werkelijk een kwestie van toevallige, nare omstandigheden is geweest, of dat Edda's vermissing wel degelijk onlosmakelijk verbonden is met die van Julia. Ze googelt Edda's volledige naam. Even later verschijnt er bovenaan een Franse website, zo te zien eentje waar oude krantenartikelen op staan. Haar Frans is niet vloeiend, maar lezen gaat prima. Het eerste artikel is een kort stukje waarin melding wordt gemaakt van Edda's vermissing. In het tweede komt de pers niet veel verder dan de opmerking dat alle sporen doodlopen. Nergens staat een naam van een rechercheur, de krant beperkt zich tot 'de politie'. Ze klikt de website weg. De tweede hit is een Italiaanse website. Ze opent de pagina. Het is een oude forumsite, dezelfde als die van de Universiteit van Bordeaux waar Inès Edda's naam vond. Ze spreekt geen woord Italiaans, maar het woord *polizia* kent ze wel. Rustig scrolt ze verder tot ze een Franse naam tegenkomt: Pierre Lambert. Met een paar tikjes tegen het scherm kopieert ze een stuk tekst en zet dat in Google Translate.

'Bingo,' zegt ze hardop.

'Vertel, wat heb je gevonden?' vraagt Inès terwijl ze de stoel tegenover haar van het tafeltje schuift en gaat zitten.

'De naam van de rechercheur die Edda's vermissing heeft onderzocht. Hij heet Pierre Lambert.' Ze tikt op een linkje dat iemand op het forum heeft gezet en er opent een artikel van *la Repubblica*, een van de grootste Italiaanse kranten. Er is een foto van Lambert bij het artikel geplaatst, zijn naam staat eronder. Een typisch Frans gezicht kijkt haar aan. Als deze man nog leeft, dan is zijn zwarte haar vermoedelijk grijs geworden, en zijn dunne snorretje een stuk borsteliger.

'Vertelde Ruud nou dat Julia een afspraak met die man had in Parijs?'

'Volgens mij wel,' antwoordt Inès, die een poging doet de aandacht van de barman te trekken. 'Misschien is hij naar een ander korps gegaan?'

Bo wist alle zoekresultaten en begint opnieuw te zoeken. Even later opent ze een krantenartikel van *Le Monde*. 'Pierre Lambert is in 2009 onderscheiden en gepensioneerd, hij werkte op dat moment bij de Parijse politie. Volgens het artikel bleef hij na zijn pensioen in de stad wonen en keerde niet terug naar het platteland. Alsof Bordeaux een boerendorp is,' voegt Bo eraan toe.

Inès grinnikt om haar opmerking. 'Koffie?' vraagt ze.

'Lekker, een latte.'

Terwijl Inès bestelt zoekt Bo verder. 'Volgens de Franse online telefoongids wonen er meer dan duizend Lamberts in Parijs van wie er een aantal Pierre heten. Er zit weinig anders op dan die een voor een te bellen.'

'Mooi klusje voor onderweg,' is het antwoord van Inès. 'Zullen we hier maar meteen lunchen?'

'Kleffe tosti's!' roept Bo uit. Ze heeft heel wat van die dingen naar binnen gewerkt in haar studententijd.

'Met Remia-currysaus!' vult Inès haar aan.

'Goed, wat moeten we allemaal voor vertrek regelen?' vraagt Inès even later met een mond vol gesmolten kaas.

'Kaartjes voor de Thalys kopen, hotelkamer reserveren,' begint Bo. 'Lijstje van de te bellen Lamberts maken.'

'En inpakken,' vult Inès haar aan. 'Zowel onze koffers als de rest van mijn spullen thuis. Als wij in Parijs zitten, verhuist mijn vader alles naar een opslag.'

'Handig, zo'n vader.' Bo neemt een hap. De tosti's smaken hetzelfde als vroeger.

'Ben jij weleens in Parijs geweest?' vraagt Inès.

'Nee, ik ken alleen de Périphérique. Mijn ouders vonden die rondweg een drama.' Ze veegt over het schermpje van haar telefoon om de kaartjes online te bestellen.

'Ik ook niet. Het stond altijd wel op mijn verlanglijstje, *Paris*,' zegt Inès met een Frans accent.

'Twee enkeltjes Parijs, driehonderdtachtig euro,' Bo laat Inès het scherm zien. 'Tenzij we bereid zijn om op een onmogelijk tijdstip te reizen, dan is het iets goedkoper.'

Het bedrag lijkt Inès weinig te deren, maar Bo slaat in gedachten al aan het rekenen. De reiskosten zullen een flinke hap uit het budget slaan en dan moeten er nog hotels geboekt worden. Tienduizend euro is vijfentwintighonderd euro per week. Ze opent Booking.com. Een hotelkamer in de buurt van Gare du Nord kost al snel tweehonderd euro per nacht, constateert ze, tenzij ze op een slaapzaal gaan liggen. Dit valt haar eigenlijk behoorlijk tegen. Een slaapzaal is trouwens geen optie, ze moeten de kans hebben om in alle rust de podcastafleveringen in elkaar te zetten.

'Zullen we de eerste drie nachten boeken en daarna zien wat we doen?' stelt ze voor. Het is mei. Weliswaar is de stad dan drukker dan in de winter, maar het is geen hoogseizoen. Mochten ze langer willen blijven, dan kunnen ze altijd nog bijboeken, of desnoods naar een ander hotel verhuizen, mocht het onverhoopt vol zitten.

'Is drie nachten niet een beetje kort?'

'We komen daar om Lambert te spreken en om eventueel navraag te doen bij Hotel Napoleon,' antwoordt Bo. 'Daar hebben we toch geen week voor nodig?'

'Als ik in Parijs ben wil ik wel iets meer doen dan alleen maar werken.' Inès schuift het vuile bordje van zich af. 'Moeten we trouwens niet een teaser naar *Koffie en koek* sturen?'

Bo kijkt op de klok, die nog steeds op dezelfde plaats hangt als vroeger: boven de keukendeur. De uitzending is net afgelopen, op dit tijdstip zit iedereen rond de grote tafel na te praten over alles wat goed en fout ging. 'Vanmiddag,' beslist ze. 'We moeten er toch nog over nadenken. Zal ik drie nachten boeken?'

'Een week, minstens,' werpt Inès tegen. 'Ik wil de Eiffeltoren op, de Notre-Dame zien – of wat daar nog van over is – en de *Mona Lisa*! O ja, en die brug waar stelletjes een hangslotje aan vastmaken, dat lijkt me zo romantisch. Bovendien wil ik tot zonsopgang dansen in Silencio, de nachtclub van filmregisseur David Lynch. Daar kom je trouwens niet zomaar binnen, tenzij je bekend bent. We kunnen ook naar Le Montana, aan de champagne tussen modellen en acteurs. Of Matignon! Als we dat tenminste kunnen vinden, want ze schijnen die club nogal verstopt te hebben.'

Bo kijkt haar met open mond aan. 'Hoe ken jij al die namen?'

'Gewoon,' zegt Inès nonchalant. 'Online gevonden. De places to be in Parijs. Ik heb een paar palen van hakken opgescharreld in de uitverkoop en een paar little black dresses, hoewel er eentje rood is. Je denkt toch niet dat ik naar Parijs ga zonder de stad te leren kennen!'

'Inès, we zijn daar niet als toeristen,' roept Bo uit.

'Dat weet ik, maar daarom kunnen we toch wel het nuttige met het aangename verenigen? Zo'n gesprekje met een bejaarde rechercheur duurt hooguit een uur, daarna sukkelt die man voor je neus in slaap. En het heeft ook weinig zin om dagenlang bij dat hotel rond te hangen. Nee, lieve Bootje, jij en ik gaan de beste podcast ooit maken én de beest uithangen in een wereldstad.

Voor je het weet hang je aan de armen van een Franse zanger en zegt de naam Joost jou helemaal niets meer.'

Geweldig, in één klap is ze weer terug bij haar relatieproblemen. Moet ze Joost eigenlijk vertellen dat ze naar Parijs gaat? Ze heeft wel iets gezegd over opnames in Frankrijk, maar het voelt een beetje vreemd om zonder nader bericht te vertrekken. Even speelt ze met de gedachte hem een appje te sturen, maar dan neemt ze een besluit. Joost was heel duidelijk toen hij zei dat ze een keus had gemaakt. Nu moet ze ervoor gaan, zoals Inès al zei.

'Hoe laat zullen we morgen vertrekken?' vraagt ze. 'Aan het begin van de middag?' Dat geeft hun de tijd om in te pakken en de trein naar Amsterdam te nemen.

'Helemaal goed,' antwoordt Inès.

Bo is even druk op haar scherm bezig. 'Dan nemen we de TGV van twee uur.' Als ze betaald heeft met de creditcard van *Koffie en koek* bergt ze haar toestel op.

'Heeft die Dorien eigenlijk nog iets van zich laten horen?' vraagt Inès ineens. 'Zij en Ruud zeiden feitelijk hetzelfde: val de familie niet lastig. Je gaat je bijna afvragen waarom dat zo belangrijk is.' Na die woorden drinkt ze haar glas leeg.

Bo laat haar woorden even tot zich doordringen. Inès heeft gelijk, waarom zouden zowel Dorien als Ruud daarop hameren? 'Daar moeten we dus achter zien te komen,' zegt ze.

8

Op Amsterdam Centraal wordt er om de haverklap iets onverstaanbaars omgeroepen. Terwijl reizigers zich door de poortjes richting de perrons haasten, haalt Bo de twee uitgeprinte tickets voor de Thalys tevoorschijn. Ze houdt ze voor de lezer, maar er gebeurt niets.

'Probeer de volgende eens,' stelt Inès voor.

Bo schuift een poortje op, die opent zodra ze de code ervoor houdt. Even later lopen ze naast elkaar naar perron 15; Inès met een flinke rolkoffer en zij met een volgestouwde rugzak; haar schoudertas heeft ze los meegenomen. Gisteren, nadat ze in hun oude studentencafé waren geweest, heeft ze de rugzak gekocht. Er zit een vaste oplader in waarmee ze onderweg haar laptop en iPhone kan opladen, mocht dat nodig zijn.

'Moeten we op 15a of 15b zijn?' vraagt Bo terwijl ze de trappen oplopen. Inès zeult met moeite de zware rolkoffer over de treden, ze hadden beter de roltrap kunnen nemen.

'Geen idee,' antwoordt Inès.

Eenmaal boven ziet Bo dat het antwoord er niet toe doet, de trein naar Parijs staat al klaar. Ze lopen naar hun wagon en stappen in. De bekleding van de stoelen is al net zo rood als de buitenkant van de trein. Als ze bij hun stoelnummers zijn doet Bo haar rugzak af, haalt haar telefoon en haar laptop eruit en legt hem daarna in het bagagerek.

Inès kijkt naar het rek. 'Daar ga ik die koffer van mij nooit in krijgen,' constateert ze.

Bo gaat zitten. Op het perron rennen de laatste reizigers gehaast naar de nog openstaande treindeuren. De stationsklok geeft aan dat ze over een paar minuten vertrekken. Inès ploft tegenover haar neer. Ze heeft haar koffer tussen de zitplaatsen naast hen gezet. Gelukkig is het niet zo druk in de coupé.

'Ik zou geen nee zeggen tegen een latte,' zegt ze. 'Zouden ze in deze trein langskomen met een koffiekar?'

'Wie weet,' antwoordt Bo. Op het bordes gaan de deuren dicht. Ineens voelt ze zich op een prettige manier nerveus worden. Over drieënhalf uur stappen ze uit op station Gare du Nord en dan kan de grote zoektocht eindelijk beginnen.

Als de trein in beweging komt wordt er via de intercom omgeroepen dat de restauratie in wagon 14 zit.

Inès springt onmiddellijk overeind. 'Mooi,' zegt ze. 'Kan ik iets voor jou meenemen?'

'Nee, dank je,' antwoordt Bo. Inmiddels verlaat de trein het station. Als Inès vertrokken is, trekt het centrum van Amsterdam aan Bo voorbij. Tegen de tijd dat de monumentale panden plaatsmaken voor beton, gaat de trein sneller rijden. Het eerstvolgende station is Amsterdam Schiphol. Vanaf daar rijden ze via Rotterdam naar Antwerpen, Brussel en uiteindelijk Parijs, de stad waar antwoorden moeten liggen.

De Thalys is nog niet op volle snelheid als ze bij de luchthaven stoppen. Er stappen slechts een paar reizigers in. Als de trein zich weer in beweging zet, begint voor Bo's gevoel de reis pas echt. Eindelijk gaat ze het werk doen waar ze voor opgeleid is: onderzoeksjournalistiek.

Inès komt de wagon weer binnen. 'De koffie smaakt behoorlijk.' 'Wat gaan we snel, hè,' zegt ze.

Bo kijkt naar buiten. Ze passeren de auto's op de snelweg in een steeds hoger tempo, het is inderdaad verbazingwekkend. Hierbinnen heeft ze nauwelijks in de gaten dat ze door het landschap vliegen. Noord-Holland maakt plaats voor het Groene Hart en het landschap opent zich. Akkerland afgewisseld met boerderijen, industrieterreinen en woonwijken trekken voorbij.

'Misschien moeten we de microfoon aanzetten om achtergrondgeluid op te nemen,' stelt Inès voor.

Dat vindt Bo een goed plan. Ze staat op en trekt haar schoudertas uit het rek. Even later installeert ze de microfoon op het tafeltje. 'Het neemt ook ons gesprek op.'

Inès wuift wat met haar hand ten teken dat het haar niet uitmaakt. 'We knippen de slechte stukken er later wel uit.'

Bo plugt het snoertje in en drukt op de opnameknop. Inmiddels naderen ze Leiden. Nog even, en ze passeren Den Haag.

'Heb je eigenlijk al een teaser naar *Koffie en koek* gestuurd?' vraagt Inès ineens.

Bo schudt haar hoofd. 'Nee. Ik zal inmiddels wel een ongeduldige mail van Marije hebben. Maar verder dan het eerste idee van de introductie van Julia van der Molen zijn we nu niet, zoveel is er ook nog niet gebeurd.'

Inès buigt zich naar de microfoon. 'Inmiddels zijn we op het spoor van rechercheur Pierre Lambert gekomen, kan hij ons meer vertellen over de laatste dagen van Julia?' Na die woorden leunt ze weer achterover. 'Zo.'

Verbouwereerd kijkt Bo haar aan. Wat Inès zojuist zei klonk mysterieus genoeg om te prikkelen. 'Die zin ga ik via een appje aan haar sturen,' zegt ze enthousiast. Ze scrolt naar haar notities op haar iPhone. 'Ik heb alle Pierre Lamberts die in Parijs wonen en geregistreerd staan in de telefoongids op een rijtje gezet. Laten we die nummers onderweg een voor een bellen.'

'En de telefoongesprekken opnemen,' voegt Inès toe. 'Als we hem vinden kunnen we dat gesprek voor de eerste aflevering gebruiken. Ik heb de app Call Recorder al geïnstalleerd.' Ze pakt haar telefoon en toetst het bovenste nummer in.

Terwijl Bo op haar iPhone ook de app downloadt waarmee je telefoongesprekken kunt opnemen, is Inès bezig het rijtje telefoonnummers af te werken. Ze spreekt verbazingwekkend goed Frans, beter dan Bo in elk geval. De trein lijkt vaart te minderen, waarschijnlijk naderen ze Rotterdam.

Inmiddels staat de app op haar telefoon. Ze pakt het blaadje met telefoonnummers en haalt een pen uit haar tas. Dan plaatst ze een kruisje bij het onderste nummer ten teken dat zij die al geprobeerd heeft en toetst de getallen in op haar toestel.

Ineens steekt Inès haar hand op en haar ogen worden groot. Ze vertrekt haar gezicht tot een grimas die aangeeft dat ze beetheeft. In rap Frans stelt ze een paar vragen en enkele minuten later verbreekt ze de verbinding.

'Ik heb hem gesproken!' zegt ze.

Bo kijkt haar stomverbaasd aan. Ergens had ze er rekening mee gehouden dat ze Lambert niet zouden vinden, of dat hij al zou zijn overleden. 'Echt?'

'Echt,' bevestigt Inès. 'Ik heb hem verteld over onze podcast. Hij wil meewerken. We hebben morgenochtend een afspraak met hem in brasserie Le Roi, vlak bij de Seine. Maar...'

Er is altijd een maar, weet ze dankzij *Koffie en koek*. Hoe vaak zij die 'maar' niet heeft gehoord als ze weer eens een gast belde met de vraag of hij voor de camera wilde.

'Hij mag niet over alle details uit het dossier praten, ook al is het een cold case. Verder zei hij dat heel veel mensen zich met deze zaak bemoeid hebben, maar dat alle sporen direct na Julia's vermissing doodliepen.'

Bo kijkt naar buiten. Het weidse landschap schiet als een te snel afgespeelde film voorbij. 'Gek,' zegt ze peinzend. 'Hij is al de derde die dat zegt.'

9

Een poosje zijn ze ieder in hun eigen gedachten verzonken, terwijl de TGV door het veranderende landschap raast.

'Iemand moet meer weten,' zegt Bo peinzend. 'Het gebeurt wel vaker dat mensen pas na jaren durven te praten, de vraag is hoe we die persoon gaan vinden.'

'De sterfbedbekentenis: het was de butler in de bibliotheek met het mes,' antwoordt Inès.

Bo schiet in de lach. 'Laat Marije het maar niet horen. Maar serieus, hoe kan iemand ongezien uit een trein verdwijnen? We moeten trouwens ook uitvissen of er in 2000 op alle stations waar Julia's trein stopte inderdaad bewakingscamera's hingen en hoe lang beelden in die tijd bewaard bleven.'

'Misschien weet Lambert dat?' oppert Inès. 'Dat lijkt mij nou typisch iets wat de politie als eerste uitzoekt.'

'Als we vanavond in het hotel zijn moeten we alle krantenartikelen over Julia's vermissing door een vertaalmachine halen,' beslist Bo. 'Wie weet wat we daar nog aan informatie in vinden. En overmorgen gaan we naar Hotel Napoleon, misschien dat iemand zich Julia kan herinneren.' Die kans is klein, na zo'n lange tijd, realiseert ze zich. Hoewel het niet vaak zal gebeuren dat gasten een paar dagen na hun verblijf als vermist worden opgegeven. Ongetwijfeld heeft de politie destijds ook bij Julia's hotel in Parijs navraag gedaan.

Inès wendt haar gezicht af en kijkt naar buiten. 'De trein rijdt langzamer, ik denk dat we in de buurt van Antwerpen zijn.'

Bo's iPhone trilt: een berichtje. Met een snel kloppend hart pakt ze haar toestel. Dat moet van Joost zijn, hij is de enige die haar sporadisch sms't. Wil ze het eigenlijk nu wel lezen? Straks staat er een reeks verwijten in, leer haar Joost kennen. Die is niet makkelijk als hij meent in zijn gelijk te staan. *Welkom in België*, leest ze op het scherm.

Op station Antwerpen stappen er mensen in en uit. Bo knijpt haar ogen samen en kijkt tussen haar wimpers door naar de perrons. Ze kan zich helemaal inbeelden hoe hier honderd jaar geleden dames in lange rokken en heren in jacquet rondliepen terwijl jongens met een Kruimeltje-pet op hun hoofd koffers sjouwden.

Een paar reizigers komen luid pratend hun coupé binnen. Bo stopt de opname, op deze manier heeft het weinig zin.

'Misschien moeten we zo veel mogelijk informatie over Edda Biancchi zien te vinden,' zegt ze. 'Het is goed mogelijk dat Julia's verdwijning wél iets met haar te maken heeft.'

'Of het is gewoon toeval,' antwoordt Inès. 'Ik heb nog even op die nachtclubs gegoogeld. Ze vragen geen toegang, maar de drankjes zijn onbetaalbaar.'

Even weet Bo niet waar ze het over heeft, dan dringt het tot haar door. Ze besluit er nu verder niet op in te gaan. Als ze straks in Parijs zijn en het onderzoek echt begint, is Inès waarschijnlijk op slag alle nachtclubs vergeten.

'We zijn in de buurt van Brussel,' constateert Bo even later als de bebouwing links en rechts van de trein toeneemt. Hierna gaan ze in één ruk door naar Frankrijk. Misschien moet ze straks, als de trein weer in volle vaart door het landschap vliegt, van voor naar achteren door de wagons lopen. Mogelijk dat ze door het ijsberen op ideeën komt over Julia's vermissing. Het ligt op zich wel voor de hand dat ze gewoon op een station is uitgestapt; misschien onder dwang, misschien ook niet. Hoe zou iemand zich voelen bij de wetenschap dat anderen jou zoeken, je missen en verdrietig zijn? Het lijkt Bo onmogelijk om in deze digitale tijd een nieuw leven te beginnen, de kans is dus groot dat Julia allang niet meer leeft. Ruud vertelde over honderdduizenden verdwijningen waarvan een deel niet wordt opgelost. Het moet zo verschrikkelijk zijn om nooit te weten wat er werkelijk met een verdwenen vriend of familielid gebeurd is. Nu hun onderzoek echt begonnen is, voelt Bo dat haar journalistieke hart weer harder begint te bonzen.

Inmiddels staat de trein stil. Ook hier stappen heel veel mensen uit, ziet Bo. De hectiek op het station is van alle tijden, net zoals het snerpende fluitje dat af en toe klinkt.

Inès, die al een poosje verdiept is in haar telefoon, kijkt op van het scherm. 'We zijn amper twee uur onderweg en nu al in het zuiden van België,' zegt ze. 'Ik kan trouwens niet veel meer over Edda vinden dan we al wisten, zelfs op de Italiaanse politiewebsite is haar naam onbekend.'

'Waarschijnlijk heb je gelijk en is het toeval,' zegt Bo peinzend. Als de politie haar niet langer zoekt is de zaak óf voorgoed gesloten, óf opgelost. Misschien is Edda gevonden en heeft dat nieuws de pers nooit gehaald? Wie weet zijn er in de bibliotheek van Bordeaux wel oude kranten te vinden die nooit gedigitaliseerd zijn.

'We moeten trouwens gaan nadenken hoe we doorlopend aandacht kunnen krijgen voor onze podcast,' zegt ze. Haar baan bij *Koffie en koek* hangt immers van het succes ervan af.

'Ik kan een Instagram-account aanmaken: *Spoorloos*, de podcast. Dan delen we foto's via dat kanaal met een link naar de site van *Koffie en koek*.'

'Heel goed idee!' Insta wordt heel goed bekeken, daar wordt op Bo's werk vaak op gehamerd.

Inès kantelt haar telefoon en richt haar lens op Bo. 'Dan wordt dit de eerste foto: onderweg naar Parijs.'

Als ze weer rijden komt Bo overeind. 'Ik ga een stukje lopen.'

Inès' vingers vliegen over het scherm van haar mobiel. Zonder op te kijken zegt ze: 'Oké.'

Bo neemt haar telefoon mee. Misschien kan ze onderweg meer foto's maken voor hun nieuwe account. Ze loopt de coupé uit en opent een wc-deur. Weliswaar kan iemand zich hierin opsluiten, maar echt verdwijnen via deze weg is onmogelijk. Het kleine raampje kan niet eens open. Reisde Julia met net zo'n trein als deze, of zagen de wagons er toen anders uit? Ze opent haar dictafoonapp en spreekt de woorden in. Rustig loopt ze van het ene naar het andere bordes in de hoop op een ingeving, maar die blijft vooralsnog uit.

Als ze bij de laatste wagon is aangekomen keert ze zich om en loopt terug. Halverwege wordt ze ineens overspoeld door een onrustig gevoel. Waar is ze eigenlijk aan begonnen? Ze heeft haar baan, haar relatie, alles op het spel gezet vanwege deze podcast en ze hebben niets in handen waaruit blijkt dat het mysterie überhaupt opgelost zou kunnen worden. Het is nog erger, want iedereen die ze erover spreken zegt eigenlijk dat het een zinloze zoektocht is die hooguit tot meer verdriet bij Julia's familie leidt. Waarom zouden zij, een redactieassistent en een gemeenteambtenaar, een vastgelopen politieonderzoek kunnen openbreken? Hoe kwam ze erbij om hiervoor alles op het spel te zetten?

Ze gaat zitten op een lege plek. Moet ze Joost appen met een excuus en uitleggen dat ze zich heeft laten meeslepen door haar enthousiasme? Ze bekijkt zijn laatste berichten, korte boodschappen die hij afsloot met een X en een rood hartje. De laatste is alweer zo lang geleden en...

'Madame?'

Ze kijkt op. Er staat een man voor haar, op wiens plaats ze kennelijk is gaan zitten.

'*Excusez-moi*,' zegt ze en ze staat op.

Hij slaat een Vlaamse krant open. BRANDWEER ELF DAGEN BEZIG OM PORTUGESE KLEUTER UIT PUT TE REDDEN, leest ze op de voorpagina.

Als zij het hadden opgegeven, was dat jongetje overleden. Inès heeft gelijk, ze heeft een beslissing genomen en nu moet ze er helemaal voor gaan, ondanks al haar bedenkingen en ondanks alles wat ze nu dreigt te verliezen. De politie heeft tweeëntwintig jaar niets aan deze zaak gedaan. Wie weet vinden zij iemand die altijd heeft gezwegen en nu wil praten. Een sterfbedbekentenis, zoals Inès het noemde. Het kan.

Bo wil net weer op haar eigen plaats gaan zitten als er een mailtje binnenkomt. Vast weer eentje van Marije.

'Kijk!' Inès laat haar scherm zien. 'Onze insta is een feit. Hier gaan we een paar keer per dag foto's op plaatsen met #juliawaarbenje. Ik deel alles op mijn Twitter en heb iedereen die ik ken gevraagd dat ook te doen. We zullen ervoor zorgen dat heel Nederland naar *Koffie en koek* gaat kijken!'

'Als dat zou kunnen,' zegt Bo. De onzekerheid die haar zojuist overspoelde trekt zich nog verder terug. Alles gaat goed komen, houdt ze zichzelf voor. Met Joost, hoewel die heel erg stellig was, en met haar carrière – of dat nou bij *Koffie en koek* is of ergens anders. Wie weet welke podcasts ze in de toekomst nog meer gaat maken als *Spoorloos* een hit wordt. Onwillekeurig begint ze te glimlachen.

'Binnenpretje?' vraagt Inès.

'Zoiets,' zegt Bo. 'Er kwam trouwens net weer een mail van Marije binnen. Wacht.'

Ze opent haar mailbox. Maar het bericht is helemaal niet afkomstig van haar redacteur, het is een mail van de vrouw die hun eerder een waarschuwing gaf: Dorien H. Met een wild kloppend hart opent ze het bericht en ze begint te lezen. *Waar zijn jullie mee bezig? Het is nú nog niet te laat om de stekker uit het onderzoek te trekken! Stop ermee voor er ongelukken gebeuren!!!*

'Wat stuurt de baas?' vraagt Inès.

'De mail is niet van Marije, maar van die Dorien. Het klinkt wel heel dreigend.' Bo leest de mail met trillende stem voor.

Ook Inès ziet er plotseling een stuk minder ontspannen uit.

'Moeten we haar vragen wat ze wil?' vraagt Bo voorzichtig.

'Nou, dat lijkt me wel duidelijk,' antwoordt Inès. 'Ik zou het in de podcast gebruiken. We lezen die mail gewoon voor, zonder haar naam erbij te noemen.'

Dat mag dan spannend zijn, maar of het verstandig is...

'Of moeten we Ruud vertellen dat ene Dorien niet wil dat we deze zaak onderzoeken? Of Pierre Lambert?' stelt Bo voor, al was het maar voor hun eigen veiligheid. 'Of de Franse politie?'

Inès denkt kort na over haar voorstel. 'Nee,' zegt ze dan beslist.

'Als de politie deze zaak heropent vanwege Doriens berichten, wordt het helemáál moeilijk om medewerking van ze te krijgen. En wíj willen die scoop, Bootje.'

Iets in haar zegt dat Inès gelijk heeft, maar toch blijven de waarschuwende woorden van Dorien akelig door haar hoofd zweven. Stel dat deze vrouw verder gaat dan een paar mailtjes tikken, wat dan?

10

Parijs, dag 1 - dinsdag

Als de trein stilstaat op Gare du Nord trekt Bo haar rugzak uit het bagagerek en bergt de spullen op die ze er eerder uit had gehaald. Het laatste halfuur heeft ze geprobeerd Dorien uit haar hoofd te zetten. Zolang er geen concrete bedreigingen worden geuit kunnen ze niets met haar berichten en inderdaad, naar de politie gaan en de zaak eventueel heropenen zal hun zoektocht alleen maar bemoeilijken.

Inès trekt de stang van haar rolkoffer omhoog en achter elkaar lopen ze de wagon uit. Bo hijst haar rugzak op haar rug. Ondanks de drukte op het perron klinken de geluiden niet overweldigend hard. Met verbazing kijkt Bo naar de enorme constructie van staal en glas en de grote stootblokken. Op de perrons staan tientallen palen met verlichte bollen die modern aandoen. Er worden doorlopend mededelingen omgeroepen.

'Ze waarschuwden net voor zakkenrollers,' zegt Inès met een knikje naar Bo's rugzak.

'Deze is zakkenrollerproof,' stelt Bo haar gerust. 'Alle ritsen en openingen zitten tegen mijn rug en de grote rits heeft een cijferslot.' Dat is precies de reden waarom ze voor dit model heeft gekozen.

Ze lopen het perron af in de richting van de centrale hal. Naarmate ze dichterbij komen hoort ze pianoklanken door het geroezemoes en de omroeper heen. Iemand speelt 'Imagine' van John Lennon op een publieke piano in de hal. Aan de rand zijn er kioskjes met boeken en tijdschriften en eten en drinken, een paar bieden informatie over de stad.

'Taxi?' vraagt een vriendelijk uitziende man, die ondertussen om zich heen kijkt alsof hij iemand zoekt. '*Very very cheap*,' voegt hij eraan toe.

Nog voor Bo kan antwoorden zegt Inès: 'Niet op ingaan, dat is een oplichter. Voor je het weet kost een ritje van een paar kilometer duizend euro.'

Bo kijkt haar met grote ogen aan. 'Serieus?'

'We moeten naar rechts,' zegt Inès. Ze wijst naar een bordje. 'Daar zijn officiële taxistandplaatsen.'

Er staat een rij mensen te wachten tot er een taxi beschikbaar is. Ze lopen die kant op en sluiten achter in de rij aan. Inmiddels sterven de laatste pianoklanken weg. Een handjevol mensen dat bij de pianist was blijven staan, begint te klappen. Iemand anders neemt nu plaats achter het klavier. Het duurt even voordat ze 'Alors on danse' herkent, een opzwepend lied van een Belgisch-Rwandese zanger wiens naam ze telkens vergeet. Mensen rond de piano beginnen mee te zingen. Het klinkt gezellig. Voor hen wiegen toeristen mee met de melodie, het is inderdaad een ritme waarop je wel moet bewegen.

De rij schuift stapje voor stapje op.

'Hoe heet ons hotel ook alweer?' vraagt Inès als ze bijna aan de beurt zijn.

'Les Fleurs.' Bo kijkt rond; voor het station langs rijden bussen en taxi's af en aan. Parijs in de lente voelt als een belofte.

Als ze aan de beurt zijn opent Inès het portier van de voorste taxi. '*Vers Hôtel Les Fleurs, s'il vous plaît*,' zegt ze.

De chauffeur stapt uit en ontsluit de achterklep. Pas nu merkt Bo dat ze honger heeft. Voor zover ze weet heeft het hotel geen restaurant, wel een bar. Maar dit is Parijs, er zal vast wel ergens een tafeltje in een bistrootje te vinden zijn.

Hoewel ze meer stilstonden dan reden, blijkt hun hotel amper tien minuten van het station te liggen. Parijse appartementenblokken met lichte gevels, sierlijke ornamenten en Franse balkonnetjes met donkerrode markiezen staan aan weerszijden van de straat. De chauffeur tilt hun bagage uit de achterbak. Inès loopt al naar de ingang terwijl ze de man probeert te vertellen dat ze een bonnetje nodig heeft. Marije accepteert geen uitgaven zonder een bewijs ervan, wat dat betreft kan ze beter haar creditcard gebruiken.

Hij laat de pinautomaat een ticket uitprinten en geeft dat aan haar. Vlug loopt ze achter Inès aan naar binnen. Achter de monumentale gevel schuilt een verrassend modern ingerichte lobby. Bij een grote receptie werken twee vrouwen en een man. Er lopen een paar gasten rond en op de banken zitten groepjes mensen te praten.

'We hebben een kamer geboekt, op naam van *Koffie en koek*,' zegt Bo in haar beste Frans. Als ze Inès steeds het woord laat doen leert ze niets.

De receptionist kijkt in zijn computer en zegt dan: '*Mais oui, mesdames*.' Er belandt een formulier op de balie.

Hoewel Bo hem niet verstaat, begrijpt ze uit de pen die hij erbij legt dat de papieren moeten worden ingevuld.

'Laten we onze bagage naar de kamer brengen en daarna iets gaan eten,' stelt Inès voor, terwijl Bo de pen oppakt.

'Prima. Ik moet je ID-kaart hebben,' zegt ze.

Inès haalt hem uit haar portemonnee. Als Bo klaar is werpt de man een blik op het formulier, dan pakt hij twee plastic kaartjes waarmee ze de hoteldeur kunnen openen en steekt die in een kartonnen mapje. Met een beleefd knikje geeft hij ze aan en wenst hun een prettig verblijf.

'Kamer drie streepje twaalf,' leest Bo hardop voor. 'Derde verdieping dus. Ga je mee?'

De kamer is klein. Er staan twee losse bedden met nachtkastjes, een paar sierlijke stoeltjes en een oude kledingkast. Bo opent de twee smalle deuren naar buiten, waar een zwart hekwerk voor zit. Beneden haar wandelen mensen, een slang van auto's beweegt zich traag door de straat. Ergens speelt iemand accordeon, de wind neemt de klanken mee.

'Wat een wereldstad! Amsterdam lijkt ineens zo provinciaal.' Inès klakt met haar tong en opent haar koffer. Een voor een hangt ze haar zwarte jurkjes op een hangertje.

Bo pakt een van de sleutelkaarten uit het kartonnetje en gooit hem op het bed. 'Hier, die is voor jou.' De andere bergt ze op in een vakje van haar rugzak. Daarna ritst ze het hoofdvak open en haalt een stapel shirts en broeken tevoorschijn, die ze op een plank in de kast legt. 'Parijs heeft ook veel meer inwoners.'

Ze sluit de rugzak weer en schuift hem onder haar bed. De andere spullen laat ze er liever in zitten. Inmiddels is het al zeven uur, haar maag begint nu echt te rammelen.

'Ik moet iets eten,' zegt ze.

Inès hangt een laatste jurkje op en sluit de kastdeur. 'Prima. Dan pak ik de rest straks wel uit.'

Als ze twintig minuten later tegenover elkaar in een restaurant zitten, zegt Inès: 'Jij mag kiezen: Silencio of dat verstopte ding. Hoewel ik niet zo'n zin heb om vannacht een speurtocht te houden naar een nachtclub.'

'Geen van beide,' antwoordt Bo.

Inès kijkt haar verbaasd aan. 'Waarom niet? Leef, Bootje!'

'Zonder werk wordt dat erg ingewikkeld.' Haar stem klinkt scherper dan de bedoeling was. Ze haalt diep adem. 'We moeten ons gesprek met Lambert nog voorbereiden en eerlijk gezegd: ik ben me rot geschrokken van Doriens mail.'

'Kunnen we dan niet een paar nachtjes bijboeken,' smeekt Inès. 'Desnoods op onze eigen kosten.'

Bo zucht. Over dit soort dingen wil ze nu helemaal geen beslissing nemen. Er komt een serveerder bij hun tafel staan die vraagt wat ze willen drinken.

'Wijn, toch?' vraagt Inès, om vervolgens direct een hele fles te bestellen. 'De baas betaalt,' zegt ze met een knipoog.

Bo's telefoon trilt en licht op. Telkens als dat gebeurt hoopt ze vurig dat het Joost is. Ze pakt haar toestel. Er is opnieuw een mail van Dorien binnengekomen. Haar mond wordt droog en plotseling lijkt de temperatuur in het restaurant op te lopen.

Inès kijkt op van de menukaart. 'Wat is er?' vraagt ze.

'Die Dorien heeft me weer gemaild.' Ze twijfelt. Misschien kan ze de mail beter op hun hotelkamer lezen, nu wil ze eerst rustig eten.

'Lees eens voor?'

Bo geeft haar telefoon aan Inès en zegt: 'Vertel het mij maar als we terug op onze kamer zijn.' Ze opent de menukaart. Ze serveren salade met warme geitenkaas, daar heeft ze zin in. En daar mogen zeker van die lekkere Franse frietjes bij.

'Ik kan dat mens niet volgen,' hoort ze Inès mompelen. Dan zegt ze: 'Dorien zegt dat ze over contacten binnen de tv-wereld beschikt. Ze kan je helpen hogerop te komen, mits je stopt met het maken van een podcast over de vermissing van Julia. Haar toon is ineens heel anders.' Inès legt de mobiel tussen hen in op tafel. 'Kennelijk weet ze dat jouw baan op het spel staat.'

'Dit vind ik eng,' zegt Bo. 'Hoe komt Dorien aan die informatie? Het is nu net alsof zij onderzoek naar mij doet.'

De serveerder hangt een koeler aan hun tafeltje en opent een fles wijn. Ze schenkt twee glazen in en vraagt vervolgens vriendelijk of ze al een keus hebben gemaakt. Nadat ze allebei besteld hebben, zegt Inès: 'Ik denk dat Dorien in de gaten heeft dat je meer vliegen vangt met stroop dan met azijn. Zou ze op het Media Park werken?'

Bo neemt een slokje van haar wijn. Dat is inderdaad de enige logische verklaring. Sterker nog, ze moet Marije kennen en zelfs op goede voet met haar staan. Was Marije daarom aanvankelijk terughoudender dan de rest toen ze met het voorstel kwam om in de voetsporen van Julia van der Molen te treden? Heeft haar redacteur Julia gekend?

Als ze terug zijn in hun hotelkamer trekt Inès de kast open. 'Eén uurtje, samen, gewoon in een normale club. Dan mag je een van mijn outfits aan!'

Bo schudt haar hoofd.

Met zichtbare tegenzin sluit Inès de kast weer. 'Goed,' zegt ze met een zucht. 'Laten we dan maar kijken of we de identiteit van Dorien kunnen achterhalen. Welk mailadres gebruikt ze?'

Terwijl Bo het spelt, toetst Inès het in op haar telefoon.

'Ha, gevonden. Ze heeft dit adres gebruikt om een review op Google achter te laten. De achternaam van onze Dorien is Hendrikse.' Weer vliegen Inès' vingers over het scherm. 'Tada!' Inès draait het schermpje naar haar toe. 'Alsjeblieft: Dorien.'

Bo ziet een vage foto op een LinkedIn-account.

'Ze houdt haar account al jaren niet meer bij,' gaat Inès verder. 'Maar ze heeft journalistiek gestudeerd in Utrecht, rond dezelfde periode als Julia. Gek, ze heeft wel een account, maar geen enkel contact.'

Bo staart Inès aan. 'Maar dan kan het niet anders, of ze heeft haar inderdaad gekend!'

'Of ze ís Julia... Buiten dat LinkedIn-account lijkt Dorien Hendrikse namelijk helemaal niet te bestaan, en wie heeft er nou tegenwoordig geen online leven?'

Bo laat haar woorden even tot zich doordringen. 'Dan heeft ze een fake profielfoto gebruikt.'

'Misschien is dit Julia's manier om mensen te blijven volgen. Wie weet heeft ze ook een Twitter-account of een Facebook-pagina onder een andere naam?' oppert Inès.

'Dan wil ze dus niet gevonden worden.' In dat geval kunnen ze zich afvragen of ze hiermee verder moeten gaan.

'Of er gaat een beerput open áls we haar vinden,' zegt Inès, 'Iemand die tweeëntwintig jaar onder de radar leeft, heeft namelijk iets te verbergen.'

11

Parijs, dag 2 – woensdag

Na het ontbijt wandelen Bo en Inès naar de brasserie waar ze met Pierre Lambert hebben afgesproken. Een zwoele wind strijkt langs Bo's gezicht, de stad bevalt haar. Vanuit sommige straatjes ziet ze het puntje van de Eiffeltoren boven de stad uitsteken.

Inès blijft staan. 'Ik check toch Google Maps even, want volgens mij lopen we verkeerd.'

Vanmorgen, nog voor ze naar de ontbijtzaal gingen, had Inès de route bestudeerd. Toen ze op pad gingen, bezwoer ze de weg uit haar hoofd te kennen, maar kennelijk heeft ze zichzelf overschat. Terwijl Inès Google Maps opdracht geeft hen naar de brasserie te leiden, kijkt Bo omhoog naar de prachtige gevel van het Opéra Garnier, met zijn grote koperen engelen links en rechts en in het midden een beeld van Apollo die een lier vasthoudt. De blauwe lucht steekt er fel tegen af, het belooft vandaag een mooie dag te worden. Sinds gisteravond hebben ze niets meer van Dorien gehoord; misschien stoppen die vervelende berichten wel vanzelf als ze er niet op reageren.

'Die kant op,' zegt Inès. Ze wijst naar een zijstraat. 'De rivier is hier niet ver vandaan, we kunnen een stukje langs de Seine wandelen.'

Met Google Maps bij de hand lopen ze verder. Bij Place de la Concorde ziet ze het Palais Bourbon liggen, de zetel van de Franse Nationale Vergadering met zijn vele pilaren, en de Jardin des Tuileries.

'Oversteken lijkt me ingewikkeld,' zegt Inès, terwijl ze naar het drukke verkeer kijken. 'Maar we kunnen hieromheen lopen.'

Bo kijkt een laatste keer rond, deze stad ademt historie. Zelden is ze op een plek geweest waar zoveel prachtige gebouwen bij elkaar staan. Haar blik blijft hangen bij Hôtel de Crillon. Als ze ooit eens zwemt in het geld gaat ze daar logeren, neemt ze zichzelf voor.

Vrij snel bereiken ze de rivier, die rustig door de stad stroomt; het uitzicht op de Eiffeltoren is vanaf hier adembenemend.

'We moeten de Pont de la Concorde oversteken.' Inès wijst naar een brug met sierlijke lantaarnpalen en beelden. 'Vanaf daar is het nog maar een klein stukje.'

Een klein stukje klinkt Bo inmiddels als muziek in de oren, want ze heeft slecht geslapen. Ze lag alleen maar te draaien in bed, terwijl Inès diep onder zeil was. Dat hele gedoe met die Dorien werkt al een poosje op haar zenuwen, en nu lijkt het erop dat ze Julia van der Molen gekend heeft. Of heeft Inès inderdaad gelijk en speelde Dorien ook met het idee iets met deze zaak te doen? Of weet ze meer van Julia's verdwijning...?

'Wat ben je stil?' vraagt Inès, die halverwege de brug plotseling blijft staan. 'Is er iets aan de hand?'

Bo kijkt naar het kabbelende water onder hen. 'Julia ging op zoek naar Edda en verdween. Nu zijn wij op zoek naar Julia en krijgen we mailtjes met dreigende taal.' Ze trekt nog maar even geen conclusie.

'Wat wil je daarmee zeggen, dat je bang bent dat ook wij van de aardbodem verdwijnen? En over twintig jaar degene die óns zoekt ook? Zoiets?'

Als Inès het zo verwoordt klinkt het bijna lachwekkend. 'Geef toe dat het vreemd is. Julia verdween niet gisteren en de zaak Edda Biancchi is al zo oud dat er op internet nagenoeg niets over te vinden is.'

Inès haalt haar schouders op. 'Natuurlijk is het vreemd, maar dat betekent niets. Journalisten doen geen aannames,' zegt ze, Ruuds woorden herhalend.

'Toch zou ik mijn onderbuikgevoel liever niet uitschakelen,' antwoordt Bo. Integendeel zelfs, het is iets waar ze naar moeten luisteren zonder onmiddellijk conclusies te trekken.

'En wat zegt jouw buik?' vraagt Inès.

'Dat er meer aan de hand is dan wij, of de politie, weten.'

Inès schiet in de lach. 'Uiteraard is er meer aan de hand, anders heeft het geen zin om er een podcast over te maken. Óf Julia leeft nog en heeft een goede reden gehad om te verdwijnen, óf ze is de verkeerde tegengekomen. In dat laatste geval weet de dader meer.'

Bo laat de twee opties even bezinken en zegt dan: 'Of ze is verdwenen en vlak daarna een natuurlijke dood gestorven.'

'Alles kan,' antwoordt Inès. 'Daarom zijn we hier.' Ze begint weer te lopen.

Bo volgt haar voorbeeld. 'Toch zit dat hele gedoe met die Dorien me dwars. Jaloezie is geen reden om mensen te bedreigen.'

'Mailen dat iemand moet stoppen met het maken van een podcast is geen bedreiging, Bo.'

Inès heeft alweer gelijk.

Als ze de brug over zijn lopen ze nog een klein eindje langs het water en duiken dan een smal straatje in. Even verderop staan een paar bistrostoeltjes tegen een gevel.

'Daar is het,' zegt Inès. 'Wacht, dan maak ik een paar selfies voor onze insta.' Ze haakt haar arm in die van Bo en houdt haar toestel voor hen. '*Smile!*'

Dan laat ze het resultaat zien. 'Prima, toch?'

Het is een iets te vrolijke foto, gezien hun missie, en op de achtergrond is de brasserie te zien. Een minuut later staat het plaatje op hun social media.

'Zullen we maar naar binnen gaan?' vraagt Inès.

Het is rustig in de brasserie. Aan een klein rond tafeltje met een zilverkleurig blad dat bij het raam staat zit een oude man met grijs haar en een snor, het prototype van een gepensioneerde rechercheur. Hij heeft een kop koffie voor zich staan.

Inès knikt in zijn richting. 'Dat moet hem zijn.'

Precies wat zij dacht. Ze lopen naar hem toe.

'Monsieur Lambert?' vraagt Bo.

De man komt half overeind en steekt zijn hand uit. '*Mesdames Inès et Bo?*'

Een voor een schudden ze zijn hand.

‘Hebt u er bezwaar tegen dat ik ons gesprek opneem?’ vraagt Bo in haar beste Frans.

Pierre Lambert heft zijn arm op ten teken dat ze haar gang mag gaan. Terwijl Bo de apparatuur installeert realiseert ze zich dat ze de opnames zullen moeten vertalen. Als laatste zet ze de microfoon op de standaard.

‘U hebt destijds de Nederlandse Julia van der Molen gesproken over een andere vermissing, eentje die zij onderzocht voor haar studie Journalistiek,’ begint Inès te praten. ‘Wat denkt u dat er met haar gebeurd is?’

De oude rechercheur glimlacht. ‘Ach, madame, als ik dat wist was de zaak allang opgelost,’ antwoordt hij.

Met zo’n antwoord komen ze niet veel verder.

‘Waar is ze voor het laatst gezien?’ vraagt Bo.

Lambert zucht diep. ‘De Nederlandse is in Bordeaux op de trein gestapt, meer weten we niet.’

‘Stonden er destijds al bewakingscamera’s op de stations?’ vraagt Inès.

De man knikt. ‘Jazeker. Maar niet elke hoek werd opgenomen en in die tijd werden beelden na een paar dagen overschreven. Julia’s familie trok pas weken na haar vermissing aan de bel. In 2000 had lang niet iedereen een mobiele telefoon, moeten jullie weten. Dat was toen meer iets voor zakenlui.’

Bo kijkt hem aan. Daar hebben ze nooit bij stilgestaan, dat mensen tweeëntwintig jaar geleden veel slechter bereikbaar waren dan nu.

‘De politie heeft alle mogelijkheden onderzocht, maar nergens was een spoor te vinden waarop ze verder konden rechercheren,’ gaat Pierre Lambert verder. ‘Dat is voor ons politiemensen heel frustrerend.’

‘Herinnert u zich de zaak Edda Biancchi nog?’ vraagt Inès hem.

Weer begint de rechercheur te knikken. ‘In die jaren werkte ik nog in Bordeaux. De Biancchi-zaak was ook zo’n vreemd geval. Kijk, zolang wij geen lichaam hebben, kunnen we niet spreken van moord of doodslag. Ook niet over toeval, zoals bij een natuurlijke dood, of een ongeluk. In dat geval spreken we over een vermissing. En ja, sommige mensen willen nu eenmaal niet gevonden worden, dat recht hebben ze.'

Bo kijkt naar het tafelblad. Als Julia gewoon verdwenen is en misschien niet eens gevonden wíl worden, welk recht hebben zij dan om nu haar privéleven overhoop te halen?

'Maar waarom denkt u dat Julia wilde verdwijnen?' vraagt ze.

Pierre Lambert gaat verzitten. 'Uit de getuigenverklaringen kreeg de politie het beeld dat ze niet de gemakkelijkste was,' zegt hij. 'Eerlijk gezegd, ik vermoed dat er iets in de relationele sfeer gaande was, maar we hebben er nooit een vinger achter weten te krijgen.'

Zou dat het zijn, is Julia gevlucht voor een ex-vriend? Dat verklaart veel, maar niet dat ze al tweeëntwintig jáár vermist is...

'Zijn die getuigenverklaringen bewaard gebleven?' vraagt Inès.

'Ongetwijfeld,' antwoordt Lambert. 'Maar het is onmogelijk om eraan te komen. Die informatie is namelijk niet openbaar. Kijk,' gaat hij verder. 'Julia kwam bij mij met vragen over dat andere meisje, Edda. Ik kon haar helaas niet verder helpen. Weken daarna verdween ze zelf, dat riep vragen bij ons op.'

'Weet u wie de politie destijds allemaal gesproken heeft?' vraagt Inès.

Even lijkt Lambert te aarzelen, dan zegt hij: 'Haar familie en vrienden, mensen van de Universiteit van Bordeaux en de man die haar daar op de trein heeft gezet.'

'Mag u vertellen hoe die man heet?' vraagt Bo.

'Mogen niet, maar ik zou u zijn naam met alle liefde hebben gegeven als ik hem nog wist. Het is tweeëntwintig jaar geleden en ik ben niet meer de jongste,' is het antwoord.

Met dit gesprek gaan ze helemaal niets opschieten, realiseert Bo zich. Hoe behulpzaam rechercheur Lambert ook is, hij weet niets, net zoals zij. Waarschijnlijk leek het hem leuk om weer wat actie in zijn leven als gepensioneerde te hebben, en heeft hij daarom ingestemd met het gesprek.

Bo zet de recorder uit en bergt de spullen op.

'Het spijt me, ik had jullie graag geholpen,' zegt Lambert oprecht. 'Neem bij verdere vragen gerust contact met me op. Mocht

me alsnog iets te binnen schieten, dan laat ik het jullie weten.'
'Dank u wel,' antwoordt Inès.
Pierre Lambert komt overeind. 'Dan wens ik jullie heel veel succes.'
Bo kijkt hem na als hij naar de bar loopt om zijn koffie af te rekenen. Ergens is ze teleurgesteld, maar aan de andere kant: wat had ze dan verwacht? Als de Franse politie nog aanknopingspunten zou hebben, dan was de zaak-Julia van der Molen geen cold case meer geweest.

12

‘Daar zijn we dus helemaal niets mee opgeschoten,’ constateert Inès teleurgesteld als Pierre Lambert is vertrokken.

‘Niet voor de zoektocht, maar wel voor de podcast. We hebben alles opgenomen,’ zegt Bo. ‘En we mogen hem altijd bellen. Wie weet komt zo’n contact bij de politie nog goed van pas.’

‘Dat is waar.’

Bo kijkt op haar mobiel. Inmiddels is het kwart voor één. ‘Zullen we hier blijven lunchen?’ Voor vanmiddag hebben ze nog geen duidelijk plan, behalve dat ze een begin wil maken met het samenstellen van de eerste aflevering. Die moet morgen naar Marije en Benny worden gestuurd, samen met de naam van een expert voor de *Koffie en koek*-uitzending van komende dinsdag en een teaser voor maandag.

‘Waarom niet,’ antwoordt Inès onverschillig. Ze pakt haar telefoon en veegt over het scherm totdat het toestel oplicht.

Bo staat op en loopt naar de bar. Inmiddels stroomt de brasserie vol. Terwijl ze op haar beurt wacht kijkt ze rond. Aan het glimmende houtwerk met zijn ronde vormen te zien bestaat deze zaak al eeuwen. Weer glijden haar gedachten naar Pierre Lambert; hopelijk herinnert hij zich de naam van de man die Julia naar het station in Bordeaux bracht. Niet dat die man hen veel verder zal kunnen helpen – ze gaat ervan uit dat hij destijds door de politie is gehoord – maar ze zou hem toch graag spreken. Zo langzamerhand bekruipt haar het gevoel dat Julia terugvinden onmogelijk is, terwijl ze Marije beloofd heeft met antwoorden te komen. Misschien moet ze maar gewoon accepteren dat deze podcast haar haar baan kost en genieten van hun reis, net zoals

Inès. Wie weet komt Marije op haar dreigement terug als de podcast ondanks een gebrek aan antwoorden toch een hit wordt.

'Kan ik u helpen?' vraagt een jonge serveerder in het Frans.

'Hebt u een menukaart?'

Terwijl de serveerder twee mapjes van een stapel pakt voelt Bo haar telefoon kort trillen. Ze neemt de menukaarten aan en loopt terug naar hun tafeltje, waar Inès nog steeds met haar telefoon in de weer is.

Als ze zit, haalt ze haar mobiel tevoorschijn. Er is een bericht van een onbekend nummer binnengekomen. Ze tikt op het scherm. *Ik weet dat jullie in brasserie Le Roi zijn. Vertrek, voor het fout afloopt! D.* Bo schiet van schrik met haar stoel naar achteren.

'Wat is er?' vraagt Inès.

'Dit vind ik echt doodeng.' Bo legt haar toestel op tafel.

Inès buigt zich voorover en leest het bericht. 'Hoe weet zij nou waar we zijn?' vraagt ze verbaasd. 'O, wacht, ze volgt natuurlijk onze Instagram!'

'We moeten hier weg,' zegt Bo gehaast.

'Waarom? Mevrouw Hendrikse zal ons echt niet lastigvallen in een brasserie. Maar je hebt wel gelijk, het is doodeng dat ze dit soort berichtjes stuurt. Hoe komt ze trouwens aan jouw nummer?'

Bo's vingers trillen als ze haar telefoon weer pakt. 'Geen idee, ik heb mijn nummer in elk geval niet op mijn socials staan,' zegt ze.

Inès staart haar een poosje aan en zegt dan: 'Misschien moeten we haar bellen?'

Het klinkt zo simpel en eigenlijk is het dat ook. 'Durf jij dat?' vraagt ze.

Inès houdt haar hand op. 'Geef maar.'

Aarzelend legt Bo haar iPhone erin. 'Wat ga je zeggen?'

'Gewoon.' Inès haalt haar schouders op. 'Ik wil weten waarom ze ons lastigvalt. Als ze geen goede reden heeft, weten we voldoende, toch?'

Daar heeft ze gelijk in.

Inès pakt haar eigen mobiel en toetst het nummer van Dorien in. Amper drie seconden later legt ze haar toestel weer neer. 'Ze heeft mijn oproep weggedrukt. Gek, want mijn nummer zou ze niet moeten kennen.'

Weer trilt Bo's toestel. Ze klapt het hoesje open. *Stop,* staat er. Dorien is nog aan het typen, ziet ze bovenaan staan. Inès buigt zich over de tafel heen en kijkt mee.

Er verschijnt een nieuw bericht: *Ik hou jullie in de gaten.*

Bo kijkt verschrikt om zich heen.

'Doe niet zo paranoia, waarschijnlijk heeft ze het echt over onze insta,' zegt Inès. 'Misschien moeten we haar gewoon via de app vragen wat ze wil.' Ze pakt Bo's toestel en typt een bericht. Dan legt ze de iPhone weer neer. 'En nu gaan we rustig afwachten wat ze terugstuurt. Croque-monsieur en koffie?'

Nog voor Bo kan antwoorden komt Inès al overeind en loopt naar de bar. Bo kijkt haar na, ze zou willen dat zij zo kalm kon blijven onder Doriens berichten. Wat is ze nou voor true-crime-journalist als ze bij de eerste de beste tegenwerking emotioneel onderuitgaat? Inès heeft natuurlijk gelijk, hier in deze brasserie zijn ze volkomen veilig en buiten op straat ook. Dorien Hendrikse zit in hetzelfde vak als zij, journalisten staan er bepaald niet om bekend geregeld aanslagen te plegen.

Als Inès weer zit, zegt ze: 'Misschien moeten we een paar dingen inspreken voor onze podcast. Dat hele gedoe met die Dorien bijvoorbeeld is razend spannend voor de luisteraars.' Voor een tweede keer pakt ze Bo's iPhone, ditmaal om de dictafoonapp te openen.

'Wat wil je zeggen: journalist Dorien Hendrikse opent de aanval?' vraagt Bo.

Inès legt de telefoon tussen hen in op tafel. 'Natuurlijk niet, maar we zouden wel haar berichten voor kunnen lezen en nog even achterwege laten dat we weten wie ze is. Gewoon "ene D." lijkt me voor nu voldoende.'

Ze snapt Inès, maar Dorien prikkelen door haar berichten de openbaarheid in te slingeren kan voor haar gevoel alleen maar tot problemen leiden. 'Of we zeggen dat een onbekend persoon waarschuwt niet verder te gaan met de zoektocht,' stelt Bo voor.

Inès schudt haar hoofd. 'Dat is veel te vaag. Dorien weet dat we een podcast opnemen, dan kan ze ook verwachten dat haar appjes wereldkundig worden gemaakt.'

Daar zit iets in, maar toch blijft er vanbinnen een onrustig gevoel hangen. 'Ik denk dat we jaloezie als motivatie van ons lijstje kunnen schrappen,' zegt Bo peinzend. 'Daarvoor gaat ze veel te ver.'

'Eens,' antwoordt Inès. 'Spreek jij het deze keer maar in.' Ze schuift de iPhone naar Bo.

Die kijkt een poosje aarzelend naar het toestel, dan drukt ze de opnameknop in en opent haar WhatsApp in split screen. Een voor een leest ze de berichten voor, om af te sluiten met de opmerking dat 'ene D.' meer moet weten over de vermissing, want waarom is ze er anders zo op gebrand dat ze hun zoektocht staken?

Als ze klaar is, komt de serveerder eraan met hun lunch. Even later neemt Bo met lange tanden een hapje, ze is te gestrest om te eten. Ze pakt haar iPhone en een tijdje speelt ze met de gedachte haar zelf te bellen. Dan zegt ze: 'Zal ik haar een appje sturen?'

Inès kijkt haar aan. 'Met welk doel? Ze reageert toch niet.'

'Een gesprek? Antwoorden krijgen?' Het klinkt naïef als ze het zo zegt. 'Ik weet het niet,' besluit ze uiteindelijk.

'Misschien hebben ze elkaar inderdaad gekend en heeft Dorien nog contact met de familie Van der Molen. Niet voor niets waarschuwen zoveel mensen om die met rust te laten,' oppert Inès.

'Je bedoelt dat de familie problemen heeft met onze podcast?' Ze heeft er wel over nagedacht die mensen te informeren, maar Julia was volwassen toen ze verdween. Als het om een kind was gegaan, had ze wél contact met hen gezocht.

'Dat kan toch?' antwoordt Inès.

'Dan is het wel vreemd dat ze dit door Dorien laten oplossen en niet zelf naar *Koffie en koek* bellen, of ons mailen.' Bo legt haar croque-monsieur terug op het bordje. Ze krijgt geen hap meer door haar keel. Haar blik glijdt naar buiten. Uit een grote deur aan de andere kant van de straat komt een vrouw, een Parisienne met een zonnebril op, die elegant wegloopt. Er staan een paar boompjes in de straat, waarin de bloesem voorzichtig doorbreekt.

Op een van de bistrostoeltjes voor het raam is een man gaan zitten, en met zijn onderarmen steunend op zijn knieën rookt hij een sigaret. Aan het eind van de straat staat een figuur tegen een gevel, een lange vrouw die met voorovergebogen hoofd op haar mobiel kijkt. Kort heft ze haar gezicht op. Er gaat een schok door Bo heen.

'Daar staat ze!'

'Wie?' vraagt Inès al kauwend.

'Dorien, daar.' Bo knikt in de richting waar de vrouw nog steeds staat.

Inès buigt zich naar het raam en kijkt. 'Je ziet spoken,' constateert ze. 'Daar is iemand op haar telefoon bezig, meer niet.'

'Ik weet het zeker. Wacht.' Bo pakt haar mobiel en opent WhatsApp. Wat zal ze schrijven? Wil je met ons praten? Of... De zenuwen gieren door haar keel. Zou ze dat durven? Razendsnel toetst ze de woorden in.

'Ik app haar nu of ze zin heeft om bij ons aan te schuiven in de brasserie omdat ze toch aan de overkant staat,' zegt ze.

Inès kijkt haar geamuseerd aan. 'Nice. Ik ben benieuwd.'

Bo drukt op verzenden. Samen kijken ze naar buiten. De vrouw blijft onverminderd naar haar toestel kijken en verroert zich niet.

'Zie je wel,' zegt Inès na tientallen seconden. 'Gewoon een voorbijganger.' Ze gaat weer recht zitten.

Bo blijft kijken. Of ze is inderdaad paranoïde aan het worden, of de vrouw gluurt tussen haar oogharen door hun kant op. Haar hoofd lijkt namelijk wel iets gedraaid te zijn. Snel schuift ze haar stoel dichter naar Inès, zodat ze niet langer zichtbaar is.

'Serieus, Bo,' zegt ze lacherig. 'Ben je bang?'

Inès komt overeind en kijkt door het raam naar de plek waar de vrouw staat. 'Ze is weg,' zegt ze en ze gaat weer zitten.

'Het moet haar zijn,' houdt Bo vol, hoewel ze zich ineens een stuk minder zeker voelt. Voorzichtig schuift ze naar haar eigen plek.

'Heeft ze je geantwoord?' vraagt Inès.

Bo kijkt op haar toestel. De vinkjes zijn niet eens blauw geworden. Dat zegt nog niets, zoiets kun je instellen, maar toch. Ze neemt een grote teug lucht. Eenendertig jaar en ze gedraagt zich als een puber van vijftien wier fantasie op de loop gaat.

'We blijven gewoon onze foto's op insta plaatsen,' zegt Inès. 'Als die Dorien Hendrikse of Julia of wie ze ook is ons iets te vertellen heeft, dan belt ze maar.'

Weer werpt Bo een blik naar buiten. Haar ademt stokt, want amper tien meter verderop staat een twintig jaar oudere versie van de vrouw op de LinkedIn-profielfoto strak naar haar te kijken, terwijl ze langzaam 'nee' schudt.

13

Bo blijft om zich heen kijken wanneer ze dezelfde weg terug naar hun hotel lopen. De vrouw die ze net in het gezicht keek was snel doorgelopen. Toen Inès een blik naar buiten wierp zag ze alleen nog haar rug.

'Het is Dorien niet. Relax,' had haar vriendin gezegd.

Het klonk zo makkelijk. Verderop ziet ze hun hotel al liggen. Inmiddels zijn er wolken voor het lentezonnetje geschoven, donkere watten die regen aankondigen. Er stopt een taxi voor het hotel waar een man uit stapt en kort, heel kort, meent ze Joost in hem te herkennen. Dan haalt hij een portemonnee uit zijn achterzak en betaalt de chauffeur. Joost zou zijn pasjes nooit zomaar in zijn broekzak steken, daar is hij veel te voorzichtig voor. Die bewaart alles in een keurig houdertje in de binnenzak van zijn jas. Ineens mist ze hem zo ontzettend, ook al ging het de laatste tijd niet goed tussen hen. Een pijnlijke leegte trekt door haar borst. Moet ze misschien toch contact met hem zoeken?

'Bootje!' schreeuwt Inès luid.

Verschrikt kijkt ze op, net zoals de rest van de mensen op straat. 'Wat is er?' vraagt Bo.

'Niets.' Inès begint te lachen. 'Je was alleen zo diep in gedachten verzonken.' Ze duwt de deur van het hotel open en maakt een buiging. 'Madame.'

Met een glimlach op haar gezicht loopt Bo naar binnen. De man in wie ze eerder Joost zag, staat bij de receptie in te checken, en nu ze hem zo van dichtbij bekijkt, lijkt hij niet eens op hem. Ze delen alleen hun haarkleur.

Bij de lift drukt ze op het knopje, samen wachten ze tot de liftdeuren openen. Eenmaal erin drukt Inès op de knop voor de derde verdieping. Eigenlijk hadden ze net zo goed de trap kunnen nemen, beseft Bo.

'Zullen we morgen naar Hotel Napoleon gaan?' stelt Inès voor terwijl ze naar boven zoeven.

Bo knikt. Ze hoopt zo dat er nog iemand werkt die zich de verdwijning van Julia kan herinneren, hoewel ze niet echt de illusie heeft dat er veel antwoorden te vinden zullen zijn.

'En vanavond gaan we lekker clubben.' Inès gooit haar armen in de lucht en begint te heupwiegen.

De liftdeuren gaan open op hun verdieping; de gang van het hotel oogt steriel en onpersoonlijk.

'Vanmiddag beginnen we met het in elkaar zetten van de eerste aflevering,' antwoordt Bo. 'En ik denk dat we daar vanavond ook nog mee bezig zijn.'

'Nee joh, zo ingewikkeld kan het toch niet zijn.' Inès loopt voor haar uit naar hun kamer.

Ze heeft werken met GarageBand niet onder de knie en Inès had zelfs nog nooit van het programma gehoord toen zij ermee aan kwam zetten. Voor vertrek heeft ze even met de software gespeeld, maar het bleek ingewikkelder dan Benny had gesuggereerd. Misschien moet ze hem gewoon de ruwe opnames sturen en de keus aan hem laten.

'En dan nog, we hangen morgen niet de hele middag in Hotel Napoleon rond, tijd zat dus. Die aflevering hoeft toch pas morgenavond klaar te zijn?' vraagt Inès terwijl ze bij hun deur wachten tot Bo de sleutelkaart uit haar tas heeft gevist.

Bo houdt de kaart tegen de lezer. 'Ik wil het niet op het laatste moment laten aankomen,' zegt ze. 'De aflevering gaat zaterdag online en voor die tijd moet Benny, onze regisseur, er ook nog doorheen. Dat betekent dus uiterlijk morgen begin van de middag inleveren.'

'Nachtclubs sluiten niet om twaalf uur 's nachts,' zegt Inès bijdehand terwijl ze hun kamer in lopen. 'Daar begint het dan pas.' Ze laat zich op haar bed vallen. 'We kunnen dus én stoeien met die aflevering én stappen.'

Bo opent de twee smalle balkondeuren. Leunend op het hekje kijkt ze de straat in. Het wolkendek lijkt wel weer open te breken. Ze sluit haar ogen en laat de geluiden van de stad tot zich doordringen, tot Inès 'Wake me up' van Avicii op Spotify aanzet. Ze gaat op haar bed zitten.

'Ik denk dat je gelijk hebt,' zegt Bo. 'Ik zie mensen die er niet zijn. Zojuist dacht ik werkelijk dat Joost uit die taxi stapte.'

Inès draait zich een kwartslag. Terwijl ze haar hoofd ondersteunt met haar hand zegt ze: 'Hoe dan ook, we moeten wel proberen om in contact te komen met Dorien. Het is jammer dat ze haar LinkedIn niet bijhoudt, anders hadden we nu geweten waar ze werkt.'

Bo's iPhone geeft aan dat er een app binnenkomt.

'Als je het over de duivel hebt,' mompelt Inès.

Bo komt overeind en pakt haar toestel. 'Het is Marije,' zegt ze even later. 'Ze herinnerde me eraan dat ze morgen de shownotes, de eerste aflevering, een teaser en namen van experts wil, zodat ze iemand kunnen uitnodigen in de uitzending van dinsdag.' Eerlijk gezegd heeft Bo nog amper nagedacht over dat laatste. Er komt weer een bericht binnen. Ditmaal vraagt Marije wanneer ze het materiaal voor de eerste aflevering tegemoet kan zien. Vlug typt Bo een bericht terug dat ze morgen rond twaalf uur alles kan verwachten.

Ze zucht en legt haar toestel op het nachtkastje. 'Dat wordt nog hard doorwerken.'

Een uurtje later zit Bo in kleermakerszit op het bed, met haar laptop op een kussen voor zich. Ze heeft het programma waarmee ze de opnames kan knippen en plakken geopend. Inès zit op een van de stoeltjes en bladert verveeld door een map met folders van bezienswaardigheden.

Met een diepe zucht legt ze de map neer. 'Buiten is een bruisende wereldstad en wij rotten weg op onze hotelkamer.'

'Ik kan dit moeilijk in een café gaan doen,' merkt Bo enigszins geïrriteerd op. Ze geeft de laptop opdracht alles van de memorycard op haar harde schijf te zetten.

'Als we nou afspreken dat we tot elf uur vanavond doorwerken en daarna gaan clubben,' stelt Inès voor.

Bo kijkt op. 'We gaan morgen vroeg aan de slag,' zegt ze. 'Ik wil nog veel meer geluidsopnames in Parijs maken voor de achtergrond en sfeer. En dan moeten we ook nog van alles inspreken, een uitgebreidere introductie bijvoorbeeld, en onze eigen gedachten.'

Inès rolt met haar ogen. 'Dat is toch zo gebeurd.' Ze komt overeind en opent de smalle kledingkast. Haar jurkjes hangen netjes op een rijtje. Met haar hand glijdt ze langs de stoffen, dan trekt ze er eentje uit en houdt die voor zich.

'Welke expert zou jij in de studio uitnodigen?' vraagt Bo.

'Weet ik veel, misschien een oud-rechercheur die iets kan vertellen over de werkwijze van de politie als het gaat om vermissingen van volwassenen?'

Bo denkt na. Het is een idee, hoewel er vorige week al iemand van het landelijk coldcaseteam in de uitzending zat over een bekende zaak. Liever heeft ze nu een gast die niets met de politie te maken heeft. Ruud kunnen ze niet vragen, hij zal nooit instemmen met een tv-optreden. Dan schiet haar iets te binnen: 'Kunnen we geen oud-studiegenoot van Julia zoeken en die vragen of ze iets over haar wil vertellen? Daar zou Ruud bij kunnen helpen.'

Inès hangt het jurkje terug in de kast. 'Waarom niet? Ik kan hem wel even bellen.'

'Graag.' Bo kijkt op haar scherm, zo te zien staat alles nu op haar laptop. Ze plugt de microfoon in de recorder en begint met testen, terwijl Inès belt.

'Ik heb twee namen,' zegt Inès even later. 'Beiden jaargenoten van Julia. De naam Dorien Hendrikse zei Ruud trouwens helemaal niets. Een van de twee heb ik via Facebook een bericht gestuurd, de ander via LinkedIn.'

'Dat is raar. Ruud werkt al eeuwen op die school.'

'Niet raar, het is des te meer reden om aan te nemen dat die hele Dorien niet bestaat, maar dat er iemand anders achter schuilt.'

'Wacht, we moeten een stukje opnemen waarin we met elkaar

over de zaak praten. Hou die gedachte vast.' Bo zet de microfoon op de standaard. 'Zullen we voor de open deuren gaan zitten? Dan hoor je op de achtergrond verkeersgeluiden.'

Inès trekt de stoelen ernaartoe. Als ze even later klaarzitten voor de opname, gaat Bo's telefoon.

'Laat maar bellen,' zegt Inès. 'Anders zijn we nooit op tijd klaar met die aflevering.'

Die wil duidelijk nog steeds op pad vanavond. 'Misschien is het Dorien?'

'Dan belt ze wel terug. Zullen we beginnen?'

'Niet met die ringtone op de achtergrond.' Bo komt overeind en pakt haar toestel met de bedoeling hem uit te zetten. Joost probeert haar te bellen. Even aarzelt ze, dan tikt ze op het groene hoorntje.

'Ik dacht dat je nooit op zou nemen,' zegt hij. De woorden komen niet erg vriendelijk zijn mond uit. 'Heb je al een besluit genomen?'

Ze kan hem niet volgen. 'Waarover?'

'Ons, je carrière. Ik wil het nu weten.'

Dit wordt een herhaling van zetten. 'Mijn baan hangt van deze podcast af, Joost.'

Ze hoort hem snuiven. 'Zit je in Hilversum?'

'Nee,' zegt ze. 'In Parijs. Kunnen we hier alsjeblieft later over praten? Over een week of twee ben ik terug in Nederland. Zullen we dan afspreken?'

'Dat is veel te laat,' zegt hij nors. 'Ik weet genoeg.'

Hij verbreekt de verbinding. Weer trekt die pijnlijke leegte door haar borst. Dit was het dus kennelijk. Ze moet dit gevoel nu proberen weg te drukken en op de podcast focussen, anders wordt het niks meer. Met veel moeite zet Bo haar toestel uit en legt het op het bed. 'Zullen we maar beginnen?' vraagt ze, terwijl ze de microfoon aanzet. 'Het feit dat de naam Dorien Hendrikse Ruud Smithuijsen niets zegt, zie jij als bewijs dat ze niet bestaat.'

'Inderdaad,' antwoordt Inès. 'Ik denk dat Julia er zelf achter zit, of misschien wel de persoon die verantwoordelijk is voor haar verdwijning.'

‘Maar hoe verklaar jij dan dat ik Dorien “nee” zag schudden, na dat gesprek met Pierre Lambert?’

‘Geen idee,’ antwoordt Inès. ‘Maar de laatste tijd zie jij wel vaker mensen die er niet zijn.’

Ze wil nog best aannemen dat de zenuwen haar parten spelen, maar niet dat ze hallucineert. ‘Ik heb haar echt gezien, Inès,’ zegt ze zachtjes. ‘Misschien heet ze anders, maar de vrouw die op de foto van Doriens LinkedIn-account staat, is echt in Parijs.’

14

'Misschien moeten we pizza laten bezorgen,' zegt Bo tegen zeven uur.

'Ja, slim.' Inès komt overeind en rekt zich uit. 'Zal ik bij de receptie vragen welke italiaan we daarvoor het beste kunnen bellen?'

Bo knikt een beetje afwezig. Als Inès weg is sluit ze de twee balkondeuren. Inmiddels is de temperatuur buiten flink gedaald. Ze gaat op de rand van het bed zitten. Toen ze bij Inès introk dacht ze dat het tijdelijk zou zijn, maar zojuist klonk Joost zo verschrikkelijk definitief. Er springen tranen in haar ogen. Ineens heeft ze spijt dat ze hieraan begonnen is. Straks is ze werkloos, dakloos, én vrijgezel.

Ze laat zich achterovervallen en staart naar het plafond. Nu alles toch op instorten staat, kan ze net zo goed vanavond gaan feesten tot ze erbij neervalt. Wat maakt het allemaal nog uit?

De kamerdeur gaat weer open.

'Over een halfuur worden de beste pizza's van Parijs beneden afgeleverd!' Met die woorden komt Inès binnen. 'Wat is er?' vraagt ze bezorgd.

Bo veegt de tranen uit haar ogen. Ze heeft geen zin om over Joost te beginnen, hij is een gepasseerd station, althans, als het aan hem ligt. 'Niets,' zegt ze. 'Welke jurk mag ik van je lenen vanavond?'

'Joepie!' roept Inès luid. 'We gaan feesten! Die rode, omdat jij het bent.'

Rood, de kleur van de liefde. Waarom ook niet?

Nachtclub Silencio is gevestigd in Montmartre, de kunstenaarswijk waar Bo veel over gelezen heeft. De verlichte Sacré-Coeur lijkt zo 's avonds laat een zandkasteel, op de trappen zitten mensen. De smalle kronkelende straatjes met hun kleine steentjes en eeuwenoude met klimop bedekte muren waar Japanse kers bovenuit groeit hebben iets sprookjesachtigs. Ze passeren een roze geschilderde bistro op een splitsing, de ouderwetse lantaarnpalen werpen geel licht op de stoepen. Felgekleurde elektrische stepjes lijken helemaal in te zijn, geregeld passeren groepen jongeren.

Tegen kwart over elf sluiten ze aan bij de rij wachtenden die voor de club staat. Inès slaat haar armen om zich heen tegen de kou, ze wilde geen jas aantrekken over haar strakke zwarte jurkje. Zelf heeft ze haar spijkerjasje meegenomen. Het haalt haar outfit behoorlijk naar beneden, het jasje met de glimmende rode stof van de jurk, maar liever dat dan kou lijden.

'Volgens mij hebben de vips een eigen ingang,' merkt Inès op. 'Ik zie er niet een in de rij staan.'

Voor hen staan een paar Franssprekende mannen van hun leeftijd; nonchalant houden ze vrijwel allemaal een sigaret tussen hun vingers waar ze af en toe een trekje van nemen. Eentje werpt zo nu en dan een bewonderende blik naar Inès.

'Hij vindt je leuk,' fluistert Bo tegen haar.

Inès geeft haar een knipoog. 'Als hij nog een keertje kijkt, spreek ik hem aan. Wie weet.'

Ze gunt het haar vriendin dat ze de liefde van haar leven tegenkomt op de stoep van een Parijse nachtclub, maar er moeten deze maand in elk geval vier afleveringen van de podcast opgenomen worden. Een opbloeiende liefde kan hun werk in de weg staan. Bo wil daar net een opmerking over maken als de man voor de zoveelste keer omkijkt.

'Heb je zin om zo met me te dansen,' hoort ze Inès vragen.

De man draait zich nu helemaal om en steekt een hand uit. '*Je m'appelle Luc*,' zegt hij.

Nadat Inès zichzelf heeft voorgesteld raken de twee verwikkeld in een levendig gesprek. Bo kijkt een beetje rond, de rij lost maar mondjesmaat op. Ze krijgt inderdaad het idee dat lang niet iedereen binnengelaten wordt.

Luc en zijn vrienden moeten lachen om iets wat Inès zegt. Bo richt haar aandacht weer op het groepje, ze produceert een laf lachje, hoewel ze geen flauw idee heeft wat er zo grappig is.

'Wat zei hij?' vraagt ze in het Nederlands aan Inès, maar die hoort haar niet.

Het Franse gesprek ratelt door, ze pikt slechts woorden en halve zinnen op. Opnieuw glijden haar ogen naar de ingang van Silencio, waar twee gespierde mannen de dienst uitmaken. Sommige mensen verlaten de rij en steken de straat over, kennelijk gaan ze naar een andere club, of een café. Verderop staat een lange vrouw tussen twee lantaarnpalen, op het punt waar de randen van het licht elkaar net niet raken.

Bo geeft Inès een elleboogje in een poging haar aandacht te krijgen, maar ze reageert niet. Bo houdt haar ogen gericht op de vrouw die naar de rij voor Silencio lijkt te kijken. Of nee: naar hen tweeën lijkt te staren. Ziet ze weer spoken?

Ze wendt haar ogen af. Inès en de mannen hebben de grootste lol. Een van hen richt zijn felblauwe ogen op haar en ratelt iets wat ze niet verstaat. Bo trekt haar schouders op, ten teken dat haar Frans tekortschiet. Hij herhaalt zijn vraag in een rustiger tempo.

'Hoe heet jij eigenlijk? Je staat er zo stilletjes bij.'

'Bo,' zegt ze. '*Et toi*?'

'Olivier,' is het antwoord. Moeiteloos schakelt de man op Vlaams over. 'Zijn jullie hier op vakantie, of voor werk?'

'Voor werk,' antwoordt ze een beetje afwezig, want de lange vrouw komt in beweging en lijkt rustig haar kant op te lopen. Halverwege de straat blijft ze stilstaan.

'Inès,' sist Bo. Weer komt er geen reactie. Voor de tweede keer plant ze haar elleboog in Inès' zij. Nu draait ze zich eindelijk naar haar toe. 'Kijk!' Ze knikt in de richting van de vrouw. 'Daar is ze weer... Dorien.'

Inès werpt een korte blik. 'Welnee,' zegt ze dan. 'Dat is gewoon iemand die op een vriend of vriendin wacht.' Na die woorden richt ze haar aandacht weer op Luc.

Inmiddels heeft Olivier zich weer van haar afgekeerd, hij praat met zijn vrienden. Het clubje schiet luid in de lach om iets wat Luc zegt, ook Inès giert het uit. Ze voelt zich het vijfde wiel aan de wagen.

Voor de zoveelste keer kijkt ze de straat in. De vrouw is verdwenen. Een tijdje schuifelt ze met de rij mee naar voren, zonder echt aan het gesprek deel te nemen. Haar gedachten tollen rond. Het lukt haar niet om het idee dat Dorien hen volgt van zich af te zetten.

Als ze een paar meter bij de ingang vandaan zijn, kan ze zich niet meer inhouden. 'Ik vind het eng,' zegt ze luid tegen Inès.

Die kijkt onmiddellijk naar haar. 'Wat, een nachtclub ingaan?'

'Nee, het idee dat we gevolgd worden.'

'Begin je daar nou alweer over?' Inès' stem klinkt geïrriteerd. 'Wat ben jij een schijterd. We zouden gaan dansen, lol maken, weet je nog wel?' Na die woorden keert Inès zich demonstratief van haar af.

Bo moet moeite doen om de opkomende woede te onderdrukken. Ze staan hier in een vreemde stad met vier onbekende mannen in de rij voor een club waar ze nog nooit geweest is, mag ze een klein beetje de angsthaas uithangen? Helemaal nu iemand hen vanaf een afstandje in de gaten houdt? Ze wil er net iets van zeggen, als ze de vrouw naar binnen ziet schieten. Nu weet ze het zeker: het is Dorien. Dat halflange haar, die lengte, het kan niet anders. Parijse vrouwen zijn *petite.*

'Ze is binnen,' schreeuwt ze bijna naar Inès. 'Dorien is binnen!'

Haar vriendin rolt met haar ogen naar Luc bij wijze van reactie. Ineens is Bo er helemaal klaar mee. Zonder iets te zeggen stapt ze uit de rij en loopt ze zo snel als ze kan naar het plein bij de Sacré-Coeur waar de taxi hen afzette. Op de trappen, onder de mensen, is ze veilig. Daar kan ze een taxi bellen die haar terug naar het hotel brengt, er is nog genoeg te doen voor de podcast.

'Bo! Waar ga je heen?' roept Inès haar na.

Ditmaal is het haar beurt om niet te reageren.

Maar wat als Inès nu gevaar loopt, spookt het door haar hoofd.

Bo houdt haar pas in en slikt het speeksel weg dat zich plotseling in haar mond vormt. Ze kijkt over haar schouder, maar Inès en de mannen zijn al naar binnen. Moet ze Pierre Lambert bellen voor hulp, of het Franse noodnummer? Of Inès gewoon een appje sturen? Ze kiest voor het laatste, ze zou niet weten wat ze tegen de politie moest zeggen, bovendien is Inès veilig in Silencio. Vlug tikt ze een boodschap: *Ga niet alleen weg uit die club!*

15

Parijs, dag 3 – donderdag

Een uur later stopt de taxichauffeur voor Hotel Les Fleurs. Het duurde even voor er een taxi beschikbaar was, en al die tijd zat ze op de trappen van de Sacré-Coeur. De statige kerk op de achtergrond en de mensen om haar heen zorgden ervoor dat ze rustiger werd.

In de lobby van het hotel brandt schaars licht. De leegte die ze eerder vandaag voelde overvalt haar voor een tweede keer. Achter de receptie werkt een meisje dat haar met een kort knikje begroet.

Terwijl ze bij de lift staat te wachten pakt Bo haar telefoon. Ze stuurt Inès nog een berichtje: *Ik ben in het hotel.* Daarna bergt ze haar toestel weer op. De liftdeuren gaan open en ze stapt naar binnen. Als ze even later de gang van de derde verdieping op loopt, ziet ze dat de verlichting ook hier is aangepast voor de nacht; het ziet er naargeestig uit. Ze opent de deur van hun kamer. De hangertjes waar hun jurkjes aan hingen liggen op haar bed, naast haar laptop. Een beetje moedeloos laat ze zich op de rand van haar bed zakken en kijkt op WhatsApp. Geen blauwe vinkjes; Inès heeft haar berichtjes niet gelezen. Moet ze nu alsnog actie ondernemen? Ze zoekt het nummer van Lambert in haar telefoon. Zijn telefoon gaat een halve minuut over en schakelt dan naar de voicemail.

'Hallo, meneer Lambert,' begint ze. 'Met Bo van de Nederlandse onderzoekspodcast. Mijn vriendin Inès is in nachtclub Silencio en iemand die ons bedreigt is daar ook. Ze heet Dorien en ze wil dat wij stoppen met het maken van die podcast en...' Ineens hoort ze zelf hoe dom haar woorden klinken. Dorien mag dan van alles eisen, dat maakt haar nog niet tot een moordenaar. '... Ik vertrouw het niet,' eindigt ze haar boodschap desalniettemin.

Even later zit Bo in een joggingbroek en T-shirt op het bed. Ze heeft alle lampen in de hotelkamer aangedaan, in de hoop dat het licht de spoken in haar hoofd verjaagt. Terwijl ze de opnames afluistert, noteert ze op een blaadje de begin- en eindtijd van de stukken die ze wil gebruiken. Per aflevering heeft ze ongeveer een halfuur, het mag iets langer worden, maar zeker niet veel korter. Eigenlijk had ze dit veel liever samen met Inès gedaan, nu moet ze alle beslissingen in haar eentje nemen. Sommige opnames spoelt ze snel door, zoals de uren in de trein, terwijl ze andere aandachtig beluistert en keuzes maakt.

Even later knipt ze de stukken die ze heeft gekozen eruit en zet ze op volgorde. Het is al over tweeën als ze klaar is. Ze stuurt de aflevering én het ruwe materiaal naar Benny met Marije in de cc en sluit haar laptop. Hopelijk kan ze Marije morgen ook de namen van Julia's jaargenoten en de shownotes mailen. Nog steeds heeft Inès haar appje niet gelezen. Normaal zet ze haar toestel 's nachts op stil, maar nu besluit ze hem aan te laten staan. Als er iets aan de hand is, moet Inès haar kunnen bereiken. Ze legt de iPhone op het nachtkastje en haalt haar slaap-T-shirt tevoorschijn. Morgen moet ze weer op tijd aan de slag. Ergens had Joost wel gelijk toen hij Inès verweet egoïstisch te zijn. Een paar jaar geleden zijn ze samen op vakantie geweest naar Kroatië, en ook toen ging Inès er halverwege de reis vandoor met een jongen die ze net ontmoet had. Eenmaal terug in Den Haag heeft ze nooit meer iets van hem vernomen. Dat hele gedoe kostte hun bijna hun vriendschap. *En wat doe jij nu, zomaar wegrennen en haar achterlaten?* Bo slikt. Ze had bij haar moeten blijven, ongeacht wat, maar daarvoor is het nu te laat.

Ze doet de lichten uit, gaat in bed liggen en trekt het dekbed tot aan haar kin op. Hopelijk kan ze ondanks alles toch een goede nacht maken.

Als Bo die ochtend wakker wordt van het verkeer dat drie verdiepingen lager door de straat raast, ligt Inès naast haar te slapen in het jurkje dat ze gisteravond droeg. Bo kijkt op haar telefoon, het is al acht uur geweest. Vandaag staat er een bezoek aan Hotel Napoleon op het programma. Ze hebben geen tijd afgesproken, maar ze wil niet te laat op pad. Als ze vanaf nu elke dag de goede opnames alvast klaarzet voor Benny, hoeft ze de volgende keer niet tot diep in de nacht door te werken.

Ze gaat op haar rug liggen. Kon ze maar heel even in het hoofd van Julia kruipen en zo achterhalen wat er gebeurd is, of terug in de tijd stappen. Er mogen dan honderdduizenden mensen per jaar verdwijnen, toch is het vreemd als iemand nooit meer gevonden wordt. Zélfs niet als die persoon daarvoor kiest.

Ze draait zich op haar zij. 'Inès?' De goudkleurige oogschaduw die ze gisteravond op had gedaan is vlekkerig geworden.

'Inès,' zegt ze nogmaals.

Na wat onduidelijk gebrom draait haar vriendin zich om.

'Ga je mee ontbijten?' probeert ze.

Nu gaat Inès op haar rug liggen en opent haar ogen, ze kreunt zachtjes. 'Ik wil slapen.'

'Hoe laat was je terug?' vraagt Bo.

'Weet ik veel, vier uur, halfvijf, zoiets.' Inès slingert haar benen over de rand van het bed en gaat zitten. Ze grijpt naar haar hoofd. 'Help me herinneren dat ik nooit meer cocktails drink.' Na die woorden komt ze overeind, en even later sluit ze de badkamerdeur achter zich.

Bo staat op. Ze opent de balkondeuren. Buiten schijnt de zon, de stad ontwaakt.

Als ze drie kwartier later de ontbijtzaal binnenkomen zitten er weinig gasten. Aan de kruimels op de tafels te zien hebben de meesten al ontbeten.

Inès laat zich op een stoel vallen en grijpt weer naar haar hoofd. 'Paracetamol en koffie,' zegt ze. 'Meer wil ik niet.'

Bo slikt de opmerking in dat als Inès 's nachts kan feesten, ze 's morgens niet moet zeuren, en loopt naar het buffet. Koffie wil ze nog wel inschenken, maar pijnstillers gaat ze niet regelen, dat mag Inès zelf doen. Even later zet ze een espresso voor haar neer.

Zelf heeft ze een latte en twee croissantjes met kersenjam genomen.

Terwijl ze een van de croissantjes opensnijdt om de jam ertussen te smeren, zegt ze: 'Zullen we straks lopend naar Hotel Napoleon? Het ligt hier niet zo heel ver vandaan en het is mooi weer.'

'Mag het ook vanmiddag?' vraagt Inès. 'Mijn hoofd staat nu echt niet naar die vermoeiende podcast.'

Bo legt haar mes neer en neemt een hap. 'We zijn anders wel voor "die vermoeiende podcast" naar Parijs gekomen,' merkt ze zo rustig mogelijk op.

Inès zucht diep, maar antwoordt niet.

'Wie weet knap je op van een stukje wandelen,' gaat Bo verder.

'Ik stel voor dat we om een uur of twee een kijkje nemen bij dat hotel. Om vijf uur heb ik met Luc afgesproken. Hij en zijn vrienden hebben via Airbnb een appartement gehuurd dat hier vlakbij ligt. Vanavond ga ik bij ze eten.'

Bo laat Inès' woorden even tot zich doordringen. 'Jij gaat bij die mannen eten?'

'Je mag mee, als je wilt,' is haar antwoord.

Dat klinkt wel heel erg onverschillig. 'En vanavond?' vraagt Bo. 'Op zoek naar die verstopte nachtclub?'

'Waarom niet?' Inès' stem klinkt ineens een stuk scherper.

'Waarom wel?'

'Pfff, daar gaan we weer. Kun jij nou nooit eens een beetje plezier maken?' Inès hangt achterover in haar stoel. 'Ontspan eens een beetje, Bootje. We zijn jong.'

Bo verkrampt. 'Heb jij enig idee wat ik allemaal op het spel heb gezet? Mijn baan hangt aan een zijden draadje en Joost en ik zijn praktisch uit elkaar!'

Inès begint te lachen. 'Kom op, zeg. Je klaagde voortdurend dat je geen steek verder komt op je werk en die relatie van je was nou ook niet bepaald geweldig. Wees blij dat je van allebei af bent, zou ik zeggen.'

Verbouwereerd staart Bo haar aan. Is dit hoe Inès erover denkt? Ze schuift haar stoel abrupt naar achteren met de bedoeling weg te lopen, maar kan zich dan niet inhouden. 'Jij denkt echt alleen maar aan jezelf en je eigen plezier, hè? Ongelooflijk. Ik wist niet dat mensen zo egoïstisch en bot konden zijn.' De woorden vliegen eruit, samen met haar opgekropte irritatie en zorgen.

Bo's woede neemt alleen maar toe als Inès niet eens op haar woorden ingaat, maar glazig voor zich uit blijft staren.

'Die koffie is niet te drinken,' mompelt Inès nadat ze een slokje heeft genomen. 'Zijn de croissantjes een beetje eetbaar?' Zonder te vragen pakt ze de onaangetaste croissant van Bo's bord en neemt een hap. Onverschillig legt ze hem weer terug. 'Ik ga nog even slapen,' zegt ze met volle mond.

Bo kijkt haar sprakeloos na terwijl ze de eetzaal uit loopt, en dan neemt ze een besluit. Het is genoeg geweest, Inès zoekt het allemaal maar uit, samen met Luc, Olivier en hoe al die andere mannen ook mogen heten. Zij gaat in haar eentje wel op zoek naar Julia van der Molen.

16

Tegen de tijd dat Bo terug is op hun hotelkamer is Inès al in diepe slaap, ze snurkt lichtjes. Die moet gisteravond belachelijk veel gedronken hebben. Woest pakt Bo luidruchtig haar rugzak in, maar Inès blijft rustig doorsnurken. Als ze eenmaal heeft ingepakt kijkt Bo bij de deur nog één keer achterom naar Inès, die niet van slaaphouding is veranderd. Zonder verder te twijfelen vist ze de sleutelkaart uit haar zak en gooit hem op haar bed. Dan sluit ze de deur achter zich.

Op de gang loopt een kamermeisje met een trolley. Ze glimlacht naar haar in het voorbijgaan en ratelt iets in het Frans, waaruit Bo opmaakt dat ze hun kamer wil schoonmaken.

'Nee, er ligt nog iemand te slapen,' antwoordt ze in het voorbijgaan. Aan de ene kant doet het haar ondanks alles pijn om afscheid te nemen van Inès, aan de andere kant weet ze dat ze nu geen andere optie heeft. Ze kan dit beter alleen afmaken. Bij de lift aangekomen drukt ze op het knopje en wacht tot de deuren openschuiven. Even later wandelt ze de lobby in. Ze blijft bij de receptie wachten tot er een medewerker beschikbaar is. Toeristen met rolkoffers lopen in en uit het hotel, de rode loper die tot aan de receptie reikt dempt het geluid van de wieltjes.

'Kan ik u helpen?' vraag een man die ze herkent van het inchecken.

'Ik zou de kamer vast willen afrekenen,' antwoordt Bo terwijl ze ondertussen haar portemonnee zoekt. 'Mijn vriendin blijft nog een nacht, maar ik moet helaas gaan.'

'Geen probleem.' De man verlegt zijn aandacht naar het computerscherm terwijl Bo haar creditcard tevoorschijn haalt. Straks, als ze terug in Nederland is en is afgekoeld, moeten zij en Inès het met elkaar uitpraten. Voor nu is het zaak dat ze zich aan haar afspraken met *Koffie en koek* houdt. Ze moet trouwens wel Pierre Lambert nog even laten weten dat Inès veilig en wel is thuisgekomen. Hij neemt weer niet op, dus spreekt ze zijn voicemail een tweede keer in.

Buiten kijkt ze omhoog naar de blauwe lucht.

'Je kunt dit,' zegt ze hardop tegen zichzelf. De woorden verdrijven nauwelijks het nerveuze gevoel dat de kop opstak nadat ze de deur van hun hotelkamer achter zich dichttrok.

Ze pakt haar mobiel uit haar broekzak en zoekt op Google Maps naar Hotel Napoleon. Het is prachtig weer, een wandeling zal haar kalmeren en geeft haar de tijd om na te denken. Als niemand in dat hotel zich ook maar iets kan herinneren, zal ze voor de podcast een andere weg in moeten slaan. Ze weet alleen nog niet welke.

De route leidt haar langs het water, waar statige panden vol ornamenten staan. Het groen van de bomen werpt af en toe een schaduw op de klinkers. Uiteindelijk steekt ze een ijzeren boogbrug over en wandelt een smalle straat in. Hotel Napoleon is gevestigd in een hoog pand. Volgens een plaquette op de gevel is het al sinds 1887 een hotel. Bo glijdt met haar ogen langs de diverse verdiepingen met Franse balkonnetjes. Alle ramen zijn gesloten, alsof er geen gasten zijn. Ze legt haar hand op de koperen deurklink en duwt hem naar beneden. Even later loopt ze een schaars verlichte gang in. De kleine receptie, die in een nis zit, is onbemand. Er ligt donkerrood tapijt op de vloer en de wanden zijn bekleed met bloemetjesbehang. Alles aan dit hotel ademt vergane glorie. Waarom zou Julia ervoor gekozen hebben hier te overnachten?

Ze geeft een tikje op de koperen bel. Een jongen van een jaar of twintig komt door een deur achter de receptie. 'Kan ik u helpen?' vraagt hij in het Engels, met een zwaar Frans accent.

Bo laat haar rugzak van haar schouders zakken. 'Ik maak een podcast voor een Nederlands tv-programma,' zegt ze. 'Tweeëntwintig jaar geleden logeerde er een Nederlandse vrouw in dit hotel, vlak daarna is ze verdwenen en sindsdien heeft niemand ooit nog iets van haar gehoord. Zegt je dat iets?'

De jongen schudt zijn hoofd. 'Sorry,' antwoordt hij. 'Maar toen was ik nog niet eens geboren.'

'Houden jullie bezoekerslijsten bij? Of is er iemand aanwezig die destijds hier werkte?' vraagt Bo voorzichtig.

Weer schudt hij zijn hoofd. 'Nu niet. Maar morgenochtend is er een oudere werknemer. Misschien kunt u dan terugkomen?'

Opgelucht tilt Bo haar rugzak van de grond. Een oudere werknemer klinkt goed. Terwijl ze haar arm door de lus steekt, schiet haar iets te binnen.

'Hebben jullie misschien een kamer vrij, voor één nacht?' vraagt ze.

'Mais oui,' zegt de jongen. Hij keert zich naar een bord rechts van hem, waar ouderwetse sleutels aan hangen. Ze zijn voorzien van grote goudkleurige hangers die het kamernummer vermelden. Hij pakt er een van een haakje. 'Kamer 407. Vierde verdieping,' zegt hij. 'Hoe wilt u betalen?'

Voor de tweede keer die ochtend haalt Bo haar creditcard tevoorschijn. Ongetwijfeld gaat Marije zeuren over de dubbele kosten, maar dat neemt ze voor lief. Ze kan altijd verklaren dat ze wel een kamer móést huren om sfeeropnames te kunnen maken in de gang. Helemaal gelogen is dat niet.

Als ze heeft afgerekend zegt de jongen: 'Het ontbijt is 's morgens in de hotelbar.' Hij buigt zich over de receptie en wijst naar een plek achter in de lange gang. 'We hebben een lift, wilt u daar gebruik van maken?'

Haar rugzak vier verdiepingen omhoogsjouwen ziet ze niet zitten. 'Graag.'

Hij komt achter de receptie vandaan en loopt voor haar uit naar een smeedijzeren hek waar een gewone deur achter zit. Daar drukt hij op een knopje dat onmiddellijk oplicht. Als het lampje uitgaat, opent hij het hek en vervolgens de deur. Bo stapt terug in de tijd. De lift is niet veel groter dan een kast en kennelijk vooral bedoeld om bagage te vervoeren. De knopjes waarmee ze kan aangeven naar welke verdieping ze moet, zijn voorzien van sierlijke cijfers. Dan komt de kooi hortend en stotend in beweging.

In de gang van de vierde verdieping ligt hetzelfde tapijt als beneden en ook hier zijn de wanden bekleed met druk behang. Net zoals in de entree is het er smal. Links en rechts zijn kamerdeuren, langs de linkerwand staat ouderwets Frans meubilair met een grote plant. Het bemoeilijkt de doorgang.

Even later opent ze haar kamerdeur, en ook hier ligt hetzelfde tapijt als in de gang. Er staat een smal tweepersoonsbed, met aan het hoofdeinde een lang rolkussen. Buiten een houten kast en een klein tafeltje naast het bed is de kamer leeg. Ze trekt de enige deur open die er is en kijkt in een ouderwetse badkamer met mosgroene tegeltjes. Voor de douche hangt een gordijn dat ze herkent van IKEA. De badkamer ruikt schimmelig. Ze zet haar rugzak op het bed en opent het kleine raam dat uitzicht biedt op de achterkant. Helemaal beneden ligt een ondiepe tuin met een paar boompjes erin, tussen het ontluikende groen kwetteren vogeltjes.

Ze gaat op de rand van het bed zitten en haalt de opnameapparatuur uit haar rugzak. Al lopend door de gangen kan ze vertellen wat ze ziet en haar gedachten laten gaan. Ze pakt haar iPhone en plugt de microfoon in. Daarna verlaat ze haar kamer.

Volgens de knoppen in de lift heeft het hotel zes verdiepingen. Op welke zou Julia geslapen hebben? Iets verderop, aan de wand, hangt een schema met vluchtwegen voor het geval er brand uitbreekt. Bo loopt erheen. Ergens halverwege moet een trappenhuis zijn volgens het plaatje, maar als ze de gang in kijkt, ziet ze alleen maar dichte deuren. Nieuwsgierig loopt ze eerst de ene kant op en dan de andere kant. Er is één deur waar geen kamernummer op staat. Ze opent hem en kijkt een donker trappenhuis in. Het neonlicht schiet knipperend aan als ze een stap naar binnen doet. Een donkere houten trap met uitgesleten treden die onderbroken wordt door bordessen loopt naar beneden en naar boven. Terwijl ze haar voet op de eerste tree zet vertelt Bo wat ze ziet, haar stem echoot dankzij de kale muren. Een verdieping lager opent ze de deur en loopt een gang in die vrijwel identiek is aan de gang waaraan haar kamer ligt. Dan ziet ze ineens een beweging. Even verderop schiet een lange gestalte de lift in. Bo laat van schrik de microfoon uit haar hand vallen, het snoertje schiet uit haar iPhone. 'Niet zo angstig, kom op,' spreekt ze zichzelf toe. Ze zakt door haar knieën om hem op te pakken en terwijl ze de microfoon weer probeert aan te sluiten, dooft het licht.

Worstelend met het snoertje laat ze zich op de grond tegen de muur zakken. Ineens dringt het tot haar door dat de gestalte van zojuist weliswaar in de lift is gestapt, maar dat de deur en het hek nog steeds openstaan. Het snoertje valt uit haar hand. Terwijl ze haar vingers over het tapijt laat glijden, ziet ze de vrouw uit de lift komen en bij haar vandaan lopen tot zelfs haar schaduw niet meer zichtbaar is. Uiteindelijk verdwijnt ze door een kamerdeur. Bo's vingers trillen. Pas na tientallen seconden lukt het haar de microfoon weer aan te sluiten. Ze opent de dictafoonapp en drukt op de rode opnameknop.

Haar ademhaling versnelt, maar ze kan nu niet stoppen. Ze moet doorgaan met de podcast, er staat veel te veel op het spel. Met zachte stem begint ze te praten. 'Dat het zo zou lopen,' begint ze zachtjes. 'Inès en ik kennen elkaar al vanaf ons achttiende en nu...' Het is net of iemand langzaam, heel langzaam, haar luchtpijp dichtknijpt. Ze slikt een paar keer in de hoop dat het nare gevoel verdwijnt, maar tevergeefs. In een van de kamers wordt een televisie hard aangezet. Het Franse gekakel kalmeert haar gek genoeg en ze krijgt meer lucht. 'In deze situatie had ik nóóit terecht willen komen,' gaat ze zo rustig mogelijk verder. De woorden zijn meer voor haarzelf bedoeld dan voor de podcast. Ze laat de microfoon zakken en drukt op pauze. Moet ze het eigenlijk wel doorzetten, deze podcast? Heeft dat geroer in een cold case haar inmiddels niet bang en paranoïde genoeg gemaakt? Kán ze nog wel stoppen? Of is het daarvoor te laat?

Een poosje staart ze naar het behang met oudroze bloemen en lentegroene blaadjes, dan drukt ze de opnameknop weer in en begint te praten.

17

Parijs, dag 4 – vrijdag

Hoewel ze maar een paar uur geslapen heeft, voelt Bo zich de volgende ochtend een stuk beter dan de laatste dagen. Terwijl ze haar spullen inpakt bedenkt ze zich dat ze het eigenlijk met Inès zou moeten bijleggen. Ze ritst de rugzak dicht en pakt haar mobiel van het nachtkastje. Vlug tikt ze een bericht naar Inès: *Zullen we vandaag even bellen?* Daarna bergt ze haar toestel op.

Het ontbijt wordt geserveerd in de hotelbar. Er zijn maar enkele tafeltjes bezet. Ze kiest een plekje uit en loopt naar het buffet; het aanbod is bescheiden. Ze pakt een beker en geeft de koffiemachine opdracht een latte te maken. Al wachtend kijkt ze rond. De bar is van glimmend kersenhout gemaakt, de goudkleurige taps weerspiegelen de omgeving. Er komt een lange vrouw binnen, samen met een man die moet bukken om door de deuropening te kunnen. De man legt hun hotelsleutel op een tafeltje en daarna sluit het stel aan bij het buffet. Als Bo even later met haar koffie en een croissant langs hun tafel loopt, ziet ze 314 op de sleutelhanger staan. Ineens voelt ze zich zo stom. Het kan niet anders of dit was de vrouw die ze gisteren op de gang van de derde verdieping zag.

Met gemengde gevoelens gaat ze zitten. Voor de zoveelste keer kijkt ze op haar telefoon, maar nog steeds is er geen antwoord van Inès. Ze gaat zich er niet druk over maken, neemt Bo zich voor. Ze gaat zich zelfs helemaal nergens meer druk over maken. Dorien kijkt gewoon vanuit Nederland mee op hun Instagram-account, Inès is vakantie aan het vieren en Joost zit thuis te mokken. *C'est ça*, dat is het leven.

Na het ontbijt meldt Bo zich bij de receptie. De jongen van gisteren is er niet, in plaats daarvan staat er een man met grijs haar.

'Ik zoek een medewerker die hier al voor het jaar 2000 werkte,' zegt ze in het Frans.

De man legt een hand op zijn borst en maakt een bijna onzichtbaar buiginkje. 'Madame,' zegt hij. 'Waar kan ik u mee helpen?'

Hij is dus de persoon die ze moet hebben. 'Tweeëntwintig jaar geleden logeerde er een Nederlandse vrouw in dit hotel, Julia van der Molen. Een paar dagen later is ze spoorloos verdwenen. Kunt u zich dat herinneren?' Naarmate ze langer in Parijs is gaat het een stuk beter met haar Frans.

De man knijpt zijn ogen een klein beetje dicht. 'Waarom vraagt u dat?'

'Ik maak een podcast over haar verdwijning.'

'Moment.' Hij komt achter de desk vandaan en loopt naar de bar. Even later ziet ze hem weer haar kant op komen, met in zijn kielzog de jongen die gisteren de receptie bemande.

'Gaat u maar even met mij mee naar het kantoor,' zegt de oudere man.

Ze pakt de opnameapparatuur uit haar rugzak. De man nodigt haar uit om achter de receptie te komen en houdt een deur open. 'Hier kunnen we rustig praten,' zegt hij.

Als Bo de recorder geïnstalleerd heeft, vraagt ze: 'Kunt u zich herinneren dat Julia van der Molen in dit hotel logeerde?'

De man antwoordt niet, maar laat zijn hand langs een stapel dikke boeken glijden. Hij haalt er eentje uit en begint erin te bladeren. Vanaf haar plek kan Bo zien dat er in verschillende handschriften namen in staan geschreven, alleen de data zijn door dezelfde persoon genoteerd.

'Hier,' zegt hij plotseling. Hij prikt met zijn vinger onder een van de namen. 'Julia van der Molen, ze logeerde hier van 1 tot 4 juli. In 2000 gebruikten we nog geen computer.'

Er gaat een kleine schok door Bo heen bij het zien van dit stukje bewijs van Julia's bestaan. 'Mag ik hier een foto van nemen?'

De man pakt twee velletjes papier uit de printerla en legt die rond Julia's naam, dan keert hij het boek om. 'Nu wel.'

Bo pakt haar iPhone. Dit is perfect voor in de shownotes.

Als ze de naam heeft vastgelegd begint de man weer te praten. 'Ze heeft hier drie nachten gelogeerd, ziet u?' Hij wijst naar de datum.

'Kunt u zich haar herinneren?'

De man schudt zijn hoofd. 'Nee,' zegt hij. 'Er komen hier zoveel gasten. Maar ik weet nog wel dat de politie vragen kwam stellen. Het was een vreemd verhaal.' Hij gaat peinzend verder: 'Het meisje was door iemand op de trein gezet, ergens in het zuiden, en is daarna verdwenen.'

Bo moet een gevoel van teleurstelling onderdrukken. Hier schiet ze dus ook weinig mee op. 'Logeerde ze hier alleen?'

De man knikt bevestigend. 'Er staat maar één naam, van stellen noteerden we altijd beide namen.'

Dat klopt in elk geval met wat ze tot nu toe gehoord heeft. Ze stopt de opname en bergt alles weer op. 'Bedankt voor uw tijd,' zegt ze.

'Geen dank. Is dit uw laatste dag in Parijs?'

'Ja, helaas.' Eigenlijk heeft ze daar nog geen besluit over genomen, maar mocht ze langer blijven, dan zoekt ze liever een ander hotel. Van deze plek krijgt ze de kriebels.

'Wacht,' klinkt het ineens. 'Er schiet mij toch iets te binnen. Die laatste nacht was er iets met een man die onverwachts opdook en stampij maakte. Er zijn andere gasten midden in de nacht vertrokken en...' Hij aarzelt en schudt dan zijn hoofd. 'Sorry, ik was er zelf niet bij.'

Bo kan haast niet geloven wat ze hoort. 'Is er iemand die zich dat mogelijk wel kan herinneren? Een oud-werknemer?'

'Jazeker, de eigenaar van dit hotel.'

Haar hart maakt een sprongetje. 'Waar kan ik hem bereiken?'

'Ik denk dat u het beste een mail naar het hotel kunt sturen. Monsieur Durand laat zich niet vaak meer zien hier, hij is al op leeftijd.'

'Hebt u een telefoonnummer van monsieur Durand?' Bellen gaat vele malen sneller.

De receptionist komt overeind. 'Helaas,' zegt hij. 'Maar ik zal uw mail onmiddellijk doorsturen, dat beloof ik.'

Eenmaal buiten besluit Bo naar de Seine te lopen, waar barretjes zijn. In de schaduw van de bomen die het straatje waar Hotel Napoleon aan ligt markeren, wandelt ze naar het water. Ze kiest voor hetzelfde terrasje als gisteravond en bestelt een latte. Terwijl ze wacht op haar koffie stuurt ze een bericht naar Marije en belt ze naar Benny. Hij wil weten of hij al het ruwe materiaal mag gebruiken en de vrije hand heeft in de montage. Nadat ze hem bevestigend geantwoord heeft, checkt ze of Inès haar bericht heeft gelezen, maar de vinkjes zijn nog steeds grijs. Ze bergt haar iPhone op en pakt haar laptop om een mail aan de hoteleigenaar te tikken, waarin ze hem vraagt of hij haar wil bellen.

Het spoor in Parijs loopt vooralsnog dood, beseft Bo. Ze kan beter de trein naar Bordeaux pakken, het heeft geen zin hier te blijven rondhangen in afwachting van een reactie van de hoteleigenaar. Ze kan hier altijd nog een tussenstop maken als ze terug naar Amsterdam reist. Moet ze Inès berichten dat ze verder reist, of het gewoon hierbij laten? Ze is er nog niet over uit. De zon staat inmiddels hoog aan de hemel. Het Franse gebabbel om haar heen, de appartementen met hun chique entrees en Franse balkonnetjes, de barretjes en terrassen langs het water: hier zou ze zich weken kunnen vermaken. Ze sluit haar ogen om van de stadse geluiden te genieten. Veel van Parijs heeft ze nog niet gezien, maar ooit komt ze hier terug.

De lange vrouw uit Hotel Napoleon wandelt met haar partner voorbij, deze keer mist haar hart geen slag. Onwillekeurig moet ze glimlachen om haar eigen stupiditeit.

Dan schiet haar iets te binnen. Ze moet Ruud nog vragen de namen van Julia's jaargenoten aan haar door te geven, zodat Marije hen in de studio kan uitnodigen, en of hij zich de naam van zijn contact inmiddels herinnert. Snel tikt ze een bericht naar hem. Als ze op verzenden drukt wordt er een latte op haar tafeltje gezet.

'Madame.' De ober houdt een pinautomaat voor haar neus. Ze

houdt haar creditcard er kort tegenaan en bergt hem dan op in haar portemonnee. Terwijl de latte afkoelt naar drinktemperatuur pakt Bo haar iPhone en zet de dictafoon aan.

'Ik ga naar Bordeaux, verder in de voetsporen van Julia van der Molen. Zal ik daar antwoorden vinden?' zegt ze tegen het toestel.

Het leven is goed zo, maar het zou nog beter zijn als Inès normaal ging doen én als ze antwoorden vond.

18

De piano in de grote stationshal staat er eenzaam bij, vandaag klinken er geen akkoorden. Onderweg in de taxi heeft ze een paar keer vruchteloos op WhatsApp gekeken. Uiteindelijk heeft ze Inès *Naar Bordeaux* geappt en het toestel opgeborgen. Het is wel even goed zo.

Als ze een kaartje voor de TGV heeft gekocht loopt ze naar het perron. De trein staat al klaar. Voor de tweede keer in korte tijd wandelt Bo langs de wagons, ditmaal van een rood-blauwe trein. Bij haar nummer stapt ze in. Ook binnen ziet het er anders uit dan de Thalys die hen naar Parijs bracht. De stoelen zijn grijs in plaats van rood en het oogt allemaal een stuk saaier.

Ze bergt haar rugzak op en zet haar schoudertas ernaast. Onderweg gaat ze toch geen opnames maken. Ze heeft al zoveel treingeluiden vastgelegd.

Bo ploft neer en kijkt naar buiten. Het is druk. Mensen lopen af en aan vanuit de centrale hal de perrons op, sommige nemen uitgebreid afscheid van vrienden of familie terwijl andere zich haasten. Misschien moet ze vast online een hotelkamer zoeken, voor ze op station Bordeaux Saint-Jean aankomt is het al bijna vijf uur. Het voelt nog steeds een heel klein beetje onwennig om de reis zonder Inès voort te zetten. Ergens verwacht ze haar elk moment hijgend in te zien stappen met een: 'Sorry, sorry, sorry.'

Er klinkt een schril geluidje. De trein komt langzaam in beweging. Met haar vertrek uit Parijs overvalt haar de angst dat ze Inès nooit meer zal zien. Ondanks alles wat er gebeurd is, wordt ze verdrietig van het idee. Ze blijft naar het perron kijken totdat de trein onder de overkapping van Gare du Nord vandaan rijdt. De zon schijnt ineens fel op het raam. Over twee uur en een kwartier komt ze op haar bestemming aan, in de tussentijd kan ze haar strategie bepalen. Sowieso wil ze met het contact van Ruud praten. Ook wil ze graag naar de universiteit, hoewel het morgen zaterdag is. Wie weet zijn daar nog docenten die zich de verdwijning van Edda kunnen herinneren, of die Julia destijds hebben gesproken. Misschien kan ze zelfs contact opnemen met een plaatselijk radiostation en een oproep uit laten gaan. Haar iPhone geeft aan dat er een mail is binnengekomen. Ze opent het bericht. Het is van Hotel Napoleon. *Geachte mevrouw,* leest ze. *Destijds heb ik een getuigenverklaring afgegeven aan de politie over wat er die nacht in mijn hotel gebeurd is, ik verzoek u contact met hen op te nemen.*

Het voorval van die nacht was dus dermate ernstig dat de eigenaar een getuigenverklaring heeft afgelegd. Ergens begrijpt ze dat hij zich verder niet in de zaak wil mengen, aan de andere kant had ze liever een kopie van die verklaring gekregen. Hoe dan ook, ze moet de man vinden die 's nachts naar Hotel Napoleon is gegaan voor Julia. Ze kan deze mail wel gebruiken voor de podcast.

Ze drukt op antwoorden en schrijft: *Geachte monsieur Durand, Veel dank voor uw reactie. Kunt u mij wel vertellen of de man die in de nacht van 3 op 4 juli voor Julia van der Molen naar uw hotel kwam een Nederlander was?* Met het antwoord op die vraag kan de hoteleigenaar nauwelijks iemands privacy schenden, terwijl het haar zoekgebied aanzienlijk verkleint. Ze bergt haar iPhone op. Hopelijk reageert monsieur Durand net zo snel als de eerste keer.

De historische Parijse bouw heeft inmiddels plaatsgemaakt voor een grauwe buitenwijk. Ze wendt haar gezicht van het raam en opent de site van Booking.com. Het liefst heeft ze een hotel in de buurt van de universiteit. Per slot van rekening zal ze daar de meeste tijd doorbrengen. Hotel de la Poste heeft nog kamers vrij, hoe Frans wil ze het hebben. Aarzelend blijft Bo's vinger boven het schermpje hangen. Voor hoeveel nachten wil ze eigenlijk reserveren? Twee, drie? Uiteindelijk kiest ze voor drie. Ze kan altijd nog bijboeken als het nodig is.

De trein versnelt. Inmiddels hebben ze de stad achter zich gelaten en rijden ze door de groene heuvels. Voor de zoveelste keer kijkt Bo op haar mobiele telefoon. Er is geen enkel bericht binnengekomen. Het zit haar behoorlijk dwars dat Inès' stem in het eerste deel van de podcast te horen is en daarna niet meer. Ongetwijfeld gaat Benny of Marije daar vragen over stellen.

Net zoals op de heenweg is het ook nu stil in de wagon. De enige medepassagier zit een paar stoelen verderop verdiept in een krant. Ze strekt haar benen en legt haar hoofd tegen de zijsteun. Misschien lukt het om nog even te slapen voor ze in Bordeaux arriveert.

Ze weet niet hoeveel tijd er is verstreken als ze haar ogen weer opent, maar buiten is de wereld een stuk vlakker geworden. En geel, heel erg geel. De diagonale ijzeren buizen van een spoorbrug flitsen langs het raam, ze verdwijnen net zo snel als ze kwamen. Ze moeten een rivier zijn overgestoken.

Ze kijkt op haar telefoon. Inmiddels is het halfvijf. Over twintig minuten rijden ze het station binnen. Nog steeds geen bericht. Ze kan zichzelf wel blijven voorhouden dat Inès lekker aan het feesten is, maar eigenlijk is die aanhoudende stilte vreemd, alsof de geschiedenis van Julia zich herhaalt...

Er klinkt een krakerige stem door de luidsprekers. Ze verstaat geen woord van wat er gezegd wordt, maar de man verderop vouwt zijn krant op en steekt hem in zijn aktetas. Op haar telefoon ziet ze dat Ruud heeft gereageerd. Snel stuurt ze de twee namen die hij haar heeft gegeven samen met een korte uitleg door aan Marije, in de hoop dat ze hier voorlopig tevreden mee is. Op haar vraag wie zijn contact is, heeft hij niet gereageerd.

Straks staat ze op het station waar Julia voor het laatst gezien is, vlak voor ze de trein in ging. Dan wandelt ze over de perrons en trappen waar zij tweeëntwintig jaar geleden haar laatste stappen zette.

De trein remt af. Links en rechts van het spoor verrijst langzaam de stad, hoge zandkleurige gebouwen met ornamenten die haar aan Parijs doen denken.

Zou Julia hebben voorvoeld wat haar in Bordeaux te wachten stond? Of heeft ze haar verdwijning zorgvuldig gepland?

19

Bordeaux, dag 4 – vrijdag

De TGV rijdt in een laag tempo over een spoorbrug die een brede rivier overspant, om daarna station Bordeaux Saint-Jean binnen te rijden. Bo kijkt uit het raam. Ook deze aankomsthal bestaat uit metalen balken en veel glas. Voor ze uitstapt stuurt ze een bericht aan Inès: *Ik logeer in Hotel de la Poste in Bordeaux.*

Als ze stilstaan tilt ze haar rugzak en schoudertas uit het bagagerek. Ze kan het beste een taxi nemen naar het hotel, al was het alleen maar omdat ze geen idee heeft hoe ver het hotel van dit station verwijderd is. Ze loopt door de coupé naar het bordes en stapt het perron op. De temperatuur in Bordeaux ligt aanzienlijk hoger dan in Parijs, het is hier bijna zomers. Achter de mensenmassa aan wandelt ze naar de centrale hal. De hoge gewelfde plafonds met de vide waar passagiers en uitzwaaiers op staan, ademen de geschiedenis van dit station. Ze baant zich een weg naar de uitgang. Buiten staat er een rij taxi's klaar. Ze trekt de deur van de eerste open en vraagt de chauffeur of hij haar naar Hotel de la Poste kan brengen. Even later zet de chauffeur haar rugzak in de achterbak en neemt ze achterin plaats. Bordeaux is een oude stad die zich uitstrekt langs de oevers van een rivier, twee identieke kerktorens domineren de skyline.

'Welke rivier is dit?' vraagt Bo aan de chauffeur.

'La Garonne,' antwoordt hij.

Bo kijkt naar het water. Als ze vanavond tijd heeft zou ze graag langs het water wandelen.

De chauffeur slaat rechts af een straat in en ze laten de rivier achter zich. Een kwartier later stopt de taxi voor een eenvoudig uitziend hotel. Het loopt al tegen etenstijd, haar maag protesteert met hoorbaar gerommel omdat ze sinds het ontbijt niet meer gegeten heeft. Zojuist passeerden ze een aantal restaurantjes, waaronder een indiër, misschien dat ze daar straks terechtkan.

Terwijl de chauffeur haar rugzak uit de achterbak tilt, bekijkt Bo de omgeving. Met zijn statige lichtgekleurde panden met leien daken lijkt Bordeaux op de meeste Franse steden.

De kamer is ruim en voorzien van een kingsize tweepersoonsbed en een inloopdouche, een verademing ten opzichte van de kleine kamers in Parijs. Bo zet haar rugzak op de grond.

Ze haalt een schoon shirt uit haar rugzak en loopt de badkamer in om zich een beetje op te frissen. Terwijl ze wacht tot de koude stroom water warmer wordt, bekijkt Bo zichzelf in de spiegel. Morgen gaat de eerste aflevering de lucht in, tegen begin volgende week kan Marije een voorzichtige uitspraak over de luisterdichtheid geven. Ze vindt het zo verschrikkelijk spannend.

Ze drukt wat zeep uit de dispenser op haar handen en wast ze daarna onder de warme kraan.

Niet alleen Inès hult zich in stilzwijgen, maar ook Dorien heeft helemaal niets meer van zich laten horen. Waarschijnlijk omdat Inès hun Instagram-account niet langer bijhoudt. Bo weet nog even niet hoe ze dat moet aanpakken, dat is typisch iets waar Inès goed in is. Zelf is ze een stuk minder bezig met goede foto's maken en posten voor zo veel mogelijk likes.

Ze bukt zich voorover en gooit een plens warm water in haar gezicht. Even later komt ze druipend weer overeind en pakt een handdoek om zich mee af te deppen. Lekker uit eten en daarna een beetje door de straatjes struinen is een goed idee. Haar spieren zijn helemaal stijf van de treinreis.

Als de papadums op tafel staan pakt Bo haar iPhone; monsieur Durand heeft gereageerd op haar mail. *Het ging om een Nederlandse vrouw. Verder wil ik er niets over kwijt*, staat er.

Een vrouw? Dorien, is het eerste wat haar te binnen schiet. Zij heeft die nacht stampij gemaakt in Hotel Napoleon en tweeëntwintig jaar later probeert ze haar en Inès ervan te weerhouden een podcast te maken. Het kan niet anders of zij heeft iets met de verdwijning van Julia te maken!

20

Bordeaux, dag 5 – zaterdag

Het gaat een warme dag worden, voelt Bo aan de nu oplopende temperatuur terwijl ze naar het oude centrum van de stad loopt. Bij daglicht is Bordeaux net zo mooi als 's avonds. De straat waarin ze terecht is gekomen eindigt bij een sprookjesachtige stadspoort met meerdere torentjes. Links van haar staan terrasjes op een brede stoep, de gevels erboven zijn voorzien van sierlijke smeedijzeren hekwerkjes. Het jonge groen aan de bomen geeft de plek iets liefelijks en ze besluit hier even te blijven.

Nadat ze een tafeltje heeft uitgekozen, haalt Bo haar apparatuur tevoorschijn. De laatste keer dat ze de boel opborg heeft ze de snoertjes in de tas gegooid zonder ze om haar hand op te rollen en met een elastiekje vast te zetten. Nu is het een wirwar van knopen die uit elkaar gehaald moeten worden. Terwijl ze bezig is komt er een jonge man naar haar tafel. Hij haalt een natte doek over het blad en vraagt waar hij haar mee kan helpen.

'Thee graag,' zegt ze.

Als hij weer naar binnen is, komt er een berichtje van Marije binnen. Ze wil graag een telefonische update. Bo trekt de laatste knoop los en rolt de snoertjes op. Als ze weer keurig op een rijtje liggen, wordt haar bestelling gebracht.

Even later hoort ze Marijes toestel overgaan, het duurt even voor haar baas opneemt.

'Bo, hoe is het?'

'Heel erg goed,' antwoordt ze. Zelfs in haar oren klinkt haar toon overdreven.

'Waar zijn jullie?' vraagt Marije.

'Gisteravond ben ik aangekomen in Bordeaux, straks vertrek ik naar de campus.'

'Ik?'

Ze heeft een fout gemaakt, realiseert Bo zich. 'Inès reist achter mij aan. Er was een zijspoortje dat nog onderzocht moest worden terwijl we ook al afspraken hier hadden gemaakt.' De leugen verlaat met zoveel gemak haar mond dat ze er zelf van schrikt.

'Interessant,' zegt Marije. 'Ik ben benieuwd. Nog even over die jaargenoten van Julia, eentje is bereid om dinsdag naar de uitzending te komen. Over de toedracht rondom Julia's vermissing weet ze niets, maar ze kan wel een karakterschets geven. Voor jullie onderzoek is die informatie waarschijnlijk niet zo waardevol, maar voor de luister- en kijkcijfers is het goed om hiermee te teasen.'

'Wat goed!' Bo is er oprecht blij mee. 'Jammer dat ik er niet bij kan zijn.'

'Zorgen jullie nu maar dat aflevering twee net zo goed wordt als de eerste,' zegt Marije. 'En dat is een compliment.'

Als Marije heeft opgehangen kijkt Bo een tijdje peinzend naar een vogeltje dat kruimeltjes oppikt. Ze kan niet blijven liegen over Inès' afwezigheid. Donderdag levert ze een aflevering in waarin alleen haar stem te horen zal zijn. Eigenlijk had ze Marije direct de waarheid moeten vertellen. Ze veegt over het scherm van de iPhone op zoek naar het nummer van Ruud en drukt op het groene hoorntje.

'Smithuijsen,' hoort ze enkele seconden later zeggen.

'Met Bo.'

Het duurt even voordat Ruud in de gaten heeft wie hij aan de lijn heeft, maar dan zegt hij: 'Natuurlijk. Bo en Inès van de podcast.'

'Die Bo, ja. Maar zonder Inès, ze is afgehaakt. Ik ben in Bordeaux. In Parijs kom ik jammer genoeg niet verder en ik krijg geen inzage in het politiedossier. Weet jij nog...'

'Ach, wat jammer,' valt hij haar in de rede. 'Tja, het is een oude zaak met, zoals ik al vreesde, doodlopende eindjes. Desalniettemin: ook zonder nieuwe feiten valt er een mooie podcast van te maken.'

Dat laatste komt opgewekt zijn mond uit, alsof hij haar probeert op te beuren. Misschien heeft hij ook wel een punt: ook al zal ze de zaak hoogstwaarschijnlijk niet oplossen, het blijft interessant om erover te vertellen.

'En wat ga je in Bordeaux doen?' onderbreekt Ruud Bo's gedachten.

'Proberen om docenten te vinden die al langer dan tweeëntwintig jaar lesgeven aan de uni. Ik hoop ook namen van oud-docenten te krijgen die zich mogelijk de verdwijning van Edda Biancchi kunnen herinneren.'

Het blijft even stil aan de andere kant van de lijn. Dan zegt Ruud: 'Wellicht kan ik je wel verder op weg helpen. Van de week herinnerde ik me de naam van mijn contactpersoon destijds. Hij heet Philippe. Philippe Bernard. Ik heb hem even gegoogeld, volgens mij is hij nog steeds verbonden aan de Universiteit van Bordeaux. Hij spreekt Nederlands met een zwaar Frans accent dankzij een jaar studeren in Amsterdam. Zal ik hem vragen of hij jou wil helpen?'

'O, dat zou geweldig zijn!' roept Bo. Ze zag er zo tegen op om in haar eentje op pad te gaan. 'Sinds wanneer werkt hij daar?'

Opnieuw blijft het even stil. 'Ik zou het niet precies weten,' zegt Ruud uiteindelijk. 'Maar gezien zijn leeftijd zou ik zeggen eind jaren tachtig. Ik stuur je zo zijn contactgegevens. Hou je me op de hoogte?'

'Doe ik,' belooft ze.

Nadat Ruud heeft opgehangen voelt Bo zich tien kilo lichter. Ze kan vanmiddag de campus bezoeken, maar misschien is het beter om daarmee te wachten tot ze Philippe heeft gesproken. Dan gaat ze straks naar de bibliotheek voor oude krantenartikelen over Edda en Julia. Ze pakt haar tas en loopt naar binnen om haar koffie af te rekenen. Aan de jongen achter de kassa vraagt ze: 'Waar kan ik de bibliotheek vinden?'

Geduldig legt hij haar de weg uit, en even later wandelt ze door de oude straten langs imposante kerken en een oude abdij naar de plek waar hopelijk alle oude kranten op microfiches staan.

De bibliotheek is gevestigd in een modern pand dat aan de buitenkant uit glas bestaat. Bij de receptie zitten twee vrouwen met elkaar te praten.

'Mag ik u wat vragen?'

De twee kijken allebei op.

'Ik zoek kranten vanaf 1980.'

Een van de twee komt overeind. 'Een deel ervan is digitaal beschikbaar, een ander deel staat op microfiche, en verder hebben we exemplaren in het archief liggen, maar daarvoor moet u de publicatiedatum weten.'

Dat laatste wordt ingewikkeld. 'Mag ik eerst digitaal zoeken en de microfiches bekijken?' vraagt ze.

'Jazeker.' De vrouw komt achter de desk vandaan en loopt voor haar uit. Even later installeert Bo zich achter een bibliotheekcomputer.

Als de bibliothecaris weer weg is begint Bo te zoeken. Edda verdween vlak voor de zomer van 1980. Misschien is de universiteit eerder in opspraak geweest en kan ze haar verdwijning daaraan linken? Ze tikt de woorden universiteit, Bordeaux en *scandale* in, maar buiten een paar berichten over proefschriften, nieuwe en vertrekkende docenten en iets over een fusie tussen de diverse universiteiten van de stad, is er weinig te vinden. Daar komt ze dus niet veel verder mee. Dan tikt ze *verdwenen Italiaanse student Edda Biancchi* in. De enige hit is een kort bericht in de plaatselijke krant. Ze leest het artikeltje. Er wordt alleen melding gemaakt van haar vermissing, meer niet.

Bo zucht hoorbaar en zakt achterover in haar stoel. Hoe kan het dat er zo weinig aandacht is besteed aan de verdwijning van een jonge vrouw? Edda moet net als Julia familie hebben en vrienden, allemaal mensen die haar missen. Of zou ze allang weer ergens opgedoken zijn en hebben de media dat nooit opgepikt?

'Kan ik u misschien helpen?'

Bo kijkt op. Er staat een oudere vrouw met een naambadge van de bibliotheek op haar blouse gespeld, waarop Claudette staat. Kennelijk heeft ze haar horen zuchten.

'Ik ben op zoek naar informatie over een verdwenen Italiaanse student,' zegt Bo. 'Misschien moet ik de microfiches gaan bekijken, want op de computer kan ik niets vinden.'

De vrouw schudt haar hoofd. 'Op die fiches zult u ook niets aantreffen, dan kunt u beter naar Napels gaan.'

Bo fronst haar wenkbrauwen. 'U kent het verhaal?'

De bibliothecaris schuift een stoel van de tafel en gaat zitten. 'Ze kwam hier weleens. Ik heb haar één of twee keer gesproken, we zijn van dezelfde leeftijd. Het was een mooi meisje, ze had schouderlang donker haar met een getoupeerde pony, zoals wij allemaal hadden in die tijd.' De vrouw pakt glimlachend een pluk van haar grijze haar vast. 'En uiteindelijk eindig je hiermee,' zegt ze. 'Binnenkort is het alweer tweeënveertig jaar geleden.'

'Kunt u mij meer vertellen?' vraagt ze. 'En zou ik dat mogen opnemen?'

'Liever niet,' antwoordt de vrouw. 'Maar je mag me wel citeren. Ik was in die tijd net als jij heel nieuwsgierig en heb me in de zaak verdiept. Destijds dachten haar studievrienden dat ze naar Napels was vertrokken en na de zomer weer terug zou komen. Een medestudent had de sleutel van haar kamer. Ze zou een boek aan haar hebben uitgeleend en wilde dat pakken. Op die manier kwamen ze erachter dat Edda helemaal niet was vertrokken. Alles lag nog op haar kamer: haar kleren, boeken, toiletspullen, paspoort...' somt ze op.

'Heeft die student de politie gewaarschuwd?' vraagt Bo.

'Nee, dat heeft iemand van de universiteit gedaan. Volgens mij is er nooit één spoor van het meisje teruggevonden, zo vreemd. Heb je haar familie al gesproken?'

Bo aarzelt. Moet ze deze vrouw vertellen dat ze niet Edda, maar Julia zoekt? 'Nee,' zegt ze. 'Ik wilde hier beginnen.'

De vrouw komt overeind. 'Succes.' Ze loopt weg, maar na een paar passen draait ze zich weer om. 'Waar kom je eigenlijk vandaan?'

'Nederland,' antwoordt Bo.

'Je bent niet de eerste Nederlandse die haar zoekt,' zegt de vrouw. 'Ik zou maar uitkijken als ik jou was, dat hele gedoe rondom Edda Biancchi heeft al te veel levens gekost.'

21

De waarschuwende woorden van de bibliothecaris galmen na in Bo's hoofd, haar handen worden zweterig. Ze maakt een foto van het krantenartikel dat nog steeds geopend op het scherm staat en stuurt die naar Marije. Daarna pakt ze haar tas in en loopt naar de uitgang. Onderweg kijkt ze tussen de rijen met boeken, maar Claudette is nergens meer te vinden.

Bij de receptie aangekomen zegt ze: 'Ik ben op zoek naar Claudette.'

De twee vrouwen kijken elkaar kort aan. 'Dat is een van onze vrijwilligsters,' antwoordt eentje uiteindelijk. 'Waarom zoekt u haar?'

'Ze zei net iets vreemds tegen me.'

Er verschijnt een meewarig lachje op het gezicht van een van de vrouwen. 'Vroeger werkte ze hier, maar een paar jaar geleden is ze gepensioneerd en dat heeft haar wat eenzaam gemaakt. Tegen wie het wil horen vertelt ze de spannendste verhalen.' Ze tikt kort tegen haar eigen hoofd om aan te geven dat Claudette psychische problemen heeft. 'Wilt u dat ik een melding maak?'

'Nee, dat hoeft niet,' zegt Bo.

Eenmaal buiten schiet Bo een straatje in, op zoek naar een plekje waar ze even rustig kan zitten. Het mag dan niet zo goed gaan met die Claudette, ze heeft Edda wel degelijk gekend. De vrouw wist zoveel details die ze niet in een krant heeft gelezen. Terwijl ze naar een kleine supermarkt loopt pakt ze haar telefoon. Ze heeft een appje van Ruud; hij stuurt zo een digitaal visitekaartje van Philippe, ze mag hem bellen. Gelukkig maar, dat voelt een stuk veiliger. Bangerik, scheldt ze zichzelf in stilte uit. Inès had die gepensioneerde bibliothecaris aan een kruisverhoor onderworpen en zij rent weg.

Ze bestelt een Uber op haar telefoon die er al over tien minuten is. Als ze klaar is loopt ze de supermarkt in. Het is een kleine zaak met slechts twee gangpaden, die overvol staan. Ze pakt een stuk port-salut, haar favoriete kaas, uit de koeling en haalt een stokbrood uit een mand. Voor de lunch is dat voldoende. Ze blijft voor de deur van de winkel staan wachten terwijl ze eet.

In de Uber onderweg naar het hotel belt Bo Philippe Bernard op. Zijn telefoon gaat zeker acht keer over voor hij antwoordt.

'Met Bo, ik heb uw nummer van Ruud Smithuijsen gekregen,' zegt ze.

'Bonjour.'

Zijn stem klinkt vriendelijk. 'Ruud zei dat u mij wilde helpen.'

'*Mais oui, bien sûr!* Ik begrijp dat je helemaal alleen bent? Is het een idee om vanavond samen te dineren?'

'Prima.' Dineren klinkt erg ouderwets, maar het past bij een Fransman van in de zestig. 'Waar wilt u afspreken?'

'Laten we een restaurant vlak bij jouw hotel kiezen. Waar logeer je?' vraagt hij.

'Hotel de la Poste.'

'Mm, laat me nadenken.' Het blijft kort stil, dan zegt hij: 'Ik stuur je zo een bericht met mijn voorstel, goed?'

Wat haar betreft is alles goed, ze is allang blij dat deze man zijn tijd wil opofferen. 'Prima.'

Na wat plichtplegingen verbreekt Bo de verbinding. Ze opent WhatsApp. Inès leest nog steeds haar berichten niet en ook Dorien hult zich in stilzwijgen. Ze sluit haar toestel. Eerst achtervolgt die vrouw haar met verkapte dreigementen en dan blijft het opeens stil. Inmiddels is ze vijf dagen bezig met het onderzoek naar Julia en heeft ze nog niets gevonden wat haar écht verder helpt in de zaak. Alles wat ze weet staat vermoedelijk ook in het politiedossier. De Uber staat stil voor een verkeerslicht. Ze opent het raam en kijkt naar de gevels aan de overkant van de straat, uit een van de geopende ramen komen de zachte klanken van een cello. Al luisterend dwalen haar gedachten weer af naar de bibliothecaris, misschien kent ze te veel waarde aan diens woorden toe. De vermissing van Julia heeft in de kranten gestaan en nu duikt er een tweede Nederlandse op die vragen over Edda stelt, geen wonder dat de vrouw een link legt.

De rest van de middag werkt Bo aan het voorbereiden van de tweede aflevering, tot er vlak voor vijf uur een appje binnenkomt. Het is van Philippe. Hij stuurt haar het adres van een restaurant met de vraag of ze hem over een halfuur daar kan ontmoeten. Vlug googelt ze de naam; het restaurant is op loopafstand van haar hotel gevestigd.

Ze haalt schone kleren uit haar rugzak. Ook nu heeft ze niet de moeite genomen alles in de kast te leggen, zo lang zal ze hier niet blijven.

Hoewel Bordeaux niet zo overweldigend is als Parijs, bevalt de stad haar. Ze steekt Place de la Bourse over, een groot plein waarlangs gebouwen met boogramen staan; in het midden is een grote fontein met vier beelden van vrouwen op één sokkel. Net als in Montmartre staan ook hier lantaarnpalen die antiek moeten zijn. Vanaf daar loopt ze een brede straat in. Even verderop is het restaurant gevestigd. Helemaal achter in de zaak zit een oudere man aan een tafeltje, hij steekt zijn hand op. Hij is netjes gekleed en lijkt in niets op de verstrooide professor die ze had verwacht. Als ze naar hem toe loopt, komt hij overeind.

'Madame Bo?'

Ze knikt en vraagt in het Frans: 'En u bent meneer Bernard?'

Hij geeft haar een hand. 'Zeg maar Philippe, meneer klinkt zo oud. Neem plaats.'

Als ze tegenover hem zit begint hij te praten. 'Tot mijn verbazing belde Ruud me afgelopen week. Ik heb jaren niets van hem gehoord. Jij zou een podcast maken over dat vermiste Nederlandse meisje en hebt mijn hulp nodig. Klopt dat?'

'Julia van der Molen,' zegt ze. 'Volgens Ruud verdween ze tijdens haar zoektocht naar een ander verdwenen meisje, Edda Bianchi. Beide zaken zijn cold cases – ze zijn nooit opgelost.'

Philippe steekt plotseling een hand op naar de bediening en vraagt aan haar: 'Water, wijn?'

Ze wil graag helder blijven vanavond. 'Water, graag.'

'Edda verdween in 1980, toen gaf jij al les op de universiteit, toch?' gaat ze verder.

'Sorry, voor we verdergaan: wil je ook alvast de menukaart inzien?' onderbreekt hij haar.

'Dat is goed,' antwoordt Bo. 'Edda kwam uit Napels en studeerde aan de Universiteit van Bordeaux.' Het kan niet anders of deze man moet haar in zijn lessen hebben gehad.

'Edda... Zegt me zo één-twee-drie niets. De tournedos hier is uitmuntend. Ik kan hem je aanraden,' zegt Philippe zonder echt op haar woorden in te gaan. Hij reikt haar de kaart aan en wijst verlekkerd naar het gerecht.

'Heb je weleens van haar gehoord?' vraagt Bo, terwijl ze de kaart van hem aanpakt.

De serveerder komt bij hun tafeltje staan en terwijl Philippe drankjes bestelt observeert ze hem. Hij mag er dan niet uitzien als een verstrooide professor, hij gedraagt zich wel zo, met zijn vragen die van de hak op de tak gaan. Als de bediening weer weg is, herhaalt ze haar vraag.

'Nee, maar die naam zegt me vaag iets, van horen zeggen,' antwoordt Philippe. 'Vertel eens, ik help je graag verder: wie heb je allemaal al gesproken?'

Bo gaat verzitten. 'Ik zou deze podcast maken met een vriendin, Inès, maar zij is afgehaakt. We zijn onze zoektocht gestart in Parijs. Daar hebben we een oud-rechercheur gesproken die ooit op de zaak van Edda zat, maar hij kon ons niet veel vertellen.'

'Tja,' onderbreekt Philippe haar. 'Vijfenveertig jaar is een lange tijd.'

'Tweeënveertig,' verbetert ze hem. 'Maar inderdaad, het is lang geleden. We zijn ook bij het hotel geweest waar Julia in Parijs heeft gelogeerd. Ook daar ben ik niets opgeschoten en nu ben ik hier.'

‘Ik begrijp het. Je zit dus op een dood spoor,’ concludeert hij met een glimlach. Ergens lijkt hij wel wat op Ruud, een gezellig, vaderlijk figuur die haar graag wil helpen, hoewel hij eigenlijk ook niet veel meer weet.

‘Daar lijkt het wel op,’ verzucht ze. Omdat hij haar een veilig gevoel geeft, bekent ze: ‘Ondertussen word ik bedreigd.’ Ze pakt haar telefoon en zoekt de berichten van Dorien. Daarna legt ze haar toestel op tafel. ‘Lees maar.’

Philippe buigt zich voorover. Na een paar tellen zegt hij: ‘Wat een vaag verhaal.’

‘De D staat voor Dorien,’ zegt Bo. ‘Ze is journalist. Inès denkt dat ze zelf onderzoek doet in deze zaak.’

‘Dorien, zeg je?’ Philippe recht plotseling zijn rug. ‘Hm. Ik denk dat jouw vriendin gelijk heeft.’

De serveerder komt met een dienblad bij hen staan, ze zet de glazen neer.

‘Wil jij ook een tournedos?’ vraagt Philippe.

Liever heeft ze vis, maar ze besluit met zijn keuze mee te gaan. Hij is zo enthousiast, wie weet levert een beetje meebewegen meer informatie op. ‘Dat is goed.’

Terwijl Philippe bestelt, bergt Bo haar telefoon weer op. Als de serveerder weg is zegt ze: ‘Ik zou heel graag wat opnames maken op de universiteit en als het kan mensen spreken die Edda nog gekend hebben. En het archief inzien.’

Philippe glimlacht. ‘Het zijn cold cases zei je, en dat is natuurlijk niet voor niets. Er is kennelijk nooit een aanknopingspunt geweest waar de politie iets mee kon.’

De moed zakt Bo in de schoenen. Moet ze gaan toegeven dat er echt niet meer in zit dan alleen het verhaal over een verdwijning? Ze had zo graag een echte journalistieke vondst gedaan.

‘Tenminste, dat neem ik aan,’ gaat Philippe dan verder. ‘Voor het archief moet je bij de decaan zijn, Amélie LaRoche, daar kan ik je niet bij helpen. Ik wil je verder met alle liefde rondleiden op het universiteitsterrein.’ Hij neemt een slok van zijn wijn. ‘Ze serveren hier prachtige rode wijn uit deze streek. Weet je zeker dat je geen glas wilt?’

'Doe toch maar eentje,' zegt ze. Zijn gezelschap geeft haar een goed gevoel, dus waarom ook niet.

'Misschien kan ik nog wel achterhalen welke kamer dat Italiaanse meisje had. Zou dat wat zijn?'

'Zeker!' Dan kan ze in elk geval sfeeropnames maken. 'En ik zou graag langs het politiebureau willen, mogelijk dat iemand zich de zaak herinnert.'

'Ik betwijfel of het korps van Bordeaux tijd heeft voor een podcast, maar langsgaan kost niets.' Hij heft zijn glas. 'Proost, op oude en nieuwe vrienden.'

Ze volgt zijn voorbeeld. 'Waar ken jij Ruud eigenlijk van?'

'Zijn ouders hadden vroeger een vakantiewoning hier in de buurt, Ruud ging weleens stappen in de stad en zo leerden we elkaar kennen. Met de jaren verwaterde het contact, zo gaat dat als je ver bij elkaar vandaan woont.' Hij kijkt peinzend het restaurant in. 'Ik zou Ruud eigenlijk wel weer eens willen spreken, misschien moet ik hem uitnodigen een keertje hierheen te komen.' Dan richt hij zich tot haar. 'Maar dat is van later zorg. Eerst ga ik jou de campus laten zien.'

22

Bordeaux, dag 6 – zondag

Die nacht kan Bo de slaap maar moeilijk vatten. Ze heeft een nieuwe bondgenoot gevonden in Philippe, maar hij lijkt er weinig vertrouwen in te hebben dat ze antwoorden vindt. Net als zijzelf.

Voor de zoveelste keer draait ze zich om.

Morgenochtend om tien uur haalt Philippe haar op om naar de universiteit te gaan, ze moet proberen te slapen, al is het maar een paar uurtjes. Een poosje kijkt ze in het donker naar de kale muur. Zou Inès nog steeds in Parijs zijn, of is ze inmiddels terug in Den Haag?

Ze draait zich weer om.

Morgen gaat ze met Philippe op pad en mogelijk maandag ook. Woensdag reist ze terug naar huis om de afleveringen in elkaar te zetten en daarna gaat ze solliciteren. Einde oefening. Ze heeft gegokt en verloren. Misschien moet ze bij een plaatselijke krant aan de slag en artikeltjes schrijven over honderdjarigen die de burgemeester op bezoek krijgen. De kans dat ze daarvoor dreigende berichten ontvangt is nul.

Moe van al het piekeren valt ze uiteindelijk in slaap.

De volgende ochtend om tien uur staat Philippe Bernard buiten het hotel op haar te wachten, zijn handen diep weggestopt in de zakken van zijn trenchcoat.

‘Heb je goed geslapen?’

Het is een formele vraag, over het antwoord mag ze rustig liegen. ‘Ja hoor.’

‘Mooi. Mijn auto staat daar.’ Hij wijst naar een plek aan de overkant en steekt daarna voor haar uit de straat over. ‘Het is niet druk op de campus, maar er zijn wel wat studenten en we hebben toestemming om Edda's oude kamer te zien, waarvan ik het nummer heb weten te achterhalen. Dus dat is een heel goede stap.' Hij houdt het portier voor haar open.

'Wat fijn, dank je.' Dat is in elk geval iets.

Als Philippe naast haar zit en de motor start zegt hij: 'Ik breng je naar de historische campus, in het centrum van de stad. Dat is de plek waar Edda destijds woonde, heb ik begrepen.'

Hij rijdt de weg op.

'Zijn er meerdere campussen dan?' Ze beseft dat haar vraag niet echt getuigt van een goede voorbereiding.

'Ja, verspreid door de stad,' antwoordt Philippe.

Ze blijven stilstaan voor een verkeerslicht.

'We mogen vanmiddag op het politiebureau langskomen, ik heb ze al gebeld.'

Deze man is wel heel erg voortvarend. Aan de ene kant vindt ze het prettig, aan de andere kant krijgt ze het gevoel dat hij de touwtjes in handen neemt en zij niets meer in te brengen heeft.

'Wat goed,' zegt ze desalniettemin. Philippe zal het ongetwijfeld niet verkeerd bedoelen.

De campus is gebouwd van zandkleurige stenen en heeft een binnentuin met bomen en bankjes. De zijvleugels zijn voorzien van rode dakpannen, terwijl het hoofdgebouw met leistenen bedekt is. Er heerst een zekere rust, ondanks het feit dat er groepjes mensen staan te praten. Bo kijkt rond.

'Ga je mee?' nodigt Philippe haar uit.

Ze lopen de drie treden op die de tuin van de toegangsdeur scheiden en gaan naar binnen. Een paar jongens van een jaar of twintig passeren hen terwijl ze met elkaar in gesprek zijn.

'Wacht even,' zegt Bo. Ze knielt en zet haar schoudertas op de grond. Dan haalt ze de interface en snoertjes eruit en sluit alles aan. Als ze weer overeind is gekomen start ze de dictafoonapp. Ze steekt haar iPhone terug in haar tas en houdt de microfoon vast.

'Leg je nu alles vast wat ik zeg?' vraagt Philippe met gefronste wenkbrauwen.

‘Het gaat me meer om het achtergrondgeluid, maar inderdaad, ons gesprek wordt ook vastgelegd. Vind je dat erg?’

‘Nee hoor,’ zegt hij op geruststellende toon. ‘We gaan daar naar boven.’ Hij wijst naar een brede trap.

Terwijl ze omhoogklimmen hoort Bo hun stemmen en voetstappen door het grote gebouw galmen. Als hier veel mensen zijn moet het een kakofonie van geluid zijn.

‘We moeten deze gang hebben.’ Philippe wijst naar links.

Nieuwsgierig loopt Bo de lange gang in, waar tientallen deuren op uitkomen. Een paar meisjes halen hen pratend in, ze hebben badjassen aan en hun haar zit in een handdoek gewikkeld. Philippe wordt een beetje lacherig gedag gezegd. Eén ervan wijst op haar microfoon en fluistert dan iets tegen de anderen wat kennelijk erg grappig is.

Ze voelt zich ineens een vreemde eend in de bijt.

De meisjes zijn al voorbijgelopen als Bo zich iets bedenkt. ‘Mag ik jullie wat vragen?’ Voor het gemak spreekt ze de studenten in het Engels aan.

Eentje kijkt over haar schouder. ‘Waarover?’ Ze blijft stilstaan.

Bo loopt naar haar toe. ‘Ik kom uit Nederland en maak een podcast over een vrouw die de verdwijning van Edda Bianchi onderzocht.’

‘Die Italiaanse, bedoel je, toch?’ vraagt het meisje. ‘Hé, Claire,’ roept ze naar het groepje dat door is gelopen. ‘Ze komt voor jou.’

Het meisje dat Claire heet holt hun kant uit. ‘O, jij wilt mijn kamer zien? Amélie zei het al.’

Die naam heeft ze eerder gehoord, Amélie.

‘Ga maar mee,’ zegt Claire.

Bo kijkt Philippe aan.

Met een kort hoofdknikje spoort hij haar aan mee te gaan. ‘Ik blijf hier wel wachten,’ zegt hij.

Even later staat ze naast Claire in een rommelige studentenkamer. Het is een smalle ruimte met een klein raam dat uitzicht biedt op de tuin.

‘Heeft iemand je verteld dat dit Edda’s kamer was?’ vraagt ze.

'Niet toen ik hier introk.' Claire doet het raam open. '*Et voilà*.' Ze wijst op de rand van de vensterbank. Bo buigt zich naar buiten. De letters E en B zijn in het hout uitgesneden. De schilder heeft er gewoon overheen geverfd.

Bo laat haar vingers over de gekerfde initialen gaan. Tweeënveertig jaar geleden heeft Edda zichzelf vereeuwigd in dit hout.

'Wat voor verhalen gaan er over haar rond?' vraagt Bo.

Claire haalt haar schouders op. 'Gewoon, het mysterie is onder de uitwisselingsstudenten een hot item. Ze kwam uit Italië en terwijl iedereen dacht dat ze terug naar huis was gegaan, bleek ze te zijn verdwenen.'

'Dat is alles?'

'Er zijn natuurlijk wel theorieën,' zegt Claire. Ze sluit het raam weer. 'Sommige mensen denken dat ze een vriendje had met wie ze ruzie heeft gekregen, hij zou haar van de aardbodem hebben laten verdwijnen. Anderen beweren dat ze iets met de maffia te maken had. Wie zal het zeggen?'

'En wat denk jij?'

'Ik heb geen idee. Neem je dit allemaal op?'

Ze is vergeten te vragen of Claire daar bezwaar tegen heeft. 'Mag het?'

'Van mij wel. Er is wel iets wat ik heel gek vind,' zegt Claire plotseling. 'Waarom zou iemand vertrekken zonder iets mee te nemen?'

Dat klinkt bijna als een strikvraag.

'Nou?' vraagt ze. Nog voor Bo kan antwoorden gaat ze verder: 'Studenten zijn arm. Die zouden nooit zonder hun bezit vertrekken. Dus is ze hier wel echt weggegaan?'

Tot op zekere hoogte kan Bo haar volgen, maar er is ook een grote maar. 'Je bedoelt dat ze niet vrijwillig is weggegaan? Of dat ze onder een andere identiteit een nieuw leven is begonnen en haar spullen achterliet om mensen te laten geloven dat ze vermist was? Of dood? Dat lijkt me stug, niemand heeft haar ooit nog gezien,' zegt Bo. Strikt genomen weet ze dat niet, tot ze Edda's familie heeft gesproken.

'Tja, dat is mijn theorie,' zegt Claire.

Alles kan, denkt Bo. 'Bedankt dat ik even mocht rondkijken.' Ze loopt naar de deur. Als haar hand op de klink ligt draait ze zich om. 'Is dat algemeen bekend, van die initialen?'

'Nee, de schilder klaagde er vorig jaar toevallig over toen hij de buitenkant verfde, dat de jeugd geen respect heeft en zo,' antwoordt Claire. Ze laat zich op het bed vallen. 'Het is inderdaad wel een beetje kinderachtig om je naam in het hout te krassen, vind je niet?'

Bo pakt haar iPhone. 'Zeker. Mag ik er een foto van maken?'

'Natuurlijk!'

Naar buiten hangend doet ze een poging, daarna bekijkt ze het resultaat. De letters zijn duidelijk zichtbaar. Misschien zijn het de initialen van Edda Bianchi, maar het kunnen ook die van haar en een vriend wiens naam met een B begint zijn.

'Bedankt voor je hulp,' zegt Bo.

Ze loopt de kamer uit. Philippe staat verderop in de gang te praten met een paar studenten. Als ze bij hen komt zegt hij in het Frans: 'Daar is ze al. Tot in de collegezaal, dames.' Hij tikt tegen een denkbeeldige hoed ten afscheid. Een van de meisjes schudt een beetje meewarig haar hoofd.

Als ze een flinke ronde over de campus hebben gelopen, zegt Philippe enthousiast: 'Tijd voor ons bezoekje aan de politie.'

Eigenlijk had ze liever nog even hier rondgelopen en mensen geïnterviewd, maar ze wil hem niet teleurstellen en knikt enthousiast.

Ze zijn al bijna bij het politiebureau als Bo zich realiseert dat ze Philippe niet verteld heeft over de initialen in de vensterbank. Ze vraagt zich af of hij er misschien iets van weet. De hele weg heeft hij honderduit gesproken over de universiteit en de campus, hij leek de hele geschiedenis uit zijn hoofd te kennen. Op het moment dat ze een opmerking wil maken over de letters in het hout, moet Philippe plotseling remmen voor een auto die hen op een asociale manier inhaalt en afsnijdt.

'Wat kunnen mensen toch roekeloos rijden. Is alles oké?'

Bo moet even diep ademhalen voor ze bevestigend kan knikken. Als Philippe niet zo ad rem had gereageerd, had dit zomaar heel anders kunnen aflopen.

Philippe neemt gas terug en slaat af. 'We zijn er. Ik denk trouwens niet dat je binnen opnames mag maken, maar we kunnen het vragen.' Hij trekt de handrem aan. 'Ga je mee?'

'Madame maakt een podcast over de verdwijning van de Nederlandse Julia van der Molen,' zegt hij even later tegen de agent die achter de balie zit. 'We zoeken iemand die daar meer van afweet.'

Ze is blij dat haar Frans steeds beter wordt en ze hem verstaat. Eigenlijk had ze het zelf ook wel kunnen vragen en voelt dit wat betuttelend. Ze is dankbaar voor zijn hulp, maar ze is geen student van achttien. 'Ik werk voor een Nederlands televisieprogramma,' zegt ze er daarom bij.

De agent legt een briefje en een pen voor haar neer. 'Wilt u de naam voor me opschrijven, dan kan ik in het systeem kijken.'

Terwijl Bo doet wat er gevraagd wordt, zegt Philippe: 'Het is een oude zaak die nooit opgelost is.'

Bo schuift het briefje naar de agent en hij tikt de naam in zijn computer.

'Poeh, 2000, dat is wel even geleden,' mompelt hij. 'De zaak ligt in het archief van het coldcaseteam.' Hij kijkt haar aan. 'Dat betekent dat er momenteel niet aan gewerkt wordt, maar dat het team de zaak weer op zal pakken zodra er nieuwe aanknopingspunten zijn. Helaas. Ik had je graag verder geholpen.'

Naast haar slaakt Philippe een zucht. Zijn optimisme lijkt wat in te zakken. 'Tja, wat ik al verwachtte. Ik ben toch echt bang dat je in Bordeaux niet verder gaat komen, Bo.'

Ze is niet van plan zomaar op te geven. Ze is niet voor niets hierheen gekomen. 'Kan ik anders een van de leden van het coldcaseteam spreken? Meer informatie over hoe zij in het algemeen te werk gaan zou al heel prettig zijn.'

'Sorry, dat is helaas echt niet mogelijk. Er wordt hier niet met de media gepraat over lopende zaken, daar zijn onze bazen ontzettend streng in,' antwoordt de agent.

'Dat is erg spijtig om te horen. Dank voor je hulp,' zegt ze tegen de agent. 'Dan gaan we er maar weer vandoor.'

Eenmaal buiten vraagt Philippe: 'Wil je nog ergens anders heen?'

Het liefst zou ze samen het archief van de universiteit in duiken, maar daar heeft hij naar eigen zeggen geen toegang toe. 'Nee, het is goed zo voor vandaag,' zegt ze daarom. 'Morgen ga ik een poging wagen bij de decaan.'

'Dat lijkt mij zinloos, maar ik snap dat je alles wilt proberen. Ik breng je wel even terug naar het hotel.' Hij klikt zijn auto open en stapt in.

Teleurgesteld na de onbevredigende dag neemt ze plaats. Gedurende de rit naar het hotel zwijgen ze allebei; misschien is Bo niet de enige die andere verwachtingen van hun missie had.

23

Bordeaux, dag 7 – maandag

Terwijl Bo de volgende dag alle opnames van haar middag met Philippe terugluistert en noteert welke delen ze er straks uit wil knippen, drijven haar gedachten een paar keer af naar Inès. Na een uur drukt ze de pauzeknop in. Het is niet de eerste keer dat Inès uit nijd weigert haar te antwoorden, maar het is wel de eerste keer dat ze het zo lang volhoudt.

Ze stuurt het materiaal naar Benny, samen met de foto's die als shownotes kunnen worden toegevoegd. Over een expert voor volgende week dinsdag heeft ze nog niet nagedacht. Een halfuur lang staart ze een beetje besluiteloos uit het raam. Vanmiddag wil ze ondanks Philippes verwachting dat het zinloos is toch een poging wagen bij de decaan, wie weet geeft ze haar wel toestemming.

Haar iPhone gaat. Dat moet Inès zijn! Bo grist het toestel van haar nachtkastje. Op het scherm staat Marijes naam; teleurgesteld neemt ze op.

'Ik heb net een paar stukjes geluisterd, maar klopt het dat ik nog steeds alleen jouw stem hoor?' vraagt Marije.

Hier was ze al bang voor geweest. 'Op deze delen wel.' Die leugen is niet zo handig, beseft Bo. Nog erger, het is zelfs enorm dom, want ook in de volgende afleveringen zal Inès niet te horen zijn.

'En dan nog iets,' gaat Marije verder. 'Het is allemaal erg spannend, ik bespeur alleen nog geen enkele doorbraak. Zit die er nog aan te komen?'

Wat moet ze hier nou op antwoorden?

'De eerste aflevering wordt goed beluisterd, daar niet van, maar ik verwacht eigenlijk wel iets meer dan uitsluitend spanning, er zit geen progressie in.'

Het klinkt als een verwijt. Bo aarzelt. Buiten vliegt een zwerm kraaien op uit een boom. Zonder ook nog maar één seconde na te denken neemt ze een besluit. 'Ik krijg al een paar dagen geen contact meer met Inès. Tegelijkertijd zijn de bedreigingen gestopt. Ik maak me echt zorgen. Straks bel ik de politie in Parijs.' Ineens heeft ze zo'n hekel aan zichzelf.

'Dat had je me eerder moeten vertellen, Bo,' zegt Marije na een korte stilte. 'Wanneer heb je haar voor het laatst gesproken?'

'Donderdag,' antwoordt Bo naar waarheid. 'De politie komt pas achtenveertig uur na een verdwijning in actie en gisteren was het zondag, vandaar dat ik nog niet eerder aan de bel heb getrokken.'

'Goed,' verzucht Marije. 'Jij bent verantwoordelijk, maar hou me alsjeblieft op de hoogte. Ga je dit trouwens in de volgende aflevering melden?'

Het is niet zo chic, maar wel spannend. 'Ik denk het wel,' antwoordt ze daarom.

Als Marije heeft opgehangen, komt Bo overeind en loopt naar de badkamer. Ze bekijkt zichzelf in de spiegel. 'Er zijn grenzen, Bo,' zegt ze hardop. Het liefst zou ze die vaste aanstelling bij *Koffie en koek* krijgen, maar om daarvoor dat gedoe met Inès in een podcast te verwerken, gaat wel heel erg ver. Als Inès de keus heeft gemaakt vakantie te vieren in Parijs zet ze haar voor schut door te suggereren dat er meer aan de hand is. Mocht haar werkelijk iets zijn overkomen, dan is het voor een politieonderzoek niet handig om details te spuien in een podcast. Bij de gedachte dat ook Inès verdwenen is, krijgt ze het ineens Spaans benauwd. Ondanks alles had ze haar niet alleen in Parijs achter mogen laten. Wie weet wat haar overkomen is.

Ze draait de kraan open en laat koud water over haar polsen stromen.

Dorien was duidelijk: stoppen met het onderzoek of anders. Stel dat ze dat 'of anders' heeft ingevuld en Inès iets heeft aangedaan? Een plotselinge angst overspoelt haar. Nee, rustig blijven nu. Ze is waarschijnlijk gewoon aan het feesten, houdt Bo zichzelf voor, in een poging te kalmeren. Inès kennende meldt ze zich vandaag of morgen echt wel. Stukje bij beetje ebt de angst weg. Ze draait de kraan dicht en droogt haar handen af.

De hoteltelefoon op haar nachtkastje rinkelt. Ze gooit de handdoek op de grond en spurt erheen.

'Er staat iemand voor u in de lobby,' zegt een receptionist. 'Kan ik zeggen dat u eraan komt?'

Bo antwoordt haar bevestigend en legt dan de hoorn op de haak. Er zijn maar een paar mensen die weten dat ze hier logeert en die hebben allemaal haar mobiele nummer... Zou Dorien beneden staan? Heeft zij toegang tot Inès' telefoon verkregen en haar appjes gelezen? In dit hotel is ze veilig, dat weet ze zeker. Ze opent de dictafoonapp op haar iPhone. Als ze het apparaat achteloos in haar hand houdt, neemt het niet alleen een stem, maar ook alle omgevingsgeluiden op. Benny kan die er vast wel uitfilteren.

Tot haar verbazing staat Philippe in de lobby op haar te wachten.

'Vanmorgen heb ik nog eens nagedacht over jouw podcast,' zegt hij als ze hem tegemoetloopt. 'Ik denk dat je op de universiteit weinig aanknopingspunten zult vinden. Buiten mezelf werken er geen docenten die in 2000 al lesgaven en niemand studeert zó lang.' Hij moet lachen om zijn eigen grapje. 'De politie gaf natuurlijk hetzelfde aan, het is een oude zaak die stilligt. Dus ik dacht, misschien wil je nog wat sfeeropnames maken in de stad en dan naar huis. Ik kan je afzetten bij het station. Voor vandaag heb ik toch geen colleges in mijn agenda staan.'

'Dat hoeft niet,' zegt ze. Sfeeropnames heeft ze voldoende, ze wil informatie hebben.

'O, sorry,' zegt Philippe. 'Ik loop misschien te hard van stapel. Ik wil natuurlijk niet voor jou denken, maar ik zag gisteren ook hoe gefrustreerd je was.' Hij legt een vaderlijke hand op haar bovenarm. 'Ik meende dat je maar een paar dagen in Bordeaux zou blijven en vandaag de TGV terug naar Amsterdam wilde nemen.'

'Net als Julia.' De woorden ontsnapten aan haar lippen.

Hij laat haar arm los. 'Dat is misschien niet de beste vergelijking, Bo,' antwoordt hij scherp. 'Maar vertel, wat zijn je plannen?'

Het was inderdaad een domme opmerking. 'Ik wil nog wat langer blijven rondhangen,' zegt ze een beetje vaag. Ineens heeft ze het gevoel dat ze even alleen wil zijn, zonder hulp, hoe lief bedoeld ook.

Philippe fronst zijn wenkbrauwen. 'Heb je geen partner die in Nederland op je wacht, of familie?'

Op die vraag gaat ze geen antwoord geven, alleen al de gedachte aan het gedoe met Joost maakt haar nog vermoeider. 'Ik ben vanmorgen wakker geworden met migraine, gelukkig had ik mijn medicijnen mee. Die aanval moet eerst voorbij zijn voor ik ga reizen.'

'Aha,' antwoordt hij. 'Wat vervelend. Nou, ga lekker terug naar je kamer. Als je je weer beter voelt, bel je mij en dan rij ik je naar het station, of het vliegveld. Wat jij wilt. Oké?'

Ze knikt en weet er een glimlach uit te persen. 'Dank je wel.'

'Geen dank. Ruud zei dat ik voor je moest zorgen, dus dan doe ik dat. Beterschap.'

Ze kijkt Philippe na terwijl hij het hotel uit wandelt. De man zal het absoluut goed bedoelen, maar het is háár onderzoek en ze wil zich niet te veel laten sturen. Ze gaat die decaan zelf opzoeken, én in het archief proberen te duiken. Dat kan ze ook wel alleen – zonder hulp van Philippe, of Inès, of wie dan ook.

24

Terug op haar kamer luistert Bo de opname af. Het enige wat ze hoort is achtergrondgeluid en een hoop gekraak, dat werkt dus niet. Dan kan ze de interface en microfoon beter verstoppen in de binnenzakken van haar spijkerjasje. Ze stopt de opnameapparatuur in haar tas en pakt haar jasje. Even later loopt ze via de trap naar de lobby en dan naar buiten. Inmiddels begint ze de weg in de directe omgeving van het hotel een klein beetje te kennen. Ze steekt de straat over en wandelt in de richting van het pleintje bij de stadspoort. Terwijl ze door het oude centrum loopt, gaan haar gedachten naar Philippe Bernard. Het voelt eigenlijk niet oké dat ze tegen hem heeft gelogen over haar migraine. Voor ze naar Nederland vertrekt moet ze hem persoonlijk bedanken voor alle hulp. Ze loopt langs historische gevels en door straten met bomen die vol in de bloesem staan, tot ze bij het pleintje komt. De barretjes en restaurants zijn gelukkig open. Ze kiest een tafeltje en gaat zitten. Amper drie seconden later staat er een ober naast haar.

'Madame?' vraagt hij uitnodigend.

Zonder de kaart te bekijken bestelt ze een salade met blauwe kaas. Kennelijk staat die op het menu, want hij geeft haar een knikje en verdwijnt naar binnen.

Bo pakt haar telefoon en googelt Amélie LaRoche. Uit de eerste hit blijkt al dat ze inderdaad decaan is bij de Universiteit van Bordeaux. Ze scrolt door de resultaten. Onderaan komt ze de naam Yves LaRoche tegen, die aan dezelfde universiteit verbonden zou zijn, volgens een krantenartikeltje. Ze zoekt de datum, het is een oud stuk dat over die fusie gaat. Het kan toeval zijn, twee LaRoches, misschien komt de naam in deze streek veel voor. Nergens kan ze een rechtstreeks telefoonnummer van Amélie vinden, wel een algemeen telefoonnummer, en ze besluit dat te bellen.

Het toestel aan de andere kant gaat over. Het duurt even, maar dan wordt er opgenomen.

'Ik ben op zoek naar mevrouw LaRoche,' zegt Bo.

'Het spijt me, maar ik mag u niet doorverbinden.'

Daar komt ze dus niet veel verder mee. 'Is ze vanmiddag aanwezig?'

'Waar belt u precies voor? U kunt een mail sturen via onze website, mogelijk neemt ze dan zelf contact met u op.'

Bo beëindigt het gesprek. Uitleggen waar ze voor belt zal haar niet helpen, en een mail sturen betekent wachten op antwoord en dat schiet niet op. Dan kan ze beter straks naar de universiteit gaan in de hoop dat ze ter plekke meer bereikt.

Het is al drie uur geweest als de taxi haar afzet bij de universiteit. Bo kijkt rond. De vorige keer is ze op de campus geweest, nu moet ze naar het studentensecretariaat, dat zit vast in het hoofdgebouw. Verderop is een grote ingang waar studenten in en uit lopen, ze gaat die kant op.

Voor de ingang blijft ze stilstaan. Links en rechts van de trap staan grote beelden, een verdieping hoger, in het midden, wappert de Franse vlag. Het liefst zou ze het gesprek opnemen – al heeft ze eigenlijk toestemming nodig om gesprekken op te nemen – wie weet wat Amélie LaRoche allemaal te vertellen heeft over Edda Bianchi. Hoewel de podcast alleen in Nederland zal worden uitgezonden, is er een kleine kans dat de decaan er lucht van krijgt, en inmiddels heeft ze zich al voldoende in de nesten gewerkt. Even twijfelt ze, maar dan pakt ze haar iPhone en sluit de microfoon via de interface erop aan. Ze trekt haar spijkerjasje aan. De interface en haar iPhone laat ze in haar linkerbinnenzak glijden en de microfoon in de rechter. De snoertjes lopen langs haar rug. Ze werkt ze onder haar T-shirt weg en zet de dictafoonapp aan. Ze kan altijd later nog beslissen of ze de opname gebruikt.

Ze loopt de brede gang in. Op een van de eerste deuren aan haar rechterhand staat *SECRÉTARIAT DES ÉTUDIANTS*. Een korte klop levert een 'Oui' op en ze gaat naar binnen. Twee wanden zijn gevuld met hoge boekenkasten vol ordners, in het midden staat een houten bureau waar een oudere vrouw met halflang grijs haar achter een scherm zit. Ze kijkt over de rand van haar leesbril.

'Kan ik u ergens mee helpen?'

'Goedendag. Ik kom uit Nederland en ben op zoek naar Amélie LaRoche,' zegt Bo.

'Nederland? Wilt u zich aanmelden?'

'Dat niet. Ik werk voor een televisieprogramma en ben op zoek naar informatie over een oud-student, Edda Biancchi. Ze is sinds 1980 vermist.'

Het gezicht van de vrouw vertrekt. 'Sorry, daar kan ik u helaas niet mee helpen.'

'Misschien dat er nog iets over haar te vinden is in het archief?' vraagt Bo. De vrouw lijkt wel een beetje ontdaan door haar vraag.

'Hebt u een moment?' De vrouw pakt de hoorn van een ouderwets uitziende telefoon en drukt op een knopje. Daarna draait ze zich van Bo af. Even later ratelt ze in het Frans tegen iemand aan de andere kant van de lijn. Het gaat zo snel dat Bo slechts flarden van het gesprek kan volgen. Als ze opgehangen heeft, zegt ze: 'De decaan komt er zo aan.'

Een paar minuten kijkt Bo in het rond, terwijl de secretarieel medewerker doorgaat met haar werk. Dan gaat de deur open en een vrouw van een jaar of veertig komt binnen.

'U hebt naar mij gevraagd?'

'Mijn naam is Bo,' zegt ze. 'Ik maak een podcast voor een Nederlands televisieprogramma over de verdwijning van Julia van der Molen.'

Amélie LaRoche kijkt haar observerend aan. 'Die naam zegt mij helaas niets.' Ze legt haar hand op de deurklink. 'Als u mij wilt excuseren.'

'Julia onderzocht de vermissing van Edda Biancchi toen ze zelf verdween,' zegt Bo snel. 'Ik zou graag de archieven willen inzien. Is dat mogelijk?'

De naam Edda Bianchi laat duidelijk bellen rinkelen, aan Amélies gezicht te zien. 'Het is niet gebruikelijk om mensen daar toegang toe te geven,' antwoordt de decaan. 'Wat denkt u er te vinden?'

'Achtergrondinformatie over Edda. Ik weet alleen dat ze uit een klein dorpje vlak bij Napels kwam, meer niet.'

'Adressen zijn privé, zeker voor journalisten.'

'Misschien kan iemand van de universiteit mee als ik het archief in ga?' stelt Bo voor. 'Of kunt u contact opnemen met Edda's familie en vragen of ze mij te woord willen staan?'

'Ik heb hier nu geen tijd voor,' zegt Amélie. 'Je kunt een persaanvraag doen bij de receptie. Het spijt me.'

Bo ziet de klink naar beneden gaan. 'Morgen dan?'

Amélie opent de deur. 'Morgen gaat ook niet lukken. Ik ben bang dat...'

'Woensdagochtend?' houdt Bo vol. Ze moet Marije iets geven, en een gesprek met Edda's familie kan interessante informatie opleveren over Julia's fascinatie met die zaak.

Amélie schudt een beetje geïrriteerd met haar hoofd. 'Eh, goed, maar dan woensdagmiddag,' verzucht ze. 'Maar ik vrees dat er geen archiefstukken meer zijn uit die jaren.' Na die woorden loopt ze de gang op, haar hakken tikken op de vloertegels.

Dat ging niet van harte. Ze kan zich voorstellen dat de universiteit er niet om staat te springen privégegevens aan podcastmakers te geven, maar Edda verdween tweeënveertig jaar geleden. En dat archieven op den duur worden vernietigd begrijpt ze, maar de dossiers van een vermiste student ruim je niet op, hooguit heeft de politie ze meegenomen. Deze Amélie kan trouwens nauwelijks voor 1980 geboren zijn, maar toch kende ze de naam Edda Bianchi en dat zegt haar genoeg. Die hele vermissing heeft een stempel op deze universiteit gedrukt, en dan is het vreemd dat Julia's naam haar niets zegt.

25

Het is al avond als Bo eindelijk terug is bij het hotel. Nog steeds heeft Inès haar berichten niet gelezen. Morgenochtend belt ze Pierre Lambert om te polsen hoe hij erover denkt. Ze is van plan de politie in Parijs in te lichten, maar wil graag gebruikmaken van zijn expertise en contacten. Mocht blijken dat ze zich voor niets zorgen maakt, dan is een aangifte van vermissing mogelijk de genadeklap voor hun vriendschap, maar die gok moet ze nemen.

Ze opent haar kamerdeur. Er liggen voor twee personen schone handdoeken klaar op het opgemaakte bed, alsof de schoonmaak ervan uit is gegaan dat er een stelletje zou slapen in de kamer. Bij het zien ervan springen er tranen in haar ogen. Vroeger had ze het leuk met Joost – voor ze besloten een huis te kopen. Sindsdien lijkt hij het leven af te werken als een agenda. Telkens als er weer een collega of iemand uit hun vriendenkring zwanger is, merkt Joost op dat hij binnenkort vierendertig wordt. Ze weet ook wel dat de ziekte van zijn moeder er voor hem een snelkookpan van heeft gemaakt, maar dat betekent niet dat zij daardoor die druk ook voelt. Bo zet haar bagage op het bed en trekt een schone blouse uit haar rugzak. Als ze onverhoopt nog langer dan tot woensdag in Bordeaux blijft, moet ze een wasserette zoeken. Dat zal in een studentenstad niet zo moeilijk zijn. Vlug verkleedt ze zich en luistert vervolgens de opnames van vandaag af en knipt er een paar stukken uit. Kort aarzelt ze over de opname op de universiteit, dan besluit ze de keus aan Benny te laten. De rest van de avond gaat ze in de bar beneden doorbrengen en niet alleen op deze kamer.

De hotelbar is slecht verlicht. Er staan donkere tafeltjes met rode kuipstoeltjes en een lange zwarte bar strekt zich langs een muur uit. Halverwege zit een bekende verschijning.

'Bo!' begroet Philippe haar. 'Ik was net van plan om je te bellen. Hoe gaat het met je migraine?'

Als ze ergens geen zin in heeft, dan is het wel in een avond met Philippe en al zijn vragen en ongevraagd advies. 'Prima. Ik heb nergens last meer van.'

'Mooi. Zeg, ik heb Amélie kort gesproken, maar ze bevestigde me wat ik al dacht: er is niets meer te vinden in het archief over Edda Biancchi. Alles is vernietigd. Dus helaas.'

Ze is even van haar stuk gebracht. 'Je had toch geen college vandaag?'

'Dat heb je goed onthouden. Ik heb mijn postbakje aan het begin van de middag geleegd en toen kwam ik haar tegen in de gang. Kan ik je iets te drinken aanbieden?'

'Eh, ja hoor, witte wijn graag.' Waarom heeft Amélie hier niets over tegen haar gezegd? Philippe moet verteld hebben waarom hij naar de stukken van Edda informeerde. Moet ze hem vertellen over haar afspraak komende woensdag om te kijken hoe hij reageert?

'*Garçon*!' Philippe knipt met zijn vingers naar een ober die glazen staat te poleren. Nu Bo eens goed kijkt, lijkt Philippe al de nodige drankjes op te hebben. De ober legt zijn droogdoek weg en loopt naar hen toe. 'Een witte wijn voor de dame en voor mij nog een whisky.'

Ze kijkt Philippe van opzij aan, niet goed wetende wat ze aan hem heeft.

'Ik vind het echt heel jammer voor je, Bo. Overigens heb ik nog even gegoogeld, maar Biancchi is een veelvoorkomende achternaam in Italië, ook daar schiet je niets mee op. Ga zitten.' Hij klopt op de zitting van de kruk naast hem.

Bo gehoorzaamt zonder te weten waarom. Dan zegt ze: 'Ik heb Amélie vanmiddag gevraagd of ik het archief mag inzien. Ze heeft helemaal niet gezegd dat ze jou heeft gesproken.'

Philippe begint te hoesten. 'Sorry,' zegt hij. 'Heb je haar gebeld?'

Ze kan moeilijk zeggen dat ze helemaal niet met zware hoofdpijn op bed lag, maar naar de universiteit is gegaan. 'Dat was om halfvier,' zegt ze, zijn vraag ontwijkend. 'Vreemd.'

Philippe schiet in de lach. 'Niet voor Amélie LaRoche, zij is wat je noemt een verstrooide professor. Je kreeg zeker nul op het rekest?'

Zo verstrooid kwam die vrouw anders niet over op haar, maar dat zegt ze niet hardop.

'Het is heel jammer dat er zoveel archief verloren is gegaan,' gaat Philippe verder, voor ze antwoord op zijn vraag kan geven. 'Ik herinner me dat er stukken uit 1896 in lagen, uit de periode vlak na de heroprichting. Maar ja, soms moet je de boel opruimen.'

Hun drankjes worden neergezet. Bo neemt een flinke slok, de alcohol brandt een beetje in haar keel.

'Ik had echt gehoopt dat ik je beter kon helpen.' Hij tilt zijn glas op. 'Proost.'

Het lijkt haar niet iets om op te proosten. Aarzelend tikt ze haar glas tegen het zijne aan. 'Wie weet welke informatie nog omhoogkomt als ik het plaatselijke radiostation zo gek krijg een oproep te doen.'

'Ja, wie weet. Punt is natuurlijk wel dat studenten slechts een paar jaar in de stad zijn en daarna weer uitzwermen.'

Daar heeft hij gelijk in. Ze kan beter medewerking vragen aan een radiozender in Italië dan in Bordeaux.

'Tja, wat ik al zei: cold cases worden niet voor niets cold cases.' Zijn vingers spelen een poosje met het whiskyglas voordat hij de inhoud achteroverslaat. Hij wenkt alweer naar de ober voor een volgende bestelling.

Een moedeloos gevoel overvalt Bo. Wat ze ook van Philippe vindt, hij heeft wel gelijk. Alle sporen lopen dood, net zoals in 1980 én in 2000. Het enige wat ze kan produceren is een spannend verhaal met een open einde. Ze heeft zoveel verloren. Joost – hoewel ze zich nu oprecht afvraagt of de relatie stand had gehouden – Inès – zelfde verhaal – haar baan... *Karma is a bitch*, ze klaagde over haar werk en dit is wat ze kreeg.

'Wil je nog een witte wijn?' Philippe wijst naar het lege glas in haar hand.

Waarom niet. 'Lekker,' zegt ze met een diepe zucht.

Als hij nog een whisky en een glas wijn voor haar bestelt, belandt zijn hand op de hare. 'Het spijt me werkelijk voor je, ik had je een doorbraak gegund, echt waar.'

Zijn aanraking voelt wat ongepast. Misschien is het cultureel bepaald en raken Fransen makkelijker onbekenden aan dan Nederlanders, maar toch heeft ze het liever niet.

'Ik had meer onderzoek moeten doen voor ik hieraan begon,' zegt ze, terwijl ze haar hand wegtrekt.

De ober zet twee nieuwe drankjes voor hen op de bar. Dit is wel haar laatste, anders strompelt ze straks aangeschoten door de gangen van het hotel.

'Jullie hebben Ruud Smithuijsen toch voor vertrek gesproken?' zegt Philippe. 'Heeft hij niet verteld dat het een zinloze zoektocht is?'

Ze probeert zich het gesprek met hem te herinneren. 'Niet met zoveel woorden.'

'Ach ja, Ruud is natuurlijk journalist. Die menen dat alles boven water te halen valt. Wanneer ga je terug naar Nederland?'

Nu zou ze hem moeten vertellen over haar afspraak met Amélie, maar ze wil zonder hem dat archief in. 'Donderdag,' zegt ze om van hem af te zijn.

'Ga je met de trein of met het vliegtuig?'

'Vliegen, dat is sneller.' Daar heeft ze helemaal nog geen besluit over genomen.

'Vlieg je 's morgens of 's avonds?'

Hij blijft maar vissen. 'Ik boek altijd een open ticket, dus misschien blijf ik nog een dag langer.'

'App me maar hoe laat je donderdag op het vliegveld moet zijn, dan rij ik je er met alle plezier heen.'

Zijn voorstel vindt ze wat te ver gaan. 'Bedankt, maar dat hoeft niet. Ik bel gewoon een taxi.'

Philippe buigt zich glimlachend naar haar toe. 'Nee, Bo. Wij Franse mannen zijn heren. Ik sta erop dat ik je veilig en wel bij de gate aflever.'

Deze man laat zich niet afpoeieren, dat is duidelijk. Haar telefoon gaat. Ze haalt hem tevoorschijn, het is Benny. Die belt normaal nooit zo laat op de avond. 'Heb je een moment?' vraagt ze aan Philippe. Terwijl ze de bar uit loopt neemt ze op.

'Ik heb de opnames van de universiteit bewerkt. De stem van de vrouw die telefoneert heb ik digitaal weggefilterd in een poging te achterhalen wat de persoon aan de andere kant van de lijn zegt,' begint hij te praten. 'Het geluid is slecht, maar ik hoor een vrouwenstem die zegt dat "die hele zaak niet weer opgerakeld mag worden" omdat het de universiteit zal schaden. Even later zegt ze "drie zijn er drie te veel, we moeten ervoor zorgen dat er niets naar buiten komt".'

'Drie wat?' vraagt ze.

'Sorry,' antwoordt Benny. 'Er zijn een paar woorden weggevallen.'

26

Bordeaux, dag 8 – dinsdag

Om halfnegen 's morgens schrikt Bo badend in het zweet wakker uit een nachtmerrie. Afgelopen nacht werd ze geteisterd door beelden van Inès die levend was begraven, of met een ketting was vastgezet aan een keldermuur. Ze trapt het dekbed van zich af. Langzaam keert haar hartslag terug naar een normaal ritme. Ze kan niet langer wachten en besluit nu Pierre Lambert te bellen. Haar telefoon ligt op het nachtkastje. Er is een bericht van Marije, maar nog steeds niets van Inès. Terwijl ze het nummer van de rechercheur zoekt, gaat ze op de rand van het bed zitten.

'Met Lambert,' klinkt het vrijwel onmiddellijk nadat ze haar toestel opdracht gaf hem te bellen.

'U spreekt met Bo, van de podcast.'

'Bo! Hoe gaat het met je?' vraagt Lambert. 'Zijn jullie nog in Parijs?'

'Daar bel ik u over. Ik ben alleen naar Bordeaux gereisd. Het lukt me al een paar dagen niet om contact met Inès te krijgen, ze moet nog in Parijs zijn.'

'Waarom is ze hier achtergebleven?' vraagt hij. 'Heeft dat iets met die nachtclub te maken waar je berichten over hebt achtergelaten?'

Nu moet ze de waarheid vertellen. 'Inderdaad, ze heeft daar iemand ontmoet en vond hem belangrijker dan ons onderzoek.'

'Jullie zijn dus met ruzie uit elkaar gegaan,' constateert Lambert terecht. 'En waarom bel je mij daarover?'

Zoals hij het samenvat klinkt het plotseling logisch dat Inès haar weigert te antwoorden. 'Vorige week stuurde ene Dorien

Hendrikse dreigende mails en appjes naar ons, ik vertrouw het gewoon niet.'

'Dorien, zeg je?'

Hij spreekt haar naam anders uit. 'Zegt die naam u iets?'

Het blijft even stil, dan zegt Lambert: 'Nee, helemaal niets. En wat verwacht je nu van mij?'

Dat is een goede vraag. 'Misschien kunt u de politie vragen om een kijkje te nemen in Hotel Les Fleurs? Daar logeerde ze toen ik vertrok.'

Weer blijft het stil, alsof Lambert moet nadenken over haar vraag. 'Weet je wat,' zegt hij uiteindelijk. 'Ik wandel vanmiddag zelf even langs dat hotel. De politie heeft het veel te druk voor ruziënde podcastmakers.' Hij lacht om zijn eigen opmerking, maar Bo ziet er de humor niet van in.

'Dank u wel,' zegt ze desalniettemin.

'Je hoort van me!' Pierre Lambert hangt op.

Slaat haar fantasie op hol? Blaast ze die hele ruzie én hun 'scheiding' op tot een misdaad?

Ze opent het bericht van Marije. *Teaser*, is het enige wat er staat. Dat is ze gisteren compleet vergeten. Wat moet ze zeggen? *Hier is Bo vanuit Bordeaux, het is een prachtige stad met mooie pleinen waar je heerlijke salades kunt eten, maar er liggen hier geen antwoorden.* Inès was goed in het verzinnen van teasers, zij niet. Er schiet haar ineens iets te binnen.

'Wederom niet chic, Bootje,' hoort ze Inès zo luid en duidelijk zeggen dat het lijkt alsof ze achter haar staat.

Ze drukt op het microfoontje van WhatsApp en spreekt een bericht voor Marije in: 'De decaan van de Universiteit van Bordeaux heeft toestemming gegeven om in hun archief te zoeken naar de aanmelding van Edda Biancchi, kan dit meer licht op de verdwijning van Julia werpen?'

Als morgen blijkt dat ook Edda's dossier vernietigd is, kan ze daar in de podcast dieper op ingaan. Het gevoel dat ze Marije én de kijkers van *Koffie en koek* om de tuin leidt, blijft een beetje zeurderig hangen.

Als ze even later met een handdoek om haar natte haar gewikkeld de badkamer uit komt, gaat haar telefoon. Het is een nummer uit Utrecht ziet ze, en ze veegt over het scherm.

'Gelukkig, je neemt op. Met Ruud.'

Ze had zijn stem al herkend, die belt natuurlijk met een vaste lijn vanaf de universiteit.

'Hoe is het met jou?' vraagt hij.

'Prima.' Het is een klinkklare leugen, ze voelt zich helemaal niet prima, maar dat gaat ze niet over de telefoon aan Ruud Smithuijsen uitleggen. 'En met jou?'

'Uitstekend. Luister, Bo. Dankzij jullie podcast heb ik weer contact met Philippe. Over twee uur pak ik het vliegtuig naar Bordeaux om mijn oude vriend weer eens te zien. Een spontaan bliksembezoek. Dus ik dacht, als ik nu eens een kamer in Hotel de la Poste boek, dan kunnen we overmorgen samen terugvliegen. Wel zo gezellig.'

Het kan niet anders of Philippe heeft hem verteld waar ze logeert. Wat is dat toch met oudere mannen en hun vaderlijke gevoelens voor jongere vrouwen? Ze is geen kind meer dat in zeven sloten tegelijk loopt! Ineens voelt ze woede opborrelen. Die oude mannen zijn niet de enigen die menen haar leven te kunnen uitstippelen, er zit er eentje van haar leeftijd in Utrecht. Als ze het heft niet in eigen handen neemt, dan zal er op dit punt niets veranderen.

'Ruud, ik...'

Hij valt haar in de rede. 'Ik moet nu naar Schiphol, anders mis ik mijn vlucht. Ik zie je eind van de middag in het hotel, goed?'

Nog voor ze kan antwoorden heeft hij opgehangen.

Verbouwereerd staart Bo naar haar telefoon. Hartstikke leuk dat Ruud een oude vriend opzoekt, maar ze kan prima zelf thuiskomen. Ze legt haar mobiel neer en loopt terug naar de badkamer.

Tijdens het ontbijt denkt Bo na over het telefoontje van Ruud. Stiekem vindt ze het ergens wel prettig om straks een bekende uit Nederland te zien, ook al komt hij niet voor haar naar de stad.

Pas na zijn telefoontje drong het tot haar door dat ze zich de laatste dagen eenzaam heeft gevoeld, ondanks Philippes aanwezigheid. En het zogenaamd wilde podcastleven waarover zij en Inès fantaseerden bestaat in de praktijk vooral uit telefoontjes plegen, verantwoording aan haar baas afleggen en dode sporen. Misschien moet ze het gewoon opgeven. Amélie was ook niet erg enthousiast over het idee dat ze door oude dossierstukken van de universiteit zou snuffelen. Feitelijk stemde de decaan alleen maar in omdat zíj aanhield. Ineens schiet haar te binnen wat Benny zei: *drie zijn er drie te veel* – dat moet over mensen gaan. Ze heeft zoveel krantenartikelen doorgespit, als er nog meer verdwijningen te linken zouden zijn aan de Universiteit van Bordeaux, dan had ze dat nu wel geweten. Heeft Benny het verkeerd verstaan? Misschien moet ze hem vragen haar die schone opname te sturen, wie weet hoort zij iets anders dan hij.

Als ze haar laatste slok koffie opheeft, blijft de boost die ze ervan hoopte te krijgen uit. Die podcast in haar eentje maken was een verschrikkelijk stom idee. Ze beseft dat Joost gelijk had, ze is geen privédetective. Ze is zelfs bar slecht in speurwerk, meer dan uren en uren sfeeropnames en wat onduidelijke uitspraken heeft ze niet. Wat moet ze ermee? Oneindig spanning opbouwen en dan aflevering vier eindigen met de conclusie die de politie tientallen jaren geleden al trok? Ze neemt een besluit. Morgen gooit ze de handdoek in de ring en gaat ze naar huis. Callcenters staan tegenwoordig te springen om personeel, dus wie weet is dat haar volgende stap.

27

Bo heeft net haar ticket betaald als Marije belt.

'Het klinkt spannend, die teaser, maar het is nietszeggend. Liever heb ik informatie waaruit blijkt dat er voortgang in jullie zoektocht zit.'

Daar gaan we weer. 'Ik doe mijn best.'

'Tienduizend euro is niet niks, Bo. Zojuist liet Benny me weten dat het materiaal voor de tweede aflevering spannend is, maar te weinig voor een volledige aflevering. Of komt er soms meer?'

'Morgenmiddag duik ik het archief van de universiteit in.'

'Hartstikke fijn, Bo,' zegt Marije sarcastisch. 'Maar in het beste geval vind je daar het huisadres van een meisje dat tweeënveertig jaar geleden verdween. Als haar ouders nog leven, zijn ze ver in de tachtig en inmiddels verhuisd, denk je ook niet?'

Het klinkt bot, maar Marije heeft hoogstwaarschijnlijk gelijk.

'Je zult echt met iets beters moeten komen. Heb je de politie al gebeld over die vriendin van je?'

'Ik krijg vanmiddag een terugkoppeling.' Pierre Lambert is ex-politie, maar dat gaat ze niet uitleggen. Niet nu, in elk geval.

'Wanneer stuur je de rest van het materiaal voor de tweede aflevering?'

'Morgenavond,' belooft Bo. 'Zou jij trouwens aan Benny willen vragen of hij de schone opname aan mij stuurt? Ik zou het graag zelf willen horen.'

'Dat zal ik doen.'

Als Marije heeft opgehangen, trekt Bo zuchtend haar gympen aan. Of ze Marije nu aardig vindt of niet, ze moet inderdaad actiever aan de slag. Mensen aanspreken op de campus, bijvoorbeeld. Zoeken en doorgaan en vooral niet opgeven, alleen dan kan ze nog iets redden van die podcast. Joost en Marije trekken wel bij als deze zoektocht een succesverhaal wordt. Maar als ze op mensen als Inès en Philippe blijft wachten, komt ze zeker nergens. Ze zal het echt zelf moeten doen.

Een halfuur later stapt Bo in een taxi. Met een elastiekje bindt ze haar haar in een staart, en ze zet een zonnebril op. Op deze manier hoopt ze er iets meer uit te zien als de doorsneestudent. Terwijl ze door het stadse verkeer kruipen, sluit ze de snoertjes aan en stopt de apparatuur weg in haar spijkerjasje.

'Hoe ver is het nog?' vraagt ze aan de chauffeur als alles op zijn plaats zit.

Hij werpt een korte blik over zijn schouder. 'Als het meezit tien minuten.'

De metertjes op de interface slaan keurig uit ten teken dat het geluid wordt geregistreerd. Straks gaat ze op haar gemak door de gangen van de universiteit wandelen. Mocht ze een docent tegenkomen, dan zal ze zich voordoen als een nieuwe uitwisselingsstudent, net aangekomen uit *les Pays-Bas* voor een tweede studie. Dat verklaart meteen haar leeftijd. Voor achttien kan ze niet meer doorgaan, maar midden twintig moet lukken. De enige die ze niet moet tegenkomen is Amélie LaRoche of die dame van het secretariaat. Of Philippe.

Even later loopt Bo door de gangen van het gebouw. In een poging zo min mogelijk op te vallen, wandelt ze achteloos een stukje mee met een groepje meiden, terwijl ze zogenaamd iets in haar tas zoekt. Na een poosje draait een van hen zich naar haar toe. 'Kan ik je ergens mee helpen?'

Ze kijkt zo verstrooid mogelijk op. 'Sorry, ik kom uit Nederland. Hebben jullie enig idee waar ik...' Weer begint ze in haar tas te zoeken. 'Ik moet me bij een van de professoren melden maar ik ben zijn naam kwijt.'

'Vast Jean-Paul, die vangt alle nieuwe studenten op. Eind van de gang rechts, derde deur links.'

'Dank je.' Ze heeft nooit geweten dat toneelspelen haar zo gemakkelijk afging. Verderop slaat ze rechts af, maar de derde deur loopt ze voorbij. Gelukkig hebben die meiden geen oog meer voor haar.

Halverwege de gang staan twee docenten met elkaar te praten. Eén ervan, een oudere vrouw, kijkt haar kant op.

Nu gaat het erop aankomen.

Resoluut stapt Bo op haar af. 'Ik kom uit Nederland en ben nieuw hier en...' Ze haalt een beetje hulpeloos haar schouders op. 'Volgens mij ben ik verdwaald.' Daarna steekt ze haar hand uit. 'Ik ben Edda.'

De oudere vrouw knijpt haar ogen samen. 'Edda?' herhaalt ze.

Bo knikt. 'Ik heb een Italiaanse moeder. Weet u of er hier meer Nederlanders studeren?'

De vrouw lijkt oprecht een beetje van haar stuk gebracht. 'Nee,' zegt ze.

'Is er iets met u?' vraagt Bo een beetje bezorgd. 'Gaat het wel goed?'

'Er heeft hier al eens eerder een Edda gestudeerd,' zegt ze zonder op Bo's vraag in te gaan. 'Tientallen jaren terug.'

De opmerking levert haar een scherpe blik van haar collega op.

'Grappig,' zegt Bo. 'Ik ben vernoemd naar mijn moeders zusje. Ooit studeerde ze hier, maar dat is inderdaad lang geleden. Helaas leeft ze niet meer. Hebt u haar gekend?'

Ze ziet de vrouw van kleur verschieten. 'Het spijt me,' mompelt ze. 'Ik moet naar de collegezaal.'

De twee lopen bij haar vandaan. Over Edda Biancchi mag hier kennelijk niet gesproken worden. Claire zei ook al dat mensen kletsen; ze is benieuwd welke roddels er nog meer de ronde doen.

Er komt een groepje studenten de gang in gelopen, al pratend en lachend passeren ze haar. 'Weten jullie misschien waar ik de decaan kan vinden?' vraagt ze luid in het algemeen.

Een paar stoppen. 'Dan moet je teruglopen, haar kantoor is naast het studentensecretariaat.'

'Dank je. Ik ben Edda, trouwens.'

'Françoise en Julie. Sorry, we moeten rennen.'

Bo kijkt de twee na. De naam Edda zei ze helemaal niets, aan hun reactie te zien. Dat, of ze gaan ervan uit dat er meer mensen rondlopen met die naam. Misschien wordt het tijd om gerichter vragen te stellen.

Een tijdje dwaalt ze door het grote gebouw. Af en toe passeren docenten of studenten, maar niemand besteedt veel aandacht aan haar. Ze moet in gesprek zien te komen met mensen. Misschien kan ze naar de campus lopen en op een bankje in de binnentuin gaan zitten. Inès is zoveel beter in dit soort dingen dan zij. Ze draait zich om en loopt terug naar de ingang. Weer overvalt haar een moedeloos gevoel. Dan komt de vrouw die ze eerder op het secretariaat trof met een dossiermap in haar hand een deur uit gelopen. Bo trekt een sprint en kan nog net op tijd voorkomen dat de deur in het slot valt. *AUCUN ACCÈS*, staat erop, geen toegang. De vrouw heeft niets in de gaten en slaat de hoek om.

Nieuwsgierig kijkt Bo een smalle gang in, achterin is nog een deur. Ze loopt naar binnen. Alles in de korte gang is beige – de vloer, de muren, het plafond. Hardop beschrijft ze haar omgeving. De deur aan het eind is niet op slot. Even twijfelt ze, straks eindigt ze in een kantoor waar iemand werkt en dan komt ze niet weg met een 'sorry, ik ben verdwaald'. Ze beeldt zich in dat ze Inès is, die had die deur allang geopend, desnoods had ze geveinsd dat ze geen woord Frans sprak. Ze legt een hand op de klink en drukt hem voorzichtig naar beneden. Er zit een houten trap achter die een kelderruimte in gaat. Bo bukt en kijkt onder de vloer door. Er staan rekken vol met dossiers en ordners. Het kan niet anders, dit is het archief. Haar hart maakt een sprongetje. Zal ze de stoute schoenen aantrekken en zelf op zoek gaan?

Voorzichtig loopt ze een paar treden naar beneden.

Haar hart slaat een slag over als ze de trap hoort kraken. Als ze betrapt wordt, heeft ze heel veel uit te leggen. Niet alleen dat, Amélie zal haar daarna de toegang tot het universiteitsgebouw ontzeggen. Mogelijk schakelt ze zelfs de politie in.

Weer daalt ze zo geruisloos mogelijk een paar treden af.

Moet ze het erop wagen? Marije heeft gelijk, als ze het dossier van Edda vindt, is het maar de vraag of er nog familie op het adres woont dat daarin staat. Bovendien heeft ze morgen een afspraak met Amélie en mag ze hier mét toestemming rondsnuffelen.

Ze neemt nog een tree, de laatste voor ze in de kelder staat. Als ze het dossier nu vindt, kan ze zo snel mogelijk naar huis.

Plotseling wordt de deur die het archief van de gang scheidt geopend en klinkt er een stem. Ze schiet weg achter een archiefkast en drukt haar rug tegen de muur. Een man loopt al pratend naar de trap, het klinkt alsof hij telefoneert. De houten treden kraken onder zijn voeten.

Bo slikt en perst zichzelf nog dichter tegen de koude stenen.

Zijn voetstappen echoën door de kelder terwijl hij steeds dichterbij komt.

28

Er valt iets op de grond en de man blijft stilstaan, een '*Merde*' ontsnapt uit zijn mond. Bo ademt zo stilletjes mogelijk, en even bekruipt haar het gevoel dat hij haar hoort, want ineens blijft het akelig stil.

Dan hoort ze hem: '*Je t'ai eu*,' zeggen. *Hebbes*. Weer kraken de houten traptreden en even later valt de deur boven dicht.

Opgelucht haalt ze diep adem. Er liggen hier stapels dossiers en ze heeft geen idee waar ze moet beginnen. Ze bekijkt een paar vaalgroene mappen die op het dichtstbijzijnde rek liggen. Het zijn leerlingendossiers uit 1990. De bovenste is van een Turkse uitwisselingsstudent, Sinem Yilmaz, leest ze. Aan de binnenkant van de map is een post-it geplakt waar *kopiëren* op staat. Op de map eronder staat een Franse naam met rechtsboven eveneens 1990. Bo legt de stapel terug. Kennelijk ligt alles hier op jaartal. Terwijl ze van rek tot rek op zoek gaat naar de stukken van 1979, het jaar dat Edda zich moet hebben ingeschreven, gaat boven weer de deur open. Zo geluidloos mogelijk keert ze terug naar haar schuilplaats, als de deur weer sluit. Er klinken geen voetstappen in de gang, of op de trap. Waar is ze in vredesnaam mee bezig? Ze kan toch gewoon wachten tot morgenmiddag? Mocht Amélie terugkomen op haar toezegging, dan kan ze hier altijd nog een kijkje nemen.

Vlug loopt ze de trap op naar boven en de beige gang in. Voorzichtig duwt ze de deur aan het eind een klein stukje open. Voor zover ze vanaf hier kan zien is de gang leeg. Ze glipt naar buiten en rent naar de uitgang. Als ze hijgend op straat staat, kan ze zichzelf wel vervloeken. Dit was een typische Inès-actie, maar zo'n risico past háár duidelijk niet.

Eenmaal bijgekomen van de schrik gaat ze op de stoep zitten. Vandaag wilde ze ook nog een oproep op de radio doen. Ze trekt de snoertjes los en bergt de apparatuur op in haar tas. Daarna zoekt ze op internet naar een radiostation, en komt al snel uit bij Aquitaine Radio Live. Er staat geen adres of telefoonnummer bij, maar wel een link naar hun Facebook-pagina. Ze tikt een bericht via Messenger en bergt haar toestel op. Dan komt ze overeind en slaat het zand van haar broek. Een wandeling naar het hotel zal haar goeddoen.

Ruim een uur dwaalt ze door de straten van het centrum, langs winkeltjes en bars, als haar telefoon gaat. Het is een Frans nummer. Ze blijft stilstaan en neemt op.

'Met Aquitaine Radio Live,' zegt een vrouw. 'We zagen uw verzoek op Messenger. Als u wilt verbind ik u door, zodat u uw oproep nu in de uitzending kunt doen.'

'Ik sta buiten,' zegt ze. 'Over een paar minuten ben ik in mijn hotel.'

'Achtergrondgeluiden zijn niet storend,' is het antwoord. 'Hebt u een moment?'

Ze wordt in de wacht gezet. Onder het nieuwste nummer van Taylor Swift wandelt ze enigszins nerveus verder. Straks zal ze haar oproep in het Frans moeten doen, en hoewel het steeds beter gaat, beheerst ze de taal verre van perfect.

'En dat was Taylor Swift, beste luisteraars. Zojuist kregen wij een wel heel opmerkelijk verzoek van de Nederlandse Bo. Bo, ben je aan de lijn?'

'Oui!'

'Vertel eens, jij bent bezig om een podcast op te nemen over een vermiste vrouw?'

'Julia van der Molen,' vult ze de presentator aan. 'Tweeëntwintig jaar geleden kwam ze naar Bordeaux om onderzoek te doen naar een andere vermissingszaak en verdween.'

'Een vermissing na een vermissing, dat is opmerkelijk, toch, Bo?' vraagt de man.

'Inderdaad, daarom ben ik op zoek naar mensen die misschien meer weten.'

'Vertel onze luisteraars wat je wilt, beste Bo,' nodigt hij haar uit.

'In 1980 verdween de Italiaanse uitwisselingsstudent Edda Biancchi spoorloos. Twintig jaar later, in 2000, ging de Nederlandse Julia van der Molen op zoek naar antwoorden, waarna ook zij verdween. Ik zou graag in contact komen met mensen die informatie hebben over Edda of Julia, of een van de twee gekend hebben.'

'U hoort het, beste luisteraars. Als de naam Edda Biancchi of Julia van der Molen u iets zegt, dan kunt u bellen met de studio. Wij zullen u dan in contact brengen met Bo. Wie weet help je dan wel mee aan het oplossen van deze zaak!' Na die oproep geeft de presentator een telefoonnummer en vervolgens start er een nummer van Beyoncé.

'Bo, ben je daar nog?' hoort ze door de muziek heen.

'Ja,' antwoordt ze. Inmiddels staat ze voor de ingang van het hotel.

'Mogen wij jouw nummer doorgeven als iemand zich meldt?' vraagt de man.

'Absoluut. En hebben jullie een link waar ik deze uitzending op kan beluisteren? Dan speel ik de oproep af in mijn podcast.'

'Ik stuur hem via Messenger. Succes!' Met die woorden beëindigt hij het gesprek.

Blij bergt ze haar toestel op. Ze heeft een heel klein beetje vooruitgang geboekt. De kans dat iemand reageert is niet heel erg groot, maar het is een kans.

Ze wil net het hotel in lopen als ze Philippe Bernard in de lobby ziet zitten. Die wacht waarschijnlijk op Ruud Smithuijsen. Vlug loopt ze bij het raam vandaan. Als ze in iemand geen zin heeft, dan is het wel in Philippe en zijn vaderlijke bemoeienissen. Hopelijk heeft hij haar niet gezien. Het hotel heeft geen achteringang waar ze door naar binnen kan glippen. Er zit dus weinig anders op dan een terras te zoeken, of een parkbankje, en daar te wachten tot hij vertrokken is. Ze kijkt om zich heen. Veel bankjes staan er niet in deze straat, maar om de hoek is een kleine groenstrook waar ze wel kan zitten. Vanaf dat punt ziet ze het hotel niet liggen, maar ze kan af en toe even een kijkje nemen of Philippe weg is.

Ze draait zich om en loopt gespannen de straat uit. Mensen misleiden is niets voor haar.

Aan de overkant van het smalle parkje is een tabakswinkel waar een grote koelkast met koude blikjes frisdrank staat. Bo loopt naar binnen en koopt een blikje cola zero. Ze had ook op een terras kunnen gaan zitten, maar als er iemand naar aanleiding van dat radioprogramma belt, dan wil ze gewoon kunnen opnemen en vrijuit spreken.

Ze kiest een bankje en neemt plaats. Er scharrelen een paar vogeltjes vlak voor haar voeten die geschrokken opvliegen als het blikje sissend opengaat. Ze neemt een slok. Hopelijk komt Pierre Lambert vandaag met antwoorden. Sinds gisteren irriteert de aanwezigheid van Philippe haar en dat is niet helemaal terecht. De man heeft toch tijd voor haar vrijgemaakt. Ze snapt alleen niet waarom hij nu al in de lobby zit, want Ruud landt pas over een uur.

Ze zet het blikje naast zich neer. Haar telefoon gaat over. Ze graait in haar tas en haalt hem eruit. Het is een Frans nummer, grote kans dat het een luisteraar is.

'Met Bo,' neemt ze op.

'U spreekt met Amélie LaRoche van de Universiteit van Bordeaux. Het spijt me, maar helaas moet ik onze afspraak voor morgen afzeggen.'

Er trekt een rilling langs Bo's ruggengraat; hier was ze al bang voor. 'Dat is een teleurstelling. Wanneer zou ik wel in het archief mogen?' vraagt ze.

'Ik vrees dat ik u geen toegang kan geven.'

'Maar...' begint ze.

Amélie heeft al opgehangen.

Hangen er bewakingscamera's in de gangen van de universiteit? Of heeft een van die docenten aan haar collega's verteld dat ze een Nederlands meisje in de gang is tegengekomen dat zich voorstelde als Edda en is zo het balletje gaan rollen?

Ze komt overeind. Ineens wil ze naar haar hotelkamer, of Philippe nu in de lobby zit of niet. Zonder de moeite te nemen om het halfvolle blikje cola mee te nemen of weg te gooien loopt ze snel de straat uit. Ze had dit veel voorzichtiger moeten aanpakken, ondanks alle weerstand die ze voelde. Nu staat ze met lege handen, terwijl ze Marije heeft bezworen dat ze het archief in mocht! Niet dat Marije er zoveel vertrouwen in had dat ze daar antwoorden zou vinden, maar toch.

Ze slaat de hoek om en gaat sneller lopen.

Zelf had ze er wel vertrouwen in dat er iets in dat archief te vinden zou zijn wat zou leiden naar de familie van Edda. Ze wil die mensen hoe dan ook spreken.

Bij het hotel aangekomen gaat ze rustiger lopen. Philippe zit nog steeds op dezelfde plek als net. Bo ademt diep in en uit. Ze kan hem gewoon passeren in de hoop dat hij niets in de gaten heeft.

Of ze gaat terug naar de universiteit, ze weet waar het archief is...

Door die gedachte zet ze een paar passen achteruit. Durft ze dat werkelijk? Gewoon weer het gebouw in lopen en wachten tot iemand het archief uit komt zodat zij naar binnen kan? Desnoods blijft ze achter die kast zitten tot de colleges zijn afgelopen en de medewerkers naar huis zijn. Dan kan ze op haar gemak alles bekijken en morgenochtend het gebouw weer verlaten. Als ze haar snappen zal de politie erbij gehaald worden en dan zit ze vannacht nog in een Franse cel. Maar als het haar lukt om dit ongezien te doen, reist ze morgen niet terug naar Amsterdam, maar door naar Napels...

29

Een halve minuut lang probeert Bo zichzelf te overtuigen dat ze voldoende lef heeft om zonder toestemming dat archief door te spitten, en dan loopt ze Hotel de la Poste in. Vanmiddag had ze haar kans, en die heeft ze niet gegrepen. Ze gaat niet het risico lopen in een Franse cel te belanden. Zodra ze straks op haar kamer is, zal ze een radiostation in Napels zoeken. Voor de podcast is het minder interessant dan wanneer ze zelf naar Italië zou gaan, maar voor haar gemoedsrust is het een stuk beter. En waarschijnlijk heeft Marije gelijk, als ze al een adres van Edda's ouders vindt, dan is het nog maar de vraag of die daar nog wonen.

Philippe zit niet meer op de plek waar ze hem zojuist zag. Of hij is naar de bar gegaan, óf naar de wc. Hoe het ook zij, dit is haar kans om ongezien naar haar kamer te komen. Ze trekt een sprint en rent de eerste trap op. Eenmaal boven loopt ze rustig door de gang naar haar kamerdeur. Even later laat ze zich achterover op het bed vallen en bekijkt haar berichten. Benny heeft de opname gemaild. Ze doet haar AirPods in en speelt het geluid af. Na het een paar keer te hebben geluisterd, moet ze Benny gelijk geven. *Trois* klinkt heel anders dan *deux*. De vraag is of ze het over mensen heeft, of over telefoontjes, of drie verzoeken om het archief in te zien, of wat dan ook.

Ze opent Spotify en kiest een playlist. Luisterend naar muziek kan ze zich ontspannen en nadenken.

Ze moet in slaap gevallen zijn, want als ze op haar telefoon kijkt is het al bijna zes uur. Ruud heeft haar een paar minuten geleden een appje gestuurd: *Zie ik je zo in de hotelbar?* Waarschijnlijk is ze daar wakker van geworden. *Kom eraan*, tikt ze terug.

Ze gaat op de rand van het bed zitten en gaapt. Het liefst zou ze eerst een douche nemen, maar dan moet ze Ruud laten wachten. Hij is niet voor haar naar Bordeaux gekomen, maar toch, erg beleefd is het niet. Nadat ze zich een beetje heeft opgefrist loopt ze naar de hotelbar.

'Bo!' Ruud komt uit het kuipstoeltje en begroet haar alsof ze een oude vriendin is, in plaats van een oud-leerling. 'Hoe is het met je?' Ruud gaat weer zitten en praat enthousiast verder voordat ze de kans krijgt antwoord te geven. 'Philippe en ik hebben elkaar in geen jaren gezien en gesproken en ineens dacht ik, het is toch vreemd als ik jou aan hem koppel en zelf niet eens de moeite neem om naar Bordeaux te gaan en een oude vriend te bezoeken. Dus hier ben ik!'

Ze neemt tegenover hem plaats. 'Heb je Philippe al gesproken?'

'Heel kort. We gaan zo samen uit eten,' antwoordt Ruud. 'Maar vertel, hoe gaat het met jullie podcast? Kan de politie de zaak al heropenen?'

Ze wordt een beetje moe van al die hooggespannen verwachtingen. 'Ik vrees van niet, alles wat ik boven water gehaald heb, is al bekend bij de politie.' Als ze ergens geen zin in heeft dan is het wel uitleggen dat die hele podcast één groot fiasco is. 'Ik had mijn hoop gevestigd op de archieven van de universiteit, maar de decaan is van gedachten veranderd, ik mag er niet in.'

'Dat is balen,' zegt Ruud. 'En nu?'

Ze haalt haar schouders op. 'Nu niks meer.'

Hij buigt zich naar haar toe. 'Ik was er al bang voor dat dit zou gebeuren, het spijt me voor jullie. Ik vrees dat Julia's verdwijning voor altijd een raadsel zal blijven. Gelukkig vliegen we donderdag samen terug naar huis. Je hebt het geprobeerd, Bo, dat is al heel wat. Zal ik wat te drinken voor ons halen? Water, wijn, koffie, wat wil je?'

'Doe maar Spa rood met een schijfje citroen, als het kan.' Haar toestel gaat over en ze vist hem uit haar zak, dat zal Lambert zijn.

Ze kan haar ogen niet geloven als ze ziet dat het Inès is die haar belt. Een golf van opluchting gaat door haar heen. 'O, mijn god. Inès! Ben jij het echt? Waar ben je? Hoe gaat het?'

'In Parijs. Ben jij nog in Bordeaux?' Inès praat met gedempte stem.

'Ja, en je raadt nooit met wie. Ruud is hier. Maar vertel! Ik heb me vreselijke zorgen gemaakt.'

Het blijft even stil aan de andere kant van de lijn. 'Luister, Bo. Niet reageren, maar Dorien staat naast me.'

Ze houdt een schreeuw in. 'Oké,' zegt ze in plaats daarvan zo rustig mogelijk. 'Je weet dat zij in juli 2000 in Hotel Napoleon was?'

'Ja, en ze heeft niets met Julia's verdwijning te maken. We komen samen naar Bordeaux. Maar één ding, hou je mond tegen Ruud. Alsjeblieft.'

'Waarom?' Ze snapt er helemaal niets meer van. 'En hoezo kom jij met...'

'Ssst!' sist Inès door de telefoon. 'Ik leg het je echt uit.'

Ruud zet twee glazen op tafel. 'Alsjeblieft,' zegt hij. 'O, sorry, je bent aan de telefoon.'

'Ik bel je zodra we morgen in de stad zijn,' zegt Inès zachtjes.

'Maar...' sputtert Bo opnieuw tegen.

'Doe gewoon wat ik van je vraag, ik leg het morgen uit. Goed?' Inès verbreekt de verbinding. Is dit net echt gebeurd? Ze voelt zich zowel ontzettend opgelucht omdat Inès oké is als totaal verward. Was Inès al die tijd al samen met Dorien, terwijl zij hier alleen was en geen idee had wat er met haar vriendin was gebeurd?

'Slecht nieuws?' vraagt Ruud.

'Nee, dat was I...' Ze stopt. 'Iemand van mijn werk, Yvette.' Er werkt helemaal geen Yvette bij *Koffie en koek*. Inès mag haar morgen wel een heel goede reden geven waarom ze Ruud plotseling hierbuiten moet laten, terwijl hij hen op weg heeft geholpen in hun zoektocht.

'Problemen?' vraagt Ruud.

'Iets met de opnames. Ik kon het niet allemaal volgen. Vanavond moet ik alles nog een keertje sturen. Waar heb je met Philippe afgesproken?'

'Ik heb geen idee, hij stuurt me zo een adres. Samen terugvliegen dus,' zegt hij met een zucht. 'Dat geeft ons de tijd om even met elkaar te praten. Maar wacht eens, welke vlucht heb jij?'

'Geen idee, mijn vliegtuig gaat eind van de middag,' liegt ze.

'Ah, mooi. Dan hebben we dezelfde vlucht: KL1318, hij vertrekt om tien over vijf.' Ruud neemt een slok van zijn wijn en komt dan overeind. 'Ik ga even naar de wc.'

Als hij weg is staart Bo naar zijn glas. Inès en Dorien, ze begrijpt er helemaal niets meer van. Zijn de mailtjes daarom gestopt? Hebben die twee elkaar gevonden in Silencio en zijn ze vervolgens samen op onderzoek uitgegaan? Heeft ze eerlijk opgebiecht wat er die nacht in Hotel Napoleon gebeurd is? Ze kan er werkelijk geen touw meer aan vastknopen. Haar blik glijdt langs de donkere bar, waar hotelgasten aan zitten.

'Zo.' Ruud schuift zijn stoel naar achteren en ploft weer neer. 'Maar vertel, heb je wel genoeg materiaal voor alle afleveringen?'

Bij lange na niet, denkt Bo, maar ze zegt: 'Dat denk ik wel.'

'Mooi, mooi,' zegt hij peinzend. 'Ja, het blijft jammer natuurlijk. Het liefst zou je de zaak hebben opgelost, toch?'

'Ja, dat was geweldig geweest,' zegt ze.

'Maar goed, je wist van tevoren dat het moeilijk zou worden,' gaat hij verder. 'De politie tast na al die jaren ook nog steeds in het duister en wat ik al zei, sommige mensen willen niet gevonden worden.'

'Of ze zijn overleden,' zegt Bo.

Even lijkt Ruud aangedaan. 'Zeker,' zegt hij dan. 'Alles kan. Zeg, hoe laat zullen we morgen afspreken om te ontbijten?'

Hij overvalt haar met die vraag. 'Eh, halfnegen?'

'Helemaal goed.' Hij drinkt zijn glas in één teug leeg. 'Misschien kunnen we samen de stad bekijken, Philippe geeft morgen college. Vind je het heel erg als ik nu afscheid van je neem?'

'Nee hoor, ik ben toch moe.'

'Dus jij blijft vanavond lekker op je kamer zitten? Ga je niet de stad in? Naar een leuke bar of zo?'

Bo schiet in de lach. 'In mijn eentje zeker. Nee, dank je. Doe je de groeten aan Philippe? En bedank hem voor me.'

Ruud staat op. 'Zal ik doen.'

Als hij is vertrokken loopt Bo naar de bar. Ze gaat niet feesten in de stad, maar een tweede borrel aan de hotelbar moet kunnen.

Een halfuur later loopt ze de trap op naar haar kamer. Nadat Ruud was vertrokken heeft ze Inès geprobeerd te bellen in de hoop antwoorden te krijgen, maar die nam niet op. Morgenochtend zit ze aan de croissants en koffie met haar oud-docent en zal ze over koetjes en kalfjes moeten praten zonder te weten waarom. Ergens voelt dat zo leugenachtig. Vreemd genoeg bezorgde Ruud haar vanmiddag een onderbuikgevoel, alsof hij niet hierheen is gevlogen om een oude vriendschap te hernieuwen, maar om haar in de gaten te houden.

Bo opent haar kamerdeur. Misschien moet ze werkelijk een vliegticket kopen, dan is ze overmorgen weer thuis – hoewel ze even niet weet waar 'thuis' is. Zo langzamerhand kan ze geen hotelkamer meer zien. Moet ze Inès nog laten weten dat ze donderdagmiddag terug naar Amsterdam vliegt? Of dat ze Pierre Lambert heeft gevraagd de Parijse politie te waarschuwen? Ze pakt haar telefoon en aarzelt. Inès en Dorien Hendrikse, hoe is het mogelijk. Wat moet ze met zo'n vreemd telefoontje waarin er geen antwoorden worden gegeven, maar alleen opdrachten? En nu is dat stel onderweg naar Bordeaux! In elk geval heeft ze wel een geweldige teaser voor Marije. Ze schiet door de zenuwen in de lach. Kan ze dat maken? Even laat Bo het idee bezinken, waarom ook eigenlijk niet? Ze zou in feite niet liegen, hooguit laat ze een deel van de waarheid achterwege.

Ze pakt haar iPhone en tikt op de opnameknop van de dictafoon. 'Ik had verschillende mogelijkheden bedacht, maar niet dat D mij achterna zou reizen naar Bordeaux,' begint ze.

Als ze klaar is, stuurt ze de opname naar Marije. Dan tikt ze een appje in voor Inès: *Ruud is naar een vriend. Wat is er aan de hand? Kunnen we bellen?*

Vrijwel onmiddellijk ziet ze dat Inès iets terug tikt. Even later verschijnt er een bericht: *Nee, liever niet telefonisch. Ga naar je hotelkamer en doe de deur op slot! Laat niemand binnen! Blijf daar tot wij er zijn!*

30

Bordeaux, dag 9 – woensdag

Gisteravond, na Inès' bericht, heeft Bo haar hotelkamerdeur op slot gedaan, en nu staart ze al uren naar die dichte deur. Inmiddels is het na twaalven. Af en toe passeren er mensen op de gang, maar verder is het stil. Ze kan wel naar die deur blijven staren, maar ze kan beter proberen om nog een paar uurtjes te slapen; de laatste dagen worden de kringen onder haar ogen steeds donkerder.

Gisteren was die oud-studiegenoot van Julia in de studio. Benny heeft haar vanavond dat stukje gezonden, omdat Uitzending Gemist niet werkt in het buitenland. Misschien kan ze het in bed bekijken, dat leidt in elk geval af. Ze wisselt haar kleren voor een slaapshirt en kruipt onder het dekbed. Met haar muis opent ze het item *Spoorloos – de podcast* en ze zet het geluid harder.

Ene Robin de Vries stelt zich voor en vertelt een paar anekdotes over Julia die voor Bo behoorlijk algemeen voelen. Blijkbaar hield Julia wel van avontuur, vond Robin haar heel mooi en interessant, maar kon ze niet altijd hoogte krijgen van Julia. Dat Julia's vermissing na de vermissing van Edda volgde, vond Robin 'wel heel toevallig'.

Eigenlijk wordt er niks gezegd waar ze echt verder mee komen. Het item sluit af met een opmerking van de presentator dat de podcast te beluisteren is via de website van *Koffie en koek*. Bo sluit haar laptop en legt hem op het lege kussen naast haar. Ze begrijpt Marijes irritatie wel, tot nu toe heeft de podcast een boel spannende vragen opgeworpen, maar weinig antwoorden opgeleverd.

De volgende ochtend schrikt ze wakker als er een bericht van Inès binnenkomt met een Google Maps-pin: *Tien uur – zorg dat niemand je het hotel ziet verlaten.* Bo laat zich in de kussens vallen. Wordt ze voor de gek gehouden, een soort ongepaste practical joke? Inès was nota bene degene die Ruud in hun zoektocht heeft betrokken, en nu moet ze die man negeren?

Waarom? tikt ze terug.

Nadat ze zich heeft aangekleed kijkt ze op WhatsApp. Er is geen antwoord. Ze bergt het toestel op en stopt de opnameapparatuur samen met haar spijkerjasje in haar schoudertas. Het liefst zou ze Inès negeren en gewoon haar eigen gang gaan. Toch lukt het haar niet het idee los te laten dat ze werkelijk gevaar loopt. Ze denkt na. Ruud zit in de ontbijtzaal op haar te wachten, ongezien het hotel verlaten wordt ingewikkeld. Het enige wat ze kan doen is een poging wagen, meer niet. Mocht ze hem tegenkomen, dan zal ze moeten toneelspelen, daar is ze inmiddels bijzonder goed in geworden.

Ze steekt haar hoofd om de hoek van de kamerdeur, de gang is leeg. Snel rent ze naar de trap. Vlak voor ze beneden is kan ze de lobby overzien; behalve een man die incheckt en het personeel is er niemand. Even later staat ze buiten. Het zweet druppelt over haar rug.

Google Maps leidt haar naar een koffietentje niet ver bij het hotel vandaan. Al van verre ziet ze dat het terras leeg is. Eigenlijk is het te gek voor woorden dat ze nu Inès bevelen laat geven nadat zij dagen in de stress heeft gezeten omdat ze niks van haar hoorde.

Ze opent de deur en gaat naar binnen. Achterin zit een lange vrouw van wie ze alleen de rug kan zien, maar toch herkent ze onmiddellijk Dorien in de gestalte. Tegenover haar ziet ze het donkere haar van Inès, die voorovergebogen zit. Ineens kijkt ze op en komt overeind. Bo loopt naar het tafeltje. Nog voor ze er is, valt Inès haar om de nek.

'Ik ben zo blij dat ik je zie!' zegt ze.

Bo laat de tas van haar schouders glijden. Met gemengde gevoelens zegt ze zachtjes: 'Wat doet zij hier?'

'Dat ga ik je nu vertellen. Kom.' Ze pakt Bo's hand en trekt haar mee.

Bo biedt weerstand. 'Wacht. Dagen hoor ik niets van je en nu dit?'

'Sorry,' zegt Inès. 'Ik wilde het goedmaken, echt. Nadat Luc weg was, wilde ik naar Bordeaux komen en toen... Kom, laten we eerst gaan zitten dan doe ik mijn verhaal, goed?'

Haar excuus klinkt oprecht en Bo voelt haar woede wegzakken. Diep in haar hart is ze blij dat Inès in Bordeaux is en ze er niet langer alleen voor staat.

'Bo, dit is Dorien Hendrikse,' zegt Inès als ze samen bij het tafeltje zijn.

Het voelt nogal vreemd om, na alles wat er is gebeurd, deze vrouw een hand te geven. Nu ze haar goed kan bekijken, ziet ze dat de vrouw minstens midden veertig is, zo niet ouder.

'Het spijt me dat ik je de stuipen op het lijf gejaagd heb,' zegt Dorien.

Bo gaat zitten. 'Hoe kwam je aan mijn mailadres?'

'Ik werk op het Media Park,' zegt ze.

'Je hebt mijn gegevens dus gewoon op het intranet opgezocht!' roept Bo uit.

'Niet zo netjes van me, ik weet het, maar ik was behoorlijk ten einde raad toen ik hoorde over jullie podcast en...'

'Ik denk dat je de recorder aan moet zetten, Bo,' valt Inès haar in de rede.

Ze pakt haar tas en haalt de apparatuur eruit. Terwijl ze de snoertjes aansluit, ziet ze dat Ruud haar heeft geappt met de vraag of ze nog komt ontbijten. Kennelijk zit hij op haar te wachten. Normaal zou ze hem een bericht terugsturen, maar onder de huidige omstandigheden wil ze eerst horen wat Dorien en Inès te vertellen hebben.

Ze zet de microfoonstandaard op tafel en klikt de microfoon erin. 'Wanneer zijn jullie in Bordeaux aangekomen?' vraagt ze.

'Vanmorgen vroeg,' antwoordt Inès.

Bo tikt op de opnameknop. 'Hij staat aan. Nou, wat wilden jullie me vertellen?' vraagt ze een beetje sceptisch.

'Ik ben naar Hotel Napoleon gegaan,' begint Inès. 'Ik wist niet of jij er al langs was geweest. Daarna had ik de trein naar Bordeaux willen nemen om je te verrassen, in de hoop dat ik meer te weten zou zijn gekomen.'

Bo weet niet wat ze hiervan moet denken, het klinkt weer als een typisch Inès-excuus. 'Ik ben al bij Hotel Napoleon geweest,' zegt ze kortaf.

'Heb je de eigenaar gesproken?' vraagt Inès.

'Nee,' antwoordt Bo. 'Alleen een oudere receptionist, maar die kon me niet veel wijzer maken. Waarom vraag je dat?'

'Omdat ik de eigenaar wél gesproken heb. Het hotel is al meer dan honderd jaar in handen van dezelfde familie. In de tijd dat Julia er logeerde, had hij als oudste zoon de leiding.'

Waarom heeft geen van de medewerkers haar verteld dat er een eigenaar was die mogelijk wél meer wist?

'Hij kon zich Julia van der Molen nog heel goed herinneren,' gaat Inès verder. 'En helemaal de laatste nacht, waarin ze ruzie had met een andere gast.'

Bo staart Inès met open mond aan. 'Wat? Met wie? Waarover? Wat is er gebeurd?' Dit zou de doorbraak kunnen zijn die ze nodig hebben!

'Even rustig ademhalen,' zegt Inès. 'Ik zal alles vertellen, maar vanaf het begin. Dit wordt een lang verhaal.'

Bo pakt de microfoonstandaard en schuift die naar Inès toe.

'Goed,' begint Inès te praten. 'Nadat ik Luc en zijn vrienden had uitgezwaaid op Gare du Nord zag ik alle berichten die jij me had gestuurd. Ik was best pissig dat je zomaar was weggegaan, dus ik besloot je berichten in eerste instantie te negeren. Maar al snel voelde ik me zo schuldig, Bo. Echt, sorry, sorry, sorry. Ik weet dat het de tweede keer is.' Inès kijkt haar smekend aan.

'Het is al goed, soort van in elk geval,' zegt Bo. Ze heeft liever dat Inès vertelt wat er tweeëntwintig jaar geleden gebeurd is.

'Ik heb toen een kaartje gekocht voor de trein van die middag. Ik wilde je echt helpen, echt iets bijdragen, en dus besloot ik naar Hotel Napoleon te gaan om met de eigenaar te praten. En daarna... daarna raakte alles in een stroomversnelling en wist ik niet of ik je juist zou helpen of in gevaar zou brengen als ik contact met je zou zoeken.'

'Waarom zou je me in gevaar brengen?' vraagt Bo.

'Ja, daar komen we zo op. De eigenaar van Hotel Napoleon is een heel vriendelijke man. Hij vertelde dat er een paar dagen eerder ook iemand vragen aan een van zijn medewerkers had gesteld over Julia van der Molen, dat moet jij dus zijn geweest. In elk geval nodigde hij me uit om mee naar zijn kantoor te komen. Daar liet hij me een ouderwets gastenboek zien uit 2000 met Julia's naam erin.'

'Dat heb ik ook ingekeken,' zegt Bo.

Inès fronst haar wenkbrauwen. 'Echt? Maar dan moet het jou toch zijn opgevallen?'

'Wat?'

'De naam die een paar regels onder Julia's inschrijving stond!'

'Die heb ik niet gezien. Ik wilde een foto maken om aan Marije te sturen, dus legde de receptionist een leeg A4'tje boven Julia's inschrijving en eentje eronder. Vanwege de privacy.'

Inès laat zich achterover in haar stoel vallen. 'Hoe is het mogelijk,' zegt ze. 'Jij was nooit in je eentje verdergegaan als je wél die hele pagina had gelezen, geloof me.'

Bo voelt een mengeling van angst en nieuwsgierigheid door haar lijf gaan. 'Want?'

'Een regel of acht lager stond "Ruud Smithuijsen".'

Bo kijkt haar stomverbaasd aan. 'Wat? Onze Ruud? Heeft hij haar opgezocht? Daar heeft hij helemaal niets over gezegd toen we hem in Utrecht spraken. En gisteravond ook niet.'

'Dat snap ik heel goed,' zegt Dorien ineens. 'Hij is...'

'Wacht,' Inès heft haar handen op. 'Laat me eerst mijn verhaal afmaken.'

Bo kijkt van Dorien naar Inès. Het maakt haar niet zoveel uit wie wat vertelt, ze wil gewoon weten wat er aan de hand is. Ruud heeft alle kans gehad om te zeggen dat hij óók in Parijs was toen Julia een afspraak met Pierre Lambert had.

'Goed,' gaat Inès verder. 'Die hoteleigenaar vertelde dat Ruud en Julia elkaar leken te kennen én dat er nog een derde persoon bij was, een vrouw die niet in het register stond ingeschreven.'

'Ik,' zegt Dorien zachtjes.

Bo kijkt haar aan. Nu snapt ze er helemaal niets meer van.

'In de laatste nacht dat Julia in Hotel Napoleon sliep, ontstond er ruzie op de gang. Het schijnt een vreselijke toestand te zijn geweest, de eigenaar heeft zelfs nog kort overwogen om de politie in te schakelen. Hij kon me alleen niet vertellen waar het over ging, omdat hij geen woord Nederlands spreekt. Wel wist hij dat er 's nachts nog mensen uitgecheckt hebben. Een paar weken later kwam de politie vragen stellen en toen heeft hij dit hele verhaal uit de doeken gedaan.'

'En de volgende dag is Julia naar Bordeaux vertrokken?' vraagt Bo. 'En jij dan?' vraagt ze aan Dorien.

'Niet zo snel,' zegt Inès. 'Het verbaasde me dat Pierre Lambert hier niets over gezegd heeft, dus heb ik hem buiten het hotel gebeld. Hij ontkende dat de hoteleigenaar de politie heeft verteld over die ruzie en beloofde om het coldcaseteam alsnog in te lichten.'

'Een van de twee liegt dus,' constateert Bo.

'En toen zag ik Inès staan,' zegt Dorien. 'Op de stoep van Hotel Napoleon, de plek waar ik Julia voor het laatst zag.'

Bo's telefoon gaat. 'Het is Ruud, wat zal ik doen?' vraagt ze. 'Opnemen?'

Inès legt een hand op haar toestel. 'Nee,' zegt ze beslist. 'Zet het geluid gewoon uit.'

'Maar hij zal zich afvragen waarom ik niet reageer, we vliegen morgen aan het eind van de middag samen terug naar Nederland.'

Inès en Dorien kijken elkaar aan.

'Boek dat ticket straks maar om,' zegt Inès. 'Vanaf hier mag Dorien het vertellen.'

Bo zet haar iPhone op stil en bergt haar toestel op.

'Ik heb jullie niet willen bedreigen,' begint Dorien. 'Zo zit ik helemaal niet in elkaar. Maar ik schrok enorm toen ik in het nieuwsbericht las dat er een podcast gemaakt zou worden over de vermissing van Julia. Als journalist begrijp ik de drang om op zoek te gaan naar de waarheid heel goed, maar er zijn zaken die je moet laten rusten. Aan de andere kant wil ook ik graag antwoorden. Het is tweeëntwintig jaar geleden dat ik Julia voor het laatst zag en nog dagelijks moet ik aan haar denken, én aan die laatste nacht in Hotel Napoleon.' Haar stem klinkt verdrietig.

'Je hebt me anders behoorlijk laten schrikken,' zegt Bo. Ze heeft direct spijt, deze opmerking had ze nu niet moeten maken. Eerst moet ze Dorien haar verhaal laten vertellen.

Dorien zucht. 'Weet je, ik zat in een spagaat. Ik moest ervoor zorgen dat jullie zouden stoppen met die zoektocht, om zoveel redenen. Het is voor zover ik weet levensgevaarlijk om hiermee door te gaan, dat heb ik ook tegen Inès gezegd.'

'En ik denk dat het niet zó erg kan zijn, maar goed, Dorien heeft wel gelijk; het is allemaal niet zo onschuldig als het lijkt,' zegt Inès.

'Julia had het in haar hoofd gehaald om Edda Bianchi te vinden, nadat Ruud in een dronken bui allerlei dingen over haar had verteld.'

'Herkenbaar.' Bo kijkt Inès aan. 'Daarom gingen wij ook op pad, vanwege een paar opmerkingen van een dronken docent.'

'Julia zat in het derde jaar,' zegt Dorien. 'Ze maakte er haar zomerproject van. Ruud had de naam van een rechercheur genoemd, Pierre Lambert, en verteld dat die niet langer in Bordeaux werkte, maar in Parijs. Dus stapte Julia op de trein.'

Bo knikt. Het verhaal wordt steeds ingewikkelder, maar één ding is wel duidelijk: Ruud heeft veel informatie voor hen achtergehouden, en dat is nogal verdacht.

'Ik weet niet wat die Lambert Julia verteld heeft,' gaat Dorien verder. 'Hoe het ook zij, ik ben haar achternagereisd omdat ik de boel niet vertrouwde. Die nacht, in Hotel Napoleon, liep het vreselijk uit de hand. Ik kwam aan het begin van de avond aan en trof Julia en Ruud op haar kamer.'

De serveerder staat plotseling bij hun tafeltje. 'Kan ik iets voor u inschenken?' vraagt ze.

'Doe maar drie lattes,' zegt Bo, in de hoop dat ze hen verder met rust laat. 'Ik snap niet waarom Ruud zo gevaarlijk zou zijn. Hij liegt, dat is duidelijk, maar dat doen er zovelen.'

Dorien slikt een paar keer. 'Er ontstond een verschrikkelijke ruzie. Eerst op Julia's hotelkamer, maar toen liep Ruud de deur uit en...' De tranen lopen nu over haar wangen en ze pauzeert even.

Inès pakt haar tas en haalt er een pakje zakdoekjes uit. 'Hier,' zegt ze.

Als Dorien haar tranen heeft weggeveegd gaat ze verder. 'Ruud was verschrikkelijk agressief. Er stonden meubels in de gang; hij pakte een tafeltje op alsof het van luciferhoutjes was gemaakt en smeet het weg.'

Ruud, hun grijze behulpzame docent Onderzoek en media-ethiek, heeft uit nijd een tafeltje door de gangen van Hotel Napoleon gegooid? 'Maar waarom in godsnaam?'

'Julia en ik hadden een relatie,' zegt Dorien met een snik. 'Ik hield van haar. Nog steeds. Ruud bleef die nacht maar schreeuwen dat Julia geen idee had wie ze voor zich had en dat ze moest uitkijken.'

Bo voelt zich misselijk worden. 'Hij bedreigde haar? Ze was nota bene een van zijn leerlingen!'

Dorien kijkt haar aan. 'Julia was meer dan zijn leerling. Zij en Ruud hadden een affaire.'

31

Bo weet niet wat ze moet zeggen. Ruud en Julia? Een affaire? Die man heeft van meet af aan tegen hen gelogen! Of nee: cruciale informatie achtergehouden. En nu is hij haar achternagereisd naar Bordeaux. Om wat? Een oude vriend te zien? Haar terug naar huis te escorteren? Want zo voelde het gisteren. Ze is best bereid om Dorien op haar woord te geloven, maar er ontbreken nog veel te veel puzzelstukjes in dit hele verhaal.

'Ik kom uit een streng gereformeerd gezin,' gaat Dorien verder. 'Het was voor mij al heel ingewikkeld om toe te geven dat ik op vrouwen val, maar accepteren dat Julia een open relatie wilde, dat kon ik niet.'

Jaloezie dus, ze kan zich er iets bij voorstellen. Als Joost morgen zou aankondigen dat hij zijn vrijheid terug wil als het op seks aankwam, zou zij ook niet staan te springen.

'Julia kwam uit een heel ander nest. Haar moeder vertrok in de jaren zeventig naar Ibiza en keerde zwanger in haar eentje terug naar Nederland,' gaat Dorien verder. 'Julia zei die nacht dat ze ons geen van beiden kwijt wilde, omdat ze zwanger was.'

Zwanger? Van Ruud? Het verhaal zit dus veel ingewikkelder in elkaar dan een uit de hand gelopen hotelruzie, beseft Bo. Ergens kan ze zich voorstellen dat Ruud nijdig werd. Meubilair slopen en gasten wakker houden gaat veel te ver, maar als je zwangere vriendin voorstelt een ménage à trois te beginnen...

'Hoe is dat afgelopen? Is Ruud vertrokken? Of jij?'

'Ik schaam me enorm, maar tijdens de ruzie die nacht heb ik Julia een duw gegeven. Ze viel op de grond en greep onmiddellijk naar haar buik, en ineens besefte ik dat ze blij was met de baby.'

Dorien haalt een nieuw zakdoekje uit het pakje en begint weer te huilen. 'Ik heb haar gezegd te zullen bidden voor een miskraam, daarna ben ik vertrokken en is Julia met Ruud naar Bordeaux gegaan. Dit was precies de reden waarom ik er steeds op hamerde dat jullie geen familie van Julia moesten benaderen – uiteindelijk zou je dan bij mij, misschien wel via Ruud, terechtkomen.'

Inès knikt: 'Vandaar dat Ruud dat ook al noemde: laat de familie met rust.'

Bo zucht diep. 'En na jullie ruzie is ze dus spoorloos verdwenen. Wat een vreselijk tragische situatie. Ik begrijp alleen nog steeds niet waarom Ruud een gevaarlijke man zou zijn.'

Inès en Dorien wisselen een blik.

'Is er meer?' vraagt ze.

'Nu begint het pas,' merkt Inès op. 'Wil je dat ík het vertel?' vraagt ze aan Dorien, die inmiddels behoorlijk overstuur is.

'Doe maar,' zegt ze snikkend.

De serveerder komt met hun bestelling naar hen toe. Ze kijkt geïrriteerd. Terwijl ze de kopjes neerzet zegt ze: 'Dit is een openbare gelegenheid.'

Ze zijn de enige gasten, maar desalniettemin zegt Bo: '*Excusez-nous.*'

Zonder er nog één woord aan vuil te maken loopt de vrouw weer weg.

'Zullen we ergens anders heen gaan?' stelt Bo voor.

'Nee, we blijven hier,' beslist Inès.

Dorien komt overeind. 'Ik ga me even opknappen bij de wc, vertel jij maar verder,' zegt ze.

Als Dorien is vertrokken kijkt Bo haar vriendin aan. 'Het is tweeëntwintig jaar geleden en die vrouw is nog in tranen.'

'Dat zou jij ook zijn in haar geval, geloof me,' antwoordt Inès. 'Als je het goedvindt wacht ik even tot ze terug is. Heb je Joost trouwens de afgelopen week nog gesproken?'

Bo zucht, ze heeft nu echt geen zin in belerende lessen van Inès. 'Joost is nog steeds kwaad omdat ik niet doe wat hij zegt.'

'Joost is dus gewoon Joost,' concludeert Inès.

Is dat hoe zij tegen hem aankijkt? In gedachten gaat ze al hun ruzies af. Ergens heeft Inès gelijk. Joost drukt graag zijn zin door, daarom wonen ze nu in Overvecht in plaats van door Europa te trekken met een camper. Kinderen zijn het volgende agendapunt, en ongetwijfeld moet er daarna een labradorpup in huis worden gehaald. De komende jaren zal hij voorstellen hun zomers op een vakantiepark door te brengen 'want dat is zo leuk voor de kids' en voor ze het weet is ze halverwege de vijftig en verlangt ze naar all-inclusivevakanties in plaats van rondtrekken door de vrije natuur. Maar dat is wel een heel eenzijdig beeld van hun relatie. De leuke, mooie en gezellige kanten zijn er de laatste tijd alleen wat minder.

'Waarom ben jij nog vrijgezel?' vraagt ze plotseling aan Inès. Die heeft altijd hordes mannen achter zich aan lopen.

'Mijn vrijheid is mijn grote liefde, Bo,' antwoordt ze op serieuze toon.

Is dat de keus die ze moet maken? Een relatie of vrijheid? Kan dat niet samengaan?

De deur van de wc's gaat open en Dorien neemt opnieuw tegenover hen plaats.

'Gaat het weer?' vraagt Inès bezorgd.

Dorien knikt. Ze scheurt een suikerzakje open en kiepert de inhoud in haar koffie.

'Staat de recorder nog aan?' Inès werpt een blik op het apparaat. 'Die ochtend na de ruzie is Julia inderdaad samen met Ruud naar Bordeaux gereisd. We weten dat ze daar op zoek is gegaan naar de waarheid rondom Edda's verdwijning.'

'Waarom weten jullie dat zo zeker?' onderbreekt Bo haar.

'Omdat Dorien een halfjaar later een brief van Julia kreeg,' zegt Inès zachtjes, terwijl ze Dorien aankijkt die weer naar een zakdoekje grijpt. 'En daar start eigenlijk ons verhaal...' Ze stopt even met praten. 'Niet schrikken, Bo, maar Edda Biancchi is vermoord. Ze is vermoord... door Ruud.'

'Wát?' roept Bo net iets te luid. De serveerder kijkt haar strak aan.

'En dat is niet alles,' gaat Inès door, 'hij was niet alleen. Hij heeft haar samen met zijn halfbroer vermoord.'

‘Hoe weet je... Heeft Ruud dat aan Julia bekend? En wie is die halfbroer? Wat hebben ze met haar lichaam gedaan?’

‘Ik zou het niet weten,’ antwoordt Inès.

Edda’s verdwijning is nog steeds een cold case, beseft Bo ineens, en dat is vreemd. Tenzij... ‘Waarom is Julia niet naar de politie gestapt?’

Inès haalt haar schouders op. ‘Dat had gekund, maar ze heeft ervoor gekozen om haar naam te veranderen en te verdwijnen.’

‘Dus Julia kan potentieel nog in leven zijn?’ vraagt Bo.

‘Ja, daar komt het wel op neer. Ze heeft Dorien gevraagd hierover te zwijgen en ja, toen zij dus las dat wij een podcast gingen maken, wilde ze ons koste wat kost tegenhouden.’

Bo staart naar het tafelblad. Haar hoofd duizelt en ze heeft het gevoel in een film te zijn beland. Het liefst zou ze nu de stad verlaten om waar dan ook op de trein naar huis te stappen. Maar er zijn te veel dingen die ze nog wil weten. Gaten in het verhaal die moeten worden opgevuld. ‘Ik heb Julia niet gekend en iedereen reageert anders, maar het is zo onlogisch dat ze niet naar de politie is gegaan.’

Ze zwijgen alle drie terwijl Dorien onnodig lang in haar koffie roert. Uiteindelijk is zij degene die de stilte doorbreekt.

‘Misschien dat het duidelijk wordt als jullie haar brief lezen.’ Ze haalt een oude envelop tevoorschijn en legt die op tafel. ‘Hier.’

Bo kijkt aarzelend naar de envelop, en ook Inès maakt geen enkele aanstalten om de brief eruit te halen. Dit is zo privé. Na minstens een halve minuut is het Dorien zelf die er een volgeschreven velletje uit haalt en openvouwt.

‘Lees maar.’

Bo buigt zich naar voren.

Lieve Dorien,

Dit is voorlopig het laatste wat je van me hoort. In Bordeaux ben ik achter dingen gekomen die ik nooit had willen weten. Ruud, de vader van mijn kind, heeft samen met zijn halfbroer Edda, de Italiaanse uitwisselingsstudent, vermoord. Ik wil niet

dat mijn kind ooit te weten komt dat zijn vader een moordenaar is.
In Bordeaux ben ik bij iets veel groters betrokken geraakt, iets waarover ik voor altijd zal zwijgen om te voorkomen dat er nog meer doden vallen. Ik ben bang, Dorien. Voorlopig zal ik verdwijnen om ergens ver weg onder een andere naam opnieuw te beginnen. Verbrand deze brief, vertel iedereen dat je na die nacht in Parijs taal noch teken van me hebt vernomen en ga me nooit, maar dan ook nóóit zoeken. Als er een moment mocht komen waarop ik de wereld weer veilig tegemoet kan treden, dan neem ik contact met je op.

Liefs, Julia

Bo gaat weer rechtop zitten, ze voelt haar hart bonzen. Hier had zij ook niet in betrokken willen raken.

'Heb je ooit nog iets van haar gehoord?' vraagt ze aan Dorien.

Die schudt langzaam haar hoofd. 'Nooit meer. Soms denk ik dat ze allang niet meer leeft, maar vanwege de kleine kans dat Julia ergens op deze wereld gelukkig is met haar kind, heb ik altijd gezwegen.'

'Tot nu,' mompelt Bo.

'Ja,' zegt Dorien. 'Tot nu.'

32

Bo zet de recorder uit. Geen van drieën zegt iets. Ineens benauwt de bar haar. 'Zullen we ergens anders heen gaan?' stelt ze voor. Hier krijgt ze geen zuurstof.

'Graag,' antwoordt Dorien.

Bo haalt haar creditcard tevoorschijn en geeft hem aan Inès. 'Zou jij willen betalen?'

Als Inès bij de bar staat, ruimt ze de rest van de opnameapparatuur op. Terwijl ze de rugzak dichtritst, valt het haar ineens op dat Dorien en Inès geen bagage bij zich hebben.

'Waar logeren jullie?' vraagt ze.

'We hebben twee kamers gehuurd in een hotel hier verderop. Inès' koffer paste niet in de kluizen bij het station, en bovendien hadden we geen idee hoe lang we hier zouden blijven.'

Inès komt er weer bij staan en geeft Bo de creditcard terug. 'Alsjeblieft. Waar wil je heen?'

'Laten we naar jullie hotel gaan,' stelt Bo voor. Op een hotelkamer lopen ze sowieso geen risico om Ruud tegen het lijf te lopen.

'Dat lijkt mij ook de beste optie. Ik heb een balkon,' zegt Inès. 'En het hotel serveert op de kamer, wat willen we nog meer.'

Dat klinkt voor nu bijna ideaal. 'Is het ver van hier?'

'Ver genoeg om een taxi te bellen. Dat is trouwens ook veiliger.' Inès pakt haar telefoon en zoekt naar een nummer. Al bellend loopt ze weg van het tafeltje.

Bo volgt haar bewegingen. Dankzij Inès hebben ze nu de doorbraak die nodig was. En dankzij Dorien, die behoorlijk van slag is, aan haar betraande gezicht te zien. Ze weet niet wat ze tegen haar moet zeggen.

Inès komt hun kant weer op. 'Hij is er over tien minuten. Zo lang mogen we vast wel hier blijven wachten.'

Het gezicht van de serveerder spreekt boekdelen, die ziet hen inmiddels liever gaan dan komen. Een huilende vrouw in je bar is geen klantentrekker.

'Dan ga ik nog even snel naar de wc,' zegt Bo.

Pas als ze alleen is krijgt ze haar gedachten goed op een rijtje. Tweeënveertig jaar geleden moet Ruud vijfentwintig zijn geweest. Al die jaren geeft hij les in ethiek met een moord op zijn geweten. Is het bij Edda gebleven? Liep ze gisteravond gevaar, toen ze iets met hem dronk in de hotelbar? Dat Ruud vroeger connecties had bij de Universiteit van Bordeaux wisten ze, maar waarom zou hij een Italiaanse uitwisselingsstudent hebben vermoord? Was dat meisje ook zwanger van hem? Liep Julia om die reden ook gevaar? Er zijn nog zoveel onbeantwoorde vragen. Verjaart een moord in Frankrijk, bijvoorbeeld?

Ze neemt een paar slokken water uit de kraan en veegt dan haar mond af met een papieren handdoekje.

Een handgeschreven brief van tweeëntwintig jaar geleden zal voor de politie onvoldoende bewijs zijn om tot aanhouding over te gaan. Hooguit zullen ze Ruud willen spreken, maar de kans is groot dat hij ontkent. *Die brief komt uit de koker van een afgewezen vrouw, inspecteur,* ze hoort het hem zeggen. De hoteleigenaar zal verklaren dat Dorien die nacht alleen is vertrokken, terwijl Ruud en Julia de volgende ochtend samen ontbeten, ook dat spreekt Doriens woorden tegen. In hoeverre moeten ze haar eigenlijk geloven? Aan de andere kant, waarom zou ze liegen? Ze heeft er niets mee te winnen.

Bo gooit het papiertje waarmee ze haar mond heeft afgedroogd in de prullenbak en werpt een laatste blik in de spiegel. Daarna loopt ze terug naar de koffiebar.

Een krappe tien minuten later zitten ze naast elkaar op de achterbank van een taxi. Al die tijd hebben ze nauwelijks nog een woord gewisseld. Bo kijkt naar buiten, ze ziet de stad aan zich voorbijtrekken; de lichtgekleurde vooroorlogse gebouwen met hun barretjes en winkels op straatniveau, de terrasjes onder het tere groen van het blad aan de bomen. De stad is zo mooi, en toch zijn hier verschrikkelijke dingen gebeurd. Als Inès haar gisteravond niet had gebeld, dan had ze vanmorgen met Ruud ontbeten en waren ze morgen samen terug naar Nederland gegaan. Wie weet met welke omweg. Mensen die iets op hun kerfstok hebben houden doorgaans niet van journalisten.

'We zijn er bijna,' zegt Inès als ze het station passeren. Ze wijst naar een smal gebouw schuin tegenover het stationsgebouw.

Bo bekijkt de gevel. Het lijkt haar eerder een hostel dan een hotel, maar dat maakt op dit moment niet uit.

'Mijn kamer is aan de achterkant, met uitzicht op de tuin en de huizen in de straat daarachter,' zegt Inès.

De taxi stopt voor het pand en ze stappen uit; Bo geeft de chauffeur haar creditcard.

'Weet je zeker dat jij alles betaalt?' vraagt Dorien.

Ze kijkt haar kort aan terwijl ze de pincode intoetst. 'Dit is de kaart van *Koffie en koek*, als het goed is zijn we nog niet door het budget heen.'

Ze lopen naar binnen. De indeling doet haar denken aan Hotel Napoleon, met zijn smalle gang en de desk die halverwege in een nis staat.

Terwijl Inès aan de receptionist uitlegt dat Bo bij haar op de kamer zal slapen, kijkt Bo rond. Ze krijgt het idee dat er zelden goed wordt schoongemaakt. Het is dat Inès erbij is, anders zou ze zich hier met alles wat er speelt niet op haar gemak voelen.

'Ga je mee?' vraagt Inès.

Kennelijk heeft het hotel geen problemen met een extra gast. Achter Dorien en Inès aan loopt ze twee trappen op naar boven. De gangen op de verdiepingen zijn zo mogelijk nog smaller.

Inès blijft voor een kamerdeur stilstaan en steekt een sleutel in het slot. Ze stappen een krap bemeten maar netjes ingerichte hotelkamer binnen waarin een bed, een klein rond tafeltje en twee stoelen staan. Ouderwets meubilair dat er niet comfortabel uitziet.

'Waarom hebben jullie voor dit hotel gekozen?' vraagt Bo.

'Omdat ik geen zin had om lang met die koffer te sjouwen.' Inès doet een deur open die naar buiten leidt.

Ook het balkon stelt niet veel voor, maar als een van hen in de deuropening gaat zitten moet het lukken. In elk geval kunnen ze hier veilig overleggen, en dat is heel wat waard onder de huidige omstandigheden.

Bo laat haar rugzak op de grond glijden. Ondertussen haalt Dorien een extra stoel van haar kamer.

'Het spijt me echt, Bootje,' zegt Inès ineens. 'Ik had je niet in de steek moeten laten.'

Bo kijkt haar met een scherpe blik aan. 'Gewoon niet meer doen.'

Dorien komt weer binnen met een stoel en zet hem op het balkon, samen met eentje uit de kamer.

'Ik heb nagedacht,' begint Bo te praten. 'De politie inschakelen lijkt me onverstandig en eerlijk gezegd ook minder aantrekkelijk voor de podcast. Als zij tot de conclusie komen dat Dorien een jaloerse ex is die vanwege de podcast haar concurrent een hak wil zetten, zijn we nog verder van huis.'

'Mijn gedachte,' zegt Inès met een zucht. 'Konden we Ruud maar zover krijgen dat hij een bekentenis doet terwijl wij alles opnemen. Dan zijn we klaar.'

Het klinkt zo simpel. 'Heb jij enig idee wie die halfbroer is over wie Julia het heeft?' vraagt Bo aan Dorien.

Ze schudt haar hoofd. 'Julia heeft zijn naam nooit genoemd.'

Dat maakt de zaak ingewikkelder. Niet alleen hebben ze geen voornaam, ook hoeft Ruuds halfbroer niet noodzakelijkerwijs Smithuijsen als achternaam te hebben.

'Als Ruud zo vaak in Bordeaux kwam in de jaren dat Edda hier studeerde, dan is er misschien iemand op de universiteit die hem kent,' oppert Inès.

'Dat denk ik niet,' zegt Bo peinzend. 'Er is zoveel tijd verstreken, de meesten die indertijd op de uni werkten zijn gepensioneerd of overleden. Ik heb de decaan afgelopen week gesproken, die is van jouw leeftijd.' Ze geeft een knikje richting Dorien.

'Misschien is er een archief?' oppert Inès.

'O, absoluut. De kelder staat behoorlijk vol met dossiers.'

'Ben je in het archief geweest?' vraagt Inès.

Bo maakt een wegwuivend gebaar met haar hand. 'Dat is een verhaal voor later.'

'Kan die decaan ons helpen, denk je?' Inès kijkt haar aan. 'Mogelijk gaan er ook hier geruchten rond?'

Bo denkt na over haar vraag. Er is één iemand die hen mogelijk kan helpen. Hoewel hij Ruud in geen jaren heeft gesproken, tot gisteravond dan. 'Ik denk dat we Philippe Bernard in vertrouwen moeten nemen,' zegt ze. Nog vóór een van de anderen een vraag kan stellen gaat ze verder. 'Philippe is de oude vriend over wie Ruud sprak.'

'De man die Julia zou helpen om Edda te vinden?'

Inès kijkt bedenkelijk... en terecht. In gedachten gaat Bo terug naar haar eerste ontmoeting met Philippe in het dure restaurant met de uitstekende tournedos. Hoe vriendelijk en enthousiast hij al die tijd is geweest.

'Weet je wat nou het gekke is: hij kende Julia's naam helemaal niet toen ik hem voor het eerst sprak,' zegt ze ineens. Nog vreemder is dat het haar niet direct is opgevallen. Zou Ruud hem dan toch niet goed ingelicht hebben?

'In dat geval is hij te vertrouwen,' antwoordt Inès.

Die conclusie gaat voor haar even te snel. 'Waar maak je dat uit op?'

'Simpel.' Inès haalt haar schouders op. 'Ruud beweert tegen ons dat Julia in Bordeaux werd geholpen door een collega wiens naam hij zich niet kon herinneren, maar dat is onzin nu uit is gekomen dat hij zelf in Bordeaux was. Dat Ruud tegen ons heeft gelogen blijkt ook uit het feit dat de naam Julia Philippe niets zei, terwijl hij haar zou hebben geholpen.'

'Ruud is niet achterlijk, die had kunnen weten dat dit uit zou komen,' antwoordt Bo.

'Ouderdom komt met gebreken, toch? Dat zei hij zelf. Dit had hij ook op zijn falende geheugen kunnen gooien. Patrick, Pascal, ik hoor het hem nog zeggen. En ineens komt hij met ene Philippe op de proppen. Nee, als we een bekentenis van Ruud willen, moeten we naar die man toe, geloof me.'

Inès lijkt rotsvast overtuigd, maar haar verhaal rammelt toch een beetje.

'Hij heeft jou toch goed geholpen?' dramt Inès door.

Het heeft haar nergens gebracht, maar inderdaad, hij lijkt zijn best te hebben gedaan, ook al was hij soms wat te voortvarend en vaderlijk. 'Goed,' zegt ze daarom. 'We gaan naar Philippe, misschien dat hij kan helpen. Per slot van rekening is hij een gewaardeerd universitair docent die er helemaal geen belang bij heeft mensen te beschuldigen.'

Dorien kijkt haar zorgelijk aan. 'Ik weet het niet,' zegt ze. 'Straks loopt het fout af.'

'We zijn met z'n drieën,' stelt Inès haar gerust. 'Het komt goed, echt.'

33

'Ik zal Philippe bellen en vragen of hij ervoor openstaat om met ons te praten,' zegt Bo. 'Daarna moet ik een paar dingen voor *Koffie en koek* doen.' Ze komt overeind en loopt de kamer in. Het tafeltje is te laag om aan te werken, maar half liggend op het bed lukt het ook.

Ze stapelt een paar kussens tegen het hoofdbord. De matras is keihard, hij veert op geen enkele manier mee, voelt Bo. Dat belooft wat voor vannacht. Sowieso heeft ze het gevoel geen oog dicht te kunnen doen zolang ze in Bordeaux is. Ze pakt haar iPhone en zoekt het nummer van Philippe. Even later gaat zijn toestel over.

'Bo,' zegt hij. 'Is alles in orde met je? Ik kreeg een nogal verontrustend telefoontje van Ruud.'

Ze wil hem niet via de telefoon vertellen wat er gaande is, dus zit er weinig anders op dan te liegen. 'Ja, alles is prima. Ik zag zojuist pas dat hij me geappt had. Inès is in Bordeaux, vind je het goed als ik haar aan jou voorstel?'

'Natuurlijk,' zegt hij. 'Ik help jullie graag, zoals je weet. Waar wil je afspreken?'

Nu gaat het erop aankomen. 'We willen even rustig met je praten, het liefst met jou alleen, dus zonder Ruud. Kan dat misschien bij jou thuis?'

Ze overvalt hem met die vraag, want hij antwoordt niet direct.

'Eh, ja, ik zie niet in waarom niet,' zegt hij uiteindelijk. 'Je klinkt serieus, Bo.'

'Maak je geen zorgen. Ik zal Ruud laten weten dat ik zijn berichten nu pas heb gelezen, dan kan hij ook weer opgelucht ademhalen. Komt vanmiddag om drie uur voor jou uit?'

'Wat mij betreft prima. Ik stuur je zo het adres, goed?'

Nadat ze de verbinding verbroken heeft, laat ze Inès en Dorien weten dat Philippe hen verwacht. Daarna stuurt ze een bericht naar Marije: *Inès is in Bordeaux, er is een doorbraak. Info volgt later.* Eigenlijk zou ze de opnames van vanmorgen moeten afluisteren om alvast te bepalen welke stukken ze wil gebruiken, maar daar staat haar hoofd helemaal niet naar. Misschien moet ze het deze week volledig aan Benny overlaten.

Ze opent haar contactenlijst om Ruud te bellen. De zenuwen gieren door haar lijf terwijl zijn telefoon overgaat. Het gaat goedkomen, houdt ze zichzelf voor. Ze weet inmiddels dat ze iemand kan voorliegen als het echt nodig is.

'Bo, waar ben je? Ik maak me zorgen!' Hij schreeuwt de woorden bijna door de telefoon, maar ze komen opeens ongeloofwaardig over.

'Dat is niet nodig,' zegt ze. 'Alles is goed. Ik was gewoon vroeg wakker en heb een stuk gewandeld, ik zie je berichten nu net pas.'

'Je hebt me helemaal alleen laten ontbijten!'

De leugenaar. 'Sorry. Morgenochtend schuif ik aan, goed?'

'Daar hou ik je aan. Hoe laat spreken we af?'

'Halfnegen,' zegt ze met gespeelde stelligheid. 'Heb je nog plannen vandaag?'

'Ik ben nu op de universiteit om te zien of ik na al die jaren nog iets herken. Vanavond heb ik afgesproken met Philippe en een paar andere bekenden van vroeger. En jij?'

'Beetje sightseeën, nu ik hier toch ben. Museum bezoeken, door de stad wandelen, dat soort dingen.'

'Dat klinkt goed. Dan zie ik je morgen!'

Ze is blij dat het gesprek ten einde is. Als ze opgehangen heeft, haalt ze haar spijkerjasje tevoorschijn. Ondanks het feit dat het vandaag warm is, doet ze het straks aan om de interface en de microfoon te verbergen.

'Gaan jullie mee ergens lunchen?' vraagt ze.

Inès geeft een tikje tegen de deur zodat ze oogcontact kan maken. 'Dit hotel heeft roomservice, ik kan ook wat bestellen.'

Liever was ze er even uit gegaan, maar bestellen is nu misschien beter.

Het is al kwart over twee als er een appje met een Google Mapspin van Philippe binnenkomt. Hij woont een halfuur lopen bij hun hotel vandaan.

'Zullen we dat stukje wandelen?' stelt ze voor.

'Even de benen strekken lijkt mij een goed idee.' Inès rekt zich uit.

Dorien heeft rode vlekken in haar hals en gezicht, net zoals zij is ze nerveus voor wat komen gaat. Inès lijkt daar totaal geen last van te hebben.

'Ik ga nog even naar de wc voor we vertrekken,' zegt Bo. Bij het opstaan duwt ze de balkondeur een klein beetje dicht. Uit het zicht van de andere twee pakt ze de opnameapparatuur uit haar schoudertas en loopt de badkamer in. Inès zal het er wel mee eens zijn dat ze het gesprek met Philippe opneemt, maar van Dorien is ze niet zo zeker. Die lijkt in alles gevaar te zien. Net zoals die keer op de universiteit stopt ze de interface in haar rechterzak samen met haar iPhone, de snoertjes leidt ze achterom naar de microfoon in haar linkerzak. Vervolgens stopt ze alles achter haar broekband en trekt ze haar T-shirt naar beneden. Niemand die het ziet.

Philippes appartement is vlak bij het centrum van Bordeaux. Op de eerste verdieping vanuit zijn woonkamerraam kijkt hij uit op een rijtje jonge boompjes. De straat staat vol met geparkeerde auto's. Bo drukt op een bel en vrijwel onmiddellijk klinkt er een buzzer die aangeeft dat ze de deur kunnen openen. Terwijl ze de trap op lopen, zien ze Philippe al op de gang staan.

'Wat leuk dat jullie hier zijn. En wie van jullie twee is nu Inès?' vraagt Philippe terwijl hij de deur voor hen openhoudt.

'Ik,' antwoordt Inès. 'En dit is Dorien.'

Philippe kijkt haar niet-begrijpend aan. De spanning is plotseling bijna voelbaar en ineens overvalt Bo het gevoel dat dit bezoek een slecht plan was.

'Dorien,' herhaalt hij. 'Dé Dorien?'

Ongemakkelijk blijven ze in de hal staan.

'Ik ben...' Dorien stopt met praten en kijkt hen tweeën smekend aan.

'Dorien had een relatie met Julia van der Molen ten tijde van haar verdwijning,' zegt Inès resoluut terwijl ze de voordeur sluit. 'We willen even met je praten.'

Met een handgebaar nodigt Philippe hen uit plaats te nemen op een van de fauteuils in zijn woonkamer. Het zijn sierlijke meubelstukken op licht gebogen pootjes. Bo kijkt rond; het hele appartement oogt als een museum. Aan de muur hangen replica's van Monet en Van Gogh en de meubels zou ze eerder in Versailles verwachten dan hier. Hoewel de woonkamer niet bijzonder groot is, heeft ze het gevoel dat het appartement weleens veel groter kan zijn dan deze ruimte verraadt.

Als ze allemaal zitten valt er een stilte. Op de een of andere manier moet de sfeer een beetje luchtiger worden, want die is nu om te snijden.

'Ik heb Ruud gesproken, hij brengt even een nostalgisch bezoekje aan de universiteit,' zegt Bo. 'We ontbijten morgenochtend samen.'

'O, eh, fijn,' antwoordt Philippe.

'Jullie gaan vanavond uit, heb ik begrepen?' vraagt Bo.

Philippes mond blijft een seconde te lang openstaan voor hij ja zegt.

Een stoot adrenaline schiet door Bo's aderen en ze weet niet waarom. Het liefst zou ze nu gedag zeggen en de trap af rennen.

'Sorry,' zegt Philippe op geruststellende toon. 'Ik voel me een beetje overvallen, omdat je vertelde dat Dorien jullie bedreigde.' Hij kijkt zorgelijk.

Natuurlijk reageert hij daarom wat vreemd. Bo merkt dat ze iets rustiger wordt vanbinnen. 'We willen je iets vertellen, Philippe.' Liever heeft ze dat Inès het woord doet, maar die lijkt geen enkele aanstalten te maken. Dorien is zo bleek als een vaatdoek, van haar kant hoeft ze ook niets te verwachten. Er zit dus weinig anders op dan zelf het hele verhaal te vertellen. Ze haalt diep adem. ‘Ik weet dat jij Ruud Smithuijsen al jaren kent,’ begint ze.

Philippe gaat verzitten. ‘Dat klopt.’

‘Maar hij is niet wie je denkt dat hij is.’

‘O,’ zegt hij verbaasd. ‘En wie is hij dan wel?’ Hij kijkt een beetje geamuseerd.

‘We zouden je graag in vertrouwen nemen,’ gaat Bo verder.

‘Dat kan altijd.’ Philippe glimlacht.

‘We zijn namelijk ergens achter gekomen en...’ Ze weet even niet hoe ze verder moet. Plompverloren iemand een moordenaar noemen lijkt veel te ver te gaan, dat leidt ze liever in.

‘Vertel het nou maar gewoon, Bo,’ nodigt Philippe haar geruststellend uit. Hij knijpt zijn ogen een klein beetje samen, alsof hij het antwoord in haar ogen probeert te vinden.

‘Goed dan,’ zegt ze. ‘Philippe, ik wil niet dat je schrikt, maar Ruud heeft in 1980 samen met zijn halfbroer Edda Biancchi, die Italiaanse uitwisselingsstudent, vermoord.’

Zijn ogen worden nog kleiner.

‘Dorien heeft destijds een brief van Julia ontvangen, waarin ze vertelt dat Ruud haar vermoord heeft. Het spijt me,’ zegt Bo.

Philippe begint zachtjes te knikken. ‘Het spijt je,’ zegt hij peinzend. ‘Ja, het spijt mij ook.’

34

Bo's hart slaat over door de manier waarop Philippe de woorden uitspreekt en ze weet niet waarom. Ineens voelt ze zich zo naïef. Waarom is die scoop voor hun podcast belangrijker dan hun eigen veiligheid? Misschien moeten ze deze hele missie nu staken en ervandoor gaan. Waarom zouden zij verantwoordelijk zijn voor het oplossen van een tweeënveertig jaar oude moord? Dat is aan de politie. En mocht die besluiten hen niet te geloven, dan is dat maar zo.

'Het is nogal een beschuldiging, maar om eerlijk te zijn, dit verbaast me niet. Ruud had een affaire met Julia, dus zo'n jonge uitwisselingsstudent zal hem ook niet ontgaan zijn,' zegt Philippe kalm. 'Zijn jullie al bij de politie geweest?'

'Nog niet,' antwoordt Inès.

Weer valt er een ongemakkelijke stilte. Philippe blijft knikken, alsof hij de boodschap tot zich door moet laten dringen.

'En wie is die halfbroer?' vraagt hij na enkele tientallen seconden. 'Weten jullie dat?'

Tot Bo's verbazing begint Dorien te praten. 'Eind december 2000 ontving ik een brief van Julia,' zegt ze toonloos. 'Daarin schreef ze over de moord. Wie die halfbroer is, weet ik niet. Destijds was er natuurlijk al wel internet, maar er stond nog niet zoveel informatie op. In de jaren daarna heb ik af en toe gezocht. Hij hoeft ook niet dezelfde achternaam te hebben, natuurlijk.'

Ergens in het huis valt iets omver. Dorien kijkt verschrikt om zich heen.

'Mijn kat,' zegt Philippe. 'Hij is een stukje van zijn staart kwijtgeraakt bij een auto-ongeluk en sindsdien is het arme diertje zijn balans kwijt. Maar vertel eens, wat verwachten jullie van mij?'

'Het liefst zouden we Ruud confronteren,' antwoordt Bo aarzelend. Het klinkt ineens zo dom. 'Maar misschien is het beter als we de politie inlichten.'

Philippe bijt op zijn lip en schudt zijn hoofd. 'Dat confronteren lijkt me niet zo handig. Ruud lijkt een gezellig drinkmaatje, maar als er te veel borrels in die man gaan wordt hij gevaarlijk. Vertelde jij me niet dat er een oud-rechercheur in Parijs woont die op de zaak van dat meisje zat?' Hij kijkt Bo aan.

'Pierre Lambert,' zegt ze.

Philippe slaat zijn armen over elkaar. 'Nou, dan lijkt het me zaak om hem te informeren, denken jullie ook niet?'

Het klinkt allemaal zo logisch en misschien is dat het ook wel. Eigenlijk hadden ze dat beter meteen kunnen doen, in plaats van Philippe in het hele verhaal te betrekken. Maar misschien wilde ze hem ook waarschuwen, wie weet waar Ruud toe in staat is!

'Ik zou ervoor waken om onbezonnen acties te ondernemen, dames. Jullie zijn geen doorgewinterde agenten. Ik snap dat het spannend is voor die podcast, maar toch.' Hij schudt met zijn hoofd. 'Niet doen. Dat is het niet waard. Heb jij een nummer van de heer Lambert, Bo? Dan bellen we hem gelijk.'

Hier had ze niet op gerekend. Ze kan nu moeilijk haar iPhone tevoorschijn halen en het snoertje eruit trekken, dan weet Philippe meteen dat ze dit hele gesprek heeft opgenomen.

'Bo?' herhaalt hij.

Haar gedachten gaan razendsnel. Philippe wil hen helpen, dat is duidelijk. Ze kan het natuurlijk gewoon uitleggen. Bo, de true-crimepodcastmaker die alles opneemt, zo vreemd is het niet.

'Ik...' begint ze.

'Het heeft toch geen nut een gepensioneerde agent in te schakelen?' begint Inès ineens te ratelen. 'We gaan deze scoop online zetten, Bo, niks geen politie erbij. We kunnen al het materiaal vanavond al op de website zetten. *Koffie en koek* gaat wereldberoemd worden! Ik spreek alvast een teaser in voor op insta.' Inès pakt haar telefoon al.

Ineens ziet Bo iets veranderen in Philippes blik. 'Wacht daar nog even mee, Inès,' zegt hij plotseling streng.

'Waarom? Deze scoop gaat niemand ons meer afnemen, eindelijk het echte onderzoekswerk!' Inès begint met inspreken. 'Ik stuur hem ook meteen naar Marije,' gaat ze onverminderd enthousiast door.

Bo fronst haar wenkbrauwen. Inès heeft geen 06-nummer van Marije. Ze voert iets in haar schild, dat kan niet anders.

'Ik meen het. Jullie hebben te maken met een moordenaar. Stop daarmee!' Philippes toon is nu koud en kil, zijn blik is strak.

Bo voelt haar lichaam verstijven. Er klopt iets niet. Waarom wil Philippe Inès tegenhouden? Vanuit haar ooghoeken ziet ze Dorien een schrikachtige beweging maken. Als Bo beseft waar ze naar kijkt, is het al te laat. De vaderlijke, vriendelijke uitstraling die Philippe al die tijd had, is compleet verdwenen. Met gebalde vuisten komt hij op Inès afgestormd. 'Ik zei: STOP DAARMEE!'

Met een ongekende kracht duwt hij Inès met zijn handen tegen haar keel tegen de muur. Inès, die zo opging in het inspreken van de teaser, knalt met haar hoofd tegen de wand.

Het gebonk van schedel tegen steen klinkt oorverdovend. Even is het muisstil. Philippe laat zijn handen briesend zakken, waarop Inès als een lappenpop op de grond in elkaar zakt, haar telefoon valt uit haar handen.

'Wat... Philippe, wat doe je?!' roept Bo.

'Ik zei toch dat ze moest ophouden!'

Een kamer verder valt er iets zwaars op de grond wat zo te horen in duizend stukjes uiteenspat. Philippe draait schichtig zijn hoofd naar de deur, en voordat iemand er erg in heeft, knalt die open.

Bo voelt haar lichaam verslappen, want daar, in de deuropening, staat Ruud Smithuijsen.

'Ruud, ik...' Philippe lijkt ontdaan.

'Hou op! Je hebt me er toen verdomme in geluisd, en nu wil je me weer zwartmaken?!' Ruud kijkt bezorgd naar Inès. 'Dit moet afgelopen zijn, het is klaar! Ik had je er toen al niet mee moeten laten wegkomen, maar deze keer kom je er echt niet onderuit. Wat heb je gedaan, man!?'

'Wat ik heb gedaan? Jij had die domme tuttebellen überhaupt nooit mijn kant op moeten sturen, dan zaten we hier nu niet met dit gezeik,' snauwt Philippe.

'En dan? Ze tegenhouden? Nog meer verdenking op mezelf plaatsen? Ze waren toch wel gaan zoeken, met of zonder mijn hulp.'

'Ik had alles anders prima onder controle! Net als toen.'

Bo zit als bevroren in haar stoel.

'Je hebt me erin geluisd,' bijt Ruud hem toe. 'Eerst vermoord je Edda, laat je mij helpen met het wegsluizen van haar lichaam en dan vertel je blijkbaar aan Julia dat ik daar verantwoordelijk voor ben? Als ik deze vrouwen niet op pad had gestuurd, was ik daar helemaal nooit achter gekomen.' Hij blijft stilstaan.

'Ze was zwanger,' zegt Philippe kalm.

'O, en daarom moest ze vertrekken? Ik heb nooit meer iets van haar gehoord!'

Bo kijkt van Ruud naar Philippe, ze kan het allemaal niet meer volgen.

Er verschijnt een genoegzaam lachje om Philippes mond. 'Wees blij dat ik mijn neefje of nichtje het leven gunde, het had ook anders kunnen aflopen,' antwoordt hij.

Mijn neefje of nichtje? Het besef daalt nu pas bij Bo in. Dat is het dus. De halfbroer over wie Julia sprak is de man die haar zo vaderlijk hielp met haar zoektocht in Bordeaux. Philippe Bernard. Een gerespecteerd docent van de universiteit die studenten begeleidt, terwijl hij een moord op zijn geweten heeft!

Dorien komt plotseling overeind en rent struikelend over haar eigen voeten naar de hal, in een poging het appartement te verlaten. Ze is halverwege als Philippe haar mouw te pakken krijgt en haar wegsmijt als een zak huisvuil. 'Zitten blijven.'

Dorien krabbelt op van de grond en kruipt in de stoel. Ze buigt naar haar knieën en lijkt haar handen onder haar borst te vouwen, alsof ze bidt.

Inès ligt nog steeds onbeweeglijk op de grond. Bo voelt paniek opkomen. Deze man is bereid om over lijken te gaan in een poging een tweeënveertig jaar oude moord verborgen te houden. Haar hele lijf begint te trillen.

Philippe laat zich in zijn stoel vallen, terwijl Ruud door het appartement ijsbeert.

Dorien zit inmiddels zachtjes te snikken in de stoel, haar rug gekromd. Zou ze pijn hebben door die val? Bo durft het haar niet te vragen, uit angst dat Philippe voor een tweede keer door het lint gaat. Ruud laat zich langs een wand op de grond glijden en er valt een stilte. Buiten, in de bomen tegenover het appartement, kwetteren vogeltjes. Er rijdt verkeer langs en ze hoort mensen praten. En heel in de verte klinkt de sirene van een ambulance of brandweerauto. Gewone stadse geluiden op een ongewone dag. Bo kijkt door haar wimpers naar de voordeur, die zo dichtbij en tegelijkertijd zo ver weg is. Daarachter gaat het gewone leven door.

Dorien zit nog steeds te huilen en vouwt haar armen om haar benen. Aan haar heeft ze ook niks, denkt Bo. Was Inès maar bij kennis, die zou tenminste het lef hebben om nu iets te doen. Ineens dringt het tot Bo door dat dit echt verkeerd kan aflopen. Dan ziet ze Joost nooit meer, of haar ouders, vrienden. De tranen stromen geluidloos over haar wangen.

Philippe pakt een glas water van tafel. Hij beent naar het raam en kijkt naar buiten, terwijl hij kleine slokjes neemt. 'Wat nu?' hoort ze hem zeggen.

'Nu gaan we doen wat we jaren geleden al hadden moeten doen. Naar de politie. De zaak bekennen,' verzucht Ruud verslagen.

Philippe draait zich woest om. 'Wat zeg jij nou? Ben je gek! Mijn hele leven gaat eraan op die manier. Rot jij maar gewoon op, ik handel het wel af.' Hij spuugt zijn woorden haast uit.

'Jij handelt het wel af? Je bedoelt dat je deze meiden ook wel laat verdwijnen? En dan laat je mij er zeker weer voor opdraaien? Nee. Het is klaar, we gaan naar de politie!' Ruud briest nu ook.

Ineens gooit Philippe het glas water met ongekende kracht tegen de muur vlak naast Bo, de splinters spatten alle kanten op. Eentje belandt in haar nek, een stekende pijn trekt door haar lijf en een warm straaltje vocht stroomt naar haar sleutelbeen. Van schrik springt Bo op. Ze legt een hand tegen de wond die zeker twee centimeter lang is. 'Ik bloed,' zegt ze terwijl haar vingers kleverig worden. Hulpeloos kijkt ze Ruud aan, maar Philippe is inmiddels zijn kant op gestormd en balt zijn vuisten.

'Ga zitten, Bo,' sist Ruud haar met op elkaar geklemde kaken toe. Hij kijkt haar ineens doordringend aan, zijn ogen schieten naar beneden en terug naar haar ogen.

'Maar...'

Philippe draait zich woest om, volgt Ruuds blik en komt met een nijdig gezicht op haar af. Koude woede straalt uit zijn ogen. Ergens in het trappenhuis klinken voetstappen, alsof de buren thuiskomen. Zouden die hen horen als ze nu om hulp zouden schreeuwen?

Met een wild gebaar trekt Philippe haar spijkerjasje open. 'Als ik het niet dacht.' Ruw grijpt hij haar vast en duwt een koud metaal tegen haar nek. 'Dit is het laatste wat je hebt opgenomen voor die domme podcast.'

35

De mensen in het trappenhuis zijn zo dichtbij, maar tussen haar en hen zit een muur van vijftien centimeter.

'Ik... ik geef je de opnames wel.' Bo's stem klinkt alsof er iets in haar keel vastzit. Ze tast met haar hand in de zak van haar spijkerjasje. Nog voor ze haar iPhone eruit heeft gevist, klinkt er een oorverdovende knal, en direct daarna stormen er in het zwart geklede mannen met een helm op het appartement binnen. Vier van hen knielen op de grond terwijl ze wapens op haar en Philippe gericht houden, een vijfde blijft halverwege de woonkamer staan.

'Laat dat mes onmiddellijk vallen,' hoort ze hem rustig zeggen.

Bo's hart lijkt uit haar borst te willen springen. In haar ooghoek ziet ze dat Dorien rechtop gaat zitten en haar handen ontvouwt. Al die tijd heeft ze haar telefoon vastgehouden, het scherm is actief. *Appel d'urgence* – noodoproep – ziet ze erop staan.

Ruud vloekt in het Nederlands en geeft een stomp tegen de muur. Onmiddellijk wordt er een wapen op hem gericht. Hij gooit zijn armen in de lucht. 'Ik doe niets!' roept hij in het Frans.

Bo voelt dat de druk van het staal minder wordt, er loopt bloed uit de wond dat niet enkel afkomstig is van de splinter glas. Philippe laat haar los. Kort, heel kort, kijkt hij haar zo woedend aan dat ze ervan overtuigd is dat hij haar gaat aanvallen, maar dan klettert het mes voor haar voeten op de grond. Iemand grijpt Philippe bij zijn kraag om hem bij haar weg te trekken.

Bo legt een hand tegen haar nek.

'Bel een ambulance,' hoort ze een van de mannen zeggen, dan richt hij zich tot haar. 'Mevrouw, wij zijn het arrestatieteam van de politie Bordeaux, u bent veilig.'

'Jullie moeten hem hebben!' schreeuwt Philippe naar Ruud wijzend, terwijl hij hardhandig wordt meegenomen. 'Ik heb helemaal niets gedaan! Helemaal niets!'

Zijn laatste uitroep galmt door het trappenhuis.

'Kan iemand op zoek gaan naar wc-papier?' vraagt de agent als twee van zijn collega's met Philippe zijn vertrokken. 'En haal hem hier weg.'

Inmiddels zijn Ruuds handen met tiewraps achter zijn rug vastgebonden. 'Ik heb hem alleen maar geholpen, hij is mijn broer!' roept hij terwijl hij naar buiten wordt geleid.

'U hebt het recht om te zwijgen.' Een van de agenten wijst hem op zijn rechten, dringt het tot Bo door. Het spel is afgelopen. De sirene van de ambulance komt dichterbij. Ze voelt zich duizelig worden, de geluiden om haar heen worden gedempt en ze gaat op de grond zitten.

Ze kijkt naar Inès, een ambulancebroeder knielt naast haar neer. 'Het komt goed,' prevelt hij zachtjes.

Pas op de spoedeisende hulp van het Universitair Medisch Centrum van Bordeaux komt Bo weer bij. De snijwond in haar nek is gehecht. Volgens de arts viel het bloedverlies mee, maar toch wilde hij dat ze een paar uurtjes stil zou blijven liggen om te voorkomen dat de wond weer zou gaan bloeden. Inmiddels wordt het buiten al donker.

Inès zit op een stoel naast haar bed.

'Inès! Je bent oké? Je was buiten westen!'

Inès en Bo sluiten elkaar in de armen en blijven zo stil zitten.

'Welnee, ik hield me bewusteloos om te voorkomen dat die gek nog meer agressie op me botvierde. Ik heb een ieniemienie hersenschudding volgens de arts. Maar dat komt wel weer goed. Doe jij ook even rustig aan, Bootje?'

'Ik zou het liefst meteen vertrekken,' zegt Bo. Eigenlijk zou ze met haar vingers willen knippen en dan thuis op de bank willen zitten.

'Even geduld, er komt zo iemand van de politie,' zegt Inès, terwijl ze naar het scherm van haar mobiel kijkt.

Bo slaakt een diepe zucht. Joost weet nog van niks. Haar iPhone is meegenomen en ze kan zichzelf nu wel voor haar kop slaan dat ze Inès niet Joosts nummer heeft gegeven.

'Waar is Dorien eigenlijk?' vraagt ze.

Inès kijkt op van haar telefoon. 'Ik zou het eerlijk gezegd niet weten, volgens mij heeft de politie haar meegenomen.' Ze bergt haar toestel op. 'Ik heb *Koffie en koek* via het algemene mailadres geïnformeerd en gevraagd of zij Joost willen informeren,' zegt ze.

Bo grijnst, Inès is zelfs met een lichte hersenschudding alweer in de actiemodus. Waarschijnlijk leest de redactie dat bericht pas morgenochtend, maar het is toch lief van haar. Bo staart naar het witte systeemplafond boven haar hoofd. Telkens als ze haar ogen sluit ziet ze weer de kille woede in Philippes ogen. Dat ze zich zo heeft kunnen vergissen in een mens.

'Goedenavond.' Er komt een verpleegkundige binnen met een trolley. 'Wilt u misschien wat eten?'

Alleen al de geur die met haar meekomt doet Bo's maag omkeren.

'Graag,' zegt Inès.

Ze wil tegenspartelen, maar heeft er de energie niet voor. Er wordt een dienblad met twee plastic bakken neergezet op het verrijdbare nachtkastje. Er belanden twee in plastic verpakte besteksets naast.

'Eet smakelijk,' zegt de vrouw.

Inès valt onmiddellijk op de maaltijd aan.

'Dat jij kunt eten na alles wat er gebeurd is,' zegt Bo.

Ze kijkt op. 'Maar het is nu voorbij, Bo. En ik heb megahonger. Jij zou ook wat moeten eten.'

Eigenlijk heeft ze volkomen gelijk. 'Hoe zet ik die rugleuning een beetje rechter op?' vraagt Bo. Ze weet niet of ze zich inmiddels al mag bewegen, het afgelopen anderhalf uur is er geen arts langs geweest.

Inès drukt op een knop en het bed maakt een zacht zoemend geluid, terwijl Bo voelt dat ze meer rechtop komt te zitten. 'Stop maar,' zegt ze halverwege.

Inès draait het nachtkastje en klapt een blad uit dat over Bo's schoot komt te liggen. Ze zet het bakje met eten erop en haalt de deksel eraf. 'Ratatouille, hoe Frans wil je het hebben,' zegt ze.

Terwijl Inès even later alles opruimt, komt er een politieagent binnen.

'Mijn naam is Yvonne LeBlanc,' zegt ze. 'Ik ben van de politie Bordeaux. Gaat het weer met u?'

'Een beetje, ja,' zegt Bo. Het eten smaakte haar niet, maar ze is er wel van opgeknapt.

Inès bevestigt dat het naar omstandigheden goed met ze gaat.

De agent pakt een stoel. 'Vindt u het goed als ik er even bij kom zitten?' vraagt ze.

'Natuurlijk.'

Als Yvonne zit begint ze te praten. 'U hebt de moord op Edda Bianchi voor ons opgelost,' zegt ze met een glimlach. 'Inmiddels heeft Ruud Smithuijsen een verklaring afgelegd, het verhoor van Philippe Bernard is nog gaande.'

'Wat is er met haar gebeurd?' vraagt Inès in het Frans.

'Ik mag u alleen vertellen wat Smithuijsen verklaard heeft. Volgens hem heeft Philippe Bernard in 1980 de Italiaanse Edda vermoord na een avond feesten, omdat zij hem afwees. Bernard was dronken en zou haar in een opwelling hebben gewurgd. Hierop heeft hij de hulp van zijn halfbroer ingeschakeld om het lichaam te verdonkeremanen.'

Er gaat een rilling door Bo's lijf. Gewurgd. Weer ziet ze Philippes handen om Inès' nek.

'Is het al bekend waar ze haar achtergelaten hebben?' vraagt Inès.

'Het schijnt dat de familie destijds een vakantiehuisje had nabij Cérons, een dorpje dat aan de Garonne ligt. Daar hebben ze Edda naar Smithuijsens verklaring begraven.'

Inès kijkt Bo aan met een mengeling van trots en afkeer. Bo weet even niet hoe ze moet reageren. Edda's familie krijgt dus na al die jaren eindelijk antwoord op de vraag wat er met haar gebeurd is.

'Het terrein is zojuist afgezet. Morgenochtend zullen de lijkhonden hun werk doen,' gaat Yvonne verder.

'Is Bernard destijds ook verdacht geweest, of Ruud?' vraagt Inès.

Yvonne schudt ontkennend haar hoofd. 'Ik vrees dat het verantwoordelijke rechercheteam behoorlijk wat steken heeft laten vallen door al snel aan te nemen dat Edda iemand ontmoet had en dat het in de relationele hoek zat. Het waren andere tijden,' zegt ze. 'DNA-onderzoek stond nog in de kinderschoenen en er was nog geen internet, laat staan mobiele telefonie.'

Yvonne komt overeind. Ze zet de stoel terug op zijn plek.

'Krijgen wij het te horen als jullie haar vinden?' vraagt Bo.

'Uiteraard,' zegt ze. 'Wacht, ik heb nog iets voor u.' Ze haalt een plastic zak met daarin haar recorder en iPhone tevoorschijn. 'We hebben alle data die op de recorder stonden gekopieerd. Ik vrees dat er nieuwe batterijen in moeten.'

Bo pakt de zak aan. 'Mogen we de opnames in Bernards appartement gebruiken?' vraagt ze.

De agent glimlacht weer. 'Alleen met zijn toestemming, vrees ik.'

Die gaan ze nooit krijgen.

'Maar u mag er wel over vertellen,' voegt ze aan haar woorden toe. 'Nog één ding, en off the record, we hebben Smithuijsen nogmaals gevraagd of hij iets van Julia's verdwijning afweet. Verrassend genoeg was hij daar open over,' antwoordt Yvonne. 'In het kort: hij heeft Julia op station Bordeaux afgezet en daarna nooit meer iets van haar vernomen. Volgens hem heeft ook zijn halfbroer, Philippe Bernard, niets met Julia's verdwijning te maken. Destijds was hij graag naar haar op zoek gegaan, maar zijn carrière stond op het spel. Geen enkele schooldirectie accepteert een verhouding tussen docent en student. Ik dacht dat jullie dat wel wilden weten,' eindigt ze met een knipoog. 'Hier is mijn kaartje. Mocht er nog iets zijn, dan kunnen jullie me altijd bellen.' Ze legt een visitekaartje op het voeteneind van Bo's bed.

De agent is nauwelijks vertrokken of de arts die haar vanmiddag heeft geholpen komt binnen. Voorzichtig haalt hij het gaasje van de wond. 'Dat ziet er goed uit. Ik verschoon het en dan mag u wat mij betreft gaan. Mocht u vannacht koorts krijgen, dan kunt u dit nummer bellen.' Hij haalt een kaartje uit zijn zak. 'Sterkte verder.'

Dorien staat buiten het ziekenhuis tegen de gevel geleund.

'Dorien! Is alles oké? Wat ben jij een held, dat je al die tijd de politie aan de lijn hebt gehad,' zegt Inès, en ze vliegt haar om haar nek.

Ergens voelt Bo zich schuldig over haar idee dat ze niets aan Dorien had.

'Ja, alles oké. Nog een beetje aan het bibberen. Wat een psychopaat... je eigen broer erin luizen.'

Bo knikt bevestigend.

'Het leek me beter om jullie even alleen te laten,' zegt Dorien. 'Gaan we naar het hotel?'

Ondanks het feit dat ze doodmoe is, beseft Bo dat ze in dat hotel geen oog dicht zal doen. Haar radertjes gaan weer draaien, ze moet aan het werk. Ze hebben nog niet al het geld dat beschikbaar was voor de podcast besteed, en bovendien krijgt Marije een doorbraak van jewelste.

'Kunnen we alsjeblieft verhuizen naar een hotel met grotere kamers en fatsoenlijke bedden?' stelt ze daarom voor. '*Koffie en koek* betaalt. We moeten alleen wel mijn rugzak en jouw koffer ophalen.'

Dorien lijkt een beetje te twijfelen. 'Ik ben er eerlijk gezegd wel klaar mee. Ik zou liever terug naar huis gaan,' zegt ze.

'Er gaat nu geen trein of vlucht meer,' antwoordt Inès.

'Dat is waar. Goed, dan blijf ik nog een nacht. Bedankt voor alles, trouwens.'

Bo kijkt haar niet-begrijpend aan. Alles? Dit is toch pas het begin? Ze hebben de moord op Edda dan misschien opgelost, maar of Julia nog leeft is nog steeds de grote vraag.

36

Bordeaux, dag 10 – donderdag

Als Bo de volgende morgen wakker wordt in het Boutique Hôtel & Spa constateert ze tot haar eigen verbazing dat ze als een blok geslapen heeft. De enige kamer die nog beschikbaar was, bleek een suite te zijn voor 750 euro per nacht. Zonder nadenken heeft ze ja gezegd.

'Je bent er weer, Bootje,' zegt Inès, die gedoucht en wel op de rode bank bij het raam door een tijdschrift bladert. Er staan vuile glazen op het tafeltje. Bo glimlacht: Inès, de ijzeren dame, niet kapot te krijgen.

Ze kijkt rond. De kamer is immens groot en van de spa zullen ze geen gebruik maken, maar toch is Bo blij dat ze gisteravond hierheen zijn gegaan. Zij is onmiddellijk in slaap gevallen, maar Inès en Dorien hebben nog lang met gedempte stemmen na zitten praten op de bank. Hun aanwezigheid stelde haar gerust.

'Hoe laat is het?' vraagt ze.

'Tien voor halfelf. We kunnen hier tot elf uur ontbijten.'

Bo gaat zitten. Onwillekeurig gaat haar hand naar de wond. De grote pleister zit er nog keurig op en voelt droog.

'*Koffie en koek* heeft teruggemaild. Joost is ingelicht en Marije neemt vandaag contact met je op. De presentator gaat ons bellen tijdens de uitzending, of we telefonisch paraat willen staan. Er stond trouwens al een bericht over Ruuds arrestatie in het *Algemeen Dagblad*.'

Joost! Ze heeft gisteravond de oplader van haar iPhone in het stopcontact gestoken en is daarna direct in slaap gevallen. Het toestel staat nog steeds uit.

Ze pakt de mobiel van het nachtkastje en zet hem aan. Er is een reeks appjes en gemiste oproepen van Joost binnengekomen, en eentje van Amélie LaRoche.

'De decaan van de uni heeft geappt dat we om twee uur vanmiddag welkom zijn in het archief. Gisteren zou er iets persoonlijks zijn tussengekomen.' Ondanks het feit dat het nu geen zin meer heeft om door de oude dossiers te spitten, zou ze haar wel graag willen spreken. Het moet voor de universiteit een drama zijn dat een docent betrokken is bij de moord op een student!

'Heeft dat nog zin?' vraagt Inès.

'Geen idee. Ik wil eerst Joost even bellen,' zegt Bo.

Inès legt het tijdschrift weg. 'Dan ga ik kijken of Dorien inmiddels ook wakker is.'

Als ze alleen is belt ze Joost, die vrijwel onmiddellijk opneemt.

'Bo, is alles goed? Ik kreeg vanmorgen een telefoontje van Marije. Wat is er gebeurd? Waar ben je?'

'Er is niks aan de hand, niets ernstigs in elk geval,' nuanceert ze haar uitspraak. 'Het is een lang verhaal, maar we hebben een moord uit 1980 opgelost.'

'Serieus?' vraagt Joost. 'Wauw.' Het blijft even stil. 'Kom je naar huis, alsjeblieft, Bo? Het spijt me van onze ruzie.'

Bo haalt diep adem. 'Nee, want we hebben Julia van der Molen nog niet gevonden.'

'En nu hebben jullie besloten de zoektocht naar haar af te maken,' concludeert Joost.

'Ja,' zegt Bo een beetje timide.

Er klinkt een zucht aan de andere kant van de lijn. Het blijft een poosje stil. Zelf weet ze ook niet zo goed wat ze zeggen moet.

'Ik begrijp het wel, lieverd,' zegt Joost uiteindelijk. 'De podcast is succesvol, nu stoppen zou dom zijn.'

Een gevoel van opluchting maakt zich van haar meester.

'Dank je,' zegt Bo. 'Hoe is het met je moeder?'

'Ze slaapt 's nachts met zuurstof.'

'Dat klinkt niet goed,' zegt Bo bezorgd.

'Het wordt te zwaar voor mijn vader, en voor mij. We zijn bezig om een goede oplossing voor haar te zoeken.'

Joosts stem klinkt vermoeid, hoort Bo. 'Ik kom meteen terug als het moet, dat weet je, hè,' zegt ze.

'Zorg jij nou maar dat je Julia vindt, Sherlock Holmes,' antwoordt Joost. 'Dan kunnen we eindelijk samen naar Santorini.'

Als Joost heeft opgehangen ziet ze dat het inmiddels kwart voor elf is, *Koffie en koek* is nog niet begonnen. Misschien moet ze Marije zelf even bellen voor het programma live gaat.

Marijes toestel gaat over.

'Bo! Hoe is het met je?' vraagt ze. Haar stem klinkt oprecht bezorgd.

'Buiten een paar hechtingen in mijn nek is alles aan mij nog heel,' zegt ze lachend.

'Vanmorgen kopte het AD over jullie podcast, weet je dat? MAKERS PODCAST LOSSEN OUDE MOORDZAAK OP, googel het maar.'

Dit is hét moment om te vragen of ze nu een vast contract krijgt. 'Ik hoop dat *Koffie en koek* er blij mee is,' zegt ze.

Marije schiet in de lach. 'Ja, Bo, je hebt dat vaste contract meer dan verdiend. Waar ben je nu?'

'We zijn nog steeds in Bordeaux, vandaag hebben we een gesprek met de decaan van de universiteit. Wil je dat we Julia nog proberen te vinden?'

'Dat was toch het uitgangspunt?' vraagt Marije. 'Ik heb al een akkoord voor meer budget. Zelfde bedrag, twee extra afleveringen. Graag willen we morgenochtend Julia's vriendin in de uitzending hebben. Of is zij ook nog in Bordeaux?'

Ze weet niet of Dorien daar zin in heeft. 'Ik kan het altijd aan haar vragen,' antwoordt Bo.

'Ik heb liever dat je mij haar telefoonnummer geeft,' antwoordt Marije.

De toon van haar redacteur laat weinig ruimte open voor onderhandeling. Mag ze Doriens nummer zomaar geven? Normaal is ze daar erg terughoudend in. Bo zwijgt.

'Of haar mailadres,' probeert Marije dan.

Daar heeft Bo minder moeite mee. 'Moment, ik zoek het even op.'

Ze leest Doriens mailadres voor en zegt: 'Ik weet echt niet of ze voor de camera wil.'

'We gaan gewoon ons best doen,' antwoordt Marije. 'Stuur jij het materiaal voor de derde en de vierde aflevering? En de shownotes? We mogen geen vertraging oplopen. Het onderwerp is nu trending. Zaterdag gaat aflevering twee online.'

'Ik ga aan de slag,' belooft Bo.

Nadat ze zich heeft aangekleed, appt ze Inès. Onmiddellijk krijgt ze een bericht terug: *We zitten in de ontbijtzaal.*

Ze loopt de hotelkamer uit naar de lift. De gangen hier zijn breed en licht en de lift is groot genoeg voor dertien personen. Er hangt een lichte bleekwatergeur, van het zwembad dat hier ergens moet zijn. De lift zoeft naar beneden en even later loopt ze de lobby in, die vol staat met gecapitonneerde banken in felle kleuren. Dat is haar gisteren niet eens opgevallen, zo moe was ze.

Er komen stemmen uit een ruimte vlakbij. Ze volgt het lawaai en komt uit in de ontbijtzaal. Er staan loungebanken langs de wanden waar tafels bij staan met stoelen. Haar ogen glijden door de zaal. Er hangen grote kroonluchters aan het plafond en net als in de lobby domineren ook hier felle kleuren.

Inès steekt haar hand omhoog. Ze zit met Dorien op een van de banken en ze zijn zo te zien net begonnen met eten.

'Sorry,' zegt ze als Bo bij hen staat. 'Ik had zo'n honger. Dat ziekenhuiseten was niet geweldig. Het buffet is daar.' Ze wijst naar de andere kant van de zaal.

Bo loopt erheen en sluit achteraan in de rij mensen. Het ontbijt is hier uitgebreider dan in alle andere hotels. Ze vult een bordje met wat broodjes, kaas en een ei en loopt terug naar het tafeltje. Nu pas merkt ze dat ook zij honger heeft.

Inès is verdiept in haar mobiel.

'*Koffie en koek* heeft extra budget gegeven zodat we verder kunnen met de podcast,' zegt Bo als ze zit.

Inès laat het toestel zakken. 'Je wilt nog meer afleveringen maken?' vraagt ze op melodramatische toon.

'Ja. Twee, om precies te zijn. We gaan Julia van der Molen zoeken. Dat was immers het uitgangspunt,' herhaalt Bo de woorden van Marije.

Inès rolt met haar ogen. 'Goed,' zegt ze met een diepe zucht en ze richt zich weer op haar mobiel. Een halve seconde later kijkt ze weer op met een blik alsof ze zojuist het ei van Columbus gevonden heeft. 'Eigenlijk is het een heel goed idee, Bootje. Dan ga jij gezellig met LaRoche kletsen en reis ik met Dorien mee tot Parijs om Pierre Lambert morgen aan de tand te voelen, want ik geloof er geen bal van dat hij niet van die ruzie in Hotel Napoleon afwist. Weet je wat, ik boek daar gelijk een kamer.'

Bo fronst haar wenkbrauwen. 'Heeft dat dan wel zin, denk je?'

'O, absoluut,' antwoordt Inès, die ondertussen op Booking.com Hotel Napoleon heeft opgezocht. 'Mag ik de creditcard?' vraagt ze.

Bo haalt de kaart uit haar portemonnee en geeft hem aan haar.

Dorien kijkt hen hoofdschuddend een voor een aan. 'Ik denk dat dat helemaal geen zin heeft en dat het zonde van jullie tijd is. Julia leeft niet meer, anders had ze allang een keertje contact met me opgenomen. In 2000 bestonden er nog geen social media, maar tegenwoordig is het heel makkelijk om iemand een teken van leven te geven zonder te verraden waar je bent.'

Daar heeft Dorien gelijk in, denkt Bo. 'Maar wil je dan niet weten wat er met haar gebeurd is?' vraagt ze.

Dorien zucht. 'Ik moet het verleden afsluiten, anders kan ik nooit verder.'

'Mag ik die brief nog een keertje lezen?' Bo tikt haar eitje stuk op de tafel en begint te pellen.

Dorien haalt de envelop tevoorschijn en legt hem bij Bo's bord neer. 'Hou hem maar,' zegt ze. 'Voor mij is dit hoofdstuk afgesloten.'

'Geboekt!' zegt Inès triomfantelijk. 'Ik heb er zin in!'

Terwijl Inès haar tanden poetst, zit Bo op de rand van het bed en vouwt Julia's brief open. *In Bordeaux ben ik bij iets veel groters betrokken geraakt, iets waarover ik voor altijd zal zwijgen om te voorkomen dat er nog meer doden vallen*, leest ze.

Inès komt de badkamer uit.
'Wat zou Julia met "veel groters" bedoelen, denk jij?' Bo geeft de brief aan Inès, die hem aanneemt en leest.
'Ik heb echt geen idee.' Ze geeft het papier terug.
'Denk je dat Ruud en Philippe toch meer weten over haar verdwijning?' vraagt Bo.
'Zou kunnen,' zegt Inès terwijl ze haar schouders ophaalt. Ze pakt haar toilettas in en stopt die als laatste in haar koffer.
'Zal ik even checken of we langer in deze suite kunnen blijven?' vraagt Bo.
'Misschien is dat wel een goed idee,' antwoordt Inès terwijl ze op haar koffer gaat zitten om hem te kunnen sluiten. Als de clips dicht zijn sjouwt ze hem van het bed. 'Zo, ik ben er klaar voor.'
Ineens bekruipt Bo het gevoel dat Inès veel langer op pad gaat dan ze nu aanneemt. Wat heeft het voor zin om die hele koffer mee te sjouwen voor één nacht?
'Je komt morgen toch weer terug?' vraagt ze voor de zekerheid.
'Absoluut,' bevestigt Inès. 'Je telefoon gaat.'
Het is *Koffie en koek*. Bo neemt vlug op en zet de luidspreker aan.
'Ben je er klaar voor?' hoort ze Benny vragen.
Zo klaar als ze maar zijn kan.
De verbinding met de studio wordt tot stand gebracht en de presentator begint te praten.
'Dames en heren, straks gaan we praten met Bo Schippers en Inès Al Amrani, de meiden achter de podcast *Spoorloos*. Vanuit Boutique Hôtel & Spa in Bordeaux zijn ze hier met een leuk nieuwtje, want hun zoektocht is nog niet ten einde! Bo, Inès, zijn jullie daar?'
'Ja,' schreeuwen ze tegelijkertijd.
Inès slaat spontaan een arm om Bo's schouders en geeft haar een kus op haar wang. 'We hebben het geflikt, Bootje,' fluistert ze zachtjes in Bo's oor.

Even later nemen ze voor het hotel afscheid van elkaar.
'Geen dingen doen die ik ook niet zou doen, Bootje,' zegt Inès terwijl ze haar koffer aan een taxichauffeur geeft.

Bo steekt haar tong naar Inès uit. 'Doe je Lambert de groeten van me?'

'Doe ik. Dorien, ga je mee?'

Dorien staat er een beetje onhandig bij te kijken, ze heeft maar weinig bagage mee. 'Nou, dan ga ik maar. Dag, Bo.'

Dat is geen afscheid nemen.

Bo slaat haar armen om Doriens nek en geeft haar een knuffel. 'Bedankt voor alle hulp. We gaan elkaar zeker een keertje in Utrecht zien.'

'Goed plan,' zegt Inès, die het portier van de taxi opentrekt. 'Tot morgen!'

Als Bo haar twee vriendinnen uitzwaait, realiseert ze zich dat ze vergeten is om aan Dorien te vertellen dat de redacteur van *Koffie en koek* contact met haar zal opnemen. Het voelt een beetje vreemd om weer alleen te zijn, helemaal na alles wat er gebeurd is.

37

Voor het universiteitsgebouw zitten een paar studenten in het zonnetje op de grond met elkaar te kletsen. Bo herkent een van de meisjes als Claire. Destijds meende ze dat de letters E B die in haar vensterbank gegraveerd zijn voor Edda Biancchi stonden, maar nu begint ze daaraan te twijfelen. Voor hetzelfde geld stond de B voor Bernard en probeerde Edda iets duidelijk te maken. Misschien werd ze al langer door Philippe Bernard lastiggevallen en kon ze niets tegen haar docenten zeggen. Wie weet waar Philippe Edda mee dreigde. Zullen ze daar ooit achter komen?

'Bonjour,' roept Claire, die Bo herkent. Ze zwaait.

Bo steekt een hand op.

Claire springt overeind en klopt haar spijkerbroek af. 'Ik vind het zo eng dat Philippe Bernard Edda heeft vermoord,' zegt ze. 'Ik heb nota bene college van hem gehad!'

Daar kan Bo zich wel iets bij voorstellen. Bo zou Claire kunnen vragen voor de uitzending van volgende week, bedenkt ze ineens.

'Zou jij daarover willen praten in een tv-programma?' vraagt ze. 'Het is voor de Nederlandse televisie, maar we kunnen een tolk regelen.'

Claire begint te stralen. 'Krijg ik dan een ticket naar Amsterdam? En betalen jullie ook een hotel voor me?'

Kennelijk heeft de student wel zin in een citytrip.

'Dat weet ik niet, ik denk het wel.' Bo praat wel een beetje voor haar beurt nu.

'Geef mijn nummer dan maar door!' Claire begint onmiddellijk de cijfers te roepen.

'Moment,' zegt Bo lachend. Ze pakt haar iPhone en toetst

Claires telefoonnummer in. Als Bo klaar is, zegt ze: 'Dank je. Waarschijnlijk neemt iemand van de redactie binnenkort contact met je op.'

Claire straalt helemaal. 'Super!'

Terwijl Bo de universiteit in loopt, stuurt ze een visitekaartje van Claires nummer naar Marije met een korte uitleg.

'Ik had je al verwacht,' galmt het door de grote gang van het gebouw, nog voor ze haar bericht verzonden heeft.

Bo kijkt op van haar scherm.

Amélie komt op haar toegesneld. 'Loop maar even mee naar mijn kantoor, daar kunnen we rustig praten. Wil je koffie of thee?'

Dat is een heel andere begroeting dan de vorige keer. 'Koffie graag,' zegt Bo.

De decaan wandelt al pratend voor haar uit naar een grote deur en houdt die open. 'We zijn allemaal nog steeds in shock,' zegt Amélie. 'Sommige collega's kennen Philippe al veertig jaar. Ga maar vast zitten, dan regel ik koffie.'

Bo kijkt rond in Amélies kantoor. De enorme houten boekenkasten langs de achterwand moeten hier al eeuwen staan, en ook het bureau ziet er antiek uit. Het is bijna alsof ze zojuist terug in de tijd is gestapt. Het gezoem van de computer past niet helemaal in deze setting. Ze gaat op een stoel zitten waarvan de groene pluchen zitting versleten is. De stoelleuningen zijn voorzien van prachtig houtsnijwerk. Misschien heeft Philippe ook weleens op deze stoel gezeten, of Edda. Bo laat haar vingers over het geoliede hout glijden, op zoek naar iets tastbaars uit het verleden.

De deur gaat open, Amélie komt binnen met een dienblad.

'Zo.' Ze zet het blad neer. 'Tijdens onze eerste ontmoeting was ik niet heel tactvol, waarvoor mijn excuses. Hou het maar op een allergie voor journalisten.'

Amélie gaat aan de andere kant van het bureau zitten.

'Maar jij hebt goed werk geleverd,' zegt ze met een glimlach.

Bo pakt haar iPhone. Je moet het ijzer smeden als het heet is, zegt haar moeder altijd.

'Mag ik ons gesprek opnemen?'

Even lijkt Amélie van haar stuk gebracht. Dan zegt ze: 'Eh, ja, waarom niet. Is dat voor die podcast?'

Bo knikt, pakt de recorder en plugt het snoer van de microfoon erin. Uiteindelijk zal ze in het Nederlands moeten verwoorden wat er gezegd is, maar dit is een mooi geheugensteuntje. Als alles is geïnstalleerd zet ze haar iPhone op stil en drukt de knop van de recorder in.

'Waarom wil de universiteit nu wel meewerken?' vraagt ze maar direct.

Amélie pakt een kop koffie van het dienblad en zet die rustig voor Bo neer.

'Omdat deze zaken een grote impact hebben gehad op onze school.'

Bo kijkt verrast op, want Amélie sprak over zaken in plaats van zaak. Speelt er soms meer? *Drie zijn er drie te veel*, had een vrouwenstem volgens Benny gezegd. En nu hint Amélie ook op meer dan één zaak.

'Zijn er dan nog meer studenten verdwenen?' vraagt ze daarom.

De decaan kijkt haar ineens strak aan. 'Waarom vraag je dat?'

'Je sprak over "dit soort zaken", alsof er meerdere voorvallen zijn geweest.'

Amélie lijkt zich een beetje ongemakkelijk te voelen door Bo's vraag.

'Nou ja,' zegt ze. 'De universiteit van Bordeaux is een groot internationaal instituut met heel veel studenten uit binnen- en buitenland. Het zou vreemd zijn als er nooit iets voorviel.'

'Maar een moord op een student...' begint Bo voorzichtig.

De decaan glimlacht een beetje zuur. 'Nee,' zegt ze. 'Edda is een uniek geval. Eerlijk gezegd had ik niet kunnen vermoeden dat monsieur Bernard tot zoiets in staat zou zijn. Ik ken hem al van kinds af aan, mijn vader was ook verbonden aan deze universiteit.'

'Yves LaRoche,' zegt Bo.

'Dat is inderdaad mijn vader,' antwoordt Amélie een beetje verrast.

‘Ik kwam zijn naam tegen in een oud krantenartikel over de fusie van universiteiten in Bordeaux,’ zegt Bo. Het liefst zou ze Amélie nu confronteren met haar uitspraak aan de telefoon, maar dan moet ze open kaart spelen over de stiekeme opnames die ze gemaakt heeft en dat wil ze niet.

‘Kun je misschien iets meer vertellen over de fusie?’ vraagt Bo.

Amélie legt haar onderarmen op het bureau en vouwt haar handen ineen. ‘De geschiedenis van deze universiteit gaat terug tot 1441, het jaar van de oprichting. Deze streek, Aquitanië, stond in die tijd onder Engelse invloed, waardoor studenten niet langer in Parijs terechtkonden. In 1793, toen Aquitanië allang weer tot Frankrijk behoorde, schafte de politiek universiteiten af. Ruim honderd jaar later kregen ze weer bestaansrecht. Een nieuwe wet zorgde ervoor dat de Universiteit van Bordeaux in 1970 werd opgesplitst in drie instellingen, met alle drie hun eigen studierichtingen. Deze drie instellingen werden na een wetswijziging in 2014 weer samengevoegd. Dat laatste gebeurde onder leiding van mijn vader, die zijn pensioen ervoor heeft uitgesteld. Tijdens die fusie is een groot deel van de studentenadministratie verloren gegaan. Zulke dingen gebeuren nu eenmaal. Goed. Ik moet dit gesprek helaas beëindigen, Bo. Over een paar minuten heb ik een Zoom-call. Het heeft voor jou zeker geen zin meer om het archief in te gaan?’

‘Nee, dat denk ik ook niet,’ zegt Bo. Vlug graait ze haar spullen bijeen en gooit ze in haar schoudertas. Bij de deur neemt ze afscheid van de decaan.

‘Misschien tot ziens,’ zegt ze.

Amélie schenkt haar een glimlach.

Als ze op de gang staat schiet Bo iets te binnen. Ze draait zich om. ‘Trouwens, ik zou heel graag je vader willen spreken voor onze podcast. Kan dat?’

‘Dat moet ik hem vragen,’ antwoordt Amélie. ‘Maar ik geef je weinig kans. Hij leidt een teruggetrokken bestaan sinds zijn pensioen. Fijne dag nog, Bo.’

Na die woorden sluit ze de deur.

Een beetje teleurgesteld over het gesprek loopt Bo naar buiten. Bovenaan de trap blijft ze stilstaan. Claire en haar vriendinnen zijn inmiddels naar de collegezaal vertrokken. Bo gaat op een traptrede zitten. Zojuist heeft ze alle apparatuur haastig in haar tas gepropt. Ze haalt de recorder eruit en bergt hem op in de *case*. Terwijl ze het snoer uit de microfoon plugt, hoort ze de deur van de universiteit achter zich opengaan.

'*Mademoiselle*,' fluistert een vrouw.

Bo kijkt op. De vrouw met het halflange grijze haar die ze eerder op het secretariaat zag, staat voor haar.

'Ik weet niet wat mevrouw LaRoche je op de mouw gespeld heeft,' zegt ze schichtig om zich heen kijkend, 'maar je hebt dit niet van mij gekregen.' Ze geeft Bo een grote bruine envelop en loopt haastig weg.

Verbouwereerd bekijkt Bo de dichtgeplakte envelop, er staat niets op geschreven. Ze opent hem zo voorzichtig mogelijk en bekijkt de inhoud vluchtig. Het zijn oude notulen van een bestuursvergadering uit 1990, lang na Edda's dood en tien jaar voor Julia in Bordeaux aankwam. Op elk velletje staat een grote rode stempel met maar één woord: *classified*.

Bo bergt de envelop op. Deze stukken gaat ze niet op de stoep van de universiteit lezen. Ze slingert de tas over haar schouder en steekt de brede straat over, op zoek naar een barretje waar ze deze notulen in alle rust kan doornemen. Een poosje slaat ze het ene na het andere smalle straatje in. De architectuur in Bordeaux is minder uitbundig dan die in Parijs, maar daarom zeker niet minder mooi. Ze wandelt langs heerlijk geurende bakkerijtjes en winkeltjes vol aardewerk. Via een eeuwenoude stadspoort die volgens het bordje Grosse Cloche de Bordeaux heet, bereikt ze Place Saint-Pierre. Aan de randen van het plein staan hoge gebouwen met Franse balkonnetjes en een kerk met grote bogen boven de deur. Over de terrasjes hangen brede zonneschermen. Een paar oudere mannen zitten in de schaduw van een boom te praten op een bankje. Bo kijkt rond. Aan de andere kant van het plein is een terrasje met rotanstoelen dat er uitnodigend uitziet.

Ze steekt over en gaat zitten. Op de menukaart staat *pain aux raisins*, die zijn heerlijk met een *petit café*.

Nadat ze heeft besteld, opent ze WhatsApp. *Ben je al in Parijs?* appt ze. De klokken van de Église Saint-Pierre galmen plotseling over het plein, ze schrikt van het plotselinge lawaai. Er blijft maar één grijs vinkje staan bij haar bericht, dat komt dus niet aan. Misschien zit Inès met Lambert in zijn favoriete brasserie te praten.

Een serveerder zet haar bestelling neer.

'Bon appétit,' zegt ze vriendelijk.

Bo kijkt naar de pain aux raisins, het broodje ziet er heerlijk uit. Ze neemt een hap en haalt de envelop tevoorschijn. De notulen zijn getypt met een typemachine, ziet ze aan de 'a' die iets boven de andere letters in de woorden zweeft. Bovenaan staat geen opsomming van de aanwezigen en er wordt ook geen agenda vastgesteld, zoals gebruikelijk. *Decaan Yves LaRoche merkt op dat de kanttekeningen van forensisch patholoog Moret niet tot een andere conclusie leiden*, leest ze tussen de rode letters van de stempel door. Waar gaat dit over? Waarom vergadert het bestuur van een universiteit over de conclusie van een patholoog? *Philippe Bernard bevestigt de theorie van LaRoche*, is de volgende zin. Gelukkig zit hij tegenwoordig met zijn broer in de cel. Bo's ogen glijden over het papier. Er staat een hele hoop blabla in over het rapport van een patholoog, tot ze iets opmerkelijks tegenkomt: *LaRoche heeft gevraagd of het autopsierapport niet moet worden gewijzigd, zodat het beter aansluit bij de eindconclusie van de politie*. Dat moet de vader van Amélie zijn geweest, gezien de datum. Wat een idioot voorstel, een dergelijk rapport wordt opgesteld zodat de politie een zaak verder kan onderzoeken.

Rechercheur Lambert heeft verzekerd dat het dossier gesloten is en dat het ondanks diplomatieke druk vanuit de Turkse ambassade niet meer heropend zal worden, staat er verderop. En *Er zal een persbericht namens de universiteit uitgestuurd worden, waarin steun aan de familie Yilmaz wordt betuigd. Tevens zal er een schenking worden gedaan aan een stichting die zich inzet voor mentale zorg bij jongeren.*

Die naam, Yilmaz, komt haar zo bekend voor. Ze heeft hem

eerder gelezen, nog niet zo lang geleden zelfs. In gedachten gaat Bo haar eigen gangen na. Met een schok gaat ze rechter op zitten. Op de universiteit! Daar is ze die naam tegengekomen. Of om precies te zijn: in het archief van de uni. Ze was op zoek naar de mappen uit Edda's jaargang en stootte op een stapeltje van tien jaar later. Nu pas realiseert ze zich dat er *kopiëren* op de post-it stond, in het Nederlands, en niet *copier*, zoals de Fransen het zouden schrijven. Ze kan zichzelf wel voor haar kop slaan dat dit haar niet direct is opgevallen. Het kan bijna niet anders of Julia heeft de post-it geschreven toen ze naar informatie over Edda zocht. Bo neemt een hap van haar broodje terwijl ze nadenkt. Er is maar één manier om erachter te komen of het echt Julia's handschrift is: ze moet terug naar de universiteit en vragen of ze alsnog het archief in mag. Desnoods duikt ze er voor de tweede keer stiekem in, ze weet nu waar de toegangsdeur is.

38

Een kwartier lang heeft ze naar Inès gebeld, maar die neemt niet op. Ondertussen heeft ze haar voicemail zes keer ingesproken en twee appjes gestuurd, zonder succes.

Onderweg terug naar de universiteit schiet er van alles door Bo's hoofd. Inès moet inmiddels met Lambert gesproken hebben, dat kan niet anders. Wie weet is de oud-rechercheur uit de school geklapt nadat ze hem confronteerde met zijn leugen over Hotel Napoleon. Heeft Inès haar mobiel uitgezet, of in de wc laten vallen? Dat laatste zou typisch iets voor haar zijn, ze heeft al zoveel toestellen op die manier kapotgemaakt. Of is er iets heel anders aan de hand?

Vlak voor Bo het gebouw binnenloopt probeert ze nog een laatste keer te bellen. Weer vertelt een stem dat het nummer buiten bereik is. Vlug tikt ze het zoveelste appje in: *Luister mijn berichten af en vraag Lambert naar Sinem Yilmaz!*

'Ben je iets vergeten?' Amélie fronst als Bo na een kort klopje haar kantoor binnenkomt.

'Nee, ik eh, zou ik toch nog even in het archief mogen kijken? Ik zou zo graag de foto van Edda in het jaarboek zien. Nu heb ik helemaal geen beeld van haar.'

'Natuurlijk!' Amélie rolt haar stoel naar achteren en komt overeind. 'Kom maar mee, dan laat ik je zien waar het is.'

Hun voetstappen echoën door de hoge gangen van het gebouw terwijl ze naar het archief lopen. Onderweg passeren ze groepjes studenten, sommige groeten Amélie. Halverwege worden ze aangehouden door een oudere vrouw. Bo herkent haar als een van de docenten die ze vorige week met een smoesje aansprak. Ze heeft zichzelf toen voorgesteld als Edda in de hoop een reactie te krijgen.

'Is er nog niets bekend over Bernard?' vraagt de vrouw, terwijl ze af en toe een blik richting Bo werpt.

Bo zet haar schoudertas op de grond en zakt door haar knieën. Ze opent hem en doet alsof ze naarstig naar iets zoekt. Als de docent haar herkent, heeft ze iets uit te leggen.

'Nee, niets. Maar goed, de politie houdt ons ook niet van alles op de hoogte,' hoort ze Amélie antwoorden.

'Ik blijf het een vreemd verhaal vinden. Om de een of andere reden zie ik professor Bernard geen jonge meisjes vermoorden, maar goed,' antwoordt de docent.

'Hij heeft schuld bekend,' zegt Amélie.

'Ja, zoiets hoorde ik. Enfin. Ik moet nu college geven.'

De docent loopt verder. Bo ritst haar rugzak dicht en komt weer overeind.

'Daar is het.' Amélie wijst naar de houten deur waar *AUCUN ACCÈS* op staat.

Ze steekt de sleutel in het slot en opent hem. Bo loopt de houten trap naar de kelder voor de tweede keer af. Halverwege tikt Amélie tegen een lichtschakelaar. Plotseling ziet de ruimte er minder bedreigend uit.

Waar Bo ook kijkt staan er ijzeren rekken met planken die vol met stofmappen en ordners liggen.

'Het zou allemaal op jaartal moeten liggen,' zegt Amélie, terwijl ze een dossier pakt en de inhoud bekijkt. 'Dit is het dossier van een student medicijnen uit 1971.' Ze pakt een map van de volgende stapel. 'Ook deze is van dat jaar. Volgens mij is er een rek per jaar. Even kijken.' De decaan bekijkt het volgende rek. 'Inderdaad. Ik zie alleen de jaarboeken er niet bij staan.'

Bo kijkt rond. 'Ligt Edda's dossier hier nog?' vraagt ze. Als ze daarnaar op zoek mag, vindt ze mogelijk ook dat van Sinem.

'Nee, dat heeft de politie meegenomen,' antwoordt Amélie.

Bo moet een vloek onderdrukken. Dat had ze kunnen verwachten en toch baalt ze van het antwoord. Rustig loopt ze dieper de kelder in, tot ze bij een paar kasten staat die zijn afgesloten met een slot.

'Liggen ze hier misschien in?' vraagt Bo. Ze wijst naar de kasten en laat ondertussen haar ogen over de planken glijden, in de hoop het juiste jaartal op een van de bovenste mappen te zien staan.

'Dat zou kunnen,' antwoordt Amélie peinzend. 'De sleutels moeten bij het studentensecretariaat liggen. Ik ga ze even halen.'

Amélie loopt de trap weer op. Opgelucht omdat ze het rijk alleen heeft, zet Bo haar tas op een halflege archiefplank van het jaar 1992 en bekijkt de mappen vluchtig. Er zitten namenlijsten, cijferlijsten, brochures en scripties in. Ze pakt de map van een van de studenten. Kennelijk zaten er in die jaren veel uitwisselingsstudenten op de universiteit, er staat nagenoeg geen enkele Franse naam op.

Op het volgende rek liggen vaalgroene dossiermappen uit 1990. Bo's hart begint sneller te kloppen. Hiertussen moet het dossier met de post-it liggen. Een voor een opent ze de mappen. In die jaren gebruikte men nog geen computers, alles werd met de hand geschreven of getypt. Sinems dossier ligt niet bij de andere uit 1990, maar waar dan wel? Ze kijkt rond. De vorige keer verschool ze zich achter een archiefkast. De map die ze zoekt lag op een rek vlak bij die kast. Haar ogen blijven hangen bij een donkere hoek waar een ijzeren ladenkast in staat. Ernaast is een plank met slechts twee mappen. Op de voorkant van de eerste staat de naam Sinem Fatma Yilmaz. Bo's hart mist een slag. Vlug slaat ze het dossier open en grist de post-it eruit. Ze propt het in haar achterzak. Amélie is nog niet terug. Bo bladert door de map tot ze een rouwkaart tegenkomt. Sinem was pas 21 jaar. Iemand heeft de Turkse tekst op de kaart in het Frans achterop geschreven: *Sinem a décidé de suivre sa propre voie* – Sinem heeft besloten haar eigen weg te gaan.

Er ligt nog een map onder die van Sinem. Ze pakt hem van de plank, er valt een dun velletje papier uit. Bo bukt en raapt het op. Het is een handgeschreven brief. Ze wil het er weer in leggen, als haar oog op een woord valt: *meure*. Dood? Nieuwsgierig geworden leest ze de brief. Hij is ondertekend met *Brigitte Henri*. Het lijkt wel een afscheidsbrief te zijn.

Bo bekijkt de inhoud van de map. Brigitte pleegde zelfmoord op 8 september 1990 door uit het bovenste raam van de campus te springen. Ze kwam uit Clermont-Ferrand. Volgens haar studiegenoten had ze een vriend, maar niemand kende zijn naam. Dat is vreemd. Zou Edda niet de eerste student zijn geweest met wie Philippe heeft aangepapt? Hoe oud was die man eigenlijk in 1990? Halverwege de dertig? Brigitte was indertijd drieëntwintig. Het zou kunnen. Haar zelfmoord is tweeëndertig jaar geleden. Bo voelt haar benen een beetje slap worden, dit klinkt zo naar. Ook Sinem heeft, net als Brigitte, zelfmoord gepleegd. Nota bene in hetzelfde jaar. Brigitte in september, en Sinem twee maanden later. De kans dat zoiets twee keer in een studiejaar gebeurt is statistisch gezien heel erg klein. Vlug maakt Bo een foto van de kaart. Het is nog maar de vraag of de ouders van het meisje nog leven. Een persoonlijke afscheidsbrief fotograferen is niet netjes, maar voor de zekerheid doet ze het toch. Dit is te toevallig en te opzienbarend om te negeren.

Bovenaan de trap gaat de deur open.

Terwijl Bo vliegensvlug de kaart weer tussen de map steekt, ziet ze iets waar de haartjes op haar armen van overeind gaan staan, want op de map onder die van Sinem en Brigitte staat de naam *Edda Biancchi*. Het kan niet anders, of Julia moet alle mappen hier hebben neergelegd.

39

De houten traptreden kraken onder de voetstappen van Amélie.

'Bo? Waar ben je?'

'Hier.' Ze loopt tussen twee rekken door naar de trap. 'Wat een doolhof hier.'

Amélie glimlacht. 'Inderdaad,' zegt ze. 'Ik heb de sleutels gevonden, ze lagen bij het secretariaat. Nu maar hopen dat de jaarboeken erin liggen.' Ze steekt een sleutel in het slot, de kastdeur zwaait moeiteloos open. Op de bovenste twee planken staan rijen met jaarboeken.

'Gevonden,' zegt Amélie. Ze pakt er een boek uit. 'Dit is die van 1980. Volgens mij stonden de foto's van de studenten er op alfabetische volgorde in. Kijk zelf maar.'

Bo pakt het boek van haar aan en begint te bladeren. Na de 'a' kijkt ze naar de foto van een jongen die Caron als achternaam heeft.

'Ach, wat stom van me. Dat had ik kunnen weten,' zegt Amélie, die met Bo meekijkt. 'Deze boeken worden altijd aan het eind van het tweede semester samengesteld. Edda was toen al overleden.'

Bo slaat het boek dicht. 'Jammer,' zegt ze zo gemeend mogelijk.

Terwijl Amélie de kast weer op slot draait, pakt Bo haar tas van de plank. Ze heeft waar ze voor gekomen is.

'Ga je mee?' vraagt Amélie. Ze loopt de trap op.

Verlangend kijkt Bo richting de plank waar Edda's dossier op ligt. Ze zou de map zo graag meenemen. Als ze snel is, kan ze hem misschien in haar tas laten glijden. Plotseling gaat het licht uit. Bo's hart gaat tekeer. Op de tast loopt ze langs rekken vol dossiers tot ze boven haar de verlichte gang ziet met Amélies schaduw in de deuropening.

'Sorry,' zegt ze. 'De schakelaar zit halverwege de trap, ik gaf er uit automatisme een klap op. Kom je?'

Bo kan niet anders dan doen wat Amélie vraagt, maar ze baalt er wel van.

Het universiteitsgebouw voelt akelig verlaten aan en ook de verlichting in de gang is grotendeels uit. Als Amélie de deur op slot gedraaid heeft, kijkt ze op haar horloge. 'Het is al laat, wat dacht je ervan om samen een hapje te eten?'

De vraag overvalt Bo. Ze kent de decaan nauwelijks en nog steeds heeft ze gemengde gevoelens bij deze vrouw. Maar om nu weer een pizza weg te werken op haar hotelkamer ziet ze ook niet zitten. 'Goed idee,' antwoordt Bo.

Het restaurant dat Amélie heeft uitgekozen ligt niet ver van de Place des Quinconces.

'Dit is het grootste plein van Frankrijk,' legt Amélie uit als ze het plein oversteken. 'Vroeger stond hier een kasteel.'

Bo kijkt om zich heen. Het plein is omzoomd met grote bomen die in een patroon lijken te staan. Ze ziet verschillende fonteinen en beeldhouwwerken. Vervolgens passeren ze een monument om de slachtoffers van de Franse Revolutie te eren.

'Geregeld worden hier jaarmarkten of concerten gehouden,' gaat Amélie verder. 'Kijk, langs de rand staan beelden van bekende personen uit Bordeaux.'

De vrouw praat met liefde over haar stad, valt Bo op. Zou ze tegelijkertijd zware misstanden onder het tapijt kunnen vegen?

Vanaf het plein lopen ze een straatje in. Amélie opent de deur van een brasserie. Het is een typisch Frans zaakje. Vanbinnen lijkt het zelfs een beetje op het Parijse restaurantje waar zij en Inès koffiedronken met Pierre Lambert.

'Amélie! Dat is lang geleden!' Een Française komt achter de bar vandaan, haar stilettohakken tikken venijnig op de plavuizen vloer.

Er volgt een omhelzing die eindigt in een paar luchtzoenen.

Daarna zegt de vrouw: 'Laat me je bekijken.' Haar blik beweegt over de decaan alsof ze een kind inspecteert dat zojuist thuiskomt van het buitenspelen. De vrouw knikt goedkeurend.

'Kom je bij me eten?'

Amélie glimlacht. 'Mag ik je voorstellen aan Bo? Zij is de podcastmaker die de moord op een van onze studenten heeft opgelost. Bo, dit is mijn tante Hélène.'

Het gezicht van de vrouw vertoont heel kort een trekje dat Bo niet kan plaatsen.

'Welkom, Bo. Zoeken jullie maar een tafeltje uit.'

'Wil je bij het raam zitten of liever achterin?' vraagt Amélie.

Bo wil het liefst zo dicht mogelijk bij de deur blijven. Ze wijst naar een tafeltje naast de ingang.

'Daar lijkt me gezellig.'

Als ze hebben plaatsgenomen begint Amélie te vertellen. 'Ik ben geboren en getogen in Bordeaux, net zoals mijn ouders. Hélène is de jongste zus van mijn vader. Zij en haar man kochten deze brasserie vlak na hun trouwen. Inmiddels helpen ook hun kinderen mee.'

'Een echt familiebedrijf dus,' zegt Bo. 'Leuk!'

De post-it brandt in haar achterzak, ergens voelt ze zich schuldig. Ze vertrouwt Amélie onvoldoende om open kaart met haar te spelen, maar ze zit hier wel bij haar tante aan tafel te dineren.

Hélène komt bij hun tafeltje staan. Ze steunt met haar hand op Amélies rugleuning, en nu pas valt de gelijkenis tussen de twee vrouwen Bo op.

'Ik heb een heerlijke biologische rode wijn uit deze streek, hebben jullie zin in een glas?' vraagt Hélène.

'Dat klinkt goed.' Amélie kijkt Bo aan.

'Lekker,' zegt Bo.

Terwijl Amélie met haar tante overlegt over het eten, kijkt Bo om zich heen. De verlichting in het restaurant is prettig. Achter de bar bevindt zich een grote spiegelwand. Op de vloer liggen vierkante tegels die eruitzien alsof ze eeuwen geleden werden gebakken. Uit de boxen klinkt een nocturne van Debussy. Bo voelt zich eindelijk een beetje tot rust komen. Inès heeft nog steeds niks van zich laten horen en dat benauwt haar. Ze loopt niet in zeven sloten tegelijk, houdt Bo zichzelf voor. Kennelijk zijn Amélie en haar tante eruit, want de conversatie wordt afgesloten met een '*Bon*' van Hélène.

'Mag ik een foto maken van het restaurant?' vraagt Bo, als Amélies tante naar de keuken wandelt.

'Van mij wel. Hou je van asperges en vis?'

'Heerlijk.'

'Mooi. De kok werkt alleen met streekproducten, dus eten we paarse asperges bordelaise en kaviaar vooraf.'

Bo kijkt haar verbaasd aan. 'Kaviaar? Dat komt toch uit Rusland?'

Amélie glimlacht. 'Er is een legende die vertelt dat er rond de Eerste Wereldoorlog een Russische prinses op doorreis was in deze regio. Toen ze zag dat de eieren van de steur gewoon terug in de rivier werden gegooid, greep ze in en zo ontstonden hier de eerste kaviaarkwekers. In Rusland zout men de kaviaar terwijl de eitjes nog nat zijn, maar hier in Frankrijk doen we dat pas na het drogen. Dat geeft een heel verfijnde smaak.'

'Wat grappig. Ik heb trouwens nog nooit kaviaar gegeten,' bekent ze.

'Je zult het heerlijk vinden,' belooft Amélie.

Nadat de wijn is geserveerd tikt Amélie haar glas tegen dat van Bo. '*Santé*.'

Het is buiten al bijna donker als het voorgerecht wordt geserveerd. De kaviaar en het verse brood met de gezouten boter zien er eenvoudig uit, maar smaken heerlijk samen.

'Bordeaux is een oude stad, in de derde eeuw voor Christus stichtten Gallische stammen een nederzetting in de moeraslanden van de Gironde. De Fransen noemen Bordeaux ook wel *La belle endormie*,' vertelt Amélie.

Bo kijkt verrast op; de schone slaapster, net als in de Disney-film. De stad heeft ook wel iets sprookjesachtigs, maar dat zal niet de reden voor deze bijnaam zijn.

'Waarom wordt het zo genoemd?' vraagt ze daarom aan Amélie.

'Vanwege de mooie architectuur en het rustige leven hier,' antwoordt Amélie. 'Gelukkig hebben we een universiteit met een rijk verleden aan buitenlandse studenten om het een beetje levendig te houden. Dat heeft de stad ook aan mijn vader te danken.'

Bo smeert wat boter op een stuk brood. 'Waarom ben je in Bordeaux gebleven?'

'Ik ben hier geboren en getogen, en studeerde op de universiteit waar ik nu decaan ben. Mijn hele familie woont hier. Het gras is elders echt niet groener.'

Daar heeft Amélie een punt. Kon zij maar zo denken en leven, dan was Utrecht goed genoeg geweest en zou ze zich gewoon helemaal settelen met Joost.

'Is het toeval, dat je je vader hebt opgevolgd?'

Amélie legt haar bestek neer. 'Wat is toeval? Nadat mijn vader de fusie had afgerond heeft hij mij voorgedragen om hem op te volgen. Het bestuur is daarmee akkoord gegaan. Ongetwijfeld heeft mijn familienaam meegewogen in hun beslissing, maar ik hoop dat mijn inzet en kennis van zaken ook hebben bijgedragen.'

Die uitleg klinkt logisch. Toch zal het niet vaak gebeuren dat het stokje zo wordt doorgegeven binnen een universiteit. Moet Bo daar iets achter zoeken?

'Mijn ouders wonen nog steeds in het huis waar ik geboren ben,' gaat Amélie verder. 'Het is een oud statig pand niet ver van het centrum. Eén keer per week eet ik bij ze, meestal in het weekend. Mijn vader voelt zich nog altijd zeer betrokken bij wat er op de universiteit gebeurt.'

'Hoe reageerde hij eigenlijk op het nieuws dat Philippe Bernard een student heeft vermoord?' vraagt Bo.

Amélie wendt haar blik kort af. 'Geschokt. Volgens mij gelooft hij het nog steeds niet. Hij suggereerde van de week nog dat Bernard onder druk moest hebben bekend. Ergens kan ik me die reactie wel voorstellen. Als je zo lang met iemand hebt samengewerkt, ga je ervan uit dat je die persoon van haver tot gort kent.' Ze kijkt haar aan. 'Het zit hem hoog dat hij een inschattingsfout heeft gemaakt. Misschien kan Pierre Lambert hem overtuigen, hij dineert vanavond met hem.'

'Is jouw vader naar Parijs?' vraagt Bo.

'Eh, ja, kennelijk.' Amélie legt haar bestek neer. 'Heerlijk, die kaviaar. Ik moet stoppen met brood eten, anders kan ik straks geen asperges meer eten.'

Bo volgt haar voorbeeld. Het eten is heerlijk, maar het zou haar nog beter smaken als Inès hier ook was.

De asperges zijn zacht en zoet. Amélie vertelt honderduit over haar jeugd in Bordeaux en over haar studiejaren. Ondertussen schenkt haar tante af en toe de glazen bij. Bo voelt zich een beetje licht in haar hoofd worden. Van de wijn, maar ook doordat alle stress van de afgelopen dagen eindelijk van haar af valt. Ze geniet van Amélies gezelschap en het heerlijke eten.

'Eigenlijk moest ik me dus meer bewijzen dan mijn medestudenten, omdat mijn vader de decaan was,' vertelt Amélie. 'En Bo, waar heb jij gestudeerd?'

'In Utrecht,' antwoordt ze. 'Op de Hogeschool voor Journalistiek, ik weet niet of ik dat goed vertaal.'

'Dat maakt niet uit, ik snap wat je bedoelt.'

'Daar heb ik Inès leren kennen, met wie ik de podcast maak.' Ze moet straks haar telefoon checken, wie weet is Inès inmiddels aangekomen in het hotel.

Hélène komt weer bij hun tafeltje staan. 'Heeft het allemaal gesmaakt?'

'Ik vond het zalig,' antwoordt Bo oprecht.

Hélène stapelt de vuile borden op haar arm. 'De kok heeft vanmorgen *cannelés* gemaakt, lusten jullie dat met een kop koffie?'

'Lekker!' zegt Amélie.

Bo heeft geen idee wat dat is en eigenlijk zit ze vol, maar ze wordt nieuwsgierig door Amélies enthousiaste reactie.

'Lekker,' zegt ze daarom ook maar.

Als Hélène is weggelopen, zegt Bo: 'Bedankt dat je me hier mee naartoe hebt genomen.'

'Ik wilde je laten kennismaken met de bordelaise kookkunst.

Na de koffie wandelen we samen naar jouw hotel, ik woon daar vlakbij.'

Bo wendt haar blik af. Gek. Ze kan zich niet herinneren Amélie te hebben verteld waar ze logeert.

Terwijl ze zwijgend naar het hotel wandelen schiet het Bo weer te binnen dat ze Amélie moet vragen naar de betekenis achter haar opmerking dat drie te veel is.

'Gebeurt het vaak dat studenten overlijden?' vraagt Bo.

Amélie houdt haar pas kort in. 'Soms,' zegt ze. 'Ook jongeren kunnen ernstig ziek worden.'

'En hoe vaak gebeurt het dat mensen verdwijnen?'

'Zoals Edda, bedoel je? Ik mag hopen zeer zelden. Geregeld komen studenten niet meer opdagen voor colleges, met name uitwisselingsstudenten willen er nog weleens de brui aan geven uit heimwee. Het is mij al meerdere malen overkomen dat iemand vertrekt zonder het Secrétariat des étudiants te informeren. Heel vervelend, want dan moeten wij uitzoeken wat er gebeurd is.'

'Je bedoelt uitzoeken of iemand vrijwillig is gegaan of dat er iets anders aan de hand is?' Bo had dit gesprek moeten opnemen.

Amélie schiet in de lach. 'Kom op, Bo. Het is in de hele geschiedenis van de school maar twee keer voorgekomen dat een student spoorloos verdween, en Edda was er daar eentje van.'

De schrik slaat Bo om het hart. 'Wanneer was die andere keer?'

Amélie denkt even na. 'Volgens mij was dat ruim honderd jaar geleden. Een achttienjarige student kwam een week lang niet opdagen. Later bleek hij te zijn vermoord bij een caféruzie. Ze vonden zijn lichaam langs de oever van de Garonne.'

Dat is veel te lang geleden, daar kan Amélie onmogelijk op gedoeld hebben met haar uitspraak.

'En zelfmoord?' vraagt Bo. 'Hoe vaak heb je dat meegemaakt?'

Amélie fronst haar wenkbrauwen. 'Sinds ik decaan ben één keer, maar ik weet vrij zeker dat mijn vader er vaker mee geconfronteerd is.'

Amélie kijkt opzij, maar zegt niets. Bo doet alsof ze het niet doorheeft, nog steeds is ze weinig opgeschoten met haar ondervraging. Edda was nummer één, misschien kan ze Julia tot nummer twee rekenen, en zou Sinem de derde zijn geweest? Of Brigitte Henri? Het lijkt voor de hand te liggen.

'Denk je dat Philippe Bernard vaker mensen vermoord heeft?' vraagt ze.

'Dat moet je aan de politie vragen. Wat ik wel weet is dat hij vaker heeft aangepapt met studenten. Drie keer zelfs, Edda was de eerste.'

'Drie zijn er drie te veel,' zegt Bo mompelend, dus daar sloeg die opmerking op. Ze voelt het bloed optrekken naar haar wangen.

'Ja,' antwoordt Amélie. 'Dat mag je wel zeggen. Overigens leven die andere twee nog, als dat je vraag mocht zijn.'

Terwijl ze door straatjes en over pleinen wandelen denkt Bo na. Als de universiteit wist dat Philippe Bernard relaties aanknoopte met studenten, waarom hielden ze hem dan in dienst?

'Heeft jouw vader nooit overwogen Bernard te ontslaan?' vraagt ze.

Amélie blijft stilstaan. 'Toen Edda stierf, zat ik nog op de *école élémentaire*. Philippe was indertijd nog geen dertig. Dus zoveel scheelde hij niet met zijn leerlingen. En het waren andere tijden. Uiteraard zal mijn vader zijn gedrag hebben afgekeurd, maar ontslag, nee. Philippe was een goede docent. Hoe lang blijven jullie eigenlijk nog in Bordeaux?'

Bo zou zo graag een keertje met Yves LaRoche praten. Misschien moet ze de vraag gewoon droppen.

'Heb je al gevraagd of je vader mee wil werken aan de podcast?'

Amélie begint weer te lopen.

'Hij is erg geschrokken en wil er niets mee te maken hebben,' zegt ze. 'Het spijt me, Bo. En daarnaast, jullie zijn toch klaar met het onderzoek? Ik neem aan dat je vandaag of morgen ook op de trein stapt, net zoals je vriendin.'

Ook dat heeft ze Amélie niet verteld, dat Inès op de trein is gestapt.

'Ik denk dat ik nog een paar dagen in Bordeaux blijf om de stad te bekijken,' zegt Bo zo achteloos mogelijk.

40

Bordeaux, dag 11 – vrijdag

Tot halftwee vannacht heeft Bo pogingen ondernomen om Inès te bereiken; pas tegen halfdrie gaf ze de moed op. Inès' telefoon was en bleef 'dood' en de receptie van Hotel Napoleon zei dat er geen mevrouw Al Amrani bij hen stond ingeschreven. Met de gedachte dat de geschiedenis zich weer lijkt te herhalen, is ze uiteindelijk in slaap gevallen.

Zojuist schrok Bo badend in het zweet wakker uit een nachtmerrie waarin Inès betrokken was bij een zwaar treinongeluk. In haar slaap had ze spoorrails zien vonken door de wrijving van een plotseling remmende locomotief en de wagons zien ontsporen. Als haar hart weer in een normaal tempo slaat, pakt Bo haar iPhone van het nachtkastje. Inès heeft nog steeds niet gereageerd op haar bombardement van appjes en telefoontjes. Ze trapt het dekbed van zich af. Als haar vriendin vanmiddag om vijf uur nog steeds radiostilte houdt, pakt ze de trein naar Parijs. Ze pakt het andere hoofdkussen en legt dat achter haar rug om wat rechter op te zitten. Op datzelfde moment begint haar mobiel te trillen. Daar zal je haar hebben met een 'sorry, sorry sorry', zoals altijd. Nijdig slaat Bo het hoesje open. Het is Joost, ziet ze op het scherm. Die belt normaal nooit zo vroeg. Vlug neemt ze op.

'Een moment, Bo,' hoort ze hem zachtjes zeggen.

Het duurt zeker een minuut voordat hij eindelijk begint te praten.

'Sorry, ik stond op de intensive care en moest naar de gang lopen. Mijn moeder is plotseling opgenomen.'

De ic. Dat belooft weinig goeds.

'Wat is er aan de hand?' vraagt Bo.

'Geen idee,' antwoordt hij. 'Straks spreken mijn vader en ik de arts en dan horen we wel hoe en wat, hopelijk hoeven ze alleen maar haar medicatie aan te passen. Weet je al wanneer je naar huis komt?'

Het liefst had ze 'nu' gezegd. 'Zo snel mogelijk,' belooft ze. 'In elk geval binnen een paar dagen. Tenzij het slechter mocht gaan met je moeder,' zegt ze erachteraan. 'Dan vlieg ik onmiddellijk terug.'

'Daar ben ik blij om. Ik ben heel benieuwd naar het vervolg, aflevering 2 was fantastisch.'

Bo wordt overspoeld door een gevoel van trots. Als de podcast een succesverhaal wordt kan ze zo aan de slag bij een landelijke krant. Maar Joost heeft haar ook nodig.

'Heb je liever dat ik...' begint ze.

'Sorry, Bo. De arts komt eraan. Ik moet ophangen,' onderbreekt Joost haar.

Ineens is hij weg. Bo legt haar toestel op het bed. De strijd tussen haar schuldgevoel en haar hoop voor de toekomst laait in alle hevigheid op.

Hou me op de hoogte, X, appt ze hem.

Ze komt overeind en trekt het gordijn open. Bordeaux ontwaakt. Als ze niet naar Nederland gaat voor Joost, moet ze in elk geval haar tijd hier goed besteden, met of zonder Inès, en dat begint bij Yvonne LeBlanc. Volgens Google Maps is het ruim een halfuur lopen naar het politiebureau waar Yvonne werkt, ziet Bo. Ze heeft wel zin in een wandeling. Terug kan ze altijd nog een taxi nemen.

Het is amper negen uur als Bo het grote witte gebouw binnen loopt waar ze al een paar keer is geweest. De jonge agent die achter de desk zit herkent haar niet.

'Waar kan ik u mee helpen?' vraagt hij.

'Is Yvonne LeBlanc aanwezig?' Het liefst handelt ze dit met haar af.

De agent kijkt in zijn computer. 'Als het goed is wel. Ik zal haar even bellen.'

Bo gaat op een van de stoeltjes zitten en kijkt naar de posters van mensen die gezocht worden. Gek eigenlijk dat er alleen gezichten van criminelen op staan, maar niet van mensen die vermist zijn. Alsof die er minder toe doen, terwijl ze het slachtoffer van een misdrijf kunnen zijn geworden, zoals Edda Biancchi.

'Mevrouw LeBlanc komt eraan,' zegt de agent.

'Dank u.'

Bo haalt de brief die Julia aan Dorien schreef uit haar tas en plakt de post-it erop. Door het glas ziet ze Yvonne aankomen. Ze kijkt verrast als ze Bo in het vizier krijgt.

'Bo! Jou had ik hier niet verwacht. Wat kan ik voor je doen?' vraagt ze.

Bo geeft haar de brief. 'Deze heeft Julia geschreven. Die post-it zat in het dossier van Sinem Yilmaz, een Turkse student die in 1990 vermoedelijk zelfmoord pleegde. Ik zou graag willen achterhalen of de handschriften overeenkomen. Hebben jullie daar een deskundige voor?'

Yvonne bestudeert de twee stukken. 'We hebben iemand binnen het korps,' zegt ze. 'Waarom wil je dit weten?'

'Ik denk dat Julia onderzoek deed naar de dood van Sinem en daar moet ze haar redenen voor hebben gehad.'

Yvonne knikt nadenkend. 'Mij zegt die naam niets, Yilmaz. Maar dat zegt niks. In 1990 werkte ik nog niet voor de politie. Ik zal het eens voorleggen aan een paar collega's die langer in dienst zijn.'

'Zoals Pierre Lambert?' vraagt Bo. Hij moet de zaak kennen, dat kan niet anders.

Yvonne kijkt verrast op. 'Ken je hem? Hij had in die jaren de leiding over het korps.'

'Inès en ik hebben hem in Parijs ontmoet,' antwoordt Bo. 'Hij heeft destijds met Julia gesproken over Edda.'

'Zo zie je maar hoe klein de wereld eigenlijk is.' Yvonne vouwt de brief dicht. 'Ik ga ermee aan de slag, je hoort uiterlijk morgen van me.'

41

Vanaf het politiebureau is ze naar de Garonne gelopen en nu slentert ze langs de oever. Af en toe blijft ze stilstaan om over het water uit te kijken, dat als een lint door de stad stroomt. Inès' telefoon staat nog steeds uit. Bo laat zich op een bankje zakken. Inès is een schat, maar voor een communicatieadviseur laten haar communicatievaardigheden zwaar te wensen over. Ongetwijfeld is Inès op speurtocht langs de Parijse departementen, net zoals de vorige keer. Maar ergens diep vanbinnen blijft een duiveltje zeuren dat er iets met Inès gebeurd is, iets verschrikkelijks.

Bo strekt haar benen.

Vorige week verdacht ze Inès ervan hele nachten te clubben in plaats van Julia te zoeken. Deze keer wil ze die gedachte niet toelaten. En toch, waarom kan ze maar geen contact met haar krijgen?

Bo kijkt om zich heen. Verderop is de *minimarket*. Ze komt overeind en steekt de weg over.

Het neonlicht in de winkel werpt een blauwachtig schijnsel op de vuilwitte vloer. Bo loopt door de smalle gangpaden, op zoek naar de juiste afdeling. Ze passeert rijen met potten groenten als achter in de zaak een slanke donkerharige man weg lijkt te duiken. Er kriebelt iets in haar buik, ze vertrouwt het niet.

'Hallo!' roept ze. Haar stem galmt door de winkel. Er komt geen enkele reactie. Ziet ze nou alweer spoken, net zoals in Parijs?

'Hallo?' roept ze nog een keer.

Opnieuw blijft het stil. Vastberaden loopt ze naar achteren. Er is niemand te zien, het ligt inderdaad aan haar. Ongetwijfeld was het een medewerker die in het magazijn is verdwenen. Toch raakt ze het gevoel dat ze in de gaten wordt gehouden niet helemaal kwijt. Ze pakt een flesje water en een voorverpakte sandwich uit de koeling en loopt haastig naar de kassa om af te rekenen. Het duurt even voor er een oude vrouw aan komt. Terwijl ze de artikelen aanslaat op de kassa werpt Bo een blik opzij, maar de gangpaden zijn leeg.

'Dat is dan 6 euro en 25 cent,' zegt de vrouw in het Frans.

Bo houdt de creditcard bij de pinautomaat. Achter in de zaak valt iets van glas stuk. De vrouw vloekt zachtjes en loopt bij de kassa vandaan.

Aarzelend blijft Bo staan. Ergens is ze nieuwsgierig wie de man is, maar aan de andere kant benauwt deze zaak haar zo dat ze het liefst zou wegrennen. Uiteindelijk kiest ze ervoor om rustig terug naar het bankje te lopen. Buiten, waar meer mensen zijn, voelt ze zich een stuk veiliger.

Terwijl Bo haar broodje eet tikt ze een teaser naar Marije op WhatsApp: *Julia deed onderzoek naar de dood van Sinem Yilmaz, een Turkse uitwisselingsstudent die volgens de politie zelfmoord heeft gepleegd. Ik heb het bewijs in handen dat er gesjoemeld is met haar autopsierapport...* Kort blijven Bo's duimen boven het toetsenbord hangen. Bewijs is een veel te groot woord. Aan de andere kant, toen ze bij *Koffie en koek* voorstelde een podcast te maken over de verdwijning van Julia van der Molen heeft ze ook gebluft door Marije te garanderen dat ze Julia zouden vinden. Ze tikt op verzenden en gooit het laatste stukje van haar sandwich in de afvalbak naast haar. Het brood is veel te droog om lekker te zijn. Een poosje staart ze gedachteloos uit over de rivier, waarop bootjes voorbijvaren. Ze moet meer te weten zien te komen over Sinem en Brigitte, en dat begint bij het studentensecretariaat van de universiteit. Rechtstreeks vragen stellen aan Amélie is toch zinloos. Ze komt overeind.

Op het secretariaat zit een vrouw die Bo's moeder had kunnen zijn. Ze kijkt op van haar werk.

'Kan ik je ergens mee helpen?' vraagt ze in keurig Engels met een zwaar Frans accent.

'Ik maak een podcast over een verdwenen Nederlandse vrouw en zoek iemand die me iets kan vertellen over Sinem Yilmaz en Brigitte Henri.'

'Jij en jouw vriendin hebben de moord op Edda opgelost!' roept de vrouw uit. 'Dat is ook toevallig, mijn collega en ik hadden het laatst nog over jullie. Ik ben trouwens Nicole. Ga zitten!'

Bo pakt een bureaustoel en rolt die naar de werkplek van Nicole.

'Mag ik dit gesprek opnemen?' vraagt Bo.

'Ja hoor. Wacht, dan haal ik even hun dossiers erbij.' Nicole loopt naar een grote kast en gaat met haar vinger langs de namen. Ze pakt er twee mappen uit.

Ondertussen sluit Bo de apparatuur aan.

Als Nicole weer zit begint ze te praten: 'Ik werkte al op de universiteit toen Sinem en Brigitte hier kwamen studeren. Zo triest. Van Brigitte wisten we wat ze mankeerde, maar over Sinem was weinig bekend. Het meisje kwam hier via een uitwisselingsprogramma.'

Ze opent de bovenste map.

'Hier staat het.' Ze tikt met haar vinger op het blad en komt dan naast haar staan. 'Brigitte Henri was manisch-depressief. Uit de autopsie bleek dat ze haar medicijnen niet meer slikte.'

Bo werpt een blik op het papier.

'En toen maakte haar vriend het uit,' gaat Nicole verder. 'Tja.'

Ze sluit de map en legt hem weg.

'De dood van Sinem Yilmaz was mysterieuzer. Haar ouders weigerden te geloven dat hun dochter zelfmoord had gepleegd en eisten een politieonderzoek. Het fijne weet ik er helaas niet van, maar, eh...' Nicole stopt met praten en lijkt even na te denken. Dan zegt ze: 'Ik ben ruim twintig jaar geleden in de stukken gedoken die bij ons liggen omdat er toen ook iemand navraag deed. Weet je dat er destijds uitgebreid onderzoek is gedaan door de politie? Niet alleen omdat de familie van Sinem Yilmaz flink aanhield, maar ook omdat de Franse politie vraagtekens plaatste bij haar dood. Zie je, dat andere meisje, Brigitte Henri, sprong van de bovenste verdieping, maar Sinem, dat is een ander verhaal. Zij zou ver buiten de stad voor de trein zijn gesprongen. Ik verzeker je, dat meisje bleef altijd op de universiteit. Haar vader was doodsbang dat ze ontvoerd zou worden, dat staat in het dossier. De patholoog heeft zelfs kanttekeningen in zijn rapport geplaatst, omdat ze wonden op haar polsen had die mogelijk veroorzaakt waren door touwen. Daarom wilde Sinems vader de onderste steen boven hebben.'

Bo kijkt haar verbijsterd aan. Dit zijn details die zij nog niet kende. Zou Amélie hier geen weet van hebben gehad? Haar vader was indertijd decaan. Zoals Amélie al zei: ze was nog maar een kind in die jaren. Toch kan ze zich niet voorstellen dat de dood van Sinem nooit meer ter sprake is gekomen.

'De politie van Bordeaux heeft Sinems dood afgedaan als zelfmoord.'

'Ja, dat weet ik,' antwoordt Nicole. 'Rechercheur Lambert was in die dagen kind aan huis op de universiteit. Uiteindelijk is er een openbare bijeenkomst geweest waar onder andere de plaatselijke pers bij aanwezig was. Tijdens die middag heb ik hem horen verklaren dat Sinem zelf voor de dood heeft gekozen. De patholoog was erbij aanwezig, hij stond naast me en schudde ontkennend met zijn hoofd. Dat beeld is me altijd bijgebleven. Ik en mijn collega hebben het daar zo vaak over gehad.'

Lambert, hoort ze haar dat nou goed zeggen?

'U hebt het over Pierre Lambert?' vraagt Bo voor de zekerheid.

'Ja,' zegt de vrouw. 'Pierre Lambert.'

Dit werpt een heel ander licht op de zaak. Het kan niet anders: Julia had het hierover toen ze schreef op iets veel groters te zijn gestuit.

'Een deel van het archief van het studentensecretariaat ligt in een ander gebouw. Dat is na de fusie niet meegekomen. Misschien dat daar meer te vinden is over Sinem en Brigitte,' gaat Nicole verder.

'Waar kan ik dat secretariaat vinden?' vraagt ze.

Nicole gaat achter haar bureau zitten. Ze trekt een la open en haalt er een toeristische plattegrond van Bordeaux uit. Ze vouwt hem open.

'Het ligt niet ver hiervandaan.' Met een pen zet ze een rondje op de kaart. 'Alsjeblieft.'

Bo pakt de kaart aan.

'Ik laat mijn collega's alvast weten dat je eraan komt. Veel succes,' zegt Nicole er met een glimlach achteraan. 'Jullie doen goed werk.'

Tien minuten later staat Bo voor een modern gebouw dat haar doet denken aan de Hogeschool waar zij en Inès les kregen van Ruud Smithuijsen. Volgens een bordje naast de deur maakt het deel uit van de Universiteit van Bordeaux. Ze wandelt een grijze gang in met aan weerszijden deuren met naambordjes. Enkele studenten passeren al pratend.

'Weten jullie waar het studentensecretariaat is?' vraagt Bo.

'Een stukje verderop, aan je rechterhand,' roept een van de jongens in het voorbijgaan.

Terwijl ze verder loopt, installeert Bo de interface en de microfoon en laat alles weer in de twee binnenzakken van haar spijkerjasje glijden. Ze opent de deur. Het secretariaat is een groot kantoor met diverse bureaus en een systeemplafond. Iemand heeft geprobeerd de boel een beetje op te fleuren met kamerplanten, maar die benadrukken de troosteloosheid alleen maar meer.

'Jij bent de podcastmaker,' zegt een man van middelbare leeftijd die achter een bureau zit. 'Nicole belde al dat je onderweg was.'

'Klopt,' begint Bo. 'Er zouden hier dossiers liggen van twee oud-studenten die ik mag inzien.'

De man komt uit zijn bureaustoel. 'Mogen is een groot woord, maar ik heb er geen bezwaar tegen. Ik vind het geweldig dat jullie die oude moord hebben opgelost,' zegt hij.

Hij pakt twee mappen van een ander bureau.

'Alsjeblieft. Je mag ze hier doorkijken. Zoek maar een plek uit.'

Bo pakt de dossiers aan en kijkt rond. In de hoek staat een tafel met zes stoelen eromheen. Ze neemt plaats.

Terwijl de man verdergaat met zijn werk kijkt Bo het dossier door. Brigitte Henri slikte al vanaf haar vijfde medicijnen, leest ze. Die heeft waarschijnlijk haar pillen door de wc gespoeld toen ze onder het juk van haar ouders vandaan was. Sinem is inderdaad een ander verhaal. Het meisje heeft een normale jeugd gehad, geen medische of psychische problemen. Haar ouders bezitten een hotelketen in Turkije, ze moet in weelde zijn opgegroeid. Er zit een brief van de Turkse ambassade in het dossier die ze niet kan ontcijferen.

Bo slaat een pagina om. Sinem overleed in 1990, vlak voor haar eenentwintigste verjaardag. Als ze was blijven leven, was ze nu drieënvijftig geweest. Weer slaat ze een pagina om. Kennelijk heeft er een hele briefwisseling plaatsgevonden tussen de universiteit en de familie Yilmaz. De toon ervan werd met het verstrijken van de tijd steeds onvriendelijker. Op de laatste pagina staan twee namen met de hand geschreven: *Charlotte Martin* en *Sofie Roux.* Ze leest de brief waar de krabbels op staan. Kennelijk waren Charlotte en Sofie goed bevriend met Sinem. Bo bladert terug naar de brieven van Sinems vader. Er is iets met dat meisje waardoor ze de zaak niet los kan laten. Uiteindelijk slaat ze het dossier dicht. De volgende stap is Sinems oude vriendinnen vinden, meiden onderling vertellen elkaar altijd alles. Wie weet hebben zij info die het politiedossier nooit gehaald heeft.

42

'Hè, hè, ben je daar eindelijk,' zegt Inès als Bo de suite binnenkomt.

Inès veert overeind van het bed en gooit het tijdschrift waarin ze zat te bladeren op het tafeltje.

'Ben je al lang terug?' vraagt Bo, die haar opluchting probeert te onderdrukken. Eerst wil ze van Inès horen wat de reden voor haar stilzwijgen was.

Inès haalt haar schouders op. 'Twee, drie uurtjes?'

Bo fronst haar wenkbrauwen.

'Nee, natuurlijk niet. Ik loop hier vijf minuten geleden naar binnen. Gelukkig herkende de receptionist me, want jij hebt alle sleutelkaarten.'

Bo laat de tas van haar schouder glijden en legt hem op het voeteneind van het bed. 'Heb jij enig idee hoe vaak ik je heb geprobeerd te bereiken?'

'Absoluut niet,' antwoordt Inès. 'Mijn telefoon is dood. Hij viel in de wc-pot van Lamberts favoriete brasserie en dat was dat.'

Bo rolt met haar ogen; precies wat ze al dacht. 'En het is niet in je opgekomen om een nieuwe te kopen,' concludeert ze.

'Wel aan gedacht, maar geen tijd voor gehad. Vanmorgen werd ik pas om elf uur wakker en toen ben ik naar het station gerend om nog een beetje op tijd hier te zijn.' Inès veegt haar lange donkere haar naar één kant. Een stortvloed van krullen valt over haar schouder.

Bo staart haar aan. Dit had ze niet zien aankomen. Wat ze ook niet had zien aankomen is de grote zuigzoen in Inès' nek. Ze heeft vannacht bij Luc geslapen, dat kan niet anders. Vandaar de plotselinge omslag gisteren.

‘Heb je Pierre Lambert nog de groeten van me gedaan?’ vraagt Bo, terwijl ze haar ogen tot spleetjes knijpt.

Inès gaat op haar zij liggen en fronst haar wenkbrauwen. ‘Waarom zou ik?’

‘Omdat ik je dat gevraagd heb. Jij hebt hem gisteravond of vanmorgen natuurlijk uitgebreid gesproken in zijn favoriete brasserie, daarom ging je naar Parijs! O wacht, dat kan natuurlijk niet. Gisteravond stond je op de dansvloer van Silencio en vanmorgen trok je een sprintje om de trein terug te halen!’ Bo slaat zichzelf voor haar hoofd. ‘Stom.’

Inès gaat op de rand van het bed zitten. ‘Niet zo sarcastisch, Bootje, dat past niet bij je. Lambert zat niet in zijn brasserie, hij was zelfs niet eens in de stad. Ik heb hem wel kort telefonisch gesproken, vlak voor mijn toestel verdronk. Hij kan zich niet herinneren dat er ooit een politieonderzoek naar aanleiding van een zelfmoord heeft plaatsgevonden. Je krijgt trouwens de groeten van Luc.’

‘Goh.’ Bo laat zichzelf achterover op bed vallen. ‘Je twonightstand.’

‘Niks twee nachten. Ik vind Luc echt leuk, Bo, maar hij woont vijftig kilometer buiten Parijs langs de Seine en niet in Den Haag,’ zegt ze.

Een relatie betekent dus verhuizen. ‘Misschien vindt hij de Hofvijver net zo mooi als de Seine,’ zegt Bo een beetje nijdig.

Inès proest het plotseling uit van het lachen. ‘Dat plasje water met eenden. Ja, daar zal hij echt van onder de indruk zijn.’

Bo kijkt haar aan, plotseling wordt ze serieus. ‘Zou je echt voor een man naar Frankrijk verhuizen?’

Inès trekt haar schouders op. ‘Jij bent toch ook in Utrecht neergestreken omdat Joost er werd geboren?’

Daar heeft Inès gelijk in. En nu is ze ongelukkig in Overvecht. Bo staart naar het plafond. Hoe krijgt ze Joost ooit Utrecht uit?

Er klinkt een diepe zucht naast haar. ‘Ik weet het niet, Bo. Misschien verhuis ik ooit; we kennen elkaar nog maar zo kort. En toch...’

Bo moet er werkelijk niet aan denken dat Inès vijfhonderd kilometer verderop gaat wonen, maar ze kan haar moeilijk tegenhouden. Ze wil er niet aan denken.

'Mijn schoonmoeder ligt op de ic,' zegt ze daarom.

'Ai,' zegt Inès zachtjes. Ze draait zich op haar zij. 'Wil je naar Nederland?'

Bo schudt haar hoofd. 'Niet nu, maar als ze achteruitgaat wel. Ik ben trouwens met de decaan in het archief van de uni geweest.'

'Dat lijkt me heel saai.'

'Zo saai was het anders niet,' merkt Bo op. 'In het najaar van 1990 hebben twee studenten zelfmoord gepleegd. Een Française en een uitwisselingsstudent uit Turkije.'

'Wat?' Inès kijkt haar met grote ogen aan. 'Twee keer in zo'n korte periode moet een klap zijn geweest voor de uni.'

'Die Française heette Brigitte Henri, ze was depressief,' gaat Bo verder. 'De naam van het Turkse meisje is Sinem Yilmaz en daar is iets raars mee. Zelfs de Turkse ambassade heeft zich ertegenaan bemoeid.'

'Dat is heel normaal. Zo'n onderzoek doen ze altijd als een buitenlander om het leven komt. In Marokko verdrinken er om de haverklap toeristen omdat ze de zee en zijn stromingen niet kennen. Dan trekt de politie ook alles uit de kast om de diplomatieke betrekkingen goed te houden. Dat zal in Frankrijk niet anders zijn,' merkt Inès schouderophalend op.

Daar heeft ze geen seconde bij stilgestaan. 'En toch is er iets vreemds op de universiteit aan de hand. Philippe is jaren de hand boven het hoofd gehouden, terwijl bekend was dat hij relaties met studenten aanknoopte,' zegt Bo.

'Heeft hij dat Turkse meisje aangerand, denk je?' vraagt Inès.

'Niet dat ik weet. Dat zouden we moeten uitzoeken.'

'1990, zei je? Dat is tweeëndertig jaar geleden! Hoe komen we daar ooit nog achter? Bovendien kunnen we ons beter focussen op Julia. We zijn hier niet om elke cold case van Bordeaux op te lossen.'

'Er zat een post-it in Sinems dossier geplakt waar "kopiëren" op stond,' zegt Bo droog.

'Dat kan toch een opdracht voor het secretariaat zijn? Ik zie daar geen bewijs voor moord in.' Inès komt overeind en trekt een pak koekjes uit haar openstaande koffer. Ze haalt er eentje uit en biedt Bo ook een koekje aan.

'Nee, dank je. Er stond *kopiëren* op,' herhaalt Bo. 'Niet *copier*.'

Inès stopt met kauwen. 'In het Nederlands, bedoel je?'

Nu heeft ze haar volle aandacht. 'Ja, en dat is vreemd, voor een Frans archief.'

Inès kijkt haar nadenkend aan. 'En jij vermoedt dat Julia het heeft geschreven?'

Bo knikt. 'Ik heb de post-it gejat en met de brief van Julia aan Yvonne LeBlanc gegeven. De politie laat er een handschriftdeskundige naar kijken.'

Inès staart haar met open mond aan. 'Nice, Bootje,' zegt ze vol bewondering.

'En dan is er nog iets,' gaat Bo verder, en ze vertelt het verhaal over de notulen. Ondertussen propt Inès koekjes in haar mond alsof ze sinds gisterochtend helemaal niets meer gegeten heeft. Er vallen kruimels op de donkerblauwe vloerbedekking.

'Wauw,' zegt ze als Bo klaar is met haar relaas. 'Als medewerkers stiekem geheime documenten openbaren, dan is er echt iets aan de hand. Hoe heet die patholoog, zei je? Als er gesjoemeld is met zijn autopsierapport, moet hij daarvan op de hoogte worden gebracht!'

Bo pakt de papieren uit haar schoudertas. 'Lees het zelf maar. Eerste pagina. De uni heeft haar schuld inzake Sinems dood gewoon afgekocht.'

Inès pakt de notulen aan. 'Hebben ze dat zo opgeschreven? Schuld afkopen?'

'Nee, dat is mijn interpretatie.'

Inès legt de notulen op haar schoot. 'Rechercheur Lambert vertelt ons dat hij zich niet kan herinneren dat er ooit een politieonderzoek heeft plaatsgevonden na Sinems dood, terwijl uit deze stukken blijkt dat hij het korps van Bordeaux heeft teruggefloten! Ik lees hier dat er zelfs een persconferentie is geweest, daar moet toch nog iets van terug te vinden zijn?'

'Lambert heeft óf last van een mankerend geheugen door ouderdom, óf is niet te vertrouwen,' zegt Bo. Ze krijgt steeds meer het gevoel dat Lambert iets te maken heeft met het 'veel groters' waar Julia over schreef in haar brief aan Dorien.

'Misschien moeten we oude kranten gaan bekijken in de bibliotheek van Bordeaux?' oppert Bo. Daar is ze al eens een keer geweest om het media-archief in te zien.

Inès vouwt de papieren weer dubbel en geeft ze aan Bo. 'Dan stel ik voor dat we naar de bibliotheek gaan. De achternaam van de patholoog is trouwens Moret.'

Ze legt de stukken op het bed en pakt Bo's iPhone.

'Vinger,' commandeert Inès.

Bo legt haar wijsvinger op het lezertje en het toestel springt aan. Inès toetst iets in de zoekbalk en scrolt door de resultaten.

'Ha, hij heeft een LinkedIn-pagina. Valentin Moret, patholoog en gastdocent aan... je mag drie keer raden.'

'De Universiteit van Bordeaux?' vraagt Bo.

Inès knikt. 'Gefeliciteerd, je bent door naar de volgende ronde. Sinds 2016 is hij verbonden aan de medische faculteit.'

'Dan heeft Amélie LaRoche hem aangenomen en niet haar vader,' constateert Bo.

Inès leest de notulen een laatste keer door. 'Er staan geen andere interessante dingen in. Een hoop geklets over subsidies, maar nergens kom ik de naam Sinem meer tegen.' Ze schikt de papieren op het tafelblad tot een stapeltje en vouwt ze dan doormidden.

'Denk je dat we die patholoog kunnen benaderen?' vraagt Bo. 'Omdat hij op de uni werkt.'

'Alles kan,' antwoordt Inès. 'Maar de vraag is in hoeverre hij weet heeft van deze vergadering...'

Bo stopt de notulen terug in haar tas. 'Stuur die Valentin Moret maar een bericht via LinkedIn dat we onderweg zijn. Zeg ook maar meteen eerlijk waarover het gaat. Als hij ons de toegang tot de faculteit weigert, dan heeft hij zijn rapport vermoedelijk aangepast op verzoek van het bestuur en vertellen we dat in onze podcast. Als de Franse krant de vondst van Edda Biancchi oppikt, publiceren ze dit ook!'

‘Bootje is op oorlogspad,’ merkt Inès op, en ze begint te tikken. Als ze klaar is geeft ze Bo de iPhone terug.

‘Onderweg wil ik een nieuwe telefoon kopen. Heeft het hotel trouwens een wasservice?’ vraagt Inès. ‘Ik kan moeilijk in mijn little black dress de *private eye* spelen, en meer schone kleding heb ik niet bij me.’

Bo schiet in de lach. ‘Vast. En anders moeten we gaan winkelen, want we zijn hier nog minstens een week.’

43

Inès gaat op de grond zitten en opent haar koffer. ‘Ik blijf echt geen hele week in Bordeaux,’ moppert ze, terwijl ze bergen vuile kleding naast zich op de grond legt.

Bo gooit een plastic waszak van het hotel richting Inès en pakt er eentje voor zichzelf, waarmee ze naar het bed loopt. Terwijl ze haar eigen was uit de rugzak haalt zegt ze: ‘En mocht het onderzoek na een week nog niet klaar zijn, dan blijven we hier nog langer.’

Inès trekt de waszak aan de lussen dicht en legt er een knoop in. ‘Vergeet het maar.’

Bo doet haar best om niet boos te worden, maar ze voelt de woede vanuit haar buik omhoogkruipen.

‘Deze podcast was jouw idee, hoor, als je het soms vergeten was. We zijn er samen aan begonnen en we gaan hem samen afmaken,’ zegt ze zo kalm mogelijk.

‘Het was mijn idee om in de voetsporen van Julia van der Molen te treden,’ vult Inès haar aan, terwijl ze gaat staan. ‘Niet om alle cold cases van Bordeaux op te lossen!’

‘Je overdrijft,’ antwoordt Bo kortaf. Ze komt van het bed en legt haar waszak bij de deur.

Inès volgt haar voorbeeld en schuift daarna de bijna lege koffer met haar voet richting een hoek van de kamer. Vervolgens laat ze zich op de bank ploffen.

‘Ik overdrijf niet,’ verkondigt Inès. ‘Je denkt toch niet dat we serieus een moord uit 1990 kunnen oplossen?’

‘Edda Bianchi werd tien jaar eerder vermoord en die zaak hebben we ook opgelost,’ merkt Bo op. Ze gaat tegenover Inès in een stoel zitten.

'Met gevaar voor eigen leven,' voegt Inès eraan toe.

Daar heeft ze gelijk in, denkt Bo. Als Philippe Bernard dat glas met iets meer kracht tegen de muur had gegooid, had die scherf haar halsslagader wél geraakt. Of als hij meer kracht op dat mes had gezet. Onwillekeurig gaat haar hand richting de plek in haar nek, waarvan de huid nog teer is.

'We geven Valentin Moret gewoon alle ruimte voor zijn verhaal en maken daar een complete aflevering van.' Inès komt overeind en pakt een flesje Spa rood uit de minibar. 'Jij ook?' vraagt ze.

Bo schudt haar hoofd. 'Nee, dank je.'

Met een flesopener wipt Inès de dop van het flesje en ze gaat weer zitten. 'Drie nachten, maximaal. Daarna...'

'Nu moet je toch echt ophouden!' Bo is er klaar mee. 'We zouden een maand uittrekken voor de podcast. Dat jij Luc hebt ontmoet is leuk, maar geen reden om mij telkens weer in de steek te laten!'

Inès fronst haar wenkbrauwen. 'In de steek te laten? Hoezo in de steek te laten? Je mag blij zijn dat ik zoveel informatie heb gevonden! Anders had *Koffie en koek* je allang op straat gezet!'

Bo staart haar verbouwereerd aan. 'Het enige wat jij in Parijs gedaan hebt is dansen in Silencio!'

'En Julia's brief aan Dorien tevoorschijn getoverd én het oude gastenboek van Hotel Napoleon gefotografeerd.'

Bo haalt een paar keer adem om te kalmeren. Inès trekt alle credits naar zich toe en dat voelt zo oneerlijk, dit had ze niet van haar vriendin verwacht.

'Bootje, relax. We doen allebei ons best,' zegt Inès. 'Zullen we die zakken op de gang zetten en dan...' Ze stopt met praten, omdat er op de deur wordt geklopt.

'*Qui est là*?' roept ze.

Er komt geen antwoord op Inès' vraag.

'Vast de schoonmaak,' zegt Bo aarzelend en ze komt half overeind.

'Nee.' Inès steekt haar arm uit ten teken dat Bo niet moet opendoen. 'Qui est là?' herhaalt ze haar vraag.

Weer komt er geen antwoord.

'Dat is raar,' mompelt Inès.

Opnieuw wordt er op de deur geklopt, een paar seconden later gevolgd door bonzen.

'Geen hotelmedewerker haalt het in zijn hoofd om met zijn vuisten op de deur van een gast te slaan,' fluistert Inès. 'Bel de receptie en vraag of de beveiliging naar boven komt!'

Bo grijpt de hoorn van de hoteltelefoon en zoekt gehaast naar het nummer van de politie, als ze Amélies stem herkent.

'Ik kan jullie horen praten. Doe alsjeblieft de deur open.'

Bo legt de hoorn terug op de haak. Weet Amélie dat iemand hun de notulen heeft gegeven?

'Wat komt zij hier doen?' Inès loopt naar de deur.

Goede vraag, denkt Bo. Dat zou zij ook weleens willen weten. Tegelijkertijd voelt ze er weinig voor om Amélie binnen te laten.

'Doen we open?' fluistert Inès.

Kort twijfelt Bo. Dan zegt ze: 'We kunnen haar moeilijk negeren.'

Ze opent de hotelkamerdeur en blijft in de deuropening staan. 'Amélie! Wat kom jij hier doen?' vraagt ze zo rustig mogelijk, alsof er niets aan de hand is.

Amélie kijkt haar nadenkend aan. 'Jullie zijn hier dus nog. Allebei, nota bene,' concludeert ze.

Normaal zou Inès een spitsvondige opmerking hebben gemaakt op zo'n vraag naar de bekende weg, maar nu zwijgt ze. Ook Bo weet niet goed wat ze moet zeggen. De hele situatie voelt ongemakkelijk.

'Waarom?' vraagt Amélie.

Inès kijkt Bo kort aan. 'We willen de Cathédrale Saint-André de Bordeaux graag vanbinnen zien,' zegt ze daarna met een glimlach.

Amélie lijkt iets te ontspannen. Ze knijpt haar ogen een beetje toe. 'Is dat het?'

Bo knikt. 'Ja,' zegt ze. 'Dat leek ons wel even fijn na alles wat er is gebeurd, gewoon een kerkentour houden.'

'Oké,' antwoordt Amélie. 'Dan wens ik jullie een paar fijne dagen. Dag.' Ze draait zich om en loopt richting de liften.

Inès doet een stap de gang op. 'Maar waarom kwam je langs?' roept ze naar Amélie, die inmiddels halverwege is. 'Toch niet om te kijken of we inderdaad in de stad zijn gebleven?'

Bo gaat bij haar staan. Amélie antwoordt niet, maar verdwijnt in de lift.

'Dat is toch raar,' begint Inès als ze weer zitten. 'We krijgen notulen in onze handen gedrukt die belastend zijn voor Yves LaRoche en tada, Yves' dochter scharrelt op de gang van de vierde verdieping van Boutique Hôtel & Spa rond!'

'Zou iemand gezien hebben dat ik die notulen kreeg?' vraagt Bo.

'Dat, of Valentin Moret heeft na ons berichtje contact met Yves opgenomen.'

Bo schudt haar hoofd. 'Nee, daarvoor was er te weinig tijd. Wat denk je, moeten we Yvonne LeBlanc van de politie Bordeaux inlichten?'

'Ik denk niet dat we bang hoeven te zijn voor de familie LaRoche, het lijken mij geen moordenaars, maar eerder mensen die een schandaal liever onder het tapijt vegen dan ermee naar buiten komen,' zegt Inès.

Mogelijk heeft ze gelijk, denkt Bo. Toch zit dit hele gebeuren haar verre van lekker.

'Voordat we naar Moret gaan wil ik eerst oude kranten gaan bekijken in de bibliotheek van Bordeaux,' zegt Bo vastberaden. 'Mogelijk staat er iets in over de persconferentie die in de notulen genoemd wordt.'

44

Als Bo en Inès even later de gang op lopen is Amélie nergens meer te bekennen. Ook beneden in de lobby zien ze haar niet.

'Zal ik kijken of ze in de bar zit?' vraagt Bo. Ze wil er zeker van zijn dat de decaan vertrokken is.

Inès steekt haar arm door die van Bo. 'Welnee, ze heeft het volste recht om voor vijven aan de wijn te gaan. Is het ver lopen naar de bibliotheek?'

'Valt wel mee,' antwoordt Bo. Ze is toe aan een beetje beweging.

Door de spanning van zonet lijkt hun eerdere ruzie naar de achtergrond verdwenen. Gearmd lopen ze naar buiten, waar het nog steeds prachtig weer is. Het is drukker in Bordeaux dan de afgelopen week. Ze passeren een bankje waarop twee jongeren met een pizzadoos tussen hen in zitten te eten. Inès sleurt Bo bijna naar de overkant van de straat, waar de pizzeria zit.

'Eerst gaan we iets eten,' zegt Inès vastbesloten.

Even later staan ze voor de counter in het kleine zaakje. Terwijl Inès de menukaart die aan de muur hangt bestudeert, kijkt Bo naar buiten. Haar blik blijft hangen bij een donkerharige man die aan de overkant van de straat met een opengeslagen krant in zijn handen staat. Kort bekruipt haar het gevoel dat hij hen in de gaten houdt. Bo schudt het idee van zich af, het is onzin om te veronderstellen dat allerlei mensen haar en Inès bespioneren. Toch blijft er een vreemd onderbuikgevoel sudderen.

'Zullen we een pizza margherita delen?' stelt Inès voor. 'Dan eten we hem onderweg op.'

'Prima,' antwoordt Bo een beetje afwezig. Liever was ze in één ruk doorgegaan naar de bibliotheek. Dat vreemde bezoek van

Amélie zit haar nog dwars, en wat voor rol speelt Yves LaRoche in het geheel?

'Hé, slaap je?' Inès port in haar zij. 'Ik stelde voor om even buiten te wachten tot de pizza klaar is.'

'Heel graag,' zegt Bo. Het is benauwd warm in het kleine zaakje.

De torenklok slaat halfvier als ze door het centrum van de stad naar de bibliotheek lopen. Inès blijft stilstaan om de lege pizzadoos in een vuilnisbak te proppen. Ondertussen pikken vogels vallende kruimels van de stoep. Zwijgend lopen ze naast elkaar verder door de straten die steeds rustiger worden, totdat Bo het moderne glazen gebouw van de bibliotheek ziet opdoemen.

'Daar is het,' wijst Bo.

'Ziet er gezellig uit,' zegt Inès sarcastisch.

Als ze even later binnen staan neemt ze haar woorden terug. 'Vanbinnen is het mooier dan vanbuiten.'

Er zit een andere vrouw achter de balie dan de vorige keer dat Bo hier was.

'We zouden graag het digitale krantenarchief inzien,' zegt ze.

De vrouw komt overeind. 'Loop maar met mij mee.'

Terwijl ze naar de plek lopen waar de computers staan, zegt de bibliothecaris: 'Zoeken jullie iets van een specifieke datum?'

'Nee, we zijn op zoek naar artikelen over een zelfmoord uit 1990.'

De vrouw blijft staan. 'Er wordt bij overlijden alleen bericht als het gaat om een natuurlijke dood of wanneer er verdachte omstandigheden zijn, zoals het vermoeden van betrokkenheid van derden bij iemands overlijden,' zegt ze.

Dat klinkt in Bo's oren inderdaad logisch.

'Maar in dit geval ging het om een buitenlandse student. Haar ouders dachten dat het om moord ging. Er is een persconferentie over geweest,' zegt Inès.

De medewerker lijkt na te denken. 'Oké, 1990 zeiden jullie. Toen werkte ik hier nog niet. Ik ben geboren en getogen in Bordeaux, maar ik kan me niet herinneren dat er ophef is geweest over een buitenlandse student.' Ze begint weer te lopen.

Als ze bij de computerruimte zijn, zegt de medewerker: 'Zoek maar een plekje uit. Weten jullie hoe het werkt?'

Bo knikt. 'Ja hoor.'

Als de vrouw is vertrokken nemen Bo en Inès plaats.

'Sinem overleed in het najaar van 1990. Zullen we de periode na september van dat jaar doorzoeken?' stelt ze voor.

Ze activeert het scherm met de muis en er verschijnt een zoekbalk. Daar tikt ze 'Sinem Y' in en drukt dan op enter. Er komt geen enkele hit tevoorschijn.

'Je denkt toch niet echt dat haar naam in de krant heeft gestaan?' vraagt Inès, die het toetsenbord naar zich toe trekt en de zoekbalk leegt. 'Turkse student trein' tikt ze in. Onmiddellijk verschijnt er een reeks berichten. Inès buigt haar arm als *Popeye*: 'Onderzoeksjournalist Al Amrani *to the rescue*.'

Bo schiet in de lach. 'Misschien moet je ontslag nemen bij de gemeente, dan hoef je ook geen foldertjes meer voor ze te vertalen.'

Inès' gezicht wordt ineens serieus. 'Weet je dat ik dat ook werkelijk overweeg? Ik ben daar niet gelukkig, Bo.'

Bo bijt op haar onderlip. Het is een stap die zij ook zo graag zou zetten. Gewoon voor zichzelf aan de slag gaan, in plaats van zich te laten commanderen door Marije. Maar zodra ze zoiets oppert, raakt Joost bijna in paniek. Inès is uit haar antikraakwoning gezet, terwijl zij en Joost een hypotheek hebben. Dat is nogal een verschil. Hier moet ze nu niet over nadenken, besluit Bo. Eerst wil ze *Spoorloos* voltooien. Dat brengt haar op een idee. Ze pakt haar tas en haalt er de opnameapparatuur uit.

'We nemen alles op,' zegt ze, terwijl ze de snoertjes aansluit.

Als ze klaar is, klikt Bo op de muis en opent de eerste hit. Het is een interview met Sinems ouders, die het oordeel van de politie Bordeaux bestrijden.

'Dat is niks, probeer de volgende eens?' vraagt Inès.

Bo klikt op het tweede artikel en leest de alinea's vluchtig door. 'Dit is meer van hetzelfde, we kunnen beter op de laatste klikken.' Ze voegt de daad bij het woord.

'Bingo,' zegt Inès als ze de kop op het scherm ziet staan. 'GEEN MOORD, ZELFMOORD!'

Bo vergroot de tekst met het vergrootglasicoontje en begint hardop te lezen: '*Ondanks druk vanuit de Turkse overheid en de familie Yilmaz gaat de Franse justitie niet over tot een diepgaand onderzoek. Volgens rechercheur Pierre Lambert was de patholoog helder in zijn rapport. Ook hebben diverse medestudenten verklaard dat Sinem erg beschermend werd opgevoed. Helaas hebben de zorgen van de familie Yilmaz niet kunnen voorkomen dat hun dochter overleed. "Soms kan de bemoeienis van een familie ook verstikkend werken, hoe goed bedoeld ook," aldus plaatselijk rechercheur Lambert.*'

'Geen wonder dat de familie Yilmaz *pissed off* is,' roept Inès briesend. 'Hij geeft ze hier gewoon de schuld van haar dood!'

'En zie hier het tweede bewijs dat Pierre Lambert keihard tegen ons heeft gelogen,' zegt Bo. 'Een rechercheur kan onmogelijk zo'n slecht geheugen hebben dat hij een complete zaak, waarover hij zelfs geïnterviewd is, voor het gemak vergeet.'

45

Inès sluit de computer af.

'Lopen we naar de medische faculteit, of nemen we een taxi?' vraagt ze.

'Dat laatste,' beslist Bo. 'Ik ben geen wandelende plattegrond van Bordeaux en bovendien, zoveel tijd hebben we denk ik niet meer.'

Gehaast lopen ze naar de uitgang van de bibliotheek. Als ze voorbij de balie komen vraagt de vrouw: 'En? Hebben jullie gevonden wat je zocht?'

Bo houdt kort haar pas in. 'Zeker, bedankt!'

Inès staat al buiten over het scherm van haar telefoon te vegen om een Uber te bellen, ziet Bo.

'Sorry, we hebben een afspraak,' zegt ze tegen de medewerker, en weg is ze.

'*Cinq minutes*?' hoort Bo haar vriendin vragen. Ondertussen steekt Inès haar hand op en spreidt haar vingers om de boodschap door te geven.

'*Bibliothèque publique*,' zegt Inès vlak voor ze de verbinding verbreekt.

Bo gaat op de rand van een plantenbak zitten. 'Ik heb mijn spijkerjasje niet aangetrokken,' zegt ze. 'Nu kan ik dat gesprek met de patholoog niet stiekem opnemen.'

Inès komt naast haar zitten. 'In dat geval duw je gewoon de microfoon onder zijn neus.'

'Het is maar de vraag of Moret dan openlijk tegen ons durft te praten,' zegt Bo.

'Misschien moeten we helemaal niets opnemen,' antwoordt Inès.

Bo schudt haar hoofd. 'Dat is geen optie, ik wil het bewijs in handen hebben van wat er besproken is, zodat niemand later kan beweren dat hij iets anders heeft gezegd.'

Inès fluit tussen haar tanden door. 'Netjes, Bo. Misschien moet je ook gaan freelancen. Dan maken we samen nog meer true-crimepodcasts.'

Bo kijkt haar spottend aan. 'Je bedoelt van die podcasts waarin jij lekker gaat dansen en ik...'

Inès legt een vinger op haar lippen. 'Niet zeggen,' zegt ze. 'Eerst erover nadenken.'

Freelancen, podcasts maken, meer zaken onderzoeken, het klinkt allemaal heel aantrekkelijk.

'Daar is de Uber!' Inès springt overeind en zwaait naar de chauffeur.

Bo pakt haar tas van de grond en gaat staan. Zou ze dat echt durven, voor zichzelf beginnen?

Even later rijden ze met een slakkengangetje naar het universiteitsgebouw. Het verkeer zit muurvast.

'Merde,' hoort ze de chauffeur vloeken als het licht van groen op rood springt, zonder dat ze een centimeter zijn opgeschoten.

'Als we in dit tempo doorgaan hadden we net zo goed kunnen gaan lopen,' moppert Inès.

Bo kijkt door het raam. Er wandelen massa's mensen over de trottoirs en motorrijders laveren tussen de auto's door, in een poging sneller thuis te zijn. Bordeaux lijkt uit zijn voegen te barsten. Weer springt het verkeerslicht op groen, deze keer kruipen ze enkele tientallen meters vooruit.

De taxi blijft uiteindelijk stilstaan voor een statig en oud gebouw waar met donkerblauwe letters UNIVERSITÉ DE BORDEAUX op staat. Op de vensterbanken van de vijf ramen boven de ingang staan gebeeldhouwde borstbeelden en in het midden wappert de Franse vlag. Bo betaalt de taxichauffeur en ze stappen alle twee uit. Er komen een paar studenten al kletsend naar buiten.

Inès schiet op ze af. 'Mag ik jullie wat vragen?'

'Mais oui,' antwoordt een van de jonge vrouwen.

Er passeert een oudere vrouw die eruitziet alsof ze op de uni doceert; kort werpt ze een blik op Bo, eentje die haar niet aanstaat. Weer bekruipt haar het gevoel dat ze vanuit alle hoeken en gaten bekeken worden.

'Waar kunnen we het mortuarium vinden?' vraagt Inès.

De vrouw glimlacht. 'U bent vast op zoek naar professor Moret. Gang door, aan het eind rechtsaf. Halverwege is een trap naar de kelder. Daar vindt u de snijtafels.'

Bij het woord 'snijtafels' loopt er een rilling over Bo's rug. Inès opent de deur en ze gaan het gebouw binnen. 'Ik had liever in een cafeetje afgesproken,' merkt Bo op.

Ze lopen de hoek om. Het gebouw voelt verlaten aan. Niet zo verwonderlijk, want zo laat op de middag zullen er niet veel colleges meer zijn.

'Daar is de trap.' Inès knikt naar een brede doorgang.

Als ze naar beneden lopen passeert een groep luid pratende jonge artsen hen. In de kelder aangekomen zien ze een gang naar links. Het is koud, er verschijnt kippenvel op Bo's armen.

'Ga je mee?' vraagt Inès.

Na een paar stappen blijft Bo stilstaan. 'Wacht even. Stel dat hij die Yves LaRoche heeft uitgenodigd om hierheen te komen na onze mail,' zegt ze. Die gedachte schoot zojuist door haar hoofd.

'Doe niet zo gek. Nicole zei dat hij zijn hoofd schudde tijdens die persconferentie! Die lag met het bestuur van de uni overhoop, wedden?!'

Aarzelend begint Bo weer te lopen. Waarschijnlijk begint ze paranoia te worden.

Valentin Moret is een kleine man met een bril die op het puntje van zijn neus balanceert. Zijn witte jas lijkt te groot voor zijn iele gestalte.

'Bo et Inès,' zegt hij als ze binnenkomen. Hij steekt een hand uit en vervolgt in het Engels: 'Professor Moret. Ik was blij dat jullie contact hebben opgenomen en dat er interesse is in deze zaak.'

Zijn vingers voelen koud aan, constateert Bo. 'Mag ik ons gesprek opnemen?' vraagt ze nadat ze gedag heeft gezegd.

‘Maar natuurlijk! Pak een stoel!’ Moret neemt zelf plaats op een bureaustoel bij een lange plank die dienstdoet als bureau. Er staat een beeldscherm op en er liggen stapels dossiermappen rond het toetsenbord.

Bo en Inès pakken allebei een stoel en schuiven die naar Morets bureau.

‘Ik heb het originele autopsierapport vast uit het archief gehaald,’ begint de patholoog, terwijl hij de dossiermappen een voor een optilt. ‘De familie Yilmaz ontving een kopie hiervan van de politie.’

Bo kijkt naar Inès, die bevestigend knikt. ‘Wij hebben bewijs in handen waaruit blijkt dat het originele autopsierapport mogelijk aangepast is. In deze documenten wordt geconcludeerd dat Sinem met zekerheid zelf voor de dood koos,’ vertelt Bo de patholoog.

Moret kijkt verbaasd. ‘Die conclusie is dan wel op los zand gebaseerd, want er was zeker geen sluitend bewijs voor zelfmoord. Integendeel...’

Bo schrikt van zijn uitspraak. ‘Wat bedoelt u?’ vraagt ze.

Moret kijkt hen over zijn brillenglazen aan. ‘Mijn bevindingen wezen juist iets anders uit.’ Hij buigt zijn hoofd achterover om door zijn bril te kunnen kijken. ‘Ah, hier is het.’ Moret legt de andere dossiers weer neer, eentje glijdt er op de grond. Mompelend veegt hij de papieren bij elkaar en draait zich dan naar hen toe.

‘Sinem Fatma Yilmaz.’ Hij legt het dossier op zijn schoot en begint erin te bladeren. ‘Rare zaak,’ mompelt hij. ‘Alsjeblieft.’ Moret haalt wat papieren uit de map en reikt ze aan. ‘Lees maar.’

Inès neemt de aan elkaar geniete velletjes van hem over. Bo schuift haar stoel dichterbij. Samen lezen ze de stukken. Het is abracadabra voor haar. De getypte woorden zijn te technisch en de handgeschreven stukken zijn hanenpoten. En dan ook nog in het Frans.

‘Kunt u het voor ons vertalen?’ vraagt ze dan ook aan Moret.

Inès geeft hem het dossier terug.

De patholoog duwt zijn bril terug op zijn neus, maar het montuur glijdt onmiddellijk weer naar het puntje.

'Het is goed dat jullie deze zaak uitzoeken,' zegt hij. 'Want hij rammelt aan alle kanten. Ik zal jullie straks een kopie van dit rapport meegeven. Doe ermee wat je wilt, maar laat mijn naam erbuiten. Yves LaRoche is de vader van mijn werkgever en hij heeft nog veel invloed hier. Ik wil liever geen problemen.'

Bo en Inès knikken bevestigend.

Na die woorden leest hij verder. Na een tiental seconden prikt hij met zijn vinger op het rapport. 'Sinem kwam hier binnen met vezelsporen in de huid van haar polsen. Ook was er sprake van bloeduitstortingen op dezelfde plek. Een deel van de huid was zelfs rauw, alsof ze had geprobeerd zich los te wringen.' Hij kijkt hen ernstig aan. 'Mijn conclusie is met zekerheid dat de polsen van dit meisje waren vastgebonden toen ze onder de trein kwam. En dan nog iets, de plek was ver van de bewoonde wereld verwijderd en onbereikbaar met een auto. Om die reden moet ze door minstens twee mensen daarheen gebracht zijn.'

46

Ogenschijnlijk rustig zijn ze de universiteit weer uit gelopen, maar Bo's hersenen hebben nog geen tiende van een seconde stilgestaan na Morets woorden. Het is tijd dat ze de familie Yilmaz gaan benaderen, hoewel ze zich realiseert dat elk bericht hun oude wonden zal openrijten.

'Zullen we de stad in om iets te drinken?' stelt Inès voor.

'Straks. Kun jij de namen Sofie Roux en Charlotte Martin googelen? Twee vrouwen van begin vijftig?'

'Wie zijn dat?' vraagt Inès.

'Als ik het goed heb begrepen twee vriendinnen van Sinem. Misschien dat zij meer informatie hebben?' zegt Bo, terwijl ze op een muurtje gaat zitten.

'Die moeten we dan zeker even spreken,' merkt Inès op. Ze pakt de iPhone aan en houdt hem Bo voor, die opnieuw braaf haar wijsvinger leent.

'We moeten een nieuw toestel voor je kopen,' merkt Bo op.

'Goed plan,' zegt Inès. 'Is daar budget voor?'

Bo kijkt verbaasd opzij. Meent Inès nu werkelijk dat het laten vallen van haar toestel in een wc-pot een gevalletje bedrijfsschade is?

'Dat was een grap, Bo. Charlotte Martin is een veelvoorkomende naam,' zegt Inès, die haar kennelijk voelt kijken. 'Alleen al in Bordeaux wonen er drie vrouwen die zo heten. Eentje lijkt in de vijftig te zijn. Een psychologe die praktijk houdt in het centrum. Ze heeft een website waar een telefoonnummer op staat.'

'En Sofie Roux?' vraagt Bo.

Inès schudt haar hoofd. 'Die naam kom ik niet tegen in Bordeaux. Wel is er een manege S. Roux veertig kilometer buiten de stad. Ik kan een van de twee bellen?'

'Doe maar,' antwoordt Bo.

'Als eentje Sinem blijkt te hebben gekend, wat moet ik dan zeggen?' Inès kijkt haar vragend aan.

'Is het heel raar om te vragen of zij de officiële verklaring van haar dood geloven?'

'Eh, een beetje. En als het antwoord nee is?'

Bo denkt kort na. 'Dan zou ik toch graag een uitleg willen, al is het maar van een van de twee. Eerst maar eens kijken of we de juiste vrouwen hebben gevonden.'

'Laten we alsjeblieft een terrasje zoeken, ik verga van de dorst.'

De zon is achter de appartementen verdwenen als ze een plein met bomen en bankjes oversteken. Onder het bladerdak speelt een gitarist een klassiek nummer, telkens als iemand geld in zijn pet gooit bedankt hij met een knikje. Op de hoek van een van de zijstraatjes wordt een luifel uitgedraaid. Een man is bezig om de tafeltjes schoon te maken.

'Ik ga eerst hier bellen,' beslist Inès. 'Daarna duiken we op dat terras om hun reactie te bespreken.' Ze gaat op een bankje zitten.

Terwijl Inès bezig is, kijkt Bo rond. Ze zou hier best kunnen wonen, met uitzicht op zo'n groen plein. Aan de overkant is een bakker, waarschijnlijk ruikt het hier 's morgens heerlijk. Ondertussen ratelt Inès in het Frans tegen haar mobiel. Bo loopt een stukje bij haar vandaan en kijkt een ander straatje in. Een paar jongeren staan te praten rond een scooter. Hangend uit een raam bemoeit een vrouw zich met hun gesprek. Het klinkt vriendelijk. Kan ze Joost voorstellen om naar *la douce France* te verhuizen? Niet oud worden in Overvecht, maar aan een verstild pleintje? Of ergens buiten Bordeaux tussen de druivenranken?

'Bo?' roept Inès.

Ze draait zich om.

'We hebben beet.'

47

Bordeaux, dag 12 – zaterdag

Nadat Bo gedoucht heeft, wikkelt ze een grote handdoek om zich heen en gaat bij de geopende balkondeuren zitten. Af en toe waait er een briesje naar binnen. Inès ligt in het bubbelbad haar nieuwe telefoon uit te testen. Om halftwee hebben zij en Inès afgesproken met Charlotte en Sofie, nota bene in het restaurant van Amélies tante. Ze kon zo gauw geen andere locatie bedenken toen Inès vroeg waar ze elkaar konden treffen.

Bo pakt haar laptop om haar mail te bekijken. Er is een bericht van Yvonne LeBlanc binnengekomen. Vreemd genoeg via de website van *Koffie en koek*.

Ze opent de mail en begint te lezen.

Beste Bo,

Onze handschriftdeskundige heeft het handschrift op de post-it waar 'kopiëren' op stond vergeleken met de brief. Vooropgesteld: het vergelijkingsmateriaal is summier. In de bijlage vind je zijn conclusie. Julia's brief en het kattebelletje liggen klaar op het bureau. Je kunt de stukken zelf afhalen. Ik wens jou en Inès veel succes met jullie zoektocht.

Hartelijke groet,
Yvonne LeBlanc

De pdf is een rapport van drie kantjes dat grotendeels bestaat uit een inleidend technisch verhaal. Haar ogen glijden over de tekst, op zoek naar de conclusie. Die blijkt op de laatste pagina te staan:

Beide stukken werden ons aangereikt door dezelfde persoon. De teksten zijn voor zover bekend in hetzelfde jaar geschreven. Op de post-it stond één woord. Op basis hiervan kom ik tot de volgende conclusie: zowel de 'k' als de 'r' hebben een kenmerkend karakter. De lussen van beide letters komen overeen. Verder heb ik vastgesteld dat ook de letter 'e' voldoende overeenkomstige kenmerken vertoont. Met een waarschijnlijkheidspercentage van 99 procent zijn zowel de brief als de post-it door dezelfde persoon geschreven.

Dus toch! Julia heeft de post-it wel degelijk geschreven! Ze leest Yvonnes mail nog een keertje door. Vreemd eigenlijk dat de politie Bordeaux geen reden ziet om het onderzoek te heropenen, anders had Yvonne daar wel iets over gemeld.

Sinems vader is een hotelmagnaat, en opeens heeft ze een idee. Ze opent haar browser en tikt *hotel* en *Yilmaz* in. De keten bestaat nog steeds. Er is zelfs een Engelse Wikipedia-pagina over de familie. Ze klikt op de link en leest wat er staat. Sinems grootvader is begonnen met een klein stadshotel in Istanbul. Sinems vader heeft de zaak groot gemaakt en inmiddels zwaait haar broer de scepter. In een tussenzin wordt melding gemaakt van Sinems zelfmoord.

In haar brief aan Dorien schreef Julia dat ze op iets veel groters gestuit was. Moet ze de familie Yilmaz informeren? Of ze met rust laten? Bo denkt na. Dankzij die post-it kan ze bewijzen dat Julia in elk geval geïnteresseerd was in Sinems zaak. Ze weet natuurlijk niet of de zinspeling uit Julia's brief aan Dorien betrekking had op Sinem. Maar de familie Yilmaz heeft recht op deze informatie. Het is verder aan hen om er iets mee te doen, of niet.

Ze opent de website van Yilmaz Hotels. Er staat alleen een algemeen mailadres op. Dus ze zet in de onderwerpbalk voor wie het bericht is: *Aan de heer Yilmaz.* Dan komt het vast op de juiste plek terecht.

Eenmaal terug op hun hotelkamer opent Bo haar laptop en begint te tikken.

Geachte familie Yilmaz, het spijt me dat ik u lastigval, ik en mijn collega Inès Al Amrani maken een podcast over een verdwenen Nederlandse onderzoeksjournalist. We zijn daarbij op informatie gestuit over de dood van uw dochter/zus die we niet voor u kunnen achterhouden. We hebben het originele autopsierapport van Sinem in handen. Hieruit blijkt dat u destijds gelijk had.

Bo tikt het landnummer en de negen cijfers in van haar mobiele telefoon en drukt op verzenden. De mail is net weg wanneer Inès de badkamer uit komt met druipende haren.

'De politie heeft vastgesteld dat Julia de post-it schreef dat op Sinems dossier geplakt zat en ik heb de familie Yilmaz gemaild met de vraag of ze contact met ons willen opnemen,' zegt Bo.

'Nou, dat was dan weer de briefing voor vandaag,' concludeert Inès droog. 'Zullen we de stad in gaan? Het is veel te mooi weer om croissantjes te knabbelen in een donkere hotelbar.'

Met een papieren zak vol warme broodjes van de bakker en twee koffie to go dwalen ze even later door de straten, op zoek naar een plekje. Onderweg passeren ze een vrouw die een medley van Franse chansons op een accordeon speelt. Weemoedige klanken vullen de straat en weer overvalt Bo het gevoel dat ze prima zou kunnen gedijen in Frankrijk. Verderop is de smalle groenstrook met bankjes waar ze eerder al eens heeft gezeten.

'Daar kunnen we rustig eten,' wijst Bo. Haar iPhone trilt, er komt kennelijk een bericht binnen. Terwijl ze oversteekt pakt ze haar toestel. Er is een mail binnengekomen van Yilmaz Hotels.

Bo gaat op het eerste bankje zitten en pakt een broodje uit de zak, die ze vervolgens Inès voorhoudt.

'Sinems familie heeft gereageerd op mijn mail.' Bo klemt het broodje tussen haar tanden en pakt haar mobiel. Er zijn zelfs twee mails binnengekomen, ziet ze. Eentje van *Koffie en koek* en eentje van *Yilmaz Hotels*. Haar hart begint sneller te kloppen. Ze opent de laatste mail en begint te lezen.

Geachte mevrouw Schippers en mevrouw Al Amrani,
Ik heb uw mail gelezen. Graag zou ik u deze ochtend om halfelf willen bellen.
Met vriendelijke groet,
Hassan Yilmaz

Bo haalt het broodje uit haar mond. 'Hassan Yilmaz, Sinems broer, wil met ons bellen,' zegt ze enigszins verbaasd. Eigenlijk had ze direct een afwijzing verwacht. Het is niet niks om een ruim dertig jaar oude moord op te rakelen bij familie.

'Mooi. Dat is stap één,' antwoordt Inès. 'Er is trouwens een kans dat hij ons gaat vragen te stoppen met het onderzoek.'

Het is niet te hopen, want ze heeft *Koffie en koek* al toezeggingen gedaan.

'Vragen mag.' Bo neemt een hap van haar croissant. De smaak is zoveel beter dan de supermarktvariant die ze in Nederland koopt.

'Ik vind het razend interessant, dat verhaal van Sinem, maar brengt het ons ook dichter bij Julia van der Molen?' vraagt Inès.

Bo denkt na. Ze heeft werkelijk geen idee. Het is nog zo diffuus allemaal. Aan de andere kant, als zij een tweede moord 'oplossen', dan betekent dat eeuwige roem, al zijn ze daar niet naar op zoek. Er huppen een paar musjes rond hun voeten op zoek naar kruimels; Bo kijkt naar de kleine wezentjes die zich niet druk hoeven te maken over werk of huisvesting, of zieke moeders.

'Waarom mailde *Koffie en koek* eigenlijk?' vraagt Inès.

Dat was ze helemaal vergeten! Bo tikt op het scherm. Benny heeft gemaild. Vlug leest ze het bericht door. 'We moeten morgen materiaal inleveren,' vat ze zijn bericht samen.

'We hebben vast voldoende voor een aflevering,' zegt Inès. 'Helemaal als je dat telefoongesprek straks opneemt.'

Bo bergt haar toestel weer op. 'Dan moet Hassan wel toestemming geven. Dit betekent trouwens wel dat we na dat gesprek aan het werk moeten.'

'Wees maar niet bang,' zegt Inès. 'Ik heb me er al bij neergelegd. Ik zal als een hond zo trouw tot eind mei aan je voeten blijven liggen.'

'Ik heb liever dat je af en toe meeloopt,' antwoordt Bo droog.

'Zolang je me geen halsband omdoet, lijkt me dat geen probleem.' Inès wipt een stukje naar voren en draait zich naar Bo toe. 'Ik denk dat Sinem nog leefde toen ze naar het spoor werd gebracht,' zegt ze. 'Het bewijs daarvoor hoop ik in Morets rapport te vinden.' Ze neemt een laatste hap en gooit een stukje brood op het gras. 'Voor de vogeltjes.'

Bo gooit haar lege koffiebeker in de afvalbak naast hen en pakt een tweede croissant uit de zak. Er komt een appje binnen.

'Het is een bericht van Joost,' zegt ze. 'Als het maar niet zijn moeder is...'

Vlug opent Bo haar toestel. *Er komt gelukkig thuishulp, verder staat ze op een wachtlijst voor een verzorgingstehuis.* Het is fijn voor Joosts vader, maar erg goed nieuws is het niet. *Gelukkig maar*, tikt ze toch terug. Onmiddellijk verschijnt er een tweede bericht van Joost. *Heb je het bericht in het* AD *al gelezen?* Hij stuurt een link in een derde appje.

Bo's ogen worden groter als ze de kop en het intro leest. Marije heeft dus aan de media gelekt dat ze doorgaan met hun onderzoek.

'We hebben weer de media gehaald. Het *AD* kopte vanmorgen PODCASTMAKERS OP HET SPOOR VAN EEN TWEEDE MOORD.'

'Echt?' vraagt Inès. 'Wauw. Netjes. Misschien moeten we samen een recherchebureau starten!'

Bo schiet in de lach. 'Alsjeblieft niet. Voor je het weet schaduwen we dag en nacht overspelige partners. Maar eerlijk gezegd, ik weet niet of ik er blij mee ben. Het legt nogal een druk op ons.'

'Dat kunnen we samen aan, Bo. Echt,' stelt Inès haar gerust. Ze propt de papieren zak in elkaar en gooit hem in de prullenbak. 'Ga je mee?'

Terug in hun hotelkamer legt Bo haar telefoon op het tafeltje zodat ze Hassans telefoontje niet kan missen en pakt de recorder uit haar schoudertas. Ondertussen opent Inès de balkondeuren.

Bo gaat zitten. Ze is een beetje zenuwachtig voor het telefoontje straks. Ze werpt een blik op haar iPhone. Het is inmiddels tien voor halfelf. Inès loopt naar de minibar en haalt er twee kleine flesjes water uit. Daarna pakt ze glazen en zet alles op het tafeltje.

Het scherm van Bo's iPhone licht op voor de ringtone klinkt.

'Dat is hem!' Ze pakt haar toestel en tikt op het groene hoorntje.

'Hi, *this is* Bo Schippers,' zegt ze.

'Zet de luidspreker aan,' sist Inès zachtjes. 'En de recorder!'

Bo gebaart naar haar dat ze even geduld moet hebben. Als Hassan zich heeft voorgesteld vraagt ze: 'Vindt u het goed als ik mijn luidspreker aanzet? Dan kan mijn medepodcastmaker Inès ook meeluisteren. Bovendien wil ik het gesprek opnemen.'

'Dat is geen probleem,' antwoordt Hassan.

Bo drukt de opnameknop in.

'Mijn ouders en ik zijn erg geschrokken van uw mail,' begint Hassan te praten. 'Jullie schrijven dat jullie het originele autopsierapport van mijn zus hebben. Dat suggereert dat wij een ander rapport hebben ontvangen.'

Bo kijkt Inès kort aan.

'Dat weten we niet zeker, maar daar lijkt het wel op,' zegt Bo.

Aan de andere kant van de lijn klinken Turkse woorden, kennelijk overlegt Hassan met iemand die bij hem zit.

'Wij hebben veel verdriet gehad van Sinems dood,' zegt hij. 'Uw mailbericht rakelt alles weer op.'

'Dat vinden we erg vervelend,' zegt Bo. 'Maar dit konden we echt niet voor ons houden.'

'Het is goed dat jullie contact hebben gezocht. Maar mijn ouders zijn inmiddels op leeftijd,' gaat Hassan verder. 'Ik wil ze verder verdriet besparen.'

Bo denkt na. Ze moet nu iets zeggen om deze man over de streep te trekken, anders zijn ze hem kwijt. Met haar ogen zoekt ze steun bij Inès.

'Vertel het hem,' fluistert Inès.

Bo knikt. Ze slikt een paar keer en zegt dan: 'U moet niet schrikken, meneer Yilmaz. Maar in het autopsierapport dat wij van...' Bo stopt met praten. Ze kan moeilijk tegen deze man liegen. Aan de andere kant hebben ze Valentin Moret beloofd om hem erbuiten te laten.

'Ik kan u niet verstaan,' zegt Hassan.

Ze moet een besluit nemen. Of ze vertelt deze man alles, of ze zwijgt voorgoed. Wat weegt zwaarder? Het belang van de arts, of dat van Sinems familie die nooit in zelfmoord heeft geloofd?

'Alles wat ik u vertel blijft onder ons, hè?' vraagt ze.

'Uiteraard,' antwoordt hij.

'Goed.' Bo haalt diep adem. 'De patholoog die destijds de autopsie heeft verzorgd, gaf ons het rapport dat hij heeft opgesteld. Daarin staat dat er touwvezels in de huid rond de polsen van uw zus zaten.'

Er klinkt een korte krachtterm in een taal die Bo niet verstaat, maar ze kan de vertaling ervan raden.

'Dat weet u heel zeker?' vraagt Hassan.

'Honderd procent,' zegt Bo.

Weer wordt er op de achtergrond overleg gepleegd. Deze keer duurt het zeker een minuut voordat Hassan weer spreekt.

'Ik kom zo snel mogelijk naar Bordeaux,' zegt hij. 'Dit moeten we verder uitzoeken. Er zal gerechtigheid komen voor mijn zusje. U hoort nog van me!'

48

'Hier gaat Marije van smullen,' merkt Inès op als de verbinding is verbroken. 'We sturen de opnames vanavond wel naar Benny, nu duiken wij de stad in. Een paar uurtjes winkelen hebben we wel verdiend!'

'Teaser, shownotes, studiogast,' somt Bo op terwijl ze Inès vragend aankijkt. 'Ideeën, misschien?' Ze kunnen moeilijk zomaar de boel de boel laten en op boetiekjesjacht gaan.

Inès grist de recorder van tafel en drukt de opnameknop in. 'Zal de politie Bordeaux de zaak-Sinem Yilmaz onder druk van haar familie heropenen? En waarom is Bo toch altijd zo gestrest? Is er iets wat wij niet weten...?'

Bo trekt de recorder uit haar hand. 'Die gaan we dus niet versturen, hè.' Ze zet een donkere stem op. 'Werd haar kennis over de ware toedracht van Sinems dood Julia fataal?'

Er valt een stilte.

'Daar kreeg ik kippenvel van,' zegt Inès na een paar seconden. 'Het lijkt me de perfecte teaser. Kunnen we trouwens Hassan niet vragen of hij in de uitzending wil komen?'

'We moeten die man nog ontmoeten!'

'Heb jij een beter idee dan?' vraagt Inès.

Bo zucht. 'Nee,' zegt ze. 'Of wacht, eigenlijk wel. Claire, de student die in Edda's kamer woont en les heeft gehad van Philippe! Zij wil heel graag naar Amsterdam.'

'Mooi, dan is dat ook weer opgelost.'

Het wemelt in de stad van de leuke boetiekjes. Zojuist dwaalden ze door een wijk die veel weg had van Notting Hill en nu speurt

Bo de rekken af in een klein zaakje. Hoewel Inès gelijk heeft dat ze zich ook moeten kunnen ontspannen, voelt het toch een beetje vreemd om jurken te gaan passen. Ondertussen gedraagt Inès zich als een kind in een snoepwinkel.

'Wat vind je van deze?' Bo houdt een oranjerode jurk omhoog.

'Mooi!' Inès grist de hanger uit haar handen en trekt het gordijn van het pashokje achter zich dicht.

Terwijl ze zich verkleedt blijft Bo een beetje verloren staan. Ze is benieuwd wat die twee vrouwen vanavond te zeggen hebben. Zou Amélie al hebben gereageerd?

'Tada!' Inès komt het hokje uit. 'Lijk ik al een beetje een Frans-Amerikaanse?'

'Honderd procent,' zegt Bo. 'De kleuren staan heel mooi bij je haar.'

Terwijl Inès zichzelf in de spiegel bekijkt, loopt Bo naar de ingang van het winkeltje en kijkt naar buiten. Inès heeft gelijk, ze moeten dat autopsierapport zin voor zin doornemen en analyseren. Het maakt nogal een verschil of Sinem nog leefde toen ze naar het spoor gebracht werd. Spoorslags draait Bo zich om. Ze gruwelt bij de gedachte zo te moeten sterven.

Het gordijn van het pashokje wordt opengeschoven.

'Ik neem hem,' roept Inès dwars door de zaak.

Bo kijkt over haar schouder.

Inès staat al bij de kassa, ze legt de massa stof op de toonbank.

'Luc gaat hem vast prachtig vinden,' zegt Bo.

De winkeleigenaar vouwt het kledingstuk op en stopt het in een tasje terwijl Inès haar pinpas tegen de automaat houdt. Na de gebruikelijke piep pakt ze het tasje aan. 'Op naar de volgende boetiek,' roept ze vrolijk.

Terwijl Inès door de rekken van een buurtwinkeltje snuffelt dat alleen linnen kleding verkoopt, laat Bo's iPhone weten dat er een mail is binnengekomen. Ze kijkt op haar toestel.

'Hassan heeft gemaild,' zegt Bo terwijl ze het bericht met een paar tikjes tegen het scherm opent. 'Zal ik hem voorlezen?'

'Graag,' antwoordt Inès, die onmiddellijk een en al oor is.

Bo's ogen glijden over de tekst. 'Goed nieuws,' zegt ze.

'*Hallo Bo en Inès, ik heb met mijn ouders gesproken. Ook zij zijn van mening dat de onderste steen boven moet komen. We weten erg weinig van Sinems leven in Bordeaux. Het enige wat mijn ouders zich konden herinneren is dat Sinem lid was van een vereniging voor Turkse jongeren in Bordeaux. Mogelijk bestaat deze vereniging nog of zijn er leden te vinden die Sinem gekend hebben. Ik meld me zodra ik een ticket heb geboekt.*'

'Een vereniging voor Turkse jongeren, schrijft hij?' Inès veegt over het scherm van haar telefoon en tikt een paar woorden in.

'Er staat geen naam van die vereniging in zijn mail,' zegt Bo. 'Jammer.'

'Met de zoekwoorden *Les jeunes Turcs* en *Bordeaux* kom ik nergens op uit.' Inès zucht diep. 'Er is natuurlijk een kans dat die vereniging niet langer bestaat.'

'Misschien kunnen Charlotte en Sofie ons er vanavond meer over vertellen. Sinem zal de naam ervan vast wel een keertje hebben laten vallen.'

49

Bo duwt de deur van het restaurant open.

'Daar ben je weer!' begroet Hélène haar. 'Wat fijn. En wie heb je meegenomen?'

'Mijn vriendin, Inès. Ik maak de podcast samen met haar.'

'Hallo Inès. Welkom. Zoek maar een plekje uit, het is niet druk vanavond,' zegt Hélène. Ze loopt terug naar de bar.

'Zullen we aan die ronde tafel bij het raam gaan zitten?' stelt Bo voor. 'Dan kunnen we de microfoon in het midden plaatsen.'

Inès kijkt rond. 'Prima. Wat een mooie zaak is dit!'

'Het eten is ook geweldig,' zegt Bo. Ze zet haar tas op de tafel en haalt de apparatuur eruit. Bo zet daarna haar tas op de grond. Inès draagt de jurk die ze zojuist heeft gekocht. Ze ziet eruit als een kunstenaar, en dat staat haar goed.

'Mag ik jullie iets te drinken aanbieden?' vraagt Hélène vanaf de bar. 'Ik heb een heerlijke rode wijn van de familie Durand uit Montignac, geweldige mensen. En ik kan jullie een frisse witte wijn aanbevelen die vlak buiten de stad wordt geproduceerd door twee broers.'

Inés kijkt haar aan. 'Wijnen voor vijven?' vraagt ze.

Waarom niet, ze zijn in Frankrijk. 'Rood graag, heerlijk,' zegt Bo.

'Voor mij ook,' antwoordt Inès.

Bo zet de microfoon aan. 'Testing 1, 2, 3,' zegt ze.

Ze luistert de opname af. Ieder een eigen microfoon was beter geweest, maar Benny kan er vast wel iets van maken. Ze gaan dit gesprek toch alleen maar op de achtergrond draaien terwijl zij vertalen.

Hélène komt naar hen toe met twee glazen wijn. 'Alsjeblieft.

Onze kok heeft vanavond oesters uit het Bassin d'Arcachon op het menu staan, gevolgd door een bouillabaisse en als hoofdgerecht zeeprik bordelaise.'

'Klinkt heerlijk exotisch,' zegt Inès.

De deur van het restaurant gaat open en er komen twee vrouwen binnen. Gezien hun leeftijd moeten het wel Charlotte Martin en Sofie Roux zijn.

'Wil jij ze verwelkomen?' vraagt Bo. 'Jouw Frans is iets beter dan het mijne.'

'Het gaat je anders al steeds beter af.' Inès steekt buiten het zicht van de anderen haar tong uit en komt dan overeind.

Als iedereen aan elkaar is voorgesteld, valt er een stilte aan tafel. Ineens weet Bo niet meer wat ze zeggen moet. Gelukkig worden ze gered door Hélène die komt vragen wat de twee vrouwen willen drinken en het menu nogmaals opsomt.

'Dus jullie hebben de moord op Edda Bianchi opgelost,' zegt Charlotte als Hélène weer is weggelopen.

Zij en Sofie wisselen een veelbetekenende blik die Bo niet kan plaatsen.

'Geloof me, daar zijn we heel blij mee,' zegt Charlotte.

De sfeer voelt ineens vreemd aan.

'En daarom mochten jullie in de archieven van de universiteit kijken?' vraagt Sofie.

Bo knikt. 'Mag ik iets vragen, Charlotte? Klopt het dat jij psycholoog bent?'

'Ik heb een praktijk hier in de stad.'

'En jij?' vraagt Bo aan Sofie. 'Wat doe jij?'

'Mijn vader heeft een grote manege. Ondanks zijn hoge leeftijd werkt hij nog steeds. Ik ben zijn hulpje,' zegt Sofie vriendelijk glimlachend.

'Manege S. Roux,' zegt Inès.

Sofie kijkt haar aangenaam verrast aan. 'Kijk, daar komt de ware onderzoeksjournalist naar boven.'

Hélène heeft inmiddels twee extra glazen wijn gebracht, en het viertal proost.

'Jullie hebben Sinem goed gekend, toch?' komt Bo weer snel ter zake.

Charlotte leunt op tafel. 'Goed is een groot woord. Sinem is voor het studiejaar 1990-1991 naar Bordeaux gekomen. Ze overleed in november 1990. Als ik het me juist herinner woonde ze daarvoor vlak buiten Istanbul. Haar vader scheen nogal rijk te zijn.'

'Maar jullie hebben haar wel gekend?' houdt Bo aan.

'We volgden dezelfde colleges,' zegt Sofie. 'En we deelden een stamcafé. Sinem was nogal beschermd opgevoed. Haar vader is altijd bang geweest dat zijn kinderen zouden worden ontvoerd voor losgeld.'

Hélène komt bij hun tafeltje staan.

'Hier zijn de oesters.' Ze zet vier borden neer en kijkt trots. 'Ik haal nog even wat brood.'

'Wat was het voor een meisje?' vraagt Inès nadat ze net als de rest bedankt heeft en Hélène weg is.

'Rustig, lief. Een beetje te lief zelfs, als je het mij vraagt,' vertelt Charlotte. 'De meeste studenten hadden geen cent te makken, maar Sinem wel. Ze leende alles en iedereen geld, zonder het ooit terug te vragen.'

Ze stopt met praten omdat er een mandje vers brood wordt neergezet met vier kleine bordjes.

'Smakelijk eten,' zegt Hélène met een vriendelijk knikje. Daarna verdwijnt ze weer richting de bar.

'Klopt het dat jullie zijn aangevallen door Philippe Bernard?' vraagt Sofie plotseling.

Bo's hand gaat naar haar wond. 'Hij bedreigde ons met een mes, maar gelukkig viel het arrestatieteam binnen.'

'We hebben nog les van die man gehad,' zegt Charlotte.

'Onvoorstelbaar.' Sofie schudt haar hoofd. 'Eerst Edda, nu dit verhaal. Ik bedoel, we wisten allemaal dat hij op jonge vrouwen viel, maar moord...'

'Je hebt Bernard nota bene zelf van je lijf af moeten slaan!' zegt Charlotte.

Bo wisselt een blik met Inès.

'Hoezo?' vraagt ze dan. 'Wat is er gebeurd?'

Sofie haalt haar schouders op. 'Niets bijzonders. Het was bij LaRoche allang bekend dat die man zich misdroeg. Ik was gewoon de zoveelste bij wie hij 's avonds laat op de kamer kwam zonder uitnodiging.'

'Maakte hij daar een gewoonte van?' vraagt Inès met een vies gezicht.

'Kennelijk. Je bent nummer drie, zei de decaan, toen ik het hem kwam vertellen. Hij zou ervoor zorgen dat het nooit meer gebeurde en het is ook nooit meer gebeurd. Maar moord...' Weer schudt Sofie haar hoofd. 'Nee, dat had ik niet achter hem gezocht. Hij was best een vriendelijke man. Tenminste, als hij geen drank ophad.'

'Ken je nog meer vrouwen die door hem zijn lastiggevallen?' vraagt Bo.

'Nee,' zegt Sofie. 'Er liepen duizenden studenten rond op de uni. En wie weet is het jaren eerder gebeurd.'

Bo pakt een stuk brood en besmeert dat met boter. Hier komen ze niet veel verder mee.

'Kan hij Sinem ook hebben belaagd?' vraagt Inès plotseling.

'Niet dat ik weet. Ik heb haar er in elk geval nooit over gehoord,' zegt Sofie. Ze tilt voorzichtig een schelp op en slurpt de oester naar binnen. 'Heerlijk,' zegt ze.

'Hebben jullie Brigitte Henri ook gekend?' vraagt Bo.

'Ik heb weleens een project samen met haar gedaan.' Charlotte legt haar bestek neer. 'We volgden dezelfde colleges.'

'Ik herinner me niet zoveel meer over haar, maar weet nog wel heel goed wat er gebeurd is,' zegt Sofie. 'Ze sprong uit het raam van haar studentenkamer.'

'Ik had wel af en toe contact met Brigitte,' zegt Charlotte met een diepe zucht. 'Tijdens haar studie vatte ze het plan op zichzelf te genezen. Om te beginnen met het door de wc spoelen van haar lithiumpillen. Ze stak het niet eens onder stoelen of banken. Iedereen wist het. Alles leek nog redelijk goed te gaan, omdat ze een manische periode had. Totdat haar vriend het uitmaakte.'

‘Vreselijk,’ zegt Bo. ‘En niemand greep in?’

Charlotte pakt een broodje. ‘Brigitte was niet echt het type dat je makkelijk kon helpen, geloof me.’

‘Had Sinem eigenlijk een partner?’ vraagt Inès.

‘Eh, nee, ik, eh, voor zover ik weet niet, nee,’ hakkelt Charlotte.

‘Destijds geloofde niemand dat Sinem zichzelf iets had aangedaan,’ zegt Sofie. ‘Ze was er echt niet het type voor. Als ik dat zo kan zeggen.’

‘Haar vader denkt dat ze vermoord is,’ merkt Bo op. ‘Ik heb zijn correspondentie met de universiteit gelezen. En wat denk jij, Charlotte?’ Bo kijkt haar aan. Dat de vrouw begon te hakkelen zint haar niet, ze leek geen eerlijk antwoord te geven.

‘In het najaar van 1990 was ik ervan overtuigd dat Sinem vermoord was. Ondanks het oordeel van de politie. Tegenwoordig denk ik daar anders over. Pubers en jongvolwassenen kunnen heel emotionele beslissingen nemen. Dat heeft te maken met de ontwikkeling van hun hersenen, ze kunnen nog niet goed overzien wat de gevolgen zijn. Misschien had ze heimwee, wie zal het zeggen.’

Bo kijkt naar haar bord. Deze vrouw is psycholoog, zij heeft er verstand van.

‘Of misschien was er toch een jongen in het spel?’ oppert Inès.

‘Nou...’ begint Sofie aarzelend terwijl ze haar oude studievriendin aankijkt.

‘We hebben haar een belofte gedaan,’ onderbreekt Charlotte haar.

‘Sinem is dood.’ Inès slaat haar armen over elkaar. ‘Misschien wordt het na tweeëndertig jaar weleens tijd om jullie stilzwijgen te doorbreken.’

‘Maar onze belofte heeft niets met haar dood te maken.’

‘Eigenlijk weten we dat niet, Charlotte,’ zegt Sofie zacht.

Charlotte lijkt alle opties in gedachten de revue te laten passeren en knikt bijna onzichtbaar. Dan richt Sofie zich tot Bo en Inès. ‘Sinem leidde een dubbelleven. Haar ouders wisten niet beter of ze studeerde aan de uni en besteedde haar vrije tijd op een of andere suffe vereniging voor Turkse studenten in Frankrijk, maar dat was helemaal niet waar.’

‘Ze ging wel naar die vereniging,’ vult Charlotte aan, ‘maar één keer in de week of zo.’

‘De andere avonden dook ze het nachtleven in?’ vraagt Inès.

Charlotte knikt. ‘Ze ging weleens mee als we met een groepje uitgingen.’

‘Maar wat deed ze dán dat jullie daar zo geheimzinnig over moeten doen?’ vraagt Bo. Ze heeft het gevoel naar zoetwaterkarpers te vissen in de Noordzee, er lijkt weinig spontaan uit deze twee vrouwen te komen. ‘Jullie zijn het aan haar familie verschuldigd om openheid te geven!’

Sofie gaat verzitten. ‘Goed. Die hele Turkse vereniging en alles was een dekmantel voor Sinem. Ze werd heel kort gehouden door haar ouders en kreeg zelfs bewaking mee als ze ging winkelen. In Bordeaux hoefde dat niet, vond haar vader. Niemand wist uit welke familie Sinem kwam, alleen de mensen van de Turkse vereniging wisten dat. Ook Yves LaRoche wist het, en wij.’

‘Sinems ouders hielden haar uitgaven in de gaten,’ zegt Charlotte, die nu ook haar terughoudendheid laat varen. ‘Volgens mij moest ze zelfs bonnetjes bewaren.’

Bo denkt over hun woorden na. Eigenlijk leidde het meisje een heel beschermd leven. Terecht, als je vader zo rijk is dat criminelen op de loer liggen, maar voor Sinem moet het vreselijk zijn geweest.

‘Nou, daar had ze dus wat op gevonden,’ gaat Charlotte verder terwijl ze in haar salade prikt. ‘Ze ging vaak naar een hostel, Atlantique of zo heette het. Daar noemde ze zich Fatma.’

‘Haar tweede naam,’ concludeert Inès.

‘Is dat zo?’ vraagt Charlotte. ‘Dat wist ik niet. In elk geval leerde ze via dat hostel heel veel buitenlandse jongeren kennen. Af en toe kwamen we haar met een groepje Australische backpackers of Noorse feesttoeristen in de stad tegen.’

‘“Sinem Excursions”,’ noemden we haar dan. Alsof ze een wandelend toeristenbureau was,’ zegt Sofie lachend.

‘In het begin dacht ik dat een van die onbekende rugzaktoeristen iets met haar dood te maken had,’ zegt Charlotte.

‘Ik ook,’ zegt Sofie. ‘Tot die foto in de krant verscheen van de plek waar ze Sinem hebben gevonden. Daar kom je niet zomaar.'

'Van het geld dat ze zo verdiende, dook ze dus het nachtleven in,' zegt Inès. 'Maar die kennis hoeven jullie toch niet als een staatsgeheim te bewaken?'

'Dat niet,' zegt Sofie zachtjes. 'Maar er was nog iets en dat mochten we nooit aan iemand vertellen...'

Bo houdt haar adem in. Zouden Sofie en Charlotte werkelijk informatie hebben die naar de moordenaar van Sinem kan leiden?

'Wat dan?' vraagt Inès.

'Ze had nog een bijverdienste,' zegt Charlotte. 'Twee keer in de week maakte ze het huis van de familie LaRoche schoon, maar dat mocht ze niet aan de grote klok hangen.'

'Is dat alles?' vraagt Bo. 'Dat is toch niet zo erg?'

'Noem het maar niet zo erg,' antwoordt Charlotte. 'Sinems vader heeft een grote donatie aan de Universiteit van Bordeaux gedaan op voorwaarde dat zijn dochter er veilig kon studeren. En dan laat de decaan haar betaald schoonmaken zodat zij vervolgens kan feestvieren! Als haar familie daarachter was gekomen, hadden ze haar meteen naar huis gehaald.'

Er valt een stilte. Bo's gedachten glijden naar de bestuursnotulen. Yves LaRoche heeft boter op zijn hoofd en niet zo'n beetje ook. Wat Amélie ook zegt, ze moeten die man te spreken krijgen.

'Als ik jullie was, zou ik het loslaten,' zegt Charlotte. 'Sinems ouders hebben hier heel veel verdriet van gehad. Ik denk niet dat zij er blij van worden als er een podcast over hun dochters lot wordt gemaakt.'

Bo kijkt langs haar heen naar buiten. Loslaten, dat hebben ze eerder gehoord...

50

'Geloof jij dat Sinem is vermoord door een backpacker?' vraagt Inès als Charlotte en Sofie zijn vertrokken.

'Waarom niet? Moret zei dat de plek waar Sinem onder de trein geduwd is ver verwijderd lag van de bewoonde wereld. Misschien was ze met hem aan het *hiken* en is er ruzie ontstaan?'

Inès leunt achterover in haar stoel en lijkt na te denken. 'Het zou kunnen,' zegt ze peinzend.

Bo pakt de microfoon uit de standaard en rolt het snoertje op. 'Wat een vreemd verhaal trouwens, haar schoonmaakbaantje bij Yves LaRoche. En ook niet erg netjes van hem tegenover Sinems ouders.'

'Denk je dat hij ook rommelde met studenten, net zoals Philippe?' vraagt Inès.

Bo schudt haar hoofd. 'Nee, eigenlijk niet. In tegenstelling tot Philippe was LaRoche getrouwd en had hij kinderen. Met zoiets zou hij zijn baan én zijn huwelijk op het spel zetten. Hij lijkt me niet iemand die op die gebieden zijn reputatie in gevaar zal brengen.'

Bo's iPhone trilt. Ze haalt haar toestel tevoorschijn.

'Hassan appt met de vraag of hij me kan bellen,' zegt Bo. Ze kijkt om zich heen. Er zijn nog een paar tafels bezet. 'Als jij afrekent, loop ik vast richting de uitgang, goed?'

Zonder Inès' antwoord af te wachten pakt ze haar tas en wurmt zich tussen de bar en de tafeltjes door naar de volgende hal en vandaar naar de uitgang. Eenmaal op het plein voor het beursgebouw appt ze naar Hassan. *Ik ben bereikbaar.* Amper twintig seconden later gaat haar toestel over.

'Hallo,' zegt Hassan. 'Ik heb mijn ouders ondertussen gesproken, ze zijn erg geschrokken.'

Daar kan ze zich iets bij voorstellen.

'Ze hebben het autopsierapport dat ze van de politie ontvingen bewaard. Ik ga vanavond een kopie ervan bij ze ophalen.'

Er gaat een schok door Bo heen. Met dat rapport hebben ze het bewijs in handen dat Pierre Lambert gelogen heeft. Niet alleen tegen haar en Inès, maar ook tegen de familie Yilmaz! Dat is een cliffhanger van formaat voor de derde aflevering!

'Morgenochtend om tien over tien land ik op het vliegveld in Bordeaux. In welk hotel verblijven jullie?' vraagt Hassan.

'Boutique Hôtel & Spa,' zegt Bo. 'Maar het hotel zit vol, ik kon van de week alleen nog maar een suite huren.'

Hassan lacht schamper. 'Als je maar genoeg geld wilt uitgeven kom je een heel eind. Ik hou jullie op de hoogte.'

Als hij de verbinding heeft verbroken komt Inès naar buiten lopen.

'Alsjeblieft.' Ze geeft de bon aan Bo. 'Is Hassan onderweg?'

Bo knikt bevestigend. 'Met het autopsierapport dat zijn ouders ontvingen.'

'Dat meen je niet.' Inès kijkt haar met grote ogen aan. 'Ik ben zo benieuwd naar die inhoud. Ik heb net naar Hostel Atlantique gezocht. Als het adres nog klopt, ligt het hier niet ver vandaan.'

'Mooi,' zegt Bo. 'In dat geval lopen we er meteen even langs. Wie weet hebben ze alle gastenboeken nog bewaard.'

'Volg Al Amrani-tours maar,' zegt Inès lachend.

Terwijl ze van het ene smalle straatje het andere in lopen, komt er weer een bericht binnen, hoort Bo. Ditmaal is het van Joost. *Zijn jullie al verder gekomen?* vraagt hij. Ze is zo opgelucht dat hij eindelijk echt geïnteresseerd lijkt te zijn. Wie weet kan hij het misschien wel accepteren als ze besluit haar baan bij *Koffie en koek* op te zeggen. Omdat lopen en tikken niet tegelijk gaat, spreekt ze een voicememo voor hem in. '*We zijn weer wat verder gekomen, ja. Ik bel je vanavond wel even. Hoe gaat het met je moeder? Kus!*'

Ze bergt haar toestel weer op. In deze straatjes komt nauwelijks zon, valt Bo op. Die wordt tegengehouden door de hoge bebouwing.

'Het moet hier om de hoek liggen,' zegt Inès.

Het straatje wordt breder en komt uit op een van de vele kleine pleintjes die Bordeaux rijk is. Er staat een boom waar een koppeltje duiven in zit, maar verder is het er stil.

'Daar.' Inès wijst naar een onopvallende deur waar een handgeschilderd bordje op hangt. HOSTEL, staat erop.

Bo bekijkt de gevel. Het ziet er niet uit als een levendig bedrijf. Op de bovenverdiepingen zijn de luiken voor de ramen gesloten. Alleen beneden staan ze open.

Inès pakt de deurklink. 'Ga je mee?'

Binnen ziet het er al net zo haveloos uit als buiten. De vloertegels in de hal zijn afgesleten. Het ruikt een beetje schimmelig.

'Hallo?' roept Inès, terwijl ze een stukje de gang in loopt.

Er komt geen reactie.

'Misschien is het geen hostel meer, maar iemands huis,' oppert Bo.

'Onzin, dan was de deur toch niet open,' zegt Inès. 'En geen mens hangt een bordje DAMES-WC in zijn huis op, of nummert zijn deuren.'

Nu pas ziet Bo dat er inderdaad bordjes op de deuren hangen. Achter Inès aan loopt ze de gang in. Als hier nog toeristen logeren, dan zijn het er niet veel.

'Hier staat RÉCEPTION op.' Inès wijst naar een dubbele houten deur. Ze drukt de klink naar beneden, maar hij zit op slot.

'Dat schiet lekker op,' zegt Bo.

Ze kijkt om zich heen. Op sommige plekken laat het behang los en de lampen aan het plafond hangen slechts in fittingen aan een snoer.

'Ik denk niet dat hier nog iets gebeurt.' Bo draait zich resoluut om en loopt richting de voordeur. Ze kan amper ademhalen in dit bedompte gebouw.

'Mesdames,' klinkt het ineens door de gang.

Bo kijkt over haar schouder. Een magere oude vrouw komt hun kant op gelopen. Ze draagt een felgekleurde broek met wijde pijpen die om haar benen floddert en een dik, smoezelig vest.

'Is dit Hostel Atlantique?' vraagt Inès.

'Dit wás Hostel Atlantique,' antwoordt de vrouw.

Bo komt erbij staan. 'Het hostel bestaat dus niet meer,' concludeert ze een beetje teleurgesteld.

De vrouw trekt haar wenkbrauwen op en glimlacht. 'In zeker opzicht nog wel. Zoeken jullie een kamer voor de nacht? Er is plaats. Graag wel cash betalen.'

Bo kijkt de vrouw niet-begrijpend aan.

'Het heet geen Atlantique meer. Al jaren niet meer zelfs. Ik heb de zaak in, laat me even nadenken, 1997, 1998, ja, 1998 overgenomen. De vorige eigenaars hadden geldproblemen. Tegenwoordig slapen weinig jongeren nog in een hostel. De meesten hebben genoeg geld voor een hotel. Maar af en toe is er nog wel aanloop en ja, daar zeg ik geen nee tegen.' De vrouw brandt los.

'We zoeken geen kamer,' zegt Bo, 'maar oude gastenboeken. We maken een podcast en we willen graag weten wie hier in november 1990 allemaal gelogeerd hebben.'

De vrouw zucht. 'Tja, dan moet ik jullie toch teleurstellen. Sowieso mag ik geen informatie over gasten geven, maar 1990 is wel heel erg lang geleden. Toen mijn man en ik de zaak overnamen hebben we alles van de oude eigenaren weggegooid. Het spijt me.'

Dit was natuurlijk te verwachten, denkt Bo. 'Dat is jammer,' zegt ze. 'In elk geval bedankt voor uw tijd.'

Bo loopt voor een tweede keer richting de voordeur. Alles in de gang benauwt haar, hoe aardig de eigenaar ook lijkt.

'Wacht even,' zegt de vrouw plotseling. 'Er schiet me iets te binnen. Misschien kan ik jullie toch helpen. Kom maar even met me mee.'

Twee minuten later lopen ze een grote ruimte binnen. De vrouw knipt het licht aan. Er staan oude banken langs de muren en in het midden staat een grote houten tafel met tien stoelen. Overal waar Bo kijkt hangt spinrag. Deze kamer wordt duidelijk al heel lang niet meer gebruikt. Iemand heeft met punaises foto's aan de wanden geprikt.

'Toen we hier pas kwamen zou mijn man deze kamer opknappen,' zegt de vrouw. Ze zucht diep. 'Het is er nooit van gekomen. Eind jaren negentig werd hij ziek en...' Ze stopt met praten.

Bo ziet vocht in haar ogen glinsteren.

'Het is lang geleden.' Ze wappert haar eigen woorden met haar handen weg. 'Er hangen hier allemaal foto's uit de tijd voor 1998. Op de achterkant staat de datum geschreven wanneer de foto genomen is. Hier.' Ze pakt een foto van de muur. 'Kijk, 1989.'

De vrouw bestudeert de gezichten die erop staan.

'En dan te bedenken dat deze jongeren nu halverwege de vijftig zijn, onvoorstelbaar.' Ze kijkt Bo en Inès aan. 'Neem rustig de tijd. Achter op sommige foto's zijn ook namen gekrabbeld, dat hebben de gasten zelf gedaan.'

De vrouw loopt naar de deur. 'Roep maar als jullie me nodig hebben.'

Als ze is verdwenen, zegt Inès: 'Dit is goud, Bo.'

51

Bo legt haar tas op de tafel en opent de ramen. Daarna haalt ze de luiken buiten van de klink. Licht en warmte stromen naar binnen, waardoor de ruimte plotseling een stuk aangenamer voelt. Ze kijkt naar de muren. Overal hangen foto's van lachende jongeren, soms in een groepje, soms met z'n tweeën en een enkele keer is iemand alleen vastgelegd. Het zijn allemaal polaroidfoto's. Van de meeste zijn de kleuren vervaagd tot een oranjegele tint.

Inès haalt de eerste foto van de wand. 'Mei 1985 – Jill en Richard,' leest ze voor. Ze drukt de foto met de punaise terug. 'Waar zouden Jill en Richard tegenwoordig vakantie vieren?' vraagt ze.

Bo schiet in de lach. 'Ja, laten we al deze mensen gaan zoeken om te horen hoe hun leven is verlopen en er een podcast van maken.'

'Ik vind dat niet eens zo'n gek idee,' zegt Inès terwijl ze de volgende foto voorzichtig losmaakt. 'Weer 1985. Misschien moeten we op zoek naar de foto's uit 1990.'

Bo loopt naar de muur tegenover de ramen en bekijkt de polaroids. In de jaren tachtig droegen mensen vaak bloesjes en truien met schoudervulling, maar dat nam vanaf de jaren negentig af. Ze bekijkt de foto's en trekt er dan eentje van de muur.

'Bingo,' zegt ze. 'Januari 1991.' Als de foto weer op z'n plek hangt, loopt ze een meter naar links. Aan de kleding die de jongeren dragen is te zien dat het zomer was; wijde lichtblauwe spijkerbroeken die aangesnoerd werden met een riem en pastelkleurige hemdjes. Sinem overleed in november, dus Bo is vooral benieuwd naar die periode. Weer speurt ze de wand af. Er hangt een groepsfoto van tien jongens, allemaal in truien gestoken.

'December 1990,' leest ze hardop voor.

'We beginnen al warm te worden,' zegt Inès. Ze peutert een foto los. '14 november 1990. Wanneer overleed Sinem?'

Bo haalt het autopsierapport uit haar tas. 'Begin november,' zegt ze. 'Hou die foto maar apart.'

Samen bekijken ze alle polaroids die in de buurt hangen, tot ze een stapeltje foto's hebben die tussen 1 en 15 november zijn genomen.

'En nu?' vraagt Inès.

'Nu fotograferen we de voor- en achterkant zodat we alles rustig op onze hotelkamer kunnen bekijken. We moeten sowieso nog het materiaal voor Benny klaarzetten en shownotes erbij maken.'

Bo spreidt de foto's op tafel uit. 'Als jij die acht neemt, dan doe ik deze,' zegt ze. 'Wacht.'

Bo haalt een pen en een klein kladblokje uit haar tas. Ze vouwt het zo dat ze twintig kleine papiertjes kan scheuren en nummert ze.

'Anders weten we straks niet meer welke voor- en achterkanten bij elkaar horen,' zegt Bo.

'Je wordt al een echte onderzoeksjournalist,' zegt Inès lachend.

Tien minuten later hebben ze de voor- en achterkant van de foto's gefotografeerd en alles weer op z'n plek gehangen.

'Madame,' roept Inès als ze weer in de gang staan.

De vrouw komt onmiddellijk door de deur gelopen waar RÉCEPTION op staat.

'En, hebben jullie antwoorden kunnen vinden?' vraagt ze.

'Nee, helaas,' antwoordt Inès, nog voor Bo iets kan zeggen. 'Maar in elk geval bedankt voor uw hulp.'

Vlug loopt Inès richting de voordeur.

'Ik hoop dat er weer veel jongeren naar uw hostel komen,' zegt Bo. Dit afscheid voelt een beetje onhandig, denkt ze.

'Het is wel best zo,' zegt de vrouw. 'Ik ben met pensioen en hou van mijn rust. Succes met jullie zoektocht!'

Ze verdwijnt weer achter de deur waar ze uit kwam. Bo loopt naar Inès, die inmiddels buiten staat.

‘Wat had jij ineens een haast?’ vraagt ze.

‘Het leek me niet zo handig om haar te vertellen dat we foto’s hebben genomen en ik wilde niet tegen haar liegen als ze vragen ging stellen. Ga je mee?’ Ze haakt haar arm in die van Bo.

Als ze de brede straat waar het hotel aan ligt oversteken zegt Inès: ‘Kunnen we Hassan niet vragen hoe die Turkse vereniging heet?’

‘Jij verwacht dat die vereniging nog wel bestaat?’ vraagt Bo.

‘Het zou kunnen,’ zegt Inès. ‘Online kom ik niet veel verder.’

Ze gaan Boutique Hôtel & Spa binnen en lopen door de volle lobby naar de trap en hun suite. Bo opent de deur met haar sleutelkaart.

‘We moeten het werk verdelen,’ zegt ze tegen Inès terwijl ze samen naar binnen lopen. ‘Als ik nou het materiaal voor de podcast klaarmaak en Hassan probeer te bereiken, wil jij dan kijken of je een van de mensen op die foto’s kunt traceren?’

Inès gaat in de stoel bij het raam zitten. ‘Helemaal goed,’ zegt ze.

Bo neemt de andere stoel en pakt haar laptop. Niet veel later worden alle opnames naar de harde schijf geüpload. Ze zet het apparaat weg en pakt haar iPhone om een bericht voor Hassan in te tikken. Als de app verzonden is, kijkt Bo peinzend naar buiten. Het verhaal rond Sinems dood wordt steeds raadselachtiger. Wat zou Julia hebben ontdekt destijds? Die heeft niet voor niets een post-it met *kopiëren* op Sinems dossier geplakt.

Haar laptop geeft een melding dat de audio is overgezet naar de harde schijf. Ze opent GarageBand en bekijkt de sporen. Het beste kan ze alle opnames aan Benny sturen en de keus aan hem laten. Er is nu wel voldoende voor een aflevering. Ze tikt een paar shownotes en stuurt ze per mail naar *Koffie en koek*. Ondertussen komt er een bericht van Hassan binnen. *Centre Culturelle Turc*, leest ze. Het woord ‘jongeren’ komt dus niet in de naam voor! Dat verklaart waarom Inès geen zoekresultaten kreeg. Er komt weer een appje binnen, eentje met een Google Maps-pin. *De vereniging bestaat nog steeds. Ik ga er morgen rechtstreeks vanaf de luchthaven naartoe. Zie ik jullie daar?* Bo stuurt een berichtje terug om te laten weten dat ze het een goed plan vindt.

‘Heb je al iets gevonden?’ vraagt ze aan Inès.

Inès schudt haar hoofd. ‘Heel veel mensen hebben alleen hun voornaam achterop gezet. Tot nu toe heb ik vijf volledige namen, een groep uit Australië.’

Vijf is slechts een begin, denkt Bo. Maar het is voldoende als een van de vijf Sinem gekend heeft. Ze komt overeind.

‘Ik ga Marije proberen te bellen. Het is zaterdag, geen idee of ze opneemt, maar ik moet haar nader inlichten over het gesprek met Hassan.’

‘Goed plan, dan ga ik die aussies zoeken op social media,’ antwoordt Inès.

Bo loopt naar de gang om Inès niet te storen. Een kamermeisje komt met een kar vol schone handdoeken voorbij. Als ze om de hoek verdwenen is, zoekt Bo het nummer van Marije op in haar mobiel. Nadat de telefoon een paar keer is overgegaan neemt ze op.

‘Het is weekend, Bo. Is het dringend?’

‘We zijn in die zaak van Sinem Yilmaz gedoken en hebben haar familie gesproken. Het ziet ernaar uit dat er twee autopsierapporten zijn die allebei een andere uitkomst hebben: zelfmoord en moord.’

‘Dat is nogal wat, Bo. Jij denkt dat jullie kunnen aantonen dat er sprake is van moord?’

‘Daar ziet het wel naar uit. Maar alsjeblieft, deel het nieuws nog niet met het AD,’ smeekt ze. ‘Ik stuur straks opnames van ons gesprek met Hassan Yilmaz. Morgen komt hij naar Bordeaux met het autopsierapport dat hij en zijn ouders hebben ontvangen.’

‘En daarna mogen we het wereldkundig maken?’ vraagt Marije.

‘Ik laat het je weten zodra dat kan. We willen ons onderzoek niet kapot laten maken door de pers.’

Dit is werkelijk voor het eerst dat ze een poging doet om het heft in eigen hand te nemen bij Marije en het voelt goed.

‘Oké. Dan wachten we nog even.’

Enigszins verbaasd over Marijes meegaandheid kijkt Bo naar het scherm. Dit moet ze vaker doen, zichzelf opstellen als de baas. Ze opent de hotelkamerdeur.

'O, en Bo,' gaat Marije verder. 'Succes!'

In haar ooghoek ziet Bo dat Inès heftig gebaart. Haar gezicht voorspelt goed nieuws.

'Dank je,' zegt Bo.

Nog voor ze op de rode stip heeft kunnen drukken om de verbinding te beëindigen, roept Inès keihard: 'Bingo!'

'Heb je iemand gevonden?'

Inès grijnst van oor tot oor. 'Charlie Peyton. Toen een drieëntwintigjarige backpacker, nu een vijfenvijftigjarige ranger. Hij werkt in Kakadu National Park en verzorgt daar *wetland tours* voor toeristen die krokodillen willen spotten. Charlie heeft nog steeds halflang blond haar en een gebruinde kop, net zoals in 1990, maar wel met meer rimpels.'

'Geweldig! Heb je hem al bericht?' vraagt Bo. Dit onderzoek écht samen met Inès doen geeft haar zo'n kick.

'Ik heb een mail naar de website gestuurd van het bedrijf dat die tours organiseert, maar het is bijna tien uur later in Australië. Hij zal dus op z'n vroegst pas morgen reageren.'

52

Bordeaux, dag 13 – zondag

De volgende ochtend schrikt Bo om halfnegen wakker omdat iemand op hun hoteldeur klopt. Ook Inès opent haar ogen.

'De schoonmaker is er vroeg bij,' merkt Inès op terwijl ze gaat zitten en zich uitrekt.

'*Un moment*!' roept Bo.

Inès laat zich terug in het kussen vallen en trekt het dekbed weer over zich heen. 'Nog tien minuten,' zegt ze. 'Dan mogen ze de kamer stofzuigen.'

Bo komt uit bed en trekt een badjas van het hotel aan. 'Kom, we hebben vandaag een volle agenda.'

Ze trekt de kamerdeur open.

'Amélie?' vraagt Bo verbaasd. Gaat de decaan er een gewoonte van maken om hen hier op te zoeken?

Amélie slaat haar armen over elkaar en kijkt Bo indringend aan.

'Ik wil graag even binnenkomen,' zegt ze.

Bo blijft in de deuropening staan. Amélies stem klinkt niet alsof ze een afwijzing zal accepteren en ze wil geen scène op de gang uitlokken door de decaan de toegang te weigeren, maar ze voelt er ook weinig voor om haar binnen te laten.

'Sorry,' zegt ze daarom. 'Inès ligt nog in bed en ik ben ook verre van aangekleed. Zullen we over een halfuur koffiedrinken in de bar beneden?' Dat geeft haar en Inès de tijd om even te overleggen.

'Van mij hoeven jullie niet aangekleed te zijn,' antwoordt Amélie afgemeten.

'Een halfuur,' herhaalt Bo vriendelijk en ze sluit de kamerdeur.

Kort blijft ze ertegenaan geleund staan. Amélies onvriendelijke houding begrijpt ze nog steeds niet.

'Wie was dat?' klinkt het vanonder het dekbed vandaan.

'Amélie LaRoche weer, en ze is ergens zeer ontevreden over, gok ik zo, en we komen er straks achter wat,' antwoordt Bo.

Ze gaat op de rand van het bed zitten en geeft Inès een por.

'Kom je er ook uit? We gaan koffiedrinken met Amélie.'

Terwijl Bo schone kleren uit de kast pakt, geeft haar iPhone aan dat er een bericht is binnengekomen. Ze loopt naar het tafeltje waar haar mobiel op ligt en veegt over het scherm. Het is een appje van Hassan. *Mijn reis gaat zoals gepland, tot straks!* leest ze.

'Hassan is onderweg,' zegt ze tegen Inès.

'Mooi. Wanneer is onze was eigenlijk klaar?' vraagt Inès, die een beetje beteuterd naar haar nieuwe jurkjes staart, die ze heeft gekocht om in uit te gaan.

'Als het goed is deze ochtend,' zegt Bo. Voor de tweede dag op rij trekt ze hetzelfde T-shirt aan.

Inès zucht diep en haalt dan haar schouders op. 'Oké, dan maar overdressed aan het ontbijt.' Ze trekt een hangertje met een rood cocktailjurkje uit de kast en loopt ermee naar de badkamer.

Als Bo klaar is opent ze haar laptop. Benny heeft haar een bedankje gemaild, hij gaat met de opnames aan de slag, leest ze. Verder heeft ze alleen reclame gekregen. Net als Bo haar laptop wil sluiten, valt haar blik op een mail die gisteren is binnengekomen. Hij is van de Universiteit van Bordeaux. Ze opent het bericht. *Dag Bo. Even een kort bericht van mij. Ik ben ontslagen. Succes met alles, Nicole*, staat er. Bo staart naar de tekst. Hier schrikt ze van.

'Je ziet eruit als een vaatdoek,' zegt Inès in het voorbijgaan als ze uit de badkamer komt.

Bo kijkt op. Inès ziet eruit alsof ze gaat feesten in haar rode jurkje.

'Ik denk dat Amélie er lucht van heeft gekregen dat wij met Nicole hebben gesproken,' zegt Bo. 'Kijk.' Ze laat haar de mail lezen.

'We houden ons straks gewoon van de domme,' concludeert Inès. 'Wens Nicole maar sterkte. Ga je mee? Ik heb honger.'

Een kwartiertje later schuift Bo haar ontbijtbord van zich af. Ondanks haar rammelende maag krijgt ze geen hap naar binnen. Ze is toch een beetje zenuwachtig geworden van het idee dat Amélie op hen wacht. Ergens wil ze niet liegen, maar als zij en Inès de waarheid vertellen bestaat de kans dat Amélie ook een bezoek brengt aan patholoog Moret en dat mag niet gebeuren. Inès heeft minder last van zenuwen. Die werkt stukken baguette naar binnen alsof ze dagenlang niet gegeten heeft.

'Heb je al gekeken of Crocodile Dundee terug heeft gemaild?' vraagt Bo. Ze is de echte naam van de Australiër vergeten.

Inès schudt ontkennend haar hoofd en kauwt vervolgens eerst haar mond leeg. 'Nee, nog niet. Ik wil eerst dat gesprek met Amélie achter de rug hebben, dan is hij aan de beurt.'

'First things first,' zegt Bo. 'Gelijk heb je. Zullen we maar naar de bar gaan? We kunnen het niet blijven uitstellen, en ik ben toch ook wel benieuwd naar wat ze te zeggen heeft.'

Inès neemt een laatste slok thee, veegt de kruimels van haar mond en zegt dan: 'Wie weet is ze allang vertrokken.'

Amélie zit aan het eerste tafeltje vanaf de ingang te wachten. Haar gezicht staat nog steeds verbeten, ziet Bo.

'Zo, zijn jullie daar eindelijk,' zegt de decaan zodra ze hen in het vizier krijgt. 'Ik heb een probleem,' gaat ze verder nog voor Bo en Inès zitten.

'Wil je koffie?' vraagt Inès.

'Ik hoef helemaal niets, dank je,' antwoordt Amélie kortaf.

Inès gebaart naar de bar dat ze wil bestellen en gaat dan zitten. Bo volgt haar voorbeeld. Vrijwel direct valt er een geladen stilte.

'Jullie weten waar ik voor kom,' zegt Amélie na een paar seconden.

'Uh, nee, toch, Bo?' vraagt Inès.

'Nee,' zegt Bo. Het woordje komt een beetje piepend uit haar mond.

Amélie begint te praten. 'Een van onze medewerkers heeft een dossier mee naar huis genomen,' zegt ze.

'Dat is vervelend,' antwoordt Inès. 'Mag ik jouw telefoon even lenen, Bo? Ik moet mijn moeder appen dat ik haar wat later bel en mijn toestel ligt nog boven. Stom, hè.' Dat laatste is voor Amélie bedoeld.

Bo moet moeite doen om stoïcijns te blijven kijken. Wat is dit nou weer voor een onzin? Ze ontgrendelt haar iPhone en geeft hem aan Inès. Amélie werpt een scherpe blik hun kant op, maar Inès schenkt haar geen enkele aandacht. In plaats daarvan veegt ze over het scherm.

'Een dossier dat de universiteit nooit had mogen verlaten,' gaat Amélie verder. 'En ik heb zo het vermoeden dat jullie het in bezit hebben.'

Inès kijkt ineens op. 'Wij?' zegt ze verbaasd. 'Hoe dan? En wat staat er dan in dat dossier? Nu word ik nieuwsgierig!'

Bo voelt een lachkriebel omhoogkomen. Inès speelt overduidelijk toneel, dat kan zelfs Amélie niet ontgaan.

'Dat doet er niet toe,' zegt Amélie. 'Ik wil het erg graag terug.'

De ober zet twee cappuccino's voor hen op tafel. 'Geniet ervan, dames.' Na een kort knikje verdwijnt hij weer achter de bar.

'Wij hebben niets van de uni meegenomen,' zegt Bo. Met die opmerking liegt ze niet, of nou ja, een beetje.

'Nee, dat klopt.' Amélie kijkt haar fijntjes aan. 'Dat heeft iemand anders gedaan en die heeft het daarna aan jullie gegeven.'

Inès fronst haar wenkbrauwen. 'Echt? Wie zegt dat?'

Amélie gaat verzitten. 'Dat is mijn inschatting,' zegt ze.

Haar stem klinkt niet zo zeker als zojuist, merkt Bo op.

Inès slaat haar armen over elkaar. 'Ik kan het niet meer volgen. Een onbekend persoon heeft iets van de uni meegenomen en aan ons gegeven en daarom ben jij nu kwaad op Bo en mij? Vat ik het zo goed samen?'

Amélie kijkt eerst Inès onderzoekend aan en daarna Bo.

'Jullie hebben dus niets ontvangen?' vraagt Amélie voorzichtig.

'Nee,' zegt Bo. 'Niets.'

Amélie staart kort naar het tafelblad.

‘In dat geval moet ik jullie mijn excuses aanbieden,’ zegt ze. ‘Ik was ervan overtuigd dat... laat maar.’

‘Excuses aanvaard,’ antwoordt Inès.

Met gemengde gevoelens neemt Bo een slok van haar cappuccino. Liegen is niet haar sterkste punt, maar het is voor een goed doel, houdt ze zichzelf voor. Ze wil net voorstellen om de was bij de receptie op te pikken, als Amélie opstaat.

‘Ik ga naar de politie,’ zegt ze vastberaden.

Er schiet adrenaline vanuit Bo’s middenrif omhoog. Amélie zal toch niet...

‘Om aangifte te doen,’ gaat de decaan verder. ‘Dit dossier is eigendom van de Universiteit van Bordeaux en had nooit meegenomen mogen worden. Dan mag de politie uitzoeken aan wie het is afgegeven!’

Bo voelt zich tegelijk warm en koud worden terwijl ze Amélie nakijkt.

‘Nicole komt in de problemen omdat haar collega ons die papieren gaf,’ zegt ze zachtjes tegen Inès. ‘En niet alleen zij, als de politie werkelijk onderzoek gaat doen komen ze ongetwijfeld bij ons uit. En wie weet ook bij Valentin Moret.’

‘Prima toch?’ antwoordt Inès op luchtige toon. ‘Dan heeft de uni iets uit te leggen. Ik heb trouwens dit hele gesprekje even opgenomen met je dictafoonapp.’

53

Inmiddels is het bijna halftien, ziet Bo op de klok die achter de bar hangt. Hassan landt over veertig minuten.

Ze komt overeind. 'Ik ga de receptie vragen of ze een taxi voor ons kunnen bellen.'

'Prima,' antwoordt Inès zonder op te kijken. 'Dan ga ik Charlie Peytons mail lezen, hij heeft nogal een lap tekst teruggeschreven.'

Bo loopt de bar uit. Het is te hopen dat die Charlie een keertje met Sinem Excursions mee is geweest én een goed geheugen heeft.

In de lobby is het druk, er staat een rij mensen voor de receptie die kennelijk willen uitchecken. Aarzelend blijft Bo staan. Als ze achteraan aansluit, komen ze te laat bij de Turkse vereniging. Uiteindelijk besluit ze een beetje voor te dringen door aan de zijkant van de receptie te gaan staan. Tussen twee gasten door kan ze de hotelmedewerker vragen om een taxi voor haar te bellen. Niet zo netjes, maar het moet even. Terwijl ze wacht kijkt ze rond. Buiten schijnt de zon. Elke dag lijkt wel warmer te zijn dan de vorige. Inmiddels staan de bomen in volle bloei, het maakt Bordeaux alleen maar mooier. Ze pakt haar iPhone, misschien vindt Joost het wel leuk om hierheen te komen zodra zijn moeders gezondheid het toelaat. Vlug tikt ze een bericht naar hem in. *Alles goed? Ook met je moeder? Zin in een weekendje Bordeaux samen? Kus, Bo*. Ze stopt haar toestel weer in haar broekzak.

Er passeert een man in een zwart pak. Vlak voor hij achter de receptie verdwijnt, zegt hij: 'Kan ik u ergens mee helpen?'

Bo kijkt hem dankbaar aan. 'Mijn vriendin en ik zouden graag zo snel mogelijk een taxi willen. En kunt u misschien ook kijken of onze was klaar is? Die staat op naam van Schippers en Al Amrani.'

'Natuurlijk. Een moment graag.' De man verdwijnt door een deur achter de receptie.

Bo glimlacht kort naar een vrouw die haar vernietigend aankijkt en richt zich dan weer op de lobby.

Na enkele minuten komt de man terug. 'Uw taxi staat over tien minuten voor en ik hoor net dat de schoonmaak uw was al op de kamer heeft gezet,' zegt hij.

'Dat is heel fijn, dank u!' antwoordt Bo.

Tien minuten, dat geeft haar en Inès voldoende tijd om wat schoons aan te trekken.

'Wat schreef die Australiër eigenlijk terug?' vraagt Bo, als ze achter in de taxi zitten.

Inès heeft een lichte spijkerbroek en een witte oversized blouse aangetrokken, ze valt gelukkig een stuk minder op in deze kleren.

'Lang verhaal kort,' begint Inès. 'Charlie en zijn vrienden zijn met Fatma, Sinem dus, de stad in gegaan voor een grand tour en daarna met z'n allen naar een nachtclub geweest. Eentje die niet meer bestaat, trouwens. Heel jammer, want volgens Charlie was het er fantastisch. Maar goed, dat was begin oktober 1990. Sinem heeft die avond iets met een vriend van hem gekregen. De dagen daarna kwam ze elke dag naar het hostel, ze is er zelfs een keertje blijven slapen. Op een gegeven moment bleef ze weg. Ze zijn ervan uitgegaan dat Sinem geen interesse meer had. Charlie schrok zich rot toen ik vertelde wat er met haar gebeurd is. Die vriend van hem leeft ondertussen ook niet meer, nadat hij een paar jaar geleden ziek werd. Heel triest. Maar dit spoor loopt dus dood.'

Bo staart haar met open mond aan. 'Ik denk dat we dit niet aan Hassan moeten vertellen,' zegt ze.

'Juist wel,' antwoordt Inès tot Bo's verbazing. 'Hieruit blijkt dat Philippe Bernard haar niet vermoord heeft omdat ze hem afwees, zoals Edda Bianchi.'

Bo denkt over haar woorden na. Deze conclusie lijkt haar te kort door de bocht. 'Het sluit helemaal niets uit,' zegt ze. 'We moeten echt alle opties open blijven houden en ons nu niet blindstaren op die toeristen.'

'Dat is waar,' geeft Inès toe.

Bo kijkt naar opzij. 'Denk je werkelijk dat Philippe nog meer moorden op zijn geweten kan hebben?'

'We sluiten niets uit, zeg jij net,' antwoordt Inès terwijl ze haar ogen ten hemel slaat. 'Wel een beetje consequent blijven, Bootje.'

Bo wendt haar hoofd af. Daar heeft Inès gelijk in.

Terwijl de kerkklokken van Bordeaux beieren ten teken dat de zondagsdienst begint, staan Bo en Inès voor een zandkleurig gebouw met weinig ramen. Aan de buitenkant wijst niets erop dat hier de Turkse vereniging gevestigd is, en toch is dit het adres dat Hassan gaf.

'Zullen we dan maar?' vraagt Inès, en ze klopt aan.

Er klinken voetstappen en even later wordt de deur geopend. 'Dames, wat kan ik voor u doen?' vraagt een oudere man in het Frans.

Inès stelt hen eerst voor en zegt dan: 'We hebben hier afgesproken met Hassan Yilmaz.'

De mond van de man krijgt een verdrietige trek. 'Ja, ja,' zegt hij knikkend. Ondertussen doet hij een stap opzij zodat ze erlangs kunnen. 'Loopt u maar door naar achteren,' zegt hij.

Binnen is het koel. Er hangen kroonluchters aan het plafond die een warm licht geven. Aan de wanden hangen oude zwart-witfoto's van de Bosporus en de Hagia Sophia. Helemaal achterin ziet Bo een brede houten deur. Voorzichtig duwt ze de gietijzeren klink naar beneden. Erachter is een kamer met een enorme hoekbank met kussens. Er dampt een grote pot thee op een salontafel. Een man van middelbare leeftijd draait zich om als ze binnenkomen. Met een uitgestoken hand loopt hij op hen af.

'Jullie moeten Bo en Inès zijn,' zegt hij in het Engels.

Bo schudt als eerste zijn hand.

'Ik ben Hassan Yilmaz.'

Terwijl Hassan ook Inès begroet, begint hij te praten. Hij komt meteen ter zake. 'Zojuist heb ik de mensen van de vereniging verteld over jullie bevindingen. Ismail, de man die jullie binnenliet, heeft Sinem nog gekend. Maar ga eerst zitten. Willen jullie thee?'

'Heel graag,' zegt Bo. Ze zoekt een plekje op de bank en opent alvast haar tas om straks het originele autopsierapport eruit te halen. Ondertussen schenkt een vrouw twee kopjes in.

'Ik ben Meryem,' zegt ze. 'Wat een verhaal! Ik had al over jullie podcast gehoord, maar dit...' Ze schudt haar hoofd. 'Zo triest.'

Ismail opent de luiken zodat er meer daglicht naar binnen valt. Pas nu valt het Bo op dat hier schilderingen van Istanbul en andere Turkse steden op de muur zijn aangebracht. Ze bekijkt de ruimte verder. Er staat een grote boekenkast tegen de wand met daarnaast een lang bureau waar meerdere mensen aan kunnen werken. Aan de andere kant van de ruimte is een klein keukenblok dat zo te zien alleen maar geschikt is om koffie of thee aan te maken. De atmosfeer voelt prettig en veilig aan. Voor het eerst sinds de angstaanjagende rit begint ze een beetje te ontspannen.

'Mag ik dat rapport lezen?' vraagt Hassan, die ook op de bank is gaan zitten.

Bo geeft hem de papieren uit haar tas. Terwijl Hassan leest vraagt ze aan Ismail: 'U hebt Sinem dus nog gekend?'

De oude man glimlacht. 'Jazeker. Sinem was een lieve vrouw. Op een dag kwam ze niet meer bij ons. Uiteindelijk hebben we in de krant moeten lezen dat ze was overleden.'

'Niemand van de universiteit heeft u ingelicht?' vraagt Bo.

De man zucht diep. 'Nee, kennelijk vond men dat niet nodig. Ook de politie is niet langsgekomen.'

Bo pakt haar thee van tafel. Ergens is ze niet verbaasd dat Yves LaRoche niets gezegd heeft of niet is langsgegaan. Die wilde waarschijnlijk geen ingewikkelde vragen beantwoorden. Ze neemt een slokje. Het is een aromatische zwarte thee die haar goed smaakt.

'Onvoorstelbaar,' hoort ze Hassan zachtjes zeggen terwijl hij het rapport van Valentin Moret doorleest. 'Hier staat iets heel anders.'

Bo pakt haar tas. Ze heeft de notulen van de universiteit ook meegenomen, die heeft ze Hassan nog niet gegeven. De papieren steken uit een binnenvak. Bo trekt ze eruit.

Hassan kijkt op. 'Dit is verschrikkelijk,' zegt hij met een gebroken stem.

Bo reikt hem de papieren aan. 'Dit zijn notulen van de Universiteit van Bordeaux. Niemand mag weten dat wij ze in bezit hebben.'

Hassan pakt ze van haar aan en begint te lezen.

'Heeft de vereniging een kopieerapparaat?' vraagt hij.

'Jazeker,' antwoordt Ismail. 'Wilt u die stukken kopiëren?'

'Absoluut. Of hebben jullie daar bezwaar tegen?' Hassan kijkt eerst Inès en daarna Bo aan.

'De patholoog blijft er liever buiten,' zegt Bo aarzelend.

Zonder te antwoorden leest Hassan verder. Uiteindelijk legt hij het rapport op de notulen en staart een poosje voor zich uit.

'Goed,' zegt hij uiteindelijk. 'Mocht het nodig zijn, dan verklaar ik desnoods dat ik heb ingebroken bij de universiteit en dit alles heb meegenomen. Geen Franse politieagent zal het in zijn of haar hoofd halen om een Turkse hotelmagnaat die de waarheid achter zijn zusjes dood wil achterhalen in de boeien te slaan.'

Hassan heeft gelijk, denkt Bo. Dit is geen diplomatieke rel waard. Aan de andere kant kan ze niet goed inschatten welke machten en krachten er hier aan het werk zijn.

'En ik werk mee aan jullie podcast,' zegt Hassan.

'Wij maken deze podcast voor het Nederlandse televisieprogramma *Koffie en koek*, zou je eventueel in de uitzending willen vertellen over jouw zusje?' vraagt Inès.

Bo kijkt haar met grote ogen aan. Die vraag had zij niet durven stellen. Niet nu, in elk geval. Het klinkt namelijk alsof Inès zijn medewerking uitruilt voor een kopietje. Hassan lijkt er geen moeite mee te hebben, ziet ze aan zijn gezicht.

'Absoluut,' zegt hij. 'Alles om de waarheid boven tafel te krijgen.'

'Ook zonder medewerking aan de podcast had je een kopie gekregen,' zegt Inès, alsof ze Bo's gedachten kan lezen.

Hassan grijpt een envelop uit zijn binnenzak. 'Dit is het rapport dat mijn ouders ontvingen. Daar krijgen jullie een kopie van.'

Ismail komt overeind en neemt alle papieren van Hassan over. 'Ik ben zo terug,' zegt hij.

Als Ismail terug is en weer bij hen op de bank zit, begint hij te praten. 'Begin jaren negentig kwamen hier veel meer studenten uit Turkije. Vaak klopten ze bij ons aan. De een vond het prettig om in zijn eigen taal te kunnen praten en weer een ander zocht hulp als er problemen met instanties waren, of ze kwamen gewoon çay drinken, de thee die u zojuist ook dronk. We vierden Turkse feestdagen met z'n allen, of deelden verhalen van vroeger. Tegenwoordig is het hier stil.' Dat laatste zegt hij met weemoed in zijn stem.

'Hebben jullie hier ook een ledenarchief?' onderbreekt Hassan hem.

'Uiteraard,' antwoordt Ismail. 'De oude jaren liggen op zolder, als ik het me goed herinner. Loop maar even mee.' Hij komt overeind.

Bo zet het theekopje terug op tafel en samen met Inès en Hassan gaat ze achter de oude man aan.

De zolder van de Turkse vereniging is donker en stoffig, het dak rust op oude hanenbalken.

'We komen hier niet vaak,' merkt Ismail ten overvloede op. Hij kijkt zoekend rond. 'Ik geloof niet dat er een systeem in zit.' Ismail zakt door zijn knieën en veegt stof van een oude doos. '1981,' zegt hij.

Bo loopt naar een stapel dozen en bekijkt de bovenkanten een voor een. Soms zijn de jaartallen nauwelijks meer zichtbaar. Ook Inès gaat aan de slag met een stapel, terwijl Hassan de oude Ismail helpt. Bo schuift doos voor doos opzij.

'Wat vreemd,' zegt Ismail na tien minuten, terwijl hij en Hassan de volgende stapel bekijken. 'Ik heb 1989 gezien en 1991 en nu zitten we al in de jaren 2000, maar het jaar dat we zoeken lijkt er niet tussen te zitten.'

Bo recht haar rug. Ze is helemaal verstijfd van de gebogen houding waarin ze nu al een tijdje staat. In een donkere hoek ziet ze een geopende doos staan, er ligt een map naast die er kennelijk uit is gehaald. Ze loopt ernaartoe en buigt de flap dicht om het jaartal te kunnen lezen. *1990*, staat er met zwarte stift op, de kleur is een beetje vervaagd.

'Ik heb iets gevonden,' zegt ze.

Ismail staakt het zoeken en komt naar haar toe. Hij bekijkt de inhoud van de doos en haalt er een stofmap uit.

'Sinem Yilmaz,' leest hij hardop voor, daarna slaat hij de map open.

Hij is leeg, ziet Bo. Er zit alleen een verfrommeld briefje in. Ismail haalt het van een schrijfblok gescheurde velletje eruit.

'Juli 2000, uitgeleend. Komt retour,' leest hij voor. 'Dat is vreemd. De vereniging is geen bibliotheek, we lenen geen spullen uit en al helemaal geen dossiers van leden! Dit moet onrechtmatig door iemand zijn meegenomen!'

Er gaat een schok door Bo heen. Het kan niet anders of Julia is bij de vereniging langs geweest.

54

Bordeaux, dag 14 – maandag

‘Ik zou vandaag graag bij de Universiteit van Bordeaux langsgaan,’ zegt Hassan als ze koffiedrinken in de hotelbar. ‘Wie is daar tegenwoordig de decaan?’

‘Amélie LaRoche,’ antwoordt Bo.

Aan Hassans gezicht ziet ze dat hij een bekende naam hoort.

‘Inderdaad, ze is familie van Yves LaRoche, zijn dochter,’ zegt Bo nog voor hij vragen kan stellen. ‘Ze zal schrikken als jij je voorstelt.’

‘Mooi,’ antwoordt Hassan. ‘Is het ver van hier? Moet ik een taxi bellen?’

‘Het is mooi weer, laten we gaan lopen,’ stelt Inès voor.

Kennelijk heeft Inès haar buik net zo vol van taxi’s als zij, denkt Bo. Als ze naar de uni gaan neemt ze het gesprek liever op. Ze opent haar schoudertas en haalt de interface, de snoertjes en de microfoon eruit. Terwijl ze alles op elkaar aansluit ziet ze Hassan onderzoekend kijken.

‘Voor de podcast die we maken,’ geeft Bo als uitleg. Ze opent de dictafoonapp en neemt een stukje audio op. Daarna geeft ze de iPhone opdracht om het af te spelen. Ook dat werkt gelukkig nog. Het vervelende is wel dat ze haar spijkerjasje in de kamer heeft achtergelaten. Het is ook veel te warm buiten voor zo’n kledingstuk, en er is een kans dat Amélie haar en Inès niet eens meer toelaat op de uni.

‘Heb jij binnenzakken in dat colbert zitten?’ vraagt ze aan Hassan.

‘Je wilt die apparatuur in mijn kleding verbergen?’ Hij trekt een bedenkelijk gezicht.

'Het werkt goed,' zegt Inès in een poging om hem over te halen. 'Bovendien willen we graag vastleggen wat Amélie LaRoche te zeggen heeft.'

'Akkoord,' zegt hij dan. Hassan houdt de zijpanden van zijn jasje open en laat geduldig toe dat Bo alles wegwerkt.

'Laat maar los,' zegt Bo als ze klaar is.

Ze loopt om Hassan heen. De snoertjes zijn onzichtbaar omdat hij breder is dan zij.

'Ik voel me nu net een privédetective,' zegt Hassan droog. 'Kom, laten we naar de universiteit lopen.'

Met elke stap voelt Bo zich zenuwachtiger worden.

Bij de universiteit aangekomen is het een komen en gaan van studenten. Kennelijk zijn er net colleges afgelopen. Bo loopt voor de andere twee uit naar binnen. Ze is hier al zo vaak geweest. Voor de deur van Amélies kantoor blijft ze stilstaan.

'Hier is het.' Nog steeds weet ze niet goed wat de bedoeling van dit bezoek is.

Hassan klopt aan. 'Madame?'

Er komt geen antwoord. Wel gaat de deur na een paar seconden open. Amélies gezicht betrekt als ze Bo en Inès ziet staan.

'Ik heb het heel erg druk,' zegt ze nog voor Bo kan zeggen waarvoor ze komen. 'En wie bent u?'

'Hassan Yilmaz,' antwoordt Hassan. 'Mijn zusje heeft in 1990 aan deze universiteit gestudeerd. Toen zwaaide uw vader hier nog de scepter, is mij verteld.'

Amélie verschiet van kleur.

'Het spijt me van uw zusje, ik heb haar nooit gekend. Wandelt u rustig rond hier en mocht u vragen hebben, dan kan het secretariaat daar vast bij helpen,' zegt Amélie.

'Ik stel ze liever aan u,' zegt Hassan, die zich niet laat afpoeieren.

Amélie lijkt kort uit het veld geslagen te zijn. Dan zegt ze: 'In dat geval zult u een afspraak moeten maken bij het secretariaat.'

'Wat mij betreft kan dat gesprek ook nu plaatsvinden,' houdt Hassan aan. 'Ik heb trouwens twee dames bij me die ik graag mee laat luisteren.'

Amélies gezicht vertrekt op een manier die Bo vertelt dat de decaan zich klemgezet voelt.

'Goed, ik heb vijf minuten, dan moet ik naar een volgende afspraak,' zegt Amélie afgemeten.

Bo gaat in de stoel met het groene fluweel zitten waar ze al eens eerder in zat. Toen was Amélie nog vriendelijk en behulpzaam en niet de gesloten vrouw die nu tegenover haar plaatsneemt. Inès pakt er een stoel bij vanaf de zijkant.

'Nou, wat wilt u weten?' vraagt Amélie.

'Ik was gisteren met deze twee dames bij de Turkse vereniging waar mijn zusje lid van was, en tot onze verbazing is haar lidmaatschapsdossier "uitgeleend",' begint Hassan. 'Weet u daar meer van?'

'Sorry,' zegt Amélie, die nu nog witter wegtrekt. 'Ik wist niet eens dat Sinem lid was van een dergelijke vereniging.'

'Gaat het wel goed met je?' vraagt Bo. De decaan zit een beetje scheef in haar stoel en ziet eruit alsof ze een arts nodig heeft. Er parelen zweetdruppels op haar voorhoofd. Voor haar ligt een leeg vel papier met een sierlijk logo erop dat van de universiteit moet zijn. Amélie houdt de punt vast, haar vingers verkrampen.

'Ik snap er helemaal niets meer van,' zegt Amélie zachtjes terwijl ze in het niets staart. Ineens kijkt ze hen aan. 'Sinds jullie twee de deur van deze universiteit platlopen gebeurt er van alles. Die zoektocht was toch ten einde? Valt dit bezoek ook onder sightseeing?' Amélie schudt haar hoofd en trekt vervolgens een la open. Ze haalt er een stripje pillen uit en duwt er eentje uit, die ze wegwerkt met een slok water uit haar flesje. Ze draait de dop weer op het flesje en zet het weg. Dan pas maakt ze weer oogcontact.

'Mijn vader, oud-decaan hier, was woedend deze week: oude notulen zouden uit de kluis zijn gehaald, dat kan alleen maar door een medewerker zijn gedaan. En "toevallig" wandelen jullie twee weer door Bordeaux. Zogenaamd om de stad te bekijken, maar ondertussen, Bo, hoor ik heel andere geluiden. Zo zag een van mijn docenten jullie op de medische faculteit praten met een student en ben je gesignaleerd op het secretariaat.'

'Klopt,' zegt Inès nog voor Bo kan antwoorden. 'We waren geïnteresseerd in de architectuur van het gebouw nadat we erover lazen in een reisgidsje. Het is echt prachtig vanbinnen.'

Amélies wenkbrauwen schieten omhoog, maar ze zegt niets.

'Jullie kunnen toch vragen of die medewerker de notulen gewoon terugbrengt,' oppert Inès. 'En trouwens, als ze oud zijn heeft niemand er nog wat aan, toch?'

Ze speelt met vuur, denkt Bo.

'Hebt u nog meer vragen, meneer Yilmaz? Want anders zou ik graag weer aan het werk gaan,' zegt Amélie kortaf.

'En ik zou graag met uw vader willen praten,' zegt hij.

'Het spijt me, hij is gepensioneerd.' Amélie komt overeind.

Inmiddels heeft ze weer een beetje kleur op haar gezicht gekregen, ziet Bo.

'Wat mij betreft is dit gesprek ten einde,' zegt Amélie.

Bo kijkt Hassan aan. Die lijkt te aarzelen, maar komt dan toch overeind. Als ze bij de deur zijn draait hij zich om naar Amélie.

'Ik zou graag het studentendossier van mijn zusje meenemen.'

'Ook daarvoor moet u een afspraak bij het secretariaat maken,' antwoordt Amélie. 'Dat ligt in het archief, hoewel er kans is dat de politie de stukken heeft meegenomen. In de gang linksaf, richting de buitendeur.'

Bo legt haar hand op de klink en drukt hem naar beneden.

'En dan nog iets, Bo, Inès,' begint Amélie als ze weer op de gang staan. 'Iemand heeft die notulen onrechtmatig in bezit. Ik mag toch hopen dat jullie er werkelijk niets van afweten, dat nemen wij als universiteit namelijk heel hoog op.' Na die woorden sluit ze haar kantoordeur en draait de sleutel om.

55

'Ik ga een afspraak maken om het archief in te mogen,' zegt Hassan. 'Eh...' Hij houdt de panden van zijn jasje veelbetekenend omhoog.

Bo haalt snel de apparatuur eruit en trekt de snoertjes los. In haar ooghoek ziet ze een camera hangen, ook dit is nu gefilmd. Ze kan er niet mee zitten.

'Ik zie jullie buiten.' Hassan loopt de gang door.

'Wat denk jij?' vraagt Inès als hij buiten gehoorsafstand is.

Bo bergt haar spullen op. 'Ik denk helemaal niets, behalve dat ik deze versie van Amélie niet ken. Vorige week heb ik nog met haar gedineerd en nu behandelt ze me alsof ik... alsof ik ongedierte ben.'

'Wij bekijken haar nu ook met andere ogen,' antwoordt Inès.

Daar heeft ze gelijk in, denkt Bo. Deze hele zaak was al ingewikkeld toen ze eraan begonnen, maar nu kan ze er helemaal geen touw meer aan vastknopen.

'Julia is gevlucht omdat ze iets "groters" op het spoor was,' herhaalt Bo peinzend. 'Dat heeft ze aan Dorien geschreven. Het moet om Sinems dood gaan, dat kan niet anders. Maar er lijkt nog iets te zijn, iets waar ik de vinger niet op kan leggen.'

Inès leunt tegen de deur. 'Waarom denk je dat?'

'Stel hè,' gaat Bo verder. 'Stel dat Julia inderdaad heeft ontdekt dat Sinem is vermoord. Dan had ze toch gewoon naar de politie kunnen stappen met die kennis?'

'O ja, net zoals wij naar de politie gingen toen Dorien met die brief van Julia op de proppen kwam waarin ze Ruud aanwees als Edda's moordenaar,' antwoordt Inès. 'Nee, Bo. Julia wist waarschijnlijk wel beter. Die heeft ervoor gekozen om te blijven leven, in plaats van omgelegd te worden door een syndicaat van rechercheurs en decanen.'

Bo schiet in de lach. 'Je doet nu net alsof er tientallen mensen bij betrokken zijn, en dat geloof ik niet.'

Inès slaat haar armen over elkaar. 'Wat denk je, dat ze per ongeluk zijn vergeten om die notulen van een lijst van aanwezige personen te voorzien?'

'En ik denk dat we een hoop denken, maar weinig zeker weten. Het enige wat we kunnen doen is Yves LaRoche confronteren.' Bo klinkt vastberadener dan ze zich voelt.

Plotseling wordt de deur achter Inès opengetrokken, waardoor ze bijna haar evenwicht verliest. Bo kan haar nog net op tijd vastgrijpen.

'Staan jullie hier nou nog?' vraagt Amélie bits.

Het is niet zo handig dat ze voor de deur van de decaan staan te bakkeleien over hun vervolgstappen, denkt Bo.

'We zouden graag je vader even spreken. Wat is zijn adres?' vraagt Inès recht voor z'n raap.

Amélie laat een schamper lachje horen. Dan schudt ze afkeurend haar hoofd. 'Jullie hebben niets op deze universiteit te zoeken en al helemaal niet bij mijn vader thuis. Ik wens jullie een fijne vakantie toe. Het Musée d'Aquitaine is een aanrader.' Amélie stapt de gang op. 'Zal ik jullie de uitgang wijzen?' vraagt ze liefjes.

'Waarom wil je niet dat we met je vader praten?' vraagt Bo.

Amélie kijkt haar spottend aan. 'Waarom zouden jij en je vriendin op jullie "vakantie" met mijn vader willen praten?'

Bo wisselt een korte blik met Inès. Ze zijn er met een gestrekt been in gegaan bij de decaan. Als ze nog iets van haar gedaan willen krijgen, dan zal Bo nu haar excuses moeten aanbieden.

'Sorry,' zegt ze om die reden.

De trekken om Amélies mond verzachten iets. 'Goed zo. En zeg nou eens eerlijk, die korte vakantie om Bordeaux te zien? Is dat waar, of een leugentje om bestwil?'

'Dat laatste,' geeft Bo schoorvoetend toe. 'Maar goed, daar hebben we een goede reden voor.'

'Oké,' zegt Amélie, rustiger dan zojuist. 'En ik heb er een goede reden voor om mijn vaders adres niet zomaar te geven. Ik zal hem vragen of hij bereid is met jullie te praten, mits jij en Inès in jullie geheugen willen graven of niet toch iemand onze notulen heeft afgegeven bij de receptie van het hotel.'

'O, daar kan ik zo ook wel antwoord op geven,' antwoordt Inès. 'Nee. Een paar dagen geleden hebben we contact met Hassan gezocht vanwege Sinem. Hij heeft toen duidelijk gemaakt dat zijn zus zelfmoord heeft gepleegd. Het rakelde veel bij hem op, daarom wilde hij graag de plek bezoeken waar Sinem woonde voor ze tot haar beslissing kwam. We willen jouw vader vragen hoe het voor hem is geweest om een student te verliezen, en al helemaal eentje die hij goed gekend heeft. Daarom zouden we hem graag spreken, onze taak in Bordeaux zit er verder op.'

Die leugen rolt wel heel gemakkelijk Inès' mond uit, denkt Bo.

'En dus besloten jullie langer te blijven om Hassan te helpen?' vraagt Amélie, alsof ze Inès niet gelooft.

'Jazeker!' Hassans stem klinkt achter hen, hij komt precies op het goede moment weer bij hen staan. 'Ik ben onbekend in de stad,' vervolgt hij, 'en we vonden mijn verhaal een mooie laatste aflevering van deze bijzondere podcast.'

Komen ze daar even goed mee weg.

'Ik heb inmiddels een afspraak kunnen maken. Ik stel voor dat we met z'n drieën ergens iets gaan eten, ik trakteer,' zegt Hassan. Hij knikt kort naar Amélie. 'Mevrouw LaRoche, wellicht tot ziens.'

'Ik zal mijn vader vragen of hij tijd heeft voor u, meneer Yilmaz,' antwoordt Amélie. Daarna sluit ze de deur.

Als ze weer buiten staan doorbreekt Inès als eerste de stilte.

'Ik denk niet dat Amélie werkelijk haar vader gaat vragen of hij ons te woord wil staan.'

'Nee, dat denk ik ook niet,' zegt Hassan veelbetekenend. 'Verderop is een terrasje, ik stel voor dat we daar even gaan zitten om te overleggen wat onze volgende stap kan zijn.'

Terwijl ze oversteken schiet het Bo ineens te binnen dat ze vergeten is te kijken of Joost al heeft gereageerd. Aan de overkant van de straat houdt ze even stil om haar berichten te bekijken. Joost heeft gereageerd. *Het gaat beter met mijn moeder. Een paar dagen Bordeaux lijkt me heerlijk. Ik mis je xxx.* Bo stuurt een reeks kussende smileys terug. Ze heeft zin om hem te zien. Inès en Hassan zijn doorgelopen, ziet ze. Met een korte sprint haalt ze de twee in.

Er zit verder niemand op het terras dat Hassan voor ogen had. Ze zoeken een plekje uit en nadat er besteld is begint Hassan te praten.

'Ik heb er inderdaad geen vertrouwen in dat deze decaan haar vader gaat vragen of hij ons wil ontvangen. Daarom heb ik een voorstel. Als jullie het niet zien zitten, dan moeten jullie dat gewoon zeggen, oké?'

Bo knikt instemmend.

'Prima,' zegt Inès.

Nieuwsgierig buigen ze allebei een beetje naar Hassan toe.

'Als ik nu een privédetective opdracht geef om te achterhalen waar Yves LaRoche woont, dan hebben we morgenochtend zijn adres. Mijn voorstel is om gewoon bij hem aan te kloppen.'

56

Bordeaux is uitgestorven. De zon staat hoog aan de hemel en schijnt meedogenloos op de pleinen. Inwoners lijken de stad wel te zijn ontvlucht, terwijl toeristen zich hebben verschanst in musea. Ze hebben in de hotelsuite op bericht van Hassans privédetective gewacht. Hij heeft goede connecties, want binnen een uur ontvingen ze het huisadres van Yves LaRoche en nu zijn ze lopend op pad. Een tijdje hebben ze langs de Garonne gewandeld, totdat ze een brug overstaken. Zojuist passeerden ze het politiebureau en inmiddels wandelen ze door een stadse villawijk met grote huizen die soms een rijtje vormen en soms vrijstaan. Het is een schaduwrijke buurt, dankzij de vele bomen die er staan.

'Het moet hier ergens zijn,' zegt Hassan, als ze bij een pleintje aankomen. 'Nummer 47.'

Bo speurt met haar ogen de gevels af. Naast de deur van een grote barokachtige villa staat in gouden cijfers het huisnummer dat ze zoeken.

'Daar!' zegt ze wijzend. 'Wacht.'

Ze gaat uit het zicht van de villa staan en haalt de opnameapparatuur en haar spijkerjasje tevoorschijn. Als alles is weggewerkt in Hassans binnenzakken lopen ze naar Yves' huis. De zenuwen kriebelen in Bo's keel. Het staat nog vers in haar geheugen gegrift: het bezoek bij Philippe dat eindigde met een glasscherf in haar nek. Ergens kan ze zich niet voorstellen dat de oud-decaan een agressieve man is. Maar aan de andere kant, ze had Philippe Bernard ook anders ingeschat. Ook Inès voelt zich een beetje ongemakkelijk bij de situatie, ziet Bo.

Hassan drukt op een ouderwetse bel. Een oudere dame, die onmiskenbaar de moeder van Amélie is, doet open.

'Waar kan ik u mee helpen?' vraagt ze vriendelijk.

'Mevrouw LaRoche, mijn naam is Yilmaz. Mijn zus heeft op de universiteit gestudeerd toen uw man er decaan was. Zij is overleden. Ik zou heel graag kort met hem spreken. Is dat mogelijk?'

De ogen van Amélies moeder glijden naar Bo en Inès.

'Excuses,' zegt Hassan. 'Dit zijn twee Nederlandse vrouwen die mij momenteel bijstaan.'

'Bijstaan?' vraagt de vrouw.

Het is inderdaad een vreemde woordkeus, denkt Bo. Maar goed, hij kon hen moeilijk voorstellen als de twee podcastmakers die een docent van de uni achter de tralies kregen.

'Lieverd, wie is daar?' klinkt een krakende mannenstem.

'Een meneer wiens zus bij jou studeerde, ze is overleden,' antwoordt mevrouw LaRoche.

'Ach,' klinkt het. 'Dat is treurig. Kom, laat hem binnen.'

Er klinkt geschuifel. Nog voor mevrouw LaRoche iets kan zeggen, stapt Hassan over de drempel.

'Fijn dat u ons even te woord wilt staan,' roept hij de gang in.

Aarzelend volgen Bo en Inès zijn voorbeeld. Mevrouw LaRoche kan niet anders dan een stap opzij doen, maar haar gezicht ziet er niet uitnodigend uit. Er komt een oudere man de gang in.

'Yves, dit is meneer Yilmaz, als ik het goed onthouden heb,' zegt mevrouw LaRoche. 'En deze twee dames hebben zich nog niet aan mij voorgesteld.'

'Inès Al Amrani en Bo Schippers,' antwoordt Inès. 'We komen uit Nederland.'

'Van de podcast,' zegt Yves LaRoche. Plotseling klaart zijn hele gezicht op. 'Ik moet jullie nog bedanken. Het is verschrikkelijk als blijkt dat een docent zich heeft vergrepen aan een leerling, maar het mag zeker niet binnenskamers blijven.'

Bo slikt een opmerking in. Vergrijpen en vermoorden zijn twee verschillende dingen, maar daar gaat ze die man niet op wijzen.

'Kom verder, dan zet mijn vrouw even thee. Of hebben jullie

liever een glas zelfgemaakte limonade met dit weer?' vraagt Yves LaRoche.

'Dat laatste graag,' zegt Hassan.

Via openslaande deuren lopen ze naar een terras in de tuin dat onder een grote plataan ligt. Yves nodigt hen met een armgebaar uit om te gaan zitten.

'Zo, meneer Yilmaz. U bent dus de broer van Sinem, als ik me haar naam goed herinner. Zelfmoord, het spijt mij zeer, wat een ontzettend treurig verhaal,' zegt Yves, nadat hij zelf ook heeft plaatsgenomen. 'Dat jaar hadden we nog een student die zich van het leven beroofde.'

'Brigitte Henri,' zegt Bo zonder nadenken. Dat was niet handig van haar.

Yves kijkt haar met een scherpe blik aan. 'Ja,' zegt hij. 'Het was een drama. Voor de families natuurlijk vooral, maar ook voor onze universiteit.'

'Mijn ouders en ik hebben er moeite mee gehad te aanvaarden dat Sinem zelf voor de dood koos,' begint Hassan.

'Dat kan ik me heel goed voorstellen,' antwoordt Yves. 'U moet zich realiseren dat met name buitenlandse studenten ineens op zichzelf teruggeworpen worden als ze ver weg van hun familie zijn. Dan kunnen suïcidale gevoelens de boventoon gaan voeren en dat kan vreselijk genoeg onopgemerkt blijven voor de omgeving. De bestuursleden van de universiteit hebben het zich persoonlijk aangetrokken dat geen van haar docenten signalen heeft opgevangen, terwijl die er echt zijn geweest.'

Hassan kijkt hem belangstellend aan. 'En wat voor signalen heeft mijn zusje dan gegeven volgens u?'

'Och, dan moet ik in mijn geheugen graven. Als ik het goed heb was ze in haar vrije tijd veel bij een of andere vereniging. Maar op een gegeven moment bleef ze daar weg, dat hoorden we later pas. Ze raakte geïsoleerd, hing met vreemden of alleen in de stad rond, of in elk geval niet met andere studenten.'

Yves schuurt tegen de waarheid aan, beseft Bo.

'Misschien moet u de politie benaderen. U kunt naar Pierre

Lambert vragen. Hij is weliswaar gepensioneerd, maar ik vermoed dat hij u graag te woord staat,' zegt Yves.

'Dank u wel. En waar kan ik hem bereiken?' vraagt Hassan.

Yves LaRoche pakt zijn telefoon van de tafel en zoekt een nummer, waar hij opvallend lang over doet. 'Hebt u pen en papier, of uw eigen toestel bij de hand? Dan geef ik u zijn nummer.'

Terwijl Yves cijfers opnoemt die Hassan intikt, kijkt Bo de tuin in. Tenzij ze open kaart spelen met LaRoche gaat dit gesprek nergens op uitlopen. Straks staan ze met Lamberts telefoonnummer weer op het plein en dat heeft zij ook in haar contactenlijst staan. Yves LaRoche loopt met een wandelstok, hoe gevaarlijk kan deze oude, invalide man zijn?

'Lambert woont helaas niet meer in Bordeaux,' zegt Yves. 'Zegt u maar dat ik zijn nummer heb gegeven en doe hem de groeten van me. Het is lang geleden dat wij elkaar spraken. Gelukkig maar,' voegt Yves eraan toe. 'Politie moet je te vriend houden, maar je moet er niet mee bevriend raken!' Hij begint te bulderen van het lachen om zijn eigen grap.

'Dat zal ik doen,' zegt Hassan.

Mevrouw LaRoche heeft ondertussen vijf glazen limonade op tafel gezet en is erbij komen zitten. Er drijven schijfjes citroen in de glazen.

'Zou ik even van uw toilet gebruik mogen maken?' vraagt Bo.

'Dat is in de gang, de deur rechts van de trap,' antwoordt Amélies moeder.

Bo komt overeind en loopt het huis weer binnen. In de achterkamer staat een eettafel en voor is een zithoek. Ze loopt de gang in. Helemaal aan het eind is een keuken. Een grote marmeren trap leidt naar de bovenverdieping. Rechts onder die trap ziet ze de wc-deur, maar links is een deur waar KANTOOR op staat. Twijfelend blijft ze staan.

'Het is die deur,' zegt mevrouw LaRoche, die plotseling achter haar staat.

Bo schenkt haar een kort glimlachje en gaat de wc in. De hakken van Amélies moeder tikken tegen de stenen vloer. Zo te horen pakt ze iets uit de keuken, en even later sterven haar voetstappen weer weg. Bo bekijkt zichzelf in de ovale spiegel die boven het antieke wasbakje hangt. Ongetwijfeld is het Yves' kantoor, dat uitkijkt op het pleintje voor het huis. Ze zou er zo graag een kijkje nemen, maar durft ze dat? Stel dat ze wordt gesnapt? Wat moet ze dan zeggen?

'Kom op, Bo. Een beetje onderzoeksjournalist laat zich deze kans niet ontnemen,' fluistert ze tegen zichzelf in de spiegel. Het neemt de twijfel niet weg.

Als ze klaar is in de wc bekijkt ze zichzelf voor een tweede keer, terwijl ze ondertussen haar handen wast. Eén minuut, hooguit, neemt ze zichzelf voor. Erin en eruit, even om het hoekje kijken, meer zal ze niet doen. Ze haalt een paar keer diep adem, en loopt dan zo geruisloos mogelijk de gang weer op en richting Yves' kantoor.

57

Bo duwt de klink naar beneden, de deur van het kantoor gaat gelukkig geruisloos open. Binnen staat een eikenhouten Engels bureau en een bijpassende kast. Er ligt een Perzisch tapijt op de donkere vloer. In de hoek bevindt zich een groene marmeren schouw met een houtkachel en langs alle wanden staan boekenkasten. Op het bureau ziet ze enkel een pennenbakje en een computerscherm. Er is niets in deze ruimte wat aanleiding geeft voor verder onderzoek, en toch wil Bo hier snel even rondkijken. Ze kijkt achterom de gang in. In de tuin lijkt een geanimeerd gesprek gaande te zijn. Ze hoort Inès lachen. Zonder verder na te denken neemt ze een besluit en glipt naar binnen. Voorzichtig duwt ze de deur achter zich dicht.

De kamer is groter dan ze had ingeschat. In de boekenkasten staan studieboeken over de meest uiteenlopende onderwerpen. Beide zijden van het bureau steunen op een ladeblok. Ze gaat op de stoel zitten en opent het bovenste laatje. Er liggen alleen maar kantoorartikelen in. Waar is ze eigenlijk naar op zoek? Een handgeschreven bekentenis? Bo schiet stilletjes in de lach om haar eigen gedachte en door de zenuwen.

Voorzichtig opent ze het middelste laatje. Er ligt een opengescheurd pak printerpapier in, meer niet. In de onderste la staat een ijzeren kistje met oude zwart-witfoto's waar nog een kartelrandje aan zit. Het lijken klassen met studenten te zijn uit vroeger jaren. Onderop liggen polaroids, eveneens van studenten. Aan de kleding te zien zijn die in de jaren zeventig genomen. Er ligt niets in dit kantoor waar ze ook maar iets mee kan, besluit Bo als ze de la weer sluit. Ze is in het bureau van een gepensioneerde man aan het snuffelen, terwijl ze beter het archief van de uni nogmaals overhoop kan halen. Daar liggen meer antwoorden dan hier. Voor de zekerheid trekt ze toch aan de knop van het bovenste laatje van het andere blok. Het zit op slot. Het hoeft niets te betekenen te hebben, zoveel mensen draaien hun ladeblok op slot. Toch wil ze weten wat erin zit.

Met haar vingers tast ze onder het bureaublad, op zoek naar de sleutel, maar ze voelt niets. Voor de tweede keer opent ze het andere laatje en ze rommelt met haar hand door de kantoorspullen. Ook daar is geen sleuteltje te vinden. Waar zou een man als Yves het bewaren? Ze kijkt rond of er misschien ergens een opbergdoosje staat, iets waar je zo'n sleutel in kunt doen.

Ineens schiet Bo iets te binnen. Ze haalt het kistje met de foto's uit de la en neemt de stapel eruit. Onderin ligt een klassieke sleutel, eentje die bij het bureau past waar ze aan zit. Ze steekt hem in het sleutelgat. Zonder moeite kan ze de sleutel omdraaien. In de bovenste la ligt niets bijzonders, ziet Bo in één oogopslag. Kennelijk bewaart Yves zijn privéadministratie in een grijs gewolkte ordner die hij hierin opbergt, getuige de sticker waar in een keurig ouderwets handschrift *Administratie* op staat geschreven. Ze trekt de diepe la eronder open. Er liggen hangmappen in. De meeste zijn leeg, maar in een paar zijn papieren gestoken. Bo haalt een stapeltje aan elkaar geniete velletjes eruit, het is een oude verzekeringspolis. Ze sluit de la en wil net die daarboven ook dichtdoen zodat ze het blok weer op slot kan draaien, als iets haar aandacht trekt. Er steekt een punt van een pagina uit de map, alsof het gaatje waarmee het papier in de beugel zit is uitgescheurd. Rechts bovenaan is een deel van een logo zichtbaar. Ze herkent de ronde lijnen, want die zag ze eerder. Namelijk op een leeg vel papier dat op Amélies bureau lag. De decaan hield het vast toen ze met Hassan op bezoek waren. Ze kneep er zelfs in.

Bo haalt de map uit de la en slaat hem open. Er zitten lijsten met namen in waar nummers achter staan. Het zijn geen Franse namen, ziet ze, maar Arabische, Italiaanse, Engelse, Spaanse en zelfs Nederlandse namen. Achter elke naam staat een getal dat eruitziet als een studentennummer. Waarom bewaart Yves die lijsten hier? Zouden die niet gewoon in het archief van de universiteit moeten liggen? Ze legt de map op het bureaublad en slaat pagina na pagina om. Er staan alleen maar namen en nummers in, maar geen uitleg. Rijen en rijen vol buitenlandse namen. Bovenaan heeft iemand een jaartal met pen geschreven. Op de pagina die ze voor zich heeft staat 2004. Zouden dit lijsten met uitwisselingsstudenten zijn? Maar dat verklaart nog niet waarom Yves ze thuis heeft liggen. Mogelijk heeft hij deze map per ongeluk meegenomen na de fusie. Het zijn allemaal oude jaartallen. De kans is groot dat de inhoud vernietigd had moeten worden. Haar ogen glijden langs de namen. Als ze gelijk heeft, dan moet Sinem Yilmaz' naam hier ook in staan. Ze bladert door totdat het jaartal 1990 verschijnt. Vreemd genoeg staan de namen in deze map niet op alfabetische volgorde. Vlug haalt Bo haar iPhone uit haar binnenzak en trekt het snoer van de interface eruit. Daarna veegt ze over het scherm en opent de camera om de pagina's vanaf hier een voor een te fotograferen. Ze heeft drie foto's gemaakt als er een stem in de gang klinkt.

'Hier is ze ook niet,' hoort Bo Amélies moeder zeggen. 'Misschien is ze zonder iets te zeggen vertrokken?'

Weer slaat Bo een blad om.

'Het zou kunnen,' hoort ze Inès antwoorden. 'Met Bo weet je het nooit. Mag ik even van uw toilet gebruikmaken?'

Het kan niet anders, of Inès beseft dat ze ergens in dit huis op zoek is naar verborgen informatie. Nog een paar pagina's te gaan. Ze maakt weer een foto.

'Zomaar weggaan is niet erg beleefd,' hoort Bo Yves LaRoche zeggen. Het klinkt alsof hij aan de andere kant van zijn kantoordeur staat.

Het koude zweet breekt Bo uit. Ze maakt de laatste foto en slaat de ordner dan dicht. Zo geluidloos mogelijk legt ze hem terug in de la. Er klinken wegstervende voetstappen, waarschijnlijk loopt Yves weer naar de tuin. Opgelucht haalt Bo adem.

Stilletjes komt ze overeind. Ze schuift de bureaustoel weer op z'n plek en loopt over het tapijt naar de deur van het kantoor. Een paar seconden blijft ze staan. Er klinkt geen enkel geluid vanaf de gang, maar dat zegt niet alles. Voorzichtig legt ze haar oor tegen de houten deur. Heel in de verte hoort ze Hassans diepe basstem. De kans is groot dat iedereen weer in de tuin zit. Zouden ze echt denken dat ze zonder iets te zeggen is vertrokken, zoals Inès suggereerde? Ze legt haar hand op de klink. Nog één keertje brengt ze haar oor naar de deur, gewoon om er zeker van te zijn dat ze veilig weg kan glippen. Er klinkt geen enkel geluid, en toch zegt haar onderbuikgevoel dat er iets niet klopt. Bo kijkt naar het raam. Dat kan open, maar het zijn smalle ramen met een stijl in het midden, daar past ze nooit doorheen. Er zit dus weinig anders op dan het kantoor te verlaten en via de buitendeur te vertrekken. Bo verzamelt even moed. Net op het moment dat ze zo rustig mogelijk de gang op wil lopen, zwaait de deur plotseling open. Van schrik doet ze een stap naar achteren.

Yves staat met een stalen gezicht in de deuropening en verspert de doorgang.

'Mag ik vragen wat jij hier doet?' zegt hij tergend langzaam.

Bo voelt dat haar wangen vuurrood worden. Hier gaat ze zich op geen enkele manier uitpraten.

'Nou? Komt er nog antwoord?'

Ondanks het feit dat de man op leeftijd is ziet hij er bedreigend uit. Bo's gedachten tollen door haar hoofd. Ze kan niet wegrennen, dan houdt hij haar tegen, maar ze kan wel om hulp schreeuwen. Hassan en Inès zitten met Yves' vrouw in de tuin, die zijn binnen een paar seconden hier.

Alsof Yves haar gedachten kan lezen zegt hij plotseling: 'Ik zou het niet doen, Bo Esther Schippers.'

Hij kent haar volledige naam. Hoe is dat mogelijk? Yves moet haar hebben laten natrekken. Een onaangenaam gevoel trekt door haar hele lichaam. In welk wespennest hebben zij en Inès zich gestoken toen ze besloten óók de dood van Sinem onder de loep te nemen?

'Heb jij aan mijn spullen gezeten?' vraagt Yves met toegeknepen ogen. Bo slikt een paar keer en schudt dan haar hoofd. 'Nee. Ik vond het bureau en de kast erg mooi, ik hou van lezen.' Dat antwoord slaat nergens op, dat weet ze zelf ook wel.

'Weet je dat zeker?'

'Ik zocht de wc.' Bo's stem hapert, alsof er zand tussen haar stembanden zit.

Yves glimlacht. 'Jij zocht de wc. En die heeft mijn vrouw natuurlijk niet aangewezen. Of nee, wacht, je spreekt onvoldoende Frans en daarom begreep je haar niet. Is dat het, Bo?'

Ze doet een stap achteruit. Yves' ogen staan kil, deze man is tot alles in staat, ziet Bo. Ze moet Inès en Hassan waarschuwen, maar haar stem laat haar in de steek.

Yves stapt over de drempel, sluit de deur achter zich en pakt een boek uit de kast.

'*La Divina Commedia, de goddelijke komedie* van de Florentijnse dichter Dante. Geschreven aan het begin van de veertiende eeuw. Heb je die weleens gelezen? Schitterend werk voor een liefhebber als jij.'

Bo weet niet goed wat ze hierop moet antwoorden.

Yves zet het boek terug en pakt een ander boek uit de kast. 'Of deze, dit is een naslagwerk uit de psychologie. Gedateerd, maar toch nog heel actueel. Het handelt over valse herinneringen. Prachtig onderwerp.'

Bo kijkt langs Yves heen naar de deur. Ze is er hooguit drie stappen van verwijderd. Toch durft ze niet te bewegen.

Ook het naslagwerk gaat terug in de kast.

'Alles wat je hier ziet heb ik zorgvuldig opgebouwd, Bo. Daar zijn uren in gaan zitten. De Universiteit van Bordeaux is dankzij mij op de Europese kaart gezet. Wist je dat?'

Weer zo'n vraag waar ze niets mee kan. 'Zou ik alstublieft weg mogen?' vraagt Bo.

Yves zucht. 'En nu heeft het imago van de universiteit een smet. Een docent in de gevangenis die zijn veroordeling afwacht.' Hij schudt niet-begrijpend zijn hoofd. 'Wat vroeg je?'

'Of ik weg mag,' herhaalt Bo haar vraag.

Yves glimlacht meewarig, maar doet geen stap opzij.

'Mijn prachtige universiteit. Ik gaf het stokje over aan mijn dochter, die heb je ook ontmoet. En misleid, toch, Bo? Of dacht je dat er geen bewakingscamera's in het archief hingen?'

Bo's benen lijken plotseling van rubber te worden. Ze heeft helemaal niets gezien wat op een camera leek. Bluft deze man?

'Edda Biancchi is gevonden, de daders zijn gepakt. Waarom blijven jullie maar rondneuzen op mijn universiteit? Ga terug naar Nederland, Bo.'

Ze grijpt het bureau vast om zich staande te houden. Is het Yves werkelijk om de reputatie van de universiteit te doen? Heeft ze zijn trots en levenswerk aangevallen? Of zit hier iets anders achter, iets wat weleens haar dood zou kunnen worden?

'Je zou toch denken dat de Universiteit van Bordeaux blij zou zijn als een docent wordt ontmaskerd als studentenmoordenaar,' zegt ze zo dapper mogelijk.

Yves doet een stap naar voren. 'Het lijkt me voor alle partijen beter als jij en Inès stoppen om in zaken te wroeten die jullie geen donder aangaan.'

Ze kan niet anders meer dan nu om hulp gaan roepen, beseft Bo, anders loopt dit fout af.

'Help!' schreeuwt ze zo hard als ze kan. En nogmaals: 'Help!'

Al snel hoort ze voetstappen in het huis.

'Help!' roept ze voor een derde keer.

Ondertussen blijft Yves haar aankijken. Ze ziet zijn adamsappel razendsnel op en neer gaan. De man lijkt niet in paniek, eerder spreekt er irritatie en woede uit zijn ogen, en een belofte voor de toekomst. Een dreiging.

De deur van het kantoor vliegt open. Inès loopt in een paar passen naar Bo toe.

'Ben je oké?' vraagt ze bezorgd.

Ook Hassan komt binnen. Hij blijft bij Yves staan en observeert de situatie.

'Wat is er gebeurd?' vraagt hij.

Nu komt ook mevrouw LaRoche binnen. 'Ben je niet lekker geworden, meisje?' vraagt ze.

'Schat, ga terug naar de tuin,' zegt Yves.

Kennelijk is mevrouw LaRoche eraan gewend om orders te krijgen, want hoewel ze haar wenkbrauwen optrekt, draait ze zich zonder vragen te stellen om en loopt weer weg.

‘Ik denk dat we ons gezellig samenzijn maar moeten beëindigen,’ begint Yves te praten. ‘Vanmiddag gaat er een vlucht naar Amsterdam en vanavond laat eentje naar Istanbul.’

Hassan kijkt hem niet-begrijpend aan. ‘Wat bedoelt u met die opmerking?’ vraagt hij.

Yves doet een stap opzij zodat hij zich tot Hassan kan richten. ‘Wat ik ermee bedoel is dat jullie hier niet welkom zijn. Jouw zusje is op tragische wijze om het leven gekomen, daar heeft ze zelf voor gekozen, luidde de eindconclusie van de politie. Het dient Sinems nagedachtenis geen doel dat jij en deze dames tweeëndertig jaar later suggereren dat de politie of de patholoog het niet bij het rechte eind hadden.’

Yves heeft geen weet van de stukken die in hun bezit zijn, denkt Bo. Dat, of hij bluft.

‘Tot het tegendeel bewezen is blijft de conclusie van de Franse politie overeind,’ zegt Hassan langzaam.

Er wordt aangebeld.

‘Mooi. En nu wegwezen allemaal. Mijn huis uit,’ antwoordt Yves terwijl hij naar de gang wijst. Hij reageert niet op de bel.

Bo en Inès lopen langs hem heen het kantoor uit. Hoe blij Bo ook is dat ze kunnen vertrekken, het verhaal is hiermee bij lange na niet ten einde.

‘Mijn tas staat nog in de tuin,’ zegt Bo. ‘Wachten jullie even op me?’ Die vraag is voor Hassan en Inès bedoeld. Ze moet er niet aan denken alleen in dit huis achter te blijven met zo’n agressieve man als Yves LaRoche.

Mevrouw LaRoche zit op een terrasstoel naar het zonnetje te kijken alsof er niets aan de hand is. Ze drinkt kleine slokjes limonade.

‘Ik kom mijn tas halen,’ zegt Bo.

De vrouw kijkt om. ‘Ach, gaan jullie alweer?’

Bo pakt haar tas van de grond. ‘Ja,’ zegt ze. Een beetje ongemakkelijk blijft Bo staan. Het liefst zou ze Yves’ vrouw een hart onder de riem steken, maar ze kent haar amper. Wie weet zit ze ook in het complot, net zoals Amélie er onderdeel van uit lijkt te maken.

‘Fijne dag nog,’ zegt ze daarom.

Bo loopt het huis weer in en naar de gang. In het voorbijgaan kijkt ze Yves kort aan. 'U bent nog niet van ons af,' zegt ze op zo neutraal mogelijke toon.

Inès opent de voordeur.

'Wat...?' hoort Bo haar zeggen.

Ze kijkt langs Inès heen. Wie ze ook op Yves' stoep verwacht had, niet deze man. Niet vandaag, en niet nu.

'Hallo, Bo en Inès,' zegt rechercheur Pierre Lambert. 'Wat toevallig dat wij elkaar juist hier weer treffen.'

58

‘Dat is nou ook toevallig, Pierre!’ roept Yves uit. ‘Kom binnen! Bo en Inès ken je al en deze meneer hier is de broer van een van onze uitwisselingsstudenten, je kent haar vast nog wel: Sinem Yilmaz.’

‘Jazeker herinner ik me die zaak. Triest geval.’ Lambert steekt zijn hand uit om die van Hassan te schudden, maar Hassan reageert niet. Lambert laat zijn hand weer zakken.

‘Kom verder,’ nodigt Yves hem uit. ‘Deze dames en heer wilden net vertrekken, maar wellicht kun jij hen overhalen nog even te blijven?’

‘Ik kan een poging wagen,’ zegt Pierre Lambert. ‘Het is trouwens goed dat ik jullie hier tref, ik stond op het punt om jou te bellen, Bo. Maar het is beter als we het hier bespreken.’

Bo weet even niet wat ze zeggen moet. Ze staat naar een toneelstuk te kijken, een schouwspel in drie bedrijven en dit is het tweede, getiteld: Sinem Yilmaz.

‘Wat mij betreft slaan we het aanbod af,’ zegt Bo, in de hoop dat Inès en Hassan instemmen. Ze loopt langs Pierre Lambert heen naar buiten. De zon brandt direct op haar huid. Dit huis gaat ze nooit meer in, neemt ze zichzelf voor. Ze draait zich om. Ook Inès staat inmiddels buiten, maar Hassan lijkt te twijfelen.

‘Tja, als jullie besluit vaststaat, dan kan ik niet anders dan je vanuit deze deuropening waarschuwen,’ begint Lambert.

‘Waarvoor waarschuwen?’ vraagt Inès. ‘Moordende docenten? Leugenachtige universiteitsbestuurders? Of corrupte rechercheurs?’

Dit lijkt Bo niet het moment om bijdehand te doen. ‘Ik wil weg,’ fluistert ze tussen haar lippen door naar Inès.

Pierre Lambert geeft geen antwoord. In plaats daarvan wisselt hij een korte blik met Yves. Het lijkt erop dat de twee iets willen afstemmen, denkt Bo.

Pas nu komt Hassan naar buiten, het is bijna alsof hij kan liplezen. 'Ik denk dat het beter is als wij gaan,' zegt hij.

Bo draait zich om. Het liefst zou ze het op een rennen zetten, maar ze houdt zich in.

'Ik heb zojuist de politie Bordeaux gesproken, Bo. Zij hebben serieuze signalen ontvangen dat jij en Inès niet veilig zijn hier. Het is beter als jullie terug naar Nederland vliegen,' zegt Lambert.

'Dat zei ik zojuist ook al,' merkt Yves op.

Bo blijft staan. Wat moet ze met deze twee mannen? Yves kent ze niet, maar Lambert heeft ze vertrouwd, totdat ze die notulen in handen kreeg. Ze kijkt over haar schouder.

'Waarom zouden we hier niet veilig zijn? Wie bedreigt ons dan?' Als ze de woorden hardop uitspreekt klinkt het zelfs in haar oren bespottelijk.

'Dat is geheime informatie, Bo,' zegt Lambert.

Hassans gezicht kleurt plotseling rood van woede. 'Tweeëndertig jaar geleden hebt u er alles aan gedaan om mijn familie ervan te overtuigen dat mijn zusje niet vermoord is. Dat ze op een dag het veld in is gelopen en zich van het leven beroofde. U loog toen, rechercheur Lambert. Glashard.'

Lambert blijft opvallend rustig onder Hassans uitval, ziet Bo. Bijna alsof het hem niet interesseert dat er een boze man tegenover hem staat.

'U vergist zich, meneer Yilmaz. Dat was niet ons oordeel, maar dat van de patholoog. U kunt van de politie toch niet verlangen dat zij een forensisch onderzoek als onzin terzijde schuift?'

Hassan loopt terug naar binnen en gaat té dicht bij Pierre Lambert staan.

'En verklaart u mij dan eens waarom er twee autopsierapporten in omloop zijn? Of hoe het kan dat er touwsporen op de polsen van mijn zusje zijn gevonden? Sporen die helemaal niet ter sprake komen in het rapport dat u mijn familie gaf?'

Zelfs nu blijft Lambert ogenschijnlijk kalm. Alleen zijn stem trilt een klein beetje als hij zegt: 'Ik zou niet weten waar u het over hebt, meneer Yilmaz.' Na die woorden doet Lambert een stap naar achteren. 'Heeft jouw vrouw van die heerlijke limonade in de aanbieding?' vraagt hij aan Yves.

Hassan zegt iets krachtigs in het Turks en loopt dan Yves' huis weer uit.

Als de voordeur dicht is vraagt Bo: 'Wat zei je nou tegen hem?'

'Dat hij een smerige leugenaar is,' zegt Hassan kortaf. 'Maar die man is nog niet klaar met me. We blijven hier wachten tot hij weer naar buiten komt!'

'Dat lijkt me geen goed plan,' zegt Inès. 'Pierre Lambert is nog altijd ex-politie. We kunnen beter naar ons hotel gaan.'

'Ik begrijp werkelijk niet waarom jullie de lieve vrede nog zouden willen bewaren,' zegt Hassan hoofdschuddend. 'Het lijkt mij dat we voldoende bewijs hebben.'

'Dat is nou juist het probleem,' zegt Bo. 'Wij hebben die gestolen notulen en rapporten in handen. Als Lambert de politie in Bordeaux belt en ons laat arresteren, gaan ze door onze spullen. Ik stel voor dat we eerst de originele stukken bij een notaris of advocaat in veiligheid stellen. Iemand die neutraal is en die niet betrokken is bij de zaak.'

Inès kijkt haar verwonderd aan. 'Goed plan, Bo,' zegt ze. En dan, tegen Hassan: 'Bo heeft gelijk. Als we die stukken kwijtraken kunnen we niets meer bewijzen.'

Hassan snuift. 'Daar zit iets in.'

'Ik heb denk ik iets gevonden in Yves' kantoor,' zegt Bo. 'Zullen we een rustige plek opzoeken, dan laat ik jullie zien wat ik gefotografeerd heb.'

Hassan knikt langzaam. 'Goed,' zegt hij.

Een gevoel van opluchting overvalt Bo als ze het plein waar Yves LaRoche en zijn vrouw aan wonen achter zich laten. Ze hoopt er nooit meer terug te keren.

'Zelden heb ik me zo laten gaan,' zegt Hassan. 'Mijn excuses daarvoor.'

'Geen probleem, we begrijpen het,' antwoordt Inès, die blijft stilstaan. 'Nou, laat zien wat je gevonden hebt.'

Bo pakt haar toestel. Ze tikt op het scherm tot de eerste foto verschijnt.

'Kijk,' ze houdt haar iPhone omhoog. 'In een van Yves' bureaulades vond ik een map waarin deze lijsten met namen zaten.'

Hassan buigt zich naar voren. 'Dat kan ik niet lezen,' zegt hij. 'De letters zijn te klein.'

'Er staan buitenlandse namen op met getallen erachter. Helemaal bovenaan staat een handgeschreven jaartal,' zegt Bo. 'Ik denk dat er uitwisselingsstudenten op staan vermeld. Die getallen, dat zijn studentennummers. Dit zijn de lijsten uit 1990.'

'Dan staat mijn zusjes naam er dus ook tussen,' zegt Hassan. 'Prachtig, maar het zegt niet meer dan dat ze aan de Universiteit van Bordeaux studeerde, en dat wisten we al.'

'Zou jij niet willen spreken met een paar van haar medestudenten?' vraagt Bo. De vraag heeft haar mond nog niet verlaten of ze realiseert zich dat Hassan nog niets afweet van het dubbelleven van Sinem.

'Nee, dat hoeft voor mij niet,' zegt hij tot Bo's opluchting. 'Mijn bagage staat trouwens nog bij de Turkse vereniging. Die haal ik onderweg op. Dan zie ik jullie in Boutique Hôtel & Spa.'

'Je hebt dus nog een kamer kunnen boeken,' stelt Bo vast.

'Absoluut,' zegt Hassan. Hij kijkt op zijn polshorloge. 'Het loopt inmiddels tegen etenstijd. Zullen we ergens in de stad afspreken? Ik app jullie zo het adres van een restaurant.'

Bo en Inès stemmen in. Even later kijken ze zijn rug na.

'Het is een vriendelijke man als hij niet boos is,' zegt Inès. 'En hij heeft natuurlijk veel reden om boos te zijn. Zullen we nog iets drinken aan de overkant, ik verga van de dorst.'

Bo haakt haar arm in die van Inès en samen steken ze over. Ze zijn nauwelijks halverwege of een zwarte Mercedes komt de bocht om. De bestuurder geeft plotseling gas.

'Het is Yves,' schreeuwt Bo. Ze trekt Inès mee richting het trottoir, maar verliest grip en voor ze kan ingrijpen, valt Inès voorover op het wegdek. De auto scheert langs haar heen.

59

Bordeaux, dag 15 – dinsdag

Als Bo wakker wordt is het al licht buiten. Inès heeft de hele nacht onrustig liggen woelen vanwege de pijn aan haar knie. Bo draait zich om in bed. Het bleek Yves niet te zijn, maar een man met haast. Hij was kort gestopt om te informeren hoe het met Inès was, en was toen weer plankgas weggereden. Bo zucht. Het knaagt aan haar, dit onderzoek, en dan met name de rol van de universiteit. Vermoeid door alle gebeurtenissen heeft ze de lijsten gisteravond niet eens meer doorgenomen. Vandaag nieuwe ronde, nieuwe kansen. Bo pakt haar iPhone van het nachtkastje en tikt een bericht naar Joost in: *Het onderzoek vordert, maar wel met hindernissen, ik praat je snel bij! Kus.* Ze wil Joost niet opzadelen met haar twijfels. Als het appje verzonden is, stuurt ze de foto's die ze gisteren in Yves' kantoor heeft genomen naar haar eigen mailadres.

Naast Bo wordt Inès wakker. 'Hoe laat is het?' vraagt ze slaperig.

'Kwart voor negen.'

Inès kreunt. Ze haalt haar been onder het dekbed vandaan en bekijkt haar knie. 'Die ziet er al een stuk beter uit,' zegt ze. Ze buigt hem een paar keer. 'Er zit wel een bloeduitstorting op, maar verder lijkt het mee te vallen. Vandaag gewoon een beetje voorzichtig wandelen en voldoende rust tussendoor, dan ben ik morgen weer de oude.'

'Het spijt me zo,' zegt Bo voor de zoveelste keer.

Inès draait zich op haar zij. 'Je hebt gewoon een obsessie voor de familie LaRoche ontwikkeld. Wedden dat je me straks in Utrecht ook over een zebrapad trekt zodra je meent Yves of Amélie te zien?'

'Ga jij terug naar Nederland dan?' vraagt Bo.

Inès zucht. 'Geen idee. De laatste dagen reageert Luc niet meer. Misschien heeft hij het druk.'

Of misschien is hij het zat, denkt Bo. Het zal niet de eerste vakantieliefde van Inès zijn die na een paar weken uit haar leven verdwijnt. Maar ze wil haar vriendin nu niet de les lezen en houdt haar mond.

'Ga je dan weer terug naar de gemeente Den Haag? Foldertjes vertalen en promotieartikelen schrijven?' vraagt Bo.

'Dacht het niet,' antwoordt Inès. 'Ik heb nu van mijn vrijheid geproefd en zolang ik nog geen kinderen of andere grote verantwoordelijkheden heb, kan ik doen wat ik wil. Dakloos ben ik toch al. Freelancen trekt me het meest. Lekker divers. Wie weet schrijf ik wel een boek over deze zoektocht. Of nog beter: we schrijven er samen eentje!' Inès komt half overeind en steunt op haar elleboog. 'Wat dacht je ervan, jij en ik, het gouden team dat cold cases tot op het laatste detail uitspit.'

'In de voetsporen van Peter R. de Vries, bedoel je.' Bo laat het idee voor de zoveelste keer bezinken. Ze zijn geen misdaadjournalisten, maar zo langzamerhand krijgt ze wel steeds meer handigheid in onderzoeken, en vooral meer lef. Inbreken in iemands kantoor zou een maand geleden ondenkbaar zijn geweest.

'Nou, wat denk je ervan? Samen onderzoeken, Europa doorreizen, of gewoon Nederland. Artikelen schrijven, podcasts maken. Wat hebben we te verliezen?' Inès' ogen glinsteren.

'Mijn baan, Joost, ons huis in Overvecht,' somt Bo op. 'Ik kan niet gaan en staan waar ik wil zoals jij, tenzij ik bereid ben mijn relatie op te geven.'

'Volgens mij heeft Joost zich er allang bij neergelegd dat jij je pensioen niet haalt als redactiemedewerker bij *Koffie en koek*. Vraag hem gewoon hoe hij ertegenover zou staan,' stelt Inès voor. 'Je kunt toch zowel een relatie als uitdagend werk hebben. Het is niet het een of het ander.'

Daar heeft ze gelijk in, denkt Bo. De laatste tijd sputtert Joost bijna niet meer tegen. Eigenlijk is hij vooral trots op haar. Hij mist haar, en zij hem, en hij stuurt niet dagelijks een appje met de vraag wanneer ze thuiskomt, zoals aan het begin van hun zoektocht.

'De vraag is, wil je het zelf?'

Bo draait haar hoofd opzij om Inès aan te kijken. Dat is een heel goede vraag, wil ze het zelf? Als ze hier ja op zegt, gaat ze een financieel onzekere toekomst tegemoet. Maar wel eentje die haar gelukkig maakt. Hoe benauwd ze het gisteren in Yves' kantoor ook had, het weegt niet op tegen het euforische gevoel dat haar bijna overspoelt als er een doorbraak is.

'Eigenlijk wel,' zegt ze. 'Maar ik moet daar echt het een en ander voor regelen, Inès, en dat wil ik in mijn eigen tempo doen. Goed?'

'Yes!' roept Inès uit. 'Schippers en Al Amrani, *here we come*!'

Bo gaat grinnikend op de rand van het bed zitten. Ze pakt haar laptop en bekijkt haar mail. Er is weer een mail binnengekomen via de tiplijn van *Koffie en koek*. Het is een kort bericht, slechts één zin:

Stop met zoeken, laat mijn moeder met rust!

Meer staat er niet. Er trekt een rilling langs Bo's ruggengraat.

'Kijk.' Ze duwt haar laptop onder Inès' neus.

'Wauw,' zegt ze. 'Heeft het kind van Julia contact met ons opgenomen? Maar dat betekent...'

'... dat ze mogelijk nog leeft,' vult Bo haar aan. 'Hij of zij lijkt alleen niet erg blij te zijn met onze bemoeienissen, en er staan geen naam of contactgegevens onder de mail.'

'We hebben een mailadres! Daarmee kunnen we Julia vinden.'

'Ach, natuurlijk. Die mail is verzonden vanaf jandevries@achmea.nl of zoiets. Appeltje-eitje, we mailen zijn baas dat Jantje terug in z'n hoek moet en gaan verder met ons werk.' Bo rolt met haar ogen.

Inès schudt haar hoofd. 'Dat sarcasme past je niet. De mail is afkomstig van R.D.S.02@gmail.com. Tenzij de afzender speciaal voor dit doel een mailadres heeft aangemaakt, kunnen we hem of haar vinden door te googelen.'

'Dat zou wel heel stom van "hem of haar" zijn,' zegt Bo.

Inès komt het bed uit en trekt de laptop uit Bo's handen. Ze gaat aan het tafeltje zitten, haar vingers ratelen over het toetsenbord. Een paar minuten scrolt ze door de hits.

'Bingo,' zegt ze dan zacht. 'Er is een vijfsterrenreview voor Beach Bar Sunny in San Sebastián op Tripadvisor achtergelaten via dit mailadres. In het Spaans. Maar dat is ook werkelijk het enige wat ik kan vinden.'

'Waar ligt dat?' vraagt Bo.

Inès tikt wat in en drukt op enter. 'Baskenland, aan de Spaanse kant. Sunny is de place to be voor iedere surfer.' Inès begint genoegzaam te lachen. 'Hij heeft zijn naam onderaan de tekst gezet: Raoul.'

'Wat is zijn achternaam?' vraagt Bo. De R in R.D.S. mag dan op zijn voornaam slaan, de twee andere letters verwijzen niet naar 'Van der Molen'.

'Geen idee, die staat er niet bij.'

Bo laat zich terugzakken in haar stoel. Daar schieten ze dus weinig mee op. Ze kunnen moeilijk alle Raouls in Europa bellen met de vraag of zijn moeder Julia heet en of hij graag surft.

'Kun je eens op "surfen" en "Raoul" googelen?' vraagt Bo.

'Dat kan, maar ik heb een veel beter idee.' Weer kijkt Inès haar met die twinkeling in haar ogen aan.

'Je belt de Surf Federatie?'

'Nee, Sunny's Bar. Dat lijkt namelijk Raouls tweede thuis te zijn, anders begin je niet met een zin als *Ik kom hier dagelijks...*'

Bo staart Inès verbaasd aan.

Inès geeft de iPhone terug aan Bo. 'Zodra we ergens rustig zitten, ga ik Beach Bar Sunny eens bellen. Er zal daar vast wel iemand zijn die Engels spreekt.'

Ineens krijgt Bo een idee. 'Nodig hem dan gelijk uit om naar Bordeaux te komen. Desnoods zeg je dat wij anders afreizen naar San Sebastián.'

'Ik mail die knul gelijk terug. Er is vast budget over om hem een retourtje Bordeaux cadeau te doen, zodat hij zijn verzoek mondeling kan toelichten.'

'Nu klink je als een gemeenteambtenaar,' zegt Bo.

Het levert haar een plagerig tikje op.

60

'Mademoiselle Schippers,' roept een hotelmedewerker na een kort klopje op hun kamerdeur.

Bo doet open.

'Ik moest dit aan u afgeven.' Ze reikt haar een witte envelop aan. Na die woorden loopt de medewerker weg.

Bo opent de envelop en haalt er een handgeschreven brief uit.

'Hij is van Hassan,' zegt ze. Terwijl Bo leest voelt ze zich een beetje misselijk worden. Zo dom kan Sinems broer toch niet zijn? Is dit nou hun schuld? Zij hebben hem ingelicht over het autopsierapport en de notulen, hadden ze dat voor zich moeten houden?

'Wat schrijft hij nou?' vraagt Inès ongeduldig.

'Ik trek voor nu mijn eigen plan. Het is beter zo. Niemand is erbij gebaat als we alle drie achter de tralies belanden. Ga verder voor mijn zusje!' leest Bo hardop voor. 'Hij zal toch geen rare dingen gaan doen?'

'Hij is een volwassen man die zijn eigen beslissingen neemt,' zegt Inès.

Daar heeft ze gelijk in. Toch zit het haar niet lekker, volwassen man of niet. Bo stopt het briefje terug in de envelop.

'Goed, wat zijn de plannen voor vandaag?' vraagt Inès.

Ze stapt wel heel erg makkelijk over de verontrustende boodschap van Hassan Yilmaz heen.

'Ik ga als eerste die notulen en het autopsierapport fotograferen en aan *Koffie en koek* sturen, dan ligt dat in elk geval vast. Daarna wil ik die lijsten nog een keer doornemen, wie weet zien we iets over het hoofd.' Ze zouden Nicole kunnen mailen of zij meer weet van de betekenis van de lijsten, maar dan betrekken ze haar opnieuw bij de zaak. En zij heeft haar baan al verloren door hen te helpen... Als ze weer contact met haar opnemen brengen ze haar misschien wel in gevaar. Bo denkt terug aan de ijskoude blik op Yves' gezicht gisteren in zijn kantoor.

'Misschien kunnen we ook een beetje relaxen nu Hassan alleen op pad is gegaan? Er moet een spa in dit hotel zijn.'

'Laten we eerst die lijsten doornemen,' zegt Bo.

'En daarna bijkomen in de spa? Even lekker zweten in de Turkse sauna, of een massage? Voor of voor?' vraagt Inès met een grote grijns op haar gezicht.

'Tegen. Er moet ook nog materiaal naar Benny verzonden worden en ik heb nog niet alles naar mijn laptop geüpload.'

'Appeltje-eitje. Zal ik een reservering maken voor drie uur? Wie weet duikt Hassan tegen het eind van de middag wel weer op, dan kan hij tijdens het diner haarfijn uitleggen hoe hij Yves LaRoche in de Garonne heeft gekieperd.'

'Ja, wie weet,' zegt Bo kortaf, zonder verder in te gaan op Inès' voorstel.

Inès pakt de hoorn van het telefoontoestel dat op haar nachtkastje staat en overlegt met de receptionist over de spa.

'Vraag haar ook of er ontbijt naar de kamer kan worden gebracht,' zegt Bo.

'Geregeld,' zegt Inès even later met een big smile.

Bo produceert een waterig glimlachje. Als ze vanmiddag niet klaar zijn met hun werk, mag Inès in haar eentje gaan uitzweten.

'Kun je die lijsten ook per mail naar mij toe sturen?' vraagt ze. 'Dan verdelen we het werk. Des te eerder zijn we klaar.'

Bo opent haar mailprogramma. Onmiddellijk stroomt haar mailbox vol met berichten afkomstig van *Koffie en koek*. Ze lijken wel in bulk te zijn verzonden.

'Wat is dit allemaal?'

'Wat?' vraagt Inès.

'Hier...' Bo draait haar scherm. 'Negenhonderdachtendertig nieuwe mails via *Koffie en koek*. Allemaal van onbekende mensen. Waarom stuurt de redactie al die spam naar mij door?'

Inès knijpt haar ogen een beetje samen om ze te kunnen lezen. 'Niks spam. Fans!'

Bo opent de eerste mail. Inès heeft gelijk, het is inderdaad fanmail. Het bericht is niet alleen aan haar gericht, maar ook aan Inès. Kennelijk heeft Benny gisteren een aflevering online gezet. *Wat goed dat jullie verder zoeken! We duimen en denken mee!* schrijft ene Monique. In de volgende mail steekt een man hun een hart onder de riem.

'De kijk- en luistercijfers moeten ontploft zijn,' zegt Bo. Ze bekijkt de lijst mails tot ze er eentje ziet die afkomstig is van Marijes mailadres. Ze opent het bericht en leest het hardop voor.

Beste Bo en Inès,

Petje af, dames. Jullie staan weer op nummer 1 in de podcast-top tien. Koffie en koek *was gisteren het best bekeken programma van Nederland. Los deze zaak op!*

Groet, Marije

'Onvoorstelbaar,' zegt Bo. 'Heel Nederland leeft met ons mee. Nooit geweten dat zo'n podcast mensen op het puntje van hun stoel doet zitten.'

'Nog een reden om hier je werk van te maken. Én om vanmiddag naar de spa te gaan. We hebben recht op een paar uurtjes vrij om ons succes te vieren. Nou, stuur die lijsten!' zegt Inès.

Een uur later duizelt het Bo van de namen en getallen en geboortedatums. Gek genoeg komt Sinem Yilmaz' naam niet op de lijsten voor. Alleen al om die reden kan dit bijna geen opsomming van uitwisselingsstudenten zijn, zoals ze eerder dacht.

'Ik snap er helemaal niets meer van, jij?' vraagt ze aan Inès, die nog steeds gestrekt op bed ligt en meekijkt op haar mobiel.

'Ik ook niet. Neem nou Isabella Rossi. Ik kan in heel Italië met die naam niemand vinden die in Bordeaux heeft gestudeerd. Het kan natuurlijk zo zijn dat Isabella geen online leven heeft, dus googelde ik ook andere namen. Niets. Ik kom wel nog levende mensen met die naam tegen op LinkedIn, Twitter, Facebook of Instagram, maar er is tot dusver geen link met de universiteit hier.'

'Dat hoeft nog steeds niets te zeggen,' antwoordt Bo. '1990 is lang geleden, sommigen hebben misschien maar één studiejaar hier doorgebracht.'

'Je denkt dat dit een doodlopend spoor is?' vraagt Inès.

Bo legt de lijst op bed en gaat zelf ook liggen. 'Ik weet het wel zeker.'

'En ik weet wel zeker van niet. Dit zijn lijsten met uitwisselingsstudenten. Het is onmogelijk dat geen van die mensen vindbaar is.'

'Zei je nou "nog levende mensen"?' vraagt Bo. Inès' woorden dringen ineens tot haar door.

'Ja, ik ben er ook al een paar tegengekomen die overleden zijn. Eén persoon op deze lijst is nog geen vijf geworden. Die zal echt niet aan de uni hebben gestudeerd,' zegt Inès.

Dat is inderdaad vreemd. Bo kijkt op de lijst. 'Zal ik *Koffie en koek* een oproep laten doen of Peter de Jong, geboren op 1 juli 1968, zich wil melden?'

Inès schiet overeind. 'Goed plan. Mail jij Marije, dan vraag ik of we een uurtje eerder bij de spa terechtkunnen.' Ze graait naar de telefoon.

Bo zucht hoorbaar. Ze heeft helemaal geen zin in een middagje spa. Eerst wil ze antwoorden vinden op alle vragen die nog openstaan. Ze begrijpt nog steeds niet waarom Amélie zich plotseling gedraagt alsof zij, Bo, de vijand is. Bovendien, moet ze die waarschuwing van Lambert serieus nemen?

'We kunnen om twee uur terecht,' zegt Inès. 'Er was zelfs nog plek op de massagetafel. Heerlijk. Wat wil een mens nog meer?'

'Antwoorden,' zegt Bo.

'Laat het heel even los, Bo. Soms helpt het om even afstand te nemen om zo weer verder te komen. Afstand nemen op een massagetafel is helemaal zinvol.'

'Neem jij ooit weleens iets serieus?' vraagt Bo een beetje nijdig. Haar iPhone geeft een piepje.

'Alles en iedereen,' antwoordt Inès.

'Nee, helemaal niets. Jij verwacht kennelijk dat de oplossing als een rijpe appel in onze schoot valt.' Bo gaat zitten. Dat nonchalante gedrag van Inès betekent meer werk voor haar.

'Dat is toch ook zo?' vraagt Inès. 'Toen we Julia zochten nam Dorien contact op en nadat we de moordenaar van Edda hadden gevonden kregen we het bewijs van een tweede moord in onze handen gedrukt. Zo werkt het gewoon.'

'O ja, wij doen helemaal niets. Beetje afwachten, wat naar het plafond staren of flierefluiten in een spa en hop, daar is de dader. Op een presenteerblaadje aangeboden gekregen,' gaat Bo verder. 'Heb jij enig idee hoeveel opnames ik naar Benny stuur, of hoeveel shownotes ik schrijf?'

'Gaan we die discussie nou weer voeren?' vraagt Inès vermoeid. 'Jij en ik zijn niet hetzelfde. Ik sta er gewoon anders in. Maar ik draag wel mijn steentje bij.'

'Oké,' antwoordt Bo. 'Laten we daarom eerst ons werk afmaken voor we middagen doorbrengen in een spa, goed?'

Inès werpt haar een afkeurende blik toe, maar zegt niets over haar tirade. In plaats daarvan zegt ze: 'Je hebt een nieuw appje.'

Bo pakt haar toestel. Het is Amélie. Begint dat mens nou ook nog te zeuren? Nijdig opent ze WhatsApp en leest het bericht. Ineens springt ze overeind. 'Dit is echt niet te geloven.'

'Wat?' vraagt Inès.

'Amélie is bereid om over haar vader te praten als wij haar in vertrouwen nemen. Ze vraagt of we om drie uur in haar kantoor op de universiteit kunnen zijn.'

'Ha, er valt toch weer een appel in onze schoot dus...' zegt Inès. 'Zie je wel dat ik gelijk had?'

Bo houdt wijselijk haar mond en laat zich op het bed zakken. 'Dit had ik echt niet verwacht.'

'Weet je, Bo,' begint Inès ineens op serieuze toon. 'Ik besef heus wel dat die rijpe appels alleen maar vallen omdat jij en ik flink aan de boom schudden.'

Inès slaat een arm om Bo's schouder.

'Ik zal de spa afbellen, het onderzoek gaat voor,' zegt ze.

61

Naarmate hun bezoek aan de universiteit dichterbij komt, lijkt Inès steeds nerveuzer te worden. Haar luchtige houding van eerder op de dag heeft plaatsgemaakt voor een zorgelijke frons tussen haar wenkbrauwen.

'Wat denk je, moeten we al die fans persoonlijk antwoorden?' vraagt Bo, die de mails stuk voor stuk doorneemt en er af en toe eentje voorleest.

'Ik zou het aan *Koffie en koek* overlaten.' Inès loopt naar de kledingkast en trekt een ander shirt uit de kast. 'Laten we zo maar vertrekken,' zegt ze.

Bo doet de klep van de laptop dicht. Ze pakt haar tas en aarzelt. 'Zal ik de interface weer aansluiten en in de binnenzak van mijn spijkerjasje verbergen?'

Inès verdwijnt in de badkamer. 'Staat dat niet een beetje haaks op "in vertrouwen nemen"?' roept ze. 'Moeten we niet eerst even aanhoren wat Amélie precies met ons wil delen en het haar dan voorleggen?'

Eigenlijk wel, denkt Bo. Aan de andere kant, als ze niets opneemt, hebben ze ook geen bewijs van wat er gezegd is. Ze kan natuurlijk Amélie gewoon om toestemming voor de opname vragen. Vertrouwen gaat twee kanten op. Dat lijkt haar het beste. Ze stopt alles terug in haar tas.

Terwijl ze rustig naar het universiteitsgebouw lopen begint Inès te praten.

'Heb jij overwogen dat dit misschien een valstrik kan zijn?' zegt ze.

'Je bedoelt dat Amélie, Yves en misschien zelfs Lambert daar op ons zitten te wachten? En dan? Heel Nederland weet dat wij in Bordeaux de moord op Sinem proberen te ontrafelen. Als we plotseling van de radar verdwijnen zal iemand echt wel een bezoekje brengen aan Yves of Lambert.'

'Waarom?' vraagt Inès.

'Waarom wat?' Bo kan haar niet volgen.

'Waarom zouden ze naar Yves gaan, of naar Pierre? Tot nu toe weten onze luisteraars niet beter dan dat de een niet wil meewerken en de ander ons al weken bijstaat. Misschien moeten we Marije appen waar we heen zijn. Gewoon voor de zekerheid.'

Bo denkt na over haar suggestie. 'Je denkt echt dat Amélie ons naar de uni lokt zodat haar vader en een ex-rechercheur ons kunnen afslachten? Kom op, Inès. Ik ben ook nieuwsgierig waar die omslag bij Amélie vandaan komt, maar dit zijn geen moordenaars.'

'Dat weten we niet,' zegt Inès stug. 'Yves heeft gisteren nogal dreigende taal naar jou uitgeslagen en nu gaan we wel bij zijn dochter op de koffie.'

Bo kijkt de straat in. Ondanks het feit dat het warm is, leeft Bordeaux. Uit een raam aan de overkant klinkt pianomuziek, een dunne vitrage wappert over de rand van het Franse balkonnetje. Er racen scooters voorbij en er wandelen mensen in de zon. Amélie gedraagt zich raar, dat moet ze toegeven. En ook haar vader heeft twee gezichten waarvan eentje Bo niet bevalt, om over Pierre Lambert nog maar te zwijgen. Toch voelt ze zich hier niet onveilig. Gisteren wel, in Yves' kantoor.

'Je lijkt mij wel. Goed. Wat stel je voor? Dat we Amélie bellen met de vraag of ze naar de hotelbar wil komen?'

'Dat is een mogelijkheid,' zegt Inès.

'Zijn we daar niet een beetje laat mee?' vraagt Bo. Ondanks Inès' bedenkingen lopen ze rustig verder.

'Ik denk er nu pas aan. Julia verdween ook van de aardbodem.'

Bo begint te lachen. 'Hoe kom je daar nou bij? Julia heeft ervoor gekozen om in Noord-Spanje te gaan wonen. Dat is iets anders dan van de aardbodem verdwijnen.'

'Julia's familie heeft haar tweeëntwintig jaar niet gezien, Bo. Dat kan ik mijn ouders echt niet aandoen. Ik vertrouw die LaRoches niet. Noem me paranoia, maar er zijn gekke dingen gebeurd en ze gebeuren nog steeds.'

'Zal ik anders alleen naar Amélie gaan?' stelt Bo voor. 'Ik kan een smoes verzinnen en bijvoorbeeld zeggen dat jij onderweg bent. Je wilde nog even langs een apotheek of zo.'

'Ja, goed plan. Dat ik op de trap wacht terwijl ze jouw lijk in het tapijt rollen,' zegt Inès.

Bo kijkt haar aan. Inès' gezicht staat tot haar verbazing bloedserieus. 'Kom op, Inès,' zegt ze. 'Wat haal jij je allemaal in je hoofd? Dit is de decaan van de Universiteit van Bordeaux, geen loopjongen van een drugskartel of misdaadsyndicaat!'

'Ik voel me toch prettiger als je Marije laat weten waar we vanmiddag naartoe gaan en ook aan Amélie meldt dat we onze opdrachtgever hebben verteld waar we zijn.'

Het is een kleine moeite om naar Marije te appen wat ze gaan doen, zoals Inès vraagt. Bo pakt haar iPhone en toetst een berichtje in.

Als ze op verzenden heeft gedrukt zegt ze: 'Ik geloof niet dat ik jou ooit zo voorzichtig heb meegemaakt. Weet je wat, wacht jij inderdaad maar op de trappen van de uni in het zonnetje.'

'Nee, samen uit, samen thuis,' zegt Inès tot Bo's verrassing. 'Ik vertrouw die Amélie alleen voor geen meter. Waarom zou ze haar vader voor de bus willen gooien? Zoiets doe je toch niet? Ik niet, althans.'

'Ook niet als hij iemand zou hebben vermoord?' vraagt Bo.

'Dat zou mijn vader nooit doen,' antwoordt Inès. 'Maar zelfs dan, je eigen vader! En dan, ze kan toch ook gewoon naar de politie stappen?'

Bo kijkt verrast op. Aan die mogelijkheid had ze helemaal nog niet gedacht. Dat ligt veel meer voor de hand dan een blik familiegeheimen opentrekken tegenover twee podcastmakers. Is Amélies uitnodiging inderdaad een valstrik?

'Wat stel je dan voor?' vraagt ze.

Inès lijkt even na te denken, ze zuigt haar onderlip naar binnen en fronst haar wenkbrauwen. Uiteindelijk zegt ze: 'Misschien moeten we iemand bellen en direct bij binnenkomst aan Amélie of wie er ook zit laten zien dat er een derde meeluistert. Precies zoals we bij Philippe Bernard hebben gedaan.'

'Dat hield hem ook niet tegen,' zegt Bo.

'Klopt,' antwoordt Inès. 'Maar Philippe wíst niet dat de politie meeluisterde, terwijl we Amélie onmiddellijk vertellen dat de Nederlandse politie aan de andere kant van de lijn hangt.'

'Denk jij dat de Nederlandse politie hieraan zal meewerken?' vraagt Bo.

'We zijn beroemde podcastmakers, Bo. Natuurlijk gaan die meewerken!'

Bo moet even over Inès' woorden nadenken. Inès pakt haar telefoon en toetst drie cijfers in.

'Ik zou niet het noodnummer bellen,' merkt Bo op. 'We gaan uit eigen vrije wil naar binnen.'

Inès houdt haar telefoon omhoog. 'Politie Utrecht dan maar proberen?'

'Utrecht lijkt me prima.'

Eigenlijk is het dom dat ze Amélie niet hebben voorgesteld om in het hotel af te spreken, denkt Bo. Dan waren al deze toestanden niet nodig geweest. Ze snapt Inès wel, nu ze hier zijn, voelt ook zij zich niet op haar gemak. Toch wint de nieuwsgierigheid.

Inès toetst het nummer in dat ze zojuist heeft opgezocht en terwijl ze wacht tot ze de juiste persoon aan de lijn heeft, kijkt Bo de straat in. Ze is benieuwd waar Amélie straks mee aankomt, en tegelijkertijd heeft ze last van opspelende zenuwen.

'Wat!' schreeuwt Inès plotseling. 'Hoezo, geen jurisdictie. Wij zijn Nederlandse staatsburgers, bekende Nederlanders zelfs!'

Bo fronst haar wenkbrauwen en doet een stap dichterbij. 'Wat is er?' fluistert ze.

Inès kijkt haar nijdig aan en zegt: 'De Nederlandse politie kan ons niet helpen omdat we in het buitenland zitten. Of nee, ze mogen niets doen. Bovendien is er geen sprake van een misdaad en als we zo bang zijn, dan kunnen we beter een terrasje gaan zoeken, of een mooi museum.'

Die reactie verbaast Bo niets. 'We regelen het wel op een andere manier,' zegt ze.

'Als u morgen in de krant leest dat de twee podcastmakers die een oude moord oplosten in Frankrijk spoorloos zijn verdwenen...' begint Inès.

Bo trekt het toestel uit haar hand. 'Excuses,' zegt ze. 'Mijn vriendin heeft last van de warmte. We begrijpen dat jullie weinig kunnen doen.' Ze verbreekt de verbinding en geeft Inès haar mobiel terug.

'Ben je nu helemaal gek geworden?' foetert die.

'Ik hou die lui liever te vriend,' zegt Bo kortaf. 'Bel voor mijn part je vader om mee te luisteren, maar we moeten nu naar binnen.'

Inès blijft twijfelen, ze bestudeert de gevel van de universiteit.

'App Luc waar we zijn,' stelt Bo voor.

Plotseling horen ze hun namen over straat galmen.

Bo kijkt over haar schouder. Amélie staat bij de ingang van de universiteit.

'Wat doen we?' vraagt ze zachtjes aan Inès.

Inès werpt kort een blik naar de decaan, maar geeft geen antwoord.

Vanuit haar ooghoek ziet Bo dat Amélie op hen afkomt. Een beetje buiten adem blijft de decaan staan.

'Waarom komen jullie niet binnen?' vraagt ze zenuwachtig.

Zo heeft ze Amélie nog nooit gezien, denkt Bo. Haar ogen flitsen heen en weer en ze kan nauwelijks stilstaan. Zou Inès dan toch gelijk hebben en is deze uitnodiging een valstrik? Kan de familie LaRoche zo kwaadaardig zijn?

'We vertrouwen je niet,' antwoordt Inès zonder er doekjes om te winden.

Amélie kijkt wanhopig om zich heen. 'Kom nú naar binnen. Het is al levensgevaarlijk dat ik hier op de openbare weg met jullie praat. Het is nu of nooit, maar als het nooit wordt, dan kan ik jullie alleen maar adviseren om Bordeaux zo snel mogelijk te verlaten voor er nog meer doden vallen.'

Na haar woorden loopt Amélie in hoog tempo de trappen van

de universiteit op, terwijl ze angstig om zich heen kijkt. Bo en Inès kijken haar verbouwereerd na tot ze achter de grote deur verdwijnt.

'Levensgevaarlijk?' herhaalt Bo. 'Sinds wanneer is het levensgevaarlijk om met iemand te staan praten?' Ze kijkt om zich heen. Worden ze soms in de gaten gehouden door Yves of Lambert? Of hebben die twee mensen ingehuurd om hen te volgen?

'Is dit toneelspel?' vraagt Inès.

Bo schudt haar hoofd. 'Nee, dat geloof ik niet. Ze lijkt echt bang te zijn.' Plotseling verschijnt er kippenvel op haar armen.

'Wat stel jij voor?' vraagt Inès.

Bo slikt. 'We gaan naar Amélie. We hebben voor dit vak gekozen en daar hoort risico nemen bij. Maar ik wil het wel echt opnemen,' voegt ze eraan toe.

Ze loopt richting de ingang. Inès volgt haar, maar is ondertussen met haar mobiel bezig. Als Bo bij de ingang is hoort ze Inès' voetstappen versnellen.

'Ik heb Luc geappt dat we nu bij de universiteit naar binnen gaan om te praten met Amélie LaRoche en dat we over twintig minuten weer een app sturen. Mocht hij die niet ontvangen, dan belt hij de politie Bordeaux.'

Bo duwt de deur open. 'Slim van je,' zegt ze.

Binnen lijkt het wel koeler dan normaal. Hun voetstappen echoen als ze door de gang richting Amélies kantoor lopen. Zo'n groot leeg gebouw heeft iets akeligs, denkt Bo. De verlichting is ook uit, wat het geheel een spookachtige sfeer geeft. Er is geen student te zien.

'Ik ben blij dat jullie er zijn,' zegt Amélie. 'Wacht.'

Ze loopt terug naar de buitendeur en draait hem op slot. Dit voelt niet goed, denkt Bo. Nu kunnen ze zonder Amélies hulp het gebouw niet eens verlaten.

'Laat de sleutel er maar in zitten,' roept Bo door de gang.

Amélie lijkt kort te aarzelen, maar steekt de sleutel dan weer in het gat. Bij het passeren werpt ze een veelzeggende blik op Bo en opent haar kantoor.

'Kom binnen,' zegt ze.

Er is niemand, ziet Bo. Ze gaat op de stoel zitten die ze inmiddels zo goed kent, en legt de recorder op tafel.

'Waarom is hier niemand?' vraagt Bo.

'Sportdag. Ik begrijp dat jullie aan me twijfelen,' zegt Amélie als ze tegenover hen plaatsneemt op haar bureaustoel. 'Je mag alles opnemen, Bo, maar ik geef vooralsnog geen toestemming om het ook uit te zenden.'

'Prima,' zegt Inès, nog voor Bo iets kan zeggen. 'Barst los.'

'Goed,' begint Amélie. Ze trekt een la open en haalt er een dossiermap uit. 'Jullie onderzoek heeft me aan het denken gezet, dus heb ik in de kluis gekeken. Sowieso begrijp ik niet zo goed waarom de bestuursnotulen daar bewaard worden. Maar mijn vader stond er destijds op.'

Amélie opent de map die voor haar ligt en kijkt hen dan peinzend aan.

'De familie LaRoche is altijd verbonden geweest aan de Universiteit van Bordeaux,' zegt ze. 'Op oude personeelslijsten komt onze achternaam veelvuldig voor en ik kan me niet anders herinneren dan dat al mijn ooms en tantes, neven en nichten hier studeerden. De LaRoches zijn trots op deze universiteit. Die trots liep echter een fikse deuk op dankzij jullie onderzoek. Begrijp me niet verkeerd, het is goed dat jullie de dood van Edda Biancchi onderzochten en dat de daders gepakt zijn.' Amélie zucht diep. 'Goed. Dat gezegd hebbende: ik heb deze map met raadselachtige correspondentie gevonden in het archief. Toen ik mijn vader erop aansprak, zei hij deze mappen graag terug te willen. Volgens hem zou het beter zijn als hij ze in bewaring nam en dat snapte ik niet. Het is administratie van de universiteit.'

'Heb je hem niet gevraagd waarom hij meende dat het beter is?' vraagt Bo.

Amélie leunt achterover. 'Je kent mijn vader niet, Bo.'

Beter dan jij denkt, wil Bo zeggen, maar ze houdt haar mond. Het heeft nu geen zin om Amélie te vertellen wat er gisteren in haar ouderlijk huis gebeurd is.

'Dit is administratie uit de jaren zeventig, tachtig en negentig en er bestaat geen verplichting om die nog langer te bewaren. Dat laatste was mijn vaders argument toen hij de stukken opeiste. Eigenlijk zouden deze papieren moeten worden vernietigd.' Weer stopt Amélie met praten.

Bo spoort haar niet aan om verder te gaan. Het lijkt wel alsof de decaan moeite heeft om te vertellen wat ze in het archief vond. Zou ze die map zelf mogen inkijken?

'Het punt is dat ik niet weet wat ik hiervan moet denken,' gaat Amélie plotseling verder. Er zit ineens een snik in haar stem die er tot nu toe niet in zat. Ze klapt de ijzeren beugel open en haalt een brief uit de ordner.

'Hier, lees zelf maar.'

Amélie legt de brief voor Bo en Inès neer. Het is een intern memo, ziet Bo. Eentje uit 1977. De tekst is getikt met een oude typemachine waarvan de 'a' iets hoger op het vel papier staat dan alle andere letters. Dat heeft ze eerder gezien! Ze begint te lezen. Het memo gaat over uitwisselingsstudenten. Zij moeten apart geadministreerd worden en mogen niet worden opgenomen in de gebruikelijke studentenadministratie. Kan dit met de lijsten te maken hebben die ze in Yves' bureaula vond?

Bo kijkt op. 'Sinds wanneer is het eigenlijk levensgevaarlijk als jij met ons praat?' vraagt ze.

Amélie gaat verzitten.

'Ik kreeg vanmorgen een uiterst vreemd telefoontje van mijn vader. Hij verbood me nog langer contact met jullie te hebben. Niets ontging hem, voegde hij eraan toe. Ik herken mijn eigen vader niet meer,' zegt ze. De zorgelijke trek om Amélies mond wordt sterker. 'Het waren niet zijn woorden die me angst aanjoegen, mijn vader heeft een dominante kant en gaat wel vaker net iets te ver om zijn zin te krijgen. Het was zijn stem waar ik bang van werd. Zo koud en kil, alsof hij met een vreemde sprak en niet met zijn eigen dochter. Om vijf uur vanmiddag ga ik deze map naar hem toe brengen. De stukken heb ik zojuist gekopieerd.'

Er glinsteren tranen in Amélies ogen, ziet Bo. Ze bukt zich en pakt haar tas van de grond. Het wordt tijd om Amélie de foto's te laten zien die ze maakte in Yves' kantoor. Ze haalt haar toestel tevoorschijn en even later legt ze het voor Amélie neer.

'Wat is dat?' vraagt Amélie.

'Vergroot het beeld maar,' antwoordt Bo.

Inès pakt ondertussen haar eigen mobiel. 'Luc,' is het enige wat ze zegt.

Bo geeft een kort knikje ten teken dat ze het begrijpt.

'Ik zie namen en nummers,' zegt Amélie terwijl ze Bo's telefoon dichter naar zich toe haalt. 'Waar kijk ik naar? En hoe kom je hieraan?' Ze geeft Bo haar iPhone terug.

'Het is een lijst uit 1990, het jaar dat Sinem overleed. Er staan buitenlandse namen op. De tweede rij zijn studentennummers en in de laatste rij staan geboortedata.'

'Het briefhoofd van de Universiteit van Bordeaux staat erboven,' zegt Amélie. 'Heb je dit in het archief gevonden?'

'Nee, ergens anders,' antwoordt Bo.

'Mag ik de foto's nog eens zien?' vraagt Amélie. Ze speurt met haar ogen de rij namen af. 'Ik kan me vergissen, maar hier staat de naam Isabella Rossi op en die ken ik. Ze kwam uit Italië en is blijven hangen in Bordeaux. Af en toe zie ik haar nog weleens in de stad, vroeger met haar kinderen maar tegenwoordig met haar kleinkinderen. Ze paste weleens bij ons thuis op als mijn ouders 's avonds weg moesten,' zegt Amélie. 'Volgens mij heet ze Rossi van haar meisjesnaam. Tegenwoordig gebruikt ze haar mans naam.'

'Ik kon haar online niet vinden. Ze heeft geen LinkedIn of socials,' zegt Inès.

'Dat verbaast me niets,' antwoordt Amélie. 'Isabella moet niets weten van moderne ontwikkelingen, net zoals haar man. Hoe komen jullie hieraan?' vraagt Amélie.

Bo wisselt een blik met Inès. Zelf heeft ze het gevoel dat Amélie zich inderdaad tegen haar vader keert, maar ze weet niet hoe Inès daarover denkt.

'Zouden we even met elkaar mogen overleggen?' vraagt Bo.

Amélie schuift haar stoel naar achteren. 'Ik ga even een paar glazen en een fles water halen.'

Als de decaan is vertrokken begint Inès als eerste te praten.

'Wat denk jij? Ze lijkt wel werkelijk bang te zijn voor haar vader. Zullen we haar vertellen hoe we aan die foto's komen?'

'Yves heeft zijn dochter kennelijk niet verteld dat hij mij betrapt heeft op zijn kantoor, anders was ze er wel over begonnen, toch?' Bo kijkt haar vragend aan.

'Als ze te vertrouwen is wel,' antwoordt Inès nuchter.

'Dus?' vraagt Bo.

'Amélie had ons dit niet hoeven vertellen. Als we de feiten op een rijtje zetten, lijkt ze aan onze kant te staan. Ik denk dat we haar moeten vertellen over de aanvaring met haar vader,' zegt Inès.

'Oké, laten we de gok wagen,' antwoordt Bo, terwijl de deur van het kantoor weer opengaat en Amélie binnenkomt.

Ze zet een dienblad op haar bureau. 'Pak zelf maar als jullie trek hebben. En welke gok gaan jullie wagen?'

'De gok om jou te vertellen hoe wij aan die foto's komen,' zegt Inès. 'Bo heeft ze gemaakt, in jouw vaders kantoor.'

'Vlak voor hij ons en Hassan Yilmaz zijn huis uit smeet,' vult Bo haar aan.

Amélie trekt wit weg. Zonder iets te zeggen haalt ze een pak papier uit haar bureaulade dat is samengebonden met een stukje touw. Ze legt het neer.

'Hier,' zegt ze. 'Ik heb twee kopieën van de mappen die mijn vader terugeiste gemaakt. Neem maar mee.'

Als ze weer buiten staan kijkt Inès haar veelbetekenend aan. 'Jij wilt zeker vanavond nog door die stukken?' vraagt ze.

'Het liefst wel.' Bo opent haar iPhone. 'Raoul heeft teruggemaild, zijn achternaam is DaSilva.'

'Kan ik een retourticket San Sebastián-Bordeaux boeken?' vraagt Inès.

'Nee,' antwoordt Bo terwijl ze de mail nog een keertje leest.

'Oké, nou, dan pakken we de trein naar Spanje. Olé!'

'Ook niet,' zegt Bo. 'Hij is al in Bordeaux en wil ons morgen om tien uur ontmoeten in de bar van Boutique Hôtel & Spa.'

62

Bordeaux, dag 16 – woensdag

Naarmate het moment nadert waarop ze Raoul zullen spreken wordt Bo steeds zenuwachtiger. Als hij werkelijk de zoon van Julia van der Molen is, dan zijn ze hoe dan ook geslaagd in hun missie. Ook als mocht blijken dat Julia verder geen contact wil.

'We moeten zo naar beneden,' zegt Inès terwijl ze een schone pleister op haar knie plakt. 'Geen gezicht onder een jurkje, maar goed.' Ze gaat staan. Het flodderige strandjurkje dat ze draagt blijft net boven haar knie hangen.

Bo glimlacht. Typisch Inès om zoiets aan te trekken, enkel en alleen omdat het bloedheet is buiten. Zelf heeft ze voor iets stijfs gekozen. Misschien moet ze Inès' voorbeeld meer gaan volgen.

Bo vult haar longen met lucht. 'Goed.' Ze pakt de recorder uit haar schoudertas en opent de kamerdeur.

'Je gaat deze keer legaal te werk?' vraagt Inès.

Bo knikt. 'Raoul wil iets van ons, toch?' En wij iets van hem, denkt ze erachteraan. Namelijk het adres van zijn moeder.

Terwijl ze de trap aflopen, probeert Bo zichzelf te herpakken. In dit hotel zijn ze veilig. Er is bewaking en heel veel personeel.

'Vind jij het spannend?' vraagt ze aan Inès.

'Een beetje.' Bo neemt de laatste tree. Het is druk in de lobby. De receptie heeft zijn handen vol aan mensen die uitchecken. Ze lopen richting de bar.

De donkerharige man die ze al eens eerder heeft gezien, zit aan een rond tafeltje. Hij leunt met zijn onderarmen op het blad terwijl zijn been nerveus op en neer wipt. Zou dat hem zijn? Houdt hij hen al die tijd al in de gaten? Ze kijkt Inès aan. Die denkt hetzelfde als zij, ziet ze aan haar ogen.

'Raoul DaSilva?' vraagt Inès.

De man knikt en komt overeind. Hij steekt zijn hand uit en zegt in het Frans: 'Jullie zijn Bo en Inès?'

Bo schudt hem de hand. Nu ze hem van dichtbij ziet, lijkt hij een stuk jonger dan ze had ingeschat. En een stuk nerveuzer.

'Vind je het goed als ik ons gesprek opneem?' vraagt Bo.

Hij lijkt nog meer van zijn stuk te zijn gebracht. 'Dat weet ik niet.'

Ineens krijgt ze een beetje medelijden met hem. 'Het hoeft niet,' zegt ze er vlug achteraan.

Die opmerking levert haar een scherpe blik van Inès op.

'Ik...' begint Raoul. 'Gaan jullie dan vertellen waar ik woon?'

Bo legt de opnameapparatuur op tafel. Het was niet zo slim om hem een vliegticket van San Sebastián Airport aan te bieden. Nu denkt die knul dat ze hem hebben nagetrokken. In zekere zin is dat natuurlijk ook zo.

'Ligt eraan,' zegt Inès. 'Wie ben je eigenlijk? Waarom doe je dit?'

De jongen gaat weer zitten. Het huilen lijkt hem nader te staan dan het lachen. 'Ik moet nadenken.' Hij komt abrupt overeind en rent de bar uit.

Inès kijkt hem verbaasd na. 'Nou, dat was een kort gesprek,' zegt ze.

'En nu? Wachten?' vraagt Bo.

'Een halfuur, hooguit,' zegt Inès. 'Als hij dan niet terug is, halen we onze bagage en checken uit. Dan gaan we z'n moeder zelf wel zoeken.'

Na tien minuten komt Raoul de bar weer in gelopen. Hij werpt een korte blik op de recorder en de microfoon en zegt dan: 'Sluit maar aan.'

Dat had Bo niet verwacht. 'Weet je het zeker?' vraagt ze daarom. Ze wil geen misbruik maken van een nerveuze twintiger die mogelijk niet kan overzien wat de gevolgen van zijn beslissingen zijn.

Raoul knikt. 'Ja. Doe maar.'

Vlug plugt ze de snoertjes weer in en zet de microfoon op een standaard in het midden. Daarna test ze of alles werkt.

'Goed,' begint Bo in het Frans. 'Kun je ons vertellen wie je bent?'

'Raoul DaSilva uit San Sebastián, Spanje,' zegt hij overdreven articulerend. 'Ik ben eenentwintig jaar en semiprofessioneel surfer. Verder werk ik naast mijn studie journalistiek in een bar.'

'Je kunt normaal praten,' zegt Bo. 'Je hebt ons benaderd via het tv-programma *Koffie en koek*, omdat je de zoon van Julia van der Molen bent.' Dat laatste heeft Raoul nooit gezegd. Maar Bo zal het gesprek toch in moeten leiden.

Raoul vouwt zijn handen samen en kijkt hen daarna aan. 'Ik weet het niet helemaal zeker,' zegt hij.

En hij begint te vertellen.

'Mijn moeder heet Giulia DaSilva. Mijn vader heb ik nooit gekend. Mijn hele leven heb ik in San Sebastián gewoond. Ik ben daar ook geboren. Voor zover ik weet, heb ik geen opa en oma en heeft mijn moeder geen broers of zussen. We waren gewoon altijd met z'n tweeën. Sinds een paar jaar vertelt ze af en toe verhalen over vroeger en soms spreekt ze in een vreemde taal.'

Bo kijkt Inès aan.

'Wat voor verhalen?' vraagt ze.

'Ja, dat is het vreemde,' gaat Raoul verder. 'Ze had het over een meisje dat vermoord zou zijn door de universiteit, over grachten met terrassen, over iemand die Dorien heet... Het waren allemaal flarden. Soms begon ze over Bordeaux, terwijl ik zeker weet dat wij er nooit zijn geweest. We gingen nooit op vakantie. Mijn moeder vond dat niet nodig. "We hebben hier toch alles?" zei ze altijd. Een paar dagen geleden stond er een bericht in de Spaanse krant over een Nederlandse podcast waarin een moord uit Bordeaux was opgelost. Ik heb het haar maar niet laten lezen. Daar zou ze alleen maar van in de war raken.'

Wauw, ze hebben zelfs het Spaanse nieuws gehaald met hun podcast. 'Welke krant was dat?' vraagt Bo.

'Het is meer een nieuwssite en eigenlijk is hij ook niet echt Spaans, maar Nederlands. Mijn moeder keek er vroeger weleens op, daarom vermoed ik dat ze Nederlands spreekt. Die site heet

Spanje Vandaag, via mijn mobiele telefoon kan ik de artikelen naar het Spaans vertalen.'

'En dat deed je wel vaker, omdat je moeder hem vroeger las?' vraagt Inès.

'Ja,' zegt Raoul. 'Dan las ik berichten voor. Vertaald naar het Spaans. Dat wilde ze graag.'

'En toen las je over onze podcast en één plus één was twee,' constateert Bo. 'Maar waarom heeft jouw moeder dan niet zelf contact met ons opgenomen?'

Raoul haalt zijn schouders op, maar geeft geen antwoord.

'Giulia DaSilva,' zegt Bo langzaam. 'Ze heeft dus een andere naam aangenomen?'

Nu kijkt Raoul op. Er glinsteren tranen in zijn ogen, ziet Bo. Ze voelt dat hij iets achterhoudt.

'Ik denk het. Die naam, DaSilva, staat ook in mijn paspoort.'

'En ze is nooit getrouwd geweest?' vraagt Inès.

Dat zou inderdaad de meest logische verklaring zijn.

'Niet dat ik weet. In elk geval niet met mijn vader, wie dat ook mag zijn. Ze weigert zijn naam te geven.'

'Waarom lees jij je moeder eigenlijk het nieuws voor?' vraagt Bo.

Raoul slikt een paar keer. 'Mijn moeder werkte in een strandbar, Sunny. Twee jaar geleden ging het mis. Het begon ermee dat ze de bestellingen niet langer kon onthouden. Een paar maanden later lukte het haar niet meer om grote orders af te werken. Het leek alsof ze geen overzicht meer kon houden. Daarna kwamen de momenten dat ze soms niet meer wist waar ze was. Niet veel later kreeg ze vreselijke nachtmerries. Soms liep ze 's nachts gillend door het huis. Ik snapte er niets van. Ze weigerde naar een dokter te gaan, want dan zou alles uitkomen, zei ze. Uiteindelijk heb ik haar meegenomen naar het ziekenhuis. Nu slikt ze medicijnen en is ze een stuk rustiger.'

'Is jouw moeder overspannen?' vraagt Inès.

Raoul kijkt hen aan. 'Was dat het maar,' zegt hij. 'Dan was er nog een kans dat alles goed zou komen.'

Bo gaat verzitten en wordt ongeduldig. 'Wat is er dan met haar aan de hand?'

'Er zijn verschillende onderzoeken gedaan in het ziekenhuis, ook vanwege haar jonge leeftijd. Mijn moeder heeft Lewy body dementie. Ze wordt niet meer beter.'

Bo drukt de recorder uit. Dit is niet geschikt voor de podcast. Ze kan het hooguit benoemen, maar meer ook niet. Er valt een stilte. Raouls schouders schokken terwijl hij zijn gezicht met zijn handen bedekt. Bo schuift een stoel op en slaat een arm om zijn schouders.

'Wat verschrikkelijk om te horen,' zegt ze. Lewy body dementie. Haar tante heeft het ook gehad. Tussen de diagnose en haar dood zat minder dan twee jaar.

Raoul gaat rechtop zitten. 'Ik wil gewoon niet dat er allerlei pers bij ons aanklopt. Wat mijn moeder ook gedaan heeft, waarom ze ook gevlucht is, ze heeft recht op rust.'

'Jouw moeder heeft helemaal niets gedaan,' zegt Inès zachtjes. 'Ze is het slachtoffer geworden van twee mannen die niet met hun poten van jonge meisjes af konden blijven.'

Bo kijkt haar strak aan. Inès heeft gelijk, maar een van die twee mannen is wel de vader van deze jongen.

'Kunnen jullie me meer over haar verleden vertellen?' vraagt Raoul. 'Ik weet helemaal niets. Klopt het dat ik geen opa en oma heb? Of andere familie? Is die Dorien soms haar zus?'

'Ik ga eerst even een glas water voor je halen,' zegt Bo. 'Daarna zullen we je alles vertellen wat wij weten.'

Ze laat hem los en komt overeind. Zoveel weten ze niet over Julia van der Molen. Eigenlijk kan hij beter met Dorien praten.

'Mag ik een glas water?' vraagt ze aan de ober.

'Ik breng zo een karaf en drie glazen naar uw tafel,' zegt hij met een vriendelijke glimlach.

Als ze weer gaat zitten, ziet ze dat Raoul een beetje bijgekomen is. Ze kan zich er geen voorstelling van maken hoe het is om zo jong het enige familielid dat je hebt te verliezen.

'Gaat het weer?' vraagt Bo.

De jongen vertrekt zijn mond een beetje, maar geeft geen antwoord. Hij kijkt haar bezorgd aan. Ze moet hem iets vertellen, ook al hebben zij en Inès Julia nooit gekend.

'Heb je een foto van je moeder?' vraagt Bo. Ze wil hem niet wantrouwen, maar het is beter om zekerheid te krijgen.

Raoul pakt zijn mobiele telefoon en veegt met zijn duim over het scherm. 'Alleen deze.'

Hij legt zijn toestel voor haar op tafel.

Bo vergroot de foto met haar vingers. Een oudere versie van het meisje op de politiewebsite kijkt haar lachend aan. Ze staat achter een geel geverfde bar, haar bos blonde krullen wordt bijeengehouden door een groene band.

'Laat eens kijken?' Inès legt haar onderarmen op tafel en buigt voorover.

Bo keert het toestel een halve slag.

'Dat is Julia van der Molen,' zegt Inès, nadat ze een blik op het scherm geworpen heeft. 'Wacht.'

Ze zoekt iets in haar eigen mobiel op.

'Alsjeblieft.' Ze legt haar telefoon voor hem neer. 'Je moeder, toen ze jouw leeftijd had.'

Raoul bekijkt de politiewebsite. 'Wat staat daar?' vraagt hij.

'Dat ze is vermist en wordt gezocht,' antwoordt Bo.

Raoul fronst zijn wenkbrauwen en kijkt hen niet-begrijpend aan.

'Jouw grootouders, die je dus hebt, hebben aangifte van vermissing gedaan. Ze staat al tweeëntwintig jaar op deze website.'

Hij mompelt iets in het Spaans. 'Dat heeft dan weinig geholpen,' zegt hij daarna in het Frans.

De ober komt bij hun tafeltje staan en zet een karaf water met drie glazen neer. Bo kijkt rond. Ze zijn alleen in de bar. Dan ziet ze twee verchroomde palen met een dik rood touw voor de ingang staan. De ober schenkt haar een glimlachje en verdwijnt weer. Hij laat hen hier zitten terwijl de hotelbar gesloten is. Wat sympathiek, denkt Bo.

'We zijn plaatselijke beroemdheden,' merkt Inès op.

Nadat de glazen zijn ingeschonken begint Bo rustig te vertellen.

'Jouw moeder studeerde aan de Hogeschool voor Journalistiek

in Utrecht. Ze reisde naar Frankrijk om onderzoek te doen naar de dood van Edda Bianchhi, een uitwisselingsstudent uit Napels die op de Universiteit van Bordeaux zat.'

Ze stopt met praten. Moet ze deze jongen vertellen over Ruud Smithuijsen, of over Dorien? Dorien heeft het recht om zelf haar verhaal te doen. Bo probeert oogcontact met Inès te krijgen, maar die neemt net een flinke slok water en let niet op haar.

'Hoe wist ze van dat meisje in Bordeaux?' vraagt Raoul.

Ze kan niet anders dan het hele verhaal vertellen, beseft Bo. Of het nu aan haar is, of niet. Raoul kunnen ze niet met een kluitje in het riet sturen.

'Ene Ruud Smithuijsen gaf les op die hogeschool,' gaat ze verder.

Bij het horen van Ruuds naam kijkt Inès op.

'Hij vertelde haar over Edda's verdwijning, want dat was het toen nog,' zegt Inès. 'Net zoals hij alle studenten in latere jaren erover vertelde.'

'Ruud?' herhaalt Raoul. 'Dat is toch een van de mannen die is opgepakt voor haar moord?'

Daar was Bo al bang voor. Hij heeft zijn naam in die digitale krant gelezen.

'Ja,' zegt Bo. 'Samen met zijn broer, Philippe.'

'Mijn moeder heeft weleens verteld dat ze met de trein naar Parijs ging en toen is omgekeerd om terug te gaan naar Spanje. Dat was voor ik geboren werd. Ik snapte niet waarom, maar meer wilde ze er niet over kwijt.'

Bo kijkt hem aan. Julia is dus gewoon ergens uitgestapt en gevlucht, naar Spanje. Of, om precies te zijn, naar een kustplaats in het Baskenland.

'Ik snap er helemaal niets meer van,' zegt Raoul zuchtend. 'Hebben ze haar bedreigd?'

'Nee,' antwoordt Bo. 'Tijdens haar onderzoek naar Edda's dood is jouw moeder op iets veel groters gestuit.'

'Ze is gevlucht voor haar eigen veiligheid,' zegt Inès. 'En die van jou.'

Ergens rammelt het verhaal, beseft Bo. Julia had ook gewoon

naar de politie kunnen stappen. Waarom heeft ze dat eigenlijk niet gedaan? Het liefst zou ze nu naar Spanje reizen om Julia zelf te spreken.

'Denk je dat je moeder met ons wil praten?'

'Soms heeft ze goede dagen,' zegt Raoul. 'Maar meestal ligt ze in bed en vraagt ze tien keer per dag hoe ik heet. Leeft die Dorien nog?'

'Ze was vorige week zelfs in Bordeaux,' zegt Bo.

Raoul gaat verzitten. 'Kent zij mijn opa en oma? Waar wonen ze?'

Ineens schiet haar iets te binnen. Wat had Dorien ook alweer gezegd over Julia's thuissituatie? Haar moeder was zwanger teruggekeerd van Ibiza, in haar eentje. Het is dus maar de vraag of Julia's vader bekend is.

'Sommige dingen zijn niet aan ons om te vertellen, Raoul,' zegt Bo. 'En wij weten niet genoeg. Ik denk dat wij je in contact moeten proberen te brengen met jouw grootouders, via Dorien bijvoorbeeld.'

'Weet die Dorien ook wie mijn vader is? En wie is zij dan precies?' vraagt hij.

Weer van die vragen waar ze eigenlijk geen antwoord op wil geven. Ze kijkt Inès aan, die heel kort haar wenkbrauwen optrekt.

'Jullie weten wie mijn vader is,' zegt Raoul ineens. 'Ik zie het aan jullie blik!'

'Sorry, maar ook dat is niet aan ons, wij maken alleen maar een podcast over...'

'Wat een onzin,' onderbreekt Raoul Bo. 'Jullie zijn gaan wroeten in het verleden en nu zit ik hier. Mijn moeder kan het me hoogstwaarschijnlijk niet vertellen. Ik vermoed dat ze ook geen brief met uitleg voor me verstopt heeft om na haar dood te lezen. Al anderhalf jaar ontkent ze dat er ook maar iets met haar aan de hand is. Zelfs toen de neuroloog een diagnose had gesteld bleef ze volhouden dat die man ernaast zat. Ze leeft helemaal niet met de dood.'

'Hij heeft gelijk, Bo,' zegt Inès.

Dankzij Dorien weten ze dat Ruud Raouls vader is, maar of

Julia's moeder weet dat haar dochter zwanger was toen ze verdween, betwijfelt ze. Op de politiesite wordt er in elk geval geen melding van gemaakt.

'Goed,' zegt ze. 'Dan vertellen we wat wij weten. Je krijgt pas zekerheid met een DNA-test.'

'Dat begrijp ik.'

Bo opent haar hand als uitnodiging aan Raoul om de zijne erin te leggen. Het is nogal een boodschap die ze deze jongen straks gaat geven. Ze vouwt zijn vingers om de hare.

'Niet schrikken,' zegt ze. 'Maar voor jouw moeder verdween had ze een relatie met een van haar docenten. Als onze informatie juist is, dan is Ruud Smithuijsen jouw biologische vader.'

Raoul trekt zijn hand met kracht terug.

'Wat...' zegt hij. 'Die moordenaar? Is dat mijn vader?'

'Volgens haar vriendin Dorien wel,' antwoordt Bo.

Bo ziet hoe Raoul wit wegtrekt.

'Een moordenaar?' fluistert hij vol ongeloof. 'Ben ik de zoon van een moordenaar?'

Bo moet Ruuds beperkte aandeel in Edda's dood benadrukken, anders krijgt hij een verkeerd beeld van Ruud.

'Philippe, Ruuds halfbroer, heeft Edda Bianchi vermoord. Ruud heeft Philippe alleen geholpen om haar te begraven. Hij heeft iets doms gedaan, maar hij is geen moordenaar.'

'Is dat waar?' vraagt Raoul aan Inès.

'Over dat soort dingen liegen we niet,' zegt Inès. 'Het klopt wat Bo zegt. Jouw vader heeft een idiote beslissing genomen om zijn halfbroer uit de gevangenis te houden. Meer niet.'

Raoul kijkt eerst naar haar en daarna naar Inès. 'Dus als ik het goed begrijp wilde die Philippe een relatie met een student en had mijn vader er eentje met een van zijn studenten, mijn moeder.'

'Wij hebben ook les gehad van Ruud,' zegt Inès. 'Ik heb hem leren kennen als een heel aardige man. Nog nooit heb ik hem erop kunnen betrappen dat hij achter een van ons aan zat.'

'Iedereen van onze hogeschool mocht hem,' voegt Bo eraan toe.

Weer kijkt Raoul hen aan. 'Waar gaf hij eigenlijk les in?'

Bo weet even niet wat ze zeggen moet. Als ze nu 'ethiek' zegt klinkt dat zo raar.

'Onderzoeksjournalistiek,' antwoordt Inès vastberaden. 'Echt, zo'n verschrikkelijke man is Ruud niet.'

Nee, niet de Ruud die zij kennen van vroeger, denkt Bo, maar hier in Bordeaux hebben ze een heel andere kant van hem gezien. Daarover zal ze Raoul nu maar niet inlichten. De schok is al groot genoeg voor hem.

'Ik blijf het een raar idee vinden,' zegt hij. 'Misschien heeft Dorien het verkeerd onthouden. Dat zou toch kunnen?'

Alles kan, maar Bo twijfelt niet aan Doriens geheugen. 'Alleen een DNA-test kan het uitwijzen,' zegt ze.

'En hoe kom ik aan het DNA van die Smithuijsen? Hij zit in de gevangenis!'

Goed punt. De enige ingang die ze hebben is Yvonne LeBlanc. Maar dan zal Ruud wel vrijwillig moeten meewerken.

'Ik heb misschien een idee,' zegt Bo. 'Maar dan zul je me even de tijd moeten geven. Was je van plan om binnenkort terug te gaan?'

'Eigenlijk heb ik een ticket voor vanavond,' zegt Raoul. 'Als ik langer blijf moet ik wel iets regelen voor mijn moeder en kijken of ik een hostel kan vinden of zo, dit hotel is niet goedkoop.'

'Vliegticket en kamer worden vergoed door onze opdrachtgever,' zegt Bo beslist. 'Laten we die twee zaken eerst regelen en dan even pauze nemen.' Raoul zal al deze info eerst moeten verwerken en wie weet wil hij met zijn moeder bellen, of met een vriend of vriendin.

63

Als ze terug op hun hotelkamer zijn, begint Inès als eerste te praten.

'Ik ben doodmoe. Zijn verhaal is zo ontzettend verdrietig. We moeten hem helpen, Bo. Er komt nu zoveel op hem af. Hij verdient duidelijkheid.'

'Laten we om te beginnen Julia's moeder inlichten. Zij heeft het recht om als eerste te horen dat haar dochter nog leeft.'

'We kunnen haar niet zomaar opbellen,' beslist Inès. 'Dat moet via de politie. Bel Yvonne LeBlanc maar, zou ik zeggen. Zij kan ook die DNA-test regelen.'

'Kunnen we dan niet beter bij het bureau langsgaan met Raoul? Dan kan hij zijn eigen verhaal doen.' Bo rolt de snoertjes van de apparatuur op en stopt ze in haar tas. 'Zal ik haar bellen voor een afspraak?'

'Doe maar.' Inès trekt het deurtje van de minibar open en haalt er een flesje Coca-Cola uit. 'Ik moet iets zoets hebben,' zegt ze, terwijl ze het dopje ervanaf wipt. 'Jij?'

'Nee, dank je. Ik heb liever een vierdubbele espresso.' Ze zet haar toestel op de luidspreker. De telefoon gaat over.

'Politie Bordeaux, met Yvonne LeBlanc.'

'Je spreekt met Bo en Inès, van de podcast. Ik eh...' Ineens weet ze niet meer wat ze zeggen moet. Julia staat in Nederland te boek als vermist, niet in Frankrijk. 'We hebben iets belangrijks ontdekt,' zegt Bo uiteindelijk. 'Mogen wij over een halfuurtje langskomen?'

'Ik heb om twaalf uur een afspraak buiten de deur,' antwoordt Yvonne. 'Hoe belangrijk is het?'

Nu zal Bo toch meer informatie moeten geven. In een paar zinnen vertelt ze haar wat ze sinds vanmorgen weten.

'Julia van der Molen, zeg je. Hoe schrijf ik haar naam?'

Als Bo haar naam gespeld heeft, zegt Yvonne: 'Ah, de vrouw naar wie jullie op zoek gingen in jullie podcast. Is zij gevonden? Wacht, ik zie haar al in het Interpol-systeem. Blond krullend haar, verdwenen sinds 2000.'

'Dat is Julia,' zegt Bo.

'Is zij in Bordeaux?'

'Nee, niet zij. Haar zoon.'

Een uur later staan ze voor het hotel op een taxi te wachten. Bo kijkt naar Raoul, die onrustig heen en weer beweegt. Gelukkig ziet hij er niet meer zo akelig wit uit.

'Daar komt hij!' Raoul wijst naar de taxi.

Als de auto is gestopt, stappen Bo en Inès achterin, terwijl Raoul voorin gaat zitten. Bo sluit het portier. Ze hoopt zo dat Yvonne LeBlanc kan helpen om Ruud Smithuijsen zover te krijgen dat hij akkoord gaat met een DNA-test. Dan heeft Raoul in elk geval zekerheid.

Ze kijkt op haar iPhone. Marije heeft een bericht gestuurd: *Opnames en shownotes.* Marije zal nog even geduld moeten hebben. Joost heeft een hartje gestuurd. *We hebben Julia gevonden*, tikt ze terug. *Maar is echt nog geheim!* Amper een minuut later krijgt ze antwoord: *WAT!!!* Vrijwel onmiddellijk gaat haar telefoon over. *Sorry, ik kan nu niet opnemen*, appt ze hem.

Ze zet het geluid van haar toestel uit en bergt hem op.

'Lekker dan,' merkt Inès op, die kennelijk mee heeft zitten lezen.

'Joost houdt zijn mond wel,' zegt ze. 'We zijn er bijna.'

Ze herkent de straat waar ze doorheen rijden. In de verte ziet ze het politiebureau liggen.

'*Mission completed*,' fluistert ze tegen Inès.

Die pakt haar hand en knijpt er zachtjes in. 'We zijn een goed team, Bootje. Dat heb ik altijd al gezegd.'

'Mevrouw LeBlanc verwacht u al,' zegt de agent die bureaudienst heeft. 'Loopt u maar met mij mee.'

Er staan zweetdruppels op Raouls voorhoofd. Waarschijnlijk is de jongen bloednerveus.

'Het komt goed,' zegt Bo tegen hem.

De gang waar ze doorheen lopen kan Bo inmiddels uittekenen. De agent opent een deur. 'Loopt u maar verder.'

'Ik heb contact opgenomen met mijn Nederlandse collega's,' begint Yvonne LeBlanc zodra ze hen in het vizier heeft. 'Zij wachten op mijn instructies, voor ze Julia's ouders inlichten.'

Ze steekt haar hand uit.

'Jij moet Raoul zijn. Spreek je Frans?'

'Jazeker. Ik ben opgegroeid in San Sebastián en hoor daar al mijn hele leven Frans van toeristen,' zegt hij.

'Ga zitten,' zegt Yvonne en ze wijst naar de stoelen. 'Ik heb iets van het verhaal meegekregen via Bo. Vertel, waarom denk je dat Julia van der Molen jouw moeder is?'

Raoul zoekt de foto op in zijn telefoon die hij Bo en Inès eerder liet zien.

'Hierom,' zegt hij. 'En vanwege haar verhalen.'

Yvonne LeBlanc bestudeert het fotootje en kijkt dan op haar beeldscherm. Een paar keer schieten haar ogen heen en weer.

'Het lijkt haar inderdaad te zijn,' zegt ze uiteindelijk. 'Is het mogelijk om haar hierheen te halen?'

Raoul haalt diep adem. 'Ze is dement,' zegt hij. 'Lewy body.'

'Ach, wat naar,' zegt Yvonne. 'Kun je mij die foto doorsturen? Bo heeft mijn nummer. Ondertussen ga ik even bellen, moment.'

Ze loopt het kantoor uit.

'Gelooft ze me niet?' vraagt Raoul.

'Iemand van de Nederlandse politie gaat straks jouw moeders familie inlichten. Ik denk dat ze zekerheid willen.'

'Ik heb mijn collega's van het coldcaseteam Midden-Nederland gesproken en de foto doorgestuurd,' zegt Yvonne als ze even later weer binnenkomt. 'Zij gaan vandaag nog bij Julia's familie langs. Zorgen jullie dat jullie bereikbaar blijven? Er kan vanmiddag iemand bellen. En Raoul, zou ik jouw adresgegevens en telefoonnummer mogen noteren?'

Yvonne gaat weer zitten.

Terwijl hij zijn gegevens geeft, schiet Bo iets te binnen.

Als hij klaar is, zegt ze: 'Er is nog iets. Denk je dat Ruud Smithuijsen zou willen meewerken aan een DNA-test? Want volgens onze bronnen is Raoul zijn zoon.'

Yvonne weet haar verbazing te verbergen. 'We kunnen het hem vragen, uiteraard. Ook dat laat ik jullie vanmiddag weten. Blijf maar een beetje in de buurt, Bo. Voor het geval dat.'

Even later staan ze weer buiten het politiebureau.

'En nu?' vraagt Raoul. 'Ik wacht liever niet in mijn eentje.'

'We blijven bij je tot alles is afgehandeld,' belooft Bo.

Ze ziet de opluchting in zijn ogen.

'We kunnen terug naar het hotel of een terrasje pakken in het centrum,' zegt Inès. 'Wat vind jij prettiger?'

'Ik ben het liefst even buiten,' antwoordt Raoul.

Via een paar drukke straten lopen ze in de richting van het centrum, waar ze een smalle straat in duiken die na een paar honderd meter op een pleintje uitkomt.

'Laten we hier ergens gaan zitten,' stelt Bo voor.

Als er even later drie koppen koffie op tafel staan, bekijkt ze haar berichten. Joost heeft dertien appjes met vragen gestuurd en Marije heeft haar eerdere vraag om materiaal te sturen, herhaald.

'Zal ik Dorien al bellen?' vraagt Bo als Raoul naar het toilet is. 'Of zullen we wachten tot Yvonne LeBlanc bericht heeft van de Nederlandse politie?'

'Dorien houdt haar mond wel,' zegt Inès.

Bo haalt een paar keer diep adem en zoekt dan Doriens nummer op. Nog voor Raoul terug is, beantwoordt ze haar telefoon.

'Inès is toch niet weer verdwenen, mag ik hopen,' zegt Dorien.

'Nee, die zit hier gelukkig naast me. Luister, Dorien, we hebben Julia gevonden.'

Het blijft doodstil aan de andere kant van de lijn. Bo twijfelt, moet ze verder praten of wachten tot Dorien een reactie geeft?

'Waar?' vraagt ze na een eindeloze stilte.

'Ze woont in San Sebastián, dat ligt aan de kust van het Baskenland. Daar woont ze met haar zoon, Raoul.'

Nu klinkt er gesnik. Bo kijkt Inès aan.

'Echt waar?' vraagt Dorien huilend. 'Hebben jullie haar echt gevonden? Is alles goed met haar? Komt ze naar Nederland? Weet haar moeder het al? En haar stiefvader?'

Bo heeft het vragenvuur maar even over zich heen laten komen.

'Julia's ouders worden vanmiddag ingelicht door de politie,' zegt ze. 'Hou dit dus nog even voor je. *Koffie en koek* weet het ook nog niet.'

'Dit is geweldig!' schreeuwt Dorien plotseling door de telefoon. 'O Bo, wat goed van jullie! Heb je haar nummer? Kan ik bellen? Of zal ik gewoon de trein nemen? Wat denk jij?'

'Dorien, we gaan je vanmiddag nog in contact brengen met haar zoon. Ik...' Bo kan gewoon de woorden niet vinden om haar te vertellen over Julia's ziekte.

Bo kijkt Inès hulpeloos aan. Die steekt haar hand uit ten teken dat ze de telefoon aan haar mag geven. Inès helpt haar altijd uit de brand, brengt lucht in Bo's leven en zorgt dat ze weer kan lachen. Maar dit gaat ze zelf doen.

'Dorien, Julia is ziek,' zegt Bo. 'Ze is jongdement. Volgens haar zoon heeft ze nog goede momenten, maar ze zal niet meer beter worden.'

'O, nee. Wat verschrikkelijk.'

Raoul komt het barretje uit.

'Heb je een moment?' vraagt Bo. 'Dan vraag ik of Raoul je wil spreken.'

Ze kijkt hem aan. 'Ik heb Dorien aan de lijn.'

Hij voelt zich overvallen door haar vraag, ziet Bo aan zijn reactie.

'Het moet niet,' zegt ze daarom.

'Nee, het is goed. Geef maar.' Hij steekt zijn hand uit.

Bo legt haar telefoon erin.

Al pratend loopt Raoul het plein op, richting een bankje dat onder een boom staat. Het is nu aan Dorien om te vertellen over haar relatie met zijn moeder. Of om dat niet te doen.

'Tijd voor tosti's,' zegt Inès plotseling. 'Wat een dag.'

Ze moeten inderdaad iets eten. Het is inmiddels al ver in de middag. Terwijl Inès binnen bestelt, denkt Bo na. Zodra ze groen licht hebben, moet ze Marije informeren.

Raoul komt terug met haar telefoon.

'Wat een aardige vrouw,' zegt hij. 'Ze wil me ontmoeten.'

'En wil jij haar ook ontmoeten?' vraagt Bo.

'Heel graag zelfs. Wist je dat ze ooit een relatie heeft gehad met mijn moeder? Dat verbaast me trouwens helemaal niets.'

Dorien is dus eerlijk geweest.

'Ja, dat wist ik,' zegt Bo opgelucht omdat ze dit nu niet meer hoeft te verzwijgen.

Bo neemt net de laatste hap van haar croque-monsieur, die Inès oneerbiedig tosti's blijft noemen, als Yvonne LeBlanc belt.

'De politie Utrecht is bij Julia's moeder en stiefvader langs geweest. Ze zouden jou en Inès graag ontmoeten, en hun kleinzoon uiteraard. Het bericht dat hun dochter gevonden is, maar Lewy body dementie heeft, kwam hard aan,' zegt ze.

Bo kan zich er geen voorstelling van maken hoe het moet zijn om die twee boodschappen in één zin te krijgen.

'Ik heb ze Julia's adres in San Sebastián gegeven. Ze wachten nu op een telefoontje van Raoul. En dan nog iets: Smithuijsen heeft toegezegd mee te werken aan een DNA-onderzoek. Volgens de bewaker die ik sprak stond hij als een klein kind te huilen toen ze hem informeerde.'

Zoveel mensen hebben vandaag een prachtig, maar ook zeer verdrietig bericht gekregen, er schieten tranen in Bo's ogen.

'Ik app je het adres van Julia's ouders. Ga er langs, Bo, zodra jullie terug in Nederland zijn.'

'Dat beloof ik je.'

'Jullie hebben goed werk gedaan,' zegt Yvonne LeBlanc. 'Ik app je het adres van het ziekenhuis waar Raoul langs moet om bloed te prikken. De uitslag krijgt hij per post.'

Als ze afscheid heeft genomen, voelt Bo een zwaarte van zich af vallen. Het is gedaan, ze kunnen naar huis.

'Ruud werkt mee aan het onderzoek,' zegt ze tegen Raoul. 'Ik stuur je zo een appje met het adres van het ziekenhuis waar je bloed moet laten afnemen.'

Raoul slaat zijn armen om haar nek. 'Dank je wel.'

Na Bo krijgt ook Inès een knuffel. 'Geen dank,' hoort ze haar lachend zeggen.

De enige die ze nu nog moet inlichten is Marije. Ze pakt haar telefoon en loopt naar het bankje waar Raoul zojuist met Dorien belde. Ze heeft haar laptop niet bij zich. Opnames doorsturen gaat nu niet lukken, shownotes evenmin. Ze kijkt naar het terras waar Raoul honderduit lijkt te praten. Kan ze hem vragen of hij in de uitzending wil? Desnoods kan Marije een Spaanse cameraploeg naar zijn ouderlijk huis sturen. Het zou de kers op de taart zijn.

Ze loopt terug naar het terras. 'Ik wil je wat vragen, maar je moet je nergens toe verplicht voelen,' zegt Bo.

Raoul kijkt haar aan terwijl ze uitlegt dat hij niet per se naar Nederland hoeft te komen voor opnames.

'Maar ik wíl naar Nederland,' zegt hij. 'Samen met mijn moeder. Ik wil weten waar ze opgegroeid is en naar school ging. Ik wil haar beter leren kennen!'

'En zou je in de uitzending willen?' vraagt ze.

'Heel graag.'

Het is dat haar collega's twaalfhonderd kilometer verderop zijn, anders was ze hier, op dit plein in Bordeaux, als vanouds in gejuich uitgebarsten.

Bo loopt terug naar het bankje bij de boom en belt Marije.

'Het werd tijd. Eindelijk neem je contact op,' zegt ze. 'Benny had vanmorgen al materiaal verwacht. Waarom is dat niet verzonden?'

'O,' zegt ze luchtig. 'Het leek me beter om nog even te wachten.'

In gedachten ziet ze Marijes mond openvallen. Bo glimlacht.

'Ik hoop heel erg dat ik je verkeerd heb verstaan.' Marije is woest, ze hoort het aan haar stem.

‘Nee hoor, je hebt het goed gehoord. Hij zal zelfs nog wat langer moeten wachten, want ik sta hier op een pleintje in de stad terwijl mijn laptop in het hotel ligt.’

Voor het eerst sinds ze bij *Koffie en koek* werkt, maakt ze mee dat Marije met haar mond vol tanden staat. Althans, ze neemt aan dat dat de reden van haar zwijgen is.

‘Maar weet je, ik heb er een goede reden voor,’ gaat Bo verder. ‘Trek de champagne maar open, want we hebben Julia van der Molen gevonden.’

Het blijft doodstil aan de andere kant van de lijn.

‘Hoorde ik dat nou goed?’ vraagt Marije uiteindelijk.

‘Absoluut!’

64

'Heeft Hassan nog contact opgenomen?' vraagt Inès als Bo terug is.

Raoul is naar de bar gegaan om een biertje te halen.

Bo kijkt op WhatsApp. Er is inderdaad een bericht binnengekomen, maar niet van Hassan. Het is van Amélie. Ze heeft een foto gestuurd. Eentje van de grijs gewolkte ordner die ze herkent uit Yves' kantoor. Hij ligt op een terrastafel, naast een beker cappuccino. *Mijn ouders waren niet thuis*, schrijft ze erbij.

'Ze heeft de map!' roept Bo. 'Zal ik vragen of ze vanmiddag naar het hotel komt?'

'Doe maar.'

Bo tikt de uitnodiging in en drukt net op verzenden als er een tweede bericht van Amélie binnenkomt. *Ik heb zojuist contact gehad met Isabella Rossi, haar geboortedatum op deze lijsten klopt niet, bovendien studeerde ze in 1985 aan de uni en niet in 1990!*

Verbaasd leest ze de tekst nogmaals. Dan laat ze het bericht aan Inès lezen.

'Wat denk jij hiervan?' zegt ze.

Inès pakt haar toestel en tuurt op het scherm, dat moeilijk zichtbaar is door de felle zon. Ze geeft het weer terug. 'Dat Amélie ethisch beter in elkaar steekt dan haar vader, ook al breekt ze bij haar ouders in.'

Dat is precies haar gedachte.

Raoul komt er weer bij zitten. 'Ik ben nog iets vergeten te vertellen,' zegt hij. 'Een tijdje terug vond ik een doos met oude cassettebandjes uit 2000 van mijn moeder, van die kleintjes die vroeger in een dictafoon gingen. Die heb ik gedigitaliseerd. Ik kan alleen niet verstaan wat er gezegd wordt, maar jullie wel!'

Bo kijkt Inès aan. Hoort ze hem dit nu echt zeggen? Heeft Julia destijds opnames gemaakt?

'Kun je bij die bestanden?' vraagt ze.

Raoul knikt. 'Ze staan gewoon op mijn laptop en die ligt in het hotel.'

Amélie arriveert een halfuur na Bo en Inès bij het hotel. Een luid gebons op de kamerdeur kondigt haar bezoek aan.

'Onvoorstelbaar!' Met die uitroep stormt ze binnen als Inès de deur heeft opengedaan.

Yves' map belandt met een klap op tafel. Amélie begint te ijsberen.

'Vannacht schoot ik wakker. Ik was nog maar een kleuter toen de Isabella Rossi die ik ken oppaste. Ze kon dus onmogelijk in 1990 op de uni hebben gestudeerd, en die ingeving klopte. Isabella kwam in 1985 als uitwisselingsstudent bij ons. Ik heb geen idee waar deze lijsten over gaan. Hier: Horst Wagner. Hebben jullie enig idee hoeveel mensen Horst Wagner heten in Duitsland? En dan nog iets, er ís wel een Isabella Rossi met deze geboortedatum in Italië, maar die stierf al op vierjarige leeftijd. Ik snap er helemaal niets meer van!'

Bo kijkt Amélie met open mond aan en ook Inès is met stomheid geslagen, ziet ze.

'Of nee, ik snap het misschien wel!' tiert Amélie verder zonder haar opmerking uit te leggen. Plotseling blijft ze stilstaan en kijkt zwijgend voor zich uit.

Ze lijkt in korte tijd tien jaar ouder te zijn geworden, valt Bo op. Dit moet zo zwaar zijn voor Amélie.

'Ik ga die kluis binnenstebuiten keren,' zegt Amélie zonder hen aan te kijken. 'Daar liggen antwoorden in, dat kan niet anders. Mijn vader deed zo panisch over die notulen. Ik heb Nicole nota bene moeten ontslaan van hem, wegens diefstal.' Pas nu richt Amélie zich tot hen.

Bo voelt zich een beetje ongemakkelijk worden onder Amélies blik. Zij en Inès hebben glashard ontkend dat Nicole hun de stukken gaf. Moet ze daar nu op terugkomen? Als ze een vertrouwensband met Amélie op willen bouwen kunnen ze bijna niet anders. Dit wil ze niet op eigen houtje beslissen.

'Ik neem weer contact op,' zegt Amélie plotseling. Ze beent de hotelkamer uit. De deur valt met een harde klap in het slot. Een paar seconden zegt niemand iets. Yves' map ligt nog steeds op tafel. Inès is de eerste die de stilte doorbreekt.

'Hebben we die tirade opgenomen?' vraagt ze.

Bo pakt de map van tafel. 'Helaas niet,' zegt ze.

Ze slaat hem open. Pas nu valt haar op dat er nummers met puntjes tussen de getallen staan geschreven op de binnenkant van de ordner. Het lijkt op een bankrekeningnummer, maar niet zoals dat er tegenwoordig uitziet. Eronder is iets in een onleesbaar handschrift gekrabbeld.

'Kun jij dit lezen?' vraagt ze aan Inès.

Ze geeft haar de ordner aan. Inès gaat ermee op de rand van het bed zitten en staart naar de woorden.

'Het lijkt wel een naam,' zegt ze uiteindelijk. 'Ik haal er Lombard Olier of Odier uit.' Ze geeft de ordner terug.

Weer bestudeert Bo de woorden. Inès heeft gelijk.

'Zullen we de opnames gaan beluisteren?' vraagt Raoul.

Bo slaat de map dicht en legt hem weg. Dit is van latere zorg. Ze is zo nieuwsgierig wat Julia te vertellen heeft!

Raoul opent zijn laptop en even later horen ze een heldere vrouwenstem die *Opname 1 – Bordeaux 6 juli 2000* zegt.

'Dat is mijn moeder,' zegt Raoul. Hij gaat verzitten. 'Ik versta haar natuurlijk niet, maar ik heb haar de laatste jaren niet meer zo helder horen praten als hier.'

Wat moet dit confronterend voor hem zijn, denkt Bo, vlak voor Julia begint te vertellen.

Ik ben naar Bordeaux gekomen om de verdwijning van Edda Biancchi te onderzoeken. Ruud Smithuijsen heeft me over haar dood verteld. Ik had hier nooit aan moeten beginnen.

Julia stopt even met praten, dan gaat ze verder.

Er is iets vreemds met Ruuds vriend Philippe Bernard. Ik vertrouw hem niet. Er klopt iets niet. Niet met die rechercheur Pierre Lambert en niet met zijn vriendje, de decaan van de uni, Yves LaRoche. Ik heb sterk het gevoel dat deze mensen niet willen dat ik Edda's verdwijning onderzoek. Bernard hangt hele dagen rond bij mijn hotel en zegt te willen helpen. Ondertussen weigert LaRoche om me toegang tot de archieven te geven. Ik heb een vrouw van het secretariaat ontmoet, Nicole. Zij heeft me in het archief gelaten omdat er meer studenten van de Universiteit van Bordeaux zijn overleden. Ze heeft de geruchten gehoord. Het zou om een Turks meisje en een Frans meisje gaan. Ook zijn er studenten aangemeld die ze nooit heeft gezien. Het was een warrig verhaal. Er lagen geen stukken van Edda Bianchi in het archief, maar wel kwam ik een map van dat Turkse meisje tegen: Sinem Yilmaz. Ze pleegde in 1990 zelfmoord. Er stond een aantekening bij van ene Brigitte Henri, die ook zou zijn overleden. Sinem was lid van een Turkse vereniging in Bordeaux, stond er in het dossier. Ik heb daar vernomen dat ze schoonmaakte in het huis van Yves LaRoche. Ik heb een post-it op de map geplakt en Nicole gevraagd de inhoud te kopiëren, maar ik ga ervan uit dat Sinems dood niets met Edda Bianchi te maken heeft. Het autopsierapport dat in het dossier zat was duidelijk: zelfmoord.
Bij de Turkse vereniging bleken ze Sinem goed te hebben gekend. Toen ik over haar zelfmoord begon kwam er weinig reactie. Ik heb het gevoel dat deze mensen twijfelen aan het oordeel van de politie en de patholoog. Het bestuur gaf me toestemming het archief in te zien. In de map van Sinem zat één A4'tje waarop met pen haar naam en geboortedatum stond. Ook heeft de familie Yilmaz een donatie gedaan aan de vereniging. Ik heb begrepen dat Sinems ouders erg rijk zijn. Er zat een dun boekje in de map dat Sinems dagboek bleek te zijn. Op mijn vraag hoe dat in hun archief terecht is gekomen antwoordde de man dat Sinems kamergenoot op de universiteit het langs had gebracht. Haar nieuwe kamergenoot had het boekje onder Sinems matras gevonden. Het was de bedoeling om het dagboek per post

aan de familie Yilmaz te doen toekomen, maar kennelijk heeft iemand het bij haar dossier gestopt. Het dagboek bleek in het Turks te zijn geschreven. Ik heb het zonder toestemming van de vereniging meegenomen en ben 's avonds in een Turks restaurant in de stad gaan eten. Tegen sluitingstijd heb ik de eigenaar gevraagd het dagboek tegen betaling voor te lezen en dat opgenomen. Einde opname.

Bo zet de audio stop, ze vertaalt voor Raoul wat Julia zei. In de volgende opname klinkt een heel andere stem, eentje van een oudere vrouw. Ze spreekt Engels met Julia. Raouls ogen lichten op, nu kan hij zijn moeder echt verstaan.

Moet ik dit voorlezen? vraagt ze in het Engels.

Yes please, zegt Julia.

Dit is heel erg. Weet je wat hier staat? Ik ga toch geen last met de politie krijgen mag ik hopen.

Daar zal ik voor zorgen, antwoordt Julia.

Wie is die Sinem?

Er klinkt geen antwoord deze keer.

Dit meisje is bang, juffrouw. Ze schrijft hier dat ze voor haar leven vreest! Leeft ze nog?

Er klinkt alleen maar geruis. Na een paar seconden zegt Julia: *Wilt u het alstublieft voor me vertalen? Ik denk namelijk dat Sinem Yilmaz vermoord is.*

Bo en Inès kijken elkaar zwijgend en met grote ogen aan. In een rustig tempo leest de oudere vrouw Sinems dagboek verder voor.

Maandag 10 september. Vandaag ben ik aangekomen in Bordeaux en er gebeurde meteen al iets vervelends. Bij het secretariaat bleek dat ik niet aangemeld was. Ze stuurden me door naar de decaan. Zijn kamerdeur stond op een kier. Ik hoorde mannen praten over een student die twee dagen eerder zelfmoord had gepleegd en wachtte even met aankloppen. Toen hoorde ik duidelijk een stem zeggen: 'We kunnen niet hebben dat de politie alles ontdekt, het gaat om miljoenen.' Een andere man zei: 'Ik zorg ervoor dat ze uit het archief blijven, maak je maar geen zorgen. Heeft iemand al tegen Moret gezegd dat Brigitte uit het raam is gesprongen? We kunnen het niet hebben dat er iets anders in het autopsierapport staat.' Ik vond het zo raar! Een beetje eng zelfs.

Dinsdag 11 september. De hele universiteit rouwt om Brigitte. Overmorgen wordt ze begraven. Die dag zijn er geen colleges. Ik heb een leuke kamergenoot, maar afgelopen nacht sliep ik slecht. Telkens weer vroeg ik me af waar die mannen in de kamer van de decaan het over hadden. Is dat meisje soms vermoord? Ik weet niet of ik hier veilig ben.

Woensdag 12 september. Ik heb een heel gek besluit genomen. De decaan zocht iemand die bij hem thuis kon schoonmaken, las ik op het mededelingenbord, en ik heb gesolliciteerd. Ik wil weten wat er met Brigitte gebeurd is. De hele uni praat erover. Er zijn er wel meer hier die zeggen dat iemand haar uit het raam gooide. Mijn vader haalt me terug naar huis als hij weet wat ik van plan ben. Dan mag ik de rest van mijn leven niet meer reizen. Hassan belde, tegen hem heb ik ook niets gezegd. Ik hou van mijn broer, maar hij is net zo beschermend als mijn vader. Ik denk dat ik forensische wetenschappen ga studeren, als ik klaar ben met medicijnen.

Donderdag 13 september. Het was vandaag stil op de universiteit. Op de deur van het archief hangt een bordje VERBODEN TOEGANG, *maar hij zat gek genoeg niet op slot. Het is een puinhoop in die kelder. Overal stapels dossiers. Ik ben de hele dag doorgegaan met zoeken, het personeel was toch vrij. Pas om halftien was ik terug op mijn kamer. Ik vond dossiers waarop 'vertrouwelijk' stond en die heb ik stiekem meegenomen. Er zitten allemaal notulen in van bestuursvergaderingen. Ik voel me nu net een spion. Morgen meld ik me ziek voor colleges, dan ga ik die stukken lezen!*

Bo zet de audio stil.

'Mijn hemel,' zegt Inès, 'die Sinem had lef.'

Bo opent de balkondeuren en haalt een paar keer diep adem. Die frisse lucht had ze even nodig. Ondertussen vertelt Inès wat er op de opname stond.

'Ik wil Joost even bellen,' zegt Bo terwijl ze naar buiten kijkt. Ineens voelt ze zo'n behoefte om zijn stem te horen. 'Vinden jullie dat goed?'

'Prima,' antwoordt Inès. 'Trouwens, wat ik me net bedacht... Zouden de mappen die Sinem uit het archief heeft meegenomen later in de universiteitskluis zijn beland?'

Bo kijkt verrast over haar schouder. 'Dat is helemaal geen gekke veronderstelling,' zegt ze.

De enige plek om rustig te kunnen bellen is de badkamer. Bo zit op de toiletpot en zoekt Joosts nummer op. Soms heeft ze het gevoel dat ze dagen geen contact hebben, maar dat is onzin. Ze appen bijna elke dag.

'Ha, lieverd. Is alles goed?' Met die vraag neemt hij op.

'Ja en nee,' zegt ze. 'Fijn om je stem te horen. Ons onderzoek blijkt nogal ingewikkeld, met veel verschillende belangen. Hoe is het met je moeder?'

'Ze gaat langzaam achteruit. Hoe lang zijn jullie daar nog bezig? Gewoon uit interesse, hoor, ik wil je niet opjagen,' zegt hij er snel achteraan.

'Ik kan het zo moeilijk inschatten,' antwoordt Bo naar waarheid. 'Maar een paar dagen hebben we sowieso nog wel nodig. Er komt momenteel heel veel informatie los. Zoveel zelfs dat ik me afvraag of we aan twee extra afleveringen genoeg hebben, maar dat mag *Koffie en koek* bepalen.'

'Gekke vraag misschien, Bo, maar ben je eigenlijk wel van plan om weer op de redactie in Hilversum te gaan werken? Ik bedoel, jij en Inès zijn hier zo goed in,' gaat Joost verder. 'En je hebt duidelijk je passie gevonden.'

Begrijpt ze hem nou goed? 'Ja... Ik weet het niet zeker, maar... Wat zou jij ervan vinden als Inès en ik vaker dit soort zoektochten ondernamen?' vraagt ze voorzichtig. 'Dan ben ik wel veel weg.'

'Het lijkt me een geweldige kans voor jou, wij komen er dan toch wel uit?' zegt Joost.

Bo voelt zich ineens opgelucht. Ze praten nog even kort over zijn moeder en dat ze elkaar missen. Als ze afscheid hebben genomen blijft Bo nog even zitten. Gaat ze straks werkelijk een toekomst tegemoet als onderzoeksjournalist? Ze kan het nog maar nauwelijks geloven. En wat betekent dat voor de rest van haar toekomst? Kunnen zij en Joost in hun huis blijven wonen als haar inkomen minder stabiel wordt?

Er klinken twee korte klopjes op de deur.

'Is alles goed?' vraagt Inès met een bezorgde stem.

'Alles is helemaal goed!' roept Bo terug.

Als Bo weer terug is in de kamer zet ze opnieuw de audio aan. Weer klinkt de stem van de Turkse vrouw die Sinems dagboek voorleest.

Vrijdag 14 september. Nou, dat was me het dagje wel. Deze universiteit is verrot tot op het bot. In de notulen stonden opmerkingen over een miljoenenfraude. Ik weet nog niet hoe het zit, maar het bestuur en de decaan lijken zich te verrijken over de rug van de universiteit. Het is een corrupt zooitje! Ik ben blij dat ik dat baantje bij die decaan heb aangenomen. Het is een nare man, maar hij heeft een lieve vrouw. Zodra ik zijn kantoor moet schoonmaken, ga ik op zoek! En als ik iets vind ga ik naar de plaatselijke politie. Dan zal ik papa ook vragen om zijn donatie terug te eisen.

'*Vanaf hier zijn er een paar pagina's uitgescheurd,*' zegt de vrouw die voorleest. '*Het gaat verder op 28 oktober. Wil je dat ik doorlees?*'

'*Graag,*' antwoordt Julia.

Zondag 28 oktober. De laatste weken is het zo druk geweest dat ik echt geen tijd had om nog te schrijven. De colleges zijn inte-

ressant en ik heb een heel leuke man ontmoet. Een Australiër. Mijn ouders zien me aankomen! Ik ben zo verliefd, straks woon ik nog aan de andere kant van de wereldbol tussen de kangoeroes!

Maandag 29 oktober. Vandaag weer schoongemaakt bij de familie LaRoche. Tot nu ben ik geen steek verder gekomen dan stofzuigen, afstoffen en ramen zemen en theedrinken met mevrouw. Maar vandaag vroeg ze of ik de boekenkast van haar man in de was wilde zetten en dat heb ik gedaan. Toen ze boodschappen ging doen heb ik door zijn bureaulades gesnuffeld. Je raadt nooit wat ik daarin vond. Lijsten met namen en hét bewijs dat er wordt gesjoemeld met subsidies! Het bestuur en de decaan schrijven allerlei uitwisselingsstudenten in die helemaal niet bestaan! Namen en geboortedata halen ze gewoon van grafstenen. In allerlei verschillende regio's struinen ze begraafplaatsen af. Zoiets verzin je toch niet? Woensdag, na de colleges, heb ik een afspraak met de politie Bordeaux. Ik wacht met het inlichten van mijn ouders tot zij onderzoek hebben gedaan. Anders eisen ze toch alleen maar dat ik terug naar Istanbul vlieg!

Inès trekt wit weg en zet de audio uit.

'Onvoorstelbaar,' zegt ze. 'Heeft deze miljoenenfraude waar Sinem het over heeft haar het leven gekost?'

Bo is even stil. 'Daar ziet het wel naar uit,' zegt ze dan. Vlug vertaalt ze alles voor Raoul.

'Het kan niet anders of mijn moeder is spoorslags op de vlucht geslagen voor dezelfde mannen.' Raoul wrijft door zijn haar. 'Op welke datum overleed Sinem?'

Bo denkt na. 'Begin november, vlak voor haar eenentwintigste verjaardag. Ik check even het autopsierapport voor haar sterfdatum.'

Ze pakt haar tas en haalt de papieren van Moret eruit. '1 november,' zegt ze. 'Een dag nadat Sinem bij de politie is geweest.'

65

Inès heeft drie flesjes frisdrank uit de minibar gehaald en uitgedeeld voor ze verder luisteren.

Woensdag 31 oktober. Mijn hemel. Die Fransen zijn gek. Ik ben bij de politie geweest. Rechercheur Pierre Lambert heeft me te woord gestaan. Die man kan nog geen moord van een hartaanval onderscheiden als hij erbij zou staan. Alles, echt alles heb ik hem laten zien. De notulen, de stukken die ik bij LaRoche vond. Zelfs het bankrekeningnummer bij de Zwitserse bank van Lombard Odier had ik bij me. Hij hoefde het alleen maar te checken! En weet je wat het ergste is? Hij weigerde om de stukken terug te geven. Die had ik volgens hem gestolen van de universiteit en hij zou ze hoogstpersoonlijk bij de decaan afleveren! Maar ik ben niet achterlijk, er liggen kopieën in de boekenkast. Daar vroeg hij nog naar en ik heb gelogen: 'Nee, meneer Lambert, natuurlijk heb ik geen kopietjes gemaakt, wat moet ik ermee?' Ik weet zeker dat hij alles door een papiervernietiger heeft gehaald! Onvoorstelbaar. Misschien ga ik er toch mee naar mijn vader, maar eerst wil ik mijn verjaardag vieren. Eenentwintig jaar! Mijn ouders en Hassan komen volgende week een paar dagen langs. Vanavond ga ik naar Martin en morgenochtend word ik in zijn armen wakker. Ik...

'*De tekst stopt hier,*' zegt de vrouw. Er klinkt papiergeritsel. '*De rest van het boekje is leeg.*'

'*Okay, thank you so much,*' zegt Julia. '*Bedankt voor het voorlezen.*'

'Je moet hiermee naar de politie,' antwoordt de vrouw. *'Bestaat die man echt, Pierre Lambert? Misschien moeten we...'*

Het gesprek stopt. Na een halve minuut geruis wil Bo net de audio stopzetten, als Julia's stem weer klinkt.

'Sinem Yilmaz is na 31 oktober niet meer gezien. Rechercheur Pierre Lambert lijkt nog steeds voor de politie Bordeaux te werken. Ik heb een afspraak met Lambert op het bureau voor morgen 7 juli 2000 en hoop antwoorden van hem te krijgen. Einde opname.'

'7 juli,' herhaalt Bo. 'Dat is de dag waarop Julia verdween.'

'Mogen we die opnames eigenlijk gebruiken voor onze podcast?' vraagt Inès aan Raoul.

'Alleen als jullie vertellen dat mijn moeder de opnames gemaakt heeft, als een soort eerbetoon aan haar onderzoek.'

'Dat lijkt me niet meer dan logisch,' zegt Bo. 'Zijn jullie er klaar voor?'

Inès neemt een laatste slok. 'Zet maar aan.'

Het is vandaag vrijdag 7 juli 2000. Zojuist ben ik bij de politie Bordeaux geweest en ik heb daar rechercheur Pierre Lambert gesproken. Het was een vreemd gesprek. Ik heb hem verteld over Sinems dagboek. Aan zijn lichaamstaal zag ik dat hij de naam Sinem Yilmaz kende, maar het eerste halfuur deed Lambert alsof haar naam hem niets zei. Toen hij niet anders kon, ging er zogenaamd ineens een lampje branden. Sinem was volgens Lambert geestesziek. Ze verzon allerlei dingen zoals moordpartijen en fraudezaken om aandacht te trekken. Er is een autopsierapport waaruit zonneklaar zou blijken dat Sinem zelfmoord heeft gepleegd. De rechercheur weigerde de naam van de patholoog te noemen uit privacyoverwegingen. Ik geloof hem niet. Bordeaux heeft maar één patholoog, Valentin Moret. Ik ga proberen een afspraak met hem te maken. Einde opname.

7 juli 2000. Moret weigert met me te praten. Hij heeft een gezin, zei hij, wat dat ook moge betekenen. Moet ik me zorgen ma-

ken? Ik loop nu door Bordeaux en weet zeker dat ik gevolgd word door twee mannen. Ik ken ze niet.

Ineens horen ze snelle voetstappen, Julia praat hijgend verder.

Ik ben zojuist een zijstraat in geschoten, maar ze blijven me volgen. Het kan niet anders of Sinem is op iets heel groots gestuit. Zo groot, dat het haar leven gekost heeft en... Hé, blijf van me af, gilt Julia in het Frans.

Er klinken vreemde geluiden, alsof er een worsteling plaatsvindt. Ineens gaat de opname verder, maar het geluid is erg slecht. Julia moet de memorecorder in haar tas hebben laten glijden, denkt Bo.

'Laat me los. Ik ben journalist, ik heb het recht om onderzoek te doen. Laat me los! Help!' roept Julia.

'Wat is er aan de hand?' vraagt een man. *'De dame vraagt toch of u haar los wilt laten?'*

Een andere man schreeuwt: *'Bemoei je er niet mee, wegwezen!'*

Ineens klinkt het alsof er een vechtpartij gaande is. Er wordt gegild en er klinkt een ronkende automotor.

'Jij gaat eraan!' schreeuwt iemand.

Direct daarna horen ze piepende banden, een auto die wegrijdt.

'Gaat het?' vraagt een mannenstem die Julia te hulp schoot.

'Het is oké. Doe jij aan karate?' vraagt Julia.

'Zwarte band, ik geef les op de school verderop. Als ik jou was zou ik aangifte doen.'

'Dat zal ik doen. Dank je wel,' zegt Julia.

Er klinken nog wat onverstaanbare zinnen, voetstappen en een hoop gekraak. Plotseling is Julia's stem weer helder.

Zojuist ben ik op straat overvallen door twee mannen. Ik voel me hier niet veilig en naar de politie stappen is zinloos. Wat moet ik doen?

Ze hijgt een beetje tijdens deze opnames, valt Bo op. Haar eigen hart lijkt ook wel overuren te maken, alsof ze een stuk gerend heeft.

Ik ben zwanger.

Na die uitspraak blijft het een tiental seconden stil, dan hoort Bo een klikje alsof de opname stopt, gevolgd door nog een klik die aangeeft dat er weer eentje start.

Het is 7 juli, zeven uur in de avond. Ik heb mijn spullen opgehaald op mijn hotelkamer. Bij de receptie werd ik aangehouden. Iemand had een brief voor me bezorgd. Niemand weet in welk hotel ik slaap. Zelfs Dorien niet. De hotelmedewerker gaf me een blanco envelop. Er zat een brief in die met een typemachine is getypt. De 'a' staat iets hoger dan de rest van de letters en de komma is bijna afgesleten tot een punt. Ik ga het briefje nu voorlezen: 'Beste Julia, Je bemoeit je met zaken die je niets aangaan. Nooit met de grote mannen mee willen spelen, Julia. We houden je in de gaten. Kom je nu het hotel uit?' Achter mijn naam staat een kruisteken. Het enige wat ik nu kan doen is dit hotel verlaten via de keuken die aan de achterkant ligt. Die komt uit op een binnentuin. Vanaf daar zal ik naar de buren moeten zien te komen en dan... ik weet het niet. Nederland is geen optie, ze kennen mijn naam. Ik heb geen geld bij me. Waar moet ik heen? Ruud is niet te vertrouwen! Als ik dit niet overleef en iemand vindt deze cassettebandjes, breng ze dan naar de politie Utrecht in Nederland. Einde opname.

'Ze heeft het gehaald die dag,' zegt Bo. Vlug legt ze aan Raoul uit wat er zojuist gezegd werd.

Raoul staart voor zich uit. Bo slaat een arm om zijn schouder. Ineens begint de jongen te schokken. Hij probeert zijn tranen in te houden, ziet Bo.

'Het spijt me zo voor je,' zegt ze zachtjes.

Raouls wangen worden nat. 'Ze gaan hier niet mee wegkomen,' zegt hij verbeten. 'Wat er ook gebeurt. Mijn moeder heeft haar ouders en iedereen die ze liefhad tweeëntwintig jaar niet kunnen zien. En nu is het te laat.' Hij kijkt eerst Bo aan en dan Inès. 'Jullie gaan het werk van mijn moeder en Sinem afmaken. Ik stuur je alle bestanden. Zorg ervoor dat die LaRoche en Lambert achter de tralies komen!'

66

Een tijdje hebben ze zwijgend bij elkaar gezeten, ieder met zijn eigen gedachten. Julia heeft een verschrikkelijk besluit moeten nemen, en dat allemaal omdat een paar mannen met goedbetaalde banen nog meer geld wilden hebben. Het is bijna niet voor te stellen.

'Ik moet even naar buiten,' zegt Inés. 'Kunnen we de stad niet in, even onder de mensen komen?'

'Heel graag.' Raoul pakt het linnen tasje van Sunny en doet zijn laptop er weer in.

'Zal ik eerst deze opnames aan Benny sturen?' vraagt Bo. 'Ik verstuur ze via WeTransfer, het kost me hooguit vijf minuten.'

'Prima, ik wacht buiten wel.' Raoul loopt de hotelkamer uit.

'Die zit er helemaal doorheen,' zegt Inés. 'Zal ik achter hem aan gaan?'

'Doe maar,' antwoordt Bo.

Als ook Inès vertrokken is blijft ze een poosje achterovergeleund zitten. Hoe kunnen ze ooit bewijzen dat Sinem Yilmaz door LaRoche en Lambert werd vermoord? Áls ze door hen om het leven is gebracht... In gedachten gaat ze alles na. Het bestuur van de uni heeft doelbewust een ander autopsierapport aan de familie Yilmaz gegeven, dat is al verdacht. De subsidiefraude die eerst Sinem en later Julia blootlegde is ook verdacht. Maar daarmee is nog niet bewezen wie Sinems polsen vastbond, laat staan dat bewezen is dat ze is meegenomen naar een plek ver buiten de stad. Het zou zelfs nog zo kunnen zijn dat die twee gebeurtenissen los van elkaar staan. Wie weet is het meisje eerst vastgehouden en heeft ze een halve dag later besloten een eind aan haar leven te maken. Julia vluchtte, misschien was dit Sinems reactie. Ergens kan ze het zich niet voorstellen, maar voor ze naar de politie stappen wil ze wel hard bewijs in handen hebben.

Bo komt uit de stoel en bergt alle apparatuur op. Dan opent ze haar laptop. Er werd zojuist een naam genoemd door Sinem: Lombard Odier. Die naam heeft ze vandaag eerder gehoord.

Ze opent WeTransfer en uploadt de bestanden. Als ze de code heeft ingetikt begint het verzenden. Geduldig wacht ze tot het cirkeltje helemaal blauw is en er een juichend poppetje verschijnt om te melden dat het gelukt is. Lombard Odier, herhaalt ze in gedachten. Ineens schiet het haar te binnen. Ze grist de ordner van Yves van tafel en slaat hem open. Daar staat die naam geschreven, met daaronder een rekeningnummer. Sinem zei dat het een bank was. Bo toetst de naam op haar iPhone in. Er verschijnt een hit naar de website van een Zwitserse bank. Sinem had dus gelijk. Dit moet het bankrekeningnummer zijn waar Yves het geld van de subsidiefraude op liet storten. Zou zo'n misdaad in Frankrijk eigenlijk verjaren?

WeTransfer geeft aan dat de bestanden naar Benny en Marije verzonden zijn. Bo sluit haar laptop. Snel kleedt ze zich om en verlaat de kamer.

Buiten is het een stuk frisser geworden. De zon is achter de gebouwen gezakt. Ze hebben bijna de hele middag in hun suite doorgebracht.

'Raoul stelt net voor om naar dat cafeetje te gaan waar Sinem weleens kwam. Weet jij hoe dat heet?' vraagt Inès als Bo erbij komt staan.

'Goed idee, maar ik kan me geen naam herinneren,' zegt Bo. 'Maar ik kan Charlotte wel even bellen.'

Ze loopt even weg om haar rustig te bellen en heeft geluk. Charlotte neemt snel op en kan haar helpen. Als ze heeft opgehangen heeft Charlotte haar een pin via Google Maps gestuurd.

'We moeten die kant op,' zegt Bo als ze weer bij Raoul en Inès is. 'Het is een salsabar tegenwoordig en heet Calle Ocho Café Cubano.'

Ze steken de straat over en lopen het centrum in. Sommige winkels zijn al bezig om te sluiten. Even later steken ze het pleintje over waar Amélie woont. Na haar uitbarsting vanmiddag hebben ze niets meer van Amélie gehoord, beseft Bo. Ook Hassan hult zich in stilzwijgen. Over die laatste maakt ze zich een klein beetje zorgen.

'We moeten dat straatje in,' zegt Bo. Ze wijst naar een smallere straat die ze herkent van eerdere wandelingen. Hier vlakbij moet het restaurant van Amélies tante zijn. De stoep is smal, je kunt onmogelijk naast elkaar lopen. De wending die hun onderzoek heeft genomen zorgt ervoor dat zelfs Inès zich timide gedraagt.

Bo slaat de hoek om. Ze voelt zich net een reisleider, nu iedereen braaf achter haar aan wandelt. Eigenlijk had ze haar spijkerjasje mee moeten nemen, ze heeft het nu al koud. Ze passeren een vrouw met een klein hondje dat venijnig naar hen blaft. Bo stapt de stoep af om het beestje langs te laten en ze wil net weer het trottoir op lopen, als er gierende banden achter hen klinken. Verschrikt kijkt Bo over haar schouder. Het zal toch niet? Haalt ze zich weer iets in haar hoofd? Aan het andere eind van de straat staat een zwarte Mercedes met ronkende motor midden op de weg stil. Het kan niet anders of Yves zit achter het stuur.

'Rennen,' roept Inès plotseling.

Zonder nadenken zet Bo het op een lopen, honderd meter verder schiet ze een winkel in. Vlak na haar komen Raoul en Inès binnen. De Mercedes racet voorbij.

'Is hij het?' vraagt Bo aan Inès.

'Ik kon het niet zien, maar geloof me, die man is op bloed uit.'

'Weten jullie wie de chauffeur is?' vraagt Raoul.

'Yves LaRoche,' antwoordt Bo. 'Mogelijk heeft hij net ontdekt dat zijn bureaula leeg is. Die man deinst nergens voor terug.'

'Fijn, als je zo'n vader hebt,' merkt Inès op. 'Is het weer veilig, denk je?'

'Al deze straatjes zijn eenrichtingsverkeer, het zal wel even duren voordat hij ons weer gevonden heeft,' zegt Bo.

Ze moet moeite doen om niet in paniek te raken. Hoe dieper ze in dit onderzoek komen, hoe groter de kans dat ze serieus in de problemen raken.

De salsabar is net geopend. Er is nog geen publiek binnen. Het ruikt er naar verschaald bier en iets zoets wat Bo niet kan thuisbrengen. Achter de bar staat een Zuid-Amerikaanse vrouw met lang zwart haar.

'*Hola*,' begroet ze hen vrolijk in het Spaans.

Bo kijkt haar ogen uit. Het is net alsof ze een nachtclub in Cuba binnenkomt. Ze vraagt zich af hoe deze zaak er vroeger uitzag, toen Sinem hier met Charlotte en Sofie haar avonden doorbracht.

'Wat kan ik voor jullie inschenken?' vraagt de vrouw met een brede glimlach.

'Sangria,' zegt Inès. Ze kijkt Bo aan. 'Laten we wel in stijl blijven.'

Bo betwijfelt of Cubanen ook sangria drinken, maar ze protesteert niet.

'Hoe was het hier vroeger, weet jij dat?' vraagt ze aan de vrouw die een rode fles met witte stippen ontkurkt en drie glazen vult met sangria.

'Tot zo'n tien jaar geleden was het een gewoon studentencafé. Tegenwoordig komen hier nog steeds veel studenten, maar niet op zo'n vroeg tijdstip. Mijn uitsmijter werkte hier in de jaren tachtig al achter de bar. Eigenlijk zou ik hem met pensioen moeten sturen, maar hij behoort tot het meubilair.'

'Werkt hij vanavond?' Bo pakt een barkruk. Ze zou graag eens met die man willen praten, wie weet kan hij zich Sinem herinneren. Het zal niet dagelijks gebeuren dat een vaste klant op zo'n jonge leeftijd de dood vindt onder een trein.

De vrouw kijkt op een klok die boven de bar hangt. 'Als het goed is komt hij over een kwartier.'

Ze schuift de glazen hun kant op en zet de muziek aan. Daarna opent ze een luik in de grond. Even later verdwijnt ze in de kelder.

'Wat een geweldige plek is dit!' roept Inès uit. 'Dit hadden we eerder moeten ontdekken.'

Bo voelt hoe ze ontspant. Inès en uitgaan, die is vast op haar tachtigste nog wekelijks in een nachtclub te vinden.

De barvrouw komt weer uit de kelder. Ze houdt een glas bier onder de tap. Er klinkt een hoop gesis en even later spat het schuim in het rond.

'Sorry,' zegt ze. 'Nieuw vat. Dat rondje krijgen jullie van mij.'

De uitsmijter komt vijf minuten eerder op zijn werk. Hoewel hij in de zestig is en dik, ziet Bo dat er onder al dat vet een pak spieren zit waar je niet tegenaan moet lopen. Hij is kaal en draagt een zwarte zonnebril. Kennelijk ziet hij nog goed, want hij zet de bril binnen niet af.

'Deze dames en heer wachten op jou,' zegt de barvrouw.

'Ken ik jullie?' vraagt de man.

'Ons niet, maar Sinem Yilmaz misschien wel. Zij kwam hier in de tijd dat het nog een gewoon café was,' zegt Inès.

Hij fronst zijn wenkbrauwen nadenkend. 'Zegt me niets,' antwoordt hij uiteindelijk.

'Een Turkse uitwisselingsstudent, ze overleed in 1990, vlak voor haar eenentwintigste verjaardag,' helpt Bo hem.

Ineens ziet ze zijn gezicht opklaren. 'Ja, dat verhaal ken ik nog. Ik herinner me haar wel. Ze zou zelfmoord hebben gepleegd. Depressief, zo noemden die jongens van de politie het. Ze zijn hier nog komen vragen of ze weleens in haar eentje aan de bar zat te drinken. Onzin. Ze was nooit alleen en drinken deed ze nauwelijks. Eén bonk leven, die meid. Ik geloof dat verhaal van die zelfmoord nog steeds niet. De politie zal wel geen zin hebben gehad in dat onderzoek.' Zonder te groeten loopt hij verder de zaak in om achter een paar klapdeuren te verdwijnen.

'Heldere taal,' merkt Inès op. 'Je telefoon trilt.'

Bo's iPhone danst over de houten bar.

Ze pakt haar toestel. 'No way dat ik die ga opnemen. Het is Pierre Lambert.'

67

Bordeaux, dag 17 – donderdag

Bo kauwt lusteloos op een stuk stokbrood met brie. Het smaakt haar niet. De afgelopen nacht heeft ze nauwelijks geslapen. Ook Raoul ziet eruit alsof hij voornamelijk wakker heeft gelegen. Ze hebben zoveel ontdekt, maar wat er met Sinem gebeurd is, is nog steeds een raadsel. Natuurlijk kunnen ze van alles bedenken, maar nergens is bewijs voor. Een man als Yves LaRoche gaat echt geen spontane bekentenis afleggen en ook Pierre Lambert is te gewiekst om van de radar te blijven. Hij weet als ex-rechercheur heel goed wanneer hij moet zwijgen. Hoe krijgen ze die twee aan het praten?

'Zullen we straks eerst bij Amélie langsgaan?' stelt Inés voor als ze klaar zijn met ontbijten. 'Per slot van rekening lijkt haar vader een dikke vinger in de pap te hebben in deze zaak.'

Bo legt het stokbrood op haar bord. 'Wil je haar over de opnames vertellen?'

'Waarom niet?' vraagt Inès. 'Met die informatie kan ze zelf verder in het archief zoeken. We moeten trouwens ook de stukken die ze gaf nog doornemen.'

Aan dat laatste zijn ze gisteren niet meer toegekomen. Ze waren allemaal ontdaan van alles wat er gebeurd is en zijn vroeg naar bed gegaan.

'Laten we eerst de notulen lezen die Amélie ons heeft gegeven en daarna richting de uni gaan. Ik zal haar appen dat we vandaag langskomen,' zegt Bo. Ze voegt direct de daad bij het woord.

Even later lopen ze omhoog naar hun suite. De housekeeping is al langs geweest; de bedden zijn keurig opgemaakt en er zijn schone handdoeken in de badkamer achtergelaten.

'Ik moet vandaag terug naar San Sebastián, zo lang kan ik mijn moeder niet alleen laten.'

'Dat snap ik,' zegt Bo.

'Zorgen jullie alsjeblieft dat je de antwoorden krijgt waar mijn moeder naar zocht.'

'Ga je nu meteen?' vraagt Inès.

Raoul schudt zijn hoofd. 'Nee. Ik ga eerst met jullie mee naar Amélie LaRoche en daarna richting het vliegveld. De buurvrouw past op mijn moeder tot ik thuis ben.'

Bo pakt de stapel gekopieerde stukken die ze van Amélie hebben gekregen en geeft ze aan Inès en Raoul.

'Als jullie je hierop willen storten, dan kan ik een paar mails van Benny beantwoorden die vanmorgen zijn binnengekomen. Hij wil de volgende aflevering zo snel mogelijk online zetten.'

Een uur lang zijn ze alle drie verdiept in hun eigen taak. Benny heeft een reeks vragen, die Bo beantwoordt. Ook is er een aanvraag binnengekomen van het *Algemeen Dagblad*, ze willen graag een interview voor hun weekendbijlage *Mezza*. Dat is goed nieuws! En er is een mail van Marije, ze heeft geen Peter de Jong met die geboortedatum in Nederland kunnen vinden. Dat verbaast Bo helemaal niets.

Inès gooit een pak papier op de grond. 'Poeh,' zegt ze. 'Dat is nogal wat.'

Bo kijkt op van haar laptop. 'Hoe bedoel je?'

Inès gaat staan en rekt zich uit. 'Het hele voormalige bestuur van de uni fraudeert. De studentenadministratie is erg creatief. Luister.' Inès haalt een vel papier tussen de stapel vandaan en begint voor te lezen. '"Yves meldt dat de subsidies als gebruikelijk worden uitgekeerd aan de bestuursleden."'

'Hier heb je het harde bewijs dus,' zegt Raoul.

'Inderdaad,' antwoordt Inès. 'Zullen we Amélie bellen om te zeggen dat wij nu langskomen?' Ze grist de papieren bij elkaar en vormt er een stapeltje van. Dat geeft ze aan Bo, die het opbergt in haar tas.

Ondertussen belt Bo Amélie. Het duurt even voor de decaan opneemt.

'Bo, wat is er?' Amélies stem klinkt gehaast.

'Gisteren hebben we geluidsopnames van Julia van der Molen beluisterd. Iemand leest het dagboek van Sinem voor. We zouden heel graag met jou willen praten en komen het liefst zo al naar de universiteit.'

'Ik werk vandaag niet op de uni,' antwoordt Amélie. 'Er gebeurt te veel. Jullie kunnen ook naar mijn huis komen, ik stuur je zo een Google Maps-pin. Nu moet ik ophangen, mijn vader kan elk moment bellen.'

Zonder afscheid te nemen verbreekt Amélie de verbinding. Bo kijkt peinzend voor zich uit.

'Wat is er?' vraagt Inès. 'Je kijkt zo bedenkelijk.'

'Amélie heeft zo een belafspraak met haar vader. Ze werkt vandaag thuis. Durven we het aan om naar haar huis te gaan, of zullen we op neutraal terrein afspreken?

'Dat hangt ervan af. Vertrouwen we haar nu volledig?' vraagt Inès.

Over die vraag wil Bo eerst even rustig nadenken. Dat kunnen ze zelfs nog beslissen als ze voor Amélies huis staan. 'Laten we gewoon die kant op lopen,' stelt ze voor. 'Dan zien we het daar wel.'

Voor het eerst in dagen hangen er donkere wolken boven de stad. De lucht is zwaar, alsof er elk moment een regenbui kan losbarsten. Nog steeds is de temperatuur hoog.

'Ik denk dat we een beetje haast moeten maken,' zegt Inès. 'Het gaat straks helemaal los.'

'Bij dit soort weer ruimen we bij Beach Bar Sunny het terras op.' Raoul kijkt naar het dikke pak wolken dat een loodgrijze kleur aanneemt. Hij heeft zijn rugtas meegenomen, zodat hij rechtstreeks naar de luchthaven kan.

Bo steekt de straat over. Ze kunnen lang blijven praten over het weer, maar het is zaak zo snel mogelijk naar Amélies huis te gaan, voordat ze drijfnat worden.

Ze schiet een winkelstraat aan de overkant in en laveert met haastige passen door het publiek, dat net als zij een veilig onderkomen zoekt. Raoul en Inès volgen haar. Even later wandelen ze een straatje in dat ze kent. De geur van versgebakken brood achtervolgt hen tot het pleintje waar Amélie woont. Bo komt voor haar deur op adem. De eerste dikke druppels vallen inmiddels naar beneden. Aan de overkant is een barretje gevestigd dat zijn terras binnenhaalt.

'Bar of Amélie?' vraagt ze.

Raoul geeft geen antwoord en Inès lijkt te twijfelen. 'Laten we even onder die boom schuilen en Amélie bellen of dat gesprek met haar vader al geweest is.' Ze wijst naar de plataan met het dikke bladerdek waar een bankje onder staat.

De regen barst nu flink los. Bo rent over het pleintje naar de plek die Inès aanwees. Halverwege wordt de lucht fel verlicht door de bliksem. Een luid gerommel volgt. Terwijl de hoosbui losbarst pakt Bo haar iPhone en belt Amélie. Ze is in gesprek. Die hangt ongetwijfeld nog met haar vader aan de lijn.

De eigenaar van de bar is bezig de terrasstoelen op te stapelen, zijn luifel klappert in de wind. Het is een gevecht tegen de elementen dat hij in zijn eentje niet gaat winnen, denkt Bo.

'We moeten hem helpen,' schreeuwt Raoul boven het onweer en de regen uit.

Zonder op hen te wachten rent hij naar de overkant. Ook Inès volgt zijn voorbeeld. Bo laat haar telefoon in haar tas vallen en loopt de regen in. Een paar minuten later is het terras in veiligheid gebracht en de luifel ingerold. Drijfnat staan Bo, Inès en Raoul bij de ingang van de bar.

'Merci, merci,' roept de eigenaar, die zelf ook druipt van het water. 'Ik zal iets warms voor jullie inschenken, ga zitten.'

Met moeite sluit hij de deur. De wind die plotseling is opgestoken ontwikkelt zich tot een storm, denkt Bo. Zo eentje die een weersomslag aankondigt. Ze nemen plaats aan een tafeltje bij het raam.

'Wat een weer,' roept de eigenaar vanaf de bar. De geur van versgemalen koffie vult het zaakje. 'Hebben jullie honger? Ik heb verse uiensoep, vanmorgen gemaakt.'

'Heerlijk,' zegt Bo.

Inès knijpt haar lange donkere haar uit. 'Nam Amélie niet op?' vraagt ze.

De eigenaar zet drie grote koppen koffie met slagroom neer. 'Amélie? Jullie zoeken Amélie?' vraagt hij. 'Er woont een Amélie aan de overkant. Ze is de nieuwe decaan van de universiteit. Een paar jaar geleden heeft ze haar vader opgevolgd. Vreemde zaak.'

Na die woorden loopt hij terug naar de bar. Inès kijkt Bo verrast aan.

'Vreemde zaak?' herhaalt ze fluisterend zijn woorden in het Nederlands.

De deur naar de keuken wordt geopend en de geur van verse uiensoep met rozemarijn en tijm vult de bar. Buiten lijkt de wind nog verder aan te wakkeren, een kapotgewaaide paraplu vliegt over het plein om tegen Amélies muur te blijven plakken.

Weer gaat de deur van de keuken open. 'Soep en vers brood met zoute roomboter,' zegt de eigenaar, die met een vol dienblad naar hen toe loopt. 'Voor mijn redders in nood.' Hij zet het blad op de tafel en deelt de kommen uit. 'Er is nog meer!'

'Dank u wel,' zegt Bo.

'Geen dank, zonder jullie was mijn terras weggewaaid,' antwoordt de man met een klein buiginkje.

'Mag ik u wat vragen?' zegt Inès.

'Maar natuurlijk, mademoiselle,' is het antwoord.

'U had het net over de familie LaRoche en noemt het een vreemde zaak. Wat bedoelt u daarmee?'

'Ach,' antwoordt hij. 'De familie LaRoche. Een decaan verdient goed, maar niet zo goed dat hij zich een zeewaardig zeiljacht in Port Médoc kan veroorloven.'

Inès spoort de man aan: 'En hun stadsvilla ziet er ook uit als een miljoenenpand.'

De eigenaar knikt samenzweerderig: 'Men had zo zijn ideeën hier in Bordeaux en toen het bestuur zijn dochter koos als opvolger, werd er gefluisterd dat...' Hij stopt met praten. 'Nee,' zegt hij. 'Dat moet ik niet vertellen. Het zijn geruchten, roddels, meer niet.'

68

Als de bareigenaar van hun tafeltje is weggelopen begint Inès onmiddellijk te praten.

'Geruchten of niet, ik wil ze weten!'

Raoul neemt een hap van de soep. 'Het zal niets toevoegen aan wat we al weten,' zegt hij. Hij wijst op zijn kom. 'Dit is lekker!'

'Misschien voegt het wel iets toe,' zegt Inès eigenwijs. 'Elk onderzoek begint met een gerucht.'

'Mooie zin, misschien moeten we die wel als slogan gebruiken voor ons bedrijf.' Bo begint te eten.

Inès verslikt zich in een hap. 'Wat zeg je nou?' vraagt ze tussen het hoesten door. 'Ons bedrijf?'

'Later,' zegt Bo. 'Eerst wil ik dit onderzoek afgerond hebben, dan gaan we praten over de toekomst.'

Inès kijkt haar met glinsterende ogen aan. Langzaam krullen haar lippen tot een tevreden glimlach terwijl ze haar soep naar binnen lepelt.

Halverwege legt Bo haar bestek neer. Het wordt tijd om Amélie te bellen en haar hier in de bar uit te nodigen. Ze kunnen beter het zekere voor het onzekere nemen. Zojuist suggereerde de bareigenaar dat de familie LaRoche onder één hoedje met elkaar speelt. Amélie niet, die staat aan hun kant, daar is geen twijfel over mogelijk. Het is Yves die ze niet vertrouwt. Misschien heeft hij een sleutel van zijn dochters huis en staat hij ineens binnen, dat risico wil ze niet lopen.

Amélies toestel gaat over en ze neemt op.

'Zijn jullie al onderweg naar mijn huis?' vraagt ze op zachte toon. 'Want mijn vader komt ook hierheen. Hij is behoorlijk boos over het feit dat zijn ordner is verdwenen en heeft me dwingend gevraagd of ik hem heb meegenomen. Dat heb ik ontkend, maar hij gelooft me niet. Eerlijk gezegd sta ik op het punt van weggaan. Ik heb geen zin in een confrontatie met mijn vader.'

Dan heeft ze dat toch goed aangevoeld, denkt Bo.

'We zitten aan de overkant bij het raam,' zegt ze. Bo kijkt naar buiten.

Een paar seconden later verschijnt Amélie voor haar woonkamerraam.

'Ik kom eraan,' zegt ze.

'En?' vraagt Inès als Bo haar iPhone neerlegt.

'Yves is niet op zijn achterhoofd gevallen. Die verdenkt zijn dochter van de diefstal en is nu onderweg naar haar huis. Ze komt hierheen.'

'Dan kunnen we niet bij het raam blijven zitten,' zegt Raoul. Hij pakt zijn kom soep en gaat een tafel verderop zitten. 'Vanaf hier hebben we nog steeds uitzicht op haar huis. Ze komt nu naar buiten.'

Bo kijkt uit het raam. Hij heeft gelijk. Amélie steekt rennend het plein over terwijl ze haar hoofd met haar armen tegen de regen probeert te beschermen.

'Mevrouw LaRoche, u ook hier,' zegt de bareigenaar als ze met z'n vieren aan het tafeltje zitten dat Raoul heeft uitgekozen. 'Kan ik iets voor u inschenken?'

'Koffie,' zegt Amélie beslist. Dan buigt ze zich een beetje naar voren. 'Luister, mijn vader is woedend. Hij zal er alles aan doen om ervoor te zorgen dat jullie het onderzoek naar de uni staken.'

'We doen geen onderzoek naar de uni, maar naar de dood van Sinem Yilmaz,' zegt Inès. 'Dat is nogal een verschil. Waarom zou hij willen dat we dat onderzoek staken?'

Amélie kijkt haar verward aan. 'Hoe bedoel je dat?'

'Nou, simpel,' gaat Inès verder. 'Die fraude is volgens mij niet meer gaande en bovendien verjaard. Hij kan zich dus hooguit zorgen maken over zijn goede naam. Onnodig, want er gaan kennelijk geruchten rond in Bordeaux over de rijkdom van Yves LaRoche en de herkomst ervan.'

Bo moet moeite doen om haar verbazing te verbergen. Inès speelt hier een partij blufpoker. Amélie ziet er uit het veld geslagen uit.

'Ik weet het,' zegt ze. 'En die geruchten zijn terecht. Als kind heb ik me uiteraard nooit afgevraagd waarom we zoveel geld hadden. Pas toen ik mijn salaris als decaan op papier zag staan, heb ik mezelf vragen gesteld.'

'En een zeewaardig jacht in Port Médoc,' zegt Inès achteloos.

Amélies ogen worden groot. 'Hoe weet jij dat?' vraagt ze.

'We hebben zo onze bronnen,' antwoordt Bo.

Amélie blijft kort in verwondering voor zich uit kijken. Dan zegt ze: 'We hebben ook nog een chalet vlak bij Genève.' Ze kijkt op. 'Wat wilden jullie me nu laten horen?'

Bo haalt haar laptop tevoorschijn. Als het goed is heeft ze ook nog oortjes mee. Dan kan Amélie luisteren zonder dat de bareigenaar het ook hoort. Bo installeert de boel en zoekt de bestanden op waarin de Turkse vrouw in het Engels de dagboekfragmenten van Sinem vertaalt. Dan geeft ze de oortjes aan Amélie. Als ze er klaar voor zit drukt Bo op play.

'Zou er eigenlijk een filiaal van Yves' bank in Genève zitten?' vraagt ze aan Inès terwijl Amélie luistert.

'Vast,' zegt Bo.

Inès' vingers razen al over het scherm van haar telefoon. Bo kijkt ondertussen naar Amélies gezicht in de hoop op een reactie, maar die kijkt stoïcijns voor zich uit. Ze lijkt verdrietig, denkt Bo. Toch is het vreemd dat Amélie niet veel eerder op zoek is gegaan naar de bron van haar ouders' bankrekening. Zoals ze net al zei, wist ze vanaf 2014, toen ze zelf decaan werd, zeker dat er iets niet klopte.

Amélie drukt op een toets en haalt de oortjes uit haar oren. 'Dat is nogal wat.' Ze kijkt naar Raoul. 'Julia is jouw moeder, hè?'

Raoul knikt. Zijn mond staat strak, alsof hij zich vanbinnen kwaad maakt.

'Het spijt me. Ik weet niet wat ik moet zeggen. Mijn vader fraudeert, ja. Maar een moordenaar, dat geloof ik niet. Hij kan heel erg kwaad worden en soms buiten zinnen zijn, maar hij heeft mij of mijn moeder nooit met een vinger aangeraakt. Ook is er nog nooit een student geweest die over iets dergelijks geklaagd heeft. Zo zit hij gewoon niet in elkaar.'

'Er zit inderdaad een vestiging van Lombard Odier in Genéve,' komt Inès tussendoor.

Amélie trekt wit weg. 'Hoe weten jullie...' begint ze. Ze maakt haar zin niet af. 'Gaan jullie aangifte doen?' vraagt ze dan.

'Daar hebben we nog niet over nagedacht,' antwoordt Bo. 'We zijn verdergegaan met Julia's onderzoek en kwamen zo bij Sinem en haar ontdekking uit.'

'En vanwege haar ontdekking denken jullie dat mijn vader haar uit de weg geruimd heeft?' Amélie kijkt haar ongelovig aan.

'We hebben Sinems echte autopsierapport in handen,' zegt Bo. 'En dat maakt veel duidelijk.'

Amélie schuift haar stoel naar achteren. 'Wat? Hoe komen jullie daaraan? Heeft Valentin Moret dat gegeven? Want volgens mijn vader is die man niet te vertrouwen. Dat zegt hij al jaren.'

'Maar hij is wel in dienst van de uni, sinds jij er werkt?' vraagt Inès.

'Hij is een uitstekend docent, maar volgens mijn vader schroomt hij er niet voor om op aanvraag een rapport aan te passen,' antwoordt Amélie.

Bo kijkt Inès aan. Ze schieten tegelijk in de lach.

'Het is zeker dat het rapport is aangepast, maar niet door Moret. We vermoeden juist dat je vader er iets mee te maken had.'

Amélie schudt haar hoofd heftig. 'Dat geloof ik niet. Wat zou mijn vader daar voor belang bij hebben?'

'Daar proberen we achter te komen. Maar we weten zeker dat je vader ervan op de hoogte was dat het rapport is aangepast en dat hij daarmee medeverantwoordelijk was voor het verdoezelen van bewijsmateriaal rondom Sinems overlijden,' zegt Inès.

'Staat dat in het rapport? Echt?' vraagt Amélie.

'Nee, dat...' Bo weet nog net op tijd de woorden in te slikken. Ze wilde zeggen dat het in de notulen staat die Nicole aan hen heeft gegeven. Maar Amélie weet niet dat zij die in handen hebben.

'Dat wat?' vraagt Amélie. 'Wat wilde je nou zeggen?'

Razendsnel overdenkt Bo de gevolgen als ze nu de waarheid op tafel legt over die verdwenen notulen. Nicole is al ontslagen. Wat maakt het nog uit of ze Amélie nu inlicht? Ze zal hooguit vragen de notulen terug te geven.

'Nou?' herhaalt Amélie.

'Dat staat in de notulen die we hebben gekregen,' zegt Bo.

Amélie rolt met haar ogen. 'Dus toch. Ik wist het! Hebben jullie die papieren nog?'

'Op onze hotelkamer,' zegt Inès voor Bo kan antwoorden.

'Hou ze maar,' zegt Amélie. 'Dan loopt Nicole ook geen gevaar.'

'Zojuist zei je nog dat jouw vader geen moordenaar is,' begint Bo. Ze maakt haar zin niet af.

Amélie kijkt haar aan. 'Dat klopt,' zegt ze. 'Mijn vader zou zoiets nooit zelf doen. Die zorgt er wel voor dat híj geen vuile handen krijgt...'

69

‘En dat vertel je ons nu pas?’ roept Inès uit.

Amélie zucht. ‘Het is en blijft mijn vader,’ zegt ze. ‘Ik ben loyaal naar hem toe, maar ook naar de Universiteit van Bordeaux. Als die fraude ook maar iets te maken heeft met de dood van dat meisje, dan moet mijn vader daarvoor berecht worden. Echt. Maar als die twee zaken los van elkaar staan, heeft het geen enkele zin om de subsidiefraude op te rakelen. Wel zal ik hem vragen om het geld in een studiefonds voor minderbedeelden te storten, maar ik kan hem niet dwingen dat te doen.’

Bo weet niet of dat voor haar genoeg is. Ze kijkt naar buiten, het plein over. Voor Amélies deur staat een zwarte Mercedes geparkeerd. Yves is dus bij zijn dochter binnen.

‘Kijk,’ zegt ze.

Amélie kijkt langs haar heen naar buiten. ‘Ik was er al bang voor. Wat een puinhoop is dit.’

Het is gestopt met regenen, maar de lucht is nog steeds grijs, ziet Bo.

Raoul pakt zijn tas. ‘Het wordt tijd dat ik naar het station ga,’ zegt hij. ‘Ik bericht jullie als ik weer thuis ben.’ Hij gaat staan en kijkt Bo en Inès aan. ‘We houden contact, maar... Ik weet niet of ik jullie nog eens zie,’ begint hij aarzelend.

‘Vast wel,’ zegt Inès. Ze slaat haar armen om zijn nek ten afscheid. ‘Als dit allemaal achter de rug is, komen Bo en ik een keertje naar Spanje om kennis te maken met je moeder, goed?’

Raoul knikt bevestigend. Ook Bo neemt afscheid.

‘Dan gaan we met z’n allen naar Beach Bar Sunny,’ belooft ze. ‘We houden je op de hoogte!’

‘Dank jullie,’ zegt Raoul. Hij klinkt geëmotioneerd. ‘Succes!’

Bo en Inès kijken hem na terwijl hij de bar uit loopt en het plein oversteekt. Als Raoul uit zicht is komt Yves Amélies huis uit. Hij blijft bij de buitendeur staan, alsof hij zijn volgende stap overweegt. Dan knipperen de lichten van zijn auto en opent hij het portier. Even later rijdt de auto rustig het plein af.

Amélie haalt opgelucht adem. ‘Gelukkig,’ zegt ze.

‘Je kunt hem niet eeuwig blijven ontwijken.’ Inès pakt een overgebleven stukje brood en begint erop te kauwen. Als ze het heeft doorgeslikt zegt ze: ‘Wat is onze volgende stap?’

Dat is een heel goede vraag, Bo zou het zo snel niet weten. Eigenlijk zijn ze een beetje vastgelopen in het onderzoek.

‘Wie is degene die jouw vaders vuile werk opknapt?’ vraagt ze.

‘Degene die je het minst zou verdenken,’ antwoordt Amélie verbitterd. ‘Rechercheur Pierre Lambert.’

‘Weet het hele korps Bordeaux dat?’ vraagt Inès.

‘Ik denk dat degenen die ooit met hem hebben samengewerkt misschien wel iets vermoed hebben,’ antwoordt Amélie. ‘Maar tegenwoordig werken er allemaal nieuwe mensen, op een enkeling na.’

‘Dat zou betekenen dat Yvonne LeBlanc nog te vertrouwen is,’ zegt Bo.

‘Die zeker.’ Amélie gebaart naar de bar. ‘Yvonne en mijn vader waren altijd als water en vuur.’

Als ze even later weer buiten staan piept er een zonnetje door de wolken. Rond de boom liggen takjes met blaadjes die eraf gewaaid zijn.

‘Ik kan jullie bij mij thuis uitnodigen, maar ik weet niet of mijn vader terugkomt,’ zegt Amélie.

Ze blijven alle drie staan dralen, niet goed wetend wat hun volgende stap moet zijn. Bo kijkt naar Amélies gevel. Hoe kunnen ze Yves zover krijgen dat hij bekent? Of dat hij Lambert verraadt? Zonder hulp van Amélie gaat het zeker niet lukken.

‘Zou jij je vader willen vragen hoe het kan dat er touwsporen op Sinems polsen zijn aangetroffen?’ vraagt Bo.

'Wát?' roept Amélie uit. 'Zegt Moret dat?'

'Het staat in het officiële autopsierapport, maar dat hoef je er niet bij te vertellen. Ik ben gewoon nieuwsgierig naar zijn reactie.'

'Anders ik wel,' zegt Amélie. 'Je vraagt nogal wat.'

'En als je dan toch met hem in gesprek bent, moet je misschien ook vragen hoe ze naar het spoor is gebracht,' doet Inès er een schepje bovenop.

'Jullie overvallen me,' antwoordt Amélie. 'Ik wil er eerst rustig over nadenken. Jullie horen van me.'

Amélie steekt het plein over naar haar huis.

'Hoe halen we haar over?' vraagt Inès. 'Die fraude heeft niet plaatsgevonden onder haar bewind, of is het nog steeds gaande?'

'Ze heeft Nicole ten onrechte ontslagen, want klokkenluiders worden beschermd,' zegt Bo. 'Misschien kunnen we daar wat mee?' Ze is er het type niet naar om mensen onder druk te zetten, maar ze lijkt niet anders te kunnen. Tenzij iemand gaat praten, krijgen ze de moord op Sinem niet opgelost. Het is te lang geleden en kennelijk zijn er geen getuigen. Anders waren die wel eerder naar voren gekomen.

'Willen we Amélie op deze manier onder druk zetten?' vraagt Inès.

'Liever niet,' zegt Bo. 'Ik denk niet dat dat helpt.'

Het wolkendek breekt open. De straatstenen dampen door de felle zon.

'Laten we haar reactie eerst even afwachten,' stelt Bo voor. 'Ondertussen gaan wij naar Yvonne LeBlanc.'

Het is rustig op het politiebureau van Bordeaux. Er zit zelfs niemand achter de balie. Bo en Inès blijven bij de ingang wachten. De hele weg hierheen hebben ze nauwelijks met elkaar gesproken. Het onderzoek loopt vast, dat voelen ze allebei.

Er komt een jonge agent de receptie binnen.

'Kan ik jullie ergens mee helpen?' vraagt ze.

'We zouden graag met Yvonne LeBlanc praten,' zegt Bo. 'Is ze aanwezig?'

'Volgens mij heeft ze lunchpauze, maar ik kan kijken of ze tijd heeft voor jullie. Waar gaat het over?'

'Zeg maar dat Bo en Inès er zijn, van de podcast over de moord op Edda,' antwoordt Inès.

Als de agent is verdwenen zegt Bo: 'Wat gaan we haar eigenlijk vertellen?'

'Alles.' Inès kijkt om zich heen. Aan de muur hangt een groot bord met posters erop van mensen die gezocht worden. 'Je kunt rijk worden van dit soort onderzoeken,' zegt Inès met een knikje naar dat bord.

'Je wilt dat we *bounty hunters* worden?' Bo schiet in de lach. 'Misdadigers zoeken voor het tipgeld?' Het idee alleen al.

Yvonne LeBlanc komt de receptie binnen.

'We willen even met je praten, kan dat?' vraagt Bo.

'Dat klinkt serieus,' zegt Yvonne. 'Kom maar even mee naar mijn kantoor.'

Ruim een kwartier later hebben ze hun verhaal gedaan.

'Dat fraudeverhaal kan ik bij het Openbaar Ministerie neerleggen. Voor wat betreft Sinem, ik zou graag een kopie van dat autopsierapport krijgen én van de notulen die Nicole aan jullie heeft gegeven. De vraag is of het voldoende is om Sinems dossier te heropenen. We weten nu immers niet welk autopsierapport het juiste is.'

Daar hadden Bo en Inès helemaal nog niet bij stilgestaan. Moret was duidelijk: hij wil erbuiten blijven. Hij zal geen verklaring willen afleggen aan de politie.

'Ook de politie Bordeaux heeft destijds gezegd dat Sinem zelfmoord heeft gepleegd,' gaat Yvonne verder. 'Ik denk niet dat de korpschef daar snel op terug zal komen. Het spijt me.'

Dit gaan ze echt niet oplossen, beseft Bo. Een teleurgesteld gevoel overvalt haar. Ze had zo gehoopt ook deze zaak tot een goed einde te brengen, en nu lopen ze vast.

'Ga lekker terug naar Nederland,' zegt Yvonne. 'Jullie hebben goed werk gedaan en nu is het tijd om de zoektocht af te sluiten. Gooi de stukken die betrekking hebben op de fraude maar in de bus, wie weet wat daar nog uit komt. En nu moet ik jullie helaas weer gedag zeggen, ik moet aanwezig zijn bij een verhoor.'

Als ze even later weer buiten staat zegt Inès: 'Misschien heeft ze gelijk. We zouden de podcast kunnen afsluiten met dat fraudeverhaal.'

Aan haar gezicht te zien is Inès al even teleurgesteld als zij, ziet Bo. 'Dat is een optie,' zegt ze. 'Ik denk alleen dat Marije daar niet blij mee gaat zijn.'

'Je wilde toch al ontslag nemen,' zegt Inès.

'Dit kan het nog niet zijn,' zegt Bo halsstarrig. Plotseling lijkt Bordeaux haar kleur te verliezen.

'Daar ziet het anders wel naar uit,' zegt Inès.

'Misschien wil Amélie wel meewerken en haar vader het vuur aan de schenen leggen?' oppert Bo.

'Ik weet het niet, Bo. Het gaat wel om haar vader. We hebben ons best gedaan. Zelfs Hassan is met de noorderzon vertrokken. Of heeft hij nog iets van zich laten horen?'

Voor de zekerheid checkt Bo haar WhatsApp. 'Hij leest zijn berichten niet eens. Maar ik vind dat we niet mogen opgeven. Laten we Amélie nog een keer proberen. Volgens mij heeft ze een sterk gevoel voor rechtvaardigheid en wie weet kan zij iets bij haar vader loskrijgen.'

'Goed,' zegt Inès met zichtbare tegenzin. 'We proberen het nog één keer.'

70

Nadat ze Amélie een lang spraakbericht hebben gestuurd waarin ze enorm op haar verantwoordelijkheidsgevoel hebben ingepraat, steken Bo en Inès de brug over de Garonne over. Ook langs de waterkant liggen afgewaaide takken. De wind heeft vrij spel gehad bij de rivier. Bo kijkt over het water, dat wel sneller lijkt te stromen dan normaal.

Aan de overkant slaan ze links af. De weg naar het hotel leidt een stukje langs het water. Inès is al net zo stil als zij. Ze hebben de suite maar voor een paar dagen gehuurd, realiseert Bo zich plotseling. Vandaag was sowieso hun laatste dag geweest. Wat stom! Daar hebben ze geen van beiden bij stilgestaan.

‘Wacht even,’ zegt Bo. Ze pakt haar iPhone en zoekt het nummer van het hotel. ‘We hebben die hotelkamer tot vandaag gereserveerd.’

‘Ja, waarom denk je dat ik voorstelde het hierbij te laten?’ Inès schudt haar hoofd.

De telefoon aan de andere kant gaat over. Een receptionist neemt op. Snel legt Bo uit wat haar probleem is.

‘Dat hadden we al gemerkt, mevrouw Schippers,’ antwoordt de vrouw. ‘We gingen ervan uit dat u een dag langer wilt blijven. Klopt dat?’

‘Zeker,’ zegt Bo. ‘We zullen bij het uitchecken de extra nacht afrekenen.’

‘Dan is het zo helemaal in orde,’ zegt de receptionist.

Bo wil net haar telefoon wegstoppen als ze ziet dat er een bericht van Amélie is. Ze leest het appje: *Ik ga mijn vader vragen stellen, kom hierheen en installeer die apparatuur maar*, leest ze.

Haar hart maakt een sprongetje. 'Amélie gaat het doen!' roept Bo uit. 'Ze gaat haar vader vragen stellen!'

'Echt?'

Bo knikt. 'Het wordt nog beter. We mogen het opnemen!'

Inès steekt haar hand op voor een high five. 'Schippers en Al Amrani gaan het oplossen!' roept ze keihard. Een paar voorbijgangers kijken achterom.

'Yves kan ervoor kiezen om te zwijgen, maar dit is onze beste kans.'

'Heb vertrouwen, Bo. App Amélie maar terug dat we eraan komen!'

Bo heeft de bel nog niet aangeraakt of Amélie doet de voordeur open. 'Kom binnen. Mijn vader is er over een kwartiertje. Hij is erg boos op me en wil graag weten waar zijn map gebleven is. Hij begon zelfs over jullie, misschien vermoedt hij dus al iets.'

Amélie sluit de deur achter hen en doet de knip erop. 'Ik ga het één keer proberen. Ik ken mijn vader, die gaat straks staan te tieren alsof ik een puber ben die een nacht is weggebleven. Zodra hij kwaad genoeg is, zal ik hem mijn verdenkingen voor de voeten gooien.'

'Waarom wil je dit doen?' vraagt Bo.

Amélie schenkt haar een waterig glimlachje. 'Omdat jullie bericht me aan het denken heeft gezet. Ik ben de enige voor wie mijn vader echt een zwak heeft. En omdat ik het anders nooit uit mijn hoofd zal kunnen zetten. Ik heb zo mijn vermoedens, namelijk. Heb je de apparatuur meegenomen?'

Bo knikt.

'Kom dan maar mee.'

Ze lopen met z'n drieën naar Amélies woonkamer. Bo kijkt rond. De apparatuur moet uit het zicht worden opgesteld, Yves is niet gek. Maar de recorder is bedoeld om bijvoorbeeld op de tafel te liggen tijdens een gesprek. Het opnamebereik is geen meters. Bij het raam staat een klein drankkabinetje dat tussen twee stoelen in staat. En er zijn vensterbanken waar het gordijn op hangt.

'Waar gaat je vader altijd zitten als hij hier is?' vraagt Bo.

'Meestal bij het raam, maar soms ook op de bank,' antwoordt Amélie.

Bo zet haar tas op de bank. 'Zou je kunnen voorkomen dat hij op de bank gaat zitten, bijvoorbeeld door er je laptop en misschien wat papieren van je werk op te leggen?'

'Dat moet wel lukken.' Amélie pakt haar laptop en oplader van de eettafel en zet hem geopend op de middelste zitplaats. Ze sluit de oplader aan en leidt het snoer over het bankkussen. Daarna legt ze een paar papieren waar het universiteitslogo op staat op het andere kussen.

'Zoiets?' vraagt ze.

'Het nodigt nu niet meer uit om te gaan zitten,' zegt Inès. 'Waar wil je de recorder verbergen?'

'Ik wil hem op de vensterbank leggen.' Bo haalt de apparatuur uit haar tas en legt de recorder neer. Daarna schikt ze het gordijn zo dat de apparatuur niet meer te zien is.

'Wat denken jullie?' vraagt ze.

Inès gaat in een van de stoelen zitten. 'Test, test, test,' roept ze.

Bo laat het geluid afspelen. 'Duidelijk genoeg lijkt mij.' Ze legt de recorder terug op de vensterbank. 'Waar wachten wij?'

'Boven, in de logeerkamer,' zegt Amélie.

Er wordt aangebeld en op het moment dat Amélie de deur heeft bereikt, horen ze het geluid van een sleutel in het slot.

Bo en Inès zijn achter Amélie aan gesneld en kijken haar vragend aan. 'Dat doet hij normaal nooit,' fluistert Amélie terwijl ze de knip vastpakt om hem te openen. 'Wegwezen jullie!'

Bo en Inès lopen zo stilletjes mogelijk de trap op.

'Wacht even, papa,' roept Amélie. 'Ik kom eraan, de knip zit erop.'

Pas als ze boven zijn hoort Bo de deur opengaan.

'Sorry,' zegt Amélie. 'Ik had de deur al op het nachtslot gedaan.'

'Ik ga ervan uit dat er een uitleg komt, Amélie,' zegt Yves.

Als hun voetstappen wegsterven opent Bo de logeerkamer.

Zeker tien minuten zitten Bo en Inès naast elkaar op het voeteneind. Het gesprek beneden kunnen ze onmogelijk verstaan, er klinkt alleen wat gebrom als Yves praat. De laatste vier minuten is hij onafgebroken aan het woord geweest.

'Wat denk jij?' fluistert Bo tegen Inès.

Die haalt haar schouders op. 'Geen idee.'

Plotseling klinkt er gehuil beneden.

Inès kijkt Bo verschrikt aan. 'Is dat Amélie?' vraagt ze.

Bo gaat op de vloer liggen en legt haar oor op de houten planken. Het is Amélie niet, hoort ze al snel. Het is Yves die in tranen is uitgebarsten. Ze vangt flarden van zinnen op. Moeten ze naar beneden gaan of juist hier blijven wachten tot hij weer vertrokken is?

'Het is Yves,' fluistert ze.

Een poosje probeert ze te verstaan wat er gezegd wordt, maar het is onmogelijk om het gesprek te volgen. Wel hoort ze iemand heen en weer lopen.

Bo gaat weer op het bed zitten. 'We kunnen niet anders dan afwachten.'

'Ik ben gewoon op van de zenuwen,' zegt Inès zachtjes.

Een paar minuten lijkt er beneden niets te gebeuren.

Dan schreeuwt Yves: 'Nu is het genoeg geweest!'

Vlak na zijn uitbarsting valt de voordeur in het slot en even later klinken er voetstappen op de trap. Nog geen seconde later staat Amélie in de deuropening.

'Niets, zeker?' vraagt Bo.

Amélie antwoordt niet. Ze laat zich naast hen op het bed zakken. 'Onvoorstelbaar...' mompelt ze. 'Ik moet naar mijn moeder.'

'Wat heeft hij dan gezegd?' vraagt Bo.

Amélie zucht een paar keer diep.

'Ik weet niet waar ik moet beginnen.'

In de woonkamer ruimt Inès de tafel leeg terwijl Bo de opnameapparatuur van de vensterbank haalt. Amélie zit met haar hoofd in haar handen.

'Sorry, ik moet echt even tot mezelf komen,' zegt ze ineens. 'Het is een heel verhaal. Goed. Waar zal ik beginnen. Eh...' Ze schudt haar hoofd vol ongeloof heen en weer. 'Sinem Yilmaz heeft inderdaad ontdekt dat de universiteit fraudeerde met subsidies. Hoe het precies zit weet ik niet, maar mijn vader vertelde net dat Sinem zich op een dag bij het politiebureau meldde met bewijs van de fraude. Dit wist hij van Lambert. 's Avonds is Lambert namelijk naar haar studentenkamer gegaan, waar hij heeft gezegd dat ze een officiële verklaring moest afleggen. Ze is vrijwillig met hem meegegaan. Maar Lambert ging helemaal niet naar het politiebureau. Buiten Bordeaux heeft hij Sinem bedwelmd en vastgebonden. Pas de volgende ochtend schijnt hij haar naar het spoor te hebben gebracht.'

Bo weet niet wat ze hoort.

'Je vader heeft dus bekend?'

'Hij heeft bekend al eenendertig jaar weet te hebben van een moord,' zegt Amélie. 'Mijn moeder en ik zijn alles voor hem en hij dreigde ons kwijt te raken. Dat kon hij niet verkroppen.'

'En dit is allemaal opgenomen?' vraagt Inès.

'Van a tot z,' zegt Amélie. 'En dan nog iets, Lambert was niet alleen...'

'Je bedoelt dat hij een handlanger had?' vraagt Bo. Dat sluit aan bij de woorden van de patholoog.

Amélie knikt. 'Philippe Bernard.'

Bo en Inès wisselen een verbaasde blik.

'We moeten nu naar de politie,' verbreekt Bo de stilte. Ze grist haar spullen bij elkaar en opent haar tas. Onderweg kan ze korte stukjes luisteren om de kwaliteit van de opname te bepalen. Desnoods vraagt ze Benny om het geluid te bewerken.

'Dat hoeft niet,' zegt Amélie rustig als Bo is opgestaan.

Er staan tranen in haar ogen, ziet Bo. Ineens stromen ze ook over haar wangen.

'Mijn vader gaat zichzelf nu aangeven.'

71

Bo en Inès konden het niet over hun hart verkrijgen om Amélie alleen te laten met al haar verdriet. Dus zitten ze nog steeds in haar woonkamer te wachten tot het moment waarop Yves contact opneemt, of Yvonne LeBlanc. Amélie heeft zelfs haar moeder nog niet gebeld.

'Ik kan het niet geloven,' herhaalt ze telkens weer.

Moord verjaart niet, weet Bo. In Nederland niet althans. Maar of het niet melden van een misdrijf verjaart weet ze niet. Sowieso zal de familie Yilmaz alles in het werk stellen om de verantwoordelijke mensen achter de tralies te krijgen. Nog steeds hebben ze niets van Hassan gehoord. Ze wil hem dit graag vertellen, maar niet via de telefoon of met een appje. Het wachten duurt zo lang.

'Zal ik Hassan vragen of hij contact met ons opneemt?' stelt Bo voor.

'Doe dat maar,' antwoordt Inès. 'Hij weet nog van niets. En app Raoul dat we de zaak opgelost hebben.'

Amélie zegt niets.

Bo tikt een bericht voor Hassan in: *Bel ons alsjeblieft zo snel mogelijk! We hebben antwoorden!* Daarna appt ze naar Raoul: *Case closed, ik bel je vanavond!* Hetzelfde bericht appt ze naar Joost, gevolgd door een kus. Vrijwel onmiddellijk komen er antwoorden. *Wat! Vertel!* appt Joost. *Vanavond*, tikt ze terug. Hassan heeft het bericht gelezen, ziet ze. Bo laat haar iPhone op haar schoot liggen en kijkt weer naar Amélie. Ze zit voorovergebogen en steunt met haar ellebogen op haar knieën. Ook zij is een slachtoffer, realiseert Bo zich. Hoe heeft haar vader dit kunnen doen?

Iedereen schrikt op van het geluid van een rinkelende telefoon. Amélie heeft kennelijk nog een vast nummer. Het toestel staat op een ladekastje vlak naast haar, valt Bo nu pas op. Amélie kijkt hen verschrikt aan.

'Dat moet mijn vader zijn,' zegt ze.

Aarzelend neemt ze op. Terwijl ze luistert stromen de tranen weer over haar gezicht.

'En mama?' vraagt ze uiteindelijk.

Bo ziet haar een paar keer knikken. Zonder afscheid te nemen verbreekt ze de verbinding.

'Mijn vader wordt in voorarrest gehouden tot het Openbaar Ministerie een beslissing heeft genomen,' zegt ze. 'Dat zal hooguit een paar dagen duren. Mijn moeder is al op de hoogte gesteld. Ik moet naar haar toe! Het spijt me, ik moet jullie vragen om te gaan,' zegt Amélie. Ze staat op en kijkt hen een beetje onhandig aan.

'We begrijpen het,' zegt Bo en ze legt een hand op Amélies bovenarm. 'Sterkte. Laat weten hoe het met je gaat, goed?'

Amélie knikt. Met een verstikte stem zegt ze: 'Zal ik doen. Ik ga nu een taxi bellen.'

Als Bo en Inès weer buiten op het plein staan, knippert Bo een paar keer met haar ogen tegen de zon, die nu helemaal is doorgekomen. Dat deze dag zo zou aflopen had ze op geen enkele manier kunnen bedenken. Nog maar een paar uur geleden was ze ervan overtuigd dat deze cold case koud zou blijven en nu is de moord op Sinem opgelost. Ze gaat op het bankje onder de boom zitten. Onmiddellijk voelt ze het vocht optrekken in haar spijkerbroek. Ze vliegt overeind, maar het is al te laat.

'We kunnen beter op het terras gaan zitten,' zegt Inès. 'Die stoelen zijn droog gebleven.'

Bo schiet in de lach. Ze hebben nota bene zelf geholpen om ze droog te houden. Ze lopen naar het terras.

'Dat is snel,' zegt de eigenaar, die bij de deur staat te kijken of er klanten komen. 'Koffie?'

'Ik ben wel toe aan een witte wijn!' zegt Inès.

Hier met elkaar proosten voelt wat dubbel, denkt Bo. Het gezin LaRoche gaat een moeilijke tijd tegemoet en ook bij de familie Yilmaz zullen de nodige tranen vloeien. Julia zal blij zijn. Ze kijkt op haar telefoon. Hassan heeft zowaar geantwoord. *Waar zijn jullie?* Bo stuurt hem het adres. Even later stuurt hij weer een appje: *Onderweg!*

Als er twee glazen wijn voor hen staan begint Inès te ratelen. 'Zie je wel, we moeten het niet opgeven. Dit is de tweede zaak in korte tijd die we oplossen, Bo. We zijn een geweldig team! Meende je dat nou, van ons bedrijf?'

Haar hoofd staat hier nog niet echt naar, denkt Bo. Straks moeten ze Hassan nog inlichten. En Raoul. Marije! Ze is Marije helemaal vergeten te appen wat er gebeurd is.

'Je verkeert weer in hogere sferen,' informeert Inès.

'Welnee,' zegt Bo. 'Ik moet *Koffie en koek* nog inlichten. Ik ben zo terug.'

Ze loopt terug naar de boom en belt Marije.

'Dus jullie hebben de moord op Sinem ook opgelost?' vraagt ze verbaasd als Bo haar verhaal heeft gedaan. 'Maar dat is geweldig! Ik bel nu de pers!'

'Wacht!' roept Bo uit. 'Eerst wil ik het de familie Yilmaz vertellen, dan pas mag het naar buiten komen.'

Marije lijkt even te aarzelen en dat bevalt Bo niet. Het is haar onderzoek, of ze nu in loondienst is bij *Koffie en koek* of niet.

'Ik meen het, Marije,' zegt ze daarom. 'Dit kun je niet maken.'

'Goed, wat jij wilt, Bo,' is het antwoord. 'App maar als ik het *Algemeen Dagblad* mag bellen.'

Onmiddellijk verbreekt Marije de verbinding. Wat is haar hoofdredacteur soms toch onuitstaanbaar, denkt Bo. Als Marije mooie scoops krijgt is ze over de top blij, maar zodra het even anders loopt kan ze haar teleurstelling niet onderdrukken.

Ze loopt terug naar Inès en duikt weer in de stoel naast haar.

'En?' vraagt die.

'Marije is een onmogelijke baas,' zegt Bo. 'Morgen staat het in de krant.'

Het duurt bijna twintig minuten voordat Hassan het plein op komt lopen. Hij ziet er verlopen uit, alsof hij vannacht amper geslapen heeft. Er zit een vieze veeg op zijn witte overhemd, ziet Bo als hij naderbij komt.

'Zeg maar niets.' Hassan gaat zitten. 'Ik ben zo stom geweest. Willen jullie geloven dat ik echt dacht dat ik de moord op mijn zusje op kon lossen? Anderhalve dag lang heb ik die rechercheur gevolgd, Pierre Lambert. Ik heb heel Bordeaux gezien. Gekkenwerk. Uiteindelijk ben ik hem kwijtgeraakt op de ringweg. Er gebeurde een ongeluk vlak voor mijn taxi. Sindsdien lijkt die man in rook te zijn opgegaan. Hij is vannacht in elk geval niet thuis geweest.'

'Thuis?' vraagt Bo. 'Lambert woont in Parijs.'

Hassan kijkt haar aan. 'Dat weet ik. Er is een privédetective in Istanbul voor me aan het werk. Pierre Lambert logeert bij Yves LaRoche, ik heb de hele nacht voor zijn deur staan posten.'

Geen wonder dat die man er zo slecht uitziet, denkt Bo.

'We moeten je wat vertellen,' zegt Inès.

Hassan gaat rechter op zitten. 'Dat klinkt serieus. Is er iets gebeurd? Of gaan jullie terug naar Nederland? Dat laatste zou ik wel begrijpen.'

'We blijven denk ik nog één of twee dagen. Toch, Bo?' antwoordt Inès. 'Vertel jij het maar,' zegt ze daarna.

Bo gaat nu ook verzitten. Waar moet ze beginnen? Bij Amélie, of bij Yves? Of gewoon recht voor zijn raap zeggen dat de zaak opgelost is?

'Amélie heeft vanmiddag haar vader geconfronteerd,' trapt Inès af, die haar kennelijk ziet twijfelen.

'In welke zin?' vraagt Hassan.

'Ze heeft hem rechtstreeks gevraagd of hij betrokken is geweest bij de moord op jouw zusje,' zegt Bo.

'En? Die man gaat nooit praten,' vult Hassan het antwoord op zijn eigen vraag in. 'Anders had hij dat eenendertig jaar geleden wel gedaan.'

'Hij heeft wél gesproken, Hassan,' zegt Bo zachtjes. 'Yves heeft uitgebreid verteld wat er gebeurd is. We kunnen je zijn bekentenis laten horen. Rechercheur Pierre Lambert is degene die verantwoordelijk is voor haar dood. Híj heeft haar met een smoes meegenomen en híj heeft haar vastgebonden.'

Bo ziet Hassan bleek worden.

'Nee... nee...' stamelt hij. 'En dat hebben jullie opgenomen?' Hassan vliegt overeind, zijn stoel valt achterover. 'Dan moeten we naar de politie!' schreeuwt hij.

Inès zet zijn stoel recht. 'Dat hoeft niet,' zegt ze rustig. 'Yves heeft zichzelf vanmiddag aangegeven.'

Hassan staart hen verbijsterd aan. 'Hij is nu op het bureau?' vraagt hij.

Bo pakt haar telefoon. 'Ik app je nu het nummer van Yvonne LeBlanc. Zij is degene die vanmiddag Yves' verklaring heeft opgenomen. Ze zal zelf zo snel mogelijk contact met jou opnemen, maar daar hoef je natuurlijk niet op te wachten. Als jij haar belt, regel ik een taxi voor je.'

72

Bordeaux, dag 18 – vrijdag

Bo staart naar het plafond. Ze heeft tot vannacht halftwee gebeld met Joost en geappt met Raoul. Gelukkig heeft Marije woord gehouden en de kranten nog niet geïnformeerd. Straks gaat ze haar groen licht geven. Inès ligt nog te slapen, hoe doet ze dat toch? Bo is na zo'n dag als gisteren zo opgewonden dat ze maar moeilijk tot rust kan komen.

'Ben je al lang wakker?' klinkt het ineens vanuit het bed naast haar.

Inès ligt op haar zij en steunt op een elleboog. Ze kijkt Bo met slaperige ogen aan.

'Ik heb zo wild gedroomd vannacht dat ik er doodmoe van ben,' zegt Inès. Ze gaapt nadrukkelijk. 'Zullen we maar opstaan?'

'Eén seconde,' antwoordt Bo. Ze pakt haar iPhone en toetst een bericht in voor Marije. *Gooi het persbericht er maar uit. Ik ben vandaag telefonisch niet bereikbaar. Ik stuur je de opnames van gisteren voor de laatste aflevering.* Daarna zet ze het geluid van haar toestel uit. Natuurlijk wil ze wel telefoontjes ontvangen, alleen niet van kranten die interviews willen. Morgen is er weer een dag.

'Misschien moeten we Hassan voorstellen om straks langs Amélie te gaan. Per slot van rekening is het aan haar te danken dat de moordenaar van zijn zusje is opgepakt,' zegt Inès.

'We kunnen het hem zo dadelijk voorstellen.' Bo slaat het dekbed van zich af. Eerst wil ze douchen en daarna ontbijten. Vandaag zal het verhaal ook wel in de Franse kranten staan. Het zal niet gemakkelijk geweest zijn voor het korps Bordeaux om iemand uit hun eigen gelederen te moeten arresteren voor zo'n zwaar delict. Zouden ze Lambert vertellen dat Yves een getuigenis heeft afgelegd?

Inès staat al onder de douche, ze hoort het water lopen. Dan kan ze net zo goed de kans aangrijpen om het gesprek tussen Yves en Amélie naar Benny te sturen. Ze pakt haar recorder en begint te praten.

Gisteren heeft Amélie LaRoche, de decaan van de Universiteit van Bordeaux, haar vader Yves gevraagd eerlijk te zijn over zijn rol bij de dood van Sinem Yilmaz. Dit gesprek hebben we opgenomen. We hebben toestemming van Amélie om de opname te gebruiken. Gistermiddag heeft Yves LaRoche een bekentenis afgelegd. We hebben nog geen bericht ontvangen dat de dader is gearresteerd, maar we gaan ervan uit dat dit gebeurd is.

Ze laadt de opnames voor de derde en vierde aflevering in haar laptop. Even later tikt ze de zescijferige code van WeTransfer in en drukt op verzenden. Ze kan vandaag nog een keertje aan Amélie vragen of ze haar vader wil bewegen toch in de uitzending van *Koffie en koek* te komen om zijn verhaal te doen. Dat zou wel helemaal een klapper zijn. Ze schudt het idee onmiddellijk van zich af. Vragen staat natuurlijk vrij, maar de kans is groot dat Yves weigert. Dan kan ze beter Amélie zelf naar de studio halen.

'Jouw beurt,' zegt Inès, die gewikkeld in een handdoek de badkamer uit komt. 'Ik trek vandaag een jurkje aan, voor het geval we op de foto moeten voor een krantenartikel.'

'Jij verandert ook nooit,' zegt Bo. Ze pakt een T-shirt en spijkerbroek uit de kast en gaat naar de badkamer.

Hassan ziet eruit alsof hij vannacht helemaal geen oog heeft dichtgedaan. Hij heeft zich inmiddels wel geschoren. Er is een zorgelijke rimpel op zijn voorhoofd verschenen.

'Jullie zijn vroeg op,' zegt hij als Bo en Inès de ontbijtruimte binnenkomen.

Bo gaat bij hem aan tafel zitten terwijl Inès naar het buffet loopt.

'Heb je je ouders al geïnformeerd?' vraagt ze.

Hassan knikt. 'Gisteravond, nadat ik bij het politiebureau vandaan kwam. Ze zijn blij maar ook zeer verdrietig. Mijn vader heeft destijds gevochten als een leeuw omdat hij niet kon geloven dat Sinem zelfmoord zou hebben gepleegd. Uiteindelijk heeft hij zich bij het oordeel van de Franse politie neergelegd. Hun leven staat nu voor een tweede keer op zijn kop. Dat Pierre Lambert spoorloos is helpt niet mee.'

'Wat?' roept Bo uit. 'Is Lambert verdwenen?'

'Dat wisten jullie natuurlijk nog niet,' zegt Hassan. 'Gisteren is de politie met een arrestatieteam naar het huis van Yves gegaan, waar hij logeerde, maar zijn spullen waren weg. De Franse politie heeft de hele nacht staan posten bij zijn appartement in Parijs, maar ook daar is hij niet aangekomen. Vanmorgen vroeg kreeg ik een update van Yvonne LeBlanc.'

'Mag ik dit aan mijn werkgever laten weten?' vraagt Bo.

'Waarom niet? Er is al een opsporingsbevel uitgegaan. Zijn foto staat op de website van Interpol,' antwoordt Hassan.

Bo pakt haar iPhone. 'Ik vind dit zo verschrikkelijk voor jou en je ouders,' zegt ze terwijl ze het scherm opent.

'Pierre Lambert zal zijn straf niet ontlopen. Al moet ik vijftig privédetectives een jaar lang op deze zaak zetten,' zegt Hassan.

'Wat is er aan de hand?' vraagt Inès, die terug is van het buffet.

Hassan praat haar bij. Ondertussen tikt Bo een bericht voor *Koffie en koek* in: *De dader is voortvluchtig. Wil je dat Inès en ik hier ook verslag van doen?*

Marije zit kennelijk met haar telefoon in haar hand. *Graag*, verschijnt er direct op het scherm.

'Waar kan die man heen zijn gegaan?' vraagt Inès.

Bo denkt diep na. Ze kennen Lambert onvoldoende om daar een antwoord op te geven. Wat haar betreft kan hij overal in Europa zijn.

Bo en Inès hebben Amélie voorgesteld om even bij elkaar te komen na gisteren. Vandaag kon Amélie onmogelijk weer vrij nemen, dus hebben ze afgesproken haar te treffen op de universiteit. 'De plek waar alles is begonnen,' noemde Hassan het verbitterd.

De stormschade van gisteren is grotendeels opgeruimd. Er rijden wagens van de gemeentelijke groenvoorziening door de straten om takken te ruimen en verderop in de straat wordt een grote plataan omgezaagd die scheef staat. De wortels steken boven de straatstenen uit. Zelfs Inès zegt niet veel terwijl ze in een rustig tempo naar de uni lopen. Bo is in gedachten verzonken. Ze weten niet of de dood van Brigitte Henri ook moord was, schiet haar te binnen. Moeten ze dat nog uitzoeken? Zou Moret er iets over kunnen vertellen?

Inmiddels is de universiteit in zicht. Er hangen studenten rond voor de ingang. Als ze dichterbij komen ziet Bo dat ze door de pers bevraagd worden. Even hoopt Bo dat ze ongezien naar binnen kunnen komen, maar zodra een journalist hen in het vizier krijgt, rent hij op hen af.

'Mevrouw Schippers?' vraagt hij en hij steekt een microfoon onder haar neus. 'Ik ben van France 2, mag ik u een paar vragen stellen?'

Nog voor Bo kan antwoorden zijn ze omringd door de pers en worden er minstens tien microfoons naar haar en Inès uitgestoken. Hassan staat er verloren bij te kijken. De journalisten hebben geen enkele aandacht voor hem.

'Hoe bent u erachter gekomen dat de voormalige decaan betrokken was bij de dood van een student? En wat zijn uw gedachten over deze universiteit nu eerder een docent schuldig bleek aan moord? Zijn jongeren nog wel veilig op deze school?'

De vragen duizelen Bo een beetje. Ze voelt zich ingesloten. Inès lijkt het totaal niet te deren, die staat erbij alsof ze de koningin van het bal is in de oranje jurk die ze vorige week kocht. Zonder dat Bo het hoeft te vragen begint Inès de vragen te beantwoorden.

'De studenten zijn veiliger dan ooit nu de rotte appels verwijderd zijn,' zegt ze. 'En dat dankzij de nieuwe decaan van deze universiteit, die haar eigen vader ertoe heeft bewogen open kaart te spelen. Hoe wij erachter zijn gekomen vertel ik graag in een interview en niet hier op straat.'

Bo moet vanbinnen glimlachen. Het is mooi hoe zij en Inès allebei hun eigen kwaliteiten hebben, die elkaar goed aanvullen.

'Daar staat Hassan Yilmaz,' zegt Bo. 'Hij is de broer van Sinem.'

De journalist kijkt over zijn schouder. Onmiddellijk gaan de microfoons zijn kant op. Terwijl Hassan hun vragen beantwoordt komt Inès naast Bo staan. Ze slaat een arm om haar schouder.

'We zijn een meer dan goed team, Bo,' zegt ze. 'We zijn gewoon voor elkaar gemaakt. Als wij samen aan de slag gaan, kunnen ze bij Interpol wel inpakken.'

Bo schudt lachend haar hoofd. 'Je hoeft mij niet te overtuigen, hoor. Zullen we naar binnen gaan? Amélie wacht op ons.'

'Hassan!' roept Inès.

Hij kijkt haar over de hoofden aan.

'Ga je mee?' vraagt ze.

'Uiteraard ben ik bereid om vanavond live in uw programma te verschijnen,' horen ze hem zeggen. Hij haalt een kaartje uit zijn borstzakje en geeft dat aan de journalist van France 2. 'Dit is het nummer waarop u me kunt bereiken.'

73

In de rust van Amélies kantoor kunnen ze alle drie even op adem komen. Ze zitten met z'n vieren rond haar bureau en even lijkt niemand te weten wat hij of zij moet zeggen. Amélie heeft donkere wallen onder haar ogen. Ze opent als eerste het gesprek.

'Ik ben vannacht bij mijn moeder gebleven,' zegt ze. 'Het gaat uiteraard niet goed met haar. Al die jaren heeft ze wel vermoed dat er dingen niet klopten. Ze wist niet precies wat mijn vader verdiende, maar het kon nooit zoveel zijn om alles te bekostigen. Het chalet, het jacht in Port Médoc en zelfs de stadsvilla had hij nooit kunnen betalen zonder die fraude. Een paar keer heeft ze mijn vader gevraagd hoe ze toch aan al dat geld kwamen. Hij heeft haar wijsgemaakt dat hun aandelenpakket heel veel opleverde. Ze heeft het voor zoete koek geslikt.'

'En jij?' vraagt Bo.

Amélie trekt haar wenkbrauwen kort op. 'Eigenlijk ben ik ook naïef geweest, net als mijn moeder. We hebben onze kop in het zand gestoken. Dat andere meisje, Edda Biancchi, blijkt ook te zijn vermoord omdat ze die fraude op het spoor was, en niet enkel en alleen omdat ze Philippe heeft afgewezen,' zegt ze.

'Dus, Philippe heeft gelogen toen hij tegen de politie bekende dat hij Edda vermoordde omdat ze hem afwees?' vraagt Bo.

Amélie zucht. 'Ja. Die fraude is nog steeds gaande. Philippe beschermde niet alleen het voltallige bestuur van de uni met die leugen, maar ook Lambert, en bovendien, zo behield hij zijn aandeel. Een appeltje voor de dorst als hij in de gevangenis kwam. Ik had beter moeten opletten,' zegt ze hoofdschuddend. 'Mijn vader bemoeide zich nog altijd met de universiteit en pas nu weet ik waarom. Ik dacht dat hij mij wilde helpen.' Ze klinkt verdrietig.

Bo laat haar woorden even op zich inwerken. Dit moet een drama zijn voor Amélie en haar moeder. Hun hele leven is gebouwd op een leugen!

'Hebben jullie trouwens al gehoord dat Pierre Lambert voortvluchtig is?' gaat Amélie verder. 'Dat is toch vreemd? Hij kon helemaal niet weten dat mijn vader een bekentenis zou gaan afleggen.'

Bo kijkt haar verrast aan. Iemand moet Lambert hebben ingelicht.

'Ik weet wat je denkt, Bo,' zegt Amélie. 'Maar mijn vader heeft Lambert echt niet gewaarschuwd en ik ook niet. Het moet iemand van de politie Bordeaux zijn geweest, anders zou ik het niet weten. Niemand wist gisteravond dat mijn vader een bekentenis heeft afgelegd. Behalve jullie, ik en de politie.'

'Ik en mijn ouders zijn je heel dankbaar,' zegt Hassan. 'Dit moet ook heel moeilijk voor jou en je moeder zijn. Is het al bekend of je vader vervolgd zal worden voor de fraude?'

Amélie slikt. 'Nee, er is nog geen beslissing genomen. Vanmorgen heb ik kort met mijn vaders advocaat gesproken, die heeft gezegd dat het hem zou verbazen als er tot vervolging wordt overgegaan. Wel is er een kans dat subsidiegevers hun geld gaan terugeisen.'

'Moeten je ouders dan hun huis verkopen?' vraagt Inès.

'En de boot, en het chalet. Alles. Ik heb mijn moeder al voorgesteld dat ze dan bij mij intrekken. Ik woon toch maar in mijn eentje in dat grote huis,' zegt Amélie berustend.

'Dat wordt een heel ander leven voor je moeder,' mengt Hassan zich in het gesprek.

Het is mooi dat hij ondanks alles begaan is met Amélies moeder, denkt Bo.

'Zou je moeder met mij willen praten, denk je?' vraagt Hassan.

Amélie heeft het moeilijk met die vraag, ziet Bo.

'Ik denk dat ze het je verplicht is,' antwoordt Amélie. 'Hoe lang ben je nog in Bordeaux?'

'Ik vlieg vanavond terug naar Turkije. Mijn ouders willen graag dat ik naar huis kom.'

Amélie staat op. 'In dat geval ga ik nu mijn moeder even bellen en vertellen dat wij eraan komen.'

Onderweg in de auto is iedereen stil. Amélies moeder stond niet te springen om Hassan te ontvangen, maar is wel akkoord gegaan. Als ze de brug oversteken ziet Bo dat het water weer rustig als altijd stroomt. Ze wil zelf ook naar huis. Lekker tegen Joost aan kruipen op de bank en hem alles vertellen over de afgelopen week. Het enige wat haar nog dwarszit is de dood van Brigitte Henri. Misschien moet ze Moret gewoon bellen en hem vragen of hij autopsie op haar heeft verricht.

Amélie slaat een smalle straat in die uitkomt op het plein waar haar ouders wonen.

'Ik heb een hele nacht in die nis gestaan,' zegt Hassan terwijl hij de plek aanwijst. 'Dat doe ik nooit meer.'

Amélie opent de deur van haar ouderlijk huis. Onmiddellijk komt haar moeder de gang in. De vriendelijke vrouw die van de week thee voor hen inschonk ziet er verbitterd en verdrietig uit. Ze slaat haar armen om Amélie heen.

'Yves moet daar nog een paar nachten blijven,' zegt ze snikkend.

Amélies hand belandt op de rug van haar moeder. 'Het komt goed, mama,' zegt ze. 'Ik blijf thuis slapen tot papa er weer is.'

Als haar moeder gekalmeerd is laat Amélie haar los.

Amélies moeder pakt Hassans uitgestoken hand met twee handen vast.

'Het spijt me zo verschrikkelijk voor u en uw ouders,' zegt ze. 'Dit had nooit mogen gebeuren. Nooit!'

Er glinstert vocht in Hassans ogen. De statige man lijkt plotseling een beetje in elkaar te krimpen. 'Het is goed,' zegt hij met verstikte stem.

Amélies moeder laat hem los. 'Komen jullie maar verder, dan gaan we in de tuin zitten.'

Ze loopt voor hen uit naar achteren. Hassan volgt haar als eerste, Amélie sluit de rij.

'Dat is vreemd,' hoort Bo Amelie achter zich mompelen.

Bo kijkt om.
'Wat?' vraagt ze aan Amélie, die stil is blijven staan.
Amélie wijst naar een ouderwets sleutelbord. 'Zolang als ik me kan herinneren hingen de sleutels van het chalet en van het jacht hieraan, maar die van het jacht zijn weg.'
'Misschien heeft je vader het al verkocht?' oppert Bo.
'Ja, misschien,' zegt ze peinzend.

Als ze in de tuin komen zitten Hassan en Inès al aan een glas limonade.
'Willen jullie ook?' vraagt Amélies moeder.
'Lekker,' zegt Bo en ze pakt een stoel.
'Mag ik je wat vragen, mama?' Amélie blijft staan.
'Natuurlijk, lieverd.' Amélies moeder schenkt de andere glazen ook in.
'Waar zijn de sleutels van het jacht in Port Médoc?'
Amélies moeder kijkt op. 'Gewoon, op de plek waar ze altijd hangen. Wil je naar Port Médoc?'
'Daar hangen ze niet,' zegt Amélie. 'Heeft papa het jacht soms verkocht?'
'Niet dat ik weet. Toe, ga zitten,' zegt haar moeder. 'Die sleutels komen echt wel weer tevoorschijn.'
'Is uw man nog thuis geweest voor hij naar het politiebureau ging?' vraagt Bo.
Amélie kijkt haar verschrikt aan.
'Hij kwam afscheid van me nemen,' zegt Amélies moeder. Haar stem trilt. 'Dat mocht toch wel?'
'En was Pierre Lambert op dat moment nog hier?' vraagt Amélie.
'Hij zat in de tuin,' antwoordt haar moeder. 'Tien minuten nadat papa was vertrokken is Pierre terug naar Parijs gegaan. Hij had gisteravond een afspraak. Waarom vraag je dat?' Ineens gaat haar hand naar haar mond. 'O nee,' zegt ze. 'Denk je dat Pierre de sleutels van het jacht heeft meegenomen? Nee, dat zou hij nooit zonder toestemming doen. Waarschijnlijk heeft je vader ze elders opgeborgen.'

'Daar komen we dus niet achter.' Amélie gaat naast haar moeder zitten.

'Ik heb het nummer van Yvonne LeBlanc,' zegt Bo. 'Zal ik haar bellen? Hoe heet die boot?'

'Poseidon,' antwoordt Amélie.

'Jullie denken dat Lambert zich in Port Médoc heeft verborgen?' vraagt Hassan.

'Het zou mij niets verbazen.' Bo zoekt het nummer van Yvonne op, het duurt even voor de agent opneemt.

'Bo,' zegt ze. 'Kan ik je ergens mee helpen?'

'Nee,' antwoordt Bo. 'Ik kan jullie misschien ergens mee helpen. Amélie LaRoche ontdekt zojuist dat de sleutels van haar vaders jacht verdwenen zijn. We vermoeden dat Pierre Lambert ze heeft meegenomen en zich in Port Médoc schuilhoudt.'

'Jullie weten niet zeker of Pierre Lambert die sleutels in zijn bezit heeft?' vraagt Yvonne.

'Ze zijn verdwenen uit het huis van Yves LaRoche. Lambert logeerde hier. Wie heeft ze anders meegenomen?' vraagt Bo. Als ze het zo verwoordt, begint zelfs zij te twijfelen.

'Yves LaRoche zelf?' oppert Yvonne.

'Aan die mogelijkheid hebben wij ook gedacht.'

'Blijf aan de lijn,' zegt Yvonne.

Terwijl Bo wacht tot Yvonne terug is kan ze nauwelijks stil blijven staan van de zenuwen. Dit is allemaal verloren tijd! Ze maakt oogcontact met Inès, die haar stoel in het zonnetje getrokken heeft. Het duurt zeker een paar minuten voor Yvonne terug is.

'Yves LaRoche heeft zojuist verklaard dat de sleutel van het jacht aan zijn sleutelbos zit,' zegt ze.

'En jullie geloven die man op zijn woord?' vraagt Bo verbijsterd.

'Normaal gesproken zouden we dat niet doen, maar een uur geleden hebben we een tip binnengekregen van een informant. Lambert houdt zich bij een vriend in Parijs op. Er is een arrestatieteam onderweg naar dat adres. Je hoort van me zodra ik meer weet.'

Nadat Bo gedag heeft gezegd verbreekt ze de verbinding.

'Heeft mijn vader hem meegenomen?' vraagt Amélie.

Bo gaat zitten. 'Er is een anonieme tip binnengekomen dat Lambert in Parijs zit en de sleutel van de Poseidon hangt aan jouw vaders sleutelbos.' Het klinkt als een heldere conclusie, maar toch blijft er een onbestemd gevoel in haar buik hangen. Iets zegt haar dat Lambert helemaal niet naar Parijs is.

'De reservesleutel hangt aan mijn mans sleutelbos, dat klopt,' merkt Amélies moeder op. 'Maar we zoeken de hele sleutelbos, toch? Denk je dat je vader die aan Pierre gegeven heeft?' vraagt ze aan haar dochter.

'Waar ligt Port Médoc?' vraagt Bo nog voor Amélie haar moeder antwoord kan geven. 'Ik wil liever het zekere voor het onzekere nemen en niet wachten tot de politie in Parijs uitsluitsel geeft.'

'Aan zee, waar de rivieren de Garonne en de Dordogne bij elkaar komen,' zegt Amélie. 'We kunnen er met mijn auto heen rijden.'

Inès komt overeind en gaapt. 'Nou, op naar Port Médoc dan. Ga jij ook mee?' vraagt ze aan Hassan.

'Uiteraard,' zegt Hassan. Hij schiet overeind. 'Is het ver?'

'Twee uur,' antwoordt Amélie.

Bo moet haar teleurstelling onderdrukken. Ze had gehoopt dat het veel dichterbij zou zijn.

'We komen op tijd, Bo,' stelt Inès haar gerust.

Waarschijnlijk heeft Inès gelijk, denkt Bo. Het allerbelangrijkste is dat ze Pierre Lambert mogelijk hebben getraceerd. Ze opent haar app en stuurt een kort bericht naar Marije met het laatste nieuws. Dan pakt ze haar tas en zegt Amélies moeder gedag.

74

'Gaat er een snelweg die kant op?' vraagt Bo als ze naast Amélie voor in de auto zit.

'Helaas, we zullen via een binnenweg moeten. Maak je geen zorgen, Bo, we komen echt op tijd.' Ze start de auto en rijdt het pleintje af. Even later verlaten ze de stad. Een poosje rijden ze langs de Garonne, tot ze de rivier verlaten. Het landschap wordt vlakker naarmate ze de kust naderen.

'Mijn vader kocht het jacht in 1988,' begint Amélie te vertellen. 'Hij is een paar keer met zijn vrienden gaan varen. Pierre Lambert was daar altijd bij, die kent de boot op zijn duimpje. Ze zijn zelfs naar Engeland gevaren met de Poseidon.'

'Is het jacht zo groot?' vraagt Inès vanaf de achterbank.

'Zes slaapkamers. De Poseidon heeft drie dekken,' antwoordt Amélie.

Dat is zeker geen kleine boot, denkt Bo. Ze heeft dergelijke jachten weleens in de haven van Dénia in Spanje zien liggen als ze met haar ouders op vakantie was.

'Ben jij ook weleens mee geweest?' vraagt Bo.

'Toen ik nog thuis woonde heel vaak. Mijn vader was gek op varen. Hij heeft altijd een keer de oceaan willen oversteken, maar dat is er nooit van gekomen. Het is een prachtige boot,' zegt Amélie.

Bo pakt haar tas van de grond en haalt de opnameapparatuur eruit. Ze wil er zeker van zijn dat die het straks goed doet en wisselt de batterijen.

Tegen de tijd dat Port Médoc in zicht komt ziet Bo dranghekken op de weg staan. Amélie remt af en rijdt rustig door tot ze wel moet stoppen. Er staan twee politieauto's bij. Amélie opent het raam.

'Mogen we niet verder?' vraagt ze.

'Sorry mevrouw, orders van hogerhand.'

Deze afzetting is waarschijnlijk neergezet om te voorkomen dat Pierre Lambert kan vluchten. Yvonne LeBlanc heeft dus wel degelijk voorzorgsmaatregelen genomen, mocht de informant ernaast zitten. Ze buigt over Amélie heen tot ze de agent in zijn ogen kan kijken.

'Mogen we wel lopend verder?' vraagt ze.

'Helaas,' zegt de agent.

Bo gaat weer zitten. Dit schiet niet op zo.

'Dan rijden we weer terug naar huis,' zegt Amélie. Ze sluit het raam.

Als de agent buiten gehoorsafstand is vraagt Bo: 'Meen je dat? Gaan we terug naar Bordeaux?'

'Nee, natuurlijk niet. Ik ken dit gebied op mijn duimpje,' antwoordt Amélie.

Ze slaan rechts af en niet veel later rijdt Amélie een boerenerf op. Een grote herdershond komt blaffend op hen afgerend. Er stapt een oude vrouw met een melkbus uit een schuur. Ze draagt een versleten keukenschort en heeft een hoofddoekje op.

'Amélie LaRoche! Jou heb ik hier lang niet gezien,' zegt ze. 'Hoe is het met je? Wat kan ik voor je doen?' De vrouw zet haar melkbus weg.

'Mag ik mijn auto hier achterlaten en door jullie veld naar de jachthaven lopen? We willen graag een uurtje varen,' vraagt Amélie.

'Maar natuurlijk. Zijn dit vrienden van jou?' De vrouw kijkt naar Bo, Inès en Hassan en geeft hun een kort knikje ter begroeting. 'Wat een toestand hè, verderop,' gaat ze verder tegen Amélie. 'Het schijnt dat een moordenaar zich schuilhoudt in de haven. Kijken jullie uit?'

'Altijd, Marie.' Amélie geeft de vrouw een kus op haar wang. 'Als we vanmiddag terug zijn koop ik twee liter van die heerlijke melk van je.'

'Heel goed. Ik zal het voor je klaarzetten. Nou, loop maar vlug naar de haven, voordat de politie ook het water heeft afgezet.' De vrouw loopt de schuur weer in.

'Gaan jullie allemaal mee?' vraagt Amélie. 'Vanaf hier is het hooguit tien minuten lopen.'

Terwijl ze tussen Maries koeien door over het gras richting de haven wandelen tuurt Bo in de verte. 'Ik zie nog geen water.'

'Logisch, de bomen ontnemen ons het zicht,' zegt Inès terwijl ze Amélie blijven volgen.

Hassan lijkt met elke minuut dat ze dichter bij Port Médoc komen wel stiller te worden. Ze hoopt zo dat Amélie gelijk heeft en dat Pierre Lambert zich inderdaad op Yves' jacht verschanst heeft. Anders is deze hele tocht voor niets.

'We moeten over de afrastering klimmen,' zegt Amélie als ze bij een prikkeldraadhek zijn gekomen. 'Redden jullie dat zonder kleerscheuren?'

Hassan zet zijn hand op een paaltje en een voet op het prikkeldraad. Hij zet zich af en landt keurig aan de andere kant van het hek. Amélie en Inès volgen zijn voorbeeld. Bo bergt de recorder op in de tas en geeft die aan Inès voordat ze eroverheen klimt. Als ze aan de andere kant staat haalt ze het apparaat weer tevoorschijn. Ze lopen over een pad dat door een smal bos leidt. Er klingelen tuigen. Het kan niet anders of ze zijn vlakbij.

'Wacht,' zegt Amélie ineens. Ze strekt haar arm, ten teken dat iedereen moet blijven waar hij is, en loopt dan zelf een stukje verder tot ze bij de rand van het bos is. Daar aangekomen hurkt ze achter een struik. Bo wordt ongeduldig, het liefst zou ze gewoon doorlopen. Lambert zal echt niet met een verrekijker uit het raampje hangen.

Amélie komt weer overeind en komt hun kant op. 'Alles ziet er heel gewoon uit. Er zitten mensen op het terras van het havenrestaurant en de winkeltjes zijn open.'

'Wat stel je voor?' vraagt Bo.

'Ik heb geen idee,' antwoordt Amélie.

Hassan wrijft met twee handen door zijn haar. 'Ligt jullie jacht hier vlakbij?' vraagt hij.

'Vanaf hier gezien liggen we aan de tweede steiger, maar je hoort het als iemand over het plankier aan komt lopen en als we aan boord gaan merkt Lambert het zeker. Als we aan het dek van het jacht dat ernaast ligt stappen, hebben we goed uitzicht op de Poseidon zonder dat het opvalt.'

'Maar dat jacht is van iemand,' zegt Bo. 'Valt dat niet onder huisvredebreuk of zoiets?'

Amélie lacht schamper. 'Het is inderdaad van iemand. Van de oude bestuursvoorzitter van de universiteit. Ik heb wel een idee hoe hij eraan gekomen is.'

'In dat geval heb ik er geen enkele moeite mee. Tenzij die man op zijn boot is, dan wordt het iets anders,' zegt Bo.

'Dat is onmogelijk,' antwoordt Amélie. 'Hij is vorig jaar overleden en sindsdien ruziën zijn kinderen om de erfenis. De sleutel van dat jacht ligt bij de notaris.'

'Zullen we rustig die kant op lopen en aan boord gaan?' stelt Bo voor. 'Dan vallen we het minste op.'

Amélie knikt met haar hoofd, alsof ze zichzelf moet overtuigen dat dit een goed plan is. 'Oké,' zegt ze. 'Gaan jullie mee?'

Rustig wandelen ze over de grasrand naar het havenkantoor en vanaf daar de tweede steiger op. Even later zijn ze aan boord. Amélie gaat op de ronde bank in de kuip zitten.

'Nu kunnen we slechts afwachten tot er iets aan boord van de Poseidon beweegt,' zegt ze.

Bo zet haar opnameapparaat aan terwijl Inès foto's maakt. De gordijnen van de Poseidon zijn gesloten en het jacht ligt er doodstil bij. Bo kijkt langs de kajuit naar de boten die aan een steiger verderop zijn aangemeerd. De Poseidon is verreweg het grootste jacht dat in Port Médoc ligt. Er komt een bericht binnen. De ping levert haar een nijdige blik van Inès op, die een vinger op haar mond legt. Het is een bericht van Yvonne. *Vals alarm*, leest Bo. Ze tikt een bericht terug: *Gaan jullie in Port Médoc kijken?* Een paar minuten blijft ze naar het scherm staren, maar er komt geen antwoord.

'Lambert zat niet in Parijs,' fluistert ze.

Inès werpt een korte blik op de Poseidon. 'Dan moet hij daar zijn,' zegt ze zachtjes.

Die kans is groot, denkt Bo. Maar niets wijst erop dat ze gelijk hebben. Het jacht van de LaRoches ziet er vooralsnog verlaten uit. Misschien moeten ze aan boord stappen en afwachten wat er gebeurt. Zij zijn met z'n vieren en Pierre Lambert is een oude man. Het moet niet ingewikkeld zijn om hem te overmeesteren.

'Wat kunnen we doen als hij wegvaart?' vraagt Inès.

'Dan zal hij toch eerst naar de stuurhut moeten gaan.' Amélie wijst naar het bovenste dek.

Ook daar is geen enkele beweging te zien, maar dat zegt weinig, denkt Bo. Als Lambert op de vloer van de hut zit is hij niet zichtbaar. Dit wachten is zenuwslopend, en dat ze geen enkel plan hebben maakt het er niet beter op. Bo kijkt achterom naar het havenrestaurant. Het terras is nog steeds vol. Niets in de haven ziet eruit alsof er straks een arrestatieteam komt binnenvallen.

'Het gordijn beneden bewoog,' fluistert Inès opgewonden. 'Alsof iemand binnen erlangs liep.' Vlug maakt ze weer een paar foto's.

Bo speurt met haar ogen de ramen van de Poseidon af, maar ziet niets.

'Weet je het zeker?' vraagt ze.

Inès blijft gebiologeerd naar het jacht staren terwijl ze zachtjes knikt.

Als het klopt moet er iemand aan boord zijn. Gespannen kijken ze alle vier naar de boot, maar er is niets te zien. Net als Bo zich weer ontspant, ziet ze boven bij de kajuit iets bewegen. Er glijdt een gebogen rug langs het raam, die onmiddellijk weer uit het zicht verdwijnt. Het kan niet anders of Pierre Lambert maakt zich op voor een reis.

'Hij gaat vertrekken,' zegt ze.

Inès kijkt naar de kajuit. 'Volgens mij zit hij nog steeds op het laagste dek,' zegt ze.

Bo is vastberaden. Ze heeft overduidelijk iemand gebukt langs het raam van de stuurhut zien lopen. Het is mogelijk om vanaf deze boot op het dek van de Poseidon te springen en dan via de buitentrappen naar de stuurhut te gaan. Zou ze dat durven?

'Misschien moeten we aan boord klimmen,' stelt ze voor.

Bo's iPhone pingt. Yvonne heeft eindelijk een antwoord teruggestuurd. *Over een halfuur staat het arrestatieteam klaar.* Ze laat het bericht aan de andere drie lezen.

'Dat duurt veel te lang. Gaan ze eerst koffiedrinken of zo?' mompelt Inès.

Tien minuten lang gebeurt er niets. Niet op de Poseidon en niet bij het havenrestaurant. Dan ziet Bo mensen opstaan en van het terras weglopen, in groepjes, ineens. De havenmeester loopt over het plankier langs de boten en lijkt te controleren of er mensen aan dek zitten.

'Ik denk dat we moeten gaan,' zegt Amélie met een kort knikje naar de havenmeester. Ze heeft de woorden nog niet uitgesproken, of de motor van de Poseidon begint te bonken. In de stuurhut verschijnt Lamberts rug, Bo herkent het gekrulde grijze haar dat over zijn kraag valt. Langzaam komt de boot op gang. Als ze nu niets doen, verdwijnt hij straks naar open zee. Dan kan de kustwacht hem nog opsporen of zien ze hem niet meer terug. Bo kijkt Inès verschrikt aan terwijl het jacht van Yves zich losmaakt van de aanlegplaats.

'Wat doen we? Springen? Nu beslissen!' roept Bo. Ze drukt haar apparatuur in Hassans hand.

Inès pakt Bo's hand en trekt haar overeind. Samen rennen ze de bank tegenover hen op. Dan laat Inès haar los en zet zich met een voet af op de reling. Met een keurig boogje belandt ze in de kuip van de Poseidon, gevolgd door Bo. Net op tijd, want het jacht keert richting zee.

Bo rent de trap van het volgende dek op, Inès volgt haar op de voet. Daar aangekomen kijkt ze omhoog. Pierre Lambert lijkt niets in de gaten te hebben, waarschijnlijk maakt de dieselmotor te veel lawaai. Ze pakt de leuning van de laatste trap omhoog en klimt naar de stuurhut. De deur is open, voelt Bo, als ze de klink voorzichtig naar beneden duwt. Ze kijkt achterom naar Inès, die een knikje geeft. Zonder er nog één seconde over na te denken opent Bo de deur.

Lambert kijkt hen van over zijn schouder aan.

'Ik had het kunnen weten! Jullie kunnen het maar niet loslaten, hè,' zegt hij op dreigende toon terwijl hij het stuurwiel vast blijft houden. 'Wegwezen,' snauwt hij, 'allebei. Voor er ongelukken gebeuren.'

Inès kijkt Bo aan.

'U moet stoppen, meneer Lambert,' zegt ze dan resoluut. 'Er is een arrestatieteam onderweg.'

Lambert vaart door zonder hun ook maar één blik waardig te keuren. Inmiddels koersen ze naar open zee. Hij zet het stuurwiel vast en graait in de binnenzak van zijn jasje. Bo voelt het bloed in haar aderen stollen. Natuurlijk. Lambert heeft een wapen mee.

Vliegensvlug schiet ze naar voren en geeft Pierre Lambert een harde duw in zijn rug. Hij valt op de grond. Het schot dat voor een van hen bedoeld was, eindigt in het plafond. Terwijl Bo het wapen uit zijn handen schopt trekt Inès de sleutel van de Poseidon eruit en de motor valt stil. Bo bukt en pakt het kleine pistool.

'Wegwezen, nu!' Ze duikt richting de deur van de stuurhut.

'Wauw, Bo,' stamelt Inès, die achter haar aan rent.

Ondertussen probeert Pierre Lambert overeind te krabbelen, hij graait naar iets om zich aan vast te grijpen. Dit gevecht gaan we niet aan, denkt Bo terwijl ze achteromkijkt, en ze rent samen met Inès de trap naar het lagergelegen dek af.

'Blijf staan,' schreeuwt Lambert achter hen.

Zonder aankondiging duikt Inès in het water. Bo twijfelt een seconde, maar als ze Lambert de trap af ziet komen duikt ook zij, met het pistool in haar hand geklemd, het ijskoude water in.

75

'Dat was erg roekeloos, dames,' zegt de leider van het arrestatieteam die hen uit het water plukt.

De Poseidon dobbert stuurloos rond bij de monding van de haven, ziet Bo terwijl ze bibberend op het plankier staat. Er zijn een paar agenten aan boord geklommen en inmiddels is Pierre Lambert in de boeien geslagen. Het pistool ligt op de bodem van de zee.

'Het is ook niet handig om een tip van Schippers en Al Amrani als onzin te bestempelen,' moppert Inès. Haar kleding plakt aan haar lijf.

'Onzin?' herhaalt de agent. 'We stonden met een heel team klaar!'

'Als wij niet hadden ingegrepen was hij weggevaren,' zegt Bo.

Dankbaar pakt ze de handdoek aan die de havenmeester hun aanreikt.

'Kom straks in de winkel maar iets droogs aantrekken,' zegt hij.

De agent schudt zijn hoofd. 'Als jullie niet in die kuip waren gaan zitten had hij vermoedelijk geen lont geroken. We zullen het nooit weten. Gaan jullie je maar omkleden.'

Hassan en Amélie worden verderop ondervraagd door een andere agent, ziet Bo.

'Ga je mee?' vraagt ze aan Inès. 'Onze taak hier zit er echt op.'

Amélie rekent twee liter melk af met de boerin terwijl Bo, Inès en Hassan al in de auto zitten. Hassan telefoneert met zijn ouders.

Inès zit achter Bo op de achterbank en laat haar handen op Bo's schouders rusten. 'Dat hebben we goed gedaan, Bootje,' zegt ze.

Bo legt haar handen op die van Inès. 'Zeker, private eye Al Amrani. Toch vrees ik dat we nog een standje gaan krijgen van Yvonne LeBlanc.'

Amélie stapt in en start de auto.

'Kun je mij afzetten bij het politiebureau?' vraagt Hassan.

'Dat is geen enkel probleem,' zegt Amélie. Ze schakelt door en even later zijn ze weer op weg naar Bordeaux.

Bo zet haar stoel een tandje verder achterover. De vermoeidheid overvalt haar. Hun zoektocht zit erop, ze kan rusten. Ze doet haar ogen dicht. Kort, want ineens schiet haar iets te binnen. Brigitte Henri! Ze wilde Moret nog bellen om hem vragen te stellen.

'Waar kan ik het nummer van Valentin Moret vinden?' vraagt ze aan Amélie. Per slot van rekening is de patholoog in dienst van de universiteit.

'Zijn doorkiesnummer staat in mijn telefoon,' antwoordt Amélie. 'Gebruik mijn toestel maar.'

Amélie geeft Bo de code en even later gaat het toestel van de patholoog over.

'Mevrouw LaRoche, waar kan ik u mee helpen?' vraagt Moret als hij opneemt.

'Sorry, dokter Moret. U spreekt met Bo, van de podcast. Vorige week was ik met Inès bij u, in verband met Sinem Yilmaz.'

Dokter Moret blijft even stil.

'Waar kan ik u mee helpen?' vraagt hij dan.

'Zegt de naam Brigitte Henri u iets?' vraagt Bo.

Amélie werpt een korte blik opzij bij het horen van die naam. Ze moet haar straks uitleggen waarom ze bij de patholoog informeert naar Brigitte, denkt Bo.

'Jazeker,' zegt Moret. 'En ik kan je geruststellen: ik vond geen enkele aanleiding om haar overlijden als verdacht te bestempelen.'

'Dank u, dat wilde ik weten,' zegt Bo. Ze legt de telefoon terug in het dashboardvakje.

'Mag ik vragen waar dat over ging?' vraagt Amélie.

'Gewoon, ik wilde er zeker van zijn dat...' Bo stopt met praten en zucht. 'Nou ja, je begrijpt het wel. Ik ga *Koffie en koek* updaten.'

'De foto's zijn al via de app naar Marije gestuurd,' zegt Inès vanaf de achterbank. Ze geeft Bo haar iPhone terug. 'Ik heb er ook een paar op onze insta gezet.'

'Dank je. Ik ga Joost even bellen om te zeggen dat ik naar huis kom,' zegt Bo.

Er staat zoveel pers bij het politiebureau dat ze het gebouw niet met de auto kunnen naderen.

'Lekker is dat,' zegt Inès.

'Ik parkeer gewoon aan de achterkant. Als Bo Yvonne LeBlanc kan bellen om te zeggen dat we eraan komen stuurt ze misschien wel een geleide.'

Terwijl Amélie een plekje zoekt probeert Bo de agent te bereiken. Ze moet een paar keer bellen voor er opgenomen wordt. In vlugge bewoordingen legt ze uit waar ze zijn.

'Ik laat jullie ophalen,' antwoordt Yvonne. 'Blijf maar in de auto wachten.'

Bo kijkt naar buiten. Als Pierre Lambert geen ex-politierechercheur was geweest, had de pers nooit zoveel aandacht geschonken aan deze zaak. Ze draait zich een kwartslag om Hassan aan te kunnen kijken.

'Wat zeiden je ouders?' vraagt ze.

'Ze zouden jou en Inès erg graag een keer willen ontmoeten om jullie persoonlijk te bedanken,' antwoordt hij.

Inès kijkt op van haar telefoon. 'Waarom komen jullie niet naar Nederland? Dan kunnen jullie je verhaal doen in een uitzending van *Koffie en koek*.'

Hassan moet glimlachen om haar voorstel. 'Dat is goed,' zegt hij. 'Als jullie ons daarna Amsterdam laten zien.'

'Amsterdam,' zegt Bo. 'Ben jij mal.'

'Utrecht!' roepen Bo en Inès allebei tegelijk.

Er wordt tegen het raam getikt. Een jonge agent staat naast de auto. Amélie doet het portier open.

'Ik moet u via de achterkant het bureau in leiden. Gaat u mee?'

Yvonne LeBlanc komt hun al in de gang tegemoet.

'Jullie hebben fantastisch werk geleverd, allemaal,' zegt ze.

'Kom, we gaan even in mijn kantoor zitten.'

Ze lopen de ruimte in die Bo inmiddels kan uittekenen. Buiten is het een gekkenhuis van journalisten en tv-ploegen. Yvonne draait de luxaflex voor de ramen dicht.

'Zo,' zegt ze. 'Neem plaats.'

Als iedereen zit steekt ze van wal. 'Nadat we Pierre Lambert hadden geconfronteerd met de bekentenis van Yves LaRoche heeft hij zelf een volledige bekentenis afgelegd. Hij heeft Sinem op 31 oktober opgehaald bij de universiteit en de nacht met haar en Philippe Bernard in zijn auto doorgebracht. Ze stonden bij een wijngaard vlak bij de plek waar Sinems lichaam gevonden werd. Sinem is het grootste deel van de nacht buiten kennis geweest. De volgende ochtend is ze versuft met hen meegelopen naar het spoor. Ik zal jullie de gruwelijke details besparen. Nog steeds begrijp ik niet hoe Lambert hieraan heeft kunnen meewerken.'

'Wat gaat er nu met hem gebeuren?' vraagt Bo.

'Hij wordt overgebracht naar een gevangenis buiten de stad. Daar blijft hij tot zijn proces achter de rug is. Aangezien hij bekend heeft, zal de zitting slechts een formaliteit zijn. Lambert is niet zo jong meer, hij zal in de gevangenis sterven,' zegt Yvonne. 'Het hele korps Bordeaux is in shock.'

'En mijn vader?' vraagt Amélie. 'Wat gebeurt er met hem?'

'Hij is medeplichtig aan het geheimhouden van een moord. Maar hij zal waarschijnlijk strafvermindering krijgen, zonder zijn bekentenis hadden we Lambert nooit op kunnen pakken.' Na die uitspraak wendt Yvonne zich tot Hassan. 'Meneer Yilmaz, namens het korps Bordeaux wil ik u onze diepste excuses aanbieden. Uw vader en moeder hebben al die tijd gelijk gehad. We hadden menselijk moeten handelen en hun zorgen serieus moeten nemen.'

Heel even lijkt niemand te weten wat hij of zij moet zeggen. Uiteindelijk is het Hassan die de stilte doorbreekt.

'Ik zou nu graag naar het vliegveld worden gebracht. Mijn ouders wachten op me in Istanbul.'

'Als u ons vertelt waar we uw bagage op kunnen halen, dan

brengen we u daarna onder geleide naar de vertrekhal,' antwoordt Yvonne.

'Dank u wel,' zegt Hassan. 'Dat zou erg fijn zijn. Dan boek ik ondertussen een ticket.'

'Wat gaan jullie doen?' vraagt Yvonne aan Bo en Inès.

'Naar huis,' zegt Bo met een diepe zucht. 'Kunnen jullie onze bagage ook ophalen in Boutique Hôtel & Spa? Ik heb echt geen zin in de pers.'

Yvonne glimlacht. 'Natuurlijk willen we dat doen. Nog één ding,' zegt ze. 'Dat was niet zo handig van jullie, om op dat dek te springen en Lambert te overmeesteren. Jullie wisten niet of hij gewapend was en hebben geluk gehad dat hij niks bij zich droeg.'

Bo en Inès kijken elkaar aan. Dan zegt Bo tegen Yvonne: 'Nou, dat moeten we je nog vertellen...'

Nadat Bo en Inès afscheid hebben genomen van Amélie wachten ze op het bureau tot ze naar het vliegveld worden gebracht. Buiten is het nog steeds een drukte van jewelste. Hassan heeft een kantoor toegewezen gekregen waar hij rustig naar Turkije kan bellen. Ook daar is de pers boven op de zaak gedoken.

'Denk je dat we nu echt op het vliegtuig terug zullen stappen?' vraagt Bo.

'Geen idee. Wie weet welke appel er nú weer in onze schoot valt,' antwoordt Inès. 'Luc komt over drie weken terug naar Europa. Hij heeft zijn ticket gewijzigd en landt op Schiphol. Volgens mij is het menens.'

'Wil je dat?' vraagt Bo.

'Natuurlijk wil ik dat,' roept Inès. 'Zolang hij me maar wel vrij laat!'

Bo begrijpt haar ineens zo ontzettend goed. Ook zij wil vrij zijn, maar dat hoeft een relatie niet in de weg te staan. Straks, als ze onderweg naar het vliegveld zijn, zal ze de opnames bij de jachthaven naar Marije sturen. Benny wil de volgende aflevering online hebben staan voordat de Nederlandse pers kopt dat de podcastmakers van *Koffie en koek* een tweede moord hebben opgelost. Daarna moeten ze Raoul vertellen dat ze Julia's zoektocht hebben afgerond. Als zij niet in deze zaak was gedoken, was dit allemaal nooit boven water gekomen. Als laatste wil ze Joost blij maken. Maar pas na het boarden! Misschien zitten ze over een week eindelijk op een terras op Santorini.

Epiloog

'Bo!'

Inès schreeuwt haar naam over de Utrechtse grachten. Ze zit op het terras van hun eetcafé aan de Oudegracht te wachten met twee glazen witte wijn. De zon is achter de huizen aan de voorkant gezakt, maar het is nog steeds warm buiten.

Inès klopt op de stoel naast haar. 'Ga zitten!'

'Je doet net alsof we elkaar weken niet gezien hebben,' zegt Bo.

Er belandt een arm om haar nek. Inès trekt haar naar zich toe en plant een kus boven haar oor. Dan laat ze haar los.

'We staan nog steeds op nummer één van de podcast-top tien.' Inès kijkt Bo triomfantelijk aan.

'Echt?' vraagt ze. 'Dat is Marije dan niet eens opgevallen. De uitzending met Hassan en zijn ouders brak al alle records. Heb je al tosti's besteld?'

'Natuurlijk niet, die zouden alleen maar koud zijn geworden. Wacht.' Inès komt overeind en loopt naar de bar.

Terwijl ze haar bestelling doet kijkt Bo uit over de gracht. Er varen studenten in bootjes voorbij en op de kade bij het water zijn de terrassen vol. Bordeaux was een prachtige stad, maar er gaat niets boven haar eigen Utrecht.

Inès ploft weer naast haar neer. 'Ik heb van de week mijn baan officieel opgezegd,' zegt ze. 'Mijn ouders snappen er niets van.'

'Wat?! Hoe voelt het?'

'Heerlijk,' antwoordt Inès. Dan wordt haar blik serieuzer. 'En jij? Heb je al met Joost gesproken over onze plannen?'

Bo neemt een slok van haar wijn. Die moet er al even staan, want hij is lauw.

'Oké, ik zie het al aan je gezicht. Hij wil dat je gewoon bij *Koffie en koek* blijft tot je uitgezakt en grijs pensioneert. Leuk, zo'n relatie. Dat zou Luc bij mij echt niet hoeven flikken.'

De witte wijn sproeit uit Bo's mond over het tafeltje. 'Sorry,' hikt ze van het lachen. 'Je kent Luc nauwelijks. Jullie hebben geen koopwoning samen, of een kinderwens.'

'Gelukkig niet, zeg.' Inès pakt een tissue uit haar tas en veegt het tafeltje droog. 'Enfin, het was een mooie droom, samen onderzoek doen en podcasts maken.' Ze gooit het natte zakdoekje in de asbak.

'Je trekt voorbarige conclusies, mevrouw de onderzoeksjournalist. Dat is geen handige eigenschap als je verdwijningen wilt oplossen,' zegt Bo. Ze tikt met haar glas tegen dat van Inès. 'Proost,' zegt ze. 'Wanneer gaan we Schippers & Al Amrani inschrijven bij de Kamer van Koophandel?'

Inès gaat zo snel rechtop zitten dat er een golf witte wijn over haar T-shirt gutst. 'Wat?' zegt ze. 'Nu kan ik je even niet meer volgen.'

'Nou, heel simpel,' begint Bo. 'Ik bood mijn ontslag aan bij Marije en toen...'

'Ho,' roept Inès. 'Stapje terug. Joost was het ermee eens dat jij je ontslag aanbood?'

'Zeg, Joost is mijn cipier niet!' zegt Bo. 'Ik heb hem gezegd dat ik stop bij *Koffie en koek* omdat ik daar doodongelukkig word.'

'Bo krijgt haar op d'r tanden,' zegt Inès.

'Bo had altijd al haar op d'r tanden, maar hield met de hele wereld rekening behalve met Bo zelf,' pareert Bo haar. 'Hoewel het natuurlijk spannend is voor mij om financieel minder zekerheid te hebben, vindt hij het ook belangrijk dat ik mijn dromen achternaga. Maar zelfs als hij het er niet mee eens zou zijn geweest, had ik ontslag genomen. Een heel leven vijf dagen per week werk verrichten waar je niet gelukkig van wordt, dat wil ik niet. Ik heb nu van mijn vrijheid geproefd,' zegt ze met een grijns.

'Jeetje, Bo, wat goed van je!'

'En weet je wat het allermooiste is?' Bo kijkt Inès met twinkelende ogen aan.

'Vertel,' zegt Inès.

'*Koffie en koek* vond het een heel goed idee dat ik niet langer voor het programma werkte als assistent-redacteur. Maar ze zouden wel heel graag meer podcasts hebben van Schippers & Al Amrani. We kunnen in augustus van start met onze volgende zaak zodat de eerste aflevering online staat als het tv-seizoen weer begint.'

'Wát!' gilt Inès zo hard dat er mensen aan de andere kant van de gracht verstoord opkijken van hun drankje. 'Dat meen je!'

'Duizend procent,' zegt Bo.

'Maar dat is fantastisch,' roept Inès. 'Dan kunnen we deze zomer een zaak uitzoeken en vooronderzoek doen. We moeten zelf apparatuur kopen natuurlijk, en batterijen, microfoons en een camera. Weet je wat ook geweldig is? Een richtmicrofoon. Dan kunnen we mensen afluisteren,' zegt ze geheimzinnig.

'Na de zomer,' zegt Bo. 'Joost en ik gaan eerst zes weken backpacken in Midden-Amerika. Dat leek ons avontuurlijker dan een wijntje op een Grieks terrasje. Trouwens, ik kreeg nog een bericht van Dorien. Zij heeft ook haar baan opgezegd. Ze is bij Raoul en Julia ingetrokken om voor Julia te zorgen.'

'Wat lief!' zegt Inès. Ze zakt achterover in haar stoel. 'Ik kan het nog niet geloven. Jij en ik. Eindelijk gaan we doen wat we al die jaren al wilden.'

Bo kijkt uit over het water. Dat is precies hoe zij het voelt; eindelijk gaat ze leven.